THE
BOSTONIANS

HENRY JAMES

THE
BOSTONIANS

보스턴 사람들

HENRY JAMES

헨리 제임스 장편소설
김윤하 옮김

은행나무

차례

일러두기

1. 번역 대본으로는 Henry James, *The Bostonians*(Penguin Classics, 2000)을 사용했다.
2. 원문의 이탤릭체가 강조를 위한 경우는 고딕체로, 외래어를 표기한 경우는 그대로 이탤릭체로 표기했다.
3. 본문 하단의 각주는 모두 옮긴이의 것이다.

1부

1장

"올리브는 10분쯤 있으면 내려올 거예요, 선생님께 그렇게 말해달라더군요. 10분쯤이라니, 정말 딱 올리브다워요. 5분도 아니고 15분도 아니고, 그렇다고 정확히 10분인 것도 아니라 9분도 11분도 될 수 있죠. 선생님을 보게 돼서 기쁘다는 인사를 전하라는 말도 안 했어요. 기쁠지 아닐지 모를 일이고, 마음에도 없는 말을 하게 되는 상황에 절대로 처하고 싶지 않아서죠. 아주 정직한 사람, 그게 올리브 챈설러예요. 정직의 화신이죠. 보스턴에서는 그 누구도 마음에 없는 말을 하지 않아요. 나로서는 이 사람들이 전부 어떻게 생겨먹은 사람들인지 모르겠어요. 뭐, 어쨌든 전 선생님을 봬서 무척 기쁩니다."

이런 말을 미소와 함께 대단히 입심 좋은 말투로 재잘거리면서 살찐 금발 여성이 좁은 응접실로 들어왔다. 응접실에는 손님 하나가 얼마간 기다리다 이미 책을 읽고 있었다. 그 신사는 자리를 찾아 않는 것조차 잊고 책에 푹 빠져 있었다. 필시 응접실로 들어오자마자 탁자에서 그 책을 집어 들고 그 자리에 선 채 방을 한번 둘러본 후에 이내 정신없이 읽기 시작한 모양이었다. 루나 부인이 다가오자, 그는 책을 내려놓고 웃으며 그녀와 악수하고는 부인의 마지막 말에 대한 답으로 이렇게 말했다. "그러니까 당신은 마음에 없는 말을 하신다는 거네요. 방금 하신 말씀이 아마도 그렇겠죠."

"어머, 아니에요. 당신을 봬서 기쁘다는 건 진심이에요." 루나 부인이 되받았다. "저도 이제 이 얼버무리지 않는 도시에 온 지 3주나 됐거든요."

"제가 우쭐해할 말씀으로는 들리지 않네요." 젊은 남자가 말했다. "전 지금 얼버무리지 않는 척하고 있습니다."

"이런, 남부 사람이 그럼 쓰나요." 부인이 말했다. "올리브는 당신이 좀 더 계시다 저녁 식사까지 하시기를 바란다고 전해달라고 했어요. 그 애가 그렇게 말을 했다면 정말로 그러길 바란 거예요. 기꺼이 당신을 초대할 각오가 되어 있는 거죠."

"이 꼴로요?" 손님이 평상복에 가까운 자기 복장을 보이며 물었다.

루나 부인은 남자의 옷차림을 머리부터 발끝까지 힐끗 훑어보더니, 그가 긴 덧셈 연산이라도 되는 듯이 살짝 한숨을 쉬며 미소 지었다. 실제로 이 베이질 랜섬이라는 남자는 아주 장신이었고, 심지어 한 줄로 늘어선 숫자처럼 다소 딱딱하고 답답한 느낌마저 들었다. 집주인이 보낸 대리인을 향해 숙인 얼굴이 상냥하긴 했지만.

그 갸름한 얼굴의 입가 양쪽에는 이른 나이에도 메마른 주름이 깊게 패어 있었다. 키가 크고 마른 몸은 위아래 다 검은색 차림이었다. 셔츠 깃은 낮고 넓었으며 조끼 사이로 삼각형 모양으로 드러난 리넨 셔츠는 약간 구겨졌고 작고 붉은 보석 핀을 달고 있었다. 이런 치장을 했음에도 젊은이는 왠지 모르게 빈한한 인상이었다 — 그처럼 멋진 용모와 그처럼 아름다운 눈을 가진 젊은 남자가 빈한해 보일 수 있는 만큼이지만. 베이질 랜섬의 눈은 어두운 눈동자가 깊은 빛을 띠었고, 고상한 느낌의 두상은 장신을 한층 더 두드러져 보이게 했다. 군중 위로 높이 보이는, 즉 법정 재판관석이나 의회 연단에 서거나, 아니면 청동 메달에 조각될 법한 두상이었다. 이마는 높고 넓었으며, 곱슬기 하나 없이 윤기가 흐르는 굵고 검은 머리칼은 가르마 없이 사자 갈기처럼 뒤로 쓸어 넘겼다. 이러한 특징은, 특히 타오르는 불꽃을 품고 있는 그 눈을 보면 이 남자는 어쩌면 미국 정치인이 되어야 할 사람이 아닌가 싶을지 모르지만, 다른 한편으론 그가 캐롤라이나나 앨라배마 출신임을 보여주는 것에 불과할지도 모른다. 사실 그는 미시시피 출신으로, 그의 말투에는 영락없이 고향의 억양이 진하게 배어 있었다. 그 매력적인 사투리를 여기서 여러 철자를 조합해 재현하는 것은 내 역량 밖의 일이지만, 그 지방의 사정에 밝은 독자라면 그 어조를 수월히 떠올려주시리라. 다만, 사투리라고 상스럽거나 조야한 말투를 연상하지는 마시기를. 야위고 창백하니 안색이 안 좋고 차림도 추레한데 어딘지 모르게 이목을 끄는 이 청년, 수려한 두상과 좌식 생활에 익숙한 어깨, 선명한 엄격함과 강한 열정이 배어 있는 표정, 지방 사람 같은 외모

속에 걸물의 풍모를 지닌 그는 남성의 대표자로서 나의 이야기에서 가장 중요한 인물이며, 지금부터 내가 어느 정도 제시하게 될 사건들에서 대단히 활약하게 된다. 만약 독자 중에 이미지를 완벽히 파악하고 싶거나, 이성뿐 아니라 감각으로도 책을 읽고자 하는 분이 있다면, 다음 사항을 잊지 마실 것을 간곡히 부탁드린다. 즉, 우리 주인공의 발음은 자음을 길게 끌면서 모음은 삼켜버리고, 엉뚱한 데에서 발음을 생략하거나 더하는 위반을 범한다는 점, 그의 언설은 농밀하고 따사로운 어조에 뭔가 거의 아프리카적인, 뭔가 아주 뜨겁고 광막한 느낌이, 뭔가 비옥한 목화밭이 드넓게 펼쳐진 풍경을 연상시키는 느낌이 스며 있다는 점을. 루나 부인은 이 모든 것을 쳐다보았지만 극히 일부만 알아보았을 뿐이다. 그렇지 않았다면 방금 그의 질문에 놀리듯이 "그럼 평소에는 이렇지 않다는 거예요?"라고 답하지 않았을 테니까. 루나 부인은 스스럼없는―질릴 정도로 스스럼없는 사람이었다.

베이질 랜섬은 얼굴을 조금 붉혔다. 그러고는 이렇게 말했다. "아, 그럼요. 저는 밖에서 식사할 때면 대개 6연발 권총과 긴 엽도를 지니죠." 말하면서 그는 모자를 살짝 들어 올렸다―부드러운 검은 모자로, 산이 낮고 테두리는 폭이 넓고 판판했다. 루나 부인은 이 인물이 뭘 하는 사람인지 알고 싶어졌다. 그에게 앉으라고 권하고는, 동생이 진심으로 만나고 싶어 한다며, 만약 그가 함께 저녁을 먹지 않는다면 분명 동생이 몹시 아쉬워할 거라고―그 애도 어쨌든 숙명론자 같은 면이 있어서―장담했다. 너무나 안타깝지만, 그녀는 지금 나가봐야 한다. 보스턴에서는 초대가 있으면 덥석 잡아야 하기에. 올리브도 저녁 식사 후에 어딘가로 나갈 텐데, 그가 괘념할 일은 아니다. 어쩌면 그도 같이 가고 싶을 수도 있다. 파티는 아니다—올리브는 파티에 가지 않는다. 올리브가 좋아하는 그 별난 집회 같은 것일 뿐.

"어떤 집회를 말씀하시는 겁니까? 마치 브로켄의 마녀들* 집회처럼 얘기하시네요."

"네, 뭐 그런 거죠. 거기 모이는 사람들 죄다 마녀 아니면 마법사, 영매, 강신술사나 고함 지르는 과격파들뿐이거든요."

베이질 랜섬은 빤히 쳐다보았다. 갈색 눈동자 속의 노란빛이 더 짙어졌다. "그러니까 당신 말씀은 동생분이 고함치는 과격파라는 뜻입니까?"

"과격파요? 동생은 여성 자코뱅 당원**—니힐리스트예요. 존재하는 것은 다 틀렸다, 그게 뭐든지, 라는 식이죠. 동생과 저녁 식사를 같이 하실 거라면 이 점을 알아두시는 게 나을 거예요."

"아, 죽겠군"이라고 청년은 나직이 중얼거리더니 팔짱을 끼며 의자에 몸을 파묻었다. 그는 기민하게 불신을 담아 루나 부인을 쳐다봤다. 이렇게 바라보니, 확실히 상당한 미인이고 머리는 포도송이를 연상시키는 풍성한 곱슬이었다. 꽉 조이는 보디스가 그녀 안

---

*   중부 유럽과 북유럽에서 유래한 전설로, 발푸르기스의 밤(4월 30일에서 5월 1일 사이의 밤)에 마녀들이 독일의 브로켄산 정상에서 모여 악마를 숭배하는 축제를 연다고 전해진다.

**   프랑스 혁명기에 로베스피에르와 장 폴 마라의 소속 정당으로, 정치적으로 급진적인 좌파 개혁가들을 지칭하는 표현이다.

의 가득한 생기로 금방이라도 터질 듯했고, 빳빳하고 잘게 주름 잡힌 페티코트 아래로는 지나치게 굽이 높은 구두를 신은 작고 통통한 발이 나와 있었다. 부인은 매력적이기도 하고 좀 주제넘은 인상이기도 했는데, 후자 쪽이 우선이다. 그는 방금 그녀의 말을 매우 유감스럽게 생각하는 듯했지만, 이런 고찰에 빠져서인지 어째서인지 간에 한동안 잠자코 루나 부인 위로 시선이 떠돌며, 동생과는 성격이 전혀 다른 저 여성은 도대체 어떤 주의를 표방하는 단체를 대표하는지 궁금해했다. 사실 베이질 랜섬에게는 많은 것이 생소했다. 특히 보스턴에는 놀라운 것이 가득했고, 그는 뭐든 기꺼이 알아가고자 하는 마음가짐을 가진 남자였다. 루나 부인이 장갑을 끼고 있었는데, 그렇게 긴 장갑을 이제껏 본 적 없는 랜섬은 스타킹을 떠올리고는 가터 없이 어떻게 팔꿈치 위쪽에 고정해둘까 의아해했다. "뭐, 알 것 같네요." 그가 마침내 말을 이었다.

"뭘 알 것 같으신데요?"

"뭐, 미스 챈설러가 지금 말씀하신 그런 분이겠구나 하는 거죠. 개혁의 도시에서 자랐으니."

"어머, 도시 탓이 아니죠. 올리브 챈설러 개인이 그런 거죠. 저 애는 손이 닿기만 한다면 태양계도 개혁할걸요. 당신도 조심하지 않으면 개조될 거예요. 제가 유럽에서 돌아와보니 저 애는 저렇게 돼 있더라고요."

"유럽에 계셨습니까?" 랜섬이 물었다.

"어머, 그럼요! 당신도요?"

"아뇨, 저는 아직 어디에도 가본 적 없습니다. 동생분도 가셨습니까?"

"네, 하지만 동생은 그저 한두 시간 머물렀어요. 동생은 유럽을 싫어해요. 없어졌음 하죠. 제가 유럽에 있었다는 걸 모르셨나요?" 말을 계속하는 루나 부인의 목소리에는 자신의 명성이 미치지 못한 범위가 있다는 것을 알게 된 여성이 살짝 감정이 상한 듯한 분위기가 담겨 있었다.

랜섬은 불과 5분 전까지만 해도 그녀의 존재조차 몰랐다고 대답할까 싶었지만, 숙녀들에게 그런 말을 하는 것은 남부 신사에게 있을 수 없는 일이라는 걸 떠올리고는, 자신의 보이오티아*인적인 무지(그는 이런 고상한 표현을 좋아했다)에 대한 용서를 구하며, 자신은 유럽에 그다지 관심이 없는 지역에 살았던 탓에 그녀가 줄곧 뉴욕에 거주했을 거라고 항상 생각했었다고 말하는 것에 만족했다. 이 끝말은 되는대로 한 말이었다. 당연히 그는 지금까지 루나 부인에 대해 털끝만큼도 생각해본 적이 없었다. 그러나 이 마음에도 없는 말은 더더욱 부인의 추궁을 불러왔을 뿐이었다.

"제가 뉴욕에 살고 있다고 생각하셨다면, 도대체 왜 절 찾아오지 않으셨나요?"라고 상대방이 따졌다.

"글쎄요, 전 별로 나가지 않는 성격이라서요. 법정에 나가는 것 말고는요."

"법정요? 이 나라에서는 누구나 뭔가 직업을 갖고 있군요! 당신

---

* 그리스 아테네 북서쪽에 있는 지방으로, 아테네인들에게는 이 지방인들을 우둔하고 촌스러운 시골 사람처럼 여기는 경향이 있었다.

은 아주 야심적인 편이신가요? 보아하니 그런 것 같군요."

"네, 아주요"라고 베이질 랜섬은 미소 지으며 남부 신사가 으레 그러듯이 묘하게 여성적인 부드러움을 이 부사에 담아 대답했다.

루나 부인은 남편이 죽은 이후 수년간 유럽에서 지내다 한 달 전에 귀국했으며, 이 세상에서 자신이 가진 유일한 보배인 어린 아들을 데리고 돌아와, 물론 아이 다음으로 가장 가까운 사람인 동생 올리브를 방문 중이라고 설명했다. "하지만 예전 같진 않죠"라고 그녀는 말했다. "올리브와 난 생각이 너무 달라요."

"아드님과는 생각이 잘 맞으시겠지요." 청년이 말했다.

"오, 그럼요. 뉴턴과는 언제든 잘 맞죠." 이렇게 말을 잇고는 루나 부인은 미국으로 돌아온 지금은 어떻게 해야 할지 모르겠다고 덧붙였다. 고향에 돌아와서 가장 곤란한 건 그것이었다. 그 나이에 다시 태어난 것과 같다는 것 — 인생을 새롭게 다시 시작해야 했다. 뭐 때문에 돌아왔는지도 잘 몰랐다. 그녀가 보스턴에서 겨울을 보내길 바라는 사람들도 있지만, 그것만은 참을 수 없다 — 적어도 그러려고 돌아온 건 아니라는 걸 안다. 아마 워싱턴에 집을 빌려야 할 것이다. 그 작은 곳의 이름을 들어본 적이 있는가? 그녀는 자기가 유럽에 있던 사이에 그곳이 만들어졌더라고 말했다.* 게다가 올리브는 그녀가 보스턴에 있기를 바라지 않는 것 같다. 정식으로 그렇게 말

---

* 워싱턴 컬럼비아구(District of Columbia)가 독립행정구로 1790년에 의회에서 국가의 수도로 정해졌음에도, 미국 시민들에게 워싱턴이 수도로 인식되기까지는 긴 세월이 걸렸다. 하지만 남북전쟁 이후 도시에 관공서와 기념관 등이 대대적으로 건립되면서 수도로 자리 잡게 된다.

한 것은 아니지만. 그게 올리브의 그나마 다행인 점이다. 올리브는 어떤 형식이든 취하는 법이 없다.

루나 부인이 이 마지막 단언을 한 바로 그때 베이질 랜섬은 자리에서 일어섰다. 소리 없이 방으로 들어온 한 젊은 여성이 그 말을 알아들은 듯 갑자기 멈춰 섰기 때문이다. 그녀는 그 자리에 가만히 선 채 겸연쩍고 사뭇 진지한 표정으로 랜섬 씨를 응시했다. 아주 희미한 미소를 입가에 머금고 있었다―보일 듯 말 듯한 미소이지만 타고난 그 얼굴의 엄중함을 덜어내기에 충분했다. 감옥 벽에 비친 가느다란 달빛에 빗대어도 좋을 듯하다.

"그게 사실이라면"이라고 그녀가 입을 열었다. "기다리시게 해서 너무 죄송하다는 말을 드리지 않아도 되겠죠."

낮고 기분 좋은 목소리―교양 있는 목소리―였다. 그녀가 가느다란 흰 손을 손님에게 내밀자, 상대방은(루나 부인의 경솔한 말에 청자로 가담했음에 꺼림직함을 느끼고 있었다) 약간 엄숙한 어조로, 뵙게 되어 더없이 기쁘다고 인사했다. 그는 미스 챈설러의 손이 차가우면서도 축 처져 있다는 걸 깨달았다. 그의 손 안에 그저 놓였을 뿐, 아주 조금도 쥐려고 하지 않았다. 루나 부인은 동생을 향해 자신이 방금 마음대로 말한 것은 랜섬이 집안사람이기 때문이라고 설명했다―사실 이 사람은 그들을 잘 모르는 것 같지만. 루나 부인은 그가 자신에 대한 얘기를 들었다고 했지만 믿지 않았다. 남부 신사답게 그런 척했을 뿐. 이제 슬슬 저녁 식사 하러 나갈 시간이다. 아까 마차가 온 걸 봤다. 그녀가 없는 동안 올리브는 자기가 고른 버전으로 그녀의 이야기를 해줄지도 모른다.

"네가 과격파라고 내가 이분에게 말해뒀어. 너도 원한다면 내가 겉치레만 요란한 문란한 여자라고 해버리렴. 이분을 좀 개조해봐. 미시시피에서 오신 분이니 분명 잘못된 것투성이일 거야. 저는 귀가가 꽤 늦어질 것 같네요. 다 같이 관극회에 가기로 되어 있거든요. 그래서 일찍 저녁을 먹기로 했지요. 그럼 실례하겠습니다. 랜섬씨." 루나 부인은 솜털 같은 하얀 숄을 그러모아 자신의 풍만한 아름다움을 더욱 돋보이게 하면서 말을 이었다. "잠시 여기 머무시면서 직접 우리를 판단하시길 바라요. 뉴턴도 만나주셨으면 합니다. 정말 훌륭한 아이예요. 그 아이 일로 상담해주셨으면 하는 것도 있고요. 내일까지만 머무신다고요? 아니, 그러실 필요가 있나요? 뭐, 그럼 뉴욕으로 찾아오세요. 전 이번 겨울에 뉴욕에서 지내게 될 거예요. 소식 드릴게요. 이대로 당신을 놓치지 않겠어요. 배웅 나오지 마세요. 우선권은 동생에게 있거든요. 올리브, 이분을 너의 그 여성 회합에 모시고 가면 어떻겠니?" 루나 부인의 오지랖이 동생에게까지 뻗쳤다. 미스 챈설러에게 마치 항해에 나서려는 듯한 차림이라고 말한 것이다. "다행히도 난 저녁에 옷을 차려입으면 안 된다는 생각에 사로잡혀 있지 않죠!" 그녀는 문간에서 이렇게 선언했다. "옷차림에 여간 신경 쓰는 게 아니에요. 경박하게 보일까 봐 두려워하는 그 사람들 말이에요!"

2장

옷차림에 주의를 얼마나 기울였건 간에 미스 챈설러는 이런 비난을 받을 정도는 확실히 아니었다. 그녀는 장식 없는 수수한 검은 드레스를 입고 있었고 매끄러운 옅은 색 머리는 꽁꽁 묶어두었지만, 언니가 머리를 공들여 풀어 내렸던 것과 같은 신중함이 엿보였다. 그녀는 들어오자마자 자리를 찾아 앉았고, 루나 부인이 얘기를 늘어놓는 동안 계속 시선을 바닥에 못 박고는 베이질 랜섬에게는 수다쟁이 부인에게 주는 시선만큼도 눈길을 주지 않았다. 덕분에 젊은이는 마음껏 그녀를 쳐다볼 수 있었다. 관찰한 결과 그녀가 불안해하고 있고 그걸 숨기려 애쓰는 걸 알 수 있었다. 불안의 이유가 궁금했다. 나중에야 그녀의 성격이 거센 파도에 시달리는 작은 배 같다는 것을 알게 되지만, 당시는 그런 사정을 그가 알 리가 없었다. 언니가 방을 나간 뒤에도 올리브는 주문에 걸려 눈을 들 수 없

는 듯이 시선을 돌린 채 그 자리에 앉아 있었다. 여기서 독자들에게
털어놓자면, 이 이야기가 전개됨에 따라 미스 올리브 챈슬러에 대
해 참으로 불가사의한 정보를 전해야만 하는데, 그녀에게는 수줍
음 발작이라는 참으로 딱한 증상이 있어서 이 발작이 일어나는 동
안에는 거울에 비친 제 눈조차 바라볼 수 없다는 것이다. 지금 그런
발작이 별다른 뚜렷한 원인 없이 갑자기 그녀를 덮쳤다. 하기야 사
실 루나 부인이 느닷없이 사적인 화제를 꺼낸 것이 사태를 악화시
키긴 했다. 세상에 루나 부인만큼 사적인 걸 얘기하고 싶어 하는 사
람이 또 없었다. 특정한 개인에게 이런 증오의 감정을 품어서는 안
된다고 스스로 금하지 않았다면, 부인의 여동생은 언니의 허물없
음에 증오를 느꼈을 것이다. 베이질 랜섬은 비록 일급 지성을 갖춘
청년이긴 했지만, 아직 경험의 폭이 극히 좁음을 스스로 알고 있었
다. 그래서 성급히 일반화하는 것을 경계했지만, 최근 뉴욕 법조계
에 입성해 의뢰인을 물색 중인 입장에서 귀중한 두세 가지 결론을
도출했다. 그중 하나는 인간을 가장 단순하게 분류하면 만사를 심
각하게 받아들이는 자와 쉽게 받아들이는 자로 나눌 수 있다는 점
에 기반한 것이었다. 미스 챈슬러는 전자에 속한다는 것을 그는 아
주 빨리 알아차렸다. 그녀의 섬세한 얼굴에 이 점이 매우 강렬히 쓰
여 있어서, 그는 채 스무 말도 나누기 전에 그녀에게 왠지 모를 연
민을 느꼈다. 그 자신은 천성적으로 만사를 쉽게 받아들이는 사람
이었다. 그가 최근에 나사를 바짝 조였다면, 어쩔 수 없는 사정에
몰려 심사숙고했기 때문이었다. 그러나 연두색 눈을 가진 이 창백
한 아가씨는 날카로운 이목구비와 초조해하는 태도가 확연히 병

적인 느낌이었다. 그녀가 병적이라는 것은 명명백백했다. 딱하게 도 랜섬은 자신이 일대 발견이라도 한 것처럼 이 사실을 자신에게 공표했지만, 실상은 그가 이때만큼 '보이오티아인'처럼 어리석었 던 적이 없었다. 미스 챈설러가 병적이라고 말하는 것은, 이 여성에 관해서는 전혀 중요한 발견이 아니었다. 이 여성에 대해 충분히 설 명하기 위해서는 그러한 사실 배후에 있는 훨씬 더 많은 것까지 파 고들어야 한다. 그녀가 병적인 이유는 무엇일까, 그녀의 병적인 면 이 유독 눈에 띄는 건 왜일까? 만약 이 수수께끼를 풀 수 있을 정도 로 충분히 파고들었다면 랜섬도 뛸 듯이 기뻐했을지도 모른다. 그 가 지금까지 알았던 여성들은 대개 그와 마찬가지로 온화한 기후 에서 태어나 자라서 그런지, 그가 루나 부인의 여동생에게서 발견 한 (그리고 섣부르게 개탄한) 성향을 보이는 경우는 드물었다. 그 가 좋아하는 쪽은 그런 여성이었다—너무 많이 생각하지 않고 세 상의 정치 문제에 어떤 책임도 느끼지 않는 여성. 그가 보기에 미스 챈설러는 틀림없이 그런 책임을 느낄 것 같았다. 여자들이 사사로 이 살아가고 수동적이며 그 반대인 것에 무감해서 공공의 일은 더 강인한 성별에게 다 맡겨놓는다면! 랜섬은 세태 풍조를 그런 식으 로 교정하는 것을 상상해보기를 좋아했다. 이 대목에서 이 사람이 아주 촌스러운 사람임을 거듭 언급해두지 않으면 안 될 것이다.

　이러한 고찰이 여기 내가 쓴 것처럼 분명히 그의 마음속에 떠오 른 것은 아니었다. 즉, 이런 생각들은 친척의 모습이 막연히 불러일 으킨 동정심으로 수렴돼 나타났으며, 그 동정심에는—보아하니 그녀가 희한한 여자임이 틀림없다는 것만큼이나 분명한—그녀를 더 알고 싶지 않은 마음이 뚜렷이 배어 있었다. 그는 그녀를 안타깝게 여겼지만, 아무도 그녀를 도울 수 없다는 걸 단박에 알아차렸다. 그녀의 비극은 바로 거기에 있었다. 그가 마음에 무겁게 드리운 황폐한 남부를 떠나 이곳으로 온 것은 입신양명하기 위해서였지, 비극을 찾아다니려던 것이 아니었다. 적어도 파인가에 있는 그의 사무실 밖의 다른 곳에서 비극과 맞닥뜨리고 싶지 않았다. 루나 부인이 떠난 뒤에 찾아온 침묵을 깨려고 그는 황폐한 남부 지방에서 아직도 장려되는 경향이 있는 예의 그 정중한 말투로 그녀에게 말을 걸었는데, 이내 이 집주인과의 대화가 나름 편하게 이어짐을 깨달았다. 아무도 이 여자를 도울 수 없다고 생각한 그였지만, 그가 취한 어조가 그녀의 수줍음을 없애주는 효과를 발휘한 것이다. 그녀가 특정 조건에 따라 갑자기 쉽게 대담해지는 것은 (그녀가 자신에게 부과한 사회생활에 있어서는) 대단한 장점이었다. 그녀는 손님이 색다른 인물임을 알고 안심했다. 말투로 보아 이 남자가 남부군으로 참전했다고 해도 하등 놀랍지 않았다. 그녀로서는 이렇게 생경한 인물을 만나는 건 생전 처음으로, 원래 낯선 것 앞에서는 그게 뭐든 마음이 더 편해지곤 했다. 그녀를 말없이 분노에 휩싸이게 하는 것은 오히려 평상시에 볼 수 있는 것이었다. 일상적인 거의 모든 것이 그녀의 눈에는 대단히 부당한 것으로 보였으니 자연스러운 일이었다. 그녀는 이제 아무 어려움 없이 그에게 좀 더 머물다 저녁을 드시고 가지 않겠냐고 청했다. 애덜라인이 그에게 그렇게 전했기를 바랐다. 애덜라인과 함께 위층에 있을 때 그의 명함을 받고는, 갑자기 아주 이례적으로 고무되어 이런 (그녀로서는) 정말로 최고의 호의를 보이려는 마음이 들었다. 한 번도 만나본 적 없는 신사분을 식사 자리에서 혼자 접대하려고 하다니, 평소 습관에 완전히 반하는 일이었다.

그녀가 지난봄 우연히 베이질 랜섬이 북부로 와서 뉴욕에서 변호사 일을 해보려 한다는 소식을 듣고, 그에게 편지를 썼던 것도 역시 비슷한 충동에 이끌렸기 때문이었다. 태생적으로 그녀는 스스로 나서서 의무를 지고 자신의 양심을 걸고 과업에 임하는 사람이었다. 세심한 마음으로 숙고한 끝에 그녀가 떠올린 것은, 랜섬은 낡은 노예제도를 고수하는 과두제의 부산물로, 그런 정부 때문에 나라가 피눈물의 바다에 빠졌던 것이 그녀 자신의 기억에 생생하다는 점, 그리고 그런 끔찍한 사건과 관련된 자가 과연 북부의 대의를 위해 목숨을 바친 두 형제—남자 형제 모두—를 전쟁 중에 잃은 그녀의 후원을 받을 가치가 있을까 하는 점이었다. 그러나 한편으로는, 이 남자 역시 많은 이를 전쟁으로 잃었을 테고, 게다가 죽음을 면했다 해도 자기 생명을 걸고 싸웠던 인물이 아닌가 하는 생각도 들었다. 그런 기회를 가졌던 행운아를 보면 그게 누구든 그녀는 깊이 찬탄하는 마음을—일종의 은은한 질투심을—억누를 수 없었다. 자신도 언젠가는 그런 기회를 만나 순교자로서 의미 있는 죽음을 맞이하는 것이 그녀가 가장 은밀히 간직한 가장 신성한 소망이었다. 베이질 랜섬은 생존했지만, 많은 시련을 겪어야 했다는 걸 그녀는 알았다. 그의 일가는 몰락했고 노예도 재산도 친구도 친척도 가정 자체도 다 잃고 패전의 가혹함을 모조리 맛봤다. 한때 그는 혼자 농장을 경영해보려고도 했지만, 부채의 무거운 짐을 지게

되었고, 사람들이 많이 모이는 도시로 나갈 수 있는 일을 갈망하게
됐다. 그에게 미시시피주는 절망의 땅으로 여겨졌다. 그래서 그는
물려받은 재산의 나머지를 어머니와 여자 형제들에게 나누어주었
고, 거의 서른이 다 된 나이에 겨우 50달러의 돈과 가슴 저미는 허
기를 품고 출신지가 드러나는 복장으로 뉴욕에 처음으로 왔다.

　이 사건이 이 청년에게 일깨워준 것은 자신이 얼마나 많은 것에
무지한가였는데―하지만 처음에 화나서 얼굴을 붉혔던 것이 가
라앉자, 이 깨달음은 그로 하여금 이곳에서 사람들의 게임에 가담
해 반드시 승리를 쟁취하겠다는 마음을 먹게 했을 뿐이다―올리
브 챈설러가 그것까지 알 리는 없었다. 그녀에게는 그가 다시 기력
을 회복해, 프랑스식으로 말하면, 기정사실을 받아들여 북부와 남
부는 불가분의 단일한 정치 조직임을 받아들인 것만으로 충분했
다. 그들―챈설러가와 랜섬가―의 인척 관계는 그리 가깝지 않
고, 내키는 대로 거론할 수도 무시할 수도 있는 연결 고리일 뿐이
었다. 그것은 베이질 랜섬이 그녀의 편지에 화답해 과장된 미사여
구를 듬뿍 담은 편지 속에서 마치 왕족의 가계를 말하는 투로 썼
듯 '외가 혈통'으로 불렸다. 올리브의 어머니는 이 연결 고리를 챙
기고 싶어 했는데, 미시시피로 편지를 보내지 않은 건 그저 불운
에 빠진 이들을 후원하면서 생색내는 것처럼 여겨질까 봐 두려워
서였다. 가능하다면 기꺼이 랜섬 부인에게 돈이나 심지어 옷가지
까지 보내주고 싶었지만, 그런 원조가 어떻게 받아들여질지 확인
할 길이 없었다. 베이질이 북부로―이를테면 연줄을 찾아―온
무렵에는 챈설러 부인은 이미 이 세상 사람이 아니었다. 그런 이

유로, 찰스가(街)의 작은 집에 홀로 남아 살던(애덜라인은 당시 유럽에 있었다) 올리브가 모든 걸 결정하게 된 것이다.

올리브는 어머니가 살아 계셨다면 어떻게 하셨을지 잘 알고 있었기에 결정을 내리기가 쉬웠다. 어머니는 항상 긍정적인 쪽을 택하셨으니까. 올리브는 만사를 두려워했지만, 두려워하는 것을 가장 두려워했다. 그녀의 지극한 바람은 자비를 베푸는 것인데, 위험을 무릅쓰지 않으면 어떻게 자비로울 수 있겠는가? 그녀는 위험을 발견하면 반드시 맞선다는 것을 일종의 행동 원리로 세웠지만, 결국 자신은 안전하다는 것을 깨닫고 창피를 느끼는 일이 종종 있었다. 베이질 랜섬에게 편지를 쓴 뒤에도 그녀는 지극히 안전했다. 사실 그가 그녀에게 뭔가 위험한 일을 할 수 있을 거라고는 보기 어려웠던 게, 그저 그는 그녀의 편지에 사의를 표하며(그 말투가 유난히 거창하긴 했다) 보스턴에 (이제 막 시작한) 비즈니스차 가게 되는 대로 찾아뵙겠다고 장담했을 뿐이었다. 감사한 마음을 가득 품은 이 맹세를 이행해 이제 그가 정말로 왔지만, 미스 챈설러는 위험을 자초했다는 생각이 들지 않았다. 그녀는 그를 보고(한 번 그를 쳐다본 것만으로도) 평소 자신이 충동으로나 원칙으로나 반대하는 세속적 해석을 사물에 내릴 것 같지 않은 남자임을 알아차렸다. 그런 해석을 하기에는 너무 단순한 사람—너무 미시시피 사람—이었다. 그녀는 거의 실망에 가까운 감정을 느꼈다. 그녀는 자신의 제안이 상대방에게 여자답지 않은(이 여자답지 않다는 표현을 미스 챈설러는 여자답다는 표현 못지않게 싫어했다) 인상을 주길 기대하지는 않았지만, 그런 생각을 하기에는 그가 너무 사람이 좋고 순박한 것 같다는 예감도 들었다. 그녀에겐 세상 모든 것 중에서 논쟁만큼 달콤한 건 없었다(왜인지는 상상하기 힘들었는데, 논쟁으로 그녀는 눈물을 흘리고 두통에 시달리며 하루 이틀은 침대에 누운 채 날카로운 감정에 시달렸기 때문이다). 그러나 베이질 랜섬은 논쟁을 좋아할 것으로는 도저히 보이지 않았다. 사람들이 당신의 뜻에 따르지 않을 때 무관심한 태도만큼 불쾌한 게 없다. 그녀는 그가 자신의 뜻을 따르리라고는 조금도 기대하지 않았다. 미시시피 사람이 어떻게 그러겠는가? 만약 그가 자신의 뜻을 따를 거라고 생각했다면 그녀는 편지를 쓰지 않았을 것이다.

3장

만약 이 차림 그대로 괜찮다면 기꺼이 저녁 초대를 수락하겠다
고 그가 말하자, 올리브는 잠시 양해를 구하고는 식사 준비를 시키
려고 방에서 나갔다. 혼자가 되자 청년은 응접실을 둘러보다가—
응접실은 두 칸으로 이루어졌고 길고 좁은 두 칸이 인접해 있어서
사실상 하나의 방 같았다—건물 뒤편에 해당하는 창문 쪽으로 다
가섰는데, 물가가 내다보였다. 찰스가에서 미스 챈설러의 집은 운
좋게도 집 뒤쪽으로 오후의 태양이 수평선을 붉게 물들이며 저물
어가는 것을 볼 수 있는 곳에 위치해 있었다. 강이라고 하기에는 너
무 크고 만이라고 하기에는 너무 작은 이례적인 특징의 염수가 이
루는 수평선은 목재 첨탑과 외로운 작은 배들의 돛대와 지저분한
'공장' 굴뚝이 드문드문 들쑥날쑥한 풍경을 이루고 있었다. 점점 퍼
져가는 땅거미에 이제는 서쪽 하늘에 남은 한 줄기 노란빛과 갈색

물의 미광, 그리고 돌을 대충 쌓아 축조한 긴 좌측 제방에서 일렬
로 늘어서서 같은 물을 내다보고 있는—극도로 현대적이란 점에
서 랜섬에게 깊은 인상을 주는—집들에서 새어 나오기 시작한 등
불의 반사 말고는 거의 아무것도 보이지 않았지만, 이 창문에서 보
이는 풍광이 랜섬에게는 그림처럼 아름다웠다. 도시 저택에서 보
이는 이 경치가 거의 낭만적으로 여겨졌다. 그러다가 몸을 돌려 다
시 방 안을 둘러보니 (그가 창가에 서 있는 동안 하녀가 탁자 위에
갖다 둔 등불에 새롭게 비춰진) 내부가 더 포근하고 흥미로워 보였
다. 원래 베이질 랜섬은 그다지 세련된 예술적 감각이 없었다. 물
질적 편안함에 대한 개념도 (어릴 적 부유한 가정에서 자랐음에
도) 그다지 분명하지 않아서, 기껏해야 넉넉한 양의 담배, 브랜디,
물, 신문, 그리고 다리를 뻗고 앉을 수 있게 적절히 경사가 진 등나
무 안락의자 같은 것 정도만 떠올렸다. 그런 그에게도 새롭게 만나
게 된 친척 여성의 이 기묘한 회랑 형태 응접실 같은 곳은 이제까지
그 어떤 집의 내부에서도 본 적이 없는 듯했다. 그는 일찍이 이렇게
정돈된 사생활의 장(場)에, 아니 이렇게 습관과 취향을 말해주는 많
은 세간에 둘러싸인 적이 한 번도 없었던 것처럼 느꼈다. 지금까지
그가 알던 사람들 대부분은 취향이랄 게 없는 사람들이었다. 관습
을 다소 갖고 있기는 했지만, 그런 것들은 별다른 실내 장식이 필요
하지 않았다. 뉴욕에서는 아직 남의 집 안에 들어간 적이 별로 없었
으니, 이렇게 많은 장식품을 본 것도 처음이었다. 방의 전체적인 성
격이 보스턴적이라는 인상을 주었다. 사실 그는 보스턴이 바로 이
럴 것이라고 생각해왔다. 보스턴이 문화도시라는 말을 항상 들어

왔는데, 이제 미스 챈설러의 탁자와 소파에서, 사방에 널린 책들에서, 선반 형태의 작은 책꽂이들에서(책들은 작은 조각품 같았다), 벽을 덮은 사진과 수채화에서, 꽃줄 장식처럼 입구를 가린 약간 뻣뻣해 보이는 커튼에서 문화를 느꼈다. 진열된 책 몇 권을 바라보다가 친척이 독일어를 읽는다는 것을 알게 되었다. 이 사실은 (우월함의 징후로서) 중요하다는 인상을 그에게 주었는데, 그 자신도 농장에서 살 때 할 일 없이 지루해서 죽을 것 같던 긴 여름 동안에 (많은 법률 관련 문헌을 읽는 데 필요하다는 것을 알고) 그 언어를 익혔다는 사실로도 그 인상은 조금도 약화되지 않았다. 이렇게 베이질 랜섬이 친척의 독일어 장서를 보고 무엇보다 북부인의 타고난 힘을 연상했다는 것은 그가 투박한 겸양의 기질을 선천적으로 지니고 있음을 묘하게도 증명하는 것이었다. 전에도 종종 북부인의 그런 힘을 알아본 바가 있어서 그 점을 유념해야 한다고 항상 자신에게 말해왔다. 그러나 그 내밀한 영혼에서는 자신만큼 활력을 가진 북부인은 드물다는 것을 여러 경험을 한 뒤에야 알게 되었다. 이는 이전에도 다른 많은 이들이 이미 발견한 사실이었다. 그는 미스 챈설러에 대해서 아는 바가 거의 없었다. 그녀를 보러 이곳에 온 것도 단지 그녀가 편지를 보냈기 때문이었다. 그녀를 방문한다는 것은 생각지도 못했던 일이었고, 편지를 받고 나서도 그녀에 대해 물어볼 수 있는 이가 뉴욕에는 한 명도 없었다. 그래서 막연히 그녀가 부유한 젊은 여성일 거라고 추측할 수밖에 없었다. 여성 홀로 조용히 이런 집에 이런 식으로 살고 있다는 것은 수입이 상당함을 의미했다. 어느 정도 수입일까? 그는 자문해보았다. 1년에 오천? 만?

만 오천? 가난에 허덕이는 이 청년에게는 이 중에 가장 최소 금액조차 큰돈으로 여겨졌다. 그는 돈 버는 데만 관심 있는 사람은 아니었지만, 출세욕만큼은 대단해서 목돈만 있으면 해낼 수 있을 텐데, 하고 생각했던 적이 한두 번이 아니었다. 더 젊었던 시절에 사상 최대의 실패라 할 어마어마한 국가적 파국을 겪은 덕분에, 그의 마음에는 무능한 것에 대한 혐오감이 깊이 뿌리내리고 있었다. 집주인이 다시 나타나기를 기다리는 동안 그는 이 여자가 부유하기만 한 게 아니라 미혼이고, 독신이기만 한 게 아니라 (그에게 보낸 편지를 봐도 알 수 있듯이) 사교에 능하다는 점에 생각이 미쳐서, 그녀와 번영하는 사업의 동업자가 되는 엉뚱한 상상의 나래를 잠시 펼쳤다. 인간 운명의 대비를 떠올리면서 그는 이를 조금 갈았다. 쿠션에 파묻힌 여성스러운 이 은신처에 비하면 자신은 집도 절도 없이 배를 곯는 셈이구나, 라고 느끼면서. 그렇다곤 해도 그런 기분은 스쳐 지나갔는데, 그의 마음 깊은 곳에 찰스가 가진 문화의 모든 것을 쏟아부어도 채울 수 없는 더 큰 욕망이 있음을 의식했기 때문이다.

얼마 후 친척이 돌아왔고 두 사람은 함께 저녁 식사 자리로 내려갔다. 중앙을 꽃으로 장식한 작은 탁자에 마주 앉자, 그의 위치에서는 그녀의 지시로 커튼을 열어놓은 채 둔 창을 통해(그를 위해 이렇게 했다고 말하며 그녀는 그의 주의를 창문 쪽으로 돌렸다), 점점이 등불이 비치는 어둡고 텅 빈 강의 또 다른 풍경이 보였다─이때는 저런 유형의 여성에게 구애하도록 자신을 부추길 만한 것이 없다고 스스로에게 말하는 데 조금의 망설임도 없던 시점이었다. 몇 달 뒤 뉴욕에서, 그 후 빈번히 얼굴을 보게 된 루나 부인과 이야기 나누던 중에 그는 우연히 이 식사 자리를, 부인의 여동생이 식탁에서 자리를 권하던 방식과 그의 자리가 얼마나 좋은 위치인지 알려주려고 그녀가 했던 말을 언급했다.

"보스턴에서는 그런 식으로 하는 걸 매우 '사려 깊다'고 하더라고요." 루나 부인이 말했다. "백베이*를, 참 싫은 이름이지 않나요? 거기를 보여준 다음, 생색내는 거죠."

하지만 이것은 아직 먼 이야기다. 당시에 실제로 베이질 랜섬이 알아차린 것은 미스 챈설러가 진짜 노처녀라는 것이었다. 즉 그것이 이 여자의 본질이고 운명 그 자체로, 무엇보다 분명하게 새겨져 있었다. 세상에는 어쩌다 보니 결혼하지 않은 여자도 있고 스스로 택해서 독신으로 사는 여자도 있지만, 올리브 챈설러의 독신은 그녀의 존재 면면에 뿌리 깊이 내재된 것이었다. 그녀가 노처녀인 것은 셸리**가 서정시인이고 8월이 무더운 것과 같은 이치였다. 그녀가 뼛속 깊이 독신주의자인 탓에 랜섬은 자신이 그녀를 나이 든 여자로 생각하고 있음을 깨달았다. 막상 잘 보면 (그가 마음속으로 중얼거린 대로) 그보다 몇 살 어린 듯했음에도. 그가 그녀를 싫어하는 건 아니었다. 그녀는 대단히 친절했으니까. 그러나 차츰 불편한 기분이 들었다—만사 심각하게 받아들이는 사람과 무사태평하게 함께 있을 수는 없으리라는. 랜섬은 그녀가 그를 알고 지내고자 한 것도 그녀가 만사 심각하게 받아들이기 때문이라는 생각

* 직역하면 '뒤쪽 만'이라는 뜻을 가진 보스턴의 주택가.
** 19세기 초에 활동한 영국 낭만주의 시인 퍼시 셸리를 가리킨다.

이 들었다. 즉 상냥한 사람이라서가 아니라 분투하는 사람이라서 인 것이다. 그녀의 눈—얼마나 보기 드문 눈인지—속에는 기쁨 대신 의무감이 빛났다. 그녀는 그가 맞서 분투해주기를 기대할 것 이다. 그러나 그는 그럴 수 없었다—적어도 사적인 삶에서는 도저 히 불가능했다. 베이질 랜섬에게 사생활이란 온전히 그가 '휴지기' 라고 부르는 상태로만 이루어져 있기 때문이었다. 그는 그녀를 더 깊이 알게 되면서 처음에 생각했던 것만큼 빤한 여자가 아니라는 것을 알게 되었다. 그녀가 세련됐다는 걸 알아볼 정도의 교양은 이 미 시시피 태생의 청년에게도 있었다. 그녀의 얼굴은 흰 피부를 팽 팽히 당긴 듯한 독특한 느낌을 자아냈지만, 이목구비는 날카롭고 고르지 않아도 곱게 자란 듯한 섬세한 멋이 있었다. 윤곽은 비뚤어 졌지만 초라하지 않았다. 그 눈의 기묘한 색조는 생기가 있었다. 그 눈이 당신을 향할 때면 초록빛이 도는 얼음의 반짝임을 막연히 떠 올리게 했다. 그녀는 몸매랄 게 전혀 없었고 뭔가 오한을 품고 있는 느낌이었다. 이 모든 점을 통틀어 그녀의 외양에는 매우 모던하고 고도로 세련된 면이 있었다. 그녀는 신경질적인 체질이 갖는 특유 의 결점과 함께 장점도 가지고 있었다. 손님에게 계속 미소를 지었 지만, 식사 중에 분명 웃음을 터뜨리게 될 거라고 생각한 말을 그가 여러 차례 했음에도 처음부터 끝까지 한 번도 소리 내어 웃지 않았 다. 후에 그는 그녀가 전혀 웃음 소리를 내지 않는 여자라는 걸 알 게 되었다. 들뜬 기분에 사로잡히는 때가 있더라도 언제나 묵묵히 즐겼다. 그녀와 알고 지내는 동안에 딱 한 번 그녀의 즐거움이 목소 리를 내는 것을 보았는데, 그때 그 웃음소리가 어찌나 생소했던지 랜섬의 귀에서 떠나지 않았다.

그녀는 엄청나게 많은 질문을 그에게 퍼부으면서도 그의 대답에는 아무런 의견도 내지 않았고, 그의 대답은 그녀에게 새로 물을 계기를 제공하는 데 이바지하는 형국이었다. 수줍음도 이제는 완전히 자취를 감추고, 다시는 돌아오지 않았다. 그녀는 자신감이 넘쳐서 자신이 그에게 깊은 관심을 기울이고 있다는 것을 그가 알길 바랐다. 왜일까? 그는 의아했다. 그는 자신이 그녀와 같은 종류의 사람이라고는 생각할 수 없었다. 자신 안에 보헤미안 기질이 많다는 걸 의식하고 있었다―뉴욕의 지하 술집에서 맥주를 마시고, 숙녀들은 모르고 '버라이어티' 배우들과 친밀한 그였다. 그녀는 그에 대해 좀 더 잘 알게 된다면, 물론 그가 배우들에 대해 말하지도 않을 테고, 필요하다면, 맥주에 대해서도 말할 생각은 없었지만, 분명히 그를 못마땅해할 것이다. 랜섬에게 악덕은 순전히 일련의 특수한 사례, 즉 해명이 가능한 사건들에 불과했다. 퍼붓는 질문이 그다지 신경 쓰이는 것도 아니었다. 캐묻는 것이 보스턴적인 기질의 일부라면 그도 끝까지 예의 바른 미시시피 사람 역할을 하면 된다. 그녀가 알고 싶은 만큼 충분히 미시시피 이야기를 해주자. 이제 남부의 낡은 관념은 막을 내렸다는 말을 그녀에게 얼마나 귀에 못 박힐 정도로 했는지도 개의치 않았다. 그런 이야기를 통해 그녀가 그에 대해 더 잘 이해하게 되는 건 아닐 것이다. 그런 한정된 사안을 인정해봤자, 거기서 추측해낼 수 있는 그의 견해가 얼마 되지 않는다는 걸 그녀는 알지 못할 것이다. '개조'에 대한 그녀의 열광에 관해 언니 되는 이가 전해준 이야기가 그의 입속에 불쾌한 뒷맛 같은 걸

로 남아 있었다. 어쨌든 그녀가 인본주의라는 종교―베이질 랜섬
도 콩트*를 읽은 적이 있었다. 그는 다독가였다―를 신봉하는 이
상, 그를 이해할 일은 결코 없을 것 같다고 느꼈다. 그 역시 나름대
로 개혁의 꿈을 갖고 있었지만, 제1원리는 개혁자들을 개혁하는
것이었다. 둘 사이에 잠재된 그 모든 불협화음에도 식사는 아주 성
공적으로 진행되었고, 막바지에 다다르자 그녀는 그에게 식사를
마치고 나가봐야 한다며 혹시 동행하겠느냐고 물었다. 그녀는 친
구 집에서 열리는 소소한 모임에 가는 것으로, 친구가 '새로운 사상
에 관심을 가진' 몇몇 사람을 퍼린더 여사에게 소개하는 자리라고
했다.

"아, 감사합니다." 베이질 랜섬이 말했다. "파티인가요? 미시시
피주가 분리된 이후로** 전 파티에 가본 적이 없어요."

"아니에요. 미스 버즈아이는 파티를 열지 않아요. 금욕주의자이
거든요."

"아, 하긴, 우린 이미 만찬을 마쳤네요." 랜섬이 웃으며 말했다.

집주인은 시선을 바닥에 고정한 채 잠시 가만히 앉아 있었다.
이런 때면 그녀는 할 말이 여러 개 있는데, 다 중요한 말이라 어느
걸 골라야 할지 대단히 주저하는 것처럼 보였다.

---

*   프랑스의 철학자이자 사회학자 오귀스트 콩트를 가리킨다. 실증주의적이고 경험주의
적인 사회학의 창시자로, 19세기 진보주의적 사상의 상징이자 대표자였다.
**   19세기 초 연방주의를 지지하는 뉴잉글랜드의 주들과 주권주의를 지지하는 남부 주들
은 노예제를 두고 첨예하게 대립했는데, 링컨이 대통령으로 선출된 후 미시시피주를 포
함한 남부의 열한 개 주가 연방에서 차례로 분리되면서 남북전쟁이 발발하게 된다.

"어쩌면 당신도 흥미를 느끼지 않을까 싶은데요." 이내 그녀가 입을 열었다. "토론을 듣게 되실지도 몰라요, 그런 걸 좋아하신다면. 아마 찬성하지 않으시겠지만." 이렇게 덧붙이며 그녀는 묘한 눈빛으로 그를 바라보았다.

"아마도 그렇겠죠—전 만사 반대하는 사람이니까요." 미소와 함께 자기 정강이를 만지작거리며 그가 말했다.

"당신은 인류의 진보를 바라지 않나요?" 미스 챈설러가 이야기를 이어갔다.

"글쎄요. 진보적인 것을 본 적이 없으니까요. 저에게 좀 보여주실 건가요?"

"진보를 향한 진지한 노력은 보여드릴 수 있습니다. 그건 확신합니다. 그러나 당신이 보여줄 만한 사람인지는 확신이 안 드네요."

"지극히 보스턴적인 어떤 것인가요? 그렇다면 보고 싶은데요." 베이질 랜섬이 말했다.

"다른 도시들에서도 똑같은 움직임이 있습니다. 퍼린더 여사는 어디든 가십니다. 오늘 밤 이야기를 해주실 거예요."

"퍼린더 여사라면, 그 유명한—?"

"네, 그 유명한 분요. 여성해방운동의 위대한 주창자이시죠. 미스 버즈아이의 친한 친구예요."

"미스 버즈아이라는 분은?"

"우리 사이에 유명 인사로 통하는 분이에요. 이 세상에 그분만큼 온갖 현명한 개혁에 힘써오신 여성은 없다고 생각해요. 이건 꼭 당신에게 얘기해둬야 할 것 같습니다만—" 미스 챈슬러는 잠시 말을 끊었다가 계속했다. "그분은 예의 노예제 폐지 운동에 앞장서고 가장 열정적으로 활동한 사람 중 한 명이었습니다."

사실 그녀는 이것만은 그에게 꼭 말해두어야 한다고 생각했고, 말하다 보니 흥분한 나머지 온몸이 희미하게 떨렸다. 한데 그녀는 이런 정보에 그가 짜증을 내지 않을까 우려했건만 그가 자못 서글 서글한 말투로 이렇게 외쳤기에 실망스러웠다.

"와, 그렇게 옛날 분이라니—틀림없이 상당히 지긋한 나이겠습 니다!"

때문에 그녀는 엄한 어조로 다음과 같이 대꾸했다.

"결코 늙지 않는 분이에요. 제가 아는 가장 젊은 마음을 가진 사 람입니다. 그런데 이렇게 공감할 마음이 없다면 안 오시는 게 낫지 않았을까 싶네요."

"공감이라니, 뭐에 말씀이십니까, 친애하는 마담?"이라고 베이 질 랜섬이 물었지만, 그녀가 느끼기에 그 어조에는 여전히 정말로 진지한 기색이 보이지 않았다. "말씀하신 바대로 토론이 벌어진다 면, 서로 다른 입장이 있을 테고, 당연히 한 사람이 양쪽에 다 공감 할 수는 없겠지요."

"그건 그렇지만, 누구나 그의 입장에서—혹은 그녀의 입장에 서—새로운 진리의 정당성을 호소하는 거예요. 그게 싫으면 우리 에게 오지 마세요."

"나는 그 새로운 진리라는 게 뭔지 조금도 모르겠다고 말씀드리 는 거예요! 아직 전 낡은 진리—태양이나 달 같은 오래된 것들—

외에는 맞닥뜨린 적이 없으니까요. 알 리가 없지 않습니까? 하지만 꼭 나를 데리고 가주세요. 보스턴을 알기에는 좋은 기회니까요."

"보스턴 문제가 아닙니다 — 인간성의 문제죠!" 이렇게 말하며 미스 챈설러는 의자에서 일어섰는데, 그 동작으로 보건대 그의 부탁을 들어주는 듯했다. 그러나 외출 준비를 하려고 자리를 비우기 전에 그녀는 그에게 자기가 한 말의 의미를 알면서도 일부러 모른 척하고 있을 뿐이라고 말했다.

"네, 뭐, 대충 짐작은 하고 있습니다만"이라고 그가 털어놓았다. "하지만 오늘 밤 그 소모임이 제게 그것을 더 확실하게 할 기회를 주지 않을까요?"

그녀는 불안한 표정을 지으며 순간 망설였다. "퍼린더 여사가 확실하게 해줄 겁니다!"라고 말하며 그녀는 준비하러 갔다.

딱하게도 이 젊은 숙녀의 기질에는 이처럼 불안감을 느끼거나 의심하고 주저하고, 사태의 결과를 예상하며 미리 고민하는 구석이 있었다. 10분 후에 그녀는 보닛을 쓰고 돌아왔는데, 보아하니 미스 버즈아이의 금욕주의에 대한 경의의 표시인 것 같았다. 그녀는 그 자리에 서서 장갑을 끼면서 — 그사이 손님은 퍼린더 여사와의 대면에 대비해 기운을 돋우기 위해 와인 한 잔을 더 마셨다 — 오늘 밤 모임에 같이 가자고 한 것이 정말 후회스럽다고 분명히 말했다. 아무래도 그가 모임 분위기와 어울리지 않을 것 같은 예감이 든다고 했다.

"이런, 강령회라도 열리나요?" 베이질 랜섬이 물었다.

"뭐, 전에도 미스 버즈아이 댁에서 영감을 받은 연설을 들은 적이 있습니다만." 이 말을 하면서 올리브 챈설러는 작정하고 상대의 얼굴을 똑바로 응시했다. 그런 태도에 그가 깜짝 놀랄 거라는 짐작이 그녀를 억제하기보다 마땅히 그런 태도를 보여야 할 이유로 작용했기 때문이다.

"아이고, 미스 올리브, 그럼 바로 나를 위한 모임이나 다름없군요." 미시시피 태생의 청년은 두 손을 움켜쥐고 안색을 빛내며 외쳤다. 그녀는 이런 말을 하는 그가 아주 잘생겼다고 생각했지만, 유감스럽게도 보기 좋은 남자일수록 진리, 특히 새로운 진리에 관심이 없다는 것을 상기했다. 하지만 그녀에게는 늘 의지할 수 있는 정신적 자원이 있었다. 극심한 감정의 혼란에 휩싸일 때면 그녀에게 언제나 위안이 되어주던 것으로, 자신이 어쨌든 남성을 계급으로서 증오한다는 점이었다. "그리고 전 왕년의 노예제 폐지론자도 꼭 만나고 싶어요. 아직 한 번도 내 눈으로 본 적이 없거든요." 베이질 랜섬이 덧붙였다.

"물론 남부에서는 보실 수가 없었겠죠. 그쪽 분들은 그런 분을 무서워해서 부르지 않으셨을 테고요!" 그녀는 그가 따라오기를 주저하게끔 뭔가 그의 기분을 심히 상하게 할 말을 계속 떠올리려고 했다. 기묘한 일이지만―그녀처럼 강렬한 감성을 가진 사람은 특별히 뭐가 뭐보다 더 기묘하다고 할 만한 것이 없지만―그에게 같이 가자고 한 것을 재고하다 보니 점점 불안이 깊어져, 이 남자의 존재가 초래할 결과에 대해 이치에 맞지 않는 공포를 느꼈기 때문이다. "어쩌면 미스 버즈아이가 당신을 좋아하지 않을지도 몰라요." 마차가 오기를 기다리는 동안 그녀는 이런 말도 덧붙였다.

"글쎄요, 난 좋아할 거라고 생각하는데요." 베이질 랜섬이 쾌활하게 말했다. 이 기회를 포기할 생각이 조금도 없는 듯했다.

바로 그때 창문으로, 마차가 다가오는 소리가 들려왔다. 미스 버즈아이는 사우스엔드에 살았다. 거리가 상당해서 미스 챈슬러는 대마차를 불러놓았다. 찰스가에 사는 장점 중 하나는 마구간이 가까이 있다는 것이다. 그녀의 행동에 아주 명확한 논리가 있었던 것은 아니었다. 혼자였다면 궤도차를 타고 목적지까지 갈 것이었다. 절약하기 위해서가 아니고(그 정도로 가계를 걱정하지 않아도 되는 형편이었다), 또 보스턴을 밤에 걸어 다니는 걸 좋아해서도 아니라(그런 식으로 위험에 노출되는 것을 무척 싫어했다), 그녀가 신봉하는 이론 때문이었다. 그 이론은 그녀에게 불공평한 차이를 없애고 민중의 삶 속에 녹아들 것을 명했다. 여느 때 같으면 보일스턴가까지 걸어간 다음, 그곳에서 공공의 운송 수단을 타고(내심 그것을 꺼리면서도) 사우스엔드까지 갔을 것이다. 보스턴에는 밤길을 걸어가야 하거나, 오감이 다 불쾌해지는 궤도마차에 꼭 끼인 채 타야 하는 가난한 여자들이 수없이 많은데, 왜 자기만 그들보다 우월한 듯 굴어야 할까? 올리브 챈슬러는 이런 고매한 원칙으로 자신의 행동을 규제했다. 오늘 밤 신사의 비호를 받을 수 있는 이점이 있는데도, 오히려 마차를 불러 이를 차단한 것도 그래서였다. 평소와 같은 방식으로 둘이 함께 갔다면, 그녀가 그렇게 과감한 수단을 취할 수 있었던 건 그 덕분이라고 보여졌을 수도 있는데, 상대는 그녀가 결코 은혜를 입고 싶지 않은 성별에 속했으니. 몇 달 전 그에게 편지를 썼을 때 그녀는 오히려 그가 빚을 지게 할 심산이지 않았는가. 두 사람은 침묵 속에서 마차 좌석에 나란히 앉아 사우스엔드로 향했는데, 마차는 철로에서 어찌나 흔들리고 덜컹거리는지 바퀴를 몸에 달고 달리는 것과 진배없었다. 밖을 내다보니 돌계단으로 오르내리도록 만든 돌출 현관이 달린 붉은 벽돌집들이 길 양쪽에 어스레한 등불을 받으며 늘어서 있었다. 사색에 잠겨 이리저리 흔들리며 가던 중에 미스 챈설러는 이런 진동 속에 자신을 놓이게 한(자기가 왜 그랬는지 모를 일이었다) 벌로서 그를 꺾어보고 싶은 일념으로 동승자를 향해 말했다.

"당신은 더 나은 시대가 올 것을 믿지 않나요?―그 시대가 인류를 위해 뭔가를 할 가능성을 믿지 않는 건가요?"

불쌍한 랜섬은 그녀의 말에서 도전의 느낌을 받고는, 오히려 어안이 벙벙해졌다. 새로 알게 된 이 여자가 도대체 어떤 유형의 인간인지, 어떤 게임을 자신과 하려는 건지 의아해졌다. 이런 식으로 그를 괴롭히고 싶은 거라면, 왜 접근했던 거지? 하지만 그는 어떤 게임이든―지금 그녀가 하려는 게임이든 또 다른 게임이든―기꺼이 할 사람이었다. 또한 지금이야말로 자신이 오래전부터 더 가까이 보고 싶다고 바라왔던 것을, 눈으로 확인할 기회를 맞았다고 느꼈다. "글쎄요, 미스 올리브"라고 그는 대답하며 무릎 위에 뒀던 큰 모자를 다시 썼다. "내가 생각하는 것은 인류는 자신들의 어려움을 견뎌내야 한다는 것입니다."

"그건 남자들이 여자들한테 하는 말이죠. 그들이 만들어놓은 여성의 지위에서 인내하게끔."

"아, 여성의 지위라!" 베이질 랜섬은 외쳤다. "여성의 지위란 남자들을 웃음거리로 만드는 것이죠. 나는 언제든 당신들의 지위와 내 지위를 바꾸겠습니다." 그는 계속 말했다. "바로 그렇게 혼잣말을 했습니다. 우아한 당신 집에 있을 때 말이죠."

그는 마차 내부가 어두침침해서 그녀의 얼굴이 금세 붉어진 것을 보지 못했고, 또 그녀가 여자로 태어난 운명의 괴로움을 경감하는 자신의 특정한 조건을 떠올리기를 싫어한다는 점을 알지 못했다. 그러나 잠시 후 대답한 그녀의 목소리가 격정으로 떨리자, 그는 자신이 그녀의 민감한 곳을 건드렸음을 충분히 확인했다.

"어쩌다 보니 나한테 조금 재산이 있다고 저를 비난하시는 건가요? 제가 진심으로 바라는 건 제 재산으로 다른 사람들을 위해 뭔가 하는 건데요. 불쌍한 사람들을 위해서요."

베이질 랜섬으로서도 그녀의 이 마지막 언명에 걸맞은 공감의 반응을 보이고, 친척뻘 되는 여성의 고결한 염원을 칭찬할 법도 했다. 그러나 그의 마음에 더 강하게 자리 잡은 것은, 불과 한두 시간 전 완벽하게 우호적으로 시작한 관계가 이렇게 갑자기 신랄하게 변해버렸다는 사실의 기묘함이었다. 그래서 그는 또다시 웃음을 터뜨리고 말았다. 이 웃음으로 그녀는 자신이 얼마나 농담과는 거리가 먼 말을 하고 있는지 뼈저리게 느꼈다. "왜 내가 당신 생각을 신경 써야 하는지 모르겠네요"라고 그녀가 말했다.

"신경 쓰지 마세요—쓰지 말아요. 내 생각이 뭐라고요. 조금도 중요하지 않아요."

그는 이렇게 말했지만, 진실은 아니었다. 신경 써야 할 이유가 있다는 걸 그녀도 느끼고 있었다. 이 남자를 자신의 삶에 끌어들인 이상, 대가를 치러야 한다. 차라리 지금 당장 최악의 것까지 알고 싶었다. "당신은 우리 여성의 해방에 반대하나요?" 가로등 불빛에 순간적으로 비친 허연 얼굴을 그에게 돌리며 그녀가 물었다.

"당신 말은, 여성 투표권이라든가 목회라든가, 그런 것들을 뜻하나요?" 그는 이렇게 되물었지만, 상대방이 자신의 대답을 얼마나 진지하게 받아들일지를 깨닫고는 거의 겁에 질려 대답을 미뤘다. "퍼린더 여사의 이야기를 듣고 말씀드리도록 하죠."

미스 챈설러가 마부에게 알려준 주소지에 도착한 마차는 한 번 휘청하며 멈췄다. 베이질 랜섬은 문 앞에 내려서서 젊은 숙녀를 부축하려고 손을 내밀었다. 그러나 그녀는 주저하는 듯 보였고 유령처럼 창백한 얼굴로 그냥 앉아 있었다. "싫은 거네요!" 그녀가 목소리를 낮춰 내뱉듯이 말했다.

"미스 버즈아이가 나를 개심시켜주시겠죠." 랜섬은 속셈이 있어서 이렇게 말했다. 강한 호기심을 품게 된 그는, 여기까지 온 마당에 이제 미스 챈설러가 그가 그 집에 들어가는 것을 막을까 봐 걱정했던 것이다. 그녀는 그의 손을 빌리지 않고 마차에서 내렸고, 그는 그녀 뒤를 따라 미스 버즈아이가 사는 저택의 높은 계단을 올라갔다. 그의 마음은 강한 호기심에 휩싸였는데, 특히 그가 알고 싶었던 것은, 도대체 왜 이 까탈스러운 독신녀가 자신에게 편지를 보냈는가였다.

4장

집을 나서기 전 그녀는 좀 일찍 가려 한다고 말했다. 다른 사람이 오기 전에 혼자서 미스 버즈아이를 만나고 싶었다. 그저 그녀와 얼굴을 마주하는 즐거움을 위해서였다 — 이건 기회였다. 미스 버즈아이는 언제나 다른 사람들과 어울리기 바빴다. 미스 버즈아이는 저택 현관에서 미스 챈설러를 맞았다. 이 건물의 정면은 독특한 구조로, 문 위에 달린 유리 등에 756이라는 아주 큰 수가 금빛 글자로 크게 쓰여 있고, 지하층 창문 중 하나에는 (메리 J. 프랜스라는) 여의사의 이름이 적힌 주석 간판이 걸려 있는 것이, 건물 전체가 특매로 내놓은 케케묵은 상품 같은, 새로움과 퇴색된 느낌이 섞여 일종의 현대적 피로감을 보여주는 듯한 특이한 외관을 가지고 있었다. 현관은 몹시 좁은 데다 커다란 모자걸이가 그 대부분을 점령했는데, 이미 여러 벌의 코트와 숄이 걸려 있었다. 그래도 미스 버즈아이가 옆으로 움직일 공간은 남아 있었다. 그녀는 옆걸음질로 손님들 옆을 빠져나가더니 이윽고 몸을 돌려 안쪽에서 잠겨버린 중문을 열어 손님들이 더 안으로 들어갈 수 있도록 했다. 몸집이 작고 머리가 이상하게 큰 고령의 여성이었다. 랜섬이 처음 알아차린 인상이 그랬다—시력이 약해지고 친절하고 지친 느낌의 눈 위에 얹힌 돌출된 넓고 흰 이마에는 아무 장식도 없고 이마와 균형을 맞추기 위해 머리 뒤에 모자를 썼는데 효과가 없을 뿐 아니라, 금방이라도 흘러내릴 듯했다. 미스 버즈아이도 이야기를 주고받다가 그걸 느끼고 바로잡으려고 했지만 헛수고였다. 그녀의 얼굴은 슬프고 창백하고 온화했고, 천천히 녹이는 용해제에 푹 담겨 흐릿해지고 희미해진 듯 보였다(머리 전체가 그런 효과를 냈다). 오랜 인류애의 실천은 그녀의 이목구비에 별다른 특징을 부여하지 않고, 그 변화와 의미를 지워버렸다. 공감과 열망의 물결은 마치 시간의 파도가 오랜 대리석 흉상의 표면을 끝내 변형시키는 것과 같은 방식으로 그녀의 얼굴에서 날카로움과 세부 특징을 서서히 쓸어 갔다. 그녀의 커다란 얼굴에 흐릿한 미소가 떠올라도 사람들은 거의 알아볼 수 없었다. 그것은 미소의 스케치에 불과했고 일종의 할부 지급 되는 미소 같았다. 시간만 허락한다면 더 웃겠지만 웃지 않아도 그녀가 온화하고 구슬리기 쉬운 사람임을 알 수 있지 않냐고 말하는 것처럼 보였다.

　그녀의 옷차림을 늘 똑같았다. 깊은 주머니가 달린 헐렁한 검은색 재킷을 입는데, 그 주머니에는 종이가, 방대한 통신문 메모가 가득했다. 재킷 아래에는 짧은 나사 천 드레스를 입었다. 이런 소박한 복장의 간결함은 미스 버즈아이가 자신이 일하는 여성이며 자유롭게 행동하고 싶다는 것을 어떻게든 보여주고자 하는 책략 중 하나였다. 그녀가 짧은 치마 연맹*에 속했던 것은 당연지사다. 어떤 목적을 위해 만들어진 연맹이든 연맹이란 연맹에는 어디든 가담하는 여성이었으니까. 그렇다고 해도 그녀가 머리 흐릿하고 지리멸렬하고 비논리적이고 산만한 나이 많은 여자라는 건 변함이 없었고, 그녀의 자선은 집 안에서 시작해 맹신을 뒤에 달고 아무 데도 이르지 못했으며, 놀랍게도 반세기에 이르도록 인도주의적 열의를 품어왔음에도, 일찍이 세상 거의 모든 제도의 부당함을 증명하려는 현장으로 들어갔던 당시에 비해 인간에 대한 이해가 전혀 깊어지지 않았다. 베이질 랜섬은 그녀가 살아온 삶의 방식에 대해 거의 아는 바가 없었지만, 이 여자를 보고 있자니 한 사회 계급의 실상을 보는 것 같았고, 예전에 이름과 일화를 들어본 적 있는 사회주의자 군상들이 이 여자 뒤에 무리 지어 있는 듯했다. 그녀는 일생을 연단이나 청중이나 집회나 사회주의 생활공동체나 회합 등에 소진해온 것처럼 보였다. 그녀의 시든 얼굴에는 연단에 놓인 투박한 램프 불빛이 비치는 것 같았고, 사회 개혁 토론이 주로 열리는 장소의 텁텁한 분위기 속에서 힘들게 숨을 몰아쉬며 위로 향하는 각도가 습관이 된 듯 단상의 연사를 우러러보는 모습이 연상됐다. 그

---

* 가상의 조직으로, 미국의 여성해방주의자 어밀리아 블루머(1818~1894)가 1851년 런던만국박람회에 선보여 굉장한 반향을 불러일으켰던 블루머 코스튬에 대한 암시로 추정된다. 블루머 코스튬은 높은 목선과 긴 소매로 된 무릎 길이 정도의 실크 드레스 밑에 주름 장식이나 끈이 달린 터키풍의 배기 바지를 연결한 형태를 띠었다.

너는 끊임없이 말했는데, 너무 빈번히 당긴 벨 끈처럼 스프링이 끊어져버린 것 같은 목소리였다. 미스 챈설러가 랜섬 씨를 데려왔다며 그가 퍼린더 여사를 꼭 만나고 싶어 한다고 설명하자, 미스 버즈아이는 얼룩덜룩하고 서민적인 작고 가냘픈 손을 청년에게 내밀고는 자기도 모르게 다정한 눈빛으로 그를 바라보았지만, 오늘 모임처럼 흥미로운 자리에 참석하는(따라서 아마도 동시에 불공평함을 수반한) 행운을 얻지 못한 다른 이들과 특별히 차별해 반기는 기색은 조금도 없었다. 그는 그녀가 몹시 가난하게 살고 있다는 인상을 받았지만, 평생 그녀가 한 푼의 저축도 가져본 적이 없다는 걸 알게 된 것은 더 나중이었다. 그녀가 어떻게 생계를 유지하는지 아는 이가 없었다. 돈이 생기면 그녀는 흑인이나 망명자에게 줘버렸다. 그녀만큼 공평무사한 여성이 또 없었지만, 대체로 그녀가 좋아하는 인간 부류는 이 두 계급이었다. 남북전쟁 후에는 그녀가 할 일이 거의 없어졌다. 전쟁 전에는 자신이 남부의 노예를 도망시키는 데 도움을 주고 있다고 공상하면서 최고의 시간을 보냈던 것이다. 혹시 그녀가 내심 옛날의 그 흥분을 그리워한 나머지 흑인들이 노예 신분에 다시 묶이기를 바라는 건 아닌지, 의문을 가져볼 만하다. 마찬가지로 유럽의 많은 독재 체제가 완화되는 추세 또한 그녀에게는 곤란한 일이었다. 이전에는 조국에서 추방된 내란 음모자들을 위해 망명의 보금자리를 봐주는 게 그녀의 삶에 낭만적 모험이 되어주었기 때문이다. 망명자들은 그녀에게 둘도 없이 소중한 존재였다. 죽은 사람처럼 창백한 폴란드인을 위해 돈을 모으거나, 윗옷을 입지 않는 이탈리아인에게 강의 자리를 얻어주는 데 늘 혈안이었다. 과거 한 헝가리인이 그녀의 애정을 독차지한 끝에 그녀의 소유물 전부를 훔쳐 사라졌다는 전설도 남아 있다. 그러나 이 이야기는 상당히 미심쩍다. 원래 그녀가 뭘 소유한 적이 없고, 그녀가 그렇게 사적인 감정을 품을 수 있다는 것 또한 심각히 의심해볼 여지가 있다. 그 시절에도 그녀는 오로지 대의와만 사랑에 빠졌고, 인간의 해방만을 염원했다. 그래도 그때가 가장 행복한 시기였다. 대의가 이국인(아프리카계 흑인이 달리 무엇이랴)으로 육화되어 나타나서 확실히 더 마음이 끌렸기 때문이다.

마침 그녀는 닥터 프랜스를 찾으러 아래층으로 내려오던 길이었다 ― 위층으로 올라오지 않겠냐고 물어보기 위해서였다. 하지만 그 의사가 방에 없어서 미스 버즈아이는 저녁 식사 하러 나갔을 거라고 추측했다. 의사는 두 블록 떨어진 곳에 있는 하숙집 식당에서 저녁을 먹곤 했으니까. 미스 버즈아이가 미스 챈설러에게 저녁 식사를 하고 왔길 바란다는 뜻을 비쳤다. 아직 아무도 오지 않아 느긋하게 저녁을 먹고 와도 되었을 것이다. 그녀는 사람들이 왜 이렇게 늦게 오나 싶었다. 랜섬은 모자걸이에 걸려 있던 옷들이 미스 버즈아이의 친구들이 모여 있음을 보여주는 증거가 아니라는 걸 깨달았다. 그가 조금 더 파고들었다면, 늘 출처가 불분명한 옷가지들이 현관의 못 같은 것들에 걸려 있는 집임을 알아차렸을 것이다. 미스 버즈아이의 손님, 닥터 프랜스를 방문하는 손님, 다른 거주자들의 손님까지 ― 이 756번지 집은 여러 사람이 공동으로 거주하는 건물로, 서로 간의 경계가 매우 흐릿했다 ― 요청받은 물건을 거기 두고 가거나, 손가방이나 작은 천 핸드백을 가지고 다니다 마땅히 둘 장소가 없어 찾다가 거기 두곤 했다. 이 집의 내부 구조의 특징을 완성하는 것은, 곧 그녀의 두 손님이 들어가, 이 선량한 여성의 모임에 속한 다른 여러 사람과 만나게 된, 미스 버즈아이 자신의 방이었다. 건초 더미나 다름없는 외형을 가진 본질적으로 형체가 없다시피 한 이 나이 든 여자에게 어떤 것이 형체를 부여해준다는 말을 할 수 있다면, 사실 그 방이 미스 버즈아이 자신을 완성해주고 있었다. 길게 늘어져 텅 빈 거실(그 형태가 미스 챈설러의 집 거실과 정확히 같았다)의 빈한함은 그녀가 평소 정신적 필요 외에 다른 필요를 느낀 적이 없으며 일생이 연민의 역사였음을 말해주었다. 작은 가스등의 뜨겁고 환한 빛이 방을 비춰서 실내는 희끄무레하고 밋밋하게 보였다. 베이질 랜섬의 눈에도 그 방이 어쩌나 단조로운지, 이런 집을 좋아하다니 아무래도 친척의 머리가 이상해진 것이 틀림없다고 그는 속으로 중얼거렸다. 그녀가 이곳을 죽을 만큼 싫어했고, 계속해서 자신에게 모욕을 주고 상처를 입히는 사회생활에서 가장 사무치는 고통이 이렇게 취향이 손상되는 데서 온다는 것을 그로서는 그때 몰랐고, 그 후에도 결코 알 수 없었다. 그녀는 과민한 신경을 억누르고, 취향이란 박식을 가장한 경박에 불과하다고 자신을 설득하려고 애써왔다. 그러나 민감한 감수성은 계속해서 새롭게 되살아나, 보기 좋게 꾸미는 걸 배제하는 게 과연 인류애의 열망에 필수적인 부분인지 의구심을 갖게 되었다. 미스 버즈아이만 해도 가난한 이국의 예술가들에게 일자리나 개인 그림 교습이나 초상화 주문을 알선해주기 위해 항상 애를 썼고, 이들이 위대한 재능의 소유자라는 무조건적인 확신으로 임했다. 사실 그

너에게는 회화나 조형물의 아름다움을 이해할 만한 감각이 조금도 없었지만.

9시가 다 되어 희미하게 쉿쉿 소리를 내며 타던 가스등 불이 퍼린더 여사의 모습을 확 비추었다. 미스 챈설러의 의문을 지울 만한 위풍당당한 모습이었다. 퍼린더 여사는 잘생기고 덩치가 큰 여성으로, 성공한 인물다운 관록이 각진 굴곡을 부드럽게 보정해주고 있었다. 바스락거리는 소리를 내는 드레스(취향이 무엇인지를 아는 여자임은 이것만으로도 분명했다), 풍성하고 윤기 나는 흑발, 그녀 같은 사람에게 휴식은 짧으면 짧을수록 좋다고 말하는 듯한 팔짱 낀 팔, 질릴 정도로 균형 잡힌 이목구비. 여기서 질린다는 말로 그녀의 멋지고 침착한 얼굴을 표현한 것은, 이렇게 비율이 정확한 용모가 어떻게 고상함이 부족할 수 있겠는가 하는, 이미 답이 정해진 질문을 던지는 듯했기 때문이다. 그 비율과 고상함에 이의를 제기할 여지가 없으니, 위압적으로 느끼지 않을 수 없었다. 그녀에게는 석판화 같은 매끈함이 있어, 미국의 나이 지긋한 귀부인과 공인을 혼합한 느낌이 났다. 차갑고 고요한 큰 눈에는 공적인 차원의 뭔가가 있었다. 고명한 인물이 지역 유지로부터 찬사를 받으며 연단 위에서 청중의 물결을 내려다보는 습관에서 비롯된, 일종의 드러난 과묵함을 띤 눈이었다. 퍼린더 여사는 거의 언제나 여러 인사들의 찬사를 받으며 등장하는 인물다운 분위기를 갖고 있었다. 그녀는 지극히 천천히 명료하게 말했고, 분명 거기에는 높은 책임감이 배어 있었다. 모든 단어의 음절 하나하나를 소홀히 하지 않는, 명확함을 강조하는 발음이었다. 그녀와 대화를 나누다가 상대가 어떤 것을 대수롭지 않게 여기거나 한 번에 두세 단계 뛰어넘기라도 하면, 그녀는 입을 다물고는 그런 속임수를 잘 알고 있다는 듯이 냉랭한 참을성으로 가만히 상대를 바라보다가, 신중한 자기 페이스로 이야기를 계속했다. 그녀는 금주와 여성의 권리에 대해 주로 강연했다. 그녀가 고투하는 목표는 국가의 모든 여성에게 투표권을 주고 모든 남자에게서 술이 넘쳐흐르는 잔을 뺏는 것이었다. 그녀는 지극히 훌륭한 예의가 몸에 밴 여성으로, 가정주부로서의 미덕과 응접실에 어울리는 우아함을 갖추고 있었다. 고로 그녀는 숙녀가 토론에 나서는 것이 반드시 안온한 가정생활을 해치는 것만은 아님을 보여주는 빛나는 증거로 여겨졌다. 그녀에게는 남편이 있었고, 그 사람의 이름은 아머라이어였다.

닥터 프랜스가 저녁 식사를 하고 돌아와, 미스 버즈아이가 현관에서 난간 너머로 느즈러진 목소리를 몇 번이고 울리며 올라오라고 부르는 데 답하여 모습을 드러냈다. 평범하게 생긴 깡마른 젊은 여자로, 머리를 짧게 자르고 외알 안경을 썼다. 방에 들어서자마자 변성근시가 있는 듯한 눈으로 주위를 둘러보았는데, 어쨌든 자신은 이번엔 미스 버즈아이가 왜 오라고 했는지 보러 온 것뿐 그 이상의 사교적 목적으로 온 것은 아니니, 한 말씀 해달라든가 하는 기대는 하지 말아줬으면 하는 듯했다. 9시까지 스무 명이 더 도착해, 장식이랄 게 없이 길쭉한 방 벽을 따라 나란히 놓인 의자에 착석했는데, 그러고 나니 커다란 궤도차 내부와 유사해지는 결과가 되었다. 방에는 이 의자들을 제외하고는 가구다운 가구가 거의 없고, 의자도 빌려 온 듯한 것이 대부분이라 위층 침실들은 의자가 다 없어졌을 것 같았다. 이 밖에 변색된 대리석 상판이 달린 탁자가 한두 개 있었고, 몇 권의 책과 신문 더미가 구석에 쌓여 있었다. 이런 식이라면 별로 흥겨운 모임은 아니겠다고 랜섬은 나름대로 내다봤다. 연회다운 움직임도 없고 대부분의 참석자 사이에 서로 가볍게 인사하는 것도 없었다. 일동은 뭔가를 기다리는 듯이 의자에 앉아 잠자코 퍼린더 여사 쪽을 곁눈질로 봤는데, 다행히도 이 자리를 흥겨운 자리로 알고 온 기색은 없었다. 좌중의 압도적 다수를 이루는 여성들은 미스 챈설러처럼 보닛을 쓰고 있었다. 남자들은 작업복 차림으로, 그 위에 낡아 보이는 외투를 입은 자가 많았다. 덧신을 신은 채 방으로 들어온 이도 두세 명 있었는데, 가까이 다가가자 고무 냄새가 코를 찔렀다. 그러나 미스 버즈아이는 그런 걸 전혀 눈치채지 못했다. 그녀는 냄새도 음식의 맛도 모르는 사람이었다. 그녀의 친구들 대부분은 불안하고 초췌한 얼굴을 하고 있었지만, 예외도 여럿 있었다―평온하고 혈색 좋은 얼굴도 대여섯은 된 것이다. 저 사람들은 모두 누구지, 라고 베이질 랜섬은 궁금해하며, 영매인지 공산주의자인지 채식주의자인지 짐작해보았다. 미스 버즈아이는 그들 사이를 돌아다니며 상냥하지만 주의가 흐트러진 상태로 똑같은 질문을 반복했다. 차례대로 거의 모든 사람 옆에 걸터앉아, 상대가 하는 말에 친절하게 "그래요, 그렇죠"라고 막연하게 대답하면서 느슨한 보디스의 주머니에 넣은 종이들을 더듬거나 모자를 바로잡으려다가 안경을 떨어뜨리거나 하면서, 무엇보다 자기가 무슨 생각으로 오늘 밤 이 사람들을 다 불러 모았는지 생각했다. 이윽고 그녀는 이 모임이 어쨌든 퍼린더 여사와 관련이 있음을 기억해냈다. 웅변에 능한 여사가 지난번 유세에 대한 몇몇 추억을 일동에게 얘기해주겠다고 약속했던 것이다. 어쩌면 이번 겨울에 시작할 운동에 대해 그 개요를 말해주겠다고도 약속했는지도 모른다. 그게 올리브 챈설러도 이곳에 온 이유이고, 그녀가 데리고 온 검은 눈동자의 (재능 있어 보이는) 청년에게도 즐거움을 줄 것이다. 미스 버즈아이가 그 위대한 여성 연설가에게로 다시 가보니, 여사는 너그러운 표정으로 미스 챈설러가 하는 말을 귀 기울여 듣고 있었다. 미스 챈설러는 좁은 장소를 비집고 들어가 여사 곁에 바짝 붙어 앉아 두 손을 모은 채 정신을 집중해서 묻고 있었는데, 이와 대조적으로 퍼린더 여사의 태도는 여유롭고 자유로워 보였다. 여사 곁으로 가려던 집주인은 마침 그때 새 손님이 도착했기 때문에 멈춰 설 수밖에 없었다. 자신이 이렇게 많은 사람—그녀는 이를테면 잊은 사람만 기억했다—에게 이 모임에 대해 말했었는지 생각도 못 했다. 어쨌든 이런 상황은 분명 퍼린더 여사의 일에 얼마나 많은 사람이 관심이 있는지를 보여주는 증거다. 마침 그때 도착한 손님은 닥터 태런트 부부와 그 딸인 버리나였다. 닥터 태런트는 최면술 치료사였고, 그 부인은 왕년의 노예제 폐지론자 집안 출신이었다. 미스 버즈아이는 예의 그 희미하고 메마른 미소를 처음 보는 그들의 딸을 향해 짓고 있자니, 이 아이는 필시 부모의 핏줄을 물려받아 놀랄 만한 재능이 있을 거라는 생각이 떠올랐다. 미스 버즈아이에게는 온갖 곳에 천재가 숨어 있는 듯 보였다. 셀라 태런트는 놀라운 치료 성과들을 거둔 적이 있는 인물로, 미스 버즈아이는 자신의 많은 지인이 이 남자에게 치료를 받아보면 좋겠다 싶었다. 그의 아내는 에이브러햄 그린스트리트*의 딸로, 일찍이 도망 노예를 자기 집에 30일 동안이나 숨겨준 적이 있었다. 벌써 몇 넌 전이었으니, 이 소녀도 당시에는 아직 어린아이였을 것이다. 그러나 그 사건이 이 아이의 요람에 일종의 무지개를 드리워 어떤 재능을 타고나게 한 계기가 되지 않았을까? 소녀는 빨간 머리였지만 아주 예뻤다.

---

* 노예제 폐지론자를 암시하는 전형적인 이름.

5장

　이러는 동안 퍼린더 여사는 좌중을 향해 연설을 시작할 기미를 보이지 않았다. 여사는 바로 연설하지 않고 잠시 지체한다고 너무 가혹하게 꾸짖지 말라는 듯한 미소를 지으며 미스 챈설러에게 그 이유를 설명했다. 지금까지 셀 수 없이 많은 모임에서 강연을 해왔으니, 다른 사람들의 의견도 듣고 싶다는 것이다. 미스 챈설러도 중요한 현안에 대해 사색을 거듭했을 테니, 대신해 의견을 좀 발표하고 사람들에게 자신의 경험을 이야기해주는 게 어떨까? 가령, 비컨가*에 거주하는 여성들은 투표권 문제를 어떻게 생각하고 있나? 아마 미스 챈설러 당신이라면 다른 누구보다 그분들의 마

---

*　보스턴 백베이 동쪽에 있는 지역으로, 당시 보스턴에서 가장 부유한 사람들이 주로 거주하던 곳이었다.

음을 대변할 수 있을 것이다. 그 방면의 문제에 대해서는 지도자들이 아직 충분한 정보를 얻지 못했으나, 모든 걸 알고 싶어 한다. 미스 챈설러가 그 분야를 맡아주면 어떨까? 그렇게 말하는 퍼린더 여사의 어조는 그 원대한 견해 탓인지, 그녀가 어떤 식으로 활동하는 사람인지 알기 전에는 언뜻 겉만 번드르르하게 들릴 수도 있었다. 그녀는 상대의 상상력이 한 걸음으로는 도달할 수 없는 범위까지 고려하는 사람이었다. 그녀는 미스 챈설러에게 상류 사회에서 운동을 추진하는 방안을 열심히 설명하며, 당신은 보통 사람들이 알 수 없는 영역과 친밀한 관계가 있는 듯한데, 그쪽 밀댐** 지구에서 친구들 중 몇 명을 고무시킬 수 없는지 알고 싶다고 했다.

올리브 챈설러는 이 간청을 특별한 감정으로 받아들였다. 그녀는 개혁 운동에 대해서는 대단한 공감을 품고 있지만, 개혁가들이 좀 다른 부류의 사람들이었으면 하는 생각을 종종 했다. 과연 퍼린더 여사에게는 뭔가 위엄이 있어서 함께하는 이의 마음을 고양시키는 면이 있었지만, 젊은 친구에게 꺼낸 비컨가의 여성들에 대한 이야기는 불편한 면이 있었다. 올리브는 그 멋진 거리가 뭔가 특별한 장소여서 그곳에 사는 것이 세속적 영광의 증거인 양 이야기되는 것을 좋아하지 않았다. 그 거리에도 온갖 부류의 하류층이 살고 있으니, 퍼린더 여사처럼 뛰어난 여성이 록스버리***에 살면서 상

** 보스턴 백베이 옆 강둑 지역.
*** 보스턴 남쪽에 있는 외곽 지역.

황을 그렇게 혼동하면 안 될 일이다. 물론 그 정도의 실수에 짜증을 내는 건 아주 졸렬하지만, 예민한 신경을 갖고 있다는 것 자체가 새로운 진리를 품을 수 있는 근거가 되지 않음을 미스 챈설러가 깨달은 게 이번이 처음은 아니었다. 그녀는 보스턴의 계급사회에서 자신의 위치를 알았고, 그것은 퍼린더 여사가 생각하는 것과는 차이가 있었다. 따라서 그녀를 귀족사회의 대표처럼 여기고 이야기하는 것은 통찰력이 부족한 것이다. (미합중국에서는) 이 용어를 너무 글자 그대로 사용하는 것만큼 우둔한 게 없다는 것을 그녀는 아주 잘 알았지만 챈설러 가문이 신분 구별상 부르주아 계급—가장 오래되고 가장 혜택받은 계급—에 속해 있다고 말한다면, 그게 바로 실상을 표현한 셈이다. 그들이 마뜩해하건 아니건 간에(그들은 그걸 아주 자랑스러워하는 실정이지만), 그들이 그런 계급인 것은 사실이니, 그걸 이해하지 못하는 퍼린더 여사가 촌스럽게 여겨졌다(그러고 보니 여사가 머리를 묶어 튼 방식도 뭔가 촌스러웠다). 만일 미스 버즈아이가 그랬다면, 설령 그 호칭이 '상류사회의 지도자' 같은 끔찍한 표현이었다 해도 올리브는 용서할 수 있었을 것이다. 왜냐하면 가엾은 그 사람에게 최소한의 현실감각이라도 있을 리 만무했기 때문이다. 그녀는 영웅적이고 고결하며, 보스턴의 정신사 전체가 떨어뜨린 저 안경에 반영되어 있지만, (유쾌한 방식으로) 촌스러운 구석이 있었고, 그것은 이를테면 그녀가 가진 독창성의 일부였다. 올리브 챈설러는 상류 인사들의 배타적인 모임에 가입하거나, 진정한 시금석인 더 소규모 파티에 초대받지 않더라도 자신은 이미 특권을 누리고 있다고 여겼다. 그런 사람들 특유의 배덕에 양심이 침범당하지 않은 게 다행이라고 생각했다. 퍼린더 여사가 뜻하는 그런 여성들(아무래도 여사는 특정인들을 가리키는 듯한데)은 스스로 목소리를 내게 될 것이다. 그녀는 좀 다른 분야에서 활동하고 싶었다. 그녀가 오랫동안 사로잡혀온 꿈은 민중 구제의 미담이었다. 아주 가난한 소녀와 친하게 지내고 싶은 간절한 열망을 갖고 있었던 것이다. 그런 즐거움은 아주 쉽게 얻을 수 있을 것처럼 보이지만, 사실 그렇지 않다는 걸 알게 되었다. 그녀는 창백한 피부의 상점 아가씨 두셋과 가까워지려고 해봤지만, 그들이 그녀를 두려워하는 듯 보여서 시도는 불발로 끝나고 말았다. 그들은 그녀가 생각한 것만큼 자신들의 처지가 비극적이라고 생각하지 않았고, 그래서 그녀가 자신들이 무엇을 하기를 원하는지 이해할 수 없었다. 마지막에는 항상 찰리란 사람과 아가씨들이 끔찍하게 얽히며 끝났다. 찰리는 흰색 외투를 입고 종이 옷깃을 단 젊은 남자로, 아가씨들이 결국 가장 마음에 둔 것은 이 남자뿐이었다. 투표권보다 찰리가 훨씬 더 그 여자들에게는 절실한 문제였던 것이다. 퍼린더 여사라면 이런 분야의 문제를 어떻게 다룰지 올리브 챈슬러는 궁금했다. 동네 젊은 여자들을 상대로 조사해보니 항상 이런 뻔뻔한 남자 애인이 그녀 자신의 앞길을 가로막았다. 때문에 그녀는 어느새 그런 남자를 극도로 미워하게 되었다. 그런 남자의 희생양이 되는 여자들이 그들 없이는 결코 행복할 수 없다(그녀와 함께 있을 때 어떤 대화를 나누든 자기들끼리 있으면 자나 깨나 그런 남자 얘기뿐이라는 것을 그녀는 잘 알았다)는 걸 생각하면 그녀는 화가 치밀었다. 낮은 임금에 허덕이며 늘 피곤한 자매들을 위한 저

넉 클럽을 설립하겠다는 그녀의 오랜 꿈도 그 주된 동기가 그런 남
자가 차지하는 지위를 그런 클럽으로 어느 정도 약화할 수 있을 거
라고 생각한 데 있었다—클럽이 생겨도 문 앞에서 남자가 기다리
고 있는 모습이 확실히 예상되기는 했지만. 이런 상황이니, 아까부
터 방향을 잘못 잡은 퍼린더 여사가 여전히 밀댐 지구에 집착해 토
론을 다시 시작하자 올리브는 뭐라고 말해야 할지 몰랐다.

"그런 방면에서 활동해주실 분이 필요합니다. 아름다운 여성 두
세 분을 압니다. 착한 주부들이죠. 이분들은 외부의 새로운 목소리
에 거의 귀를 기울이지 않는 내부 사람들 사이에서 활동하며 우리
의 싸움에 도움을 주고자 최선을 다하고 계십니다. 이름을 말씀드
리면 당신도 깜짝 놀라실 거예요. 스테이트가*에서 유명한 분들이
에요. 그러나 아직 이것으로 충분하다고 할 정도로 회원이 많지 않
지요. 특히 고상한 사람들이라고 세간에 알려진 분들 중에 회원이
적지요. 필요하다면 뭔가 특단의 대책으로 아직 망설이고 있는 분
들을 회유하는 것도 저희는 생각하고 있습니다. 우리의 운동은 모
든 사람을 위한 것입니다—최고로 우아한 귀부인들에게도 호소
력이 있죠. 그런 분들의 세계에서 우리의 기치를 내걸고 천 명의 동
지를 모아주십시오. 제가 꼭 모시고 싶은 분들이 여럿 있어요. 전
큰 흐름뿐 아니라 세부 사항에도 신경을 쓴답니다." 퍼린더 여사는
그녀와 같은 여성이 으레 쓸 법한 설명하는 어투로 이렇게 덧붙이
며, 듣는 이를 황홀하게 하는 다정한 미소를 지었다.

---

* 　보스턴의 금융가.

"난 그 사람들에게 말 못 해요, 못 해요!" 제발 그 역할만은 면해달라는 듯한 얼굴로 올리브 챈설러가 말했다. "저는 다른 사람들에게 전념하고 싶어요. 제 시야 밖에 감춰져 있는 모든 것을 알고 싶습니다. 전 외롭고 가련한 여성들의 삶 속으로 들어가고 싶어요. 그런 사람들 곁에서 도와주고 싶어요. 제가 하고 싶은 건—아, 좀 더 잘 말할 수 있으면 좋겠어요!"

"우리는 기꺼이 이 자리에서 당신의 의견을 듣고 싶습니다"라고 퍼린더 여사가 득달같이 단언했는데, 이는 행사를 주재하는 그녀의 능력을 보여주는 것이었다.

"어머, 아니에요, 전 말 못 해요. 저에겐 그런 재능이 전혀 없는걸요. 저는 침착성도 없고 달변도 아니에요. 세 마디도 늘어놓지 못해요. 하지만 뭔가 도움이 되고 싶다는 생각은 진심이에요."

"그럼 당신에겐 뭐가 있나요?" 퍼린더 여사가 어딘가 냉기가 도는 사무적인 눈으로 상대를 위아래로 쳐다보며 물었다. "돈이 있나요?"

올리브는 재정적인 면을 이 위대한 여성이 인정해줄지도 모른다는 희망으로 순간 흥분한 나머지, 예의상 다른 자질을 말해볼 생각조차 할 여유가 없었다. 자신에게 어느 정도 재산이 있음을 올리브가 털어놓자 퍼린더 여사는 풍성하고 깊이 울리는 어조로 말했다. "그럼 그걸 기부하세요!" 게다가 여사는 이 착상을 발전시켜, 미국 여성들에게 자신들의 공적, 사적 권리에 대한 좀 더 적절한 이해를 보급하기 위한 기금—이 기금은 그녀와 그녀의 협력자가 최근에 발족했다—에 미스 챈설러가 많이 기부함으로써 제 몫의 역할을 할 수 있다고 설득했는데, 그렇게 굵은 선으로 빨리 그린 스케치 같은 이야기는 대단히 성공적인 대중 활동가답게 생동감이 넘쳤다. 여사의 말에 올리브는 마법에 걸렸다. 거의 영감을 받은 듯했다. 자신의 삶이 그런 식으로 다른 사람들—특히 퍼린더 여사처럼 넓은 시야를 가진 여성—에게 감화를 줄 수 있다면, 분명히 자신에게도 뭔가 할 일이 있다는 것이다. 나 스스로 선택하는 것도 의미가 있겠지만, 이것은 지금 여성을 (모든 형태의 속박으로부터) 해방하는 운동의 위대한 대표자가 나를 위해 골라준 일이다.

가스등이 켜진 이 황량한 방도 그녀의 열렬한 눈에 점점 더 풍요로움을 더해가는 것처럼 보였고, 점점 팽창해 인류의 위대한 삶을 향해 열리는 것 같았다. 지친 얼굴에 진지한 표정을 한 보닛 쓴 여자들과 외투 차림의 남자들이 마치 영웅 군단처럼 빛나기 시작했다. 그래, 나도 꼭 뭔가 일을 해내자고 올리브 챈설러는 혼잣말했다. 늘 눈앞에서 떠나지 않아서 때때로 그것에 맞서는 십자군을 이끌기 위해 자신이 태어난 것은 아닌가 생각하게 했던 저 끔찍한 이미지—여성들이 겪는 불행의 이미지—에 얽힌 어둠을 밝히기 위한 일을 하고 싶었다. 여성들의 불행! 여성들의 말 없는 고통의 목소리가 늘 그녀의 귀에서 사라지지 않았다. 태초부터 여성들이 쏟아낸 눈물이 대양을 이뤄 그녀 자신의 눈을 통해 쏟아지는 것 같았다. 압제의 세월이 그들을 짓누르고 지나가는 동안 무수한 여성들이 오로지 고문받고 십자가에 못 박히려고 살아왔다. 그들이야말로 그녀의 자매이고 동포이며, 이제야 그들의 해방의 날이 밝아오는 것이다. 이는 유일한 신성한 대의이며 이것이야말로 위대하고 정당한 혁명이다. 이 싸움은 반드시 승리해야 하고, 앞을 가로막는 모든 것을 쓸어버려야 한다. 저 피투성이의 잔혹하고 게걸스러운 남성족으로부터 속죄의 마지막 한 방울까지 뽑아내야 한다! 이것이야말로 이 세상에서 가장 위대한 변혁이 될 것이다. 인류 역사에 새로운 시대가 열리는 것이다. 그러니 개혁의 길을 내고 일군을 이끄는 데 조력한 여성들의 이름은 명예의 기록에서 최고로 환한 광휘를 발할 것이다. 그것은 모욕당하고 박해받았으나, 대의에 자기 삶의 모든 맥박을 바쳐 죽음도 불사한 여성들의 이름이다. 다만 이 흥미로운 여성으로서는 자신에게 어떤 방식으로 그러한 희생(막차를 탄 듯하지만)이 요구될지 분명하지 않았지만, 동틀 녘의 박무에 휩싸인 감격 속에서 그 위험마저 승리 못지않게 장밋빛으로 보였다. 미스 버즈아이가 가까이 오자 올리브의 눈에 그 낯익은 우스꽝스러운 모습도 변신을 일으켜, 이 불쌍하고 작은 인도주의의 일꾼이 이미 순교자로 보였다. 올리브 챈설러는 애정 어린 눈빛으로 그녀를 바라보며, 이 사람은 보상 없이 지치기만 하는 긴 인생에서 자신을 돌아보지도, 자신을 위한 욕구를 가져본 적도 전혀 없음을 기억했다. 오로지 연민의 열망에 사로잡혀 살아왔고, 그것이 그녀를 늘어나고 번들번들해진 낡은 장갑처럼 주름투성이가 된 노파로 전락시킨 것이다. 사람들의 비웃음을 샀지만 자신은 조금도 눈치채지 못했고, 따분한 사람 취급을 당해도 신경 쓰지 않았다. 지금 입은 옷가지 외에 이 세상에서 가진 것이 하나도 없고, 아마도 무덤에 묻힐 때 그녀가 남기고 갈 것이라고는 단지 그 그로테스크하고 애처로운 무명의 이름뿐일 것이다. 그런데도 사람들은 여성들이 허영심 많고 개인적이며 타산적이라고 하는가! 미스 버즈아이가 그 자리에 멈춰 서서 퍼린더 여사에게 연설해주시겠냐고 청하는 동안, 올리브 챈설러는 그 옷깃에 반쯤 떨어질 듯 달려 있는 작고 낡은 브로치를 다정하게 고쳐주었다.

6장

"어머, 고마워요"라고 미스 버즈아이가 말했다. "잃어버리면 안 되는 거예요. 미란돌라가 줬답니다!" 미란돌라는 왕년에 그녀가 도와준 망명자 중 한 명으로 그 무렵에는 그녀의 친구였는데, 그 남자의 형편을 아는 두세 명의 사람들은 도대체 어떻게 그가 이런 장신구를 손에 넣었을까 궁금해했다. 미스 버즈아이는 닥터 태런트 부부와 인사를 마치고는 다시 몸을 돌려 이번에는 미스 챈설러가 데리고 온 키 큰 검은 머리 청년을 닥터 프랜스에게 소개하려고 멈춰 섰다. 문 근처에서 벽에 기대고 선, 뭔가 음울한 느낌도 없지 않은 그 인물을 그녀는 의식하고 있었던 것이다. 홀로 거기 서 있는 그의 모습은, 미스 버즈아이에게는 모일 가치가 있다고 느껴지고 사실 타지 사람들이 보스턴에 오는 이유이기도 한 이런 행사에 익숙하지 않아 보였다. 미스 챈설러는 자기가 데려와놓고 왜 그와 이야기를 나누지 않을까 하는 의문도 미스 버즈아이에게는 떠오르지 않았다. 미스 버즈아이는 그런 추측을 할 수 있는 사람이 아니었다. 사실 올리브도 퍼린더 여사의 말 한마디에 고양되기 전까지 자신의 친척이 혼자 있는 것을 계속 똑똑히 의식하고 있었다. 방 건너편에서 그를 지켜보았고 그가 지루해하는 것도 알았다. 그러나 신경 쓰지 않기로 작정했다. 어쨌든 그녀는 그에게 오지 말라고 부탁하지 않았던가. 게다가 이곳에 모인 다른 사람들보다 더 나쁜 상황도 아니지 않은가. 모두와 마찬가지로 그도 그저 기다리고 있을 뿐이다. 떠나기 전에 퍼린더 여사에게 그를 소개할 것이다. 먼저 그의 신분을 밝히는 게 좋겠지, 남부 지방의 배신에 한몫 가담한 듯한 사람과 알고 지내고 싶지 않은 사람도 있는 법이니까. 이 젊은 여성은 자신이 먼 친척뻘 되는 남자와 알고 지내려고 한 탓에 생각했던 것보다 더 복잡한 사태를 초래했음을 이제야 깨달았다. 마차를 타고 오는 동안 그가 그녀에게 드리운 불안의 그늘이 이제 다른 사람들과 있으니, 특히 힘의 원천인 퍼린더 여사가 가까이 있으니 덜 느껴지긴 했지만 여전히 그녀 곁을 떠나지는 않았다. 어쨌든 그가 지루하다면 스스로 누군가 말벗을 찾으면 된다. 그의 주변에 있는 이들이 열렬한 개혁자일지라도 모두 훌륭한 사람들이니까. 마음만 먹으면 지금 막 들어온 저 예쁜 소녀 ─ 머리색이 붉은 ─ 에게 말을 걸 수도 있다. 남부 남자들은 특히 여자에게 아주 예의가 바르다고들 하니까!

하지만 미스 버즈아이는 이 정도까지 판단력이 있지 않았으므로 청년을 버리나 태런트에게 소개해주지 않았다. 버리나의 부모는 방의 저쪽 끝에서 그녀를 친구들 무리에게 인사시키고 있었다. 그 모습을 보고 미스 버즈아이는 생각이 났다. 아니나 다를까 버리나는 오랫동안―거의 1년간―멀리 다른 곳에 가 있었다. 서부의 친구들에게 가 있었는데, 그래서 당연히 보스턴 사람들 대부분이 그녀를 몰랐다. 한편, 닥터 프랜스의 작고 날카로운 눈동자가 그녀―미스 버즈아이―에게 가만히 못 박혀 있었다. 이 방에 오라고 권해서 화난 건가, 이 사람 좋은 여성은 궁금해졌다. 독창적인 재능의 소유자라면 성마르기 마련이라는 지론을 가지고 있는데, 닥터 프랜스도 예외는 아닌 모양이었다. 원한다면 다시 내려가도 된다고 말해주고 싶었지만, 세련되지 못한 미스 버즈아이에게도 손님을 물러가게 하는 인사로 적당하지 않게 여겨졌다. 그녀는 남부 젊은이를 끌어내리려고 시도하며, 곧 재밌는 일을 보실 수 있을 거라고 말했다―퍼린더 여사는 마음만 먹으면 아주 재밌는 분이시거든요! 그러고는 그를 닥터 프랜스에게 소개해줘야겠다고 생각했다. 그러면 그녀를 이 방에 부른 이유도 생길 테고, 게다가 가끔 이렇게 일을 쉽게 해주는 것도 좋은 일이니. 닥터 프랜스는 밤까지 의학 연구를 계속하곤 했는데, 밤잠이 없는(이 불면증을 치료해주고자 한 이가 바로 메리 프랜스였다) 미스 버즈아이는 그녀가 한밤중의 고요 속에서 뒤쪽 방에 마련한 작은 생리학 실험실에서 (두뇌에 신선한 공기를 쐰다면서) 창문을 열어둔 채 실험용 기구를 날카롭게 갈아대는 소리를 들었다. 이 실험실은 그녀가 의사가 아니었다면 '침실'이었을지도 모를 공간이었다. 아니, 닥터 프랜스는 해부하면서도 그곳을 침실로 사용하고 있는데, 미스 버즈아이가 눈치채지 못한 것인지도! 그녀는 다소 시시한 말로 이 젊은 친구들을 서로 연결해놓고는 아마도 퍼린더 여사를 부추기러 가는지 두 사람 곁을 떠났다.

베이질 랜섬은 진작에 닥터 프랜스를 눈여겨보고 있었다. 그는 전혀 지루하지 않았고 방 안의 모든 사람을 일일이 관찰한 결과 온갖 기발한 귀납적 추론에 도달해 있었다. 몸집이 작은 이 여의사는 '양키 여성'―목화 주(州)의 자손이 가진 구체제적인 상상력으로는, 뉴잉글랜드의 학교 제도나 청교도적인 규범이나 불쾌한 기후나 기사도 정신의 부재 등에 의해 생겨난 인간상―의 완벽한 전형이라는 인상이었다. 여위고 메마르고 딱딱해서 굴곡이랄 것도 없고 유연함도 우아함도 없는 그녀는 생존 투쟁에서 호의를 바라지도 않고 호의를 베풀 준비도 되어 있지 않아 보였다. 그러나 그녀가 광신자가 아니라는 걸 눈치챌 수 있었던 랜섬은 친척의 광신을 맞닥 뜨린 뒤였던 만큼 그 점에 다소 위안을 느꼈다. 그녀는 마치 소년처럼 보였는데, 그것도 얌전한 소년 느낌은 아니었다. 그녀가 만약 소년이었다면 분명 학교를 '땡땡이치고' 혼자서 몰래 역학 실험을 해보거나 자연사 연구에 몰두하는 아이였을 것이다. 또 그녀가 소년이었다면 소녀와 어느 정도 사이좋게 지냈을 것이 틀림없는데, 현실의 닥터 프랜스는 아무하고도 관계를 맺지 않는 것처럼 보였다. 총명한 눈을 제외하면 그녀에게는 딱히 이야기할 만한 특징이 없었다. 랜섬은 닥터 프랜스에게 저 암사자 같은 여성과 아는 사이냐고 묻고는, 그녀가 대답 없이 그를 빤히 쳐다보자, 저 명망 높은 퍼린더 여사를 그렇게 부른 것이라고 설명을 보탰다.

"글쎄요, 아는 사람이라고 할 정도로 저분을 알지는 않아요. 하지만 저분의 강연을 들은 적이 있습니다. 50센트 정도 돈을 내고요." 의사는 약간 엄격한 말투로 말했다.

"그럼, 그 강연으로 납득이 되셨나요?" 랜섬이 물었다.

"뭘 납득했냐는 거죠?"

"여자가 남자보다 훨씬 우월하다는 거요."

"오, 맙소사!" 닥터 프랜스는 참을 수 없다는 듯 한숨을 작게 내쉬었다. "여자에 관해서라면 저분보다 제가 훨씬 더 잘 알 겁니다."

"그러면 당신은 그렇게 생각하지 않으시는군요. 다행히도." 랜섬이 웃으며 말했다.

"남자나 여자나 나에게는 다 똑같아요." 닥터 프랜스가 의견을 말했다. "차이 같은 건 조금도 없어요. 남녀 모두에게 개선의 여지는 있습니다. 둘 다 기준에 미치지 않으니까요." 기준이 뭐라고 생각하느냐는 랜섬의 물음에 그녀는 이렇게 답했다. "글쎄요, 더 나은 삶을 살아야죠. 그래야 합니다." 이어서 그녀는 남자나 여자나 모두 말이 너무 많은 것 같다고 잘라 말했다. 이것이야말로 랜섬이 진작부터 계속 확신해오던 바였기에, 그는 진심으로 닥터 프랜스에게 호의를 느껴서 미시시피식으로 그녀의 혜안에 경의를 표했다—그 푸짐한 칭찬을 듣자, 그녀는 수상쩍어하는 듯한 매서운 눈길을 그에게 돌렸다. 그 시선에 그는 입을 다물었다. 그 역시 말이 너무 많다고 생각할 수도 있었다—보아하니 그녀 자신은 이런 일반적인 대화를 나눠보지 못한 듯하니. 어쨌든 그가 퍼린더 여사의 강연이 열릴 거라고 말한 데에는 이 문제가 밀접하게 연관되어 있었다─그는 왜 시작하지 않는지 의문이었다. "그러게요"라고 닥터 프랜스가 다소 냉담하게 대답했다. "미스 버즈아이가 나를 부른 것도 이것 때문이겠죠. 내가 놓치고 싶어 하지 않을 거라고 생각하는 것 같아요."

"그런데 그 연설을 못 듣는 아쉬움이야 알아서 달래실 것 같은데요." 랜섬이 에둘러 말했다.

"그래요, 저는 하는 일이 있죠. 여성이 어떤 능력이 있는지 저는 그 누구에게라도 배우고 싶지 않습니다!" 닥터 프랜스가 잘라 말했다. "그런 건 일단 여성들이 해보면 다 알 수 있는 일입니다. 게다가 나는 퍼린더 여사의 논법에 익숙합니다. 그 사람이 하려는 말은 하나부터 열까지 다 알고 있어요."

"과연, 그럼 여전히 여사가 침묵을 지키고 있으니, 그게 뭔지 말씀해주시겠습니까?"

"뭐, 바로 여성들이 좀 더 나은 생활을 하고 싶다는 것이죠. 결국에는 그 이야기입니다. 저분이 가르쳐주지 않아도 아는 얘기죠."

"그러면 당신은 그런 열망에 공감하지 않으신다는 말입니까?"

"글쎄요, 저에게 그런 감상적인 면이 있는지 모르겠네요." 닥터 프랜스가 말했다. "나 아니어도 공감해주는 사람은 많아요. 여자들이 더 나은 삶을 갖고 싶어 하는 건 당연하다고 생각해요. 남자들도 그렇겠죠. 하지만 저는 별로 그런 것에 매력을 느끼지 못해요─그걸 위해 부러 희생을 치르다니. 그건 멋진 삶이 아니죠─우리가 누릴 수 있는 최고의 삶은!"

이 몸집 작은 여성은 냉정하고 강인했고, 아무리 봐도 그 대단한 운동을 좋아하지 않는 것 같았다. 다분히 냉소적인 베이질 랜섬에게 그녀는 점점 더 흥미로운 존재가 되었다. 그는 그녀에게 자신의 친척인 미스 챈설러를 아느냐고 물으며 퍼린더 여사 옆에 있는 친척을 가리켰다. 저 사람은 당신과 반대로 멋진 시대가 올 것임을 믿고 있다고(실제로 도래하고 있다고 생각한다고), 분명 아낌없는 공감을 표하며 기꺼이 희생을 치를 거라고.

닥터 프랜스는 방 건너편에 있는 미스 챈설러를 힐끗 쳐다보더니, 저분은 모르지만, 저분과 비슷한 다른 사람들을 안다고 말했다—그들이 아플 때 왕진을 갔었다. "퍼린더 여사의 강의를 혼자 차지하고 있군요"라고 랜섬이 말하자, 닥터 프랜스는 "뭐, 강의 들은 값을 톡톡히 지불해야겠죠!"라고 되받았다. 아무래도 그녀는 이전에 50센트를 쓴 것에 유감이 있는 듯했고, 같은 여성의 행동에 좀 짜증이 난 모양이었다. 랜섬은 이를 아주 잘 알아채고는 더 이상 여성운동을 화제로 삼는 것은 무례할 수도 있다고 느껴서 화제를 바꾸기 위해 방에 있는 신사들에 대해 그녀로부터 설명을 들으려고 시도했다. 그녀 쪽에서 먼저 무슨 화제를 입에 올리도록 기회를 줘봤으나 소용이 없었기 때문이다. 이 사람은 오늘 밤 억지로 불려 나와 하지 못하게 된 자기 연구 말고는 흥미를 갖는 대상이 전혀 없으며, 따라서 그에게 사사로운 질문을 던질 수 있을 리가 없음을 그는 알아보았다. 여기 있는 신사 중에 두셋은 그녀도 아는 사람이었다. 전에 미스 버즈아이의 방에서 만난 적 있었기 때문이다. 물론 그녀가 아는 이들은 주로 숙녀분들로, 여의사가 남자 환자를 진찰하는 시대가 아직 아니기 때문인데 그녀는 그런 시대가 절대 오

지 않기를 바랐다. 여의사들이 그런 때가 오기를 바라면서 일한다
고 생각하는 듯한 사람들이 있긴 하지만. 그녀는 파든 씨를 알았다.
긴 구레나룻을 기른 흰머리 청년으로, 편집 일 같은 걸 하고, '서명
이 들어간' 기사도 쓴다—아마 베이질도 그 사람이 쓴 걸 읽은 적
이 있을지도 모른다. 머리가 허옇지만 아직 서른도 안 됐다. 잡지
업계 사람들 사이에서 상당히 알려진 인물이다. 그녀는 그가 매우
영리하다고 생각한다—그렇다고 그의 글을 읽어본 건 아니다. 그
녀는 별로 읽지 않는다—재미로는. 〈트랜스크립트〉 정도 읽을 뿐
이다. 파든 씨는 가끔 〈트랜스크립트〉에도 글을 쓰는 것으로 보인
다. 어쨌든 그녀는 그가 아주 영리한 사람일 거라고 생각한다. 그
밖에 아는 사람이라면—그녀는 잘 모르는 사람이지만(그녀는 베
이질이 이 말을 이상하게 여길 거라고 생각한다)—저 검은 콧수염
을 기르고 안경을 쓴, 키 크고 안색이 창백한 신사가 있다. 그녀는
그를 이전에 모임에서 만나서 알지만, 그를 모른다—뭐, 그냥 알
고 싶지 않다. 지금 그가 이쪽으로 와서 말을 걸면—지금 보니 아
무래도 그런 식으로 한바탕 돌면서 인사를 나눌 것 같은데—그녀
는 아주 냉담하게 '네, 선생님', '아뇨, 선생님'이라고만 말할 것이다.
무심한 여자라고 생각해도 어쩔 수 없다. 그도 좀 더 무심하게 굴어
준다면, 그에게 더 좋을 것이다. 그에게 무슨 문제가 있냐고? 앗, 벌
써 말한 줄 알았다. 그는 최면술 치료사다. 기적 같은 치료를 했다.
그녀는 그의 치료 방식을 믿지도, 그렇다고 안 믿지도 않는다. 어느
쪽도 아니다. 그저 그의 치료를 받은 여성 환자들에게 왕진 가서 알
게 된 것인데, 환자들이 그의 치료를 받는답시고 귀중한 시간을 많

이 낭비하고 있었다. 그는 환자들에게 이야기를 한다―뭐랄까, 그도 자기가 무슨 말을 하는지 모른다는 식으로. 그녀가 보기에 그는 생리학에 대해서는 아주 무지하다. 중대한 책임이 생기는 일을 맡으면서 그렇게 돌아다니는 건 좋지 않다고 생각한다. 속 좁게 굴고 싶지는 않지만, 일단 뭔가 알고서 그런 일을 해야 한다고 본다. 그녀는 이런 말을 하면 베이질에게 너무 꺼드럭거리는 것으로 보일지 모른다고 생각하지만, 그렇담 물어본 건 당신이라고 말할 것이다. 어쨌든 그녀가 말할 수 있는 것은 그가 그녀의 환자에게 손을 대지 않으면 좋겠다는 것이다. 그의 치료란 게 다 손으로 하는 것이다―세 치 혀로 안 되면 말이다! 베이질은 닥터 프랜스가 짜증이 났다는 걸 알 수 있었다. 이웃에 대해 이렇게 극단적으로 솔직히 말하는 것은 그녀로서는 아마 드문 일이었을 것이다. 강한 의견을 무심코 표명하면 침묵의 물결이 이는 일이 왕왕 일어나는 사회의 일원이니까. 그러나 그에게는 그녀의 짜증이 반가웠다. 덕분에 잘 알 수 있었다. 그는 그녀의 짜증에서 더 수확을 얻어보고자 빨간 머리 아가씨―그는 10분쯤 전에야 그 예쁜 소녀를 발견했다―가 누구인지 물었다. 그녀는 미스 태런트다, 저 치료사의 딸. 치료사의 이름을 말해주었던가? 셀라 태런트다―저 사람의 방문이 필요하다면 그 이름을 말하면 된다. 닥터 프랜스는 그 아가씨와는 안면이 없다. 최면술사의 외동딸로 어떤 특이한 재능을 가졌다는 소문을 들었을 뿐인데, 어떤 재능인지는 기억이 나지 않는다. 아, 저 사람의 자녀이니 필시 재능이 뭐라도 있겠지. 비록 그게 고작 수다―어머, 실언을 해버렸다, 대화의 재능일 뿐이라도. 어쩌면 한 번 죽고 다시 살아날 수 있는 재주가 있는지도 모른다. 아마도 다른 사람들이 아무것도 할 생각이 없는 것 같으니까 저 딸내미가 재능을 보여줄지도 모른다. 그래, 확실히 예쁘게 생겼다. 하지만 빈혈증 기미가 좀 있다. 의사의 눈으로 보면 틀림없이 사탕을 너무 많이 먹은 탓이다. 베이질은 그 아가씨가 호감이 가는 외모를 가졌다고 생각했다. 보스턴에서 처음으로 본 미인이라고 그는 은근히 생각했지만, 이는 의심할 여지 없이 북부에 대한 편견에 영향을 받은 것이다. 그 아가씨는 방 맞은편 구석에서 몇몇 여성들과 이야기를 나누면서 커다란 빨간색 부채를 손에 들고 끊임없이 계속 부치고 있었다. 차분한 소녀는 아닌 모양이었다. 이야기를 나누면서도 안절부절못하며 잠시도 가만히 안 있고, 뭔가 한 가지 일을 하고 있어도 마음속으로는 딴짓을 또 하고 싶어 하는 사람 같았다. 사람이 너무 물끄러미 자기를 쳐다보면 그녀도 응시를 되돌려주곤 해서, 그녀의 매혹적인 눈이 베이질 랜섬의 눈과 자꾸 마주쳤다. 그러나 그녀의 시선은 주로 퍼린더 여사를 향해서, 그 위대한 연설가의 고요하고 견고한 모습 위를 떠돌았다. 이 아가씨는 이 자비로운 여성을 진심으로 존경하고 가까이 있는 걸 특권으로 여긴다는 걸 쉽게 알 수 있었다. 사실 그녀는 여기에 모인 사람들 속에 있게 되어 흥분한 상태였는데, 이는 이미 살짝 언급했듯이 그녀가 최근까지 보스턴을 떠나 서부 지방을 떠돌았다는 사실을 감안하면 납득이 된다. 따라서 오늘 밤 모임은 그녀에게 모처럼 지적인 생활로의 복귀로 여겨졌을 것이다. 랜섬은 친척이—운명이 이왕에 그를 위해 보스턴에 친척 하나를 비축해둘 거라면—좀 더 저 소녀 같은 사람이었으면 좋았겠다고 은근히 바랐다.

　이제 어떤 동요가 눈에 띄게 감지될 정도가 됐다. 헛된 기다림을 더 참을 수 없게 된 몇몇 여성이 자리를 떠서 각자 퍼린더 여사에게 사정하기 시작하자, 이내 여사 주위가 애정 어린 항의자들로 가득해졌다. 미스 버즈아이는 포기한 지 오래였다. 모두 기대하고 있다고 여사를 압박했을 때(느슨한 그녀가 압박할 수 있는 만큼이지만) 여사가 일부 적대적인 청중이 있을 때에만 메시지를 전할 수 있다고 말한 것으로 충분했다. 적의를 가진 청중이 있을 리 없었다. 그저 그들은 모두 공감하는 마음이 너무 클 뿐이었다. "나는 공감해달라고 요구하지 않아요"라고 여사는 침착한 미소를 지으며 미스 올리브 챈설러에게 말했다. "나는 나 혼자여도 됩니다. 선입관이나 편협함이나 부당함이나 반동적인 사상이 내 앞으로 떼 지어 쳐들어오는 것이 보여도 나는 그저 결연히 그 난국에 대처할 뿐이에요. 그럴 때의 느낌—나폴레옹 보나파르트가 대승을 거두기 전날 밤에 느꼈던 것도 이런 기분이 아니었을까 상상하는데요. 나에게는 비우호적인 상대가 꼭 있어야 합니다—은 그런 사람들과 싸워 이기고 싶다는 거예요."

　올리브는 여기서 문득 베이질 랜섬이 생각났고, 그도 비우호적인 상대를 싸워 이기고 싶어 하지 않을지 궁금했다. 그래서 그녀는 베이질에 대해 퍼린더 여사에게 말했다. 그러자 여사는 만약 다른 모든 이에게 그토록 소중한 도의에 그가 반대하는 거라면, 그에게 꼭 토론에 참가해 자기 입장을 증언하도록 설득하면 좋겠다는 바람을 열렬히 표했다. "저도 그에게 답할 수 있다면 무척 기쁘겠습니다." 퍼린더 여사가 부드럽기 그지없는 목소리로 말했다. "어쨌든 그분과 의견을 주고받으면 참 좋겠네요." 올리브는 이 활기찬 두 인물(그녀에게는 랜섬이 혈기 왕성한 인물이라는 인식이 있었다)이 공개적인 논쟁을 벌이는 광경을 떠올리고는 깊은 불안을 느꼈다. 그 논쟁의 올바른 결말을 의심했기 때문이 아니라, 이 거슬리는 청년을 데려온 당사자로서 본의 아닌 입장에 놓였기 때문이다. 그녀는 본의 아닌 입장에 놓이는 걸 끔찍이도 싫어했다. 한편 미스 버즈아이는 남을 원망하는 마음을 가질 수 없는 사람이었다. 그녀는 오늘 밤 퍼린더 여사의 연설을 듣자고 마흔 명의 사람들을 초대했는데, 정작 퍼린더 여사는 말을 시작하려 하지 않았다. 하지만 여사가 말을 시작하지 않는 것에는 그럴듯한 이유가 있었다! 그녀의 명분은 뭔가 용감무쌍하고 영웅적인 면이 있었고, 또한 여사다운 독특함과 자유로움을 보여주는 것이었기에 미스 버즈아이는 마음속으로 납득하고 부인 앞에서 물러섰다. 그러고는 서로 모르는 사람이라는 듯이 멍한 눈빛으로 다른 손님들을 바라보고 돌아다니며 손님들의 실망에 되는대로 변명했는데, 훌륭한 변명이라는 데 모두가 동의해줄 것을 믿어 의심치 않는 말투였다. "하지만 여사가 연설을 시작하게 하려고 우리가 반대편인 척할 수는 없잖아요?"라고 그녀는 태런트 씨에게 물었다. 태런트 씨는 다른 무리에서 떨어져 있는 것을 의식하지만 자기만족감에 빠진 건 결코 아닌 태도로 아내 곁에 앉아 있었다.

"뭐, 잘은 모르지만—여기 있는 우리 모두 같은 마음이겠지요." 이 신사는 이렇게 답하고는 주위를 둘러보면서 천천히 사려 깊은 미소를 지었는데, 입이 크게 벌어져 양옆에 박쥐 날개처럼 긴 주름이 두 줄 생기면서 육식동물의 것 같은 크고 고른 이가 드러났다.

"여보, 셀라." 그의 아내가 남편의 방수복 소매에 손을 얹으며 말했다. "버리나의 목소리를 듣는 것에 미스 버즈아이께서 흥미가 있는지 궁금하네요."

"어머, 노래를 불러주신다는 뜻이라면, 정말 창피한 일이지만 우리 집엔 피아노가 없어요." 미스 버즈아이 본인이 말을 받아 대답했다. 소녀에게 뭔가 뛰어난 재능이 있다는 게 다시 생각난 것이다.

"저 애에게는 피아노가 필요 없어요—아무것도 필요 없어요." 셀라는 아내에게 눈길을 주지 않고 말했다. 이런 식으로 다른 사람에게 권유받는 신세를 지거나 허를 찔려 깜짝 놀라고 방심한 모습을 절대로 보이지 않는 것이 그가 인생을 사는 처세의 한 방편이었다.

"글쎄요, 저는 다들 그렇게 노래에 관심이 있는지 몰랐어요." 미스 버즈아이가 기대를 저버린 연회를 대신할 순서를 준비하지 못한 자신의 태만함을 전혀 의식하지 못한 듯이 말했다.

"노래가 아니에요, 보시면 압니다." 태런트 부인이 딱 잘라 말했다.

"그럼 뭔가요?"

태런트 씨는 입가의 주름을 펴고 어금니까지 보이며 말했다. "영감을 주는 거죠."

미스 버즈아이는 아무 의심 없이 작고 희미하게 웃었다. "좋죠, 당신이 보장하신다면야—"

"만족하실 겁니다"라고 태런트 부인이 말하고는 손가락 부분이

뚫린 장갑을 낀 한쪽 손을 들어 친숙한 태도로 미스 버즈아이를 아래로 끌어당겼고, 부부는 번갈아가며 딸이 뭘 할 수 있는지 설명해주었다.

한편, 베이질 랜섬은 닥터 프랜스에게 어쨌든 오늘 밤 모임은 다소 실망스럽다고 속내를 털어놓는 중이었다. 좀 더 많은 일정이 짜여 있을 것으로 기대하고 새로운 진리에 대한 이야기를 좀 듣고 싶었다는 것이다. 보다시피 퍼린더 여사는 자기 진지 안에 틀어박혀 있는데, 자기는 이 명사들을 보는 것만 바란 게 아니라 무슨 말을 하는지 듣고 싶었다고 했다.

"뭐, 저는 실망스럽지 않습니다." 몸집이 작지만 강건한 의사가 대답했다. "질문이 개시되면 저도 여기 남아 있어야 할 테니까요."

"하지만 설마 이대로 물러나시려는 건 아니겠지요."

"뭐, 전 어쨌든 좀 있다 연구에 착수해야 하니까요. 남자 의사들에게 뒤지고 싶지 않거든요."

"아니, 아무도 당신을 앞설 사람은 없어요. 확실합니다. 그건 그렇고, 저 예쁜 아가씨가 퍼린더 여사에게 뭔가 얘기하러 가네요. 연설을 시작해달라고 부탁할 건가 봐요─퍼린더 여사도 저 아가씨 부탁은 거절할 수 없을 겁니다."

"과연, 그럼, 저분의 말씀이 시작되기 전에 저는 슬슬 실례하겠습니다. 좋은 밤 되시길." 닥터 프랜스가 말했다. 이때는 이미 랜섬에게 이 여성은 처음보다 다루기가 쉬워진 인상을 주기 시작해, 쓰다듬는 동안 가만히 있거나 앞발을 내밀기까지 하는 법을 배운 숲속의 작은 동물, 고양잇과 야생동물이나 암사슴처럼 느껴졌다. 그

너는 사람들의 건강을 보살피면서 자신도 건강한 사람이었다. 만약 친척이 이런 유형 정도였다면 베이질은 자신의 운을 더 좋게 느꼈을 것이다.

"안녕히 가세요, 선생님"이라고 그는 답했다. "결국 당신은 여성의 능력에 대해 자신의 의견을 말하지 않으셨군요."

"무엇을 하는 능력요?" 닥터 프랜스가 되물었다. "오늘 보니 사람들이 시간을 허비하게 하는 능력이 있네요. 어쨌든 제가 아는 건, 누구든 내게 여성이 무엇을 할 수 있는지 가르쳐주는 걸 원치 않는다는 겁니다!" 그러고는 그녀는 마치 병동을 가로지르듯 조용한 걸음걸이로 그에게서 서서히 멀어졌고, 곧 그는 늦게 도착한 사람들이 들어온 뒤에 열어둔 채로 둔 문에 다다른 그녀의 모습을 보았다. 그녀는 그곳에 잠시 멈춰 서서 방 안에 모인 무리 전체를 야경꾼이든 랜턴 렌즈가 번쩍이듯이 휙 훑어본 다음 잽싸게 나갔다. 랜섬은 그녀가 일반론을 참을 수 없어 하며, 자신의 권리를 위해서라고 해도 자신이 여자라는 사실을 상기시키는 것에 진저리를 낸다는 것을 알 수 있었다―이미 많은 권리를 갖고 있는 현재, 자신이 여자라는 사실은 늘 잊어버리곤 하는 사소한 사실일 뿐이다. 여성해방운동이 대체로 어떻게 전개되든 간에 닥터 프랜스 자신의 작은 혁명이 성공했음은 확실했다.

7장

　의사가 떠나자마자 올리브 챈설러가 그에게로 다가왔는데, 그 눈은 마치 이렇게 말하는 것처럼 보였다. "지금 당신이 여기 있든 말 든 난 상관없어―난 괜찮으니까!" 그러나 실제로 그녀의 입술에서 나온 말은 훨씬 상냥했다. 퍼린더 여사에게 그를 소개해줘도 괜찮 겠냐고 물은 것이다. 랜섬은 남부 특유의 미사여구를 조금 덧붙여 이 제안에 동의했다. 이내 퍼린더 여사는 자신을 둘러싼 인파 한가 운데서 일어나 그를 맞았다. 그녀로서는 우아한 매너를 가진 부인 이라는 평판을 증명해 보일 기회였다. 그리고 그녀가 대화할 때 위 엄 있고 랜섬의 고향의―가장 교양 있고 가장 유서 깊은 가문의― 여성들 못지않은 기품 넘치는 스타일을 자유자재로 구사해서 랜섬 에게 깊은 인상을 남겼다는 점을 언급해두는 것이 공정할 것이다. 아무래도 여사는 자신이 주창하는 개혁에 랜섬이 열의를 갖고 있지 않다는 것을 아는 듯했고, 특히 상대방이 헛물만 켜는 남부인인 만큼, 자기네 여성들이 얼마나 관대한지 그에게 보여주고 싶어 하는 것 같았다. 그로서는 다른 여성들의 얼굴에서도 그의 은밀한 이단성을 알고 있다는 것을 엿볼 수 있었다. 하지만 신중한 그 시선들은 (그가 아직 모두에게 소개되지는 않았기에) 그것을 괘씸해하기보다는 안타깝게 여기는 듯했다. 그는 그 모든 중년 여성들의 눈길을 알아채고 있었다. 칙칙한 보닛 아래로 늘어져 축 처진 듯한 곱슬머리라든가, 기다리고 귀를 기울이는 것이 습관이 된 듯이 앞으로 내밀고 있는 머리도 알아챘고, 누구 하나 아주 재기 발랄하거나 명랑한 사람이 없다는 것도 알아챘다―그가 좀 전에 본 그 눈부신 용모를 가진 소녀, 지금은 이 비밀 회장의 한쪽 끝에서 맴돌고 있는 소녀를 제외하면 아무도 없었다. 그는 다시 그 소녀와 눈이 마주쳤다. 소녀도 그를 바라보고 있었던 것이다. 랜섬의 머릿속에는 친척이 퍼린더 여사에게 자신의 정체를 폭로했는지 아니면 잘못 전달했는지 모르지만, 여사가 자신에게 논쟁을 걸어올 수도 있겠다는 생각이 스쳤다. 그리고 과연 (이렇게 몹시 당황하고 있는 지금) 정신을 가다듬고 여사의 도전에 충분히 잘 응할 수 있을까 싶었다. 만약 여사가 금주 문제를 놓고 도전해온다면 응해야 한다는 생각이 들었다. 이 문제에 간섭하는 법이 제정되는 것을 생각만 해도 온몸이 분노로 들끓기 때문이었다. 술맛을 즐기는 사람으로서 그는 만약 신사들이 술잔을 들지 못하게 하는 권한이 고래고래 소리 지르는 여자들(나는 그가 분노한 나머지 내뱉은 *상투적인 표현(formulae)*을 그대로 기록했을 뿐이다) 손에 쥐이는 일이 생긴다면 문명 자체가 위기에 처하는 것이라고 굳게 믿었다. 퍼린더 여사는 그런 위험을 자초할 열의가 없음이 밝혀졌다. 여사가 그에게 청한 것은 남부의 사회적, 정치적 상황에 대해 이곳에 모인 사람들에게 이야기해주지 않겠냐는 것이었다. 랜섬은 한사코 사양하는 동시에 그런 요청을 받는 영광을 주신 것에 심심한 사의를 표했지만, 즉흥으로 연설하는 자신의 모습을 떠올리며 속으로 미소 지었다. 그를 바라보는 미스 챈설러의 눈빛에 '뭐, 당신이 무슨 말을 하건 딱히 중요한 건 아니죠'라는 의미가 깃든 건 아닌가 싶었지만, 그래도 미소가 멈추진 않았다. 이 사람들에게 남부에 대해 이야기한다—그런 걸 조금도 내켜 하지 않는 자신의 마음을 저 사람들이 짐작이나 할까! 자기 고향에 격한 애정과 깊은 마음의 연결 고리를 느끼는 그로서는 방을 가득 채운 북부 광신자들에게 속마음을 드러내는 것은 어머니나 애인이 보낸 편지를 큰 소리로 읽는 것과 다름없이 불가능한 일이었다. 남부 땅에 대해서는 입을 다물고 저속한 손으로 그 땅을 건드리려 하지 말고, 시장 바닥 같은 데서 함부로 그 고뇌나 희망을 지껄이지도 말고, 그 묵은 상처나 기억을 가만히 내버려두고 사려 깊은 시간의 느린 흐름이 자비를 베풀기를 기다리는 것—이것이 랜섬의 마음속 소망이었다. 하지만 이런 이야기로 미스 버즈아이의 손님들의 기대에 부응할 수 없다는 것을 그는 인식하고 있었다.

"우리는 남부 여성들에 대해 거의 아는 바가 없습니다. 남부 여성들은 목소리를 내는 법이 거의 없으니까요." 퍼린더 여사가 말했다. "우리가 그들에게 얼마나 기대할 수 있을까요? 우리의 깃발 아래 몇 분이나 모여주실까요? 저는 남부 도시들에서 강연하지 않는 게 좋겠다는 충고를 받은 적이 있어서요."

"아, 부인. 그런 충고는 우리 남부 사람들에게는 너무 잔인한 충고인데요!" 랜섬이 정중한 말투로 외쳤다.

"제가 지난봄에 세인트루이스에서 이야기했을 때는 청중이 아주 많았어요." 젊고 생기 넘치는 목소리가 몰려든 사람들 머리 위로 외쳤다─그 목소리의 주인을 찾아 다른 모든 이와 마찬가지로 베이질이 돌아보니, 예의 그 빨간 머리 미소녀 같았다. 소녀는 그런 선언을 해내느라 얼굴에 약간 홍조를 띤 채로 자신의 말을 들은 사람들에게 미소 지으며 서 있었다.

퍼린더 여사는 소녀의 출현에 다소 놀란 게 분명함에도 인자한 표정으로 이맛살을 찌푸리며 소녀를 바라보았다. "어머, 그랬군요. 그래서 아가씨는 무슨 주제로 이야기하셨나요?"

"우리 여성의 과거 역사와 현재 상황과 미래 전망에 대해서였습니다."

"아, 근데 세인트루이스라면 거의 남부라고 할 수 없죠"라고 모인 여성들 중 한 명이 말했다.

"저는 이 아가씨라면 찰스턴이나 뉴올리언스에서도 분명 같은 성공을 거둘 수 있을 거라고 봅니다." 베이질 랜섬이 끼어들었다.

"네, 저도 남쪽으로 더 가고 싶었습니다." 소녀가 말을 이었다. "하지만 그쪽에는 아는 친구가 없었어요. 세인트루이스에는 있었고요."

"어딜 가든 다 친구가 있기를 바라서는 안 돼요"라고 말하는 퍼린더 여사의 태도에 이미 그녀의 명성을 충분히 설명해주는 바가 있었다. "저도 세인트루이스의 충성심은 익히 알고 있습니다."

"자, 그러면, 제가 미스 태런트를 소개해드려도 될까요, 퍼린더 여사님. 이 아가씨가 여사님을 꼭 만나보고 싶어 했답니다." 이 말을 한 이는 아까 닥터 프랜스가 랜섬에게 유명한 잡지업계 인사라고 가르쳐준 백발의 청년이었다. 그 역시 이 순간까지 방 한구석을 돌아다니고 있었지만, 이제 조용히 인파를 헤치고(여러 명의 여성이 그에게 길을 터주었다) 최면술사의 딸을 퍼린더 여사 앞에 데려온 것이다.

소녀는 웃는 얼굴에 아직 홍조가 가시지 않은 채였다―극히 희미한 분홍빛 홍조였다. 퍼린더 여사가 조금 전까지 올리브 챈슬러가 앉아 있던 소파에 소녀를 맞이했다. 퍼린더 여사와 나란히 선 그녀는 무척 젊고 날씬하고 아름답게 보였다. "당신을 계속 만나고 싶었습니다. 당신을 너무나 존경해요. 오늘 밤 이야기를 듣는 것이 너무 기대됩니다. 이렇게 만나 뵙게 돼 정말 기뻐요, 퍼린더 여사님." 소녀가 이렇게 말하는 동안 좌중은 또 강연이 지연되어 무기력해진 표정으로 이들의 만남을 바라보고 있었다. "물론 제가 누군지 모르시겠지요. 저는 그저 당신이 우리를 위해 해주신 모든 일에 감사를 표하고 싶은 젊은 여성 중 한 명에 불과합니다. 당신은 우리 젊은 여성의 마음을 대변해주셨어요. 정말 모자람 없이―못지않게 딱 다른―" 이 부분에서 그녀는 말을 잇기를 주저하며 열정적인 시선으로 좌중을 둘러보다가 베이질 랜섬과 또 눈이 마주쳤다.

"다른 나이 든 여성들의 마음 못지않게 말이죠?" 퍼린더 여사는 상냥하게 대신 말해주었다. "당신은 자신의 마음을 아주 잘 표현할 수 있는 것 같군요."

"언변이 아주 훌륭한 아가씨입니다 — 특히 짧은 연설을 할 때 그렇습니다." 그녀를 소개한 청년이 말했다. "전혀 유례가 없는 독창적인 스타일입니다." 청년은 이렇게 덧붙이고는 그 자리에 팔짱을 끼고 선 채 자신의 주선으로 이뤄진 두 여성의 회견을 미소를 지으며 바라보았다. 베이질 랜섬은 미스 프랜스가 해준 말을 떠올리며, 뉴욕에서 어떤 것들이 신문 기삿감이 되는지를 익히 보았던 경험에 비추어 저 청년이 이 회견을 기삿감으로 인식하고 있는 게 분명하다고 바로 확신했다.

"사랑스러운 아가씨, 아가씨가 발언한다면 바로 개회 선언을 하죠." 퍼린더 여사가 말했다.

소녀가 놀라울 정도로 솔직하고 자신에 찬 눈으로 퍼린더 여사를 쳐다봤다. "먼저 여사님의 강연을 들려주실 수 있을까요 — 분위기가 조성될 수 있도록요."

"나에겐 분위기랄 게 없어요. 인디언서머 같은 훈훈한 분위기 같은 게 내게 있을 리 없어요! 나는 사실 — 엄격한 사실만을 다루니까요." 퍼린더 여사가 답했다. "내 강연을 들어본 적이 있나요? 들어본 경험이 있다면 내가 얼마나 딱딱한지 알 텐데."

"들어봤냐고요? 저에게 당신의 말씀은 생명의 양식이었습니다. 만나 뵙기만 해도 분에 넘치는 기쁨입니다. 거짓말이라고 생각하신다면 제 어머니에게 물어보세요!" 그녀의 말은 첫 단어부터 거침없는 기민함과 확신이 배어 있어서 거의 예행연습해둔 말을 하는 듯한 인상을 주었다. 그러면서도 그 태도에 이상하게 즉흥적인 면이 있어서 꾸밈없는 열성과 순수한 인품도 느껴졌다. 그 언동이 연극적이라 해도 타고난 기질인 듯했다. 그녀는 웃음 짓는 눈에 자신의 모든 감정을 담아 퍼린더 여사를 올려다보았다. 여사는 이제까지 많은 갈채를 받아와서 여성들이 진심 어린 마음을 모아 자신에게 바치는 데 익숙했다. 그러나 이때만은, 생각지도 못한 인물로부터 유창한 감사의 말을 듣자 당황한 빛이 역력해서 어느 정도 거리를 두듯이 소녀를 똑바로 바라보지 않고 자신의 탁월한 공적인 매너를 유지한 채, 마음 깊은 곳에서는 이 미스 태런트라는 젊은 여성이 과연 놀랄 만한 재능의 소유자인지, 아니면 단지 나서기 좋아하는 말괄량이에 지나지 않는지 자문하고 있었다. 여사는 그 어느 쪽으로든 판가름하지 않은 대답을 찾아내 그저 이렇게 말했다. "우리는 젊은 분들이 필요합니다―물론 젊은 분들이 필요해요!"

"저 매력적인 사람은 누구죠?" 베이질 랜섬은 미스 태런트를 앞으로 데리고 나온 청년인 마티어스 파든에게 친척이 심각하고 낮은 목소리로 물어보는 것을 들었다. 미스 챈설러가 그 청년과 아는 사이인지, 아니면 호기심에 대담하게 말을 건 것인지 랜섬으로서는 알지 못했다. 랜섬은 두 사람 가까이 있던 덕분에 파든 씨의 대답을 똑똑히 들을 수 있었다.

"최면술 치료사인 닥터 태런트의 딸 미스 버리나입니다. 일류 연설가랍니다."

"그게 무슨 뜻이죠?" 올리브가 물었다. "대중 연설을 한다는 겁니까?"

"네, 맞아요. 서부에서는 꽤 활동했어요. 저는 지난봄에 토피카에서 저분의 연설을 들었습니다. 신들린 연설이라고들 합니다. 전 그게 뭔지 모르겠지만, 어쨌든 훌륭한 연설이었어요. 아주 신선하고 시적이었지요. 그녀가 이야기를 시작하려면 아버지가 곁에 있어야 했죠. 뭔가 넘겨받는 것 같았어요." 파든 씨는 그 과정을 나타내려는 몸짓을 실컷 해 보였다.

올리브 챈설러는 대답 대신 낮게 짜증 섞인 한숨을 쉬었을 뿐이었다. 그러고는 소녀 쪽으로 주의를 옮겼는데, 마침 소녀는 두 손으로 퍼린더 여사의 손을 꼭 잡고 여사부터 먼저 좀 서두를 열어달라 간청하고 있었다. "출발점이 필요합니다—제가 어디쯤에서 시작해야 할지 알고 싶어요." 그녀가 말했다. "예전에 하셨던 고매한 이야기 중에서 두세 가지만 해주세요."

베이질이 친척 곁으로 다가가더니, 저 미스 버리나라는 아가씨 참 미인이라고 말했다. 올리브는 순간 돌아서서 그를 힐끗 쳐다보더니 이렇게 말했다. "그렇게 생각해요?" 그러고는 덧붙였다. "이곳을 얼마나 싫어하시는지!"

"아, 이제 아니에요. 재밌는 일이 일어날 것 같으니까요." 랜섬이 약간 상스럽게 여겨질 정도로 사근사근하게 답했다. 그가 그렇게 선언할 만도 했다. 마침 그때 미스 버즈아이가 최면술 치료사와 그 부인을 대동하고 다시 모습을 보였던 것이다.

"아, 과연, 저 아이가 말을 하도록 기운을 북돋워주고 계시네요." 미스 버즈아이가 퍼린더 여사에게 말했다. 소녀가 말하는 데 이런 절차가 필요하다는 것을 알게 되자 베이질 랜섬은 억누르긴 했지만 갑자기 들뜬 기분에 휩싸였고, 이런 격정의 발작은 그가 오늘 밤

모임에 이미 재미를 느끼기 시작했음을 드러내 미스 챈설러로부
터 엄중한 시선을 또 한 번 받게 했다. 미스 버리나는 그에게 젊은
여성으로서의 한계를 가장 멀리 '벗어난' 것처럼 보였다. "이분이
아버지이신 닥터 태런트입니다. 놀라운 재능을 갖고 계시죠. 그리
고 이분이 모친 되시는 에이브러햄 그린스트리트 씨의 따님이십
니다." 미스 버즈아이가 함께 온 인물들을 소개했다. 퍼린더 여사
가 분명 이 사람들에게 관심을 가질 것이라고 생각했다. 여사로서
는 마뜩잖은 상황일지라도 어떤 기회든 놓치고 싶지 않을 테니. 미
스 버즈아이는 주위의 다른 손님들을 향해, 둘러싼 원을 좀 넓혀서
구석에 흩어져 있는 사람들도 함께할 수 있게 해달라고 부탁했다.
분명 그녀는 더 위대한 명사가 재능의 변덕을 부린 마당에, 때마침
계시를 받았다는 미지의 아가씨가 우연히도 함께 있는 것이 참으
로 다행이라고 느끼는 듯했다. 그런데 바로 그 재능의 변덕이 또 일
부 작동해 퍼린더 여사는 지금 자기 생각을 좀 말해보자는 마음이
들었던 것 같다―독자 입장에서는 이처럼 왔다 갔다 하는 여사의
마음을 따라가기가 힘들 테지만. 그래서 오늘 밤 모임을 연 미스 버
즈아이는 신구 양쪽의 의견을 다 듣는 게 좋겠다는 제안으로 좌중
의 만장일치 찬성을 끌어냈다.

　"그런데, 아마도 여러분은 버리나에게 실망하실 거예요." 태런
트 부인이 매사에 비통해하고 체념하는 태도로 말하면서 망토를
끌어당겨 모으며 의자 끝에 앉았다. 마치 누가 계속 말하든 자신은
적어도 준비가 돼 있다는 듯했다.

　"제가 말하는 게 아니에요, 어머니." 버리나가 이제 퍼린더 여사

에게서 조금 떨어져서 생각에 잠긴 듯 물끄러미 시선을 바닥에 고
정한 채 진지한 목소리로 살며시 대답했다. 태런트 부인에게는 미
안하지만, 좀 더 설명을 덧붙일 필요가 있었다. 젊은 숙녀에 대해
좌중에게 알려진 바가 아직 충분하지 않았기 때문이다. 미스 버즈
아이도 설명이 더 필요함을 느꼈지만 그녀로서는 역부족이었다.
그녀는 모든 사람과 사물을 포용하며 만방에 펼치는 자신의 오지
랖을 발휘해서 이런저런 이야기를 살갑게 늘어놓았는데, 그 이야
기 속에는 에이브러햄 그린스트리트가 계속 재등장하고, 닥터 태
런트의 기적적인 치료 사례가 구체적인 사실들은 다 생략된 채 열
거되고, 버리나가 서부에서 거둔 성공이 — 강조나 과장법 같은, 미
스 버즈아이가 평소 결코 탐닉하지 않는 표현을 사용하지 않고, 모
두가 받아들이고 인정하는 경이로서 — 새로운 계시의 시대에는
자연스러운 사건인 것처럼 언급되었다. 그녀는 이 이야기들을 불
과 10분 전에 소녀의 부모에게 자세히 들었지만, 그녀의 관대한 영
혼이 그런 얘기들을 받아들이고 흡수하는 데 그다지 시간이 많이
필요하지 않았다. 그녀의 이야기에 명쾌하지 않은 부분이 있었대
도, 그것은 원래 버리나 본인의 연설을 실제로 듣지 않고서는 버리
나 태런트가 어떤 인물인지 이해하는 건 불가능하며, 따라서 그걸
다른 사람에게 전달하는 것은 더 불가능하기 때문이라는 것을 그
녀를 위해 해명해둬야 할 것이다. 한편 퍼린더 여사는 눈에 띄게 초
조해했다. 여사는 처음에는 망설였지만, 이제는 태런트 일가가 기
괴하고 의심을 불러일으키는 사람들임이 틀림없다고 마음을 굳
힌 것 같았다. 그녀는 셀라와 그의 아내를 싸늘한 눈으로 굽어보았

다―그들 모두를 사기꾼 일당으로 여기고 있는 듯했다.

"자, 일어서서 하실 말씀을 해주시죠." 여사가 엄격하게 버리나에게 말하자, 버리나는 이번에는 침묵한 채 여전히 다정한 표정으로 눈만 들어 여사를 바라보다가 시선을 아버지에게로 옮겼다. 그녀와 시선을 마주치자 신사는 저항할 수 없는 힘에 감응한 듯이 이를 다 드러내고 주위 사람들을 둘러보며 입을 열었다. 이런 과분한 칭찬에 다른 때라면 몹시 당황했을 테지만 자신과 딸이 거둔 성공은 전적으로 비개인적인 것이기에 지금은 그렇지 않다고 했다. 그는 특히 비개인적이라는 단어에 힘을 주어 말했다. 아까 사람들이 들었던 대로 딸이 '제가 말하는 게 아니에요, 어머니'라고 말했는데, 그도 아내도 그리고 딸 자신도 모두 그 사실을 잘 알고 있다. 그것은 무언가 밖에서 찾아오는 힘 같은 것으로, 그것이 딸을 통해 흐르는 듯하다. 물론 왜 다른 사람이 아닌 딸이 부름받아야만 했는지 알수는 없지만, 어쨌든 이 애가 부름받은 것처럼 보인다. 그가 잠시 손을 이 아이에게 올려놓고 마음을 가라앉혀주기만 하면 그 일이 일어나는 듯하다. 서부에서 그 일이 일어났을 때 상당히 유창한 달변의 형태를 취했다. 확실히 이 아이는 교양 있는 고상한 청중 앞에서 아주 수월하게 연설했다. 오래전부터 이 아이는 여성을 모든 종류의 속박으로부터 해방하는 운동에 깊이 공감하며 추종해왔고, 어린 시절부터 그것이 이 아이의 주된 관심거리였다(아홉 살 무렵에는 모든 이들이 숭배했던 그 위대한 여성해방운동의 선구자 엘리자 P. 모즐리를 최고의 우상으로 신성시했다). 그래서 그 영감이란 것은(이렇게 불러도 된다면) 그런 방향으로만 작용하는 것 같다. 이 아이의 입에서 나오는 목소리는 그런 형태를 취하기를 바라는 것 같다. 그 외에 다른 형태를 취할 수 없는 것 같다. 이 아이는 단지 그 목소리가 물밀듯이 흘러나오게 놔둘 뿐이다—뭔가 제어를 할 수 없는 듯하다. 그 모든 게 정말 독특한 것인지 직접 보고 판단하면 된다. 그렇게 생각했기에 이렇게 모인 신사 숙녀분들을 앞에 두고 딸애에 대해 이런 이야기를 한 것이다. 즉, 그것이 우리의 관할이 아니라 외부에서 작동하는 힘이라고 느꼈기 때문이다. 그는 오늘 밤 버리나가 영감이 찾아올 것 같다고 느낀다면, 이곳에 모인 사람들도 그것을 보고 싶을 거라 확신한다. 그저 이 아이가 그 목소리에 귀를 기울이는 동안 잠시 정숙해줄 것을 요청할 뿐이다.

여성 여럿이 꼭 보게 되면 좋겠다고 분명히 밝히며, 미스 태런트가 컨디션이 좋기를 바란다고 했다. 이에 다른 여성들이 나무라면서 그녀가 말하는 게 아니라고—그녀의 컨디션이 문제가 아니라고—상기시켰다. 이에 또 한 신사가 덧붙이기를, 엘리자 P. 모즐리와 말을 나눠본 분들이 여기도 많다고 했다. 그사이에 버리나는 점점 더 자기 몰입 상태를 심화해서 자신의 신비한 능력에 대해 사람들이 이러쿵저러쿵하는 것에 전혀 방해받지 않게 되었는데, 여기서 다시 한번 아주 예쁜 표정으로 퍼린더 여사에게—그저 자기 용기를 북돋워주기 위해—먼저 이야기를 시작해주지 않겠냐고 물었다. 그런데 이때 이미 침울함에 빠져 있던 퍼린더 여사는 이 매력적인 탄원자에게 유노 여신*처럼 이맛살을 찌푸렸다. 그녀는 닥

---

* 제우스의 아내 헤라의 로마 신화 속 이름.

터 태런트의 같잖은 말이 몹시 못마땅했고, 기적을 행한다고 자처하는 사기꾼과 엮이기 싫은 마음이 점점 더 강해지던 참이었다. 에이브러햄 그린스트리트는 확실히 괜찮긴 하지만, 그는 이미 이 세상 사람이 아니다. 게다가 엘리자 P. 모즐리만 해도 결국 미적지근한 운동가였지 않은가. 연장자의 냉담한 태도에 미스 태런트가 저렇게 태평하게 응대할 수 있는 것은 과연 뻔뻔해서인지, 아니면 천진난만해서인지 베이질 랜섬은 궁금해졌다. 그때 그의 곁에 있던 올리브 챈설러가 흥분한 나머지 떨리는 목소리로 갑자기 다음과 같이 외쳤다. "이야기를 시작해주세요! 제발요! 목소리, 인간의 목소리를 우리는 듣고 싶어요."

"내가 당신 다음에 이야기하겠습니다. 당신이 사기꾼이라면 내가 폭로해주죠!" 퍼린더 여사가 말했다. 농담조였음에도 위엄 있는 울림이 있었다.

"닥터 태런트의 말씀대로 여기 있는 모두 같은 마음이라고 확신합니다. 모두 정숙하고 이야기를 듣고 싶으시겠죠." 미스 버즈아이가 말했다.

8장

버리나 태런트는 일어나 방 한가운데에 있는 아버지에게로 걸어갔다. 올리브 챈설러는 방을 가로질러 그 소녀가 일어선 소파로 가서 퍼린더 여사와 다시 나란히 앉았다. 미스 버즈아이의 손님들은 각자 의자에 걸터앉거나 거실의 맨벽에 기대어 서서 잠잠해졌다. 버리나는 부친의 양손을 잡아 잠시 꼭 쥐고는 가만히 그의 앞에 서서 눈만 돌려 주위 사람들을 바라보았다. 그러자 잠시 후 그녀의 모친이 일어나 의미심장하게 탄식하며 자신이 앉았던 의자를 앞으로 밀었다. 태런트 부인에게는 다른 의자가 마련되었고, 버리나는 아버지의 손을 놓고는 태런트 씨가 딸을 위해 자리를 잡아준 의자에 걸터앉았다. 그녀가 두 눈을 감고 착석하자 아버지는 딸의 머리에 자신의 길고 마른 손을 얹었다. 이 모든 과정을 베이질 랜섬이 매우 흥미롭게 지켜본 것은 소녀가 마음에 들고 보고 있으면 즐거웠기 때문이다. 그 소녀는 거기 있는 누구보다도 다채롭게 빛났다. 미스 버즈아이가 모은, 약간 퇴색되고 우중충한 사람들에게서 찾을 수 있는 광채가 무엇이든 죄다 이 매혹적이지만 뭔가 모호한 젊은이 속으로 수렴됐기 때문이다. 그나저나 그녀의 공모자에게는 모호한 점이라곤 하나도 없었다. 랜섬은 그 사람이 입을 연 바로 그 순간부터 그냥 혐오스러웠다. 아주 익숙한 부류였다—그저 떠돌아다니며 한탕 잡아보려는 역겨운 부류로, 거짓말쟁이이고 교활하고 속물에다 비열한, 최하위의 인간이다. 저런 남자가 이 섬세하고 예쁘고, 재능이 있든 없든 분명 영리하기까지 한 소녀의 아버지라는 것, 이는 짜증이 나고 당황스러운 사실이었다. 저 구석에 앉아 있는 하얗고 뚱뚱하고 이마가 넓은 어머니 쪽은 그래도 좀 귀부인다운 면이 있어 보인다. 하지만 귀부인이라면 이런 악한과 결혼한 걸 더 수치스럽게 여겨야 하지 않을까—랜섬은 평소처럼 고대 영문학에서 배운 욕설을 사용해 혼잣말했다. 전에도 그와 비슷한 부류들을 종종 봐왔다. 그 끔찍했던 재건 시기*에 황폐한 남부 마을에서 열린 정치 집회에서 그는 스스로 생각건대 몇 번이고 저런 부류들을 논쟁으로 호되게 때려눕히곤 했다. 퍼린더 여사는 아무래도 버리나까지도 사기꾼 일당으로 보는 모양인데, 그렇게 생각하는 것도 무리가 아닌 것이, 베이질 랜섬 역시 같은 인상을 그녀에게서 받았기 때문이다.

---

*   1865년 내전 말기부터 1877년에 남부 주에서 북군이 최종적으로 철수하기까지의 시기로, 북군이 남부에 주둔하며 합중국에 남부를 귀속하고 노예를 해방했던 시기를 가리킨다. 남부인들에게는 치욕스러운 시기로, '떠돌아다니며 한탕 잡아보려는 자(carpet-bagger)'라는 용어는 이 시기 남부에 온 북부인들을 칭하는 용어이기도 하다.

그 소녀만큼 다양한 요소가 기묘하게 뒤섞인 인간을 이제까지 한 번도 본 적이 없었다. 더없이 사랑스럽고 속세를 초월한 듯한 얼굴을 하고 있으면서도, 뭔가 전시품 같고 공연단에 속한 것 같고 항상 가스등 불빛 속에 사는 사람 같은 분위기가 그녀가 입고 있는 드레스 구석구석까지 스며 있고, 연극적인 효과를 노렸다고밖에 생각되지 않는 몸짓에 배어 있었다. 그녀가 캐스터네츠나 탬버린을 꺼냈다 해도 랜섬은 그런 소품조차 잘 어울린다고 느꼈을 것이다.

아까 닥터 프랜스는 확고한 분별력으로 소녀가 빈혈증이 있음을 간파했을 뿐 아니라 사기꾼임을 넌지시 암시하기까지 했다. 과연 그녀의 행위에 어떤 가치가 있는지 아직 증명되지 않았지만, 분명 얼굴빛은 매우 창백했다. 원래 그녀처럼 머리가 붉은 여자들은 피부가 하얀 법이지만, 그녀의 경우는 마치 머리카락이 온몸의 혈액을 다 빨아들인 것처럼 보였다. 하지만 이 젊은 여성의 아름다움에는 뭔가 풍부한 것이 있었다. 몸은 힘차고 유연했고 입술과 눈에는 생기가 가득했고, 복잡한 소용돌이 모양으로 묶인 머리는 그녀의 쾌활한 기질을 그대로 담은 듯 빛났다. 촉촉이 젖은 눈동자는 호기심으로 반짝였고(미소를 지으면 보석의 광채처럼 눈이 빛을 반사하는 것 같았다), 크지 않은 키임에도, 머리가 더 높이 닿을 듯 몸을 솟구고 있었다. 만약 동양인이 머리가 검지 않다면, 이 소녀가 동양인처럼 보였겠다고 랜섬은 생각했다. 그리고 만약 산양이라도 한 마리 데리고 있었다면 에스메랄다**를 닮아 보였을 것이다. 하

** 빅토르 위고의 소설 《파리의 노트르담》에 나오는 인물로 산양을 데리고 다닌다.

기야 랜섬은 에스메랄다가 어떤 인물인지에 대해서는 희미한 기억밖에 없긴 했지만. 그녀는 그 형태가 랜섬 눈에는 기이하게 보이는 연갈색 드레스와 노란색 페티코트를 입고 양쪽 옆구리를 조이는 커다란 진홍색 장식 띠를 둘렀으며, 발육이 덜 된 빈약한 가슴까지 내려오는 두 줄짜리 호박 구슬 목걸이를 목에 걸었다. 외모는 이토록 멜로드라마적이었음에도 그녀의 행위 자체는, 그것이 무엇이든, 멜로드라마적인 성격의 조짐이 전혀 없었다는 점을 여기에 덧붙여둬야 한다. 적어도 그녀는 이제 아주 조용했고(손에 든 큰 부채도 접었다), 그 부친만 그녀의 마음을 가라앉히는 불가사의한 절차를 계속하고 있었다. 랜섬은 그가 소녀를 잠들게 하려는 게 아닌지 궁금해졌다. 한참 동안 그녀의 눈이 감긴 채였기 때문이다. 이런 종류의 현상에 익숙한 듯, 한 여성이 이제 시작되고 있다고 말하는 게 옆에서 들려왔다. 아직 그다지 흥미진진한 구경거리는 없었지만, 저렇게 예쁜 소녀를 눈앞에 두고 움직이는 조각상인 양 바라보는 것만으로도 분명히 즐거운 일이었다. 닥터 태런트는 딸을 달래듯이 쓰다듬으면서 주위 사람들에게는 눈길 한 번 주지 않았다. 방의 천장 돌림띠를 멍하니 둘러보다가 상상 속 화랑이라도 보는지 위쪽을 향해 이를 드러내고 웃었다. "가만히—가만히"라고 때때로 중얼거리면서. "곧 올 거야, 애야, 곧 온다. 그냥 하고 싶은 대로 하게 돼라. 힘을 모아 오게 돼. 영혼이란다, 영혼이 나타나려고 할 때 나타나도록 그냥 두거라." 때때로 그는 손까지 덮게 내려온 긴 방수복 소매를 걷기 위해 팔을 치켜들었다. 베이질 랜섬은 이 모든 걸 포착했고, 친척이 방 건너편 소파에서 기다리는 얼굴로, 그 젊은 예언자의 감은 눈을 빤히 쳐다보고 있는 것도 포착했다. 마침내 그는 참을 수 없게 되었다. 기다리던 계시의 목소리가 들리지 않아서가 아니라(벌써 꽤 시간이 지나긴 했지만), 태런트의 그로테스크한 조종이 거슬렸다. 그 손길이 자신에게도 느껴지는 듯해서 불쾌했고, 얌전히 당하는 소녀에게 굴욕을 주는 것 같았다. 그들을 보다 보니 짜증이 나고 화가 나서, 자신이 그들과 무슨 관련이 있다고 이러는 건지, 설사 떠돌이 사기꾼이라고 해도 자기가 좋아하는 걸 자기 딸과 할 권리가 있지 않은지 등의 생각을 해볼 겨를이 없었다. 마침내 버리나가 의자에서 일어났고, 그 움직임에 태런트가 자기 역할이 이제 끝났다는 듯이 배경 속으로 빠져버리자 랜섬은 안도했다. 소녀는 앞이 안 보이는 듯한 고요한 얼굴에 심각한 표정을 지으며 가만히 그 자리에 서 있었다. 그렇게 잠깐 더 지연했다가 말을 시작했다.

처음엔 그녀의 말이 꿈속에서 이야기하는 것처럼 두서가 없고 거의 들리지 않았다. 랜섬은 그녀의 말을 이해할 수 없었다. 너무 기묘한 그 말투에 놀란 그는 문득 닥터 프랜스가 만약 이 자리에 있었다면 뭐라고 말했을까 궁금해졌다. "지금 마음을 가다듬으며 교신하려고 애쓰고 있습니다. 곧 정상적인 말투가 될 겁니다." 최면술 치료사가 낮은 어조로 이렇게 거드는 것이 들렸다. '교신(in report)'은 프랑스어의 '접촉(en rapport)'을 태런트가 자기식으로 변형한 표현인 듯했다. 그의 예언은 적중했고 버리나는 잠시 후 정상적으로 말했다. 다정함이 듬뿍 배어나면서, 매우 진기하고 색다른 효과를 가진 말투였다. 천천히 조심스럽게 말을 이어갔는데, 마치 프롬프터의 말에 귀를 기울이는 듯한, 세상의 배경 막 뒤 아주 먼 곳에서 들려오는 말 한 구절 한 구절을 포착하려는 듯한 태도였다. 이윽고 기억, 아니 영감이라고 할 만한 것이 되살아난 듯 그녀는 제 역할을 펼치기 시작했다. 그야말로 경이로울 정도로 명쾌하고 우아한 연기였다. 10분간의 연설이 끝나자 랜섬은 청중 전체—퍼린더 여사도, 미스 챈슬러도, 미시시피에서 온 터프한 그 자신도—가 그 연설에 매료되어버렸다는 것을 깨달았다. 10분이라고 명시했지만, 진실을 말하자면 이 청년은 시간 감각을 완전히 잃었다. 나중에 그는 소녀의 연설이 얼마나 오래 계속됐던 건지 생각한 끝에, 그녀의 이상하고 아름답고 날것이고 터무니없고 매혹적인 즉흥 연설이 대략 30분은 계속된 게 분명하다고 결론 내렸다. 그녀가 뭘 이야기했는지는 문제가 아니었다. 그런 건 아무래도 좋았다. 그는 그 내용은 거의 이해할 수 없었다. 그가 알 수 있는 것이라곤 모두 여성의 온유함과 선량함에 관한 이야기였다는 것, 오랜 시대를 걸쳐 어떻게 여성들이 남성의 강철 뒤축에 짓밟혀왔는가 하는 이야기였다는 것뿐이었다. 또 남녀평등에 대한 이야기였다—아니 어쩌면 여성의 우월성에 관한 이야기였는지도 모른다(그가 분명히 의식하고 들은 건 아니었다). 여성의 시대가 드디어 왔다는 것, 범세계적인 자매애가 필요하다는 이야기도 나왔고, 자기 자신과 서로에 대해 져야 할 의무에 관한 이야기도 있었다. 어쨌든 소녀의 연설은 그런 문제에 관한 것이었다. 그런 이야기들이 감흥을 조금도 해치지 않는다는 것을 알고 베이질 랜섬은 기뻤다. 그런 얄궂은 것들을 말했지만, 그 효과는 내용이 아니라, 나름 치장을 한 (이제 다시 붉은 부채를 부치고 있는) 처녀의 이미지와 형상에, 말하느라 살짝 애쓰는 그 얼굴에 드러난 신선함과 순수함에서 비롯됐다. 소녀가 자신감을 얻으면서 감았던 눈을 떴을 때 그 눈동자에 깃든 부드러운 빛이 연설 효과의 절반을 차지했다. 연설 자체는 여학생다운 표현이나, 외운 듯한 유창한 말투의 파편이나 유치한 논리 실수나 토피카에서라면 먹혔을 터무니없는 공상의 나래로 가득 차 있었지만, 랜섬으로서는 설령 그것이 더 졸렬한 것이었다 하더라도 좋았을 것이다. 그 논거나 신조는 그녀가 한 연설의 매력과는 전혀 관련 없었기 때문이다. 그저 대단한 개성의 발현, 우연히 드러난 그 개성이 매혹적일 뿐이었다. 어떤 사람들의 취향에는 그 소녀가 불쾌할지도 모른다─랜섬은 보스턴의 다른 모임에서는 그녀를 당돌하게 여길 법하다고 생각했다. 그러나 그 자신으로서는 소녀가 그의 굶주린 감각이 저항할 수 없는 매력을 지니고 있다는 것만을 느낄 뿐이었다. 원래부터 그 누구보다도 완고한 보수주의자였던 그는 소녀가 한 공허한 말들─여성의 권리나 과오, 양성평등, 열에 들뜬 집회, 계속되는 참정권 방해, 상원 의회의 '명부에 등재된 어머니들'*에 대한 전망─에 굳게 마음을 닫았다. 뭐라고 하든 아무 상관 없었다. 진심에서 나온 말이 아니었다. 자신이 무슨 말을 하고 있는지조차 그녀는 모르고 있다. 아버지로부터 이런저런 허튼소리를 들어온 탓으로, 그녀로서는 그런 말이든 다른

---

* 로마의 원로원 의원을 뜻하는 'patricius'가 직역하면 '명부에 등재된 아버지들'이라는 뜻임을 감안하면 상원 의회 여성 의원을 가리킨다.

말이든 똑같이 기꺼이 할 것이다. 그녀의 기질로 보아도 타인을 우스꽝스러운 주의로 변심시키는 것보다는, 그 목소리로 매혹적인 가락을 들려주거나 젊고 자유로운 저 태도로 서서 파도 속에서 일어나는 물의 정령 나이아스처럼 많은 머리를 흔들며 그녀에게 모여드는 모든 이들을 기쁘게 하고 그 기뻐하는 모습을 보며 스스로도 즐거워하는 것으로 족할 것이다. 미스 태런트를 개성이 기이하게 결여된 인간으로 만드는 이런 해석의 함의를 랜섬이 깨닫고 있었는지 모르겠지만, 그는 그녀가 사랑스러운 만큼 무고하다고 믿고는 졸렬한 곡을 억지로 불러야 하는 상황에 처한, 매우 출중한 능력을 가진 가수로 여기면서 만족했다. 정말이지 저런 곡도 그녀가 부르니 얼마나 아름답게 들리는가!

　"물론 저는 여성들—나의 친애하는 자매들에게만 이야기하고 있습니다. 남자들에게 얘기하는 게 아니에요. 남자들이 제가 말하는 걸 좋아할 거라고 기대하지 않으니까요. 그들은 우리를 찬미하는 척하지만, 나는 그들이 우리를 좀 덜 찬미하고 우리를 좀 더 신뢰하면 좋겠습니다. 우리가 그들에게 도대체 무슨 짓을 했기에 그들이 우리를 모든 것으로부터 배제해야 하는지 모르겠습니다. 우리가 그들을 너무 많이 신뢰했습니다. 제 생각에 이제 그들을 심판해야 할 때가 왔습니다. 우리를 배제함으로써 그들이 좋은 결과를 얻지 못했다고 생각한다고 말해야 할 때입니다. 세상과 남자들이 불러온 이 상황을 둘러볼 때면 저는 '글쎄, 만약 세상을 이렇게 만든 게 여성들이라면, 남자들이 무슨 생각을 할지 알고 싶군'이라고 혼잣말한다는 걸 고백합니다. 저는 인류가 처한 끔찍하게 비참한 상황을 보고 어느 때고 어느 순간이고 세상에 가득한 인류의 고통을 생각하면서, 이 모습이 그들이 할 수 있는 최선이라면 우리 여자들도 좀 참여하게 해서 우리가 무엇을 할 수 있는지 지켜보는 게 낫지 않겠냐고 말씀드립니다. 우리가 도저히 상황을 더 나쁘게 만들 수도 없지 않겠습니까? 설령 우리가 이렇게밖에 못했다 해도 우리는 그들처럼 잘했다고 뻐기지 않았을 것입니다. 가난, 무지, 범죄, 질병, 부도덕, 그리고 전쟁! 전쟁, 항상 또 전쟁이죠, 전쟁이 끝없이 반복됩니다. 피, 피―세상은 피로 범벅돼 있습니다! 인간들끼리 온갖 비싼 필살 무기로 서로를 죽이는 것이 남자들이 해낼 수 있던 가장 빛나는 발명입니다. 우리 여성들이라면 지금부터라도 이 상황을 멈추고 더 나은 것을 창조할 수 있지 않겠습니까. 잔학함―세상에는 잔학함이 너무, 너무 많아요! 왜 온유함이 이를 대신해서는 안 되는 겁니까? 우리 여자들의 마음에는 온유함이 넘치는데 왜 그것이 모두 헛되이 버려진 채 시들어가고, 그동안 군대나 감옥, 구제할 수 없는 비참함만 계속 커지나요? 저는 그저 소녀일 뿐이죠, 평범한 미국인 소녀일 뿐입니다. 물론 아직 세상도 많이 보지 않았고, 인생도 아직 잘 모릅니다. 하지만 그런 저에게도 확연히 느껴지는 바가 있습니다―그것을 느끼기 위해 태어난 것 같다고 여겨질 정도입니다. 밤의 고요 속에서 그것이 귀에 들리고 어둠 속에서 환시로 눈앞에 보입니다. 그것은 온 세상의 여자들이 서로 손을 잡고 자비와 정의의 호소, 나약함과 고뇌의 신음을 듣지 못하는 세상의 잔혹한 야단법석에 대항해 목소리를 높인다면, 위대한 자매애로 결속된 여성들이 어떤 일을 하게 될 것인가입니다. 우리는 이 난

국을 수습하고 잠재워야 합니다. 그렇게 우리의 입술에서 나오는 소리가 세계의 평화를 노래하는 목소리가 될 것입니다! 그러기 위해서는 우리는 서로 신뢰해야 합니다. 진실하고 상냥하고 친절해야 합니다. 세계가 우리 것이기도 하다는 사실을 잊어서는 안 됩니다. 그렇죠, 우리 것입니다—지금까지는 우리에게 발언의 여지조차 거의 주어지지 않았습니다만. 또한, 우리의 것인 이 세계가 부당함이 판치는 장소가 될지 아니면 사랑이 넘치는 장소가 될지는 아직 확실히 결정되지 않았다는 것도 꼭 명심해야 합니다!"

젊은 여성은 위와 같은 장광설을 마쳤지만, 그 후에 의자에 앉아 축 늘어지지도 않았고, 절정의 순간 열변을 토하느라 지친 기색도 전혀 없었다. 다만 그녀는 천천히 모친 쪽으로 돌아서며 방 안의 모든 이에게 마치 단 한 명의 사람을 대하듯이 어깨 너머로 미소를 보냈다. 창백한 뺨에는 홍조도 없고 길게 숨을 들이쉴 필요도 없는 듯했다. 그녀에게는 이런 연설이 아주 쉬운 일인 게 분명했고, 다른 모든 이에게 그토록 강렬한 힘을 발휘하면서도 정작 자신은 조금도 지친 기색이 없는 태도에는 뭔가 건방진 면도 없지 않았다. 랜섬은 새파랗게 어린 처녀가 일단의 중년 남녀 앞에 서서 장광설을 끝맺는 말로 '사랑'에 대해 논한다는, 이 미묘하고 그로테스크한 상황에 기분 좋게 웃음을 터뜨렸다가 바로 도로 삼켰다. 그야말로 오늘 밤 행사의 가장 매혹적인 순간이면서 천진난만한 그녀의 마음을 가장 선명히 증명해주는 사건이었다. 소녀의 연설은 대성공이었다. 소녀를 끌어안고 입 맞추는 태런트 부인도 딸의 이야기가 청중을 실망시키지 않았음을 확실히 느낄 수 있었다. 청중은 크게 감명을 받아 일제히 탄성을 지르며 웅성거렸다. 셀라 태런트는 여봐란 듯이 주변 사람들과 말을 나누면서 맞잡은 두 손에서 긴 두 엄지손가락을 빈들빈들 돌리며 천장 돌림띠를 다시 올려다봤다. 딸이 이렇게 멋지게 해냈다고 해서 새삼 놀랄 것도 없다는 듯한 표정이었다. 나는 딸이 더 훌륭히 연설하는 걸 이 귀로 들은 적 있고, 게다가 이건 딸의 사사로운 공적도 아니라는 걸 잊지 않았다는 듯이. 미스 버즈아이는 막연한 기쁨에 휩싸여 사람들을 둘러보고 있었다. 하염없이 흐르는 눈물로 커다랗고 푸근한 뺨이 반짝였다. 젊은 파든 씨가 다음과 같이 말하는 게 랜섬의 귀에 들어왔다. 오늘 밤 이 자리에 있었다면 많은 돈을 주고 미스 버리나를 겨울 유세에 고용하고 싶어 했을 정당인들을 자기가 안다는 것이다. 이어서 그가 목소리를 낮춰 덧붙이는 말도 들었다. "저 소녀는 그럴 가치가 있어요. 돈값을 할 게 눈에 보이지 않습니까." 우리의 미시시피인으로 말하자면, 호감을 혼자 마음에 품고는 자신을 오늘 저녁의 주인공에게 소개해달라고 미스 버즈아이에게 부탁해볼까 생각하고 있었다. 물론 지금 당장은 아니다. 젊은이의 남부인다운 자부심에는 낯을 가리는 면도 섞여 있어서 겸손을 필요로 하는 상황에 종종 좋게 발휘되었다. 그는 이런 모임에서 자신이 얼마나 이단자인지 잘 알고 있었기에, 소녀를 만나고 싶은 간절한 바람을 이루는 것을, 그녀를 둘러싼 다른 사람들이 그녀에게 각자 확실한 찬성의 의사를 다 표할 때까지 미루고 기다리기로 했다. 아마 그녀는 그가 해줄 수 있는 그어떤 말보다도 이런 사람들의 찬사를 당연히 더 가치 있게 여길 것이다. 이 일이 모임에 활기를 불어넣었다. 훈훈한 공기의 회장에 사람들의 말소리가 한층 높아져 거의 들뜬 분위기마저 감돌았다. 사람들은 더 활발히 돌아다녔고, 버리나 태런트는 새로 사귄 친구들에게 바싹 둘러싸여 랜섬의 눈에 보이지 않게 되었다. "저런 식의 연설은 난생처음 들어봐요!" 랜섬은 여성들 중 한 명이 외치는 소리를 들었다. 그러자 다른 여성이 이에 화답하며 그 똑똑하다는 여성들도 지금까지 전혀 생각도 못 했던 일 아닌가 싶다고 했다. "아니, 이건 재능이에요. 틀림없습니다." "정말로, 이런 걸 뭐라고 부르든, 듣는 게 참 즐겁군요." 호의에 찬 이런 찬사의 말을 한 이들은 생각에 잠긴 얼굴을 한 두 신사였다. 어떤 사람이 이런 연설가가 몇 명 더 있다면 문제는 곧 해결될 거라고 단언하는 것도 랜섬의 귀에 들렸다. 이에 상대방이 화답하며 이런 사람이 그렇게 많을 거라고 기대할 수 없다고 했다―그 정도로 독특한 스타일이라고. 스타일이 분명 독특한데, 미스 태런트의 독특함 그 자체가 성공의 원인이라는 데 모두의 의견이 일치했다.

9장

랜섬은 다시 퍼린더 여사에게 다가갔다. 여사는 여전히 올리브 챈설러와 나란히 소파에 앉은 채였다. 그를 돌아보는 여사의 얼굴을 보고 그는 모두와 마찬가지로 그녀도 감회되었음을 알게 됐다. 그녀의 날카로운 눈은 반짝였고 품위 있는 뺨에는 홍조가 일었다. 그녀는 자신이 취해야 할 노선이 무엇인지 마음을 결정한 게 분명했다. 올리브 챈설러는 미동도 없이 앉아 있었다. 물끄러미 바닥을 응시하던 눈에는 지레 겁을 먹고 소심해져서 뻣뻣하게 굳은 표정이 묻어났고, 친척이 곁에 다가왔다는 걸 눈치챈 기색조차 없었다. 랜섬은 퍼린더 여사에게 말을 걸어 버리나에 대한 찬탄을 어설프게 표했다. 그러자 여사는 아가씨가 말을 잘한 게 놀랄 일은 아니라고, 그만큼 훌륭한 대의를 갖고 말한 거라고 위엄 있게 말했다. "아주 우아한 분이네요. 언어 구사가 훌륭해요. 저 아가씨의 아버님이 말씀하시길 타고난 재능이라더군요." 그 말을 들으며 랜섬은 퍼린더 여사의 진의를 조금도 알 수 없음을 깨달았고, 그 가식적인 태도에 역시 빈틈없는 권모가라는 인상이 더 강해졌다. 여사가 마음속으로 버리나를 뜻도 모르고 흉내만 내는 사람이라고 생각하든 천재라고 생각하든 그가 알 바는 아니었다. 다만 여사가 이 소녀를 쓸모 있고 대의에 도움이 되는 사람으로 본다는 건 알아챌 수 있었다. 그는 여사가 소녀를 차지해서 망칠 거라고, 억지로 연설을 시키다 결국 시끄럽게 떠들어대는 사람으로 만들어버릴 거라고 생각하며 거의 간담이 서늘해져서 잠시 우뚝 멈춰 섰다. 그러나 이내 꺼림직한 상상을 떨쳐버리고는 마음의 위안을 구하려고 친척에게 기계적으로 말을 걸며 미스 버리나가 마음에 들었냐고 물었다. 올리브는 아무 대답도 하지 않았다. 여전히 고개를 돌린 채 소심한 눈으로 바닥 카펫을 뚫어지게 바라보았다. 퍼린더 여사가 그녀를 힐끗 곁눈질로 본 다음 랜섬에게 조용히 말했다.

"당신네 남부 숙녀분들의 우아함을 찬미하면서도 가젤같이 아름다운 인간을 보기 위해 북부로 올 수밖에 없으셨군요. 미스 태런트는 뉴잉글랜드 혈통 중에서도 최고네요 — 내가 보기에 최고예요!"

"보스턴의 숙녀분들은 제가 본 바로는 우아함이 저를 놀라게 할 정도로 드러나진 않는 게 확실합니다만." 랜섬이 친척에게 미소 지으며 답했다.

"이분은 강한 충격을 받으셨네요." 퍼린더 여사가 보니 올리브가 아직도 주위 소리가 귀에 들어오지 않는 상태라 아주 살짝만 목소리를 낮춰 설명했다.

이때 미스 버즈아이가 가까이 다가왔다. 퍼린더 여사께서 일동을 대표해 미스 태런트에게 신선한 자극이 되는 연설을 해준 것에 감사의 말을 해주실 의향이 있는지 묻기 위해서였다. 퍼린더 여사는 기꺼이 지금 인사를 하겠으며, 다만 그 전에 먼저 물 한 잔 마셔야겠다고 말했다. 미스 버즈아이는 물이 곧 준비될 거라고 말했다. 아까 여성 한 분이 청하셔서 파든 씨가 아래층으로 가지러 갔다고. 베이질은 이 막간을 이용해 미스 버즈아이에게 미스 버리나에게 자신을 소개하는 특혜를 좀 베풀어주실 수 있는지 물었다. "퍼린더 여사가 일동을 대신해 감사를 표하실 것입니다만"이라고 그가 웃으며 말했다. "제 마음을 대신 전해주시진 않을 테니까요."

미스 버즈아이는 기꺼이 그럴 의향이 있다고 대답했다. "감명을 받으셨다니 무척 기뻐요." 당장 그를 미스 태런트에게 안내하려고 하자, 올리브 챈슬러가 갑자기 의자에서 일어나 막으려는 듯 집주인의 팔에 손을 얹었다. 자기는 이만 가봐야겠다고, 몸이 별로 좋지 않다고, 마차가 와 있다고 설명했다. 그리고 이어서 무리한 부탁이 아니라면 문까지 배웅해주시길 바란다고 했다.

"어머, 당신도 깊은 감명을 받으셨군요." 미스 버즈아이는 달관한 듯한 표정으로 쳐다보았다. "한 분도 남김없이 모두 감명을 받으신 것 같네요."

랜섬은 실망했다. 자신도 함께 돌아가야 한다는 것을 알기에, 미처 억누르기 전에 탄식이 입에서 터졌다. 친척의 퇴각을 막을 수 있을지 모른다는 일념에서 터져 나온 탄식이었다. "아, 미스 올리브, 퍼린더 여사의 말씀을 듣지 않고 간다는 건가요?"

이 말을 듣고 미스 올리브는 기묘한 얼굴로 그를 쳐다보았다. 그로서는 거의 이해할 수 없을뿐더러 그녀에게서 절대로 볼 수 없는 얼굴이었다. 꺼림직할 정도로 심각한 빛을 띠며 눈을 부릅뜨고 양쪽 볼을 붉히는 그 얼굴은 그를 향해 신랄한 질문을 재빨리 던지며 바로 덤벼들 듯했다. 이렇듯 갑작스럽게 번득이는 표정에 랜섬은 그저 빤히 쳐다보는 것으로 답하며, 도대체 이 북부의 친척 여성이 자신에게 어떤 수작을 걸 작정인지 새삼스레 궁금해했다. 그녀도 감명을 받았다고? 자신도 그건 마찬가지다! 그때 확실히 세상사에 밝은 퍼린더 여사가 그를 도와주고자, 아니 미스 챈설러를 돕기 위해 그들 곁으로 와서는 올리브가 더 머물지 않는 편이 좋겠다고 말했다―그녀가 지금 이야기에 너무 많은 걸 느낀 것 같다면서. "당신이 머물면 난 말하지 않을 거예요"라고 그녀가 덧붙였다. "내가 당신을 완전히 당황하게 만들 거예요." 여사는 압도적으로 지적인 본성을 가진 사람으로서는 드물게 부드러운 목소리로 말을 이어갔다. "여성분들이 모두 당신같이 느낄 때 분명히 우리가 잘해낼 거라고 봐요."

"아, 우리는 잘해낼 거라고 생각해요." 미스 버즈아이가 중얼거리듯 말했다.

"하지만 비컨가를 잊으시면 안 됩니다." 퍼린더 여사가 덧붙였다. "당신은 당신의 지위를 이용해야 합니다―백베이를 각성시켜야 해요!"

"백베이는 신물이 나요!" 올리브가 격한 어조로 말하고는, 누구에게도 작별 인사를 하지 않고 미스 버즈아이와 함께 문 쪽으로 걸어갔다. 몹시 흥분해서 자신을 믿을 수 없게 된 모습이었다. 랜섬은 황급히 그녀를 따라갈 수밖에 없었다. 하지만 문간까지 가자 두 여성이 갑자기 걸음을 멈추는 바람에 그도 멈춰 섰다. 문 앞에서 걸음을 멈춘 올리브는 망설였다. 그녀는 방 안을 둘러보다가, 흐뭇한 사람들 무리 한가운데서 어머니와 나란히 앉아 있는 버리나의 모습을 포착하자, 작심한 듯 고개를 젖힌 채 방을 가로질러 다가갔다. 랜섬은 어쩌면 지금이 기회라고 되뇌고 재빨리 미스 챈설러 뒤를 따랐다. 버리나 주위에 모인 작은 개혁주의자 무리는 올리브가 다가오는 것을 지켜봤다. 그들의 얼굴에는 그녀의 사회적 지위를 의심하는 표정과 함께, 그런 걸 분별하는 게 옳은지 고민하며 양심에 가책을 느끼는 듯한 표정도 엿보였다. 자신에게 인사하려고 온다는 것을 알아차린 버리나 태런트는 자못 의미심장하게 다가오는 그 숙녀를 맞이하기 위해 자리에서 일어섰다. 그러나 그녀가 아무것도 분별하지 못했고, 사회적 지위에 대한 의심도 일절 없다는 걸 랜섬은 간파했다, 아니 적어도 간파했다고 생각했다. 어쨌든 그녀는 미스 챈설러와 랜섬을 번갈아 바라보며 환하게 미소 지었다. 미소 짓는 게 좋아서, 상대를 기쁘게 하거나 자신의 성공을 만끽하는 게 좋아서 미소 지었는지도 몰랐다―아니면 이 소녀가 완벽한 작은 배우라서 이 미소도 연습의 일부인 것일까? 그녀는 올리브가 내민 손을 잡았다. 주위 사람들은 의자에 앉은 채 엄숙히 두 사람을 올려다보았다.

"저 모르시겠죠. 하지만 꼭 당신과 알고 지내고 싶어요." 올리브가 말했다. "지금 여기서 당신에게 감사의 마음을 다 표할 수 없네요. 언제 우리 집에 와주시지 않겠습니까?"

"아, 그럴게요. 사시는 곳이 어디인가요?" 그렇게 대답한 버리나의 목소리에는 (남의 집에 초대받는 일이 많지 않았던) 소녀가 어떤 초대라도 기꺼이 받아들이는 어조가 묻어났다.

미스 챈설러가 자기 집 주소를 명확한 발음으로 알려주자 태런트 부인이 미소 지으며 앞으로 나섰다. "저는 당신을 알고 있어요, 미스 챈설러. 아버님이 제 부친인 그린스트리트 씨와 아셨을 거예요. 버리나는 아주 기꺼이 댁에 방문할 겁니다. 당신도 우리 집으로 와주시면 무척 기쁠 겁니다."

베이질 랜섬은 모친이 말하는 동안 자기 바로 옆에 서 있는 딸에게 뭔가 말을 걸고 싶었지만 마땅한 말이 떠오르지 않았다. 생각나는 말이라고는 미시시피식 인사뿐으로, 잘난 체한다거나 너무 엄숙하고 지루한 인상을 줄 것이었다. 게다가 그로서는 그녀의 연설 내용 자체에는 동의를 표하고 싶지 않았고 그저 그녀가 매력적이라는 말을 하고 싶었는데, 그 차이를 분명히 하기가 어려웠다. 그래서 그는 그저 입을 다물고 그녀에게 미소 지었고, 그녀도 그에게 미소로 답했다 ─ 그에게는 오직 자기에게만 보여준 미소처럼 여겨졌다.

"댁은 어디세요?"라고 올리브가 묻자, 태런트 부인이 자신들이 케임브리지에 살고 있으며, 집 바로 앞에 궤도마차가 다닌다고 답했다. 이에 올리브는 "조만간 곧 오실 거죠?"라고 확인했고, 버리나는 "아, 네, 곧 찾아뵙겠습니다"라고 말하고는 마음에 잘 새겨두었음을 보여주듯이 찰스가의 번지수를 말했다. 이런 태도에는 아이다운 선의가 배어 있었다. 저런 식으로 청하면 이 소녀는 누구에게나 찾아갈 게 틀림없다고 본 랜섬은 자신도 보스턴의 숙녀였으면 저렇게 소녀를 초대할 수 있었겠지, 하는 아쉬운 마음이 잠깐 스쳤다. 올리브 챈설러는 잠시 더 소녀의 손을 잡은 채 눈빛으로 작별 인사한 뒤, "자, 랜섬 씨, 갑시다"라고 말하며 그를 데리고 방을 나갔다. 현관에서 물병과 큰 잔을 들고 아래층에서 올라오는 파든 씨와 마주쳤다. 미스 챈설러가 부른 대마차가 기다리고 있었다. 베이질이 그녀를 마차에 태우자, 그녀는 그가 묵는 호텔이 찰스가에서 가깝지 않으니 일부러 데려다주지 않아도 된다고 말했다. 그도 그녀와 나란히 앉아서 가고 싶은 마음이 없었고 담배도 피우고 싶었다. 그는 마차가 가버린 후에야 비로소 그녀의 냉담함을 되새기며 도대체 왜 그녀가 자신을 데리고 나왔는지 자문하며 의아해했다. 정말 너무 이상한 여자다, 친척이라는 이 보스턴 여자는. 잠시 그는 그 자리에 서서 미스 버즈아이의 방 창문에서 흘러나오는 불빛을 바라보았다. 다시 들어가서 그 소녀에게 말을 걸어볼까 하는 생각이 강하게 들었다. 그러나 그녀가 보여준 미소에 대한 기억으로 만족하기로 하고는 몸을 돌리면서 어쨌든 그런 과격한 모임에서 나온 것에 안도감을 느끼는 동시에 (다른 종류의 감각이긴 하지만) 심한 갈증을 느끼는 세속의 감각이 살아났다.

10장

버리나 태런트는 바로 그다음 날 케임브리지에서 찰스가로 찾아왔는데, 보스턴의 이 지구는 교외의 대학가와 직통 교통수단이 있었다. 하지만 아마도 버리나에게는 그다지 바로 가는 것 같지 않았을 것이다. 딱하게도 그녀는 사람들로 꽉 찬 궤도차가 마침내 미스 챈설러의 집 앞에 내려줄 때까지 답답한 그 안에서 온실에 매달린 꽃송이처럼 유리 지붕에서 내려온 가죽끈에 반쯤 매달려서 내내 서서 갔다. 그러나 그녀는 이렇게 서서 가는 여행에 익숙했다. 이미 우리가 보았듯이 현대의 사회제도를 덮어놓고 그냥 받아들일 생각이 없는 그녀이긴 했지만, 자신이 나고 자란 곳의 철도까지 비판할 생각은 절대 들지 않았다. 그녀가 이렇게 서둘러 올리브 챈설러를 방문하게 된 것은 사실 어머니의 생각이었다. 케임브리지의 호젓한 작은 집 안에서 셀라 태런트가 환자와, 그들 말로 '가버린' 동안 그녀는 어머니가 행동 노선을 간단히 설명해주는 것을 눈을 크게 뜨고 들었다. 순종적인 동시에 세상 물정을 잘 모르는 소녀는 미스 챈슬러와 친밀하게 지냄으로써 얻게 될 갖가지 이점을 열거하는 어머니의 말에 귀를 기울이면서 딴 세상 동화를 듣는 것 같았다. 열심인 어머니가 버리나에게 깃털 장식이 달린 맵시 있는 모자를 손수 씌워주고 작은 재킷의 단추를 채워주고(거대한 크기의 금박 단추였다), 차비로 20센트를 건네주었을 때도 그녀는 여전히 그것이 동화의 일부라고 생각했다.

태런트 부인이 어떤 생각을 하는지는 미리 알 도리가 없다. 버리나조차 자식으로서 시민, 이를테면 대중 자격일 때보다 훨씬 덜 따지고 듦에도 어머니가 괴짜임을 인식하고 있었다. 확실히 그녀는 괴짜였다─자못 느긋하게 축 늘어져서 건강하지 않고 변덕스러워 보이면서도 여전히 뭔가에 집착할 여력이 있는 여성. 그녀가 집착하는 것은 '사교계', 은밀한 목소리가 그녀가 한 번도 가진 적 없다고 속삭이고, 더 명료한 목소리로 그것을 잃을 위험에 처해 있다고 경고받는 사회적 지위였다. 그 지위를 확보하고 회복해 다시 존엄해지는 것, 그것이 이 여자가 마음속에 품은 야망이었다. 그것이야말로 그녀가 버리나처럼 훌륭한 아이를 가질 가치가 있다고 신의 섭리가 판단한 많은 이유 중 하나였다. 버리나는 단지 여성들을 족쇄에서 해방하기 위해서만이 아니라, 시골에서 되는대로 만든 의상처럼 여기저기 툭 튀어나오고 쪼그라든 방문록을 새롭게 고치기 위해서도 태어난 것이다. 태런트 부인은 에이브러햄 그린 스트리트의 딸로서 초기 노예제 폐지론자들에게 둘러싸여 젊은 시절을 보냈다. 그렇게 창창한 앞길에 구름이 자욱하게 드리운 것은 연필 파는 행상으로 처음 인생길에 나선(애초에 그는 이 목적으로 그린스트리트 가문의 집 문간에 섰다) 한 젊은이와 만나면서부터였다. 한때 그 젊은이는 혼인을 인정하지 않는 그 유명한 카유가 공동체인가 뭔가 하는 데(태런트 부인은 잘 기억이 나지 않았다)의 일원이었던 적도 있고, 나중에는(그렇다고 해도 치료 기술을 발전시키기 전이지만) 심령술업계에서 이름을 떨쳤다. (그는 보기 드물게 인기 있는 영매가 되었지만, 태런트 부인 나름대로 통찰한 모종의 이유로 그만둘 수밖에 없었다.) 온갖 편견을 없애는 데 몰두하는 단체에도 이 다재다능한 인물, 미스 그린스트리트가 자신과 마찬가지로 유독 미래만 바라보는 것을 이용해 그녀의 환심을 사는 타고난 재주가 있었던 이 인물을 미심쩍어하는 사람들이 있었다. 이 젊은 커플(그가 그녀보다 나이가 상당히 많긴 했지만)은 함께 미래만 바라보다가 결국 과거도 그들을 완전히 저버리고 현재도 있으나 마나 한 발판이 되어줄 뿐임을 깨달았다. 달리 말해 태런트 부인은 가족의 미움을 샀다. 그녀의 부모는 노예를 족쇄에서 해방하기를 열망하는 그들에게도 너무 분방하게 여겨지는 행동이 있음을 딸의 남편에게 상기시켰다. 그들이 생각하기에 카유가에서는 그런 행동이 만연할 법했다. 그리고 그곳에서 살았던 기간이 그의 생애에서 잠깐 스쳐 지나간 에피소드일 뿐이라고 그가 말해봤자 (그에게는 그 공동체가 내재해 있을 테니) 당연히 아무 소용 없다고 느꼈다. 두 사람이 이제 마음의 위안을 찾는답시고 심령술 모임이나 채식주의자 야외 집회에 끼게 된 데에는 그만한 과거의 에

피소드면 충분하지 않겠는가.

태런트 부인은 지금까지 유익하기만 하면 어떤 파격적인 일에도 마음을 열 줄 안다고 생각해왔던 사람들이 이제 진짜 시험에 들자 편협한 시각밖에 갖지 못한다는 것을 깨달았다. 남편의 취향이 그녀의 무르고 벗기기 쉬운 도덕관념의 표면을 쓸어내고 부부는 새로운 분위기에서 살기 시작했지만, 다루기 쉬운 아내는 저녁거리가 없는, 전에 없던 경험을 하기도 했다. 그녀의 아버지는 결국 돈을 별로 남기지 못하고 죽었다. 얼마 안 되는 재산도 흑인들을 위해 써버린 것이다. 셀라 태런트와 그의 아내는 여러 기묘한 사건을 겪었다. 그녀는 자신이 박애적인 보헤미아를 거처로 삼는 엉터리 약장수들의 잡다하고 거대한 무리 안에 들어가게 됐음을 깨달았다. 그것은 사회적 늪처럼 그녀를 삼켜갔다. 그녀는 매일 조금씩 더 가라앉으면서도 그 하강 정도를 가늠할 수가 없었다. 이제는 이미 턱 끝까지 차버렸다고, 아니 아마도 바닥까지 닿았다고 말할 수 있을 것이다. 미스 버즈아이의 집에 갔을 때 그녀는 사교계로 다시 들어간 것 같았다. 그녀를 맞아들인 문은 다른 사람들을 맞이한 문과는 전혀 달랐다(그때 본 퍼린더 여사의 들창코를 절대 잊을 수 없을 것 같았다). 상류사회로 통하는 입구는 여전히 약간 열린 채로 가능한 장래의 전망을 엿보게 하고 있었다. 그동안 그녀는 장발의 남자들과 단발한 여자들과 함께 생활하며 십여 번의 사회적 실험에 알량한 신의를 바치고 쥐어짠 돈을 기부했다. 수없이 많은 종교에서 위안을 취해도 봤고, 주로 금지 강령으로 이루어진 무수한 식이 개선 요법을 따르기도 했으며, 해가 지면 저녁 식사를 하듯이 규칙적으로 교령회나 강연회에 가곤 했다. 그녀의 남편에게는 언제나 강연회 초대권이 있었다. 생계가 막막해져 짜증이 나는 순간이면 그녀는 가진 게 이것뿐이냐고 그에게 따지곤 했다. 겨울밤 진창이 된 눈길을 저벅저벅 걸어(그 초대권은, 아아, 애석하게도! 차표가 아니었다) 에이더 T. P. 포트 여사가 '여름의 땅'*에 대해 논하는 강연을 들으러 가던 기억이 그녀의 마음에 씁쓸한 추억으로 되살아났다. 셀라는 한때 포트 여사에게 경도된 적이 있었는데, 아무래도 카유가에 있었을 때 그 사람과 '결합을 맺었다'(그런 에피소드를 말할 때 셀라가 즐겨 쓰는 표현이다)는 게 아내의 생각이다. 이 불쌍한 여성에게 결혼 생활은 감내해야 할 것이 너무 많았다. 때때로 그녀는 남편의 재능에 대한 믿음만으로 그 삶을 견뎌내곤 했다. 그녀는 남편에게 사람을 끌어당기는 힘이 있다는 것을 알고 있었다(사실 그 힘이 그의 재능이었다). 바로 이 힘 때문에 자신이 남편을 떠나지 못하는 거라고 느꼈다. 그런 남편을 따라 완전히 오리무중인 상태로 이곳저곳으로 끌려다니긴 했지만, 그린스트리트 가문이 언제나 명성을 떨쳤던 강력한 도덕관념을 잃어버린 건 아닌지 불안에 휩싸이는 순간도 있었다.

물론 셀라 태런트와 결혼할 정도로 취향이 형편없는 여자라면 어떤 상황에서도 그리 올바른 판단력을 유지할 수 있었을 것 같지 않지만, 그렇다 하더라도 이 불쌍한 사람이 결혼 후 도덕적으로 몹

---

* '여름의 땅'은 심령론자들이 사후에 영혼이 바로 가게 되는 목적지를 가리키는 용어이다. 포트 여사의 이름은 미국의 심령주의자이자 공개 강령술을 시연했던 에이더 호이트 포예를 떠올리게 한다.

시 해이해진 것에는 의심의 여지가 없다. 그녀는 보고도 못 본 체하거나 타협하고 속임수에 가담해왔다. 남편이 영매로 활동하던 흥미진진한 시절에 그녀는 자신에게 반문했다. 가끔 탁자가 바닥에서 떠오르지 않거나 소파가 공중에 둥둥 떠다니지 않거나 저승에 있는 사랑하는 이의 부드러운 손길이 기대만큼 참가자들을 놀래지 않을 때, 아내로서 남편을 돕고 싶은 건 당연하지 않겠느냐고. 태런트 부인의 손은 극도로 초자연적인 효과를 내는 데 충분할 만큼 부드러웠다. 그녀는 그런 속임수를 부릴 때마다 영혼의 불멸을 믿는 이들에게 도움을 주는 것뿐이라고 생각하면서 자신의 양심을 달랬다. 나중에 그들이 그런 심령 − 교감 일을 하던 시기를 벗어났을 때 그녀는 버리나를 생각하며 왠지 기뻤다. 버리나만은 이런 영혼 불멸의 믿음에 봉사시키고 싶지 않다는 것이 그녀의 진심이 담긴 소망이었기 때문이다. 그래도 태런트 부인의 다채로운 기억 속에서 불을 끈 방, 기다리는 참가자들, 탁자나 벽을 가볍게 두드리는 소리, 뺨과 발을 살짝 건드리는 감촉, 공중에 떠도는 음악, 꽃비, 뭔가가 훨훨 날아다니는 신비스러운 느낌 등이 최고로 다정하고 소중한 추억으로 남아 있다. 그녀는 남편이 이상한 힘으로 자신을 매료해, 지금 생각해도 갑자기 얼굴이 달아오르는 행위에 동의하게 했을 뿐 아니라, 실제로 그것을 실행하게 한 것에 마음 깊이 원망을 품었다. 또한, 왠지 모르게 그녀의 사회적 품위를 타락시키는 것 같은 그의 꺼림직한 방식도 너무 싫었다. 그러나 한편으로는 남편의 극에 달한 뻔뻔함이 (치욕과 폭로와 실수와 하루살이 삶의 비참함에 직면했을 때) 일종의 무오류성으로 인식되며 경탄하기도 했다. 남편이 끔찍한 사기꾼이라는 걸 알았지만, 남편이 털어 놓은 적이 한 번도 없었기에 완전히 확신할 수는 없었다—그가 자신의 정체를 털어놓아야 할 상황에 처하곤 했다는 걸 생각하면, 실로 대단한 일이었다. 그는 부정한 수단을 쓴다는 것을 조금도 인정하지 않았다. 부부는 종종 제단 뒤에 마련된 점쟁이 자리에 함께 있었는데, 참가자 그 누구도 볼 수 없음에도 남편은 그녀에게 눈짓 한 번 하지 않았다. 집 안에 단둘이 있을 때조차도 그의 말투, 상황을 변명 내지 설명하는 그 표현 방식이 그녀 한 사람을 상대하고 있다고 보기에는 너무 숭고하다고 느꼈다. 두 사람의 삶은 셀라의 본성대로 항상 공적인 생활의 음계로 완전히 고양되어 있던 것이다.

그리하여 그녀는 혐오하는 그 모든 일과 약간 좋아하는 일로 점철된 삶을 살면서 생활비를 못 버는 남편의 무능함에 지치고 옹고집(그는 그들의 삶이 쾌적하다는 자기 이론을 굽히지 않았다)을 두려워하는 생활에 지친 나머지, 양심도 느슨해지고 의기소침해져서 이제는 남편을 확실히 비난할 수 있는 점이라면 그에게 화술의 소양이 없다는 것뿐이었다. 그러나 그것이 바로 그의 아픈 곳을 찌르는 비난이었다—셀라가 취약한 지점이었던 것이다. 그는 청중을 휘어잡는 재주가 없었고 연사로서 부적격했다. 생각은 풍부하지만 그것을 딱 맞게 꿰맞추는 능력이 없는 듯했다. 대중 연설이야말로 그린스트리트가의 전통으로, 만약 젊었을 때 최면술 치료사와 결혼하게 될 거라고 생각해본 적 있냐는 질문을 태런트 부인이 받았다면 이렇게 대답했을 것이다. "글쎄요, 난 연단에서 침묵하고 있는 신사와 결혼할 거라는 생각은 한 번도 해본 적 없어요!" 남편이 연설 재주가 없다는 것은 그녀에게는 가장 큰 굴욕이었다. 그것이 다른 모든 굴욕을 내포했고 또한 능가했다. 셀라에게는 웅변력이 입보다는 손에 있었는데—다른 건 차치하고라도 치료사로서의 경력이 이를 증명한다고 해도—그녀에게는 별로 위안이 되지 않았다. 그린스트리트가에서는 아무도 손의 활약에 큰 비중을 두지 않았다. 그들이 믿는 것은 입의 영향력이었다. 그러니 세월이 흘러 자기 딸이 영이 충만한 젊은 숙녀로 자라면서 그 입술로 물 흐르듯 유창하게 말을 쏟아낸다는 걸 알게 된 태런트 부인이 얼마나 기뻤을지는 상상이 될 것이다. 그린스트리트 가문의 전통은 결코 소멸되지 않을 것이고, 그녀의 생활에서 메말랐던 곳들도 충분히 비옥해질 터였다. 여기서 덧붙여두지 않으면 안 되는 것은, 메말랐던 생활의 지표면에 최근 들어 다른 수원으로부터 물이 어느 정도 흘러들고 있었다는 점이다. 셀라가 최면술의 신비에 빠지면서부터 그들의 가정이 그린스트리트 가문의 가정다운 모습을 조금씩 갖추기 시작했다. 그가 '상당히 많은' 환자를 확보했고, 한 번의 치료로 2달러가량을 벌게 된 것이다. 매우 만족스러운 치료 사례도 몇 가지 있었다. 그에게 많은 은혜를 입었다고 느끼는 케임브리지에 사는 한 부인이 최근 닥터 태런트가 언제든 집에 들를 수 있도록 자기 집 근처로 이사하라고 설득했다. 그는 이 편의를 이용하기로 했다—그동안 그들은 여러 차례 집을 옮겼으니 다시 새집으로 옮긴다고 해도 문제 될 건 없었다. 그리고 태런트 부인은 그들이 드디어 정말 뭔가를 '매혹했다'고 느끼기 시작했다.

알다시피 태런트 부인은 버리나에게조차 혼란스러운, 종잡을 수 없는 사람이었다. 유약한 어머니가 걸핏하면 쉬이 엄격해지는 것은 도대체 어떤 법칙에 의한 것인지 확인할 기회가 소녀에겐 아직 없었다. 이렇게 태런트 부인의 태도가 돌변하는 것은 사회적 야심에서 비롯된 망상이 뇌를 가득 채워서 눈앞을 지나가는 기회를 잡으려고 구겨진 가운을 펄럭거리며 팔을 뻗을 때였다. 그럴 때 그녀는 딸에게 누군가와 지인이 되라고 대단한 능변으로 설득하거나 상류사회의 속사정을 아주 잘 아는 듯한 모습을 보여 딸을 놀라게 했다. 특히 그녀는 상류사회 사람들의 매너를 이해하는 데 필요한 것과 그들을 만날 때 가져야 할 섬세한 품위에 대해 확신에 차서—그리고 더 선명하게 전달해주고 싶어서 종종 기묘한 표정을 지으면서—설명하곤 해서 버리나는 어머니가 어떤 비밀 정보원을 갖고 있는 것일까 의아해할 정도였다. 버리나 자신은 아직 인생에 대해 아주 단순하게 생각하고 있었고, 사회가 얼마나 복잡다단한지 꿈에도 몰랐다. 그녀가 알고 있는 것이라고는, 세상에 부유한 사람도 있고 가난한 사람도 있다는 것, 그리고 부를 상속받지 못한 이들로 가득한 세상에서 사치스럽게 사는 게 과연 옳은 일인지 자문하게 될 정도의 풍족함이 그녀의 아버지 집에는 아직 한 번도 찾아오지 않았다는 것뿐이었다. 그러나 어쨌든 어머니가 버리나 자신은 전혀 느낄 수 없는 억울함을 토로하거나, (태런트 부인이 뭔가 '걸칠 것'을 찾으며) 이미 지나가버린 듯한 기회로 법석을 떠는 것을 보고 약간 눈앞이 핑핑 돌 때를 제외하면, 버리나는 자신이 남들과 비교해 불우하다고 생생하게 의식한 적이 없었다. 최면술 치료사라는 직업이 사교계의 관점에서 어떤 지위를 점하는가를 판단케 하는 어떤 전거도 와닿지 않았던 것이다. 태런트 부인이 어떤 식으로 나올지 미리 알기는 불가능했다. 부인은 때로는 극도로 태연했고, 또 때로는 자신을 쳐다보는 모든 이가 자신을 모욕하고 싶어 한다고 생각하기도 했다. 셀라가 최면을 거는 여성들(대부분이 여성들이었다)에게 의심으로 가득 찬 시선을 보내는 때도 있었다. 그러다가 다시 자신의 슬리퍼와 석간신문(이 간행물에서 그녀는 영문 모를 위안을 얻곤 했다) 외에는 만사 다 포기한 것처럼 보일 때도 있었다. 그럴 때면 포트 여사가 몸소 '여름의 땅'에서 돌아왔다 해도(여사는 이곳을 떠나 그곳에 있었다) 거의 냉소적으로 보일 정도로 침착한 태도를 보였을 게 틀림없다.

그러나 태런트 부인이 딸에 비해 가장 우위에 선 점은 미묘한 사교적 임기응변이었다. 자신과 가까워지고 싶어 하는 사람들을 만났을 때, 드러나지 않으나 간절한 그 마음을 느끼며, 소녀는 자신이 배울 게 아직도 얼마나 많은지 깨닫곤 했다. 그녀가 바라는 건 단 하나, 세상을 배우고 싶다는 것이었다. 그런 의미에서 자신의 어머니가 훌륭한 스승이라고 그녀가 진심으로 믿었을 거라는 점을 여기에 부언해두자. 때로는 어머니의 속물적 행태가 그녀를 곤혹스럽게도 했다. 어쨌든 그런 속물성은 그들과 같은 가정에서라면 모든 걸 차치하고서라도 영위해야 하는 고매한 생활과는 아무런 관련이 없지 않은가. 사소한 모욕을 받을 때마다 일일이 따지고 드는 것은 자신들이 합심해 이룩하고자 애쓰는 정의가 지배하는 세상에 포함되지 않는다. 아버지는 그에 비하면 좀 더 일관되게 높은 수준에서 움직이는 것처럼 생각되었다. 아버지가 옛 규범에 무관심하고 더 밝은 앞날만 끊임없이 희구하는 것을 보고, 결국 남자들이 여자들보다 사심이 더 없는 게 아닌지 자문하는 데까지는 아직 이르지 않았지만. 태런트 부인으로 하여금 미스 챈설러의 제안에 그렇게 정답게 화답하고, 당장 미스 챈설러를 방문하라고 다 안다는 듯한 태도로 버리나에게 명하도록 부추긴 것이 그런 사심일까? 당장 가라고 태런트 부인이 힘주어 말할 때의 그 열의는 고딕체로도 표현할 수 없을 정도였다. 왜 어머니는 다른 때처럼 우리를 보고 싶으면 그들이 우리 집에 올 거라고, 명함을 남기는 의례가 있다는 걸 모를 정도로 영락하진 않다고 말하지 않았을까? 평소의 태런트 부인이라면, 일단 사교상의 의례에 대해 이야기를 시작하면 멈출 줄을 몰랐는데 이때만큼은 그런 문제를 논하는 것을 삼가고, 미스 챈설러는 대단히 품위 있는 분이라든가 가장 사귀고 싶은 친구라든가 하면서, 그분이 버리나의 아름다운 열변에 그 누구보다 깊은 감명을 받았다는 둥, 보스턴에서 가장 훌륭한 응접실로 맞이하실 거라는 둥, 그분이 '조만간 곧 오라'고 말한 것은 다음 날 바로 오라는 뜻이라는 둥, 어쨌든 그렇게 하는 게 맞다는 둥(언제 정중하게 더 나아가야 할지 알아야 한다면서), 한마디로 그녀, 태런트 부인은 자신이 말하고 있는 바를 잘 안다는 것을 주장하는 것에 더 만족했다.

버리나는 어머니의 말을 모조리 받아들였다. 궤도마차를 타고 가는 것을 즐거워하는 젊은 나이인 데다 언제나 세상에 대한 호기심이 있었기 때문이다. 다만 약간 의아한 것은 어머니가 미스 챈설러를 딱 한 번 봐놓고 어떻게 그렇게 그녀를 잘 알고 있냐는 것이었다. 버리나는 그 젊은 숙녀가 전날 밤 그렇게 자기에게 다가왔을 때, 그저 그녀의 옷차림이 약간 우울하고 마치 울고 있는 듯한 표정이었다는 것(버리나는 그런 표정을 아주 많이 봐와서 재빨리 알아차렸다), 그리고 그녀가 빨리 떠나고 싶은 것처럼 서두르고 있었다는 것밖에 알 수 없었다. 그러나 만약 그 숙녀가 어머니 말씀대로 훌륭한 사람이라면 어차피 바로 곧 알게 될 것이다. 한편, 원래 자의식도 자존심도 강하지 않은 버리나로서는 실수할 위험을 무릅쓰려고 뼈아픈 노력을 할 것도 없었다. 사실 그녀는 특별히 자의식이랄 게 없이 아직은 외부 사물에만 마음을 쓸 뿐이었다. 예의 그 '재능'을 얼마나 발휘하고 간에 자신이 단순한 실험 도구가 되기에는 너무 귀중한 사람이라고 생각하지 않았다. 그녀에게는 한 치의 소심함도 한 치의 허영심도 없었다. 아마 여러분은 셀라 태런트와 그의 아내에게서 태어난 딸이 영감을 주는 연설가인 것을 지극히 당연하게 여기면서도, 버리나에 대해 더 잘 알게 되면서 어떻게 그런 한 쌍에게서 그녀와 같은 딸이 태어났을까 대단히 의아할 것이다. 이 소녀가 생각하는 즐거움은 아주 단순했다. 깃털 장식이 과하게 달린 새 모자를 쓰는 게 즐거웠고, 단돈 20센트도 그녀에게는 아주 큰 돈처럼 느껴졌다.

11장

"꼭 오실 줄 알았어요—아침부터 그런 생각이 들었어요—뭔가가 제게 말해줬어요!" 올리브 챈설러는 이렇게 말하면서 서둘러 창가를 벗어나 젊은 방문객을 맞이했다. 아마도 그녀의 도착을 기다리다 못해 창문으로 살피고 있었던 듯했다. 몇 주 후 그녀는 버리나에게 이때의 예감이 너무나 확실해서 온종일 숨이 막힐 듯한 격한 흥분에 휩싸여 있었다고 설명했다. 왜 그랬는지 자기도 영문을 모르겠지만, 어쨌든 받아들일 수밖에 없었다고 했다. 또 다른 예로, 전날 저녁 랜섬 씨에게 미스 버즈아이 집의 모임에 같이 가자고 제안하고 함께 마차를 타고 가다가 갑자기 공포에 질렸던 것도 얘기해주었다. 그건 본능적이었지만 생경한 느낌이었다고, 물론 랜섬 씨도 이상하게 생각했을 거라고. 자기가 랜섬을 데려가려고 해놓고 갑자기 마음을 바꾼 거니까. 어쩔 수 없었다. 랜섬이 그 집 문지

방을 넘으면 분명히 자기에게 어떤 안 좋은 일이 생길 것 같은 확신이 들어서 갑자기 가슴이 두근거리기 시작했다. 결국 그를 말릴 수는 없었지만 이제는 신경 쓰지 않는다. 그녀가 넌지시 알렸듯, 이제는 어떤 위험도 어떤 평범한 즐거움도 신경 쓰지 않고 오직 버리나만이 그녀의 관심사였다. 이런 얘기를 들을 무렵에는 이미 버리나도 자기 친구가 매우 특이한 성격의 소유자라는 것도, 대단히 예민하고 진지한 사람이라는 것도 알고 있었고, 배타적일 정도로 사적인 걸 좋아하는 사람이라는 것도, 굳건한 의지력과 목적을 향한 고도의 집중력을 갖추고 있다는 것도 알고 있었다. 올리브는 공중에 날아가는 새처럼 말 그대로 그녀를 들고 날아올라서 놀라울 정도로 큰 날개를 쫙 펼쳐 아찔한 허공으로 실어 날랐다. 버리나는 대체로 좋아했다. 스스로 노력하지도 않고 위로 쏘아져서 지상의 모든 피조물을 그런 높이에서 내려다보며 전 역사를 둘러보는 것은 즐거운 일이었다. 첫 접견 때부터 이미 그녀는 완전히 사로잡혔음을 느꼈다. 그리고 우리가 전폭적으로 신뢰하는 사람이 우리에게 어떤 감흥을 느껴보라고 권하는 것에 응할 때 그러듯이 눈만 살짝 감은 채 몸을 맡겼다.

"당신을 알고 싶습니다." 첫 접견 때 올리브가 말했다. "어젯밤 당신 연설을 듣자마자 바로 그렇게 해야겠다고 느꼈어요. 당신이 너무 멋져 보였어요. 당신이 어떤 사람인지 알 수 없지만요. 우리는 꼭 친구가 되어야 한다는 생각이 들었어요. 그래서 이것저것 생각할 것 없이 그렇게 느닷없이 바로 당신에게 저희 집에 오시라고 청한 거예요. 꼭 오실 거라고 믿었어요. 이렇게 오신 것은 아주 **옳은**

일을 하신 겁니다. 그리고 제가 옳았다는 것도 증명되었네요." 미스 챈설러는 호흡을 가다듬어 한 마디 한 마디 끊어서 말했고, 목소리가 계속 떨렸다. 그 떨림은 조금도 흥분하지 않았을 때도 사라지지 않는 것이었다. 말하면서 그녀는 버리나에게 소파를 권해 자기 옆에 앉히고는 바라보았다. 자신을 두루 살피는 듯한 그 시선에 소녀는 금장 단추가 달린 재킷을 입고 온 것을 다행으로 여겼다. 처음에는 이렇게 소녀를 훑어보는 것으로 시작됐다. 올리브가 소녀를 손아귀에 넣은 것은, 이렇게 아무것도 놓치지 않는 빠른 관찰 덕분이었다. "당신은 정말 훌륭한 분이에요. 본인이 얼마나 훌륭한지 아실까 모르겠네요!" 그녀는 찬탄에 겨워 분별을 잃고 무심코 하는 말처럼 계속 중얼거렸다.

버리나는 미소 지으며 앉아 있었다. 이런 말을 듣고도 얼굴이 붉어지는 기색 없이, 항변을 무용하게 만드는 예의 그 맑고 화사한 표정이었다. "어머, 그건 제가 아니에요, 아시겠지만, 밖에서 오는 어떤 것이에요!" 입버릇처럼 아무렇지 않게 말해서, 올리브는 그녀가 진심으로 부인하는 것인지 아니면 입에서 나오는 대로 한 말인지 의문스러웠다. 이 의문은 소녀를 비판하려는 게 아니었다. 그녀가 유창한 표어 덩어리일지라도 만족했을 것이고, 그 때문에 그녀를 덜 좋아할 것도 없었다. 올리브가 좋아하는 건 있는 그대로의 그 소녀였으니까. 너무 색다른 그녀, 주로 만나는 다른 소녀들과는 너무도 다른 그녀, 어떤 별난 집시의 땅이나 영험한 보헤미아 태생이 아닌가 하는 생각마저 드는 그녀가 올리브는 좋았다. 요란하고 상스러운 옷을 입은 눈에 띄는 그 외모를 보면 줄타기 곡예사나 점쟁이 같은 인상이었다. 하지만 이 점이 올리브에게는 소녀를 이른바 '민중'의 일원으로 생각하게 하는 어마어마한 장점으로 작용했다. 복 받은 계급의 사람들은 아직 너무 모르지만 (아마도 아주 가까운 장래에) 인정해야만 한다고 미스 챈슬러가 믿는, 신비한 민주주의가 몰고 온 사회적 박명에 소녀가 휩싸여 있음을 보여주는 확실한 표시였다. 게다가 소녀는 그녀가 지금껏 한 번도 경험해보지 못한 깊은 감동을 주었다. 그렇게 감동을 줄 수 있는 힘이라면 어디에서 나오든 간에 찬탄받아 마땅하다. 그녀는 지금까지 일어난 모든 일이 아주 당연하다는 듯이 손님에게 말했지만, 여전히 감동에 젖은 채였다. 이렇게 감동이 잦아들지 않았던 것은 무엇보다 그녀가 그렇게 오랫동안 찾아 헤맸던 것—서로의 영혼을 하나로 결합할 수 있는 동성 친구—을 이제야 찾았다는 의식 때문이었다. 우정이 성립되려면 쌍방의 동의가 필요하지만, 몹시 공감을 잘하는 이 소녀가 설마 거절하는 일이 있으리라고는 생각할 수 없었다. 올리브는 한순간의 통찰을 통해 소녀가 한없이 관대한 마음의 소유자임을 간파했다. 다른 경우에 미스 챈슬러의 예감이 실제로 맞았는지는 잘 모르겠지만, 적어도 이 문제에 관한 한 그녀가 버리나의 진면목을 제대로 짚어냈다는 데는 의심의 여지가 없었다. 그녀가 바란 것은 바로 이런 기질 자체였다. 이것만 있으면 나머지는 아무래도 상관없었다. 미스 태런트는 설사 머리부터 발끝까지 금장 단추로 치장하더라도 영혼이 속악해질 일은 절대 없으리라.

"당장 찾아뵈라고 어머니가 말씀하셨어요." 버리나는 이렇게 쾌적한 장소에 있게 된 기쁨에 휩싸여 방을 둘러보았다. 자세히 더 보고 싶은 것들이 아주 많았다.

"어머님은 제 말의 진짜 의미를 아셨군요. 그렇게 알아주시는 분만 있을 순 없거든요. 내가 머리부터 발끝까지 충격을 받았단 걸 어머님이 아셨던 거예요. 두 마디만 할 수 있을 뿐이었어요 — 더 어떻게 말해야 할지 모르겠더라고요! 대단한 힘 — 대단한 힘이에요, 미스 태런트!"

"네, 저도 대단한 힘이라고 생각해요. 그런 힘이 아니라면, 전 그 정도로 못 했죠!"

"당신은 정말 꾸밈없는 분이군요 — 꼭 아이처럼요!" 올리브 챈슬러가 말했다. 그것이 그녀의 본심이었다. 꼭 그렇게 말하고 싶었던 것은, 그럼으로써 두 사람이 형식적으로나 에둘러 말하는 것 없이 순식간에 친한 사이가 될 수 있다고 생각했기 때문이다. 그런 사이가 되기를 그녀는 바랐다. 조바심이 난 나머지 소녀가 방으로 들어온 지 5분도 채 지나지 않아서 바로 본론에 돌입했다 — 하던 말도 관두고, 모든 걸 차치하고, 다음과 같은 질문을 그녀에게 퍼부었던 것이다. "제 친구가 되어주시겠어요? 친구 중의 친구, 그 누구보다 그 무엇보다 소중한 그런 친구, 언제까지나, 언제까지나 변하지 않는 친구가 되어주시겠어요?" 묻는 그녀의 얼굴에는 열의와 다정함이 가득했다.

버리나는 당황하거나 난처해하는 기색이 전혀 없이 해맑게 즐거운 듯한 웃음소리를 냈다. "나를 너무 좋아하시게 된 것 같군요."

"물론이죠. 나는 당신이 너무 좋아요! 나는 일단 좋아하게 되면 적당히 좋아하는 법을 몰라요. 하지만 물론 다른 문제죠. 당신이 나를 좋아해주실지는요." 올리브 챈슬러는 계속 말을 이었다. "우리는 기다려봐야 합니다—기다려야 해요. 저는 뭔가를 좋아하게 되면 참을성이 많아져요." 이렇게 말하면서 그녀는 버리나에게 손을 내밀었다. 그 몸짓은 간절히 애원하는 것 같으면서 동시에 확신에 차 있어서 소녀는 자신도 모르게 손을 상대의 손 안에 놓았다. 이렇게 손을 맞잡은 채 한동안 두 젊은 여성은 앉아서 서로의 눈을 마주보았다. "당신에게 묻고 싶은 게 너무 많아요." 올리브가 말했다.

"글쎄요, 전 아버지의 도움을 받아야만 그렇게 말을 많이 할 수 있어요." 버리나는 겸손함이 우쭐대는 것으로 보일 만큼 천진난만하게 대답했다.

"아버님과는 상관없습니다." 올리브 챈슬러는 아주 엄숙하게, 보호자를 자처하는 듯한 엄중한 태도로 답했다.

"아버지는 아주 좋은 사람이에요." 버리나가 무심히 말했다. "그리고 사람을 끌어당기는 멋진 힘이 있지요."

"아버님이 아닙니다. 어머님도 아니고요. 그분들은 제 관심사가 아니에요. 내가 원하는 건 그분들이 아니에요. 난 당신만을 원해요—지금 여기 있는 그대로의 당신을요."

버리나는 자기 드레스의 앞면으로 시선을 떨어뜨렸다. '지금 여기 있는 그대로의 자신'은 확실히 꽤 괜찮은 모습을 하고 있는 것 같았다.

"제가 부모님을 버리길 원하시는 건가요?" 그녀가 미소 지으며 물었다.

그러자 올리브 챈슬러는 순간 고통이 엄습한 동물처럼 숨을 몰아쉬었다. 그러고는 고뇌로 인한 동요가 담긴 떨리는 목소리로 말했다. "어머, 제가 부모님을 버리라고 할 수 있겠어요? 제가 버리는 거죠―나야말로 모든 것을 버릴 생각입니다!"

초대받은 집의 쾌적한 분위기와 미스 챈설러의 부나 보스턴 사교계에서의 지위에 대해 어머니가 이야기해준 것에 깊은 인상을 받은 버리나는 자신을 둘러싼 사물들을 유심히 보며 신선한 기분전환을 느낀 나머지, 도대체 뭐 때문에 이런 것들을 버릴 생각을 할 수 있는지 의아해졌다. 오, 그러나 그녀는 미스 챈설러가 버리지 않길 바랐다. 적어도 그녀, 버리나가 들여다볼 기회를 갖기 전에는. 그녀는 이렇게 생각했지만, 당장은 뭐라고 대답해야 할지 몰라서 그저 미스 챈설러의 열성적인 기질에서 비롯된 격한 감정에 압도된 채, 기대감에 황홀해져 흥분한 듯이 느닷없이 이렇게 외쳤을 뿐이었다. "우리는 기다려야 해요! 왜 이런 얘기를 지금 하고 있죠? 우리는 기다려야 합니다! 다 잘될 거예요." 그녀는 마지막 말은 좀 더 차분히, 아주 다정한 목소리로 덧붙였다.

후에 버리나는 어째서 이때 미스 챈설러를 더 두려워하지 않았던 건지, 정말이지 왜 바로 발길을 돌려 방을 뛰어나가 자신을 구하지 않았던 건지 의아해했다. 그러나 사실 이 젊은 여성은 겁을 먹거나 경계하는 기질이 아니었다. 아직 공포의 정서가 뭔지도 잘 몰랐다. 갑작스러운 열광에 의심을 품기에는 세상일에 대해 아는 바가 너무 적었다. 의심을 품었다 해도, 결국 그것은 (세상 일반의 통념에 따른) 엉뚱한 의심이었을 것이다―그렇게 변덕스러운 애착은 스스로 다 타버릴 거라는. 하지만 그런 의심조차 그녀는 떠올리지 못했다. 눈앞에 크게 다가온 미스 챈슬러의 얼굴이 발하는 빛이, 그 감정은 그 대상을 불태우고 미스 챈슬러를 태워버릴지 몰라도 결코 그 자체는 타버릴 수는 없다고 말하는 것처럼 보였기 때문이다. 버리나는 아직 불길에 그슬리는 감각을 느껴본 적이 없었고, 그저 기분 좋은 온기에 휩싸여본 적이 있을 뿐이었다. 또한 우정에 대해서도 그것만을 계속 꿈꿔왔던 건 아니더라도 꿈꿔본 적 있던 터라, 이것이야말로 행운의 여신이 계속 준비해온 것일지도 모른다는 생각이 문득 들었다. 그래서 그녀는 조금도 멈칫거리지 않았다.

"이 집에서 혼자 사세요?"그녀는 올리브에게 물었다.

"당신이 오셔서 저와 함께 살아주신다면 혼자가 아니죠!"

이렇게 진짜로 감정을 드러내는 응수에도 버리나는 움츠러들지 않았다. 부유한 계급의 사람들 사이에서는 이런 제안이 선뜻 받아들여질 수도 있다고 생각했던 것이다. 이것도 부유한 생활의 로맨스, 호화로움의 일부겠지. 지금까지 경험하지 못했던 사교적 초대의 세계에서 통용되는 것이리라. 그러나 동시에 그녀는 케임브리지에 있는, 입구 계단 널빤지가 헐거워진 작은 집을 떠올리며 조롱받는 것 같다는 생각이 들었다.

"저는 아버지 어머니와 살아야 해요." 그녀가 말했다. "그리고 저에겐 할 일이 있는 걸 아시잖아요. 지금의 생활 방식을 바꿀 수는 없어요."

"할 일요?"올리브는 잘 이해가 되지 않아 말을 따라 했다.

"저의 재능 말이에요." 버리나는 미소 띤 얼굴로 말했다.

"아, 네, 재능은 살려야 하죠. 제 말이 그 말입니다. 당신은 세상을 움직여야 합니다. 당신의 재능으로. 하늘이 내린 재능이니까요."

　사실 올리브는 이에 너무 진심인 나머지 어젯밤 밤새도록 그 생각만 했다. 궁리 끝에 내린 결론은 다음과 같았다. 만약 이 소녀를 저속한 착취의 위험으로부터 구해내, 자신이 그녀의 보호자이자 헌신적인 추종자가 될 수만 있다면, 그들 두 사람이 함께 대단한 결과를 이뤄낼 수 있으리라는 것이었다. 버리나의 재능은 수수께끼였다. 수수께끼인 채로 남을지도 모른다. 젊음과 우아함과 천진난만함 그 자체인, 이 매력적이면서도 한창 피어나는 티 없는 존재가 어떻게 그렇게 비범한 통찰력을 갖고 있는지 알아내는 건 불가능할 것이다. 그 재능이 발현되지 않을 때의 소녀에게는 그런 기미가 전혀 나타나지 않았다. 가령 지금 함께 앉아 있는 소녀만 봐서는 강렬한 계시를 받은 여성이라고는 꿈에도 생각하지 못할 것이다. 올리브는 잠정적으로 다음과 같이 말하는 것으로 만족할 수밖에 없었다. 소녀의 귀한 능력은 아름다운 용모나 기품(올리브에게는 그녀가 이러한 특질로 가득 찬 듯이 여겨졌다)과 마찬가지로 그냥 갖춰졌을 것이다. 그것은 하늘에서 직접 떨어진 것이지, 미스 챈설러의 마음에 전혀 들지 않는 그녀의 부모를 거쳐서 주어진 것이 아니다. 다 같은 개혁가들이라고 해도 그녀는 차별을 두었다. 현명한 자들이라면 모두 큰 변혁을 바라지만, 변혁의 지지자들이 꼭 현명할 수는 없기 때문이다. "우리는 기다리는 겁니다, 기다려야 합니다!" 그녀는 마지막 말을 한 뒤 잠시 침묵했다가 다시 같은 말을 되풀이했는데, 그 어조에는 마치 그 한마디로 만사가 해결되고, 장래에 어마어마한 행복이 확실하게 보장되기라도 하는 듯한 울림이 담겨 있었다. 도대체 무엇을 기다린다는 건지 버리나는 정확히는 알 수 없었지만, 어쨌든 기꺼이 기다릴 수 있었기에 동경을 담은 솔직한 표정으로 얼굴을 빛내며 동의했다. 그러자 서로를 응시하는 눈에 안정감이 깃드는 듯했다. 올리브는 셀 수 없이 많은 질문을 그녀에게 퍼부었다. 소녀의 삶 속으로 들어가고 싶었다. 그 대화는 사람들이 오래도록 기억하게 되는 그런 대화, 모든 말을 주고받았으며, 장차 당연해질 어떤 것이 시작되고 있음을 느끼게 하는 그런 대화였다. 소녀의 삶에 대해 알게 될수록 올리브는 점점 더 그 속으로 파고들고 싶어졌고 점점 더 자신을 잊게 됐다. 소녀의 그런 색다른 생활이 실제로 미국에서도 존재한다는 것은 올리브도 늘 알고 있었지만, 지금 소녀의 말을 듣고 보니 일찍이 상상했던 그 어떤 것보다도 기묘했다. 가장 기묘한 부분은 소녀 자신이 그걸 기묘하다고 생각하지 않는 듯하다는 것이었다. 소녀는 불을 꺼서 어둑한 방들에서 키워졌고 영들의 현시가 일어나는 와중에 젖을 물었다. 집에 남아서 그녀를 돌봐줄 사람이 따로 없었기에 그녀 말에 의하면 젖먹이 때부터 '강령회에 동참하기' 시작했다는 것이다. 몽유병자들의 무릎에 앉기도 하고 최면에 빠진 연사들의 손에서 손으로 넘겨지기도 했다. 그녀는 온갖 종류의 '치유법'에 익숙했고, 새로운 종교를 옹호하는 신문들의 여성 편집자들이나 결혼 제도에 반대하는 사람들에 둘러싸여 자랐다. 결혼 제도에 관해 이야기할 때 버리나는 신간 소설에 관해 얘기하듯이 ─종종 그에 대한 논의를 들어왔던 것처럼─ 말했다. 자신의 질문들에 대한 소녀의 대답을 듣는 동안 올리브 챈슬러는 때때로 현기증이 가실 때까지 기다리는 사람처럼 눈을 질끈 감곤 했다. 이 젊은 친구의 폭로를 듣고 있자면 정말로 현기증이 났다. 이 소녀를 무엇으로부터 구해내야 하는지 낱낱이 간파할 수 있었다. 버리나는 아직 전혀 전염되지 않았고 사악함에 전혀 물들지 않았다. 한편 올리브 자신은 결혼 제도에 대해서 단지 자기 입장에서 혐오하는 것 외에 뚜렷한 의견을 갖고 있지 않았음에도 — 이 특정 제도의 개혁은 전혀 고려한 적 없었다 — 어쨌든 그런 제도에 의문을 제기하는 모임의 '분위기'가 마음에 들지 않았다. 지금 이 자리에서 그 특정 주제를 검토하고 싶지 않았지만, 그럼에도 그녀는 확실히 하기 위해 버리나도 그 제도에 반대하는지 물었다.

"글쎄요, 이렇게 말해야겠네요." 미스 태런트가 말했다. "자유로운 결합을 선호한다고요."

올리브는 순간 숨을 멈췄다. 그녀에겐 너무 불쾌한 사고방식이었다. 대답을 궁리한 끝에 그녀는 두루뭉술하게 중얼거리듯 말했다. "당신을 도울 수 있으면 좋겠어요!" 이렇게 말하긴 했지만, 버리나에게 도움이 별로 필요해 보이진 않았다. 어젯밤 방을 가득 채운 사람들 앞에서 펼친 그녀의 웅변이 문자 그대로 영감에 의한 것이었음이 점점 더 명확해졌기 때문이다. 친구가 묻는 모든 질문에 버리나는 아첨할 생각보다는 상대를 기쁘게 해주려는 일념으로, 보아하니 별 노력 없이도 그럴듯하게 말할 줄 아는 온화한 태도로 대답했지만, 결국 자신에 대해서는 별로 설명하지 않았다. 이 점이 두드러진 것은 올리브가 어디서 여성의 고통에 대한 '강렬한 계시'를 얻었냐고 물었을 때였다. 미스 버즈아이 댁에서 한 말로 미루어 보건대 버리나 역시 (올리브 자신과 마찬가지로) 잠 못 드는 밤에 그런 계시를 경험한 적이 있을 거라고. 버리나는 친구가 도대체 무슨 말을 하고 있는지 이해하려는 듯이 잠시 생각에 빠졌다가 여전히 미소 지은 채, 잔 다르크는 어디서 프랑스의 고통에 대한 통찰을 얻었냐고 물었다. 이 말을 하는 그녀가 너무 아름다워서 올리브는 그녀에게 거의 키스할 뻔했다. 그 말을 하는 순간 잔 다르크처럼 성자들의 점지를 받은 사람 같아 보였던 것이다. 물론 나중에 올리브는 그 말이 자기 질문에 대한 답변이 전혀 되지 못했다는 것을 깨달았다. 또한 대답하기 더 어렵게 만들었을 것 같은 어떤 사실에 대해서도 되돌아봤다─그것은, 소녀가 여성 의사나 여성 영매, 여성 편집자, 여성 전도사, 여성 치료사라고 하는, 말하자면 여성의 수동적 생활양식으로부터 스스로를 이미 구원했기에 여성 일반의 고난을 실례로 보여주는 데 불완전할 수밖에 없는 여성들에 둘러싸여 자라왔다는 사실이다. 하긴 그들도 말로, 그들이 헤쳐 나온 모든 고난을 젊은 자매에게 들려줌으로써 여성 일반의 고난을 여실히 전달할 수 있었을지도 모른다. 하지만 올리브는 버리나가 가진 예언적 충동은 여성들의 수다(그 시끄러움에 대해서는 미스 챈슬러도 남들처럼 잘 알았다)로 각성된 게 아니라고 확신했다. 그것은 오히려 그런 여성들이 침묵하는 동안에 생겨났을 것이다. 올리브는 손님에게 천사가 반짝반짝 빛나는 갑옷을 입고 당신에게 내려왔는지 아닌지 모르겠으나 당신처럼 여성에 대해 나 자신이 품고 있는 다정함과 연민의 마음을 정확히 똑같이 가진 분을 만나는 것은 이번이 처음이라고 말했다. 미스 버즈아이도 그런 마음을 갖고 있지만,

그분은 열정이 부족하고 날카로움도 부족한 데다 자칫하면 아무 보람도 없이 양보할 수 있었다. 퍼린더 여사는 물론 강건하고 그 문제에 뛰어난 지성을 동원하지만, 사적으로 마음에 와닿는 면은 부족했다―너무 추상적이었다. 버리나는 아니었다. 버리나는 모든 시대의 고난을 상상하며 살아온 것 같았다. 버리나는 스스로도 그런 상상력이 꽤 풍부하다고 생각한다고 말했다. 자기에게 그런 풍부한 공상이 없었다면 연단에서 그렇게 감동적으로 연설할 수 없었을 것이라고. 그러자 올리브가 그녀의 손을 다시 잡고는 꼭 마음에 새겨주었으면 하는 게 있다고 말했다―바로 그녀가 이 세상에서 마음을 써야 하는 유일한 것은 여성의 구원이며, 신의 섭리대로 그녀가 인생을 그것에 바치길 바란다는 것이었다. 버리나는 이 호소에 조금 홍조를 띠었고, 깊이 빛나는 눈은 그녀 안에서 솟아오르는 환희를 보여주는 첫 신호였다. "아, 그래요―인생을 바치고 싶어요!" 그녀는 떨리는 목소리로 소리친 다음, 진지한 어조로 덧붙였다. "정말 위대한 어떤 일을 하고 싶습니다!"

"하실 겁니다, 분명 할 수 있어요. 우리 둘이서 할 겁니다!" 올리브 챈설러는 황홀해져서 외쳤다. 그러나 잠시 후 이렇게 말을 이었다. "당신처럼 젊고 아름다운 분께서 자신의 인생을 바친다는 게 어떤 의미인지 과연 아실지 모르겠네요!"

버리나는 눈을 내리깔고 잠시 생각에 잠겼다.

"글쎄요." 그녀가 대답했다. "전 보이는 것보다 제가 더 생각이 깊은 사람이라고 생각해요."

"혹시 독일어를 아시나요? 《파우스트》를 읽어본 적 있나요?"

올리브가 물었다. *"Entsagen sollst du, sollst entsagen!"* [*]

"전 독일어를 몰라요. 공부하고 싶어요. 전 모든 것을 알고 싶어요."

"같이 하게 될 거예요, 우리는 모든 걸 공부할 거예요." 올리브는 거의 헐떡이며 말했다. 그러는 동안 그녀의 눈앞에는 램프를 밝힌 조용한 겨울밤의 평화로운 광경이 펼쳐졌다. 창밖에는 눈이 내리고 작은 탁자에는 차가 놓여 있고 고르고 고른 동반자와 함께 괴테를 훌륭히 번역해내는 광경. 괴테는 그녀가 거의 유일하게 관심을 갖는 외국 작가였다. 프랑스인들은 여성을 존중한다는 장점은 있어도 그들이 쓴 글은 좋아하지 않았다. 이런 광경을 떠올려보는 것은 그녀가 누릴 수 있는 최고의 탐닉이며, 게다가 아주 가끔밖에 맛볼 수 없는 기쁨이었다. 버리나 역시 그 광경을 얼핏 엿본 듯했다. 얼굴을 한층 더 빛내면서 정말 꼭 그러고 싶다고 말했기 때문이다. 그러면서 방금 올리브가 말한 독일어의 뜻을 물었다.

"'체념할지어다, 참을지어다, 물러갈지어다!' 베이어드 테일러는 이렇게 번역했습니다."[**] 올리브가 답했다.

"아, 뭐, 저도 물러갈 수 있어요!" 버리나가 웃음을 터뜨리며 외쳤다. 그러고는 마치 자기 말을 증명하기 위해 떠난다는 듯이 다소

---

[*] 괴테의 《파우스트》 제1부에서 파우스트가 메피스토펠레스와 계약을 맺기 전에 서재에서 한 혼잣말인 "결핍을 참아라! 없는 대로 만족하라!(Entbehren sollst du, sollst entbehren!)"에서 결핍되다(entbehren)를 체념하다(entsagen)로 잘못 인용한 것이다.

[**] 1870~1871년에 보스턴에서 출판된 베이어드 테일러의 《파우스트》 영어 번역본의 정확한 인용이다.

느닷없이 소파에서 일어섰다. 올리브는 손을 뻗어 그녀를 잡았다. 그 순간 방문을 가린 휘장이 한쪽으로 젖혀지더니 한 신사가 어린 하녀의 안내를 받아 방 안으로 들어왔다.

12장

버리나는 그 사람을 알아보았다. 어젯밤 미스 버즈아이의 집에서 만난 사람이었다. 그녀는 집주인에게 말했다. "이제 가봐야겠네요—다른 손님이 오셨네요!" 상류사회(퍼린더 여사와 마찬가지로 그녀도 미스 챈설러가 상류사회에 속해 있다고 생각했고, 이렇게 이 방에 있는 것만으로도 자신도 상류사회에 진입한 듯한 기분이 들었다), 최고위층의 사교계에서는 다른 친구가 찾아오면 먼저 온 손님이 물러나는 게 관례라고 믿었던 것이다. 예전에 방문했던 집에서 그 집 안주인이 손님과 함께 있어 들여보내지지 않은 경우들이 있었는데, 그럴 때 그녀는 마음에 상처를 입기는커녕 오히려 경외감에 사로잡혀 물러났다. 그 집들이 상류사회의 관문까지는 아니더라도, 그 세계의 보루 정도는 본받고 있다고 버리나는 생각했다. 올리브 챈설러가 베이질 랜섬에게 건넨 인사말을 듣고 버리나는 이것이야말로 완벽하게 귀족 여성다운 응대라고 믿어 의심치 않았다. 하지만 청년 자신이 이때의 상황을 여러 달 후에, 민감한 감수성을 고려할 의무감을 느끼지 않는(상대방도 그의 마음을 개의치 않는) 사이가 된 루나 부인에게 이야기해준 바로는 올리브가 그를 노려봤다는 표현이 더 맞았다. 그가 보스턴을 떠날 생각이라면 그날 찾아올 가능성이 크다고 올리브도 생각했던 바였다. 둘이 헤어질 때 그에게 오라고 부추긴 적이 없다는 것을 분명히 기억하고 있었지만. 만약 그가 찾아오지 않으면 분명 짜증 날 것이고, 그가 오면 화가 날 것이라는 것도 그녀는 충분히 의식하고 있었다. 그러나 두 가지 불만스러운 상황 중에 좀 덜 불만스러운 쪽이 주어지는 운밖에 없으리라는 예감이 있었다. 아직까지는 그저 이 남자가 그녀가 보낸 편지에 답했다는 것뿐인데, 이래서야 불평할 것도 없었다. 어쨌든 만약 찾아온다면 아마도 어제와 같은 시간, 저녁 식사 조금 전에 올 것 같았다. 그가 이제 저녁 식사 시간을 충분히 예상할 수 있기에 미스 챈슬러는 그가 비열하게 그녀의 허를 찔러 사생활의 현장에 슬쩍 들어온 것 같았다. 그녀는 놀라고 당황하기는 했지만, 앞서 말한 대로 귀족 여성다운 태도를 엄격히 유지했다. 미스 버즈아이의 집으로 그를 데리고 가느냐 마느냐 했을 때처럼 별나게 구는 일은 다시 없다고 그녀는 굳게 마음먹은 것이다. 그때 느꼈던 묘한 두려움도 다시는 느끼는 일이 없을 거라고 진심으로 믿어 의심치 않았다. 그가 그녀에게 무슨 짓을 할 수 있겠는가. 그는 그 자리에 있었음에도, 그동안 그녀에게 일어난 일 중에서 가장 행복한 일 중에 하나 —바로 버리나 태런트의 신뢰에 찬 방문—가 일어나는 것을 막지 못했다. 그가 왔지만 막판에 들어온 것으로, 어차피 버리나는 돌아가야 할 시간이다. 올리브는 소녀를 만류하던 손에서 바로 힘을 뺐다.

우려가 되는 점은, 랜섬이 어젯밤 미스 버즈아이의 집을 나서면서 말없이 미소를 주고받은 매력적인 소녀와 한 번 더 대면한 기쁨을 감추지 않았다는 것이다. 그 기쁨은 옛 친구를 만난 기쁨보다 더 컸다. 그녀가 갑자기 새로운 친구가 된 것 같았기 때문이다. '얼마나 사랑스러운 여자인가.' 그는 생각했다. '미소 짓는 걸 보니 나를 좋아하게 된 것 같군!' 그 미소는 그저 공허한 미소로 그녀가 누구에게나 그렇게 미소 짓는다는 것을 그로서는 알 수가 없었다. 처음 보는 사람에게도 그녀는 마치 낯익은 것처럼 행동하기 일쑤였던 것이다. 게다가 그녀는 그를 위해 다시 자리에 앉으려 하지 않았다. 여전히 나가고자 하는 내색을 비쳤다. 그렇게 한동안 세 사람은 그 길고 독특한 방 한가운데 함께 서 있었다. 그리고 올리브 챈설러는 난생처음 자기 집 지붕 아래 만난 두 사람을 소개하지 않는 쪽을 택했다. 그녀는 유럽을 싫어했지만, 필요하다면 유럽인이 될 터였다. 이렇게 확고히 정당성을 부여해 그녀가 두 사람을 서로 대면한 채로 그냥 세워두었다(미국인의 심정에는 경악할 일이었다)는 것도 당사자들은 전혀 알지 못했다. 이윽고 베이질 랜섬은 자신이 소개가 되든 안 되든 아무래도 좋다는 생각이 들었다. 아무리 악의가 커도 그 보상이 그만큼 크다면 상관없었기 때문이다.

"미스 태런트는 제가 알아보았다고 해도 놀라진 않으시겠지요—실례임에도 말씀드립니다만. 유명한 분이시니 당연히 명성에 대한 벌금을 내셔야겠죠." 대담하게도 그는 예의 남부식으로 매우 정중하게 소녀에게 말을 걸면서 내심 낮의 빛 아래서 보니 더 예쁘다고 생각했다.

"아, 지금까지 아주 많은 신사분이 저에게 말을 걸어오셨는걸요." 버리나가 말했다. "토피카에서도 꽤 많은 분이—" 그녀는 갑자기 말을 흐리더니 도대체 무슨 문제가 있는 건지 의아하다는 듯이 올리브를 쳐다봤다.

"제가 나타나자마자 가시려나 보네요." 랜섬이 말을 이어갔다. "저에게 너무 가혹하신 거 아닌가요? 당신의 견해는 잘 알고 있습니다—어젯밤 아주 아름다운 말로 표현해주셨으니까요. 물론 전 설득됐습니다. 제가 남자라는 게 부끄러울 정도였으니까요. 하지만 전 남자이고 저도 어떻게 할 수는 없지만, 어쨌든 당신이 말씀하신 대로 속죄하려고 합니다. 그런데 이분은 꼭 가셔야 합니까, 미스 올리브?" 그가 친척에게 물었다. "남성을 개인으로 만나니까 도망가시는 겁니까?" 그는 다시 버리나 쪽으로 돌아섰다.

그러자 젊은 숙녀는 말과 웃음소리가 유려하게 섞인 목소리로 말했다. "아, 아니에요. 난 남성 개개인도 좋아해요!"

랜섬은 이런 여자가 그 '운동'의 화신이라는 게 더욱더 신기했고, 어떻게 이렇게 금방 자기 친척과 밀담을 나누는 사이가 됐는지 궁금해졌다. 불과 몇 시간 전만 해도 생판 남이지 않았는가. 하지만 여자들은 원래 이런 식인 것이 틀림없다. 그렇게 납득하고 그는 소녀에게 다시 자리에 앉을 것을 간청했다. "분명히 미스 챈슬러도 이대로 당신이 돌아가길 원치 않을 겁니다." 그러자 버리나는 허락을 청한다기보다는 오히려 동의를 구한다는 눈빛으로 친구를 쳐다보다가 다시 자리에 앉았다. 랜섬은 미스 챈설러도 자리에 앉기를 기다렸다. 그녀는 잠시 머뭇거리다가 마침내 그를 만족시켰다. 거절하면 아무래도 버리나의 마음이 상할 것 같았다. 그러나 그렇게 하는 게 그녀에게는 고역이라 완전히 평정을 잃고 말았다. 그녀 자신이 섣불리 발판을 마련해주긴 했지만, 이 성가신 남부인처럼 그녀의 응접실에서 제멋대로 구는 사람을 한 번도 본 적이 없다. 눈앞에서 그녀의 손님에게 초대를 베풀다니. 그런 남자가 청하는 대로 하는 버리나의 태도도 '가정의 교양'(미스 챈설러는 소녀에게 부족한 어떤 자질을 이렇게 표현했다)의 결여를 보여주는 신호였다. 원래 이 소녀에게 그러한 자질이 있을 거라고는 전혀 생각하지 않긴 했다. 앞으로 이 찰스가에서 풍부하게 그런 교양을 가르쳐줄 것이니, 다행이기도 했다(물론 올리브는 가정의 교양도 가장 광범위한 해방운동과 완전히 양립할 수 있다고 믿었다). 그런데 버리나 자신은 양심에 조금의 거리낌 없이 베이질 랜섬의 요청에 응했건만, 그것이 친구의 마음을 상하게 했다는 사실을 그 기민한 감수성으로 금세 알아차렸다. 무엇이 친구를 그렇게 짜증 나게 했는지는 알 수 없었지만, 그 순간 그녀의 눈앞에 미스 챈설러와 친밀하게 교제하면서 불안감(예를 들어 지금처럼 갑자기 까닭을 모르게 닥칠 불안감이라든가, 혹은 더 심한 불안감)에 시달리는 광경이 스쳐지나갔다.

"자, 이제 얘기해주셨으면 합니다." 베이질 랜섬이 집주인은 전혀 안중에도 없이 무릎에 손을 얹고 버리나 쪽으로 몸을 내밀며 말했다. "당신은 정말 어젯밤에 하신 그런 예쁜 헛소리를 다 믿으시는 건가요? 전 당신 말씀이라면 한 시간이라도 더 들을 수 있었지만, 그렇게 말도 안 되는 의견은 처음 들어봐요. 저는 반대해야죠—비난의 표적이 되고 왜곡의 대상이 된 남자로서 반대하지 않을 수 없습니다. 자, 고백해주시죠. 일종의 귀류법*으로 그렇게 말씀하셨던 거라고—퍼린더 여사에 대한 풍자였던 거죠?" 그는 남부 특유의 스스럼없고 친근한 억양을 섞어 마음껏 농담조로 말했다.

버리나는 눈을 크게 뜨고 그를 바라보았다. "아니, 당신은 우리의 대의를 믿지 않는다고 말씀하실 생각은 아니시겠죠?"

"아, 안 돼요, 안 돼!" 랜섬이 웃으며 계속했다. "방향을 엉뚱하게 잡고 계십니다. 당신들 여성이 지금까지 아무 영향력이 없었다는 등의 생각을 진심으로 하고 계신 겁니까? 영향력이 없었다고요? 아니, 당신들이야말로 우리 남자들의 콧등을 쥐고 여기까지 끌고 오신 것 아닙니까! 우리가 어디에 있든 간에 모두 당신들 덕이에요. 당신들이 모든 일의 근저에 계십니다."

"아, 그렇습니다. 그래서 우리는 정상에 오르고 싶은 겁니다." 버리나가 말했다.

"아니, 바닥이 더 좋아요. 거기에 있으면서 전체를 움직일 수 있다면요! 게다가 당신들은 정상에도 있는 셈이죠. 당신들은 모든 곳

---

*   어떤 명제가 참임을 증명하는 대신, 그 부정 명제가 참이라고 가정하고 그 불합리성을 증명함으로써 원래의 명제가 참인 것을 보여주는 간접 증명법.

에 있고, 모든 것이 당신들 여성이니까요. 모든 것의 배후에 여성이 있다고 말한 그 역사적 인물, 어딘가의 왕 아니었던가요? 그의 의견에 찬성하는 바입니다. 무슨 일이든 일단 여자를 먼저 찾아야 한다**, 여자가 그 이유를 밝혀줄 것이라고 그 사람은 주장했죠. 뭐, 저도 여자를 항상 찾습니다. 언제나 여자를 발견합니다. 물론 저에게는 그것이 항상 즐거운 일이죠. 여성이 만물의 근원임은 확실합니다. 자, 어떻습니까. 이래도 여성에게 그 힘이, 남자를 움직이는 힘이 없다고 말씀하시지는 않겠죠. 여자야말로 모든 전쟁의 근저에 있죠."

"음, 저도 퍼린더 여사님과 같아요. 의견 대립을 좋아하죠." 버리나가 기쁜 듯 미소를 지으며 외쳤다.

"그 말씀은 제 말대로, 여성들이 입으로는 무섭다면서 사실은 얼마나 전투의 충격을 즐기는지 입증해주는 것이 아니겠습니까. 트로이의 헬레나가 촉발한 그 무시무시한 대학살에 대해 어떻게 생각하십니까? 프랑스에서 일어난 지난번 전쟁의 근저에도 프랑스 황후가 있었다***는 것도 주지의 사실입니다. 그리고 우리나라에서 일어난 4년에 걸친 무서운 학살만 해도 역시 여성들이 큰 원동력이었다는 것을 당신도 물론 부인하지 않을 것입니다. 그런 학

** 알렉상드르 뒤마의 소설 《파리의 모히칸》에서 유래된 프랑스어 격언 '여자를 찾아라'를 가리킨다.

*** 1870년부터 1871년까지 프로이센과 프랑스가 에스파냐 국왕의 선출 문제를 둘러싸고 벌인 보불전쟁이 발발하는 데 나폴레옹 3세의 외제니 황후가 정치적 역할을 했다는 견해이다.

살을 일으킨 것은 노예제 폐지론자들인데, 노예제 폐지론자들은 대개 여성 아닙니까? 어젯밤에 언급된 명사가 누구였죠?—엘리자 P. 모즐리였나요? 제 생각에는 엘리자가 역사에 가장 큰 전쟁으로 기록될 전쟁의 근원인 것 같습니다."

베이질 랜섬은 이렇게 재치 넘치는 말을 버리나가 즐기는 듯하자 한층 더 즐거워졌다. 약간의 장광설이 끝나자 버리나는 그를 바라보며 대답했다. "어머, 선생님, 당신도 연단에 서시면 좋겠어요. 우리 둘이 독과 해독제처럼 한 쌍으로 유세하고 다녀도 되겠어요!"—이렇게 대답하는 표정을 보고 그는 자신이 그녀를 설득했다고 느꼈다. 당장은 어떻게든 그녀를 설득하는 게 중요한 만큼 효과는 있었다는 것이다. 그러나 그 표정이 버리나의 얼굴에 떠오른 것은 한순간에 지나지 않았다—다음 순간 그녀는 올리브 챈설러를 힐끗 보았다. 올리브는 바닥을 골똘히 응시하며(이 눈빛을 이후 소녀는 너무나 잘 알게 될 것이다) 묘한 표정을 짓고 있었다. 소녀는 천천히 자리에서 일어났다. 이번에야말로 가봐야 할 것 같았다. 아무래도 미스 챈설러는 이 잘생긴 재담꾼(소녀에게는 베이질 랜섬이 이렇게 보였다)을 좋아하지 않는 듯했다. 지금까지 자신만큼 여성 문제에 진지한 사람이 없다고 생각했는데, 새로운 친구는 자신보다 더 진지한 것 같다는 인상을 ("뒤늦게나마"라고 그녀는 생각했다) 받았다.

"다시 뵙는 기쁨을 꼭 누리고 싶습니다." 랜섬이 말을 이었다. "제가 당신에게 새로운 각도에서 역사를 해석해 보일 수 있다고 생각합니다."

"글쎄요, 우리 집으로 와주시면 감사하겠습니다." 이런 말이 버리나의 입에서 튀어나왔다(일반적으로 사람들이 이런 바람을 비쳤을 때 그녀가 먼저 상대방을 찾아가는 게 당연한 것처럼 여겨지지 않도록 이렇게 대답해야 한다고 어머니에게 들어왔던 것이다)—이렇게 환대하는 말을 내뱉기 무섭게 소녀는 집주인의 손이 팔에 닿는 것을 느꼈고, 이내 올리브의 눈에 담긴 간절한 애원의 빛을 알아챘다.

"지금 바로 가면 찰스가를 지나는 궤도차를 잡을 수 있을 거에요." 소리를 낮춘 다정한 목소리로 젊은 여성이 중얼거렸다.

버리나는 자신이 이미 떠났어야 했다는 것만 겨우 깨닫고는, 이 상황에 맞는 가장 단순한 반응으로서 미스 챈설러에게 작별 키스를 해야 한다는 생각에 대충 키스를 마쳤다. 베이질 랜섬은 그녀 이상으로 어리둥절한 상태였다. 빨리 마무리된 이 만남이 그가 이미 저지른 실수를 기어코 더 악화시키고 끝났다는 것은, 남자들은 열등하지 않다는 주장을 하려던 그의 논지가 우울한 논평을 받은 셈이었다. 어린 여성 예언자의 초대를 받기는 했지만, 그마저도 정말 초대된 것인지도 모르겠고, 어쨌든 그 초대를 받아들일 수도 없었다. 내일이면 보스턴을 꼭 떠나야 할 처지였고, 게다가 미스 챈설러는 그 초대에 대해 뭔가 할 말이 있어 보였다. 하지만 그는 버리나에게 손을 내밀며 다음과 같이 말했다. "안녕히 가세요, 미스 태런트, 언젠가 뉴욕에서도 당신 연설을 듣는 기쁨을 누리도록 해주시지 않겠습니까? 뉴욕은 유감스럽게도 많이 침체돼 있거든요."

"물론이죠. 저도 가장 큰 도시에서 목청껏 얘기해보고 싶어요."

소녀가 대답했다.

"그럼, 꼭 와보세요. 제가 당신에게 반박하지는 않을 거에요. 어쨌든 여성분들이 어떤 이야기를 할지 우리가 항상 알고 있다면 이세상은 정말 명청한 세상이 되겠지요."

찰스가에 궤도차가 지나갈 때이기도 하고, 미스 챈설러가 마음이 상했다는 사실도 버리나는 알고 있었지만, 꼭 랜섬에게 해주고 싶은 말이 있어서 그녀는 더 머물렀다. 그가 구태의연한 생각을 하고 있다는 건 잘 알겠다고―여성을 남성의 장난감처럼 여기고 있다고.

"장난감이라뇨―말도 안 됩니다!" 랜섬이 외쳤다. "이것만은 감히 분명히 말씀드리려고 합니다. 저는 여성분들이 서로를 좋아하는 것 못지않게 여성분들을 좋아합니다!"

"아는 게 참 많은 분이시네요!" 버리나는 올리브 챈설러에게 곁눈질로 미소를 지으며 말했다.

이 한마디로 인해 올리브의 눈에는 소녀가 그 어느 때보다도 아름답게 비쳤다. 그래도 랜섬을 향해 다음과 같이 멋진 훈계조로 말할 때는 그저 사사로이 들뜬 느낌을 조금도 풍기지 않았다. "여자들이 서로 어떤지, 혹은 그렇지 않은지 바로 이 자리에서 말씀드리지 않겠습니다. 하지만 인간의 영혼에 진리가 어떤 의미인지는 제생각에 아마도 여성이라 해도 어렴풋이 알아챌 수 있을 겁니다!"

"진리라고요? 친애하는 친척 자매님, 당신이 말하는 진리는 가장 헛된 것이잖아요!"

"맙소사!" 버리나 태런트가 외쳤다. 떨림이 배어나는 밝은 목소리가 내뱉은 이 한 마디가 랜섬이 들은 그녀의 마지막 말이었다. 미스 챈설러가 소녀를 낚아채 데리고 나가버렸기 때문이다. 뒤에 남겨진 청년은 그녀가 '여성이라 해도'라고 말할 때 스친 의미심장한 빈정댐에서 즐거움을 짜내보길 바라면서. 친척이 다시 방으로 돌아오는 것은 당연히 예상되는 바였지만, 그녀가 등을 돌려 그를 힐끗 바라보는 눈빛에는 돌아올 것 같은 조짐이 전혀 없었다. 어떻게 된 일인지 생각하며 그는 잠시 그 자리에 서 있었다. 그러다 마침 책 한 권이 눈에 띄어 그의 생각은 금세 그 책의 한 페이지에 머물렀다. 이런 경우에 늘 그랬던 대로 그는 책을 기계적으로 집어 올리고는 순식간에 빠져들었다. 이리하여 보기에도 불편한 자세로 5분 정도 책을 읽으면서 자신이 버려졌다는 것을 까맣게 잊어버렸다. 이 사실을 다시 상기한 것은 마침 루나 부인이 외출이라도 할 듯이 차려입고 지난번처럼 장갑을 끼면서─그녀는 항상 장갑을 끼고 있는 것처럼 보였다─방에 들어왔기 때문이었다. 그녀는 그가 거기서 혼자 대체 뭘 하고 있는 건지 알고 싶어 했다─오신 걸 여동생이 아직 모르느냐고.

"아, 아닙니다." 랜섬이 말했다. "아까까지 여기 있다가, 방금 미스 태런트를 배웅하러 아래층으로 내려갔어요."

"미스 태런트가 대체 누군데요?"

랜섬은 그 두 젊은 여성이 아직 안 지 얼마 안 됐지만, 이미 그렇게 친밀한 사이가 됐는데도 그 사실을 루나 부인이 모르고 있다는 게 놀라웠다. 아무래도 미스 올리브는 자신의 새로운 친구에 대해 언니에게 말하지 않은 모양이었다. "뭐, 영감을 받아 말하는 연설가입니다—세상에서 가장 매혹적인 사람이죠!"

루나 부인은 장갑을 끼던 동작을 멈추고 깜짝 놀라서는 재밌어하는 눈빛으로 그를 빤히 쳐다보더니 이내 방 안이 울리도록 크게 웃었다. "설마 당신이 개종됐다는 뜻은 아니겠죠—이렇게 벌써?"

"미스 태런트로 개종됐죠, 확실히."

"당신은 미스 태런트 같은 사람 것이 아니에요. 당신은 내 것이니까요." 루나 부인은 이미 마음속으로 24시간 동안 남부 태생의 친척에 대해 생각을 거듭한 끝에, 이 남자야말로 혼자 사는 여성이 알고 지내기에 안성맞춤이라고 결정했다. 그러고는 다음과 같이 덧붙였다. "그분을 만나려고 여기 오신 건가요—그 영감으로 말하는 연설가를?"

"아니에요. 전 여동생분에게 작별 인사를 하러 온 거예요."

"정말 떠나시게요? 저는 아직 당신에게 약속하고 싶은 것을 절반도 말씀드리지 않았어요. 하지만 뉴욕에 가서 말씀드리면 되니까요. 그런데 올리브 챈설러와는 잘 지내셨나요?" 루나 부인은 언제나 그랬듯이 열성으로 자기 주장을 밀어붙였는데, 이제까지는 그녀의 둥글둥글한 몸매와 보조개 덕분에 그런 나쁜 버릇도 그다지 비난받지 않았다. 여동생에 대해 말할 때 이름을 줄이지 않고 부르기 일쑤로, 평상시 이렇게 여동생을 정식 이름으로 부르는 것을 들으면, 실제로 애덜라인보다 10년 늦게 태어난 올리브가 그녀보다 훨씬 더 나이가 많은 느낌마저 들었다. 사실 그녀는 그들 두 사람을 갈라놓는 심연을 강조할 갖은 수가 있었지만, 지금은 베이질 랜섬에게 "저 늙은 것도 나름 사랑스럽지 않나요?"라고 말하면서 그 심연 위에 살짝 다리를 놓았다.

그가 보기에 이 다리는 그의 무게를 견딜 수 없을 것 같았다. 루나 부인의 질문에는 사려 깊음보다는 뻔뻔한 마음이 도사리고 있다고밖에 생각되지 않았다. 왜 그녀는 이런 마음에도 없는 말을 하는 것일까? 남자가 미스 챈설러를 그와 같이 인식하지 않으리라는 것을 그녀도 충분히 알고 있을 것이다. 미스 챈설러는 늙지 않았다—늙기는커녕 유달리 젊지 않은가. 또 방금 그 어린 선지자가 그녀에게 키스하는 걸 보긴 했지만, 그녀가 누군가에게 '사랑스러운'이가 될 거라고는 도저히 생각할 수 없었다. 가장 상상도 안 되는 건 그녀를 '것'이라고 칭하는 일이다. 그녀는 너무나 지독히도 사람이었다. 그는 잠시 머뭇거리다가 대답했다. "아주 비범한 여성이시죠."

"조심하세요—경솔한 말을 하면 안 돼요!" 루나 부인이 외쳤다. "저 애가 너무 무섭다고 생각하나요?"

"제 친척분에 대해 그렇게 말씀하시지 마세요." 베이질 랜섬이 대답했다. 그 순간 미스 챈설러가 방에 다시 들어왔다. 자리를 비운 것을 두고 그에게 사과하는 말을 중얼거리는데, 그녀의 언니가 말을 자르고 미스 태런트에 대해 캐물었다.

"랜섬 씨는 그분이 엄청나게 매혹적이라고 생각하신다던데. 왜 나에겐 보여주지 않았니? 독차지하고 싶구나?"

올리브는 루나 부인을 물끄러미 바라본 채 한동안 아무 말도 하지 않았다. 이윽고 그녀는 "베일이 삐뚤어졌어, 애덜라인"이라고 말했다.

"내가 괴물처럼 보인다 — 분명히 이 말이 하고 싶은 거지!"라고 소리치며 애덜라인은 삐뚤어진 얇은 천을 바로잡으려 거울 앞으로 갔다.

미스 챈설러는 랜섬에게 자리에 앉으라고 다시 권하지 않았다. 그가 당연히 이제 떠날 거라고 생각하는 모양이었다. 그러나 그는 떠나기는커녕 다시 버리나를 화제로 삼았다. 그 소녀가 앞으로 대중 앞에 나설 거라고 생각하느냐고 물은 것이다 — 퍼린더 여사처럼 유세를 다니게 될까?

"대중 앞에 나서냐고요?" 올리브가 되뇌었다. "대중 앞에요? 왜요, 당신은 그런 순수한 목소리를 입 다물게 해도 된다고 생각하시나요?"

"입 다물게 하다니, 말도 안 돼요! 그러기엔 너무나 달콤한 목소리입니다. 하지만 괴성을 지를 정도로 목소리를 높이라고 해서는 안 됩니다. 억지로 목소리를 내다가 목이 갈라져서 망가져서는 안 됩니다. 그분이 다른 사람처럼 되어서는 안 돼요. 가만히 따로 놔둬야 해요."

"따로 — 따로요?" 미스 챈설러가 말했다. "우리 모두 그 사람에 기대를 걸고 주위에 몰려들어 기원을 바치고 있는 판에!" 그녀의 목소리에는 엄청난 경멸이 담겨 있었다. "내가 그 사람을 도와줄 수만 있다면, 그 사람은 선도하는 힘을 어마어마하게 발휘할 겁니다."

"돌팔이 의사 짓을 하는 어마어마한 힘이겠죠, 친애하는 미스 올리브!" 베이질 랜섬은 이미 감정이 고조되어 있는 걸 감지하기 어렵지 않은 집주인을 짜증 나게 만들 말을 일절 하지 말자고 마음먹었음에도 자기도 모르게 입을 놀리고 말았다. 하지만 목소리를 낮춰 친근하게 하소연하는 투로 말하고 미소까지 지어서 공격성이 완화되었다.

그녀는 마치 그가 밀치기라도 한 듯이 뒤로 물러나 그에게서 멀어졌다. "아, 저런, 이제 경솔한 말을 해버리셨군요." 루나 부인이 거울 앞에서 리본 주름을 펴며 말했다.

"당신이 우리에 대해 거의 이해하지 못한다는 걸 아신다면, 이렇게 참견하지 않으실 텐데요." 미스 챈설러가 랜섬에게 말했다.

"'우리'라는 건 누구를 말씀하시는 겁니까—당신이 속해 있는 그 유쾌한 여성 전체인가요? 내가 이해하지 못하는 건 당신이에요, 미스 올리브."

"저랑 같이 가시죠, 제가 가면서 올리브에 대해 설명해드릴게요." 단장을 마친 루나 부인이 입을 열었다.

랜섬은 작별 인사를 하려고 집주인에게 손을 내밀었다. 그러나 올리브는 그 손을 못 본 척하는 것밖에는 아무것도 할 수 없었다. 도저히 이 남자가 자기를 만지게 둘 수 없었던 것이다. "뭐, 그럼 그분을 일반 대중 앞에 내놓아야겠다면, 뉴욕으로 데리고 오세요." 여전히 분위기를 가볍게 만들려고 시도하면서 그가 말했다.

"뉴욕에서는 나를 만나느라 다른 사람은 생각도 안 나실 거예요!" 루나 부인이 교태를 부리며 외쳤다. "이번 겨울에 거기서 살기로 결심했어요."

올리브 챈설러는 두 친족을 번갈아 바라보았다. 한 명은 가깝고

한 명은 먼 관계였지만 둘 다 그녀 자신과 거의 공감하는 바가 없었다. 문득 이 둘을 함께 묶어서 서로 얽히게 두면 그녀에게 일종의 보호 장치가 될 거라는 생각이 들었다. 이런 생각은 이제껏 살면서 한 번도 안 해봤던 그녀였으니, 이렇게 갑자기 교묘한 생각이 부적처럼 번득였다는 것은 그녀가 현재 얼마나 초조한지를 보여준다.

"내가 그분을 뉴욕까지 데려갈 수 있다면, 더 멀리 데리고 갈 거예요." 그녀는 수수께끼처럼 들리길 바라며 이런 말을 했다.

"'데려간다'라고 말하는 걸 보니 강연 중개인이라도 된 것 같구나. 사업을 시작하려는 거니?" 루나 부인이 물었다.

랜섬은 미스 챈슬러가 악수해주지 않을 거란 걸 알아챌 수밖에 없게 되자 역시 마음이 좀 상했다. 방을 나서기 전에 그는 잠시 걸음을 멈췄다—문손잡이를 잡고 거기에 선 채로 말했다. "그런데 미스 올리브, 당신이 편지를 써서 나를 여기에 초대한 목적이 대체 무엇이었습니까?" 그렇게 묻는 동안에도 그의 얼굴에는 쾌활함이 가시지 않았지만, 그 눈에는 이미 언급된 바 있는—아주 잠깐만 엷은 노란빛을 띠는—예의 그 노란빛이 비쳤다. 루나 부인은 이미 아래층으로 내려가버려서 방에는 서로 마주 선 두 사람 외에는 아무도 없었다.

"언니에게 물어보세요—언니가 말해줄 거예요"라고 말하고는 올리브는 그에게 등을 돌려 창가로 갔다. 거기서 계속 창밖을 내다봤다. 건물의 문이 닫히는 소리가 들려왔고, 이윽고 두 사람이 나란히 길을 가로질러 가는 모습이 보였다. 두 사람이 시야에서 사라지자 그녀는 손가락을 가볍게 놀리며 유리창을 살짝 두드렸다. 마치 어떤 영감이 찾아온 것처럼 느껴졌다.

한편, 베이질 랜섬은 루나 부인에게 질문을 던지고 있었다. "저렇게 날 좋아하지 않을 거면서 도대체 왜 저에게 편지를 쓴 걸까요?"

"당신이 날 알게 되기를 바랐기 때문이죠—내가 당신을 좋아할 거라고 생각한 거예요!" 그 생각도 틀린 건 아닌 듯했다. 비컨가까지 왔을 때 랜섬이 거기서 헤어지고 루나 부인을 혼자 보내려고 하자 그녀가 듣지 않았던 것이다. 보스턴에서 보낼 시간이 한두 시간밖에 더 없어서(여비를 아끼기 위해 그는 기선을 타고 돌아갈 예정이었다) 그 시간을 오롯이 볼일을 보는 데 써야 한다고 간청해도 전혀 먹히지 않았다. 그녀는 그의 남부식 기사도 정신에 호소했고, 그 호소는 헛되지 않았다. 어쨌든 그는 적어도 여성의 권리를 인정하는 남자였으니까.

13장

짐작했던 대로 태런트 부인은 딸에게서 미스 챈설러의 집 내부와 그곳에서 받은 환대 이야기를 전해 듣고 기뻐했다. 그리하여 그 다음 달에 버리나는 찰스가에 종종 가게 됐다. "그분에게 네가 알고 있는 방식대로 항상 상냥하게 대하거라." 태런트 부인은 딸에게 말했다. 그런 상황에서 어떻게 해야 하는지 딸이 다 알고 있다는 것을 곱씹으며 흐뭇한 만족감을 느끼는 그녀였다. 가르쳐서 아는 게 아니었다. 일명 '풍속과 예의범절'이라고 알려진 젊은 숙녀를 위한 교육 분야는 태런트 부인의 교과 과정에서 명확한 항목으로 편입돼 있지 않았다. 물론 거짓말하거나 남의 것을 훔쳐서는 안 된다는 것 정도는 가르쳐줬지만, 그 외의 품행에 대해서는 교육을 해준 적이 거의 없다고 봐도 무방했다. 그녀가 누린 편익은 요컨대 기껏해야 부모의 본보기뿐이었다. 그러나 모친 입장에서는 딸이 영리하고 우아하다고 생각하고 싶어 하는 게 인지상정이었고, 이 흥미로운 일화의 진전에 관해 딸에게 속속들이 캐물었다. 이것이 버리나에게 영구적인 '버팀목'이 되지 않으리란 법도 없다고 했다. 태런트 부인이 딸의 장래를 생각할 때 노력의 보상으로 멋진 결혼을 생각한 적은 한 번도 없었다. 아이에게 부자 남편감을 구해주려고 애쓰는 건 부모로서 매우 부도덕한 일이라고 여겼다. 사실 그렇게 운명을 바꾸는 일이 일어날 수 있다는 게 별로 실감이 나지 않았다. 그녀가 알고 있는 부자 남자들은 모두 이미 유부남이었고, 미혼남들은 대개 너무 어린 데다 수입도 다 변변치 않아 그 액수의 차이보다는 혁신 사상에 대한 관심도에 따라 구별 지을 뿐이었다. 그녀는 버리나도 언젠가 누군가와 결혼할 텐데, 사위 될 사람이 공적 생활과 인연이 있는 인물이면 좋겠다고 생각했다―태런트 부인이 생각하는 공적 생활이란 그 이름이 등불 아래 보이고, 색인쇄 포스터에 담기고, 트레몬트 사원* 입구에 내걸리는 삶을 의미했다. 그러나 이런 전망을 그리면서도 별로 간절하지 않았는데, 결혼과 관련된 건 대부분 무미건조하고 칙칙하기 때문이었다―미지근한 공기를 내뿜는 난로 통풍기 위로 몸을 웅크린 채 아기를 안고 있는 지친 여성의 모습처럼. 버리나가 이런 가혹한 운명을 만나기까지는 아직 시간이 남았으니, 태런트 부인의 말로 '재애산'이란 걸 가진 젊은 여성과의 진정으로 아름다운 우정이야말로 그 기간을 채우

---

* 보스턴의 트레몬트가에 1839년에 세워진 최초의 침례자유교회로, 보스턴에서 처음으로 인종차별 없는 교회를 표방해 노예제 폐지론자들의 집회나 유세 장소로 종종 사용되었다.

기에 안성맞춤일 것이다. 기분 전환을 하고 싶을 때 도망갈 장소가 있다는 것도 딸에게 얼마나 좋은 일인가. 게다가 잘만 된다면, 어쩌면 딸은 두 가정을 갖게 될지도 모른다. 가정이라는 개념에 대해 태런트 부인은 그녀와 신분이 같은 대부분의 미국 여성들처럼 극도의 경외감을 품고 있었다. 지난 20년간 온갖 우여곡절을 거치면서도 자신은 이 미풍양속의 정신을 잃지 않았다고 서슴없이 확신하는 그녀였다. 따라서 만약 버리나가 두 가정을 꾸릴 수 있다면 그야말로 딸에게는 더할 나위 없이 좋을 것이다.

이런 모든 예상조차 미스 챈설러가 젊은 친구의 재능이 신들린 듯하다거나 어쨌든 셀라가 종종 말하는 대로 유일무이하다고 여기는 것 같다는 사실에 비하면 아무것도 아니었다. 태런트 부인은 버리나의 말만 들어서는 미스 챈설러의 마음을 정확히 파악할 수는 없었다. 하지만 미스 챈설러가 딸을 그렇게 붙잡았다는 것 자체가 이 아이에게 사람을 북돋울 수 있는 능력이 있다는 걸 믿는다는 증거가 아니고 무엇이겠는가. 어쨌든 버리나가 거리낌 없이 미스 챈설러에게 응대한 게 분명한 듯해 만족감을 느꼈다. 차비가 얼마나 들었든 그런 건 신경 쓰지 않았다. 실은 딸의 말에 따르면 미스 챈설러가 차비를 넉넉히 주려고까지 했다. 처음에는 버리나도 어머니의 바람에 따라 방문했지만, 이제는 분명 자신이 많이 이끌려서 가는 것 같았다. 딸이 새 친구를 극찬했다. 그분의 됨됨이를 꿰뚫어 보기까지는 조금 시간이 걸렸지만, 막상 알고 보니 정말 더할 나위 없이 멋진 분이라고 했다. 버리나는 한번 남을 칭찬하고자 하면 누구에게도 뒤지지 않는 아이였고, 찰스가의 그 젊은 숙녀로 인해 얼마나 고무됐는지 보는 것만으로도 즐거운 일이었다. 그들이 서로를 얼마나 생각하는지는 아주 분명했다. 어느 쪽이 더 생각하는지 가늠하기 어려울 정도였다. 서로를 고결하게 여기는 이상, 두 사람이 함께 사람들을 깨우치게 될 것이라고 태런트 부인은 확신했다. 버리나에게 필요한 사람은 그녀를 다룰 줄 아는 사람이다(아이의 아버지는 지금까지 치료 외에는 제대로 다루는 게 없었다). 미스 챈설러라면 아마도 자신의 직업을 더 중시하는 사람보다는 딸을 더 잘 제어할 것이다.

　"말을 끌어내는 그분의 방식이 참 멋져요." 한번은 버리나가 어머니에게 이렇게 말했다. "질문이 참 예리해서 처음 방문한 날에 제가 생각하는 최후의 심판 날이 벌어진 것 같지 뭐예요. 하지만 묻기만 하는 게 아니라 동시에 그분의 마음도 다 보여주시는 것 같아요. 근데 그 마음이 얼마나 사랑스러운지 몰라요. 그렇게 순수한 분은 이제까지 살면서 본 적이 없어요. 어머니도 그분을 알게 되면 좋을 텐데요. 매우 고상한 사람이어서 함께 있으면 그만큼 고상해지고 싶은 기분이 들어요. 그분은 우리 여성 지위의 향상 외에 다른 건 안중에 없어요. 조금이라도 이 목적을 이룰 수 있다면 더 바랄 것이 없다고 하세요. 정말로 그분은 제게 용기를 북돋워줘요, 정말 그래요, 어머니. 그분은 입는 건 티끌만큼도 신경 쓰지 않는 것 같아요—응접실은 우아하지만. 맞아요, 확실히 멋진 응접실이에요. 거기 앉아 있으면 꿈을 꾸고 있는 것 같아요. 다음 주에 나무를 한 그루 들일 거래요. 내가 나무 밑에 앉아 있는 걸 보고 싶대요. 뭔가 동양풍의 취향 같아요. 최근에 파리에서 들여온 유행인가 봐요. 프랑스인의 취향은 대부분 좋아하지 않으시지만, 이것만은 좀 더 자연의 이치에 부합한다고 하세요. 그분은 뭐든지 자기만의 생각이 있으니까 다른 곳에서 빌려 올 필요가 없는 것 같아요. 나는 숲속에 가만히 앉아서 그분이 생각하는 바를 얘기하는 걸 듣고 싶어요." 버리나는 특유의 활기를 띠고 이야기를 계속했다. "그분은 우리 여성이 겪었던 고난을 묘사할 때면 몸을 떨면서 말씀하세요. 제가 항상 느끼고 있던 바를 그분이 말해주면 너무 재밌어요. 그분이 대중 앞에 나서는 걸 두려워하지 않는다면, 분명 저보다 훨씬 더 성공하실 거예요. 하지만 본인이 직접 연설하는 건 싫으시대요. 대신 제게 그걸 시키고 싶을 뿐이라네요. 어머니, 그분이 나에게 주목하지 않으면 저는 그 누구의 주목도 받지 못할 거예요. 저에게 말재주가 있다고 하시더라고요 — 어디서 온 재능인지는 문제가 아니래요. 개혁 운동을 상징하는 빛나는 젊은 인물이 있으면 운동에 아주 유리하대요. 뭐, 물론 전 젊어요. 게다가 일단 연설을 시작하면 저도 제가 빛나는 것처럼 느껴져요. 수백 명의 사람들이 지켜보는 앞에서 저처럼 침착할 수 있다는 것만으로도 자격이 된다고 그분은 말씀하셨어요. 아무래도 그분은 저의 침착함이 사실 신이 주신 거라고 여기시는 것 같아요. 그분 자신은 그렇게 침착할 수 없대요. 그분처럼 감정이 풍부한 여성은 지금까지 만난 적이 없어요. 제가 어떻게 그런 식으로 연설하고도 아무렇지 않을 수 있는지 신기해하시더라고요. 그래서 물론 저도 말씀드렸죠. 저도 주눅이 든다고, 의식할 수 있을 때까지는 그렇다고. 그분은 늘 의식하는 것 같았어요. 그렇게 조금도 쉬지 않고 늘 신경 쓰는 분은 처음 봤어요. 그분은 저에게 뭔가 위대한 일을 해야 한다고 말씀하셨어요. 그분은 그래야 할 것처럼 느끼게 하세요. 사람들이 내 말을 들어주기만 한다면, 커다란 영향력을 끼치게 될 거라고도 하셨어요. 그래서 나도 그분에게 만약 그렇게 된다면, 그건 모두 당신의 영향력 덕택이라고 말씀드렸어요."

셀라 태런트는 이 모든 이야기를 아내보다 더 높은 견지에서 바라보고 있었다. 적어도 그 나름대로 높은 견지를 취하고 있음은 엄숙함을 더한 그의 태도에서 엿볼 수 있었다. 어쩌다 보니 부자일 뿐인 운동 후원자가 딸의 뒤를 봐준다고 해서 득의양양할 정도로 경솔하지 않았다. 그는 자기 자식을 인류에 어떤 공헌을 할 수 있느냐는 관점에서만 바라보았다. 딸의 이상을 항상 올바른 쪽으로 향하게 하고 그녀의 도덕적 삶을 인도하고 고취하는 것 — 이것이야말로 계시와 만병통치를 자신의 천직으로 삼는 아버지에게는, 이득이 되는 세속적 연줄을 얻는 것보다 훨씬 더 긴요한 의무가 아닌가. 게다가 그는 거의 온종일 집을 비우느라 딸이 왔다 갔다 하는 것에 별로 신경을 쓰지 못해서, 아내가 끊임없이 화제로 삼는 미스 챈슬러에 대해서도 막연하게만 알고 있는 듯했다. 예의 미스 버즈아이 집에서의 연설은, 그의 표현을 빌리자면 보스턴에서 버리나의 첫 등장은 대성공이었다. 그런 감상이 그의 평소 사제 같은 표정에 더해졌다. 기적의 단계를 거치는 종교의 사제를 방불케 하는 표정이었다. 대체로 길게 늘인 인상을 주는 그 풍채와 그 몸짓(요즘은 항상 사진 포즈를 취하는 듯이 손을 허공에 들고 다니는 그였다)이나 말하는 단어 및 문장뿐 아니라, 특허받은 경첩처럼 소리 없는 미소, 늘 입는 그 방수복의 주름에서조차 그는 자신의 성스러운 직책에 책임을 느끼는 듯한 분위기를 자아냈다. 그는 아주 간단한 질문에 즉석에서 답변하거나 의견을 개진할 수 없는 사람으로, 사소한 일상이나 집안 대소사 문제에 화제가 미치면 그 어조가 더 신중해졌다. 가령 그의 아내가 저녁 식사 자리에서 감자 맛이 어떠냐고 물으면 그는 감자가 대단히 훌륭하다면서(그는 신문을 평할 때도 '훌륭하다'는 표현을 쓰곤 했다 — 이렇듯 전혀 다른 차원의 사물들에 이 단어를 적용했다) 플루타르코스에 비견될 만한 대비법*을 동원해 같은 종 채소의 다른 표본과 비교하는 견해를 펼쳤다. 그는 모든 것 위에서 그 너머를 보는 듯한, 눈앞의 일을 신경 쓰지 않고 멀리 내다보는 듯한 인상을 주었다고까지는 할 수 없어도 그 자신은 주기를 바랐다. 사실 그에게는 전심을 다해 갈망하는 일이 단 한 가지 있었다 — 그것은 신문에 기사가 실리는 것으로, 이제까지 자신에 관한 기사가 실린 적은 있었지만, 이제는 딸과 그 영광을 나누고 싶었다. 신문이야말로 그의 세계였고, 그가 보기에는 인생에 관한 가장 풍부한 표현이었다. 만약 이 세상에 예언자의 시대가 도래한다면 일간지에 낸 대대적인 광고로부터 초래될 것이라고 믿었다. 버리나의 이름이 '인물란'에 선전되는 날이 오기를 그는 갈망해 마지 않았다. 그가 생각하기에 최고로 행복한 사람들은 1년 365일 하루도 빠짐없이 언론에 오르내리는 사람들이었다(그런 사람들이 꽤

---

* 그리스의 저술가 플루타르코스의 《영웅전》은 원제가 '대비열전'일 정도로 서로 유사한 점이 있는 인물들의 삶을 대비를 통해 서술한다.

많았다). 다름 아닌 바로 이것만이 셀라 태런트를 진정 만족시킬 수 있었다. 제호나 날짜나 화재 목록이나 서부식 농담 코너와 같이 정기적으로 신문을 구성하는 필수 요소가 되는 것이야말로 그가 생각하는 지복의 이상인 것이다. 이렇게 세상에 알려지고자 하는 그의 바람은 꿈에도 쫓아왔고 이를 위해서는 가정의 가장 내밀하고 신성한 의무조차도 기꺼이 희생할 수 있었다. 그에게는 인간의 존재란 사실 거대한 홍보 수단이나 다름없었는데, 단 한 가지 문제라면 가끔 그것이 충분히 효과를 발휘하지 못한다는 것이었다. 예전에 그는 한 심령주의 잡지를 주름잡곤 했는데, 이런 유의 매체로는 자신의 개성이 일반 대중의 관심을 널리 받았다고는 도저히 확신할 수 없었다. 게다가 어쨌든 그 잡지도 폐간되었다. 딸의 몸매나 약혼 소문 같은 것까지 '가십난'에 실려 어김없이 여기저기에서 기삿거리가 되지 않는 한, 진정한 성공이라 할 수 없을 것이다.

딸이 서부에서 거둔 성공에 대한 소식도 그가 기대한 만큼 신속하게 동부 해안까지 닿지 않았다. 그건 아마도 딸이 했던 몇몇 연설이 미리 공지되고 입장표를 파는 정식 강연이 아니라, 잡다한 행사가 열리는 회장 등에서 명성 있는 다른 연설가가 없어서 갑작스럽게 성사된 우발적인 사건이었기 때문이라고 그는 생각했다. 그런 연설은 한 푼의 수익도 없었다. 그저 대의를 위해서 하는 연설이었다. 만약 그녀가 아무 대가 없이 연설했다는 것이 알려지기만 한다면, 더 큰 반향을 일으킬지도 모를 일이었다. 다만 한 가지 곤란한 점은, 딸의 대가 없는 연설이 수익 좋은 딸을 가졌다는 그의 기대와 어긋난다는 점이다. 게다가 셀라 태런트가 느끼기에 그런 일을 해봐야 그다지 두각을 나타낼 수 없었다. 세상에는 버리나 말고도 돈이 안 되는 연설을 하는 법을 터득한 사람들이 많았다. 연설이란 건 거의 누구나 아무 대가가 없어도 기꺼이 하는 것이니까. 그러니 이 분야에서는 사심이 없는 걸로 눈에 띄기는 쉽지 않다. 게다가 사심 없는 마음과 수입금은 양립할 수 없는데, 셀라 태런트 스스로도 말하듯이 그가 좇는 건 수입금이었다. 그의 소원은 수입금이 하염없이 자기에게 흘러들어 오는 날이 하루빨리 왔으면 하는 것이었다. 아마도 독자는 이런 자문자답을 계속하는 그의 모습을 상상하면서 그 특유의 몸짓을 함께 떠올릴 수 있을 것이다.

풍부한 결실을 맺을 시기도 이제 그에게는 멀지 않은 것 같았다. 미스 버즈아이 집에서 보낸 그 행운의 밤을 계기로 눈에 띄게 가까워졌다. 퍼린더 여사가 버리나에 대한 '공개서한'을 쓰게 할 수만 있다면, 더 바랄 것이 없을 것이다. 원래 셀라는 통찰력이 예리한 걸로 유명한 사람은 아니었지만, 자신이 사는 세계에 관해서는 충분히 잘 알고 있어서 퍼린더 여사는 그가 일찍이 연필 행상을 시작하기 전에 살았던 펜실베이니아 지방에서 잘 쓰는 표현대로 박차고 나가기 쉬운 사람임을 간파했다. 그런 사람이 항상 이쪽의 기대대로 움직여줄 거라 생각하면 오산이다. 공적으로 버리나에게 찬사를 표하는 게 그녀 자신의 뜻에 어긋난다면 아무리 기지가 뛰어난 태런트라도 그녀를 설득할 길은 전혀 없을 것이다. 퍼린더 여사로부터 그런 호의를 받는 게 관건이라면, 온도계의 눈금이 올라가는 것을 기다리듯이 그저 기다릴 수밖에 없다. 그는 그날 밤 자신의 희망을 미스 버즈아이에게 말했었는데, 미스 버즈아이는 그들

의 유명 인사 친구가 감명받은 모습으로 보건대 분명 여사가 조만
간 자신이 느낀 모든 걸 세상 사람들에게도 알리려는 마음이 들지
도 모른다고 생각하는 것 같았다. 여사는 현재 (그날 밤 이후) 어디
딴 데로 가고 없지만, 록스버리로 돌아오면 버리나를 불러서 뭔가
언질을 줄 거라는 게 미스 버즈아이의 관측이었다. 셀라는 그동안
어쨌든 자신에게 비장의 카드가 쥐여 있다고 확신했다. 돈이 이제
손에 닿는 데까지 온 것 같다. 아니, 이미 찰스가에서 수입금이 생
기고 있다고 말해도 좋을 것이다. 그 돈 많고 별난 젊은 여자는 아
무래도 아낌없이 퍼부어주고 싶어 하는 것 같았다. 내가 암시했던
대로 그는 이를 눈치채지 못한 척하고 있었다. 하지만 그가 천장 돌
림띠에 시선을 고정하고 있을 때야말로 가장 만사를 꿰뚫고 있다
는 것을 뜻했다. 언젠가 딸을 위해 자신이 강연회를 열기로 마음을
먹으면 분명 그 여자가 어디로 수표를 보내면 되는지 물을 거라고
믿어 의심치 않았다. 현재 그가 생각하고 있는 바는, 버리나를 일약
명성의 반열에 올리기 위해 당장 강연회를 여는 게 좋을까, 아니면
세간의 관심이 높아지도록 좀 더 사적인 모임에서 선을 보인 후에
나서는 게 상책일까, 이런 것들이었다.

　이런 심사숙고를 하면서 그는 뉴잉글랜드 수도의 거리나 교외
를 이리저리 돌아다녔다. 이것도 이미 언급했지만, 그는 몇 시간이
고 집을 비웠다―그렇게 오래 부재하는 동안 태런트 부인은 완숙
란과 도넛으로 끼니를 때우면서 도대체 남편은 어떻게 허기를 달
래는지 신기해했다. 집에 돌아와서도 남편은 기껏해야 파이 한 조
각을 원할 뿐이었고, 별다른 요구 사항 없이 그저 갓 구운 것으로

달라고만 할 뿐이었다. 그녀는 남편이 여성 환자의 집에서 가벼운 점심을 먹고 다니는 게 분명하다고 확신했다. 그녀는 즉석 식사라면 시간 상관없이 모두 가벼운 점심이라고 부른다. 한번은 그녀가 이 의혹을 입 밖에 내자, 셀라가 좋은 일을 하고 있다는 기분만 있다면 자신은 그 어떤 간단한 음식도 먹을 필요가 없다고 대답했음을 여기에 부언해두는 것이 공평할 것이다. 좋은 일이란 사실 그의 입장에서는 많은 형태를 취하기 때문에 거리를 끊임없이 돌아다니거나 마차나 역이나 염가 판매를 하는 상점 등을 찾는 것까지 이 노력 속에 포함된다. 그러나 특히 그가 뻔질나게 드나드는 장소는 신문사 사무실이라든가, 호텔 로비―허물 없는 친목 모임에 이용되는 큰 방으로, 높은 유리창을 통해 바깥 거리에서 바라보노라면 대리석 바닥에 미국 시민의 모습이 거꾸로 비치는 곳―였다. 산더미처럼 쌓인 짐이나 타구, 팔꿈치로 밀치며 라운지를 돌아다니는 사람들, 우울한 얼굴의 '투숙객들', 호전적인 아일랜드계 짐꾼들, 광고로 뒤덮인 탁자에서 편지를 쓰고 있는 단정치 못한 뒷모습에 이상한 모자를 쓴 남자들에 둘러싸여 셀라 태런트는 무수한 상념에 잠기곤 했다. 그럴 때 그를 붙잡고 뭘 하고 있느냐고 물어봤자, 아마 그는 별 대답을 내놓지 못했을 것이다. 그는 그저 일반적인 관념대로 그런 장소가 국가의 신경중추라고 생각했고, 자주 들를수록 그만큼 더 '현장에 있는' 듯한 기분이 들었을 뿐이다. 그러나 일간신문사의 *최심부*(penetralia)가 더욱 매혹적이었다. 그곳에 접근하기가 쉽지 않다는 사실, 그곳이 그의 앞길을 가로막는 장벽이라는 사실은 무리하게라도 파고들고 싶은 열망을 부추길 뿐이었다. 그에게는 구실이 넘쳐났다. 때때로 기고 기사를 가지고 오기도 하면서 그는 집요하고 철저하게 파고들었고, 곧 감당하기 어려운 태런트라는 호칭으로 통하게 되었다. 그는 사무실 안을 어슬렁거리다가 너무 오래 앉아 있곤 하면서 바쁜 사람들의 시간을 뺏는가 하면, 사무실에서 쫓겨나면 인쇄실에 비집고 들어가 식자공들에게 말을 걸어 그가 한 말을 실수로 활자판에 짜 넣게 하고, 또 식자공들이 등을 돌리면 이번에는 배달부 소년들을 상대로 이야기를 늘어놓았다. 그는 항상 무엇이 신문 지면에 '들어가는지' 알아내려고 애썼다. 그 자신도 그 안으로, 온전히 뛰어들고 싶었다. 그게 안 되자 공짜로 광고를 삽입하고 싶어 했다. 그의 진심 어린 소망은 인터뷰할 기회를 얻는 것이었다. 그런 소망으로 편집진 주위를 맴돌았다. 한번은 정말 인터뷰를 하게 될 것 같았는데, 며칠 동안이나 대여섯 열을 차지한 머리기사 제목이 눈앞에 어른거렸다. 하지만 기사는 끝내 실리지 않았다. 그래서 그는 버리나가 일약 세상의 각광을 받는 날이 오면 앙갚음할 수 있을 거라고 기대했다. 딸의 뒤를 따르는 기자단을 어떤 태도로 맞이해야 할지 그 광경을 떠올렸다.

14장

"그분이 오실 때는 우리 쪽에서 누군가 초대해줘야 해." 태런트 부인이 말했다. "우리만 보려고 꼭 오고 싶진 않으실 테니." 이 시기에는 모녀 사이에 '그분'은 오직 올리브 챈설러로 통했다. 케임브리지의 이 작은 집에서는 시도 때도 없이 온갖 관점에서 그녀에 관한 논의가 이루어지고 있었다. 버리나는 이제 그 화제에 좀 싫증이 나서 결코 먼저 말을 꺼내지 않았다. 그녀에게는 어머니의 의견과는 별개로 나름대로 생각하는 바가 있었다. 이 숙녀에 대해 어머니가 광범위하게 이것저것 논하는 데 동참한 것도 사실은 그러는 게 자기 생각을 혼자 간직하기에 가장 좋은 방법이기 때문이었다.

태런트 부인이 생각하는 바로는, 자신은 사람들을 연구하는 걸 좋아하며, 그래서 이제는 미스 챈설러를 분석하는 데 열중하고 있었다. 너무 열중한 나머지 그녀는 때를 가리지 않고 분석 결과를 내놓곤 했다. 여전히 세상 물정 모르는 딸에게 세상일을 해석해준다는 취지였는데, 그렇다 해도 미스 챈설러에 대해 자신 있게 해석하는 건, 정작 자신은 미스 챈설러를 한 번밖에 보지 않았지만, 버리나는 거의 매일 만나는 이점을 누리고 있다는 사실을 완전히 무시하는 처사였다. 버리나 자신도 이때쯤에는 이미 올리브에 대해서 아주 잘 알고 있다고 느꼈다. 따라서 어머니가 동기나 기질(태런트 부인은 이 말의 의미도 제대로 모르면서 항상 사람들의 기질을 화제로 삼았다)에 대해 자못 복잡하게 설명하는 것을 듣고 있자면, 자신에게 이제 찰스가에서 관찰할 수 있는 특권이 있는 현상을 어머니가 공정하게 다루지 않고 있다는 생각이 들었다. 물론 태런트 부인도 올리브를 훌륭한 인물이라 믿고 있지만, 실제 올리브는 태런트 부인이 추측하는 것보다 훨씬 더 훌륭했다. 올리브는 버리나의 눈에 경이로운 세계의 모습을 펼쳐 보여줬고, 그녀에게 신성한 사명이 있다는 믿음을 갖게 해주었다. 그리고 우리가 이미 본 대로 인생의 재미에 대한 완전히 새로운 척도를 제시해주었다. 이 점이 올리브 집에서 사회 지도층 인사를 만날 가능성보다 더 큰 수확이었다. 사실 아직 그녀는 올리브 집에서 루나 부인 외에 누구를 만난 적이 없었다. 아무래도 새 친구는 버리나를 독차지하고 싶은 모양이었다. 다름 아닌 이것이 이제까지 태런트 부인이 이 새 친구에 대해 품고 있는 유일한 불만이었다. 버리나가 상류사회에 대한 식견을 더 얻지 못한 것에 실망감을 느꼈다. 상류사회는 부정과 허위로 점철돼 있다는 게 태런트 부인의 주된 신조 중 하나였고, 버리나 말로는 미스 챈설러도 그런 사회를 혐오하고 경멸한다고 했다. 그런 세계가 딸에게 무슨 득이 되느냐고(상류사회 숙녀분들은 어떤 새로운 복음에도 몸을 사린다고 악명이 높지 않은가) 물으면 그녀로서는 대답할 말이 없었을 것이다. 그런데도 그녀는 버리나가 비컨가의 향기를 조금 더 듬뿍 가져오지 않아서 부아가 치밀었다. 딸이 그렇게 유독 체념을 잘하는 아이가 아니었다면 그 세계와 가장 깊이 연루된 관계자가 됐을 것이다. 딸은 주어지는 것은 무엇이든 취하고 감사해하지만 손에 주어지지 않는 것에는 조금도 미련을 느끼지 않았다. 열의와 순종이 섞인 특이한 기질이었다. 이렇게 또 태런트 부인은 기질에 관한 이론을 펼쳤다. 그녀는 딸을 사랑했지만, 자기 곁에 있는 아이가 세상에서 가장 향기로운 꽃이라는 사실을 어렴풋이만 알았다. 버리나의 총명함과 특별한 재능을 자랑스러워했지만, 그녀 자신의 조야한 면면으로는 딸의 그런 자질을 이끄는 역할을 하기에는 역부족이었다. 그래서 그녀는 설령 망신만 당하는 꼴이 되더라도 상류층 인사들을 알아두면 딸의 출세에 보탬이 되겠다고 생각한 것이다. 마치 버리나의 성공에 보탬이 될 게 있기라도 한 듯이, 현재 있는 그대로의 그녀가 최고의 성공은 아니라는 듯이.

태런트 부인은 미스 챈설러를 방문하기로 마음먹고 시내로 나갔다. 그렇게 결심하기까지 버리나와는 상관없이 혼자 수없이 고민했다. 자기에겐 구실이 없지 않다고 결론지었다. 자신의 체면을 위해서도 구실이 꼭 필요했다. 이제는 유서 깊은 그린스트리트 가문이라는 자부심도 자신의 호기심 앞에선 속수무책으로 무너진다고 느꼈다. 미스 챈설러를 꼭 다시 만나보고 싶었다. 그것도 버리나가 대단히 세밀하게 묘사해준 그 매혹적인 세간들이 놓인 방에서 만나보고 싶었다. 그녀가 가장 그럴듯한 구실로 여겼던 것—첫 만남 때 올리브에게 케임브리지에 방문해달라고 간청했던 것—이 지금으로선 소용없으니, 차선의 구실에 의지할 수밖에 없었다. 즉 딸이 그토록 많은 시간을 보내는 장소를 한번 가서 보는 것이 어머니의 의무라고 스스로에게 말했던 것이다. 미스 챈설러에게는 그녀가 딸이 받은 환대에 감사를 표하러 온 것으로 보일 것이다. 어떤 태도를 취해야 할지 잘 알고 있었다(기보다는 잘 안다고 믿었다—태런트 부인의 태도가 항상 본인이 생각하는 바와 같진 않았다). 딱 맞는 뉘앙스(이렇게 그녀는 자기가 프랑스어도 좀 안다고 생각했다)를 어조에 담는 것에도 자신 있었다. 올리브는 몇 주가 지나도록 여전히 찾아올 기색도 보이지 않았다. 태런트 부인은 친구 어머니에게 예를 갖추는 게 마땅하다고 미스 챈설러가 느끼게끔 하지 못했다고 버리나를 약간 엄격한 어조로 꾸짖었다. 하지만 버리나로서는 자기 입으로 미스 챈설러는 태런트 부인 같은 사람은 안중에도 없는 것 같다는 말을 절대로 어머니에게 할 수 없었다. 사실 소녀는 이런 난감한 사실을 이미 감지하고 있었고, 이는 올리브의 폭넓은 시야에서 비롯된 것으로 생각하고 있었다. 버리나는 뭐로 봐도 자기 어머니가 이 세상에서 무척 중요한 자리를 차지하고 있다고는 도저히 생각할 수 없었다. 게다가 미스 챈설러는 무척 중요한 일이 아니고서야 눈길도 주지 않는 사람이었다. 버리나는 올리브가 그녀를 부모로부터 완전히 떼어내고 싶어 하며, 따라서 그들과 관계를 돈독히 해볼 마음이 전혀 없는 것 같다고 자유롭게 보고 할 처지는 아니었다(확실히 요즘 그녀는 집에서 예전만큼 솔직할 수 없었고, 게다가 방금 언급한 의심도 이제 막 고개를 들기 시작했을 뿐이었다). 덧붙여 언급해두자면 태런트 부인에게는 동기가 하나 더 있었다. 루나 부인을 한번 꼭 보고 싶은 열망에 사로잡혔던 것이다. 이러한 점을 미루어 보아도 그녀의 생활이 얼마나 무미건조한지 짐작할 수 있는바, 만약 이 서술이 그 증거로서 효력이 있다 해도 나로서는 반박할 수 없을 것이다. 그동안 강연회에 오는 사람들만 보면서 살았던 그녀였지만, 때로는 기분 전환을 위해서라도, 그런 곳에 오지 않는 사람들도 잠깐 만나보고 싶은 생각이 들었다. 버리나가 묘사한 바에 따르면 루나 부인이라는 인물은 바로 그런 색다른 계급의 특징을 압축해 보여주는 것 같았다.

버리나 역시 올리브의 재기 발랄한 언니에게 큰 관심을 갖고 있었다. 이제는 새 친구에게 모든 걸 털어놓지만, 한 가지 작은 비밀을 남겨두었다. 바로 만약 처음부터 선택할 수 있었다면 루나 부인을 닮고 싶다는 마음이었다. 이 귀부인은 그녀를 매혹해서 이상한 나라를 헤매는 듯한 상상을 하게 했다. 이 귀부인과 함께라면 밤새도록 끝없이 질문을 퍼부으며 단둘이서 얼마든지 즐겁게 지낼 수 있을 것이다. 하지만 아직 부인과 단둘이 만날 기회가 한 번도 없었다. 아주 잠깐씩 언뜻언뜻 본 것에 불과했다. 애덜라인은 언제나 저녁 만찬이나 음악회를 위한 의상을 차려입고 바람처럼 가볍게 들어와서는, 케임브리지에서 온 젊은 여성에게 세상일을 잘 아는 듯한 말투로 뭔가 말을 건네고는, 올리브를 향해 버리나 자신은 아마도 결코 도달할 수 없을(이 점에 있어 버리나의 예지력은 빛나갔

다) 정도로 허물없이 뭔가 또 말하다가 바람처럼 가볍게 나가버리곤 했다. 그러나 미스 챈설러는 단 한 번도 루나 부인을 못 가게 붙들지 않았고, 버리나에게 부인을 만날 기회를 전혀 주지 않았다. 그녀가 그런 인물에게 조금이라도 관심을 가질 수 있으리라고 꿈에도 생각하지 못하는 듯했다. 애덜라인이 나가고 난 뒤 다시 원래의 이야기로 돌아갈 뿐이었다―그 이야기는 말할 것도 없이 항상 같은 주제, 즉 고통받는 여성을 위해 둘이 무엇을 해야 하는가였다. 물론 이 주제에 버리나가 관심이 없는 건 아니었다―아무렴, 당연히 그랬다. 그 주제는 올리브와의 멋진 대화를 통해, 가장 영감을 불러일으키는 방식으로 그녀의 눈앞에 펼쳐졌다. 그러나 그녀의 마음은 다른 사냥감이 길을 가로지르는 걸 보면 금세 좌우로 쫓아 날뛰는 통에, 친구에게 지성적으로 춤의 리드를 받으면서도 때때로 지친 나머지 그만 발이―즉, 머리가―스텝을 놓치곤 했다. 태런트 부인이 방문했을 때 마침 미스 챈설러는 집에 있었다. 하지만 루나 부인은 아주 잠깐 스치면서라도 볼 수 없었고 그것이 못내 아쉬웠다. 버리나는 이를 은근히 다행이라고 여겼다. (그녀가 내심 생각하길) 그렇게 어머니가 찰스가를 방문하고 돌아와서 미스 챈설러에 대해 마치 그녀(버리나)가 아직 만난 적도 없고, 지금까지 집에서 한 번도 거론하지 않았던 사람에 대해 말하듯이 새로운 활기를 띠고 설명하기 시작하는 것만 봐도, 만약 이 기회에 애덜라인과 만나게 되었다면 저 설명이 (같은 식으로) 얼마나 더 확장되었겠는가?

버리나가 마침내 친구에게 케임브리지로 올 거라고 생각했다고 말했을 때―왜 그녀가 오지 않았는지 그 이유를 버리나는 알 수 없었다―올리브는 매우 솔직하게 그 이유를 밝히면서 질투심 때문임을, 소녀가 자신 외의 누군가에게 속해 있다는 것을 생각하고 싶지 않았기 때문임을 인정했다. 태런트 부부에게는 부모로서 권리가 있고 요구하는 바가 자신과 다르니 그들을 보고 싶지도 그들의 존재를 떠올리고 싶지도 않았다는 것이다. 말한 데까지는 진실이었지만, 올리브는 버리나에게 모든 걸 다 털어놓을 수는 없었다―즉, 케임브리지의 그 끔찍한 부부를 자신이 혐오하고 있다는 것만은 말할 수 없었다. 알다시피 그녀는 개인을 대상으로 이런 감정을 품는 걸 스스로 금지하고 있었다. 그래서 자신은 태런트 부부를 하나의 유형으로, 개탄스러운 유형으로, 새로운 진리라는 대의에 대한 일반 대중의 신뢰를 실추시키는 하나의 계급으로 여긴다고 자기 편의대로 생각했다. 이 부부에 대해 미스 버즈아이와도 의논했다(이제 올리브는 항상 미스 버즈아이의 형편을 봐주며 이런저런 물건을 주고 있었다―최근에 선량한 이 여성은 멋진 모자와 숄을 걸치고 다녔다. 그것만으로는 자신의 감사한 마음을 충분히 표현할 수 없다고 느꼈지만). 닥터 프랜스의 이웃, 만연하는 악에 대한 반감과 그 구실을 찾아주기에 급급한 마음이 행복하게(사회 통념에는 매우 어긋나지만) 혼재하는 미스 버즈아이조차 셀라라는 인물은 그 과거 행적을 조사해보면 그다지 가치가 있는 사람이 아니라는 점을 인정하지 않을 수 없었다. 그 사람이 얼마나 보잘것없는 인물인지 올리브가 간파한 것은 버리나에게서 그 아버지어머니에 대한 이야기를 들은 뒤였다. 버리나는 부모에 대해 말해보라고 하자 많은 이야기를 쏟아냈는데, 그 이야기를 들으면서 미스 챈설러가 어떤 결론을 끌어내고 있는지 전혀 의식하지 못했다. 태런트는 도덕의식이 없는 도덕주의자였다—이는 버리나가 꾸밈없이 놀라울 정도로 생생하게 들려주는 유소년기 이야기로 아주 분명해졌다. 그 이야기는 미스 챈설러에게 넋을 잃고 들을 만큼 흥미로운 동시에 온갖 감정을 불러일으켰다—이 소녀도 옳고 그름을 분별하는 능력이 결여된 게 아닌가 자문하게도 했다. 아니다, 이 소녀는 그저 지극히 천진난만해서 자신이 묘사하는 것의 *파급력*(*portée*)을 이해할 수도, 설명할 수도, 심지어 보지도 못하는 것이다. 자신의 부모를 평가하는 것은 전혀 생각지도 못할 것이다. 올리브는 이 젊고 멋진 친구(그 훌륭함이 나날이 커져가는 것 같았다)가 성장한 환경을 그녀 나름대로 '실감해보고' 싶었고, 이미 말한 대로 그래서 소녀에게 모든 걸 털어놓도록 유도했다. 그러나 이제 그 목적이 충족되었고 완벽하게 실감이 되었으니, 앞으로 그녀가 소녀에게 바라는 것은 과거와 충분히 단절하는 것이었다. 그 과거를 전적으로 비난하는 것은 아니었다. 적어도 민중의 비참함과 불가해함을 버리나에게(그리고 그녀를 매개로 그 후원자에게도) 접하게 했다는 공적이 있었다. 버리나야말로(그린스트리트 가문의 피를 이어받았다지만, 그게 뭐, 그들이 뭐라고?) 위대한 민주주의의 꽃이며, 태런트 혈통은 견줄 수 없을 만큼 하찮다는 게 그녀의 의견이었다. 펜실베이니아주 어딘가 이름 없는 곳에서 태어난 태런트의 성장기는 이루 말로 다 할 수 없을 정도로 비천했는데, 이런 결함이 없었다면 올리브는 크게 실망했을 것이다. 그녀는 버리나도 어린 시절에 거의 가난의 극한을 몸소 경험했다고 생각하고 싶었다. 이 연약한 피조물이 말 그대로 먹지 못하고 사는 지경까지 가는 때가 있었다(이 궁상이 조금 더 길게 지속됐다면 좋았을 텐데)고 생각하는 것만으로도 일종의 잔인한 기쁨을 느꼈다. 이런 걸 곱씹을수록 올리브는 소녀를 점점 더 귀한 존재로 느꼈고, 그 결과 둘이 힘을 합치는 일에도 훨씬 더 무게감을 느꼈다. 혁명가는 시련을 겪게 마련인데, 버리나의 과거에 그런 행운의 사건이 없었다면 시련도 다소 부족했을 것이다. 기회가 되면 케임브리지로 와달라는 태런트 부인의 간청을 소녀로부터 전해 들었을 때 올리브는 이제 크게 노력해야 할 때임을 감지했다. 큰 노력을 하는 것은 그녀로서는 새로울 게 없었지만—원래 사는 것 자체가 대단한 노력이니까—이번만큼은 유난히 가혹하게 여겨졌다. 그러나 그녀는 그 노력을 하기로 결정했고, 동시에 첫 태런트 부부 방문이 마지막 방문이 될 것이라고 다짐했다. 유일한 위안은 분명 심한 고통을 받을 거라는 기대였다. 고통을 예상하는 건 언제나 정신적인 의미에서 그녀의 주머니에 현금이 두둑해지는 것이었다. 태런트 부인은 우리가 이미 본 대로 다른 손님들을 초대함으로써 그녀에게 경의를 표하고자 티타임(셀라는 저녁 식사 시간으로 삼는 다과 시간)에 와주십사 했다. 문제의 다른 손님은 부인과 버리나가 심사숙고한 끝에 선택했는데, 올리브가 케임브리지의 그 작은 응접실에 들어와서 가장 먼저 본 그 인물은 조로했다기보다는 조숙하다는 표현이 더 맞는 듯한 흰머리 청년으로, 올리브도 전에 어디선가 만난 적 있다는 인상이 어렴풋이 있는 남자였다. 소개된 이름은 마티어스 파든 씨였다.

그녀는 기대했던 것보다는 고통을 덜 받았다—버리나의 가정 형편을 살피는 데 완전히 마음을 빼앗겼기 때문이다. 가정 형편은 그녀가 바라던 것만큼이나, (소녀를 이러한 환경에서 꺼내 오기 위해서라도) 소녀를 완전히 자기 곁으로 데려와야 한다고 느끼기 위해 꼭 그랬으면 좋겠다고 바라던 것만큼이나 끔찍했다. 소녀에게서 뭔가 확실한 서약을 받고 싶다는 바람도 이제 더 간절해졌다. 구체적으로 무엇이 최선일지는 알 수 없었다. 다만 그 서약이 버리나에게는 절대적으로 신성한 의무이며 두 사람을 평생 하나로 묶어주는 것이어야 한다는 느낌이었다. 이번 방문으로 그것이 그녀의 마음속에서 형태를 잡아가는 것 같았다. 어떤 서약을 해야 하는지 눈에 보이기 시작했다. 아마도 얼마간은 기다려야 한다는 것도 알게 되었지만. 태런트 부인도 이렇게 제집에서 보니 어떤 인물인지 완전히 파악됐다. 속악하기 짝이 없는 인물이라는 데는 이제 한 점의 의심도 없었다. 올리브는 그런 속물근성을 경멸했다. 그녀에게는 그 냄새를 맡는 예민한 후각이 있어서 자기 가족 내에서도 그 냄새를 쫓다가 종종 애덜라인에게서조차 그 기미를 발견하고는 얼굴을 확 붉히곤 했다. 실은 이 세상 모든 사람이, 미스 버즈아이(이 여성만은 고색창연한 인품으로 보아도 그럴 염려가 전혀 없었다)와 최하층의 가난하고 비참한 사람들을 제외하면 모든 이가 이 악덕에 물들어 있는 것처럼 여겨진 적도 때때로 있었다. 노역자와 방직공 같은, 신분이 아주 낮은 사람들만이 속악함과 거리가 멀었다. 만약 그녀가 관심을 가진 이 운동이 그녀가 좋아하는 사람들에 의해서만 추진될 수 있다면, 그리고 어쨌든 혁명이란 게 항상 자기 자신의 개혁 ─ 내적 격변, 희생, 강제 ─ 에서부터 시작되지 않아도 된다면, 미스 챈설러는 훨씬 행복했을 것이다. 불행하게도, 단순히 목적이 같다는 것만으로는 그것이 지향하는 특별한 결과가 아무리 훌륭한 것이라 하더라도 그 목적에 참여하는 사람들의 마음이 다 같을 수는 없는 법이다.

살집이 부드럽고 통통한 태런트 부인은 손님 눈에는 색이 바래고 부은 것처럼 보였다. 피부는 유약이 말라붙은 것 같았고, 숱이 매우 적은 머리카락은 중국식으로(à la Chinoise) 이마가 훤히 드러나게 뒤로 빗어 넘겼다. 눈썹이 없는 탓에 그녀의 눈은 밀랍 인형 눈처럼 횅뎅그렁해 보였다. 그녀는 이야기를 하거나 무언가를 우기려고 할 때면(언제나 우기려고 했다) 오만상을 찌푸리며 얼굴을 일그러뜨렸지만, 그렇게 말로 표현 못 할 것을 표현하려는 노력에도 막상 듣고 보면 결국 실없는 이야기에 불과했다. 어딘가 청승맞은 우아한 말투로 은밀한 이야기라도 하듯 목소리를 낮춰서 비밀리에 소통하고 싶은 표정을 짓고 나서는, 정작 입 밖으로 내는 말이란 게 손님에게 튀긴 사과를 드셔보지 않겠냐는 청이 고작이었다. 그녀는 남편의 방수복과 닮은 늘어지는 망토를 입고 있었다 ─ 그녀가 딸을 돌아보거나 딸에 대해 말하는 걸 바라보고 있자면, 마치 모성 숭배의 여사제 같은 사람이 입는 가운 같았다. 그녀는 자신에게 편리한 방향으로 대화를 진행하고 싶은 나머지 앞뒤 맥락도 없이 갑자기 올리브에게 질문을 퍼부었는데, 그 질문이란 주로, 보스턴뿐만 아니라 과거 자신이 유랑 생활을 하던 시절에 방문한 적이 있는 다른 여러 도시를 포함한 사교계의 (태런트 부인이 사용한 표현대로 하면) 주요 인사 여성들을 알고 있는지 묻는 것이었다. 그녀가 꼽은 사람 중 몇몇은 올리브도 알았지만, 전혀 모르는 이름도 여럿 있었다. 그러나 그녀는 이런 질문에 짜증이 나서 다 모르는 척했다(이렇게 많은 허언을 하는 것도 난생처음이라는 걸 의식하면서). 그러자 여주인은 몹시 당황했다. 보아하니 그녀의 질문은 별다른 목적도 없고 새로운 진실과도 아무런 관계가 없는, 그냥 순수하고 단순한 동기로 던진 질문인 듯한데도.

15장

그러나 태런트는 늘 새로운 진리의 방향에서 눈을 돌리지 않았다. 미스 챈설러에 대한 그의 태도는 엄숙할 정도로 공손했고, 그녀에게 접시를 몇 번이고 다시 내밀며 튀긴 사과가 정말 맛있다는 뜻을 내비쳤다. 하지만 그가 이런 사소한 것에 의중을 표한 것은 이때뿐으로, 그 외에는 인류애의 재건을 논하거나 미스 버즈아이가 조만간 다시 그 즐거운 회합을 개최해주면 좋겠다는 강한 희망을 표명하는 것으로 일관했다. 특히 후자에 관해 그는 설명을 덧붙이기를, 자기 딸을 다시 사람들 앞에 내놓고 싶어서라기보다는 그저 그런 모임의 장이 있어야 모두가 서로 알찬 의견 교환을 하고 마음과 마음을 맞닿게 할 수 있기 때문이라고 했다. 만약 버리나가 뭔가 사회 문제에 유익한 제언을 할 것이 있다면 분명 그것을 세상에 알릴 기회가 찾아올 것이라는 게 그들 일가가 가진 신념의 일부라고. 그런 기회를 손에 넣으려고 애쓰거나 막무가내로 밀어붙일 수는 없다. 세상이 그들을 필요로 한다면 때는 분명히 올 것이다. 필요하지 않다면 그냥 가만히 있으면서 부름받은 다른 사람들이 앞다퉈 나아가게 두면 된다. 만약 그들이 부름받는다면 그걸 자신들이 알아채지 못할 리 없고, 부름받은 게 자신들이 아니라면 항상 그래왔던 대로 서로에게 의지하고 살면 된다. 이런 식으로 태런트는 양자택일의 표현을 아주 좋아해서 그 밖에도 이와 유사한 말을 몇 가지 더 늘어놓았다. 그의 말을 듣는 사람들이 그가 공명정대하다는 생각을 하지 못했다 해도 그의 탓은 결코 아니다. 이들 일가가 그다지 부유하지 않다는 것은 미스 챈설러도 알 수 있었다. 그 생활 방식으로 미루어 보면 이 가족에게 거금을 벌어들일 여지가 있을 리 없다는 게 명백했다. 하지만 그들 자신은 목소리를 높이든 그저 묵묵히 일하든 상관없이 집안의 주요 곤경이 저절로 해소될 거라고 믿었다. 게다가 그들은 이미 중대한 문제들을 적지 않게 경험해봤다. 태런트의 말투는 적당한 조건이라면 그들 일가는 문제들을 떠맡을 준비가 되어 있다는 식이었다. 올리브에게 말을 걸 때 그는 항상 '선생님'이라고 불렀을 뿐 아니라, 심지어 그녀로서는 이렇게 빈번하게 이름을 불린 적이 없다 싶을 정도로 불러댔다. 그래서 태런트 부인과 버리나가 기탄없이 오래 방백으로 이야기를 주고받는 동안을 빼고는 올리브의 귀에 자기 이름이 계속 들렸다. 그런 대화조차도 여전히 올리브에 대한 것이었지만 이 모녀에게는 대명사로도 충분했다. 이곳에 오면서 올리브는 닥터 태런트(애초에 닥터라는 직함도 정직하게 얻은 것이라고 믿지 않았지만)의 인품을 판단해보고 확실하게 마음을 결정하고 싶었다. 판단이 끝난 지금, 그녀는 이런 유의 남자는 만약 그녀가 1만 달러를 줄 테니 버리나에 대한 모든 권리를 포기하고 앞으로는―그도 부인도―간섭하지 말라고 제의한다면, 아마도 예의 그 섬뜩한 미소를 지으며 '2만 달러는 주셔야죠, 현금으로. 그러면 손을 떼겠습니다'라고 대답할 게 틀림없다고 상상했다. 도덕성이 결여된 그날 저녁의 면면으로부터 이러한 거래가 이뤄지는 장면이 장래에 일어날 수 있는 사태로서, 올리브의 마음에 그려졌던 것이다. 그런 미래는 장소 자체에서도 감지되었다. 태런트의 임시 거처는 아무 장식도 없이 텅 빈 목조 오두막으로, 집의 정면에는 차폐를 위해서라기보다는 오히려 드러내기 위한 것으로 보이는 헐벗은 작은 광장 같은 거친 앞마당이 있었고, 그 앞으로는 포장되지 않은 길이 나 있었는데, 보도에 판자 조각이 깔린 길이었다. 이 판자 조각은 그때그때 날씨에 따라 빙판이 되거나 해빙으로 물바다가 되어서 보행자는 줄타기 곡예사처럼 가슴이 철렁할 정도로 조마조마하면서 지나가야 했다. 집 안에 대해서는 말할 만한 게 아무것도 없이 단지 석유 램프 냄새만이 느껴질 뿐이었지만, 그래도 올리브는 자신이 어딘가에 앉아 있다― 몸 아래서 뭔가가 삐걱거리며 흔들렸다―는 것과 다과상에 화려한 색을 물들인 덮개가 씌워져 있다는 것도 인식했다.

이상한 것은 올리브가 셀라와의 금전상 거래를 염두에 두고 있으면서도 버리나는 결코 자기 부모를 포기하지 않을 거라고 확신하고 있었다는 점이다. 올리브는 이 소녀가 어떤 일이 있어도 부모에게 등을 돌리지 않고 언제까지나 그들과 함께 살려고 할 것이 틀림없다고 확신했다. 소녀에게 그 외의 다른 삶의 방식이 가능하다고 생각했다는 것만으로도 그녀는 소녀의 경멸을 받게 될 것이다. 그렇다고 해도 역시 올리브는 부모가 쓰레기나 다름없어도 부모 자식 간의 천륜은 왜 유예되면 안 되는 건지 도저히 납득이 가지 않았다. 한편 이 의문은 그녀를 다시 영원한 수수께끼로, 이미 몇 시간이고 머릿속으로 되짚어본 미스터리로 되돌아가게 했다―애당초 저런 사람들이 버리나의 생물학적 부모라는 것에 대한 의문이었다. 극히 예외적인 일을 설명할 때 누구나 그러듯이 그녀도 프랑스인이 말하는 이른바 기적이라는 것을 들어 이 수수께끼를 설명했다. 이 소녀는 바로 기적 중의 기적이라는 것이 그녀가 도달한 결론이었다. 인간을 그 원천으로 보는 설명은 겉보기에는 아무리 적절해 보여도 충분한 설명이 되지 않았다. 버리나가 셀라와 그의 아내 사이에 태어난 것은 신의 창조력이 절묘하게 변덕을 부린 결과다. 이런 경우 수수께끼의 음영이 더 짙고 옅고는 문제가 되지 않는다. 잘 알려졌다시피, 절세미인이라든지 위대한 천재라든지 위인이라든지 하는 사람들은 스스로 때와 장소를 골라 태어나서 입을 떡 벌린 구경꾼들이 알아서 그 탄생 경위를 가늠하도록 두고, 못생기거나 멍청한 생물학적 부모에게 받은 것보다 훨씬 더 많은 것을 아득한 조상들로부터, 심지어는 어쩌면 자비로운 신으로부터 곧장 물려받지 않는가. 이런 사람들은, 셀라가 으레 할 법한 말로 표현하자면, 어쨌든 예측할 수 없는 현상과도 같다. 버리나야말로 올리브의 눈에는 '천부적 재능이 있는 인간'의 전형이자 모델이었다. 그녀의 자질은 돈을 주고 살 수 없다. 그것은 멋진 생일 선물처

럼 미지의 전령이 문 앞에 두고 간 것이며 고갈되지 않는 유산으로
서 언제까지나 기쁨을 주고, 어디서 왔는지 모르기 때문에 언제까
지나 사람의 마음을 설레게 하는 그런 것이었다. 그녀의 자질은 아
직 너무 날것 그대로였지만—알다시피 올리브는 자기 손으로 갈
고닦아 연마해줄 거라고 다짐하고 있었기 때문에 오히려 다행이
다 싶었다—과일이나 꽃, 타오르는 불이나 철썩거리는 물처럼 진
짜였다. 면밀히 살피는 이 친구가 보기에 버리나에게는 예술가적
성향이 있었다. 온갖 매력적인 형식을 이런 사람들은 쉽고 자연스
럽게 만들어낸다. 이렇게 배우지 못하고 잘못 배우고 경험이 없는
예술가를 상상하려면 처음에는 노력이 필요하다. 하지만 태런트
노부부 같은 인간을, 이 소녀처럼 온통 추악한 것에 둘러싸여 사는
삶을 상상하는 데에도 못지않게 노력이 필요하다. 그렇게 꺼림직
한 사람들과의 관계에도 물들지 않을 수 있는 것은 오로지 매우 아
름다운 마음을 가진 자뿐이며, 타고난 어떤 빛, 신성한 감성의 불꽃
을 갖춘 소녀만이 가능하다. 이 소녀처럼 전능한 신의 손에서 갓 나
온 인간이 있는 법이다. 그런 사람은 아주 드물지도 모르지만, 그들
이 존재함은 반박할 수 없는 사실이며, 참으로 고맙기도 한 일이다.

태런트가 그의 딸에 대해 이러쿵저러쿵하며 딸의 장래와 열의
를 이야기하는 것을 듣는 게 올리브로서는 견디기 힘들 정도로 고
통스러웠다. 그녀는 태런트가 연설을 시키기 위해 딸에게 손을 얹
는 걸 생각만 해도 이미 괴로웠는데, 그 고통이 되살아나는 것 같았
다. 그런 인간이 어떤 식으로든 소녀의 천부적 재능이 발현되는 데
얽혀 있다는 것은 운동의 대의에 대한 대단한 모욕이었다. 올리브

는 장차 버리나가 그의 협조를 구하지 않도록 해야겠다고 일찌감치 마음먹은 상태였다. 사실 소녀가 고백한 바에 따르면, 아버지의 도움을 받는 것은 단지 그를 기쁘게 하기 때문으로, 특별히 그여야 하는 것도 아니고, 다만 그녀가 '말을 내보내기' 시작하기 전에 조금만 마음을 가라앉혀줄 수 있다면 무엇이든 상관없는 것 같았다. 그래서 올리브는 자신도 그녀의 마음을 가라앉혀주는 역할을 할 수 있을 거라고 믿게 됐다. 확실히 지금까지는 누군가에게 그런 영향을 준 적이 한 번도 없었지만, 필요하다면 버리나와 함께 연단에 올라 그녀의 머리에 손을 얹어주리라고 생각했다. 그런데 도대체 어떤 심술궂은 운명이 태런트 같은 인간이 여성 문제에 관심을 갖도록 정한 걸까―이 남자의 도움을 받지 않으면 목표에 도달할 수 없다는 듯이. 천박함에 때때로 휘장을 드리워주는 유머 감각도 재기발랄함도 위엄도 없는 가난하고 깡마르고 추레한 사기꾼 주제에! 한편 파든 씨 역시 분명히 여성 문제에 흥미가 있는 듯했지만, 그의 모습으로 미루어 보건대 그의 공감이 위험할 것 같지는 않았다. 그가 태런트 집 지붕 아래서 소탈하게 아주 마음 편히 있는 걸 보며, 올리브는 버리나가 그에 대해 많은 이야기를 해주긴 했지만, 이렇게까지 친밀한 사이라는 인상은 주지 않았었다고 생각했다. 소녀가 주로 얘기한 건 그가 가끔 극장에 데리고 간다는 거였다. 그 정도라면 올리브도 받아들일 수 있었다. 그녀 자신에게도 그런 시절이 있어서(그녀의 아버지가 돌아가신 지 얼마 지나지 않아―어머니는 이미 아버지보다 먼저 세상을 떠났다―찰스가에 작은 집을 매입해 홀로 살기 시작한 무렵이었다) 신사를 동반해 격식 있는 오락장을 다니곤 했었다. 그래서 버리나가 그런 모험을 한다고 딱히 놀라거나 하진 않았다. 아니 사실 그녀 자신의 경험에 비추어보면 모험이라고 할 수도 없었다. 그때의 외출은 지금 되돌아봐도 엄숙하고 교훈적이었다―동행한 신사가 그녀의 후생에 열렬한 관심을 보인 것도(그 보스턴 청년이 돋보였던 드문 경우였다), 그녀가 누구와 같이 있는지 확실히 알고 있는 다른 친구들이 가까이 앉아 있을 때의 편안함도, 연극 속 등장인물의 행동에 대해 막간에 진지하게 토론했던 것도, 마지막으로 청년과 그녀의 집 앞에서 헤어질 때 그의 정중함에 대한 보상으로 그녀가 '무척 즐거운 저녁을 보내게 해주셔서 깊이 감사드립니다'라고 했던 것도. 그녀는 언제나 자신의 그런 말투가 너무 고지식하다고 느꼈다. 말하다 보면 입술이 저절로 굳어버리는 것이다. 하지만 원래 그런 교제 자체에 고지식한 면이 항상 있다. 유머 감각이 매우 부족한 올리브로서도 이를 알아차릴 수 있었다. 그것은 킹스 채플의 저녁 예배에 가는 것만큼 경건하진 않지만, 그에 비견할 만은 했다. 물론 모든 젊은 아가씨가 그런 교제를 하는 건 아니다. 그런 풍습을 탐탁지 않게 보는 가정도 있다. 그러나 이는 말괄량이 딸을 둔 가정의 이야기로, 그런 딸에게는 해서는 안 된다고 분명히 알려줘야 할 것들이 있기 때문이다. 게다가 대체로 그런 관행은 점잖은 집안에만 국한되어 있었으니, 교양과 참한 취향의 지표였다. 그러니 훨씬 더 심한 위험에 노출되어 살아온 버리나에게 그런 교제가 해를 끼쳤을 것 같지 않았다. 하지만 올리브의 마음에 언제나 어두운 그림자를 드리우는 어떤 위험을 상기시켰다―바로 소녀가 어느 천진한 젊은이와 함께 하루 저녁으로는 도저히 끝나지 않는 먼 길을 떠나버릴 수도 있다는 것이었다. 한마디로, 그녀는 버리나가 결혼해버릴지도 모른다는 두려움에 시달렸다. 그런 운명을 받아들일 준비는 전혀 되어 있지 않았다. 그래서 소녀와 아는 사이라는 모든 남성 지인을 의심의 눈초리로 볼 수밖에 없었다.

올리브가 알기로는, 소녀의 남성 지인이 파든 씨 혼자가 아니었다. 그날 차를 마신 후에 나타난 두 하버드 법대생 청년이 올리브에게는 나머지 지인들의 면면을 대표하는 사례와 같았다. 자리에 앉은 두 청년을 보면서 올리브는 버리나가 자신에게 뭔가를 숨기고 있는 것이 아닌지, 이 소녀 역시 결국 (케임브리지에 사는 다른 많은 소녀처럼) 대학가의 '미녀'로서 대학생들이 뻔질나게 찾아오는 대상이 아닌지 의심스러웠다. 큰 대학이 있는 동네에서는 그렇게 학생들이 꽁무니를 따라다니는 소녀들이 있는 게 자연스럽지만, 버리나가 그런 소녀 중 하나이기를 바라진 않았다. 그런 소녀들은 3, 4학년하고만 교제하는 부류와 2학년생과 신입생도 접근 가능한 부류로 나뉘었다. 또한 교제 범위를 전문적인 공부를 하는 학생으로만 한정하는 젊은 숙녀들도 있어, 디비니티가 변두리에 세워진 괴상한 막사 같은 작은 교사*에서 유니테리언교의 목회자가 되기 위해 공부하는 청년들과 가장 친밀하게 지내는 부류도 있었다. 새로운 방문객들이 등장하자 태런트 부인은 엄청나게 수선을 떨었는데, 모두가 두세 번 자리를 서로 바꾼 다음에야 소란이 끝나고 일

---

*   하버드 대학교 신학부를 말한다.

동은 둘러앉았다. 그 남편 쪽은 돌아다니면서 잔잔한 분위기를 때때로 깼다. 어떤 화제든 할 말이 아무것도 없는지 경청하는 태도로 매번 다른 곳에 자리를 잡고는 천천히 머리를 위아래로 끄덕이며 초자연적인 주의를 기울이듯 카펫을 응시했다. 태런트 부인은 법대생들에게 학업에 대해, 진지하게 계속 공부를 할 생각인지 물었다. 어떤 법률은 매우 부당한 것 같다는 생각이 든다며 그걸 개정해보려 노력하면 좋겠다고 말했다. 부친이 사망했을 때 법률 때문에 괴로움을 겪었다는 것이다. 법률이 달랐다면 그녀가 응당 받았을 유산의 반밖에 받지 못했단다. 법률은 사람들의 사적 문제가 아니라 공공 문제만 다루면 되지 않느냐는 게 그녀의 생각이었다. 법률 때문에 억압받는 사람은 계속 억압을 받고 곤경으로 에워싸인 삶을 살게 되는 것 같다고. 그렇게 많은 곤경에도 불구하고 어떻게 살아왔는지 신기하다는 생각도 가끔 하지만, 이것이야말로 찾을 줄만 알면 어디에 있든 자유를 가질 수 있다는 증거가 아닐까 싶다고.

두 청년은 기분이 최고조에 달했는지, 태런트 부인의 이런 기습 공격에도 유쾌하고 떠들썩하게 응수했는데, 말투는 확실히 정중했지만 올리브로서는 어떤 영혼을 가진 사람들인지 결코 가늠할 수 없었다. 당연하게도 둘은 모친 쪽보다는 버리나와 더 많은 이야기를 나눴다. 그들이 딸과 이야기하는 동안 태런트 부인은 올리브에게 이 청년들이 누군지, 둘 중에 맵시라곤 없는 작은 쪽이 자신의 절친한 친구를 소개해주려고 데리고 온 거라고 설명했다. 그 친구라는 사람, 버래지 씨는 뉴욕 출신으로, 매우 상류층이었고 보스턴에서도 아주 많은 곳에 출입하고 있다고 했다("아마 당신도 그런 곳을 알고 계시겠죠"라고 태런트 부인은 말했다). 아주 부유한 '가 아문'의 자제라고.

"네, 저분은 그쪽 세계를 아주 많이 알고 계시죠." 태런트 부인의 설명이 이어졌다. "하지만 그것만으로는 부족한가 봐요. 지금까지 우리 같은 사람과는 전혀 교제가 없었대요. 그래서 우리 같은 사람들을 만나봐야겠다고, 만나지 않고는 못 배기겠다고 그레이시 씨에게(저 작은 분 말이에요) 말했대요. 그래서 우리는 물론 그레이시 씨에게 당장 모시고 오라고 했죠. 뭐, 제 바람이지만 저분도 분명 우리 집에 오셔서 뭔가 얻으실 게 있을 거예요. 저분은 윙크워스 양과 약혼했다고 들었어요. 그 아가씨에 대해서는 잘 아시겠네요. 하지만 그레이시 씨가 말하길, 저분은 그 아가씨를 두 번 정도밖에 못 보셨대요. 상류층에서는 소문이 그런 식으로 도는 것 같아요. 뭐, 우리는 어쨌든 그런 세계에 있지 않아서 다행이에요! 그레이시 씨는 버래지 씨와는 아주 달라서 극히 평범한 분이지만, 학문에 조예가 깊은 분 같아요. 저분이 평범하다고 생각하시지 않나요? 아, 모르시겠다고요? 음, 신경 쓰지 않으시는 것 같네요. 워낙 저런 분을 많이 보셨을 테니. 하지만 정말이지 저는 저렇게 생긴 청년을 보면, 극도로 평범하다고 표현해요. 닥터 태런트도 지난번 그가 여기 왔을 때 그런 말을 했었죠. 평범한 게 최고라고 말하는 건 아니에요. 그건 그렇고, 제가 당신을 초대했을 땐 이렇게 많은 사람이 모이는 파티를 열 생각은 아니었어요. 버리나에게 케이크를 내오라고 하는 게 좋지 않을까 싶네요. 대개 학생들은 케이크를 아주 좋아하더라고요."

케이크를 나눠주는 역할은 결국 셀라가 맡게 됐다. 그는 꽤 한참 동안 자리를 비웠다가 디저트를 담은 접시를 들고 다시 나타나서 개개인에게 접시의 디저트를 건네주었다. 올리브는 버리나가 그레이시 씨와 버래지 씨에게 미소를 아끼지 않는 걸 보았다. 세 사람 사이에는 이미 거리낌 없는 관계가 저절로 형성되어 있는 것 같았다. 특히 버래지 씨는 황송한 듯이 연신 웃음소리를 냈다. 그렇게 흥겨워하는 그들을 보면, 버리나의 천부적 재능이란 그저 미소 짓거나, 자신에게 호의를 보이는 젊은이들과 수다를 떠는 것에 지나지 않는 것 아닌가 하고 생각할지도 모른다. 즉, 올리브처럼 소녀의 전혀 다른 일면을 잘 아는 사람이 아니라면 그렇게 생각하는 것도 무리가 아니었다. 올리브로서는 '천부적인 재능을 타고난 자'는 전혀 다른 목적으로 이 세상에 보내졌으며, 그렇게 대의를 구현하는 재능을 가진 자라면 우쭐대는 청년들과 시시덕거리며 시간을 죽이는 건 결코 해서는 안 될 일이라고 생각했다. 올리브는 자기 친구가 숨은 목적 없이 풍부한 천성만으로 여성스러운 우아함을 갖췄다는 것에 기뻐하려고 애썼다. 그녀는 버리나에게 바람둥이 기질이 조금도 없다고 혼자 생각했다. 그저 누구에게나 매혹적일 정도로 상냥할 뿐이라고, 아름다운 미소를 가지고 태어나서 남녀를 따지지 않고 누구에게나 공평히 그 미소를 하사해주는 것뿐이라고. 올리브의 이런 판단이 옳았을지도 모르지만, 여기서 독자에게 한 가지 털어놓자면, 사실 올리브는 버리나가 바람둥이인지 아닌지 제 감각으로는 결코 알 길이 없었다. 설마하니 소녀 본인이 그녀에게 말해줄 수도 없는 일이고(소녀 자신이 자각했으리라고 가정하고 하는 말이지만, 그렇지도 않았다), 올리브도 그런 자질이 없으니, 남의 기분에 맞춰주고 싶은 미묘한 여성적 욕구를 다른 사람이 얼마나 가졌는지 결코 가늠할 수 없었던 것이다. 그런 그녀도 그레이시 씨와 버래지 씨의 차이는 알 수 있었다. 태런트 부인이 두 사람의 차이점을 나열하려는 시도에 따분해한 것이 아마도 그 증거일 것이다. 여권 회생에 열정을 불태우는 그녀가 아마도 가장 잘 꿰뚫어 보는 것이 남자가 가진 여러 특징이라는 것은 참 기묘한 일이다. 버래지 씨는 꽤 잘생긴 청년으로 웃음 띤 번드르한 얼굴에 사치스러운 옷차림으로 봐도 이른바 '난봉꾼' 같은 분위기였다 — 젊은 나이에도 이미 세상 물정에 밝은 성격 좋은 남자 같은 느낌을 갖추고 새로운 이야깃거리에 호기심을 품는 게 딜레탕트 소질도 있는 듯했다. 틀림없이 야심도 좀 있는 데다 심층의 진가를 알아보는 재주가 있다고 자만하는 듯한 것이, 때문에 자신보다 투박하면서도 동시에 명민한 개성을 갖춘 토박이 뉴잉글랜드인과 친해진 모양이었다. 그런데 그 친구는 그보다 고지식하면서도 사실은 더 신랄한 유머 감각 갖춘 사람이었다. 태런트 가족과 예전부터 알고 지냈던 그레이시 씨는 그에게 뉴잉글랜드적인 진기한 구경거리를, 대단히 흥미롭기까지 할 뭔가를 보여준답시고 이렇게 그를 이 집에 데려왔다. 그레이시 씨는 몸집이 작고 머리가 컸다. 안경을 쓰고 있는 얼굴은 촌스러워 보일 정도로 꾀죄죄했지만, 그 볼품없는 입술에서 나오는 말은 훌륭했다. 그의 많은 말에 대답하는 버리나의 얼굴에 어여쁜 홍조가 돌았다. 올리브는 아마도 이 신사들 중 하나가 상대방에게 미리 버리나가 이런 반응을 보일 거라고 말해두었으리라는 것을 알아차릴 수 있었다. 마치 자신이 그 자리에 있었던 것처럼 미스 챈설러는 두 청년 사이에 어떤 이야기가 오갔을지 짐작이 갔다. 그레이시 씨가 자신이 버리나를 대화에 잘 끌어들여보겠노라고, 그러면 그녀가 자신이 말한 대로임을 알 수 있을 거라고, 그 계급에서 가장 짜릿한 여자임이 드러날 거라고 장담했을 것이다. 돌아가는 길에 두 사람은 시가에 불을 붙이면서 그녀를 두고 웃을 테지. 아니, 나중에도 수일간 그들의 대화에는 '여권 운동 하는 소녀'가 한 말이 양념 삼아 인용될 테지.

남자들이란 얼마나 다양한 방식으로 비위를 상하게 하는지 놀라울 정도다. 이 두 사람은 베이질 랜섬과 조금도 닮은 데가 없을뿐더러 서로 간에도 다르다. 하지만 그럼에도 상대를 여자로 보고 모멸하는 태도에 있어서는 매한가지다. 아니 그보다 더 곤란한 것은 버리나가 이 모멸을 인지하지 못한 게 확실하니, 그들을 싫어하지도 않을 거라는 점이다. 그녀를 교육하려고 열과 성을 다했음에도 그녀에게는 무엇을 싫어해야 하는지 배워야 할 것이 아직 많이 남아 있었다. 남자의 잔학성이나 태곳적부터 지금까지 이어진 남자의 부당함에 대해서는 개념이 똑똑히 박힌(경이로울 정도였다) 그녀였지만, 그건 어디까지나 추상적이고 관념적인 이해에 지나지 않았다. 그런 개념만으로 남자를 질색하게 되지는 않았던 것이다. 여성의 역사에 대해 예리하고 탁월한 견해(그것은 그녀 자신이 말했듯이 잔 다르크가 프랑스의 정세에 대해 전적으로 초자연적인 통찰을 얻은 것과 정확히 같았다)를 가진들, 깨달은 바를 실천에 옮기지 않고 소심하고 인습에 사로잡힌 보통의 젊은 숙녀처럼 행동할 작정이라면 무슨 소용이란 말인가. 처음 만난 날 그녀가 모든 걸 다 버리겠다고 다짐한 건 기특한 일이었다. 하지만 이와 같은 순간에 과연 그녀가 모든 걸 다 버린 젊은 여성으로 보이는가? 만약 쇠사슬이니 반지니 반짝이는 구두로 겉만 번지르르하게 치장하고 웃고 있는 이 버래지인가 뭔가 하는 애송이가 이 소녀와 사랑에 빠져서 막대한 재력으로 그녀를 농락하고 다른 종류의 포기를 시키려고 한다면—그녀의 신성한 과업을 포기하고 자신과 함께 뉴욕에 가서 거기서 그의 아내로서, 버래지가의 익숙한 방식으로 괴롭힘이나 보살핌을 받으면서 살자고 한다면? 이런 생각을 하자 올리브는 버리나가 '자유 결합'을 선호한다는 내용으로 즉석 연설을 했던 것을 떠올리며 불안했던 만큼이나 불안해졌다. 그런 표현은 단지 소녀가 가볍게 한 말로, 본인 스스로도 그 의미를 알지 못했던 것이 분명하다. 소녀는 온갖 별난 방종을 태연히 받아들이는 사람들 사이에서 성장했음에도 미국 소녀다운 완벽한 순진무구함을 간직하고 있었다. 이 순진무구함이야말로 그 무엇과도 비교할 수 없는 최상의 것이다. 소녀들을 가뒀던 벽과 자물쇠가 철폐된 이후에도 소멸되지 않았기 때문이다. 확실히 버리나가 흘린 여러 말 중에서도 그 깜짝 놀랄 만한 견해가 이런 자질을 가장 잘 보여주었다. 어쨌든 이 소녀가 어떤 형태로든 남녀의 결합을 인정하고 있으며, 따라서 물의를 일으킬 즐거움을 찾는 젊은 남자와의 만남에서 생길지도 모르는 위험이 아직 완전히 제거된 것은 아니라는 건 변함이 없었다.

16장

파든 씨는, 올리브가 관찰한 바에 따르면, 이런 청년들과는 조금 달랐다. 그렇다고 의기소침해지는 사람도 아니었다. 그는 미스 챈설러 쪽으로 와서 앉더니 문학을 화제로 꺼냈다. 혹시 요즘 잡지 연재물 중에 읽는 게 있는지 물은 것이다. 자신은 한 번도 그런 걸 읽어본 적이 없다고 하자마자 그가 연재 체계에 대해 항변하기 시작했기에 그녀는 그 체계를 비난하려는 뜻은 없었음을 바로 일깨워주었다. 이렇게 쏘아붙였음에도 주춤하는 기색 없이, 그는 우아하게 미끄러지듯 화제를 마운트디저트섬*으로 바꿨다. 아무래도 이런저런 화제로 대화를 하지 않으면 못 배기는 성정인 듯했다. 몹시 성급한 말투인 데다 목소리도 조용해서 단어 하나하나, 심지어

---

*   미국 동부 메인주 남부 해안에 있는 섬으로, 19세기 중반에 휴양지로 발달했다.

문장마저도 완전한 형태로 전달되지 않았다. 어조는 기복 없이 뭔가 사근사근한 느낌이었고, 신성모독적인 비속어로 음탕한 뉘앙스를 띠기 쉬운 남성들은 별로 쓰지 않는 감탄사—'어머나!'와 '어떡해!'—를 연신 쏟아냈다. 이목구비는 오밀조밀하니 멀끔했고 눈매가 유난히 단정하니 예뻤다. 쓰다듬고 있는 콧수염이 어딘지 모르게 앳된 느낌이라 희끗희끗한 두발과 전혀 어울리지 않는다는 인상을 주었다. 그리고 이 남자에게는 제멋대로 자꾸 저널리스트로서의 자기 경력에 대해 언급하고 싶어 하는 버릇이 있었다. 이렇듯 겉보기에는 연약하고 수다스러운 말투에도 불구하고 이 남자는 친구들 사이에 이른바 정력가로 통했다. 그의 외모는 대규모 문학 산업과 완벽히 조화를 이뤘다. 단, 여기서 문학 산업이란 대부분이 셀라 태런트가 생각하는 것과 같은 의미—신문의 세계와 친밀한 관계를 맺으며 매스컴 홍보라는 위대한 예술을 함양함—를 뜻한다는 점을 설명해둬야 할 것이다. 자기 시대를 그대로 반영하는 시대의 산물인 이 남자에게는 일반인과 예술가의 차이가 존재하지 않았다. 그에게 작가란 곧 일반인, 신문팔이에게 먹고살 양식을 주는 일반인이었으며, 모든 것과 모든 이는 만인의 일거리일 뿐이었다. 그에게 모든 것은 활자화의 대상이며, 활자화한다는 것은 곧 무한한 보도, 신속한 공표를 의미하는데, 그것은 또한 동료 시민에 관해서 필요하다면, 아니 필요하지 않아도 매도할 수 있음을 뜻했다. 그는 동료 시민의 사생활과 외모에 대해 전혀 양심의 거리낌 없이 모욕을 퍼붓는 인물이었다. 그가 품고 있는 신념도 셀라 태런트의 신념과 같았다—즉, 신문에 실리는 것이야말로 더없는 행복이며, 따라서 이 특권을 얻는 조건에 대해 의문을 제기하는 건 지나치게 까다롭게 구는 것이라는 신념이다. 그는 프랑스인들이 말하는 이른바 *부모 직업을 이어받은 아이*(enfant de la balle)였다. 그가 이 길로 들어선 것은 열네 살 때로, 호텔들을 돌며 대리석 카운터에 놓인 손때 묻은 커다란 숙박부에서 이름을 골라내는 일을 하면서부터였다. 그렇게 함으로써 민주주의 국가의 자랑인, 늘 촉각이 곤두선 여론을 대신하여 미국 시민들이 떳떳하지 못한 여행을 못 하게 한다는 위대한 목적에 기여한 셈이라고 자찬하는 일화였다. 그 시절 이후 그는 같은 사다리를 타고 올라가서 지금은 보스턴 신문계의 가장 명민한 젊은 인터뷰 기자가 되었다. 특히 여성들에게서 기삿거리를 뽑아내는 데 비범한 솜씨가 있었으니, 그동안 당대 최고의 명사 여성들에게서 들은 이야기 ─ 이런 명성을 타고난 여성들의 수다란 때때로 엄청나게 방대해질 수 있는 법이니 ─ 를 속기로 요약해놓은 것도 수두룩했다. 또한, 프리마돈나나 배우가 호텔에 도착한 다음 날 아침이나, 때로는 도착한 그날 밤 아직 짐이 옮겨지는 와중에 교묘히 환심을 사서 인터뷰하는 그만의 독특한 방법이 있다고들 했다. 그는 아직 스물여덟밖에 안 된 젊은 나이에 머리가 셌지만, 뼛속까지 시대의 첨단에 선 청년이었다. 현대적인 편의라면 뭐든 이용하지 않고는 못 배겼던 것이다. 그는 이 세상에 사는 인류의 사명은 바로 전보 기술의 끊임없는 발전이라고 생각했다. 그에게 모든 것은 가치의 우열 없이 다 같아서, 비중이라든가 질이라든가 하는 것에는 무감각했지만, 가장 최신의 것에는 거의 존경심에 가까운 흥분을 느꼈다. 그는 셀라 태런트에게는 대단한 찬탄의 대상이었다. 셀라는 이 청년이야말로 모든 성공의 비밀에 정통한 인물이라고 믿었기에, 태런트 부인이 아무래도 파든 씨가 버리나에게 마음이 있는 것 같다고 (한 번이 아니라 몇 번이고) 말했을 때, 그게 사실이라면 인연을 맺어서 기꺼이 딸을 맡기고 싶은 몇 안되는 젊은이 중 하나가 그라고 단언하기도 했다. 만약 마티어스 파든이 버리나와 결혼하고 싶어 한다면, 분명 그녀를 대중 앞에 내놓으려는 뜻이 있는 거라고 태런트는 확신했다. 신문 기자이자 인터뷰 전문 기자인 동시에 매니저이자 대리인도 겸하는, 주요 '일간지'를 주름잡는 남자를 남편으로 맞으면 버리나에 대해 기사를 써주기도 하고, 버리나의 일을 이를테면 과학적으로 운용할 테니 얼마나 이득이냐고, 이 모든 게 얼마나 매력적인지는 새삼 강조할 필요도 없이 자명하다는 것이다. 한편 마티어스는 태런트를 업신여겨서 기껏해야 시대에 뒤떨어진 사상을 숭배하는 시시한 사람 정도로만 생각했다. 게다가 자신이 버리나를 사랑하고 있다는 막연한 느낌은 있지만, 질투심에 사로잡히는 열정이라기보다는, 차라리 자신의 애정 대상을 미국의 민중과 함께 공유해도 된다는 특이한 성향을 띤 감정이었다.

그는 올리브에게 마운트디저트섬의 이야기를 한바탕 들려주며, 몇몇 호텔에 묵었던 사람들과의 만남을 그가 편지로 써서 보냈던 사연을 이야기했다. 그가 말하길, 그러나 요즘은 이른바 '숙녀 – 기자분들'과의 경쟁으로 통신원들이 아주 애를 많이 먹고 있었다. 때로는 그녀들이 쓰는 기사가 신문사로부터 더 좋은 반응을 얻었다. 그는 그녀가 이런 얘기를 들으면 기뻐할 거라고 생각했다―여성에게 자유로운 활동 분야를 마련해주는 일에 매우 관심이 많단 걸 알고 있으니까. 확실히 여성분들은 통신원으로서 훌륭한 자질을 갖고 있다. 특종거리가 있으면 남들이 뒤돌아보기도 전에 먼저 쏙쏙 뽑아 간다. 그들 모르게 빼돌릴 수 있는 정보가 많지 않다. 선수를 치고 싶으면 아주 기민해야 한다. 물론 그들이 쓴 글은 천성적으로 수다스럽지만, 요즘은 오히려 문학의 문체가 가장 중시되는 듯하긴 하다. 그들은 오로지 여성들이 읽고 싶어 하는 것 말고는 잘 쓰지 않는다. 물론 그 역시 수백만 명의 여성 독자가 있다는 걸 알고 있으나 그가 넌지시 덧붙이기를, 자신은 '지너시엄'* 만을 위해 쓰는 건 아니라고 말했다. 모든 이들에게 구미가 당길 만한 걸 쓰려고 한다고. 숙녀분들이 쓴 통신문은 읽기도 전에 뭐가 쓰여 있는지 대략 짐작할 수 있다고. 하지만 그는 독자가 전혀 짐작도 못 할 걸 쓰려고 한다고. 항상 독자를 놀라서 펄쩍 뛰게 하는 글을 쓰려고 노력한다고. 파든 씨는 적어도 젊음과 성공을 양손에 쥔 사람치고는 자만심이 그렇게 크진 않았고, 미스 챈설러가 어떤 기분으로 자기 이야기를 듣고 있는지 당연히 짐작도 가지 않았다. 다만 그녀가 교양 있는 여성이라는 걸 알았기에 애써 그녀가 기대할 법한 이야깃거리를 공급해주고 싶었을 뿐이다. 그녀는 그를 아주 형편없는 인물로 생각하고 있었다. 대단히 총명한 인물이라고 들었는데 아마도 뭔가 착오가 있나 싶었다. 세상 정세에 대해 이런 가십성 견해밖에 갖지 못한 사람이라면 버리나에게 위해가 될 일은

---

* 고대 그리스의 집에 있던 내실로, 여성들만을 위한 공간이다.

없을 것이다. 게다가 이 남자가 교육을 꽤 받았다 해도, (자신의 지도 아래) 요즘 받고 있는 교육 과정 덕에 버리나 스스로 이를 발견할 수 있을 거라고 믿었다. 적어도 그러기를 바랐다. 올리브는 항상 현대의 판단력의 경박함이나 온정과 불화를 겪어왔다. 대다수가 우둔함에 취약하고, 척도도 기준도 없이 그저 최상급 표현만 남발하면서 기꺼이 조롱거리가 되기를 자처했다. 시대 자체가 그녀에게는 이완되고 타락한 것처럼 느껴졌다. 그러니 이런 시대에 위대한 여성적 힘의 결집으로 그녀가 기대하는 것은 아마도 이 시대가 지금까지보다 더 예리한 판단력과 발언력을 갖는 것이리라.

"음, 이렇게 두 분이 함께 이야기하시는 걸 듣다니 영광이네요." 태런트 부인이 올리브에게 말했다. "이런 게 바로 제가 말하는 진정한 대화라는 거죠. 이렇게 신선한 이야기를 듣는 것도 참 오랜만이에요. 문득 저도 끼고 싶다는 생각이 들더군요. 저는 어느 쪽 대화에 더 귀를 기울여야 할지 좀처럼 모르겠더라고요. 버리나도 저 신사분들과 아주 재미나게 이야기 나누고 있잖아요. 저쪽 말이 들리는가 싶으면 이쪽 이야기가 귀에 들어오니, 아무래도 전부 다 들을 수는 없더라고요. 아마도 버래지 씨에게 더 관심을 보이는 게 좋겠지요. 우리가 뉴욕 사람들에 비해 손님을 환대하지 않는다고 생각하시면 안 되니까요."

내심 그녀는 방 건너편 구석에 있는 세 사람에게 가봐야겠다고 마음먹고 있었다. 버리나가 자신의 친한 친구에게 가서 이야기를 나누자고 청년들을 설득하려 애쓰는데, 버릇없는 청년들은 어깨 뒤로 흘끗 보고는 그것만은 면해달라고 부탁하며 그러려고 이곳에 온 게 아니라는 뜻을 넌지시 전하고 있는 듯한 광경을 포착했기 때문이었다(버리나는 미스 챈설러가 이를 눈치채지 못했기를 절실히 바랐다). 한편 셀라는 다시 케이크 모둠 접시를 들고 방에서 나갔고, 파든 씨는 올리브에게 이번에는 버리나를 화제로 이야기하기 시작했다. 그녀가 버리나에게 보이는 관심에 관해 그가 느끼는 바를 모두 형언할 수 없다는 것이다. 올리브로서는 왜 이 남자가 그걸 형언하거나 느껴야 하는지 짐작도 되지 않아서 그냥 단답으로 답했다. 한편 청년은 자기가 냉대받은 줄도 모르고 말을 더 잇기를, 설마 어떤 영향력을 행사해 미스 태런트가 마땅히 차지할 자리를 취하는 걸 막으려는 게 아니길 바란다고 했다. 그는 그들이 너무 우물쭈물하고 있다고 느꼈다. 어서 맨 앞줄에 앉은 버리나를 보고 싶었다. 그녀의 이름이 특대 전단에 찍히고, 그녀의 초상이 상점 창문에 붙는 걸 보고 싶었다. 그녀에게는 천재적인 재능이 있다. 그건 조금도 의심의 여지가 없다. 그녀라면 완전히 새로운 노선을 개척할 것이다. 그녀에게는 사람을 끌어당기는 매력이 있고, 오늘날에는 그러한 매력이 새로운 사상과 결부되는 게 꼭 필요하다. 그런 매력이 없어서 고사해버리는 사례가 얼마나 많은가. 지금 당장이라도 그녀를 앞으로 끌어내야 한다. 곧장 선봉에 나서게 해야 한다. 지금 부족한 것은 그런 과감한 행동이다. 이런 상황에 도대체 그들은 뭘 기다리고 있는 것일까. 그녀가 쉰 살이 될 때까지 기다리자는 것인가. 노인 활동가는 지금 있는 이들로도 넘치게 많다. 미스 챈설러도 그녀의 젊음이 얼마나 유리한 이점인지 잘 알 게 아닌가. 미스 버리나가 그에게 그렇게 말했다. 그녀의 아버지는 지지리 굼떠서 이러다가는 겨울도 지나가버릴 것이다. 파든 씨는 이렇게 계속 말을 이어가다가, 만약 태런트 씨가 뭘 해야 할지 모르겠다고 한다 면 차라리 자신이 대신 지휘하고 싶다는 생각이 든다는 말까지 했 다. 동시에 그는 물론 올리브가 미스 버리나를 만류하는 쪽으로 영 향력을 발휘할 생각을 갖지 않기를 바란다는 희망을 비치는 것도 잊지 않았다. 또 그가 이런 말을 한다고 너무 주제넘은 짓을 한다고 생각진 않길 바란다고도 했다. 세상 사람들이 그런 비난을 신문 관 계자에게 퍼붓는다는 걸 그도 알고 있다—선을 걸핏하면 넘는 작 자들이라고들 한다는 것을. 하지만 오히려 그는 그가 감히 바랄 수 없을 정도로 미스 버리나와 가까운 사람들이 그다지 의욕적이지 않은 것 같아 걱정이었다. 그는 미스 버즈아이 집에서 회합이 있던 그날 밤 이후에도 버리나가 두세 집의 응접실 회합에 참석했던 것 을 알았다. 미스 챈설러 집에서도 즐거운 모임을 열어 그녀가 손님 으로 온 상류층 가문의 많은 분과 만났다는 얘기도 들었다. (여기 서 그가 언급한 모임이란 올리브가 마련한 작은 오찬 모임을 가리 켰다. 이 모임에서 버리나는 집주인이 심사숙고를 거듭한 끝에 고 른 십여 명의 나이 지긋한 부인들 및 독신녀들 앞에서 강연했다. 짐 작건대 이 모임은 그 자리에 당연히 있었을 리 없는 이 마티어스 청 년에 의해 놀라울 정도로 신속하게 석간신문에 보도되었다.) 그런 행사도 나름대로 꽤 괜찮지만, 그가 바라는 건 규모가 달랐다. 뭔 가 엄청나게 대규모의, 사람들이 지나가려면 멀리 돌아서 가지 않 으면 안 될 정도로 큰 규모를 생각하고 있었다. 여기서 그는 목소리 를 조금 낮춰 그것이 뭔지 설명했다. 음악당에서 강연회를 여는 것이라고. 입장료는 50센트로 하고, 아버지의 도움을 받지 않고 그녀 혼자 힘으로 연설하게 하겠다고. 그는 먼저 주위를 살펴 셀라가 아 직 돌아오지 않은 것을 확인하고, 태런트 부인은 버래지 씨에게 새 개간지*에 자주 방문하는지를 묻는 것을 지켜본 뒤, 목소리를 좀 더 낮춰서 마음속에 품은 생각을 미스 챈슬러에게 털어놓았다. 사 실은, 미스 버리나가 자기 아버지를 완전히 '떼어버리고' 싶어 한다 는 것이었다. 그녀는 연설을 시작하기 전에 아버지가 그런 식으로 자기를 만지는 것을 싫어한다고. 그런다고 극적 효과가 조금이나 마 증가하는 것도 아니라고. 파든 씨는 미스 챈슬러도 이 점에 관해 선 자기 의견에 찬성할 것이라고 확신을 표명했다. 올리브는 그렇 다고 인정할 수밖에 없었지만, 파든 씨와 협력하고 싶은 마음이 조 금도 없는 그녀로서는 마음의 노력을 만만치 않게 요하는 일이었 다. 그래서 그녀는 오만하고 쌀쌀맞은 태도로—이제 이 남자와 이 야기해도 조금도 주눅 들지 않았다—그에게 여성의 지위를 개선 하는 데 지대한 관심이 있는지 물었다. 그에게는 이 질문이 급작스 럽고 엉뚱한 질문으로, 교류하는 데 익숙하지 않은 천상에서 갑자 기 뚝 떨어진 것처럼 느껴졌다. 하지만 워낙 재빠르게 움직이는 데 능숙한 사람이라 한순간 머릿속이 하애졌을 뿐, 곧바로 답했다.

"아, 숙녀분들을 위해서라면 전 무엇이든 할 것입니다. 기회만 줘보시면 아실 거예요."

---

*　백베이 지역에 찰스강을 매립해 많은 주거지를 세운 구역을 가리킨다. 이 작품의 배경 이 되는 1870년대 후반에는 신흥 부유층이 선호하는 지역이었다.

올리브는 잠시 침묵했다. "제 말뜻은 이것입니다. 당신의 공감은 우리 여성들에 대한 공감입니까, 아니면 미스 태런트에 대한 특별한 관심입니까?"

"글쎄요, 공감은 그냥 공감이죠─저로서는 이렇게 말씀드릴 수밖에 없습니다. 미스 버리나도 포함되고 다른 분들도 모두 포함됩니다─숙녀-통신원분들은 빼고요." 청년은 마지막 말을 농담조로 덧붙이면서, 그것이 버리나의 친구에게는 통하지 않는다는 것을 바로 깨달았다. 다음과 같이 바로 말을 이었지만, 결과는 더 신통치 않았다. "심지어 당신도 포함되죠, 미스 챈설러!"

올리브는 머뭇거리면서 자리에서 일어났다. 당장이라도 가버리고 싶었지만 이대로 떠나면 이후에 버리나가 저 역겨운 청년들에게 사실 이미 그래왔던 것처럼 착취당할 걸 생각하니 도저히 혼자 두고 떠날 엄두가 나지 않았다. 또한, 그녀는 지난 30분 동안 버리나가 자신을 방치하고는 말을 걸려고 오지도 않고 둘 사이에 장벽을 세운 듯한 묘한 느낌을 받았다─남자들의 넓은 등과 추잡한 느낌마저 드는 웃음소리와 방을 가로질러서 올리브를 향해 힐끗거리는 미소로 이루어진 장벽이었다. 그 미소는 올리브에게 이쪽으로 와서 합류하기를 권하기보다는, 오히려 그쪽에서 진전 중인 화제에서 그녀를 배제하는 듯한 미소였다. 만약 버리나가 이 익살스러운 청년들이 분위기를 주도할 때 미스 챈설러가 아버지식 표현대로 교신하고 있지 않다는 사실을 알아차렸다 해도, 그 정도 발견이 대단한 통찰이라고는 할 수 없었다. 그 딱한 소녀는 거기서 더나아가, 그런 무리에 적응하지 못하는 걸 당연시하는 것이나 그 무리에 끌어들이는 것이나 올리브를 불쾌하게 하기는 매한가지라는 것도 고찰했을지도 모를 일이다. 그때 이 젊은 숙녀가 가장 염려했던 일이 벌어졌다. 태런트 부인이 가지 말라고 그녀를 붙잡은 것이다. 부인은 버래지 씨와 그레이시 씨가 버리나에게 그 영감을 받은 연설을 맛보기로 조금 보여달라고 설득하고 있는데, 미스 챈슬러가 딸에게 마음을 가라앉히라고 해주면 금방 따를 거라고 장담했다. 다른 그 누구도 아닌 미스 챈슬러가 해주지 않으면 안 된다고 다들 인정하고 있다고. 부인은 다만 그레이시 씨와 버래지 씨가 딸애를 너무 부추겨놔서 들뜬 마음을 잘 가라앉힐는지 걱정했다. 그 일동 전체가 자리에서 일어서더니 버리나가 양손을 펼치며 올리브에게 다가왔는데, 그 밝은 얼굴에는 꺼림직한 마음의 기미조차 비치지 않았다.

"당신도 제가 연설하기를 무척 바라시죠—당신이 그러라고 하시면 제가 뭔가 얘기해보도록 하겠습니다. 하지만 들어주시는 분이 좀 적어서 걱정입니다. 청중이 적으면 제가 잘해내지 못해요."

"우리가 친구들을 좀 데려올 걸 그랬네요—오라고만 했으면 아주 반색하고 왔을 텐데요." 버래지 씨가 말했다. "대학 친구들 모두 당신 연설을 듣고 싶어 아주 안달이 나 있어요. 하버드 남자들만큼 동조를 잘하는 청중도 없다니까요. 오늘은 그레이시와 나 단둘뿐이지만, 그레이시는 일당백 하는 남자고, 저도 그에 못지않다는 걸 이 친구가 보증해주겠죠." 청년은 이런 말을 거리낌 없이 가볍게 하면서 버리나에게 미소를 보내고 심지어 올리브에게도 희미하게 미소 지었는데, 재치 있는 농담의 달인이라고 자타 공인하는 자의 태도였다.

"버래지 군은 말도 잘하지만 듣는 건 더 잘하죠." 그의 친구가 단언했다. "우리는 아시다시피 강의 듣는 데 이골이 났어요. 당신이 강의해주시면 참으로 도움이 되겠습니다. 우리는 무지와 편견에 잠겨 있으니까요."

"흠, 나의 편견이라." 버래지가 받아서 계속 말했다. "제 편견이란 놈들을 보실 수 있다면, 장담컨대 무시무시한 놈들일 겁니다!"

"그놈들을 주기적으로 물속에 처박아서 허우적거리게 하세요." 마티어스 파든이 외쳤다. "하버드 대학에 영향을 줄 기회를 원하셨다면, 지금이 바로 그 기회입니다. 이 신사분들이 소식을 가져갈 테니까요. 그러면 쐐기를 박는 거나 다름없죠."

"어떻게 하는 게 당신 마음에 들지 모르겠네요." 버리나가 여전히 올리브의 눈을 지그시 바라보며 말했다.

"전 미스 챈설러가 지금 뭐든 다 마음에 들어 하실 거라고 봐요." 태런트 부인이 당당하게 확신하듯 말했다.

이때 셀라가 다시 나타났다. 고결하게 묵상하는 모습이 문간에 둘러싸인 채. "영감을 좀 불러오길 바라니?" 그는 일동을 둘러보며 고취된 억양으로 물었다.

"괜찮으시면 저 혼자 해볼게요." 버리나가 올리브에게 달래듯이 말했다. "아버지 도움 없이 해볼 좋은 기회일지도 모르겠네요."

"너 설마 혼자 하겠다는 거니?" 태런트 부인이 경악해서 소리쳤다.

"아, 제발 처음부터 끝까지 다 보여주세요―주요 요점을 하나도 빠뜨리지 말고요!" 간청하는 버래지 씨의 목소리가 들렸다.

"난 그저 딸에게 연설의 계기를 마련해주려는 것뿐이오." 셀라가 자신의 무결함을 변호하고자 말했다. "내가 영감을 북돋우지 못한다 싶으면 바로 물러설 겁니다. 나의 부족한 재능으로 이목을 끌고 싶은 생각은 추호도 없어요." 그의 이 단언은 보아하니 미스 챈설러를 겨냥한 듯했다.

"글쎄요, 당신이 그렇게 만지지 않으면 더 영감을 받을 것 같은데요." 마티어스 파든이 셀라에게 말했다. "영감이 바로 내려오겠죠―그러니까 그게 어디에서 내려오든지 간에요."

"그렇죠, 우린 감히 그런 말을 하진 않지만." 태런트 부인이 중얼거렸다.

이 소소한 논쟁을 듣고 있자니 올리브는 얼굴에 피가 쏠렸다. 이 자리에 있는 모든 사람이―특히 버리나가―자신을 쳐다보고 있으며, 지금이야말로 이 소녀를 더 완전하게 자기 것으로 만들 기회임을 느꼈다. 이런 기회를 만나면 마음이 뒤흔들린다. 게다가 어떤 경우든 이렇게 사람들의 주목을 받는 건 좋아하지 않았다. 그러나 지금 이들이 하는 말들은 죄다 얼마나 무지몽매하고 속악한지. 이 방에 자욱하게 깃든 바로 그 꺼림칙한 공기에서 버리나를 건져내고 싶었다. 이들은 버리나를 구경거리로, 사회적 자원으로 취급했고, 두 젊은 대학생은 뻔뻔하게도 그녀를 비웃고 있었다. 소녀는 이런 취급을 당하려고 태어난 게 아니다. 어떻게든 올리브가 소녀를 구해내야 한다. 버리나는 너무 순진해서 스스로 이 사실을 깨닫지 못한다. 이 끔찍한 무리 중에 순수한 영혼을 가진 이는 그녀 하나뿐이다.

"나는 당신이 연설을 들을 가치가 있는 청중에게 연설했으면 합니다—진지하고 진실한 사람들을 설득하는 연설요." 이렇게 말하는 와중에 목소리가 심하게 떨리는 것이 올리브 자신의 귀에도 들려왔다. "당신의 사명은 개개인에게 기분 전환용으로 자신을 전시하는 게 아니라, 공동체 전체, 나라 전체의 마음을 건드리는 것이에요."

"친애하는 마담, 미스 태런트는 확실히 내 마음을 건드릴 겁니다!" 버래지 씨가 용감하게 항의를 표했다.

"글쎄요, 미스 챈설러의 말씀이 두 젊은 분들에게 공정한 판단인지는 모르겠네요." 태런트 부인이 한숨을 쉬며 말했다.

버리나는 친구와 주고받던 시선을 잠시 돌려 미소를 띠고 버래지 씨를 물끄러미 바라보았다. "당신에게 마음이란 게 있다니 믿기지 않는데요. 설사 있다고 해도 저하곤 상관없지만요!"

"그렇게 말씀하시니 얼마나 더 당신 연설을 듣고 싶어지는지 모르실 겁니다."

"당신이 하고 싶은 대로 하세요." 거의 들리지 않는 목소리로 올리브가 말했다. "제 마차가 왔을 거예요—어쨌든 전 가봐야 해요."

"제가 연설하는 게 싫어서 가시는 거죠." 버리나가 의아해하는 표정으로 말했다. "싫지 않으셨다면 더 계셨겠죠, 그렇지 않나요?"

"글쎄요, 모르겠네요. 같이 나가서 배웅해주세요!" 올리브의 목소리에는 거의 분노하는 듯한 울림이 있었다.

"이런, 당신이 이대로 돌아가시면 나머지 사람들은 여기 온 보람이 없어집니다." 마티어스 파든이 말했다.

"다른 날 밤에 또 오시는 게 좋겠습니다." 셀라가 평온하게 제안했지만, 올리브의 귀에는 왠지 모르게 의미심장하게 들렸다.

그레이시 씨는 단호한 항의를 해보고 싶은 것 같았다. "이보세요, 미스 태런트, 하버드 대학을 구하려는 마음이 있는 겁니까, 없는 겁니까?" 익살스럽게 이맛살을 찌푸리며 그가 다그쳤다.

"당신이 하버드 대학인지 몰랐네요!" 버리나도 익살스러운 말투로 응수했다.

"오늘 저녁에 모처럼 오셨는데, 우리의 사상에 대해 어떤 통찰을 얻으리라 기대하셨다면 실망하셨겠어요." 태런트 부인이 안됐지만 자기도 어쩔 수 없다는 태도로 그레이시 씨에게 말했다.

"그럼, 잘 가요, 미스 챈설러." 태런트 부인이 말을 이었다. "어깨에 두를 따뜻한 천이 있으신지. 이 집에선 당신의 말씀대로 많은 게 굴러간다고 생각하시겠죠. 하기야 당신 말씀에 반대할 사람은 거의 없죠. 현관 바로 저기에 작은 구멍이 하나 있네요. 닥터 태런트는 그걸 고쳐줄 사람에게 가는 걸 자꾸 잊는다니까요. 당신은 우리가 이 모든 새로운 희망에 너무 많이 몰두해 있다고 생각하시겠죠. 그건 그렇고, 오늘 이렇게 우리 집에 와주셔서 정말 즐거웠습니다. 오늘을 계기로 전 이러한 친교를 앞으로도 계속 이어가고 싶습니다. 마차로 오셨나요? 저는 썰매만은 도저히 참을 수 없어요. 타기만 하면 토할 것 같으니까요."

이는 세 여성이 함께 집 문간으로 다가갈 때 미스 챈설러가 건넨 아주 간략한 작별 인사에 대한 여주인의 대답이었다. 그 작은 응접실을 떠날 때 올리브는 분별없이 반감을 표하듯 황급히 나와버렸다. 방에 남아 있는 사람들에게 제대로 인사다운 인사도 못 했다. 차분할 때면 아주 매너가 좋은 그녀였지만, 흥분하면 이렇게 깜박하곤 했다. 그래놓고 나중에 잠 못 드는 밤이면 자신이 저지른 무례한 짓들이 과장되어 다시 생각났다. 회한을 불러일으키기도 했지만 때로는 승리감을 맛보았다. 후자의 경우에 그녀는 자신이 이토록 냉정하게 마땅한 앙갚음을 해줄 수 있었던 것에 스스로 감탄했다. 태런트는 그녀가 계단을 내려가 작은 앞마당을 나가서 마차로 갈 때까지 안내를 자청하면서 널빤지 위에 일부러 재를 뿌려놓았음을 알렸다. 그러나 그녀는 그냥 혼자 가게 돼달라고 간청하면서 그를 거의 밀치다시피 했다. 그리고 버리나의 손을 잡고 신선한 바깥 어둠 속으로 끌고 나가더니 문을 뒤로 닫았다. 밖의 하늘은 온통 짙은 남빛과 은빛으로 아름다웠다—무수히 많은 얼음이 박힌 듯 별들이 반짝이는 겨울의 창공이 펼쳐져 있었다. 적막한 공기는 살을 에는 듯했고 흐릿한 눈은 냉혹해 보였다. 올리브는 이제 자신이 버리나에게 약속받고 싶은 것이 무엇인지 분명히 알았다. 하지만 너무 추워서 모자도 쓰지 않은 그녀를 오래 붙잡아둘 수 없었다. 한편, 응접실에서는 태런트 부인이 손님들에게 미스 챈슬러는 버리나를 부모에게 맡겨둘 수 없다고 생각하는 것 같다고 말하는 중이었다. 그 말을 받아 셀라가 정식 초대가 있으면 딸은 매우 기뻐하며 하버드 대학생 전체를 앞에 놓고 연설할 것이라고 넌지시 말했다. 버래지 씨와 그레이시 씨는 대학을 대표해 지금 이 자리에서 그녀를 초대한다고 말했다. 마티어스 파든은 이것이야말로 전대미문의 특종거리라고 생각하며 신이 났다(모두에게 그렇게 단언했다). 하지만 먼저 미스 챈설러와 잘 지내야 한다고 덧붙였는데, 분명 거기 모인 사람들도 그렇게 확신하는 것 같았다.

"뭔가 화가 나신 일이 있군요." 두 사람이 별빛을 받으며 서 있을 때 버리나가 올리브에게 말했다. "나 때문에 그런 게 아니길 바라요. 내가 무슨 짓을 했나요?"

"난 화가 난 게 아니에요─걱정하는 거예요. 당신을 잃을 것 같아서 그래요. 버리나, 나를 저버리지 말아요─나에게서 멀어지지 말아요!" 올리브가 격정에 가까운 마음의 동요를 드러내며 목소리를 낮춰 속삭였다.

"당신을 저버려요? 내가 어떻게 저버리죠?"

"당신이 그럴 리 없죠. 물론, 그럴 수 없어요. 당신의 별이 당신 위에 떠 있어요. 하지만 그들 말에 귀를 기울여서는 안 돼요."

"그들이라면 누굴 말씀하시는 거죠, 올리브? 우리 부모님요?"

"아, 아니에요. 당신 부모님 말고요." 미스 챈설러가 조금 날카롭게 대답했다. 그녀는 잠시 쉬었다가 말을 이었다. "난 당신 부모님을 좋아하지 않아요. 전에도 말했었죠. 이제 그분들을 만나봤으니─그분들이 바라고 당신이 바라서였지 난 내키지 않았어요─했던 말을 다시 반복해야 하네요. 난 그분들을 좋아하지 않아요, 버리나. 당신이 내가 그분들을 좋아한다고 생각하게 놔둔다면, 정직하지 않은 거죠."

"저런, 올리브 챈설러!" 버리나는 이런 분명한 고백을 듣고 슬픈 기분이 들었음에도 친구의 공정함을 제대로 평가하고자 했다.

"그래요, 난 냉혹한 사람이죠. 피도 눈물도 없이 잔인한 면도 있죠. 하지만 싸움에서 이기고 싶다면 우리는 냉혹해져야 합니다. 젊은 남자들이 당신을 놀리거나 헷갈리게 하려고 하면 그 말을 들어주고 있으면 안 됩니다. 그 사람들은 당신을 좋아하지 않아요, 우리를 좋아하지 않아요. 그들이 좋아하는 건 자신들의 쾌락, 강자들의 권리라고 그들이 믿는 것뿐입니다. 그렇다고 그 사람들이 강자일까요? 전 모르겠네요!"

"그분들 중에 몇몇 분은 우리를 아주 많이 좋아하세요―그렇다고 여겨져요." 버리나가 어둠 속에서 희미하게 보이는 미소를 지으며 말했다.

"그래요, 우리가 모든 걸 다 버린다면 말이죠. 일전에 당신에게 제가 물은 적 있죠―당신은 버릴 준비가 됐나요?"

"당신을 버린다는 뜻인가요?"

"아니죠. 우리의 가련한 여성들을―우리의 모든 희망이자 목적이죠―우리에게 신성하거나 살아갈 이유가 되는 모든 것을 버린다는 의미입니다!"

"아, 저분들도 그러기를 원치 않아요, 올리브." 버리나의 미소가 더 분명히 보였다. 그녀가 덧붙였다. "저들도 그런 것까지는 바라지 않는다고요!"

"음, 그럼 들어가서 그들을 위해 연설해요―그들을 위해 노래하라고요―그들을 위해 춤춰요!"

"올리브! 잔인한 분이시네요!"

"네, 전 잔인해요. 하지만 한 가지만 나한테 약속해줘요. 그러면 좀 더—아, 좀 더 부드러워질게요!"

"이런 데서 약속하다니 이상해요." 버리나가 몸을 떨고 주위의 어둠을 둘러보며 말했다.

"네, 전 지독한 사람이죠, 알아요. 하지만 약속해줘요." 올리브는 소녀를 더 가까이 끌어당기더니, 자신의 빈약한 몸에 넉넉하게 걸쳤던 망토 한 자락을 한 손으로 그녀의 몸에 둘러주고는 다른 한 손으로 그녀를 꼭 껴안았다. 그러고는 애원하면서도 주저하는 듯한 눈빛으로 그녀를 쳐다보며 다시 말했다. "약속해줘요!"

"무슨 끔찍한 건가요?"

"절대로 저들 중 누구의 말도 듣지 않겠다고, 절대로 매수되지 않겠다고—"

이때 집의 문이 다시 열리며 현관 불빛이 작은 테라스 위로 비쳤다. 마티어스 파든의 모습이 문틈으로 보였고, 태런트와 그의 아내가 다른 두 손님과 함께 왜 버리나가 돌아오지 않는지 보러 나온 듯했다.

"여기서 강연 같은 걸 시작하셨나 봅니다." 파든 씨가 말했다. "숙녀분들 조심하셔야 해요. 아니면 함께 얼어 죽을 거예요!"

버리나는 지독한 감기에 걸릴 거라고 다그치는 어머니의 말에 돌아섰지만, 이미 올리브가 낮은 목소리로 말한 마지막 몇 마디를 뚜렷이 들은 뒤였다. 말을 마친 올리브는 황급히 그녀를 놓아주고 현관에서 이어진 오솔길을 빠른 걸음으로 걸어 자신을 기다리고 있는 마차로 갔다. 태런트가 미스 챈슬러가 마차를 타는 걸 도와주려고 널빤지를 삐걱삐걱 울리며 뒤를 따랐다. 다른 사람들은 버리나를 집 안으로 데리고 들어갔다. "결혼하지 않겠다고 약속해줘요!"—이것이 바로 깜짝 놀란 그녀의 마음속에 울려 퍼지는 말이었다. 그 말은 버래지 씨가 적어도 언제 연설을 들려줄 건지는 지금 정하는 게 어떻겠냐고 다시 졸라댈 때 거듭해서 울려 퍼졌다. 그녀는 올리브의 이 명령이 이렇게 자신을 놀라게 할지 몰랐다. 말을 듣기 전부터 이미 그녀는 느끼고 있었다. 묻기만 했다면 그녀는 언제고 미스 챈설러가 자신이 결혼하기를 바랄 리 없다고 대답했을 것이다. 하지만 그 말을 막상 친구가 하는 걸 들으니 어떤 새로운 엄숙한 의미를 띠게 되었다. 급하게 나눈 격한 대화의 여파로 갑자기 미래를 엿본 듯이 불안하고 초조해졌다. 미래를 엿본다는 것은, 설령 자신이 바라는 운명을 보게 된다고 해도 끔찍한 법이다.

대학에 다니는 두 청년이 자신들의 소원을 꼭 들어달라고 압박하자 버리나는 두 사람을 깜짝 놀라게 한 웃음소리를 내며 나를 '놀리거나 헷갈리게 하고' 싶은 거냐고 물었다. 두 사람은 그 집을 떠나면서 태런트 부인이 헤어질 때 한 마지막 말에 동의했다. "여러분은 아직 우리를 잘 이해했다고 느끼지 못하겠네요." 마티어스 파든은 뒤에 남았다. 버리나의 아버지와 어머니는 이대로 실례하는 것을 용서해달라는 사과의 뜻을 확실히 표한 뒤 응접실에 앉아 있는 그를 남겨둔 채 잠자리에 들었다. 그는 한참을, 거의 한 시간 정도 더 머무르며 버리나에게 이런저런 이야기를 했는데, 그걸 들으면서 그녀는 아마도 이 남자가 자신과 결혼하고 싶어 하는 것 같다는 생각이 들었다. 평소의 그녀답지 않게 멍하니 그의 말을 듣는 동안 그녀는 이 남자에 관한 한 올리브와의 약속을 따르는 것이 그리

어렵지 않겠다고 생각했다. 그는 아주 재밌는 사람이었고 모든 것,
아니 모든 사람에 대해 놀라울 정도로 많이 알고 있었으며, 그녀를
인생의 무대 한복판에 곧바로 서게 해줄 인물이었다. 하지만 그녀
는 역시 이 남자와 결혼하고 싶지 않았다. 그가 돌아간 후, 버리나
는 혼자 생각에 잠긴 끝에 결국 자신은 그 누구와도 결혼하고 싶은
마음이 없다는 걸 깨달았다. 그러니 사실상 올리브에게 그 약속을
하는 것도 어렵지 않을 것이다. 이 사실을 알면 올리브가 얼마나 기
뻐할까!

17장

　다음에 올리브를 만난 버리나는 지난번 밤에 요구받은 약속에 지금 당장 응할 준비가 됐다고 말했다. 하지만 무척 놀랍게도 이 젊은 여성은 성급한 답변이 아닌지 살피는 의도가 담긴 질문으로 답했다. 미스 챈설러는 경고의 손짓을 했다. 만류하는 그 태도에서 지난번에 약속해달라고 밀어붙였을 때 못지않은 엄숙함이 느껴졌다. 이미 그때의 열띤 조바심은 다른 심사숙고에 자리를 내주고, 더 깊은 성찰에서 비롯된 체념으로 대체된 듯했다. 그렇다고는 하지만 이번에는 위대한 신념의 광휘를 갈고닦아온 젊은 숙녀이기에 느낄 수 있는 씁쓸함이 담겨 있었다.

　"지금 약속하길 바라지 않으시나요?" 버리나가 물었다. "아니, 올리브, 지난번과는 너무 다르신데요!"

　"자기, 자기는 아직 너무 어려요─믿기 어려울 정도로 어려요.

나는 벌써 천 년은 나이 먹은 것 같아요. 몇 세대를, 몇 세기를 산 것 같아요. 내가 아는 건 모두 경험으로 얻은 거예요. 당신은 상상력 으로 얻은 거고요. 그건 당신이 이렇게 생생하고 눈부신 분인 것과 도 걸맞죠. 나는 우리의 차이점을 계속 잊어버리곤 해요―위대한 일을 해낼 운명을 타고났음에도 당신은 아직 어린아이에 불과하 다는 것을요. 지난밤에도 그걸 잊었지만, 그 후에 생각이 났습니다. 당신도 어떤 통과의례를 겪어야 하기에, 내가 무리하게 압박하는 태도를 취한 건 매우 잘못된 것입니다. 이제 나로선 모든 게 확실 해졌어요. 내가 그런 말을 한 것은 질투심 때문이었어요―끊임없 이 계속되는, 만족할 줄 모르는 질투심 때문이었어요. 나는 질투심 이 너무 많은 사람이지만, 질투심이 여성의 특질이라고 말할 권리 를 그 누구에게도 주어선 안 될 일이에요. 저는 당신에게 서명 같은 것을 받고 싶지 않습니다. 내가 원하는 것은 단지 당신의 굳은 결의 뿐, 그리고 그 결의에서 나오는 행동뿐이에요. 물론 나는 당신이 결 혼하지 않기를 진심으로 바라지만, 당신이 결혼을 안 하는 게 나와 약속했기 때문이어서는 안 돼요. 당신도 내 생각을 알겠죠―세상 을 위한 위대한 일에 희생하는 것은 숭고하다는 걸. 성직자는―진 정한 성직자라면―절대로 결혼하지 않는 법이죠. 당신과 내가 하 고자 꿈꾸는 일 역시 우리에게 그런 성직자와 같은 삶을 요구합니 다. 우정이나 신념이나 자선이나 세상에서 가장 흥미로운 일―이 런 것들의 조합 그 자체로 살아갈 보람을 느끼지 못한다면, 그것이 야말로 정말 한심한 일이 아닐까요. 내가 지금까지 만난 남자들은 모두 마음속으로는 우리가 이루고자 하는 일에 한 톨도 신경 쓰지 않았습니다. 오히려 그들은 그걸 싫어한답니다. 경멸하기까지 하죠. 할 수만 있으면 밟아 뭉개려고 할걸요. 아, 그래요, 그걸 신경 써주는 척하는 남자들이 있다는 걸 알아요. 하지만 그들은 진정한 의미에서 남자라고 할 수 없습니다. 그런 사람들조차 저는 완전히 믿지 않아요! 남자라고 볼 만한 남자, 그런 남자라면 당연히 우리에게 목숨을 건 싸움을 걸고 있을 거고요. 흔쾌히 우리를 좀 후원해주려는 남성이 없다는 말은 아닙니다. 우리의 등을 두드리며 적당한 양보를 몇 가지 제안하는 남성들은 있죠. 사회가 여성에게 충분히 공정하지 않다고 볼 수 있는 사소한 지점이 두세 가지 있다고 말하면서요. 하지만 우리가 강요하기 전에 자신의 자유의지로 우리의 계획을 전부(*in toto*), 즉 당신과 내가 이해하는 대로 받아들이는 척하는 남자―그런 남자는 우리를 배신하려는 음모를 꾸미는 것에 불과합니다. 당신의 입을 키스로 막아버리고 싶어 하는 신사들이 한가득이죠! 당신이 언젠가 그들의 이기심에, 기득권에, 부도덕함에 위험한 존재가 된다면―친애하는 친구, 나는 부디 당신이 그런 존재가 되기를 매일 기도합니다!―그런데도 당신을 사랑한다고 당신을 설득할 수 있는 남자가 있다면 그야말로 대단한 일일 거예요. 그리고 당신은 그 사람이 당신과 무슨 일을 하려는지, 그의 사랑이 그를 얼마나 멀리까지 데려갈지 알게 되겠죠! 만약 그런 남자들의 말을 당신이 믿게 되는 날이 오면, 당신과 나에게 그리고 우리모두에게 슬픈 날이 될 거예요. 지금 저는 아주 차분하다는 걸 아시겠죠. 저는 이 모든 걸 신중하게 생각했어요."

버리나는 진지한 눈빛을 하고 귀를 기울였다. "어머, 올리브, 당신이야말로 연설가인데요!" 그녀가 감탄해서 말했다. "마음껏 하시면 저보다 훨씬 더 잘하실 텐데."

미스 챈설러는 다정함이 묻어 있는 서글픈 표정으로 고개를 저었다. "당신에게만 연설할 수 있어요. 그것만으로는 연설할 수 있다는 증거가 되지 않아요. 길가의 돌멩이도—말 없는 모든 자연물도—당신에게만은 이야기하려고 목소리를 찾을 거예요. 저는 술술 말할 수 없어요. 어색하고 민망하고 딱딱하죠." 이 젊은 숙녀는 감정의 풍랑과 파고와 싸워 간신히 높은 합리성의 평온한 흐름으로 나왔을 때 이렇게 가장 우아한 인품을 내보였다. 어조도 부드러움과 공감, 온화한 위엄과 차분한 지혜의 울림을 띠어서 그녀를 좋아할 정도로 잘 아는 사람들의 감탄을 늘 자아냈으며 버리나에게는 매번 거의 경외감을 불러일으켰다. 그러나 일반 대중 앞에서 그런 평온한 기분이 나타나는 경우는 극히 드물었고 미스 챈설러의 지극히 사적인 생활 반경에만 한정되었다. 지금이 그런 기분에 휩싸인 순간이었기에 그녀는 편향된 만큼이나 자기 성찰도 첨예한 여성답게 실수를 바로잡으려는 마음에서 고요하고 또렷한 태도로, 친구를 당황시켰던 자신의 불합리한 언행에 대한 설명을 계속했다.

"확실한 약속 없이 당신을 신뢰한다고 말한다고 날 변덕스럽다고 생각하지 말아요. 당신 어머니 집에서 그렇게 무례하고 표독스럽게 군 것에 대해 나는 당신에게, 모두에게 사과해야 한다고 생각해요. 나는 그 젊은 남자분들을 보았을 때 당신이 엄청난 위험에 처했다는 생각이 들었어요. 그런 생각에 정신이 (잠깐) 나가버린 거죠. 지금도 여전히 당신에게 닥친 위험이 보이지만, 다른 면도 볼 수 있게 됐어요. 그래서 평정을 되찾았지요. 당신은 안전해야 해요, 버리나―안전해야 해요. 하지만 당신 행동의 자유를 속박함으로써 그 안전을 얻어서는 안 돼요. 통찰력을 키워서 사물을 당신 자신의 눈으로, 지금 내가 그렇듯 진심으로 확신에 차서 볼 수 있어야 해요. 자신의 일을 위해서는 자유가 꼭 필요하다는 걸 스스로 느껴야 해요. 하지만 나도 당신도, 당신이 하도록 종종 권유받겠지만 양심을 걸고 절대 해서는 안 될 일을 할 자유는 없습니다. 전 절대 그런 일은 하지 않을 거예요!" 미스 챈설러는 이 마지막 말을 도도하고 격한 몸짓을 섞어 말했는데 애절함도 없지 않았다. "약속하지 말아요! 약속 말아요!" 그녀는 계속 말했다. "당신이 약속하지 않는 게 나한테는 훨씬 더 나아요. 하지만 날 버리지 말아요―날 떠나지 말아요, 그러면 난 죽을 거예요!"

자기모순을 바로잡는 그녀의 방식은 완전히 여성적이었다. 서약받고 싶지 않다고 하면서도 한편으로는 확언을 받고 싶어 했으며, 버리나에게 그토록 중요한 자유를 특정 방향으로는 누리지 못하게 막으면서 버리나가 그 자유를 마음껏 누리면 기쁘겠다고 하는 것이다. 소녀는 이제 완전히 그녀의 영향권 아래 있었다. 소녀에게도 내밀한 호기심이나 기분 전환거리가 없는 게 아니었다―혼자 있을 때도 항상 여성의 불행만 생각하는 건 아니니까. 그러나 이제 올리브의 어조가 소녀에게 마법을 걸었다. 친구의 넓은 식견과 고매한 견해 속에서 버리나는 적어도 자기 본성의 일부가 간절히 의탁하게 되는 뭔가를 발견했다. 올리브는 역사와 철학에 조예

가 깊었다, 어쨌든 버리나에게는 그렇다고 여겨졌다. 이러한 유대
관계를 통해 자신도 마침내 인생의 모든 비밀을 이해할 수 있게 될
지도 모른다고 느꼈다. 이보다 더 단순한 충동도 있었다. 그것은 그
저 올리브를 언짢게 하는 게 두려운 나머지 그녀를 기쁘게 하고 싶
은 충동이었다. 올리브가 언짢아하고 실망하고 못마땅해하면 절대
로 잊히지 않는 비극이 펼쳐졌다. 그럴 때면 그녀는 핏기가 사라졌
고, 보통의 열등한 여자들처럼 울부짖지는 않았지만(그녀는 마음
이 상했을 때가 아니라 화가 날 때 울었다), 마치 죽을 때까지 치유
되지 않은 상처를 입기라도 한 것처럼 정신적으로 비틀거리고 헐
떡였다. 그러나 반대로 칭찬이나 만족을 표하는 그녀는 하늬바람
처럼 부드러웠다. 그러한 관용의 지표, 그녀가 기꺼이 감사의 의무
를 떠맡는 것은 그것이 남자들에 의해 부과되지 않은 경우에 한정
되니 참으로 드물게 나타났다. 실로 그녀는 남자들을 거의 인정하
지 않았다. 남성 일반은 여성에 대해 너무 많은 부채가 있으니 개
인으로서 여성은 누구나 남성에게서 무제한 신용 대출이 가능하
고, 아무리 인출해도 아마도 여성 전체의 예치액을 초과할 수 없을
거라는 식이다. 결혼이라는 함정에 빠질 위험에 대해 훈계하는 올
리브의 어조에 담긴 뜻밖의 자제심에 소녀는 고색창연한 아름다
움과 속세의 요소가 제거된 지혜를 느꼈다. 그것은 일찍이 엘렉트
라나 안티고네에게나 어울린다고 그녀가 믿었던 자질을 떠올리게
했다. 이에 버리나는 올리브를 기쁘게 할 만한 일을 하고 싶은 마
음이 더 커진 나머지, 친구의 만류에도 불구하고 당장 확실히 약속
하고 싶다고 단언했다. "어쨌든 그날 우리 집에 온 신사 중 그 누구

하고도 결혼하지 않겠다고 약속하겠어요." 그녀가 말했다. "당신이 걱정하는 게 주로 그 사람들인 것 같으니까요."

"당신이 좋아하지 않는 사람과 결혼하지 않겠다고 약속하는 거네요." 올리브가 말했다. "이 얼마나 안심이 되는지!"

"하지만 전 버래지 씨와 그레이시 씨를 좋아하는걸요."

"그리고 마티어스 파든 씨도요? 이름하고는 참!"

"뭐, 그분은 사근사근하게 구는 법을 아는 분이죠. 알고 싶은 건 뭐든 다 가르쳐줄 수 있는 사람이에요."

"알고 싶지 않은 것도 다 가르쳐주겠죠! 뭐, 당신이 모든 사람을 좋아한다면, 전 조금도 상관없어요. 다만 당신이 누군가를 특히 좋아한다면 걱정스럽겠지만요. 당신이 역겨운 남자랑 결혼하지 않을까 하는 걱정은 조금도 하지 않아요. 당신이 매력 있는 남자와 엮일 때가 위험합니다."

"당신 입으로 매력 있는 남자들이 있다는 걸 인정하는 말을 들으니 기쁘네요." 버리나가 미스 챈슬러에 대한 존경심으로도 아직 억제하지 못한 가벼운 웃음소리를 내며 외쳤다. "당신이 좋아할 수 있는 남자가 아무도 없는 건가 싶을 때가 가끔 있어요!"

"난 내가 아주 좋아할 만한 남자를 상상할 수는 있어요." 올리브가 잠깐 생각한 후에 답했다. "하지만 현실에서는 없네요. 다들 너무 형편없어 보여요." 사실 그녀가 그들에게 가진 우선적인 감정은 일종의 냉랭한 경멸이었다. 남자들은 거의 모두 적당히 얼버무리면서 괴롭히는 사람들이라고 그녀는 생각했다. 결국 두 사람의 대화는 다음과 같이 정리됐다. 버리나가 대학생이나 신문 기자의 저녁 방문을 즐기는 것은 하나의 '단계'일 뿐이니 마음이 성장하면 결과적으로 그런 취향도 사라질 것이라는 친구의 낙관적인 주장에 버리나는 평소대로 순순히 동의한 다음, 남자들의 부당함이 어쩌다 나타나는 것인지 아니면 그들 본성의 일부인지는 모르지만, 어쨌든 자신이 앞으로 많이 변하기도 하겠거니와 결혼하고 싶은 생각이 들 것 같지 않다고 말했다.

12월 중순에 미스 챈슬러는 마티어스 파든의 방문을 받았다. 그의 목적은 버리나에 관한 그녀의 의향을 확인하는 것이었다. 물론 그녀가 그를 부른 건 아니었다. 이처럼 적절한 절차를 무시하고 막무가내로 회견을 갈망하는 신사를 맞는 일이 그녀의 생활에서 그렇게 자주 일어나는 일이 아니었기에 태연한 마음으로 받아들일 수 없었다. 파든 씨의 방문이 그녀에게는 무례하게 여겨졌지만, 만약 그녀가 앉을 자리를 권하지 않는 것으로 이 생각을 전할 수 있으리라 기대했다면 큰 착각이었다. 그 자신이 그녀에게 의자를 권함으로써 허를 찔렀으니까. 그의 태도는 마치 주객 쌍방의 환대를 혼자 맡은 듯해서 올리브로서도 어쩔 수 없이 소파 끝에 걸터앉아 (적어도 그녀는 자신이 앉고 싶은 장소에 앉을 수 있었다) 그의 터무니없는 질문을 듣고 있을 수밖에 없었다. 물론 그녀에게는 그런 질문에 대답할 의무가 없기도 했지만, 사실 그녀는 그의 질문을 거의 이해하지 못했다. 미스 버리나에 대한 열렬한 관심 때문에 이러는 거라고 그가 설명했지만, 그런 감정도 (이 남자의 경우엔) 수상한 것들의 조합이었으니, 이해에 보탬이 될 리 없었다. 유약처럼 겉에 발린 쾌활함 속에 상스러움이 그의 본령임이 낱낱이 보였다. 그는 먹잇감으로 정한 상대에게 마치 사교계 의사가 증상을 묻듯이 나긋나긋한 말투로 그 *사생활*(vie intime)을 털어놓게끔 하려고 했다. 이날 그가 알고 싶은 것은 미스 챈설러가 뭘 할 셈이냐는 것이었다. 그녀에게 아무런 계획이 없다면 그에게 생각이 있으니—그 생각을 숨기려 하지 않았다—그 자신이 사업에 뛰어들어볼까 한다고 했다. "그래서요, 제가 꼭 알고 싶은 건 이겁니다. 당신은 그 사람을 당신 것으로 생각하십니까, 아니면 민중에 속한 것으로 생각하십니까? 당신 것이라면 왜 그 사람을 세상에 내놓지 않으십니까?"

그는 무례한 말을 할 생각도 없었고 자신이 무례를 범한다는 의식도 없었다. 다만 미스 챈설러와 이 문제를 허물없이 의논하고 싶을 뿐이었다. 물론 상대는 그러고 싶지 않을지도 모른다는 것을 그도 알고 있었다. 하지만 그렇다고 빛날 때까지 갈고닦았다고 자부하는 표면을 내보이는 걸 포기하지 않았다. 이 남자에게는 항상 통찰력과 '대일간지들'의 위엄이 자신에게 있다는, 더 큰 전망이 있었다. 실로 그는 오만 가지를 당연한 일로 생각하고 말해서 올리브로서는 그저 입을 다물고 가만히 지켜볼 수밖에 없었다. 그렇다 보니 말을 꺼내는 데 성공했다고 여긴 그는 기세를 몰아 아주 노골적으로 이야기를 이어갔다. 그는 자신이 버리나를 그녀보다 훨씬 전부터 알고 있었음을 상기시켰다. 작년 겨울에 그는 (하룻밤 일을 쉬고) 영하 10도라는 한파를 무릅쓰고 케임브리지에 자주 가곤 했다. 당시에도 그녀가 참 매력적인 사람이라고 항상 생각했지만, 그의 눈이 완전히 뜨인 건 이번 겨울이 되고 나서다. 그녀의 재능이 무르익었고 이제 그는 아무 주저 없이 그녀가 아주 뛰어나다고 말할 수 있다. 미스 챈설러도 짐작하겠지만, 이런 훌륭한 재능의 개화를 옛날부터 친구였던 이가 무심히 바라보고만 있을 수 있겠는가. 그 사람이라면 분명 미스 챈설러를 매료했던 것처럼, 그 스스로 이렇게 덧붙여도 될지 모르겠지만, 그를 매료했던 것처럼 세상 사람들을 매료할 것이다. 사실인즉, 그 사람은 비장의 카드다. 누군가는 그걸 사용해야 한다. 예전에 미국 민중 앞에 섰던 여성 연설가 중에 그 사람만큼 매력적인 사람은 단 한 명도 없었다. 퍼린더 여사를 바로 추월해버릴 사람이다. 퍼린더 여사도 알았을 것이다. 물론 두 사람이 나란히 설 여지는 있지만, 서로 스타일이 완전히 다르다. 어쨌든 그가 말하고 싶은 바는, 미스 버리나가 설 땅이 틀림없이 있다는 것이다. 더 이상의 예열은 그녀에게 필요 없다. 그녀는 당장이라도 나오고 싶어 한다. 게다가 누구든 어떤 신사가 그녀를 성공 가도로 이끌어준다면 그녀의 존경을 받을 것이다. 아니 더 강하게 그녀의 마음을 사로잡을지도 모른다 — 누가 알겠는가? 만약 미스 챈설러가 앞으로도 계속 그 사람을 곁에 두고 싶다면, 지금 당장 앞으로 밀어줘야 한다. 버리나에게 들은 바로는, 미스 챈설러는 그 사람에게 그 주제에 대해 따로 공부를 더 시키든지 해서, 교육 과정을 밟도록 하고 싶어 하는 듯했다. 글쎄, 그가 지금 장담하건대, 돈을 지불하고 이야기를 들으려고 모인 2000여 명의 사람들을 내려다보며 연단에 서는 것보다 좋은 준비는 없다. 버리나는 타고난 천재다. 그는 미스 챈설러가 그 재능을 그녀에게서 뺏어버리지 않기를 간절히 바란다. 공부라면 연단에 계속 서면서도 할 수 있다. 그녀에게는 공부로 배울 수 없는 훌륭한 능력이 있다. 옛사람들이 말하는 하늘이 내린 영감이 있으니, 그것으로부터 바로 시작하는 게 좋다. 그는 스스로가 지금 이상하다는 걸 부인하지 않는다. 완전히 홀려버렸다. 찬탄하는 마음으로, 그녀가 자신이 본래 있어야 할 자리에 있는 것이 보고 싶다. 어떻게 그 자리에 서게 하느냐는 아무래도 좋다. 그러나 그 자신의 힘으로 그녀를 본래의 자리에 서게 할 수 있다면, 그로서는 확실히 기쁨을 더하는 일이다. 그러므로 미스 챈설러는 다음 한 가지를 말해줄 수 있는가. 얼마나 더 오래 그 사람을 붙잡아둘 셈인가. 얼마나 더 오래 이 겸손한 찬미자를 기다리게 할 작정인가? 물론 그녀에게 따지려고 온 것은 아니다. 그에게는 언제나 개입해서는 안 된다고 믿는 영역이 있다. 그걸 알아내려고 한다면 분별이 없는 것이다. 오늘 이렇게 찾아온 것은 그 나름의 제안이 있었기 때문이고, 그거라면 이 방문의 정당한 사유가 충분히 되기를 바랐다. 미스 챈설러가 그 일—뭐, 책임이라고 해도 될까—을 그에게도 나누어줄까? 버리나를 함께 이끌 순 없을까? 그렇게 하면 분명 모두가 만족할 것이다. 미스 챈설러는 그녀와 함께 각지를 돌고 그는 미국 사람들이 모이게끔 하는 것이다. 미스 챈설러가 그녀에게 세상에 나올 계기를 준다면 나머지는 그가 맡으리라. 그는 아무 배당도 바라지 않는다. 다만 일주일에 사나흘 밤은 한 시간 반 정도 그 사람을 보게 해주길 바랄 뿐이다.

이렇게 파든 씨의 간청이 계속되는 동안 올리브는 마음을 추스르며, 둘이 결탁해서 버리나로부터 이익을 끌어내자는 그의 제안이 그녀에게 얼마나 저열하게 여겨지는가를 이 터무니없는 청년에게 일깨워줄 말이 뭐가 있을까 자문할 시간을 가졌다. 공교롭게도 그녀가 생각해낼 수 있는 가장 통렬한 반문이라 해봐야 너무 뻔한 것으로, 몇천 달러나 벌어들이기를 기대하느냐는 질문이어서, 그는 대답하기 전에 아주 잠깐 망설였을 뿐이었다.

"버리나가 말이죠? 활동하는 기간에 따라 다르겠죠. 그 사람이라면 적어도 10년은 할 수 있어요. 모든 주에 반향을 일으키기 전까지는 확실히는 알 수 없는 일이죠." 그가 미소 지으며 말했다.

"미스 태런트의 이익을 말한 게 아닙니다. 당신의 보수 말이에요." 올리브가 그의 눈을 똑바로 바라보는 표정으로 대꾸했다.

"아, 그건 얼마든지 당신이 나누어주시는 대로죠!" 마티어스 파든이 무엇보다도 미국 신문 기자 특유의 익살이 그대로 담긴 웃음을 지으며 답했다. 그러고는 덧붙였다. "진지하게 얘기하자면, 저는 이 일에서 돈을 벌 생각은 없습니다."

"그럼 무엇을 얻기를 바라시나요?"

"글쎄요, 역사를 만들고 싶습니다! 여성분들을 돕는 것이 제가 바라는 바입니다."

"여성분들?" 올리브가 중얼거렸다. "당신이 여성에 대해 뭘 아시는데요?" 그녀는 말을 더 이어가려 했지만, 그때 상대방이 재빨리 기선을 제압했다.

"전 세계 여성들, 그들의 해방을 위해 저는 일하고 싶습니다. 이것이야말로 오늘날 가장 중요한 문제라고 저는 보고 있습니다."

미스 챈설러는 이제 일어섰다. 이런 논의를 도저히 더는 참을 수 없었다. 과연 결국 그녀가 자신이 뜻한 바를 성취했는지는 이 이야기를 읽는 독자가 판단할 일이지만, 이 순간에는 그녀가 성공할 가망이 없었다. 성공을 거두고 싶으면 어떤 도움이든 닥치는 대로 이용하려는 마음가짐이 있어야 할 테니 말이다. 그녀처럼 까다롭게 굴고 배타적이고 타협하지 않는 성정에다, 만사를 단순 명쾌하게 보지 않고 상관관계를 왜곡하거나 배배 꽈서 보면 불이익을 받는 법이다. 우리의 젊은 숙녀에게는 마티어스 파든 같은 자에게 자신의 해방을 빚지는 것보다 마음이 끌리지 않는 일이 또 없었다. 기묘한 것은, 올리브가 낭만적이고 가슴 아프다고 여기는 버리나의 특징―'민중' 계급 출신으로, 가난의 고통을 겪으며 하루살이로 자라서 인생의 어두운 면을 경험했다는 것―을 이 남자도 똑같이 갖고 있는데, 그의 특징은 그녀의 마음을 누그러뜨리는 데 하등 도움이 되지 않았다는 점이다. 내가 보기에는 그가 남자이기 때문이었다. 그녀는 그에게 제안은 무척 감사하지만, 확실히 그가 버리나와 자신을 잘 알지 못하는 것 같다고 말했다. 그렇다, 오래 알고 지냈다면서 미스 태런트조차 잘 모르는 것 같다. 둘은 유명해지고 싶은 마음이 전혀 없다. 다만 세상에 도움이 되는 일을 하고 싶다는 게 그들의 바람이다. 돈벌이를 할 생각은 꿈에도 없다. 미스 태런트에게는 언제나 충분한 돈이 있을 것이다. 물론 확실히 조만간 그 사람은 대중 앞에 설 것이고, 세상은 그 사람을 칭송하며 그 사람의 말에 귀를 기울이게 되리라. 하지만 그렇다고 섣부르고 경솔하게 행동에 옮기는 것은 둘 다 가장 바라지 않는 바다. 비참한 여성의 지위를 개혁하는 것은 단지 오늘이나 내일의 문제가 아니라, 다가올 수많은 날이 달린 문제다. 그렇기에 심사숙고해서 신중하게 계획을 세워야 한다. 지금까지 그들이 한 가지 결의한바, 남자들이 그들을 얄팍하다고 비웃는 일이 있어서는 안 된다는 것이다. 버리나가 연단에 오를 때는 반드시 잔 다르크처럼 완전무장이 되어 있어야 한다(이 비유는 예전부터 올리브의 상상 속에 깊이 뿌리내린 것이었다). 정확한 사실과 정보를 갖추고 남자들의 전장에서 남자들과 맞서게 될 것이다. "우리는 일단 하려고 마음먹은 이상, 잘해낼 작정입니다"라고 말하는 미스 챈설러의 목소리에 심상치 않은 엄격한 울림이 있어서, 손님은 자기 들으라고 하는 말이 아닌가 싶은 기분이 들었다.

미스 챈설러의 이런 입장 표명에는 그에게 위안이 될 만한 것이 하나도 없었다. 그로서는 당혹스럽고 낙심천만이었다—사실 질려버렸다. 이런 지루한 준비 과정 이야기는 듣기만 해도 질리지 않는가?—그런 것에 신경 쓰거나, 버리나가 준비가 돼 있는지 아닌지 알아볼 자가 누가 있다고 저러는지! 미스 챈설러는 버리나의 소녀다움이 가진 힘을 믿지 않는 것인가? 그게 얼마나 비장의 카드가 될지 모르는 걸까? 이것이 올리브가 그에게 물어볼 기회를 허용한 마지막 질문이 됐다. 올리브는 그에게 이렇게 언제까지고 이야기를 나눠봤자 의견 일치를 보지 못할 것 같다고 말했다. 서로의 관점이 전혀 동떨어져 있다고. 게다가 그건 여성의 문제로, 그들은 여성을 위한 것을 원하고, 당연히 여성의 힘으로 그것을 해내야 한다고. 마티어스 청년으로서는 나가는 길을 안내받은 적이 처음은 아니었으나, 물러서는 길이 이렇게 불쾌한 적이 없었다. 본디 남의 기분에 잘 맞춰주는 사람이었지만, 자신이 현대 역사의 한 요인이 아니라는—그리고 될 자격조차 없다는—느낌이 드는 상황을 맞은 것은 이번이 처음이었다. 자신에게 유리하게 상황을 조정하고자 하는 탐욕스러운 여성이 여기 있었다. 그는 그녀가 완전히 이기적인 사람이며, 만약 그녀가 그토록 아름다운 천성을 낡아빠진 이론과 권력욕의 희생양으로 삼으려 한다면, 항시 촉각을 곤두세우고 있는—부정행위 적발을 과업으로 삼는—일간신문으로서는 그녀에게 합당한 설명을 요구하지 않을 수 없다는 뜻을 전했다. 그러자 그녀는 신문이 자신에게 모욕을 주고 싶다면 그리하라고, 여성에 대한 유린 행위가 하나 더 추가된다 한들 대수겠냐고 답했다. 그렇게 그가 떠난 후, 그녀는 벌써 눈부신 성공의 서광이 보이는 듯했다. 전쟁의 막이 올랐고, 순교자의 법열과도 같은 기쁨이 그녀의 마음을 적시기 시작했다.

18장

그로부터 일주일이 지났을 무렵, 버리나는 파든 씨가 그녀와의 결혼을 간절히 바라고, 꼭 승낙의 답을 해달라고 요청했다는 것을 올리브에게 말했다. 그런 대답을 해줄 수 없다면서 거절했다고 그녀는 덧붙였는데, 이렇게 즐거운 소식을 전할 수 있어서 확실히 기뻐하는 눈치였다. 적어도 이번에는 올리브가 틀림없이 자신을 믿어줄 거라고 생각했다. 그 구혼은 아마 미스 챈설러는 가늠하지 못할 정도로 매력적이었기 때문이다. "그 사람이 매우 유혹적인 전망을 제시하더라고요." 버리나가 말했다. "제가 그의 아내가 된다면 지금의 저로서는 상상도 할 수 없을 만큼 신나는 자극을 받아 바로 세상에 나설 수 있다고요. 그분과 결혼하면 하루아침에 유명해질 거래요. 나는 그냥 내 감정을 분출하기만 하면 되고 나머지는 전부 그분이 알아서 한대요. 제 젊음은 너무 귀하니 한시라도 허비해서는 안 된다면서 둘이서 즐겁게 온 나라를 여행하고 다니자고도 했어요. 이런 말에 제가 좀 혹했다고 해도 너그럽게 봐주셔야 한다고 생각해요―전 태생적으로 당신처럼 의지가 굳건한 사람이 못 되니까요!"

"당신을 성공시켜주겠다고 그 사람이 약속했군요. 당신에게 성공이란 무엇인가요?" 올리브는 상대방을 위하는 냉랭한―연민의 마음을 애써 억누른―표정으로 친구를 바라보며 물었다. 그런 올리브의 표정도 이제는 버리나에게 익숙한 것이 되었는데(그렇다고는 하지만 그 표정을 좋아하지 않는 건 지금도 마찬가지였다), 오히려 인정받을 때 그 인정을 한층 더 기쁜 일로 느끼게 해주는 표정이기도 했다.

버리나는 잠시 곰곰이 생각하다가 이윽고 미소 지으면서도 확신에 찬 어조로 대답했다. "누구도 저항할 수 없는 압력을 가해서 국회 및 입법부가 현행 법률을 폐지하고 새로운 법률을 제정하도록 하는 것이죠." 그녀가 마치 기억 속에 새겨진 교리문답의 일부를 암송하듯이 단어들을 되풀이하는 것을 보고 올리브는 이 기계적인 어조에서 자신도 부인할 수 없는 농담의 분위기를 느꼈다. 두 사람이 전에도 몇 번이고 그 정의에 관한 이야기를 나눴으며, 미스 챈설러가 기회가 있을 때마다 진정한 성공이란 무엇인지 버리나에게 상기시켜왔던 것이다. 물론 파든 씨의 겉만 번지르르한 덫은 그런 성공과는 완전히 다른 것임을 당장 일깨워주는 것은 쉬운 일이었다. 그런 건 그저 덫과 미끼이자 성급하게 허명을 좇기 위한 매수이며 그녀가 스스로를 세상에 내놓게 만들려는―그렇게 해놓고 자기 주머니를 채우려는―계략일 뿐이라고 말이다. 이 소녀에게 지속성이 부족하다는 걸 올리브는 잘 알고 있었다. 전에도 그녀가 때때로 격정적일 정도로 진지하다가 금세 악의는 없더라도 과할 정도로 경박해지는 걸 본 적 있었다―딱 지금처럼, 그들에게는 가장 신성해야 할 공리를 농담거리로 바꿔버리고 싶은 듯 보였다. 하지만 버리나가 자신과 얼마나 똑같은지는 중요하지 않다는 건 올리브도 이미 인정하고 있었다. 자신이 전체가 한 조각으로 된 사람이라면, 버리나는 여러 조각의 조합으로 이뤄져 있고 그 이음새에 변덕스러운 틈들이 있어서 거기서 가끔 조롱하는 듯한 내면의 빛이 새어 나오는 것 같았다. 끝없는 흥분을 약속하는 파든 씨의 제안을 대단하게 느끼는 것, 아니 애초에 파든 씨 같은 사람을 아무렇지 않게 받아들이는 것 자체가 버리나가 그녀 자신과는 다르다는 것을 드러냈다. 그러나 올리브는 버리나의 그런 일탈을 젊음의 한 단계로, 편협한 문화 탓으로 봐주려고 거듭 애썼다. 더욱이, 그녀가 이런 식으로 최선을 다해도 버리나 쪽에서 아직 용서가 충분하지 않다고 책망했기 때문이다―항상 변함없이 부드러운 버리나가 대단히 책망한 것은 아니지만. 마티어스 파든이 미래의 그림을 그리며 소녀의 손을 잡으려 하는 동안(이 이미지 자체가 불길하다) 소녀는 그가 열어준 문을 통해 떠들썩하고 활기가 넘치는 세상을 동경하는 눈으로 물끄러미 한참을 바라보다가, 오로지 친구를 위하는 마음에서 그런 세계를 외면하고 더 금욕적인 수련과 더 순수한 노력 쪽을 택했다는 것을 올리브는 모르는 것 같았다. 즉 오로지 친구를 위해서, 속박된 여성 전체를 위해 그랬다는 것을 이해하지 못하는 것이다. 어쨌든 버리나가 어떤 희생을 치른 것은 사실이었고, 그 생각을 하게 되면서 올리브도 이윽고 마음이 한결 든든해졌다. 미래는 거의 확보된 것이나 다름없었다. 비록 그 젊은 인터뷰 기자를 쉽게 뿌리칠 수는 없더라도 버리나가 그의 뜻을 따르는 일이 없을 거라는 확신이 들었기 때문이다.

사실을 말하자면, 요즘 케임브리지의 그 작은 집에 버래지 씨가 뻔질나게 드나들고 있었다. 버리나는 그것에 대해서도 올리브에게 말했는데, 너무 많은 걸 말해서 거의 모든 걸 다 털어놓았다고 해도 좋을 정도였다. 그 사람은 이제 그레이시 씨 없이도 온다. 혼자 찾아올 수 있으니까. 아무래도 딴 사람이 없었으면 하는 눈치다. 어머니도 그를 무척 마음에 들어 해서 그가 오면 거의 항상 자리를 비운다. 그게 바로 '신사—손님'에게 어머니가 취하는 최고의 존중 표시다. 이제 그들은 그의 일이라면 뭐든지 다 안다. 부친은 돌아가셨고 모친은 최상류층으로 유명한 분이라는 것도, 그리고 그 본인도 상당한 재산을 가지고 있다는 것도. 그들이 보기에 뉴욕에서 그는 아주 중요한 인물이다. 그는 아름다운 것들, 그림이나 골동품을 수집하고 있어 일부러 유럽에 사람을 보내서 가져오기도 한다. 케임브리지 집에도 수집품을 많이 진열해놓았다. 음각 세공물도 있고 스페인풍 성찬대용 덮개도 있고 옛 거장의 그림도 있다. 그는 대부분의 다른 사람들과 다르다. 삶을 정말 마음껏 즐기려는 것 같고, 마음만 먹으면 누구나 금방 그럴 수 있다고 생각하는 것 같다. 물론—그가 가진 것으로 짐작건대—그는 제대로 살려면 굉장히 많은 것이 필요하다고 생각하는 것 같다. 이렇게 설명하고 나서 버리나는—말을 꺼내기 전에 잠시 망설이는 것을 알 수 있었다—그의 집으로 그 보물들을 보러 오라는 권유를 받았다고 올리브에게 털어놓았다. 그녀가 보면 틀림없이 감탄할 거라며, 꼭 보여주고 싶어 한다고. 그녀도 그럴 것 같지만, 혼자서는 가지 않을 것이며, 올리브가 함께 가주기를 바랐다. 가서 차를 마시거나 다른 숙녀분들을 만날 수도 있을 것이다. 그리고 올리브는 그렇게 아름다운 것들로 가득한 삶에 대해 어떻게 생각하는지 이야기해주리라. 미스 챈설러는 버리나의 이 모든 이야기를 되새겨보았는데, 가장 먼저 지금 이런 상황을 받아들이기로 결심했던 게 다행이라고, 안 그랬으면 더 심한 불안을 느꼈을지도 모른다는 생각이 떠올랐다. 그녀가 간절히 바라는 건 시간이 남아도는 그 건방진 청년들이 버리나를 가만 내버려두는 것이었지만, 그들이 그러지 않을 게 분명하다면 그녀에게 최선의 안전책은 다가오는 청년들을 가능한 한 많이 만나보게 하는 것이었다. 그런 유형의 남자들을 자주 접하다 보면 곧 버리나도 그들을 비판하게 될 것이다. 만약 올리브의 성격이 엄격하지 않았다면, 소녀가 이렇게 솔직하게 스스로 이 이론을 적용하는 것에 미소 지을 여유가 있었을 것이다. 버리나는 버래지 씨는 그 불쌍한 파든 씨가 원했던 것을 원하는 게 전혀 아닌 것 같다고 열심히 설명했다. 그는 파든 씨보다 훨씬 더 많이 그녀에게 그녀 자신의 견해를 말하도록 하면서도, 남편이 되고 싶다거나 강연을 중개해주고 싶다거나 하는 의사를 조금도 내비치지 않았다. 지금까지 그가 가장 멀리 나아간 게 그녀를 옛날 법랑 제품이나 옛날 자수 세공을 좋아하는 것과 같은 이유로 좋아한다고 이야기한 것이었다.

이에 버리나는 자신이 그런 물건과 어떻게 비슷하다는 건지 모르겠다고 말했고, 그는 그녀가 너무 특이하고 너무 연약하기 때문이라고 대답했다. 그녀가 특이할 수는 있다. 하지만 그녀는 연약하다는 생각에는 항의했다. 남들이 자신을 보고 그렇게 생각하다니, 제일 싫은 일이다. 그러니 올리브는 이것만 봐도 그녀가 그 사람 말에 혹할 리가 없다는 것을 알 수 있으리라. 버래지 씨를 존경하느냐고 미스 챈설러가 되묻자, (존경이라는 단어를 올리브가 얼마나 엄숙한 울림을 띠고 말하는지 이때쯤에는 잘 알던) 그녀는 예의 그 다정한 헛웃음을 지으면서도 분명히 완벽한 선의가 묻어나는 어조로 대답했다. 그녀가 그를 존경하는지 아닌지는 중요하지 않다고. 그건 그녀가 어른이 되기까지 거쳐야 하는 하나의 단계에 불과하니까―바로 그렇게 이야기를 나누지 않았던가? 그런 단계는 빨리 겪을수록 좋지 않은가? 그녀는 버래지 씨의 집을 방문함으로써 어른으로의 이행을 크게 앞당길 수 있다고 생각하는 듯했다. 말했듯이, 버리나는 그 단계를 거치는 걸 불가피하게 여기게 되어 오히려 기뻐했고, 그들이 남자들과 투쟁해야 한다면 남자들에 대해 더 많은 것을 알아둘수록 더 유리하다는 것을 올리브에게 몇 번이고 말했다. 미스 챈설러는 버리나에게 왜 당신 어머니가 그 골동품을 보러 같이 가면 안 되느냐고 물었다. 그 골동품 소유자도 잊지 않고 태런트 부인을 초대했다고 버리나 당신이 말하지 않았느냐고. 그러자 버리나는 그건 물론 단순한 이유라고 말했다. 어머니는 그녀가 버래지 씨를 존경해야 하는지 아닌지 올리브처럼 잘 판별해줄 수 없기 때문이라고. 이렇게 해서 버래지 씨를 존경해야 할지 말지를 결정하는 것이, 두 비범한 젊은 여성의 지극히 고결한 음을 내는 인생에서 중대한 현안의 비중을 띠게 되었다. 처음에 올리브는 이 문제를 맞닥뜨리기를 망설였다. 물론 결정 자체는 문제가 아니었다. 알고 있듯이 그녀는 남자라면 거의 그게 누구든 주어야 할 존경의 양에 관해 이미 오래전에 확고한 결정을 내렸기 때문이다. 다만 버래지 씨가 그녀를 더 격노하게 하는 일이 생겨서, 버리나의 눈에 버래지 씨에게 부당한 처사로 비칠 사태가 일어날 위험이 있는 그 상황 자체가 꺼려졌다. 하지만 확실히 버래지 씨가 마티어스 청년보다 더 음흉한 계략을 꾸미고 있다고 믿었기에 그녀는 기꺼이 그를 감시하고도 싶었다. 그러나 서둘러 이 단계(이런 분류를 그녀도 받아들였다)를 끝내려고 시도하는 것만큼은 삼가는 편이 현명할 것 같았다―지금 당장 자신이 가서 버리나의 말대로 그 젊은 감정가를 '물러나게' 한다면 분명 비난의 화살이 자신에게 쏠릴 것이다.

그리하여 결국 태런트 부인이 그 딸과 함께 버래지 씨의 초대에 응하기로 결정되었고, 며칠 후에 모녀가 그의 아파트를 방문했다. 물론 나중에 버리나는 올리브에게 그 방문에 대해 많은 이야기를 해줬지만, 그녀가 주로 자세히 말한 것은 본인의 인상보다는 어머니가 받은 인상에 대해서였다. 태런트 부인은 겨우내 두고두고 이야기할 거리를 잔뜩 얻었다. 현재 뉴욕 사교계에서 '화제가 되고 있는' 숙녀들도 그 자리에 모습을 보였는데, 그런 사람들과의 교류는 태런트 부인에게 대단히 감격스러운 일이었다. 부인은 그 숙녀들 한 사람 한 사람에게 꼭 자기 집에서도 뵈면 좋겠다고 말했지만, 그 후 그들이 그 집 앞마당의 작은 널빤지를 깐 길을 발밑을 조심하며 걷는 일은 아직 일어나지 않았다. 어쨌든 버래지 씨는 아주 훌륭하게 처신하며, 자신의 멋진 수집품에 관해 대단히 흥미로운 방식으로 이야기를 해주었다. 그런 그를 보고 있노라니 버리나는 그를 존경할 만한 인물로 생각하고 싶어졌다. 그는 사실 법을 공부하고 있지 않다고 인정하며, 그저 관례상 케임브리지로 왔다고 했다. 하지만 그녀는 이렇게 즐겁게 살면 충분한 거 아닌가 하는 생각이 들었다. 취향이나 예술에도 그만큼 가치가 있지 않겠냐고 올리브에게 묻기에 이르렀고, 올리브는 친구가 현재 확실히 이 단계에 단단히 빠져들었음을 알 수 있었다. 미스 챈설러에게는 물론 준비된 답변이 있었다. 취향이나 예술은 사람의 마음을 풍요롭게 해줄 때 가치가 있지만, 마음을 편협하게 하면 가치가 없다고. 버리나는 이 의견에 동의한다면서, 취향이나 예술이 버래지 씨에게 어떤 효과를 발휘했는지 확인하는 일이 남았다고 말했다—이 말을 듣고 올리브는 이러다가는 앞으로 남은 일이 많을 것 같아 불안해졌다. 특히 버리나가 그 청년의 집을 다시 방문하기로 했는데, 이번에는 꼭 함께 가달라면서 그도 당신이 꼭 와주시면 좋겠다고 말했고, 그 이상으로 자신도 그의 아름다운 물건들을 당신과 꼭 함께 보고 싶다고 말했을 때 불안은 더 커졌다.

그로부터 하루 이틀 뒤 헨리 버래지 씨는 미스 챈설러의 집을 찾아와, 자신의 어머니가 동석할 예정인 특정 날에 함께 차를 드시러 와주셨으면 좋겠다는 희망을 적은 명함을 놓고 돌아갔다. 올리브는 버리나와 함께 이 초대에 응하기로 했지만, 그럼으로써 그녀는 자신이 어떤 역할을 맡게 될지 잘 모르는, 기묘한 입장에 놓였다. 애당초 버리나가 자기 혼자 갈 수 있는데도 그녀에게 동행해 달라고 조르는 것도 이상하게 느껴졌다. 이를 통해 두 가지가 입증되었다. 첫째, 버리나는 헨리 버래지 씨에게 남다른 관심이 있다는 점, 둘째, 버리나가 보기 드물게 아름다운 품성을 가졌다는 점. 사실, 불장난하기에는 더없이 좋은 기회에 이렇게 무심할 수 있다는 것이야말로 이 소녀의 내숭 없는 마음을 가장 분명히 보여주는 것이 아닐까? 버리나는 진리를 알고 싶어 했고, 요즈음에는 올리브 챈설러의 손에 진리의 대부분이 쥐여 있다고 믿는 것 같았다. 따라서 올리브의 동행을 고집한 것은 무엇보다 그녀가 헨리 버래지에 대한 친구의 의견을 자기 의견보다 더 신경 쓴다는 증거였다—때문에 올리브는 이 젊은 아가씨의 관대한 마음의 함양을 맡음으로써 자신이 자처한 책임과 그 마음에서 지금 자신이 차지하는 높은 위치를 상기하지 않을 수 없었다. 이런 생각을 하면 뿌듯해야 하는데 만약 그 기쁨에 조금이라도 부족함이 있다면, 그것은 다름 아니라, 연장자인 여성의 판단을 요하는 대상인 청년이 유감스럽게도 최악의 악덕은 없는 사람이라는 점에서 기인하는 것이었다. 헨리 버래지는 태런트 부인의 집에서 만났던 밤에, 이 두 여성의 표현을 빌리면 이른바 '흥분 상태'로 미스 챈설러를 몰고 가는 데 한몫했지만, 그렇다 해도 올리브에게는 왠지 그가 신사이자 좋은 사람이라는 예감이 들었다.

이 예감은 드디어 그녀가 그의 집을 방문하면서 뼈아프게도 명백한 사실이 되었다. 그는 매우 상냥하고 유쾌하고 친절하고 사려 깊은 청년으로, 미스 챈설러는 그가 자신을 세심히 배려하면서 독신 남자로서 집주인 노릇을 우아할 정도로 능숙하게 해내는 것을 보며, 한동안은 아무 말 없이 앉아서 양심을 고장 난 시계처럼 뒤흔들어, 이 남자를 좋아하지 않아야 하는 더 나은 이유를 만들어내려고 했다. 그의 모친을 싫어하는 데는 아무런 어려움이 없음을 알게 됐지만, 그걸로는 유감스럽게도 그녀의 목적에는 별로 도움이 되지 않을 것 같았다. 버래지 부인은 아들 곁에서 며칠을 보내기 위해 와서 보스턴 시내의 한 호텔에 묵고 있었다. 올리브는 이 방문 후에 예의상 부인을 자신의 집에 초대해야 한다고 생각했지만, 적어도 이 자리에 있는 동안에는 소위 보스턴 기질이라고 여겨지는 것 덕분에 그 부인에게 다가가지 않아도 되니 다행이었다. 사실, 버래지 부인이 보스턴 사람이 찾아오든 말든 별로 신경 쓰지 않는 뉴욕 사람의 태도를 보란 듯이 과시하는 것도 살짝 화가 나기는 했다. 하지만 아무리 달콤한 복수라 해도 불완전한 면이 있지 않겠는가. 버래지 부인은 상류층 부인에 걸맞게 키가 크고 풍만한 몸매에 피부가 희고 평범하게 못생긴 것이 느리고 좀 육중하게 움직일 것 같은 인상이지만, 실제로는 빠르고 재치있는 말과 간결하고 밝고 요긴한 웃음으로 농담(어떤 농담이든)을 계속 시원시원하게 받아넘길 줄 아는 데다가, 보고 듣는 모든 것을 즉각 간파하는 수완도 갖추고 있어 예상이 빗나갔다. 화술에 능한 것은 물론이고, 듣는 데에도 장황한 세부와 여담까지 참고 들어주는 정도는 아니더라도 이골이 난 사람 같았다. 말하자면, 그녀는 한 이야기에 계속 귀를 기울이는 게 아니라 잠깐잠깐 수시로 들어주는 데 능숙했다. 그녀가 장황한 설명이 이어질까 봐 우려하는 것까지는 아니지만, 몹시 싫어한다는 건 알 수 있었다. 그녀의 호의는 모든 사람에게 전달되었고, 특정인을 대상으로 하지 않았다. 누구에게나 완벽하게 정중하며 어떤 경우에도 과한 애정에 휩쓸리지 않았고, 더할 나위 없는 그 상냥함에는 보스턴 사람들이 (고양된 순간에) 의구심이 없음을 보여주고자 할 때 무한 신뢰를 표현하는 식의 기색이 조금도 느껴지지 않았다. 부인의 그런 전반적 태도에는 올리브에게 부인이 그녀보다 더 큰 세계에 속해 있다는 것을 말해주는 듯한 뭔가가 있었다. 이 부인이 유럽에서 오랫동안 생활한 적이 있다면 부인을 타락한 부류의 한 사람으로 분류하기 쉬웠을 텐데, 그런 이야기를 듣지 못하자 우리의 젊은 숙녀는 짜증이 났다. 모친도 아들도 해외에서 생활한 경험이 그녀 자신보다 길지 않다는 것을 알게 되면서 그녀는 거의 마음이 상할 정도였다. 따라서 그들을 경박한 사람으로 판단하려면 각 개인을 따로 고려해야 했다. 그런 판단에 도움이 될지 모르겠으나, 보아하니 버래지 부인은 보스턴과 하버드 대학과 아들의 집 내부와 찻잔(옛날 세브르 잔으로 생각보다 괜찮았다)과 아들이 자신에게 소개해주려고 초대한 손님들(신사도 서너 명 있었는데, 그레이시 씨도 그중 하나였다)이 대단히 마음에 든 듯했다. 특히 마지막 손님인 버리나 태런트를 마음에 들어 해, 재치 있게 유명 인사라고 부르면서 다정하게 대했지만 어머니다운 푸근함이나 두 사람의 나이 차를 의식하는 기색은 전혀 없었다. 마치 버리나의 천재성과 명성이 나이 차를 보완해주어 두 사람이 동등하다는 듯한, 소녀를 격려하거나 보호해줄 필요가 없다는 듯한 말투였다. 하지만 부인은 소녀의 특이한 견해를 직접 언급하려 하지 않았고 소녀의 그 '재능'에 관해 묻지도 않았다—그런 생략이 버리나는 이상하다고 여겨져 나중에 의아한 마음을 있는 그대로 올리브에게 털어놓았다. 버래지 부인은 함께 있는 사람들 모두 뭔가 탁월한 점을 가지고 있고 재능을 타고났으니 다 훌륭한 사람들뿐이라는 생각을 내비치는 듯했다. 그녀의 태도에는 아들과 버리나의 관계를 걱정하는 기색이 전혀 없었다. 자기 아들을 최면술 치료사의 딸과 결혼시키고 싶어 하는 사람 같지는 않았지만, 그래도 아들이 이런 젊은 여성을 초대해서 어머니가 케임브리지에서 보내는 시간에 풍미를 더해줬다는 데 적잖이 기뻐하는 눈치였다. 상황이 이러하니, 불쌍한 올리브로서는 모순에 빠질 수밖에 없었다. 그녀는 버리나가 버래지 씨와 결혼할까 봐 두려워하면서도, 한편으론 그 어머니가 마치 이 빨간 머리 귀여운 아가씨는 청신한 면이 있어 매력적이지만 아들에게는 심각한 위험이 될 수 없다는 듯이 행동하자 화가 났다. 그녀는 이 모든 것을 거의 시종일관 불안과 상념으로 인한 침묵에 잠긴 채, 자신의 수줍음이 만든 흐릿한 시야를 통해 지켜보았다. 그러니 만약 그녀가 이 사태를 좀 더 단순하게 받아들일 수만 있었다면 얼마나 예리한 전망을 가질 수 있었겠는가. 그녀는 설사 자기방어의 목적을 위해서라도 병적인 기분에 사로잡힐 필요가 없을 만큼 충분히 지성적인 여성이었으니 말이다.

그러나 그녀에게도 행복에 가까운 기분에 젖어든 순간이—아니 어쨌든 마냥 행복해할 수 없는 처지가 처량하다고 생각한 순간이—있었다는 것을 여기에 부언해두지 않으면 안 된다. 버래지 부인이 아들에게 '뭔가 가벼운 곡'을 연주해달라고 청하자, 아들이 피아노 앞에 앉아 부인이 자랑스럽게 여길 만한 훌륭한 재능을 선보였다. 올리브는 음악에 영향을 많이 받는 편이라, 청년의 매혹적인 연주를 듣고 마음이 누그러지고 끌리지 않을 수 없었다. '가벼운 곡'이 연이어 연주되었는데, 모두 아주 즐거운 선곡이었다. 손님들은 벽난로 불빛 속에 각자 적당히 자리를 잡고 앉아 편안한 자세로 음악에 귀를 기울였다. 타오르는 통나무 향기가 은은히 감돌며 슈베르트와 멘델스존의 향기와 어우러졌다. 덮개를 씌운 램프가 여기저기서 빛을 발하고 장식장이나 선반 받침대가 갈색 그림자를 드리우는 가운데 값비싼 장식물들—상아 조각이나 이탈리아 르네상스 시대의 잔—이 반짝반짝 빛났다. 올리브는 이런 상황에서 고분고분 음악에 자신을 맡기고 반시간 동안 마음껏 즐기면서 버래지 씨 연주의 절묘한 감각에 감탄했고, 잠시 일종의 휴전 상태에 있는 듯이 느꼈다. 예민하던 신경도 가라앉고 마음을 심란하게 하던 문제도—잠시나마—자취를 감췄다. 문명도 이런 환경과 이런 영향력 아래에서는 이미 그 사명을 다한 것 같았다. 이곳에서는 모든 것이 조화를 이루고 인생도 싸움터이기를 그만둔 듯했다. 그녀는 애초에 왜 굳이 삶과 싸워야 하는지 자문하기에 이르렀다. 이 그림 같은 모임에서 남성과 여성의 관계는 내분의 기미조차 없지 않은가. 한마디로, 그녀는 뜻밖에도 잠깐의 휴식을 취하면서 한편으로는 버래지 씨 곁에 앉아서 분명히 올리브보다 더 완전히 음악에 몸을 맡기고 있는 버리나를 계속 주시하고 있었다. 버리나도 음악을 즐기는 듯, 얼굴을 무심결에 방 이곳저곳으로 돌리면서 벽난로 불빛 속에 나타나는 작은 골동품들을 멍하니 바라보았다. 때때로 버래지 부인이 고개를 숙여 그녀를 바라보고는 다정한 미소를 별 뜻 없이 지었다. 그러자 버리나도 미소로 답했는데, 그 표정은, 오, 그래요, 난 이제 모든 걸 버릴 거예요, 모든 원칙과 모든 계획을 다 버릴게요, 라고 말하는 듯했다. 그래서 아직 갈 시간이 되지 않았는데도 올리브는 둘 다(버리나도 자신도) 완전히 사기가 저하되어버렸음을 느끼고는 간신히 기력을 모아서 친구를 데리고 나가자고 마음먹었는데, 바로 그때 버래지 부인이 버리나에게 뉴욕에 와서 2주 정도 머물지 않겠냐고 권하는 소리가 들렸다. 그 말을 듣고 올리브는 '뭘 꾸미는 거야? 도대체 왜 그녀를 가만히 놔두지 않는 거야?'라고 속으로 외치며, 지난번처럼 망토 자락으로 자신의 젊은 친구를 감쌀 준비를 했다. 버리나는 다소 충동적으로 꼭 버래지 부인을 방문하겠다고 대답해놓고는 올리브의 시선을 뒤늦게 알아차린 후, 자신이 얼마나 굳은 심지로 여성해방 문제에 임하는지 아신다면 부인께서는 아마도 초대하지 않으실 거라고 덧붙이며 자신의 충동을 억눌렀다. 버래지 부인은 아들과 눈짓을 주고받고는 소리 내어 웃었다. 부인은 버리나의 견해라면 완전히 잘 알고 있다고 말했다. 그리고 자신보다 더 그 견해에 공감할 사람은 있을 수 없다고도 했다. 부인은 여성해방에 매우 큰 관심을 갖고 있으며, 해야 할 일이 무척 많다고 생각한다고 했다. 이렇게 중대한 문제에 관해 그날 주고받은 말이라곤 그뿐이었고, 헨리 버래지도 그의 친구 그레이시도 하버드 학생들에게 강연하는 건에 대해 버리나에게 가타부타 말이 없었다. 버리나가 자기 부친에게 올리브가 이 건을 거부했음을 말했고, 태런트는 이 청년들에게 미스 챈슬러가 자신의 방식대로 일을 진행할 생각인 것 같다고 전했기 때문이었다. 알다시피 태런트로서는 그 방식이 너무 먼 길로 돌아가는 것이라고 생각했지만, 미스 챈설러가 몹시 진지하다는 것을 느끼게 되자 두려운 나머지 저항할 의지가 사라졌다―그 진지함에서 끔찍한 기억이 떠오른 것이다. 그가 지금까지 만난 가장 진지한 사람들은 십여 년 전 영혼의 '형체화' 현상을 조사한다며 과학적 방법이라는 가차 없는 빛을 그에게 비췄던 어느 위원회의 신사들이었다. 올리브가 보기에는 버래지 씨나 그레이시 씨나 모두 오늘은 익살스럽게 구는 걸 삼가는 것 같았지만 빈정거리는 태도에는 조금도 변함이 없었다. 헨리 버래지는 집을 나서는 버리나를 붙잡고 어머니의 초대를 진지하게 생각해보길 바란다고 말했다. 그러자 그녀는 이제부터는 자기 견해를 이미 인정해주시는 분들을 상대하고 있을 시간이 있을지 모르겠다고 대답했다. 아직 인정하지 않는 분들을 상대하는 것만으로도 벅찰 것 같다고.

"그럼 당신의 활동 계획에는 기분 전환거리도 오락도 모두 제외되는 겁니까?" 그렇게 묻는 청년의 얼굴에는 긴장감이 묻어났다.

버리나는 평소대로 밝게 아낌없는 존경을 담아 그 문제를 친구에게 물었다. "그런가요, 당신이 말씀하신 우리의 활동 계획이?"

"오늘 오후의 기분 전환으로 우리는 이제 한참은 그런 게 필요 없을 것 같네요." 올리브가 모질지 않지만 상당한 위엄을 담아 말했다.

"저기, 그런데 그분은 존경할 만한 사람이었나요?" 두 젊은 여성이 어떤 신성한 임무를 서임받은 여성들처럼 동절기 가운을 걸친 어깨를 나란히 하고 조용히 땅거미 속을 걷고 있을 때 버리나가 물었다.

올리브는 잠시 곰곰이 생각했다. "그래요, 아주 많이요―피아니스트로서요!"

버리나는 올리브와 함께 마차를 타고 시내로 돌아왔다―며칠 전부터 그녀는 찰스가에 머물고 있었다. 그날 밤 그녀는 갑자기 자신의 감상을 토로해 올리브를 놀라게 했다. 그것은 올리브 자신도 버래지 씨의 예쁜 집에 앉아 있는 동안 느꼈지만, 이제는 격하게 반발하고 있는 그 변덕스러운 기분과 아주 비슷했다.

"언제나 그렇게 한다면 정말 멋지겠어요―남자분들을 있는 그대로 그냥 받아들이고 그들의 나쁜 점을 생각하지 않는다면요. 이것저것 쌓인 문제는 관두고, 이제 그런 문제는 다 편안하게 해결된 걸로 생각하고, 오래된 스페인풍 가죽 의자에 앉아서 커튼을 쳐 추위도 어둠도 그 무섭고 잔인한 큰 세계도 다 막으면―그렇게 앉아서 언제까지나 슈베르트나 멘델스존을 듣는다면―정말 근사할 거예요. 그분들은 여성 참정권 문제를 전혀 신경 쓰지 않더군요! 나도 오늘만큼은 나에게 참정권이 없다는 것 따위는 조금도 신경이 쓰이지 않았습니다. 당신도 그랬나요?" 버리나는 추측이 담긴 의견을 말할 때면 으레 그러듯 올리브에게 호소하는 듯한 질문으로 말을 맺었다.

젊은 숙녀는 여기서 꼭 그녀에게 아주 단호하게 답변해줄 필요가 있다고 생각했다. "나는 결코 그 사실을 잊지 않습니다―어디에 있든―밤이나 낮이나. 나는 지금도 그 사실을 느끼고 있어요."

올리브는 엄숙하게 한 손을 가슴에 얹었다. "나는 그것이 결코 잊을 수 없는 심각한 잘못이라고 느낍니다. 명예에 상처를 입은 사람처럼 그걸 느껴요."

버리나는 맑은 웃음소리를 내고는 작게 한숨을 쉬더니 말했다. "있잖아요, 올리브, 나는 가끔 궁금해지는데요, 만약 당신이 걸려 있는 문제가 아니라면, 과연 내가 그 일을 이렇게 절실히 느낄까 싶어요!"

"내 친구—" 올리브가 답했다. "당신은 아직 우리의 결합이 얼마나 끈끈하고 성스러운지 분명히 드러내는 말을 한 번도 해준 적이 없어요."

"당신은 나를 계속 북돋워주시는 분이에요." 버리나가 계속 말했다. "당신은 내 양심이에요."

"나는 당신을 뭐라고 부르면 좋을지 모르겠네요, 나의 형식—나의 외피—라고 해도 될까요. 하지만 그렇게 부르기엔 당신은 너무 아름다워요!" 그렇게 올리브는 친구의 찬사에 보답했다. 그러고는 덧붙였다. 물론 모든 것을 내팽개치고 커튼을 쳐서 장밋빛 램프 아래 인공적인 분위기 속에서 일생을 사는 것만큼 쉬운 일은 없을 것이라고. 투쟁을 그만두고 세상 모든 불행한 여성들이 태곳적부터 이어진 비참함으로 고통받도록 놔두고, 각자가 짊어진 짐을 내려놓고, 그런 어두운 그림 전체에 눈을 감아버리는 것, 요컨대 그저 별일 없이 죽어가는 것만큼 쉬운 일이 있겠느냐고. 이 말에 버리나는 죽는 것이 결코 쉽게 생각되지 않는다며 이의를 제기했다. 죽는 건 생각만 해도 세상 어떤 것보다 어두운 일 같다고. 그녀는 아직 인생을 다 살아보지 않았으며, 책임감에 짓눌리고 싶진 않다고 말했다. 그러나 이내 두 젊은 여성은 전에도 그랬듯이, 영감에 휩싸여 완전히 의견 일치를 이루고, 대성공을 이루는 참된 삶을 살고자 하는, 무명으로 잊히지 않도록 위인이 되고 쓸모없는 사람이 되지 않도록 강력한 힘을 갖추자는 의욕으로 가득 찬 결론을 내렸다. 전부터 종종 올리브는 인생이란 숭고한 것이거나 아무것도 아니거나, 둘 중 하나라고 단언해왔다. 세상은 악으로 가득 차 있지만, 그녀는 악이 일소되지 않고 눈앞에 여전히 있어서 과업과 보상의 기회가 주어지는 시대에 태어난 것을 기쁘게 여겼다. 위대한 개혁이 완수되고 정의의 날이 밝은 시대에는 인생이 아마도 좀 빈약하고 싱겁지 않을까? 그녀는 명성에 대한 희망, 바로 그 최상의 탁월함을 갖고 싶은 마음이 자신을 부추기는 가장 강력한 원천임을 부인하는 척한 적이 한 번도 없었다. 그녀는 여성의 속박 상태에 저항하는 가장 효과적인 방법은 여성 개개인이 걸출한 인물이 되는 것이라고 생각하고 있었다. 한껏 경도된 이 한 쌍이 나누는 대화를 일부 엿들은 자가 있다면, 이들이 너무나 익숙하게 세속적 영광을 화제에 올리는 것에 놀랄 것이다. 버리나는 그것을 생각해내지는 않았지만, 친구로부터 열렬히 받아들여서 한층 더 흥미를 보이며 돌려주었다. 올리브는 자신들 두 마음의 이런 단합이야말로—각자의 마음만으로는 몇 가지 중요한 측면에서 부족한 점이 있었다—당면한 일을 추진하는 데 틀림없이 눈부신 효과를 발휘할 유기적 전체를 이루어낼 것이라고 생각했다. 버리나는 종종 올리브가 바라는 것보다 반응을 훨씬 덜 보이곤 했지만, 이 소녀가 가진 자질의 뛰어난 점은, 잠깐 신성한 사상과 접촉하고 나면 ― 올리브는 언제나 보석을 상자에서 꺼내 보여주듯이 이 사상을 소녀의 눈앞에 비춰주려고 했다 ― 금세 불이 붙어 타올라서는 말솜씨가 떨어지는 친구의 입에서 나온 말을 취해 스스로 마법의 목소리를 내며 다시 순수한 젊은 예언가가 된다는 것이었다. 그래서 올리브는 버리나의 부드러운 목소리의 가락이 없다면 자신의 십자군 운동은 가톨릭교도들이 도유(塗油)라고 부르는 달콤함이 결여된 척박한 것이 되리라는 걸 뼈저리게 깨달았다. 한편 버리나 또한 올리브 자신이 뒷받침해주지 않는다면 통계나 논리 면에서 얼마나 취약할 것인가. 요컨대, 두 사람이 힘을 합함으로써 그들은 완전무결해질 것이고 모든 것을 장악할 것이며, 그리하여 두 사람이 함께 손을 잡고 승리를 쟁취하리라.

19장

아직 먼 훗날의 일이었지만, 그들이 승리할 것이라는 생각은 종
교적이라 할 만큼 황홀감을 동반한 활동에 대한 비장한 예감을 수
반하며 187-년*의 겨울에 이 두 친구, 특히 올리브에게는 굉장히
익숙한 것이 되었다. 그해 겨울은 미스 챈설러의 생애에서 가장 중
요한 시기가 시작된 계절이었다. 크리스마스 무렵에 첫걸음을 내
디디면서 상황은 큰 폭으로 진전되었고, 이로 인해 그들은 그녀가
보기에 드디어 확고한 기반에 서게 되었다. 바로 버리나가 수개월
동안 올리브의 집에 머무는 것에 셀라 태런트 부부가 올리브와 합
의함에 따라 소녀가 찰스가로 옮겨 와 함께 살게 되었기 때문이다.
이제 방해할 것이 없었다. 퍼린더 여사는 이미 예년처럼 유세 투어

---

* 작중 설정상 1873~1874년 사이의 겨울로 추정된다.

를 떠나 메인주부터 텍사스주에 이르는 전 국토의 민중을 궐기시키고 있었다. 마티어스 파든은 최후의 일격을 받은 셈이니 (추정컨대) 적어도 당분간은 죽은 듯 나타나지 않을 것이다. 루나 부인도 뉴욕에 1년 계약으로 집을 빌려 정착했다. 그리고 그곳에서 여동생에게 쓴 편지에 의하면, 그녀는 법률상의 용건을 처리하기 위해 베이질 랜섬에게 의뢰할 거라고(이 목적을 위해 그와 계속 연락하고 지냈다고) 했다. 도대체 애덜라인에게 어떤 법률상의 용건이 있다는 건지 올리브는 의아했지만, 언니가 집주인이나 여성 모자 가게와 문제가 생겨서 랜섬 씨와 자주 만나야만 하겠거니 생각했다. 그로부터 얼마 지나지 않아 루나 부인은 랜섬 씨와의 접견이 시작됐음을 알렸다. 편지에 의하면, 그 미시시피 태생의 청년은 부인과 식사를 같이 하러 집으로 왔는데, 그녀가 보기에 그가 잘 자리 잡지 못한 것 같고 아무래도 식사도 못 하는 날이 있는 것이 아닌가 하는 생각마저 든다고 했다. 그래도 요즘은 북부의 신사를 본떠 실크해트를 쓰고 다니는데, 애덜라인은 그 모습이 아주 매력적으로 보인다는 뜻을 넌지시 비쳤다. 그는 뉴턴에게 아주 잘 대해주었고 온갖 전쟁 이야기를 들려주었다(물론 남부 입장에서 하는 이야기였지만, 루나 부인은 미국 정치에는 별 관심이 없었고 아들에게 남북 양측의 견해를 들려주는 것이 좋다고 생각했다). 뉴턴도 그를 '라니'라고 부르고 몇몇 단어를 그의 발음으로 흉내 내기도 하면서 그 사람에 관한 이야기만 했다. 그다음 편지에서 애덜라인은 드디어 자신의 사건들을 그의 손에 맡기기로 결심했다고 알려왔다(언니의 '사건들'을 생각하며 올리브는 모질지 않은 한숨을 쉬었다). 이후 그를 뉴턴의 가정교사로 삼는 것을 진지하게 고려 중이라는 소식이 전해졌다. 그녀는 이 흥미로운 아이를 꼭 가정에서 교육하고 싶은데, 이미 집안의 일원이라고도 할 수 있는 사람이 그 일을 맡아 준다면 이보다 더 좋을 수 없을 거라고 말이다. 루나 부인의 말투는 마치 그가 자신의 직업을 버리고 그녀의 아들을 돌볼 각오가 돼 있다는 투였다. 이것도 언니가 특히 유럽에서 산 이후로 몸에 밴 거드름을 피우는 습관, 모든 경우에 특단의 조치를 요구하는 듯한 말투의 일부에 지나지 않을 것이라고 올리브는 믿어 의심치 않았다.

나이 차가 꽤 있음에도 오래전부터 언니에 대해 혹독한 평가를 해온 올리브는 자기 눈에 흥미로워 보이는 인물이 되는 데 필요한 모든 자질이 애덜라인에게는 결여되어 있다는 판정을 내렸다. 언니는 부자이고(적어도 생활에 부족함이 없을 만큼의 재산은 가지고 있다) 인습에 사로잡혀 있는 겁쟁이 여자로, 남자들의 주목을 받는 것을 무척 좋아하고(사실 남자들과 있을 때 대담하게 군다고 평판이 나 있지만, 올리브는 그런 식의 대담함은 경멸했다), 그저 개인적이고 자기중심적이고 본능적인 생활에 빠져 있을 뿐 시대의 경향에도, 미래의 복수에도, 새로운 진리에도, 사회의 중요 문제에도 아무 의식이 없어서 그야말로 드레스 장식 묶음에 지나지 않은 것 같았는데, 또 사실과 그리 다르지도 않았다. 양심이 없는 게 눈에 빤히 보이는데, 그런 인격으로 구축된 덕분에 얼마나 마음고생 없이 사는지 보면서 올리브는 깊은 분노에 휩싸였다. 이미 내가 언급한 애덜라인의 '사건들', 그녀의 교우 관계, 뉴턴의 교육에 대한 견해, 그녀의 실천이나 이론(이론이라고 해봐야 변변치 않지만, 그녀에겐 얼마나 많은 이론이 있었는지!), 간헐적으로 밝히는 재혼 의향, 위험 앞에서 더 어리석어져서 물러나는 태도(경솔한 짓을 할 용기조차 없었다) 등등 언니의 이런 점들은 그녀가 미국으로 돌아온 후부터 올리브에게는 비극적인 고민 주제였다. 루나 부인이 뭔가 특별히 폐를 끼치는 것은 아니었으나(오히려 부인은 비웃음을 삼으로써 그녀에게 좋은 일을 해주는, 즉 그녀의 명예를 지켜주는 셈이었으니까), 운명의 손에 인도되어 그 자체로는 아주 논리적으로 펼쳐지는 수치스러운 소소한 장면들로 이루어진 구경거리가, 그 드라마 자체가 비극이었다. 물론 이 드라마의 대단원은 걸맞게도 루나 부인의 정신적 죽음으로 간단히 막을 내릴 것이다. 부인은 올리브의 사회적 발언을 전혀 이해하지 못하고 단지 뚱뚱한 속물이 되어, 옹졸하고 젠체하는 보수주의자들 특유의 구제 불능의 우매함, 최악의 무사안일주의에 빠지게 될 것이다. 뉴턴도 자라봐야 고작 더 완전히 혐오스러운 인간이 될 것이다. 사실, 그 어머니가 그 아이를 계속 그렇게 얼빠진 방식으로 키우면 자라기는커녕 시들어간다고 해야 할 것이다. 그 아이만큼 견딜 수 없을 정도로 뻔뻔하고 이기적인 아이가 또 없는데, 애덜라인은 무슨 일이 있어도 품위만은 잃게 하고 싶지 않다는 구실로, 시종 페티코트에 매달리게 두고, 귀가 아픈 척하면 곧바로 공부를 면해주고, 어른들의 대화에 끌어들이고, 그녀가 아주 사소한 제지를 가하면 나이에 맞지 않는 무례한 태도로 말대답해도 그냥 두면서 애지중지하고 다독일 뿐이었다. 올리브가 보기에 그 아이를 훈육하기에 적합한 장소는 공립학교 말고는 없었다. 거기라면 민중의 아이들이 그 아이에게 자신이 얼마나 하찮은 존재인지, 필요하다면 구타해서라도 가르쳐줄 것이다. 두 숙녀는 루나 부인이 보스턴을 떠나기 전에 이 문제를 놓고 격론을 벌였는데, 마지막에는 애덜라인이 (그때 마침 방에 들어온) 활력이 넘치는 뉴턴을 꼭 품에 안고 그 애에게 죽을 때까지 어머니의 교육 방침대로 살겠다고 다짐하게 함으로써 끝이 났다. 루나 부인은 자신이 짓밟혀야만 한다면 — 분명 그럴 운명을 면치 못할 것이다! — 여자보다 남자에게 짓밟히는 편이 낫다고 잘라 말했다. 올리브나 그녀의 동료들이 정권을 장악하게 되면, 그야말로 역사상 유명한 폭군 그 누구보다 더 악랄할 것이라면서. 뉴턴도 어린애 말로 자신은 결코 신을 두려워하지 않는 파괴적인 급진주의자가 되지 않겠다고 맹세한 이상, 올리브로서는 앞으로 더는 언니의 일로 속을 썩일 필요 없이 일체를 언니의 운명에 맡겨버리자고 생각할 수밖에 없었다. 당연히 그 운명이란 조국의 원수인 남자, 예전에 그와 그 동료들이 비참한 유색인종을 괴롭혔듯이 채찍과 쇠고랑으로 여성을 학대하기를 바랄 게 분명한 남자와 결혼하는 것 외에는 없을 것이다. 언니가 낡은 과거의 제도들이 그토록 마음에 든다면 남편 될 남자가 그것을 넘치게 줄 것이다. 그렇게 보수적이고 싶다면, 보수적인 남자의 아내가 어떤 것인지 우선 맛봐야할 것이다. 애덜라인에 대해서는 별로 신경 쓰지 않는 올리브였지만 베이질 랜섬은 좀 더 신경이 쓰였다. 그녀는 베이질 랜섬이 자신의 (그리고 서로의) 존엄을 중시하는 여성들을 증오하는 이상, 운명이 애덜라인 같은 사람을 그의 목에 매달아주는 것도 당연하다고 생각했다. 이것이야말로 그 남자에게 마땅한 시적 정의의 방식,

그리고 우리의 편견이 그 자체로 작동해 그것을 자행한 우리 자신을 벌하는 법칙일 것이다. 올리브는 만사를 고찰하는 게 자신의 일인 것처럼 아주 높은 관점에서 이 모든 걸 고찰한 끝에, 뉴욕에 사는 두 사람의 관계가 서로 깊게 얽혔으면 하는 바람도 불안한 자신의 사적 안전을 위한 것이 아니라는 확신에 이를 수 있었다. 두 사람이 결혼이라도 하게 된다면 그녀로서는 만사가 딱 들어맞는 일이니 기쁘겠지만, 그것은 단지 마땅한 법칙이 입증되었기 때문일 것이다. 사변적 기질을 타고난 올리브는 법칙을 입증하는 실례를 보는 것을 더없이 좋아했다.

퍼린더 여사가 머나먼 지역까지 쳐들어가서, 6월에 보스턴에서 개최된다는 공고가 이미 나와 있는 여성 대집회를 주재하러 올 때까지 돌아오지 않는다는 것을 알고는(그 생각만으로도 그녀는 적잖이 안심되는 기분이 들었다) 어떤 계시가 올리브의 마음에 떠올랐는지는 알기 어렵다. 어쨌든 그 위엄 있는 여성이 보스턴에 없다는 것만으로도 그녀는 기분이 좋았다. 활동의 영역도 더 자유로워지고 공기도 더 가벼워진 듯했다. 공식적인 비판을 면제받는다는 의미이기도 했다. 나는 이 두 여성 사이에 좀 더 최근에 어떤 교섭이 있었지만 그 자세한 경위에 대해 이야기할 겨를이 없었는데, 그 결과만을 간추려서 열거하는 것으로 만족하려고 한다. 그것은 깜짝 놀랄 새로운 일은 확실히 없었던 만남으로, 다음과 같은 말로 요약할 수 있다. 흔히 말하는 죽이 맞기가 어렵다는 점에서는 이 두 위엄 있는 여성들도 두 위엄 있는 남성들과 다를 바 없었다. 올리브로서는 매우 중요한 성과를 거둔 미스 버즈아이 집에서의 그 모임

이후 퍼린더 여사에게 더 가깝게 다가갈 기회가 있었는데, 그러한
초기 교제를 통해 여성 혁명의 이 위대한 지도자는 (개혁자의 세계
에서) 자신보다 집중과 결단의 능력이 뛰어난 유일한 인물이라는
것을 알게 되었다. 미스 챈설러의 야심은 근래에 극도로 고취되어,
자신이 일찍이 들어본 적도 없는 강렬한 가락을 연주할 거라고 믿
게 된 터였다. 그리고 이제 그녀는 마음과 마음이 만나면 상호 흡수
되거나 아니면 격렬한 충돌이 일어나거나, 둘 중 하나밖에 없다는
것을 간파하게 됐다. 사회 전반의 아집에 맞서야 한다는 것은 그녀
로서도 오래전부터 익히 아는 바였지만, 뜻을 같이하는 여성의 진
영 속에 잠재된 그런 요소에도 맞서야 함을 이제 깨닫게 된 것이다.
이에 따라 문제는 복잡한 양상을 띠었고, 이처럼 복잡한 상황에서
퍼린더 여사와 동화하는 일이 더 어려워 보이는 건 당연지사다. 설
령 올리브가 도도한 성격의 여자이고 여사 또한 그렇다 하더라도
어느 쪽에 잘못이 있는 건 아니었다. 그것은 단지 같은 활동 분야에
서는 길잡이가 되는 인물이 둘이나 있을 필요가 없다는 경고였다.
남자들 사이에서도 이런 인식이 지극히 민감한 것이라면, 천성이
남자보다 섬세한 여성들 사이에서는 그것이 얼마나 미묘한 형식
을 취할지 독자에게 다시 말씀드릴 필요가 없을 것이다. 이 때문에
올리브는 최근 3개월 사이에 숭배 단계에서 경쟁 단계로 넘어갔는
데, 이 과정은 버리나가 이 싸움터에 가담함으로써 가속됐다. 버리
나를 대하는 퍼린더 여사의 태도는 이상하기 그지없었다. 처음엔
반한 것 같았는데, 그 뒤로는 별 감응이 없었다. 처음엔 그녀를 자
기 진영에 끌어들이고 싶어 하는 듯했는데, 나중에는 명백히 뒷걸

음질 치는 기색이었다―저런 부류는 이미 차고 넘친다고 올리브
에게 넌지시 말하기까지 했다. 저런 부류라니!―분개한 미스 챈설
러의 마음속에서 이 말이 계속 울렸다. 어떻게 여사는 버리나가 어
떤 인물인지 모를 수가 있나? 허명을 좇는 데 급급한 속물들과 버
리나를 어떻게 혼동할 수 있단 말인가? 올리브가 원래 바랐던 것
은, 그녀의 피보호자에 대해 퍼린더 여사의 인증을 받는 것이었다.
이 최고 지도자로부터 버리나가 임무를 부여받기를 바랐다. 이런
목적으로 두 젊은 여성이 록스버리까지 몇 번이고 순례를 갔는데,
한번은 버리나가 예의 신탁을 받는 기분에 (가장 매혹적인 모습으
로) 휩싸인 적이 있었다. 대화를 나누다가 그녀는 자연스럽고 우아
하게 그런 상태에 빠졌고, 미스 버즈아이 집에서의 정식 연설보다
도 더 감동적인 말들을 유창하게 쏟아냈다. 그것을 듣는 퍼린더 여
사의 태도는 오히려 냉담했다. 확실히 버리나의 연설은 나름의 비
범함과 설득력이 있는 여사 자신의 연설 스타일과 달랐다. 여사가
〈뉴욕트리뷴〉에 서한을 보내는 일에도 상당한 기대가 있었고, 만
약 그렇게 해준다면 버리나는 일약 명성을 떨치게 될 것이 틀림없
었다. 하지만 선의를 베푸는 이 서한은 끝내 쓰이지 않았고, 그제야
올리브도 록스버리의 선지자로부터는 아무런 호의도 얻을 수 없
으리란 걸 알았다. 까다롭게 굴면서 고상한 체하고 계속 조금씩 유
보하다가 끝내 펜을 들지 않았던 것이다. 그때 바로 올리브가 여사
는 버리나의 화술이 자신의 것보다 매력적이어서 질투하는 것이
라고 말하지 않은 이유는, 나중에 반드시 이런 언명이 더 효과를 발
휘할 때가 오리라고 생각했기 때문이다. 당시 올리브가 실제로 입

밖에 낸 말은, 퍼린더 여사는 이 운동을 자신의 손으로 진행하고 싶어 하는—올리브와 버리나가 도입하려는 듯한 낭만적이고 미학적인 요소를 의혹의 눈으로 바라보는—게 틀림없다는 것뿐이었다. 예를 들어, 그들이 여성의 역사적 불행에 역점을 두는 데 반해, 퍼린더 여사는 그런 일에 조금도 신경 쓰지 않을 뿐만 아니라 실제로 역사에 관한 지식조차 별로 없는 것 같았다. 여사는 모든 것이 바로 오늘 시작된 듯, 여성이 불행한가 아닌가와는 상관없이 여성의 권리를 요구했다. 그 결과 올리브는 분함과 황홀감이 뒤섞인 몸짓으로 버리나의 목을 끌어안고는, 이제는 다른 사람의 도움 없이 싸워야겠지만, 결국 그 편이 나을 것이라고 외쳤다. 서로만을 의지할 수밖에 없다고 해도 그것으로도 충분하지 않을까? 고립무원이긴 하지만 그만큼 자유롭다는 뜻이니까. 두 사람은 이런 상황 판단을 내리면서 자신들이 벌써 어느 정도 세력을 형성한 듯한 느낌을 받았다. 하지만 사실 올리브의 분한 마음이 아직 완전히 사라져버린 것은 아니었다. 주변에서 버리나를 평가할 만큼 지명도가 있는 사람이 퍼린더 여사가 유일하다는, 확실히 매우 건방진 생각을 품고 있었기 때문만이 아니라(그것만으로도 반목을 일으키기에 충분한 원인이었던 것이, 누군가 우리보다 더 나은 사람에게 칭찬을 받고 싶은 만큼 비난은 그 사람에게 받고 싶지 않기 때문이다), 그들의 교제가 막 시작되었을 때 존경하는 마음을 표현한 뒤에 자신이 불현듯 피력했던 의견들이 뺨을 종종 달아오르게 했던 것이다. 자신만은 저런 자기중심적인 속 좁은 인간이 되지 말자고 그녀는 간절히 기도했다. 경박하기 짝이 없는 속물에 어설픈 지식을 과시하며 비컨가에 자주 들르는 게으름뱅이 여자로, 버리나 태런트의 뒤를 봐주는 것도 우스꽝스러운 어른용 인형 놀이의 일종일 뿐이다―미스 챈설러는 퍼린더 여사가 이제 자신을 이런 사람으로 여기는 것이 틀림없다고 믿었는데, 근거가 없지 않았다. 곡해가 너무 심한 것이 차라리 다행이었지만, 그렇더라도 올리브는 이런 지독한 오명이 자신에게 가해진 것을 곱씹느라 분노의 눈물이 몇 번이고 차오르곤 했다. 경박하기 짝이 없는! 속물! 비컨가! 도대체 이런 표현이 어느 정도나 그녀에게 들어맞는지, 조만간 반드시 세상 사람들이 알게 해주겠다고 다짐하면서 올리브는 버리나에게도 함께 다짐해줄 것을 요구했다. 내가 이미 암시했듯이, 이런 경우 버리나는 분연히 일어섰다. 물론 앞으로 영원히 비컨가를 외면하고 살겠다고 다짐해야 한다는 것에 남모르는 마음의 고통이 있었지만, 올리브의 손에 완전히 쥐인 현재 버리나로서는 자신의 은인이 경박한 여자가 아님을 증명하기 위해서라면 어떤 희생에도 선뜻 응하지 않을 수 없었다.

버리나를 장기간 찰스가에 살게 하는 문제가 결정된 것은 셀라 태런트가 미스 챈설러의 요청에 따라 그녀의 집을 방문했을 때였다. 이때의 회견 내용은 꽤 흥미로웠으므로 자세히 서술할 가치가 있지만, 유감스럽게도 여기서는 그중 가장 놀라운 부분만을 언급하는 데 그쳐야겠다. 올리브는 이 남자와 합의하여 상황을 확실히 매듭짓고 싶었기에, 그를 초대하는 것이 전혀 내키지 않았음에도 사람을 보내 특정 시간에 그가 오게끔 청했다―그 시각에는 버리나가 집에 없도록 미리 짜두었다. 이 건은 소녀에게는 알리지 않았는데, 이것이 친구에 대한 최초의 기만(올리브로서는 입 다물고 있는 것도 기만이었다)임을 약간 침통하게 되새기면서 아직은 연습 단계이지만 앞으로도 계속 기만해야 할 일이 생길지도 모르겠다고 생각했다. 하지만 필요하다면 또 다른 기만도 굳이 마다하지 않겠다고 결심하는 데 그녀는 조금도 주저하지 않았다. 버리나를 장기간 자기 곁에 둬야겠다고 태런트에게 고하자, 태런트는 이런 훌륭한 곳에 딸을 살게 해줘서 정말 기쁘다고 대답했다. 그러나 곧이어 딸을 어떻게 하실 생각인지 미스 챈설러의 향후 계획을 알고 싶다는 의사를 표했다. 무언가를 제안하는 듯한 그의 어조에서 올리브는 이번 회견이 거래 양상을 띨 것이 틀림없다고 봤던 자신의 예상이 적중했음을 깨달았다. 그녀가 책상으로 가서 적지 않은 액수의 수표를 태런트 씨에게 써 주기에 이르자 거래의 양상이 아주 뚜렷해졌다. "1년 동안 우리를 그냥 놔두세요—온전히 둘만 있을 수 있게요. 그러면 1년 후에 다시 수표를 써 드리겠습니다." 그러면서 그녀는 아주 큰 의미가 담긴 그 작은 종잇조각을 건넸다. 분명 퍼린더 여사라 해도 이보다 더 능수능란할 수 없겠다는 느낌이 들었다. 셀라는 건네받은 수표를 바라보다가 이어 미스 챈설러를 쳐다보고는 다시 수표를 바라본 뒤 천장을 올려다보고 바닥을 쳐다보고 탁상시계에 눈을 돌린 뒤 다시 한번 집주인을 쳐다봤다. 그러더니 곧 수표가 그의 방수복 주름 아래로 사라졌는데, 미스 챈설러는 그가 수표를 괴상한 자기 몸의 어딘가 괴상한 곳에 넣는 것을 보았다. "글쎄요, 만약 당신이 딸의 재능을 키울 수 있도록 도와줄 것 같지 않다면"이라고 말하다 말고 그는 눈에 보이지 않는 구석에서 아직도 손을 꼼지락거리면서 올리브를 향해 입을 크게 벌려 맥없이 미소를 지었다. 그녀는 그런 걱정을 할 필요는 없다고 장담했다. 버리나의 성장은 그녀가 세상에서 가장 관심을 두고 있는 일이며, 그 사람에게는 자유롭게 재능을 펼칠 수 있는 모든 기회가 주어져야 한다고 말이다. "맞습니다. 그게 아주 중요합니다." 셀라가 말했다. "군중의 마음을 끄는 것보다 그게 더 중요해요. 저희가 당신에게 바라는 것도 그것입니다. 그 아이가 가진 천성을 마음껏 발휘하게 두세요. 인류의 고뇌도 따지고 보면 모두, 자신의 존재를 억압받는 데서 비롯된 것 아닙니까. 뚜껑을 덮으면 안 됩니다, 미스 챈슬러. 그냥 넘치게 두세요!" 태런트는 자신의 질문과 비유를 명확히 한답시고 가만히 턱을 기이하게 옆으로 움직였다. 잠시 후 그는 이 문제는 아내와도 의논해야 한다고 덧붙였지만, 올리브는 그 말에 대답하지 않고, 다만 그를 더 붙들어두어야 할 용건이 없음을 표현하려는 의도를 담은 얼굴로 물끄러미 그를 바라볼 뿐이었다. 이미 태런트 부인과는 양해가 됐다는 것을 올리브는 알고 있었다. 버리나와 이 문제에 대해 자세히 이야기했을 때, 그녀는 어머니가 딸에게 가장 도움이 되는 일이라면 기꺼이 자신을 놓아줄 거라고 말했던 것이다. 올리브에게는 태런트 부인이 금전상의 보상을 주겠다는 제안을 순순히 받아들일 것이라고 믿을 만한 이유가 있었다(물론 버리나에게 그럴 거라고 들은 건 아니었다). 그러니까 태런트가 수표를 주머니에 넣고 집으로 돌아갔을 때 부인이 한바탕 소란을 일으킬 걱정은 없었다. "뭐, 딸아이가 재능을 풍부하게 키울 수 있을 거라 믿습니다. 당신이 바라는 바도 이룰 수 있을 거라 생각합니다.

이제 우리의 소망이 이루어질 때도 얼마 남지 않았군요." 이렇게 그 명사는 말하면서 떠나려고 의자에서 몸을 일으켰다.

"얼마 남지 않았다니요, 아직 한참 멀었습니다." 올리브는 꽤 단호하게 대답했다.

태런트는 문지방까지 가 있었지만, 그녀의 서슬에 당혹해서 잠시 주춤했다. 그 자신은 인류의 진보나 진리의 전진에 대해서 언제나 장밋빛 전망 쪽에 기울어 있었다. 뜻밖에도 딸을 이토록 좋아하는 이 고지식하고 완고한 젊은 여성처럼 진지하기 짝이 없는 인물은 이제껏 한 번도 만난 적 없었다. 새 시대를 갈망하면서도 비관주의를 고집하는가 하면, 무서울 정도로 정직함을 추구하면서도 은행에서 어마어마한 액수를 꺼내 아버지로서의 그를 타락시키는 것도 불사하는 여자. 그런 그녀에게 무슨 말을 건네야 할지 그는 전혀 몰랐다. 가장 똑똑하다는 사람들도 장래가 촉망된다고 생각하는 운동에 대해 이런 어두운 어조로 이야기하는 여성을 달랠 수 없을 것 같았다. "아, 그건 뭐, 제 생각에 아마 우리가 알 수 없는 신비한 법칙 같은 게 있어서……." 그는 거의 꺼져가는 목소리로 그렇게 중얼거리더니 미스 챈설러의 시야에서 사라졌다.

20장

올리브는 이제 당분간 그와 다시 만나지 않아도 되길 바랐다. 사실 그와의 관계가 앞으로도 수표에 의해 좌우된다면 그럴 이유가 없을 것 같았다. 물론 버리나도 완전히 납득한 사안이었다. 올리브가 있어달라고 요구하면 언제까지라도 함께 살겠다고 약속해준 것이다. 처음에 그녀는 어머니를 버릴 수 없다고 말했지만 친구의 말을 듣고는 버릴 필요가 전혀 없음을 알게 됐다. 그녀는 공기처럼 자유롭게 오가도 상관없었다. 태런트 부인이 곁에 있어달라고 하면 몇 시간이고 며칠이고 그 곁에서 지낼 수 있다. 올리브가 요구한 것은 단지 찰스의 집을 그녀의 가정으로 여겨달라는 것뿐이었다. 이런 요구에 버리나는 크게 망설이지 않았다. 이 문제가 가시화됐을 무렵, 이미 버리나는 완전히 올리브의 마력에 사로잡혀 있었기 때문이다. 올리브에게 마력이 있다고 하면 웃을 독자가 있

을지도 모르지만, 나는 이 단어를 파생적인 의미가 아니라 문자 그
대로의 의미로 썼다. 포기를 모르는 이 친구가 그녀 주위에 엮어놓
은 권위와 의존의 촘촘한 그물은 이제 황금 사슬 갑옷 못지않은 두
께에 달했고, 버리나도 그들의 위대한 과업에 진심으로 흥미를 느
끼고 그것을 적극적이고 열광적인 신앙의 견지에서 바라보기까지
했다. 이렇게 아버지가 그녀를 위해 바라던 혜택은 이제 모조리 보
장되었다. 그녀는 지극히 자유로운 스케일로 확장되고 성장해갔
다. 올리브가 그 변화를 지켜보면서 얼마나 좋아했을지 쉽게 상상
할 수 있을 것이다. 사실 이때만큼 기쁨을 맛본 적이 없었다. 그전
에 버리나의 태도는 소녀다운 복종, 감사와 호기심에 찬 공감에 불
과했다. 그녀는 올리브의 강한 의지와 목적을 향해 나아가는 기민
한 추진력에 끌려 놀라고 재밌어하는 어린 마음으로 자신을 맡긴
것이었다. 게다가 극진한 대접이나 새로운 사회적 지평의 가능성
이나 참신함의 감각이나 생활의 변화를 바라는 마음이 그녀를 붙
잡아놓았다. 그러나 지금의 그녀는 그러한 사심을 버리고 오로지
그들이 힘을 합쳐 이루고자 하는 고귀한 일에 몰두하게 되었다. 그
일을 그들 자신을 위해 사랑하고 열렬한 신념으로 행하며 언제나
염두에 두었다. 두 젊은 여성의 동맹에서 그녀의 역할은 이제 수동
적이고 순수하게 감상적인 역할에서 벗어나, 열정적이고 아름다
운 힘을 발휘하게 되었다. 올리브가 버리나가 수련을 받기를 바라
면 이미 그 과정은 시작되어 있었고, 정작 동료가 자신 못지않게 그
런 수련을 즐겼으니 올리브로서는 분명 우쭐했을 것이다. 그리하
여 그녀는 버리나를 어머니 곁에서 떼어낸 것은 오로지 고상하고

신성한 목적을 위해서였으니 비정하다는 비난을 받지 않아도 된다고 스스로 다독일 수 있었다. 사실인즉슨 버리나가 어머니와 떨어져 있는 시간은 얼마 되지 않았는데, 찰스가와 교외의 누추한 작은 집 사이를 딸랑거리는 마차 속에서 이리저리 떠밀려 쑤시는 몸으로 오가면서 상당한 시간을 보낸 것이다. 태런트 부인은 딸이 찾아오면 한숨을 쉬고 얼굴을 찡그리며 그 어느 때보다 망토를 더 둘둘 두르고는 자신은 아무래도 혼자 헤쳐나갈 수 없을 것 같다고, 버리나가 없으면 대부분의 시간 동안 초인종이 울려도 나갈 기력조차 생기지 않는다고 푸념하기 일쑤였다. 물론 부인은 인류 진보의 선봉에 서는 데 심장에 흐르는 피를 바치는 척할 수 있는 이런 기회를 흘려 보낼 수 있는 여자는 아니었다. 한편 버리나는 어머니가 자신이 하는 말을 딸이 곧이곧대로 받아들이면 서운해할 것 같은, 그리고 딸의 관대한 마음을 믿고 말하고 있는 것 같은 느낌을 내심 받았다(그녀는 이제야 비로소 자신의 어머니를 조금 비판적으로 바라보게 되었다). 그도 그럴 것이 태런트 부인은 아직도 ─ 루나 부인이 감쪽같이 사라지고, 두 젊은 여성이 회색 벽 안에 갇혀서 이겨울을 꼼짝 안 하고 보낼 것이 명백해진 지금도 ─ 어떤 믿음을 떨쳐버리지 못했다. 찰스가에 살면 적어도 화려한 사교계와 어느 정도 접촉하게 되리라는 생각을 포기하지 못했던 것이다. 따라서 딸이 파티에 가지 않고 미스 챈설러도 전혀 파티를 열지 않는 생활을 감수하는 것에 화가 치밀었다. 하지만 그런 마음을 억누르고 참아내는 건 그녀에게 익숙한 일이었다. 게다가 적어도 이 정도면 버래지 씨가 시내에 있는 딸을 찾아가기 편할 것 같았다. 그 청년은 요즘 대부분의 시간을 시내에서 지내며 파커스*에서 계속 숙식하고 있었다.

사실 이 행운아 청년은 매우 자주 찾아왔으니, 버리나도 올리브가 집에 있을 때면 언제나 그녀의 전폭적인 동의 아래 그와 만나고 있었다. 이미 그들 사이에는 지금 이 명백한 단계에 인위적인 한계를 두지 말자는 합의가 이루어졌던 것이다. 올리브로서는 이 합의가 지속되는 동안 마음을 단단히 먹고 불안함에 맞서는 것에서 영웅적인 비장함마저 느꼈다. 게다가 그녀로서도 자신이 약간 양보해주는 게 정당하다고 여겨졌다. 버리나가 그녀와 함께 살기 위해 오면서(물론 이는 영구적일 것이다 ─ 태런트 부부를 매년 매수할 테니까) 자식의 도리를 팽개치는 큰 희생을 치른 이상, 그녀도 소녀가 평범한 사회적 관계를 맺지 못하게 막는다는 비난을 초래할 일을 해서는 안 된다(그러면 그야말로 세상 사람들이 다 그녀를 맹렬히 비난할 것이다). 젊은 남녀가 교제하는 것은 뉴잉글랜드 통념에 따르면 평범한 사회적 관계에 불과했다. 그리고 몇 주가 지나도록 미스 챈설러는 자신의 무모한 조치를 후회해야 할 이유를 찾지 못했다. 버리나는 전혀 사랑에 빠지는 것 같지 않았다. 올리브는 그 정도는 안다고, 즉각 알아맞힌다고 느꼈다. 버리나는 원래 교제를 좋아하는 성격이며 본질적으로 사교적인 사람이었다. 밝은 미소를 짓거나 이야기하고 듣는 걸 좋아했다. 헨리 버래지에 대해 말하자면, 확실히 그는 위대한 공공의 목적으로 너무 경직돼 있던 최

---

*   보스턴의 유명한 호텔.

근의 생활(올리브도 이를 기꺼이 인정하리라)에 편하고 딱 맞는 휴식의 요소를 도입해주었다. 소녀는 자신들의 계획 자체에 흥미가 발동한 상태였기에 올리브가 간섭하지 않아도 괜찮았다. 이때부터는 더 이상 그녀를 압박할 필요가 없었다. 그녀 자신의 용수철이 작동했고, 그녀를 타오르게 하는 불길도 내부에서 타올랐다. 언제까지나 신성하고 눈부시게 독신으로 남을 것이었다. 그녀가 결혼한다면, 그것은 오로지 위대한 대의의 제단에서이리라. 올리브는 버래지 씨의 방문이 통보되면 항상 자리를 비웠다. 그리고 나중에 버리나가 그와의 대화를 좀 설명하려고 하면, 그런 건 전혀 알고 싶지 않다고 저지했다—그러면서 시종일관 몹시 엄숙하고 온화한 태도를 유지했는데, 그렇게 하는 것이 스스로 지극히 훌륭하고 정말로 고상하게 느껴졌기 때문이다. 버래지 씨라는 청년이 어떤 인물인지 그녀는 이제 정확히 알았다(버리나가 그녀에게 아무 보고도 하지 못했는데 어떻게 알아냈는지 나로선 도무지 알 수 없지만). 그는 약간 허세가 있고 조금 특이하고 교양이 있는 괴짜이며 진보에 후원하는 태도를 취했다. 비밀스러운 걸 좋아해서 갑자기 약속을 정한다든지, 이름 모를 사람을 방문한다든지, 세상 사람들이 모르거나 적어도 만난 적 없는 어떤 젊은 여성에게 헌신하는 이중생활을 한다는 분위기를 풍기는 걸 좋아했다. 물론 그는 버리나에게 깊은 인상을 심어주고 싶어 했지만, 진짜 하고 싶은 건 그녀에 대해 다른 아가씨들, 파팬티의 저택*에서 함께 춤을 추는 상류층

---

* 19세기 보스턴 상류층의 사교 클럽으로 댄스 교습과 무도회 장소로도 쓰였다.

아가씨들에게 말해서 웃음거리로 만드는 것이었다. 이는 올리브의 풍부한 도덕의식에서 비롯된 상상이었다. "그런데 그분은 정말 우리 운동에 깊은 관심을 갖고 계세요." 버리나는 겨우 한 번 이렇게 말했지만, 그 말조차 미스 챈슬러는 거슬렸다. 알다시피, 남성들이 꾸미는 가공할 음모에는 우연한 예외라도 허용하기 싫은 그녀였으니까.

3월에 접어들자 버리나는 버래지 씨가 청혼하고 있다는 사실을 올리브에게 털어놓았다―너무 집요할 정도로 졸라대면서 적어도 잠시 시간을 두고 생각한 다음에 최종적인 답을 해달라고 간청하고 있었다. 버리나는 그런 건 생각도 할 수 없다, 만약 그런 것을 기대하고 있다면 더 이상 오지 않는 것이 좋겠다고 확실히 말했음을 올리브에게 보고할 수 있다는 것이 너무나도 기쁜 모양이었다. 그가 이후에도 계속 찾아오는 것을 보니 아무래도 그도 그런 허용에 기대기를 포기한 것 같았다. 이에 올리브는 그 사람이 진심으로 결혼을 원하는 게 아니라고 생각했다. 그 사람은 승낙할 것 같지 않은 상대면 거의 누구에게나 청혼하는 사람이라는 게 그녀의 생각이었다―그러한 일화를 모으고 있는 것이라고. 법랑 제품이나 크레모나 지역 바이올린을 수집하는 것과 똑같이 청혼 선언에 당황하고 주저하거나 거절하는 일화를 모은 정신적 앨범 말이다. 태런트 가문과 인연을 맺는 건 그야말로 그 사람에겐 유감천만한 일이다. 하지만 그런 두려움도 미천한 신분의 예쁜 아가씨들을 고무시키는 게 멋쟁이 노릇이라는 생각을 버리게 하지는 못하는 것이다. 그는 무슨 까닭이 있어서(아무리 비천한 사람이라도 나름의 이유가 있게 마련이니) '신분 상승'하고 싶어 하지 않을 특별한 상대를 찾고 있을 뿐이다. "그분과는 결혼하지 않겠다고 당신께 말씀드렸고, 지금도 내 마음은 변하지 않았어요." 버리나는 기쁜 목소리로 친구에게 말했다. 그 어조로 미루어 보면, 이처럼 의연하게 약속을 이행한 것에 당연히 칭찬받을 거라고 생각하는 듯했다. "당신이 그러고 싶은 마음이 없다면 승낙하실 리 없다고 생각했습니다"라는 게 올리브의 답변이었다. 버리나로서는 그러고 싶었다고 말할 수도 없기에 대답 대신 눈을 밝게 빛낼 뿐이었다. 그런데 그녀가 그분이 실망하는 모습을 보니 안쓰러웠다는 뜻을 비친 것이 계기가 되어 두 사람 사이에 약간의 논쟁이 일었다. 올리브는 그렇게 이기적이고 우쭐대고 방자하며 진실되지 못한 사람에게는 잠시 굴욕을 안겨 주는 게 적절하다고 주장했다. 지금의 미스 챈설러에게는 버리나에게 찾아온 이런 기회를 방해한 것에 대해 반년 전쯤이라면 느꼈을지 모를 회한의 감정이 전혀 없었다. 만약 이렇게 많은 것을 혼자 차지하는 게 나쁘다고 생각하지 않느냐고 누군가 물었다면, 분명 몹시 화가 났을 것이다. 나아가 나는 누구를 방해하고 있는 게 아니다, 설사 자신이 없었다 해도 버리나는 로마가 불타는 와중에 리라를 타는 네로처럼 경박한 남자와의 결혼을 진지하게 생각했을 리가 없다고 말했을 것이다. 어쨌든 이 일이 봄이 되면 소녀를 데리고 유럽에 가야겠다는 올리브의 결심을 막지는 못했다. 바다 건너편 땅에서 1년을 산다면 버리나에게도 무척 기분 전환이 될 것이고, 그녀의 재능을 발전시키는 데도 도움이 될 것이다. 미스 챈설러로서는 구세계가 여전히 어떤 미덕을 간직하고 있고, 그녀의 친구나 그녀 자신처럼 선한 미국인에게 어떤 중요한 교훈을 줄 수 있다고 인정하기가 매우 어려웠다. 그러나 그때는 전혀 진심이 아니더라도 그렇게 가정하는 것이 그녀에게 필요했다. 자신의 동반자가 완전히 발판을 굳히고 둘만의 긴 대화도 더욱 진지해질 때까지—참견하기 좋아하는 동료—시민들로부터—그녀를 멀리 떨어뜨리려면 이렇게 할 수밖에 없다고 생각하니, 인정하지 않을 수 없었다. 낯선 사람들의 대륙으로 가면 두 사람의 결합은 지금보다 더 굳건해질 것이다. 물론 이는 불가피한 '단계'에 맞서기는커녕 오히려 그로부터 도피하려는 것이다. 그러나 올리브는 만약 두 사람이 이러한 지연 기간(7월 1일까지)을 무사히 마친다면, 그것은 정의나 관용이 요구하는 대로 그 단계에 맞선 것과 다를 바 없다고 정했다. 나로서는 올리브가 더 이상의 별다른 심각한 불안감 없이 대단히 많은 자잘한 기쁨과 희망에 부풀어서 이 시기의 대부분을 건너뛰었다고 바로 말하는 편이 낫겠다.

현재 버리나 태런트와 그녀의 동맹을 에워싼 반가운 조짐들을 없앨 우려가 있는 일은 아무것도 일어나지 않았다. 이들은 연구에 몰두해 애서니엄*에서 두툼한 책을 수없이 많이 빌려 등불 아래서 밤새도록 독파했다. 헨리 버래지는 버리나가 무척 다정하고 서글프게 그의 제의를 거절한 뒤 뉴욕으로 돌아갔고 소식이 없었다. 두 사람이 듣기로는 아무래도 어머니의 부풀린 날개 밑으로 도망친

---

* 1807년 보스턴의 애서니엄 문학 클럽에서 설립한 보스턴의 사립 도서관으로 헨리 제임스도 즐겨 찾던 곳이었다.

모양이었다(적어도 올리브는 그 날개가 분노로 부풀어 있을 거라
고 믿어 의심치 않았다. 아들이 최면술 치료사의 딸에게 거절당했
다는 것을 알고 버래지 부인이 얼마나 큰 충격을 받았을지 가늠할
수 있었다. 아마도 상대 여자가 청혼을 승낙했다는 말을 듣는 것 못
지않게 화가 났을 것이다). 마티어스 파든은 아직 신문에 보복 기
사를 쓰지는 않았다. 분명 마음속에 벼락을 품고 있을 것이다. 어쨌
든 이제 오페라 시즌이 시작됐으니 그도 주역 가수와의 인터뷰에
쫓겨 틈이 없을지도 모른다. 그가 주요 신문 한 군데에서 그런 주
역 가수 중 한 명을 묘사하길, '아기 같은 보조개와 새끼 고양이 같
은 몸놀림을 가진 사랑스러운 작은 여성'이라고 했다(이런 기사를
쓸 수 있는 사람은 그밖에 없다는 것을 적어도 올리브는 한눈에 알
수 있었다). 또 태런트 부부는 이 별난 후원자 덕분에 수입이 증가
해 지금까지 맛보지 못했던 물질적으로 풍족한 생활에 빠져 있는
듯했다. 태런트 부인은 이제 '하녀'까지 두고 집안일을 시켰다. 원
래 부인에게는 자신의 가정이 오랜 세월 돈에 의해 이루어지는—
쌍방을 다 타락시키는—노예적 노동의 요소를 빌리지 않고 살아
왔다는 것이 자랑거리 중 하나였다(어쨌든 그녀는 그것을 자랑거
리로 삼고 싶어 했다). 부인은 올리브에게 쓰기를(그녀는 자주 편
지를 보냈지만, 올리브는 한 번도 답장을 하지 않았다) 자신이 저
열한 차원으로 타락한 것을 알고 있지만, 셀라가 집에 없을 때 누군
가 말벗이 되어주는 게 쓸쓸한 마음의 버팀목임을 인정한다고 했
다. 물론 버리나도 변화를 눈치채고 있었다. 아버지의 환자가 갑자
기 불어났기 때문이라는 설명에도 (아버지의 일이 그렇게 늘어난

적은 지금까지 한 번도 없었기 때문에) 납득하지 못해 결국 변화의 원인을 추측해낸 것이다—그런 놀라운 사실의 발견에도 그녀의 평정심은 조금도 흐트러지지 않았다. 어엿한 여성이 되려는 시기에 만난 흔치 않은 친구로부터 부모가 금전상의 공물을 받고 있다는 사실도 자신이 이 친구의 거부할 수 없는 환대를 받아들였던 것과 마찬가지로 받아들였다. 그녀는 세속적인 자존심도 독립성도 없고, 해야 할 것과 하지 말아야 할 것을 판단할 수도 없었지만, 단한 가지, 이렇게 호의를 순순히 받아들이는 타고난 무감각함을 상쇄하는 뭔가를 가지고 있었다—그것은 어디까지나 스스로 그런 호의를 요구하는 법이 없다는 뿌리 깊은 습성이었다. 올리브는 만약 지금 그들이 함께 꿈을 추구해갈 수 있었던 조건을 소녀가 안다면 얼굴을 붉힐까 봐 우려했다. 그런데 버리나는 조금도 안색을 바꾸지 않았다. 부모가 매수되거나 돈 받고 침묵을 지킨다거나 족쇄가 풀린 하층계급의 골칫거리들이 당하는 취급을 당해도 소녀는 새로워하거나 불쾌해하지 않았다. 이 일로 소녀의 친구는 어떤 방법으로도 이 소녀를 화나게 하는 건 불가능함을 인식하게 됐다. 소녀는 사람을 증오하는 마음이 전혀 없고, 관습적 기준에 너무 초연하며, 그 기준을 사적으로 받아들여 자기 자신에 견주어 생각하는 법이 없었다. 모욕을 눈감아준다는 설명도 이 소녀에게는 맞지 않았다. 애초에 모욕당했다는 걸 의식조차 못 하니까. 게다가 눈감아준다는 것에는 항상 모종의 오만이 도사리고 있는데, 소녀는 그런 태도를 취하는 것이 불가능하며 언제나 밝고 온화한 마음으로 인생이 우리의 일관성을 해치기 위해 설치해둔 무수한 덫을 가뿐히 넘어갔다. 올리브는 자존심이 사람의 성격에 없어선 안 되는 요소라고 항상 생각했지만, 대신 버리나의 성격에는 영혼의 순수함을 해칠 만한 모난 데가 없었다. 그녀는 케임브리지의 작은 집이 갖가지 호화로움이 추가됐음에도 아직도 죄수 유형지 같은 분위기를 띠는 것을 보며 자신이 구원의 손길을 내밀기 전까지는 이 집 딸이 비참한 생활의 황무지를 헤매고 있었다는 사실을 새삼 떠올렸다. 소녀는 요리도 빨래도 청소도 수선도 모두 도맡아서 해왔다. 미스 챈설러 집 하인보다도 더 고된 노동을 해왔던 것이다. 하지만 소녀의 외모나 마음에는 그런 일을 했다는 흔적이 조금도 남지 않았다. 소녀 안에서 신선하고 아름다운 것은 모두 경이로울 정도로 편안히 새로 힘을 얻고, 추하고 성가신 것은 모두 소녀의 손에 닿자마자 이내 사라져버리는 것 같았다. 하지만 올리브가 생각하기에 소녀는 바로 그런 사람이기에 무한한 보상을 받을 자격이 있었다. 미래에 이 소녀는 호화로움과 안락함을 넘치게 누려야 한다. 미스 챈설러는 최선의 물질적 조건을 확보하는 것이야말로 찰스가에 사는 두 젊은 숙녀가 지금 전념해야 하는 지적이며 도덕적인 고매한 과업을 위해서도, 또 비참한 생활에 허덕이는 자매들을 위해서도 당연히 필요한 일이라고 스스로를 설득하는 데 아무런 어려움을 느끼지 않았다. 그녀 자신은 사치와 향락을 바라지 않았으며, 자선 협회 일로 보스턴 뒷골목이나 빈민굴을 방문해 꺼림칙한 가난이나 병고의 모습과 대면하는 것을 두려워하지 않음을 몸소 증명한 바 있었다. 그러나 집은 늘 빈틈없이 잘 정리돼 있었고, 그녀는 청결에 남다른 열정을 가지고 있었으며 일을 처리하는 재주도 뛰어났다.

이제는 그런 결벽이 신앙의 대상이 될 정도로 강해졌다. 집안 내부
는 필요 이상으로 많이 닦였고 조금의 오차도 없이 정돈된 데다 겨
울 장미꽃으로 반짝반짝 빛났다. 이렇게 매끈매끈한 사물들의 영
향을 받아 버리나도 그만큼 완벽함을 갖춘 보스턴의 꽃으로 개화
했다. 조국의 여성들이 타고나는 세련됨과 잠재적으로 가지고 있
는 '순응성', 즉 환경 변화에 빠르게 적응하는 재능을 항상 높이 평
가하던 올리브였지만, 이 동반자가 자신을 둘러싼 문화생활의 수
준으로 금세 향상돼 모든 고아한 취향을 자기 것으로 만들고 모든
관례를 흡수하는 그 훌륭한 순응 방법은 그녀의 호의적인 이론도
도저히 따라가지 못할 정도였다. 찰스가의 집에서는 겨울 낮이 평
온하게 지나갔고 겨울밤도 방해받지 않고 깊어갔다. 우리의 두 젊
은 여성은 해야 할 일이 많았지만, 올리브는 분주히 돌아다니는 걸
좋아하지 않았다. 사회 개혁 문제를 논하는 많은 회의가 그녀의 집
에서 열렸고, 그녀는 그 동지들—그녀는 스무 개나 되는 협회나 위
원회에 속했다—을 미리 정한 시각에만 집으로 초대하고, 그들에
게 시간 엄수를 요구했다. 버리나는 이런 회의에서는 그다지 활발
한 역할을 하지 못했다. 길조를 부르기 위해 놓여서 조용히 움직이
는 형상이기라도 한 것처럼 단지 그들 사이를 서성이며 미소 짓거
나 이야기를 들어주거나 때로는 공상적이긴 해도 결코 쓸모없지
는 않은 말을 건네기도 했다. 그녀의 역할은 무대 뒤가 아닌, 무대
앞에 서는 것으로 여겨졌다. 연극의 프롬프터가 아니라, (적어도
잠재적으로는) '유명한 인기 배우'였다. 그리고 지금 올리브가 아주
유능하게 주재하고 있는 일도 결국은 나중에 이 친구가 대단히 놀

라운 도약을 선보일 연단을 준비하는 것에 지나지 않았다.

강가에 면한 올리브의 응접실 서쪽 창문으로 겨울의 붉은 석양이 비치고 있었다. 흔들리는 기둥 위로 찰스강을 기어가듯 낮게 걸쳐 있는 긴 다리, 곳곳에 흩어져 있는 얼음과 눈. 매서운 겨울바람에 벗겨져 황량한 변두리의 지평선, 눈에 보이는 경치 전체를 채운 단단하고 차가운 공허. 찰스타운이나 케임브리지 부근에 돌출된 여러 개의 굴뚝과 첨탑 — 공장의 몹시 지저분한 곧은 관들이나 뉴잉글랜드 예배당의 천국으로 뻗은 여윈 손가락. 이런 메마른 살풍경에는 뭔가 냉혹한 면이 있었다. 보는 것만으로도 수치스러워지는 그 조악한 세부, 그 세부가 합쳐져 풍기는 인상 — 판자, 양철, 언 땅, 작업장, 썩어빠진 말뚝, 곳곳에 웅덩이가 생긴 대로를 성큼성큼 가로지르는 평평한 기찻길, 이 위험한 길을 비스듬히 지나는 더 허술하고 어디에나 있는 궤도마차의 철로, 헐거워진 울타리, 공터, 쓰레기 더미, 쇠 파이프로 뒤덮인 뜰, 전신주, 그리고 건물들의 맨목재 뒷면들. 버리나는 이런 풍경을 아름답다고 느꼈다. 확실히 오후의 해가 기울고 차갑고 맑은 장밋빛이 이 추악한 그림을 물들이면 그녀가 그렇게 느끼는 데도 결코 까닭이 없진 않게 되었다. 바람 한 점 없이 얼어붙은 공기는 수정 같은 쨍그랑 소리를 울리는 듯했다. 하늘에 아주 희미한 색조의 변화가 나타나 서쪽 하늘이 깊이가 있는 미묘한 색으로 물들어가면, 땅거미가 주위를 감싸기 전에 모든 것이 한층 선명하게 보였다. 쌓인 눈 위에도 불그스름한 빛이 감돌았고 얼어붙은 늪지의 웅덩이도 '부드러운' 빛을 반사했다. 저물어가는 하늘빛을 등지고 멀리서 외따로 컴컴하게 물결치는 윤곽선으로 보이는 긴 다리 위를 지나는 마차 방울 소리도 이제는 세속의 느낌이 사라져 거의 은방울 소리처럼 들렸다. 이렇듯 기분 좋은 저녁 빛이 응접실 안쪽까지 비출 때면 올리브는 종종 램프를 켜는 시각이 될 때까지 친구와 나란히 창가에 앉아 있곤 했다. 두 사람은 석양을 찬탄하기도 하고, 응접실 벽에 비친 붉은빛의 반점에 반색하기도 하고, 저물어가는 풍광을 눈으로 좇으며 상상 속에서 어슬렁어슬렁 거닐기도 했다. 그리고 마침내 차가워진 하늘에 점점이 별이 반짝이기 시작하는 것을 보면, 살짝 몸서리를 치며 남성들의 폭압보다도 겨울밤이 더 혹독하다 느끼며 서로 팔짱을 끼고는 창가에서 물러났다—드리워진 커튼 안과 타오르는 벽난로와 반짝이는 다반으로 돌아가, 다시금 여성이 당한 끝없는 고난의 역사에 대해 이야기했다. 이 주제를 논할 때의 올리브는 절대 소재가 고갈되지 않는, 정말로 대단히 흥미진진한 화자였다. 때로는 눈발이 세차게 퍼붓는 밤도 있었는데, 그럴 때 찰스가는 온통 하얀색으로 뒤덮여 초인종도 침묵할 운명이었고, 램프 불빛만이 부풀어 올라 강렬해진 환영 속 작은 섬처럼 정적 속에 떠 있었다. 두 사람은 함께 많은 역사를 읽었고 언제나 같은 생각을 하며 읽었다—지금까지 이루 말할 수 없는 고통을 겪어온 여성이지만, 만약 여성들이 운명의 저울을 내리누르는 것이 가능했다면, 인간사 언제 어느 순간이고 세상의 모습은 훨씬 덜 끔찍했을(그들에게 역사는 모든 면에서 끔찍했다) 것이라는 주장에 대한 확증을 역사 속에서 찾을 의도로 읽는 것이다. 버리나도 많은 의견을 개진하며 활기차게 논의했다. 과거에 권력을 부여받았으나 그것을 바람직한 방향으로 항상 행사하지는 않았던 여자도 수두룩하다는 사실을 외면하지 않으며, 극악무도한 여왕이나 왕의 방탕한 정부를 화제로 삼는 것도 주로 그녀였다. 하지만 이런 여성들을 처리하는 건 두 사람에게 별로 어려운 일이 아니었다. '피투성이'의 메리가 저지른 공적 범죄나 고결한 마르쿠스 아우렐리우스의 아내 파우스티나의 사적 경범죄 같은 것도 지극히 만족스럽게 분류되었다. 지금까지 남성이 우연히 성취한 덕행 모두가 여성의 영향력에 의한 것으로 설명된다면, 여성이 우연히 저지른 약간의 난잡한 행위를 남성의 영향력 때문으로 생각하는 것이 이 문제에 합당한 균형 잡힌 시각이라는 것이다. 올리브는 버리나가 이제까지 거의 책다운 책을 손에 든 적도 없고, 독서에 적합한 분위기 자체가 태런트가 집에는 전혀 없었다는 것을 알 수 있었다. 그러나 이제 소녀는 특유의 경쾌한 걸음걸이로 책의 세계를 횡단했다. 무엇을 다루든 무엇을 배우든 그것이 곧 그녀의 재능을, 그 '천부적임'을 증명했다. 천부적 재능을 거의 갖추지 못한 올리브는 그저 놀라움과 찬탄으로 바라볼 뿐이었다. 무엇에 대해서도 소녀는 주눅 들지 않고 늘 미소를 지으며 들여다보았다. 그녀가 시도해서 해낼 수 없는 것은 하나도 없었다. 무슨 일을 하든 숙달하는 법을 아는 그녀는 공부하는 법도 알았다. 책을 빨리 읽을 뿐 아니라 읽은 것을 틀림없이 기억했다. 언뜻 눈에 띄었을 뿐인 구절들을 며칠이 지나도 고스란히 암송해 보일 수 있었다. 이런 흔치 않은 두뇌의 소유자가 여성의 대의에 봉사하게 된 것을 생각하면 올리브는 물론 점점 더 기쁠 뿐이었다.

이렇게 말씀드린 것만으로는 아마 두 사람의 생활이 다소 밋밋해 보일 우려가 있으니, 우리 주인공들이 항상 미스 챈설러의 응접실에 틀어박혀 면학에 힘쓰기만 한 것은 아니라는 것을 덧붙여야 할 것이다. 올리브가 소중한 동거자를 독점하고, 항상 그들의 공동연구에 그녀가 집중하기를 바랐음에도, 또 이번 겨울은 오로지 학문에만 전념해야 할 때이지 만족스러움에 젖어 갱생 없이 허송세월하는 평범한 생활에서 배울 게 없다는 것을 끊임없이 소녀에게 말하고 있었음에도, 요컨대 두 젊은 여성이 끊임없이 심각한 이율배반에 시달렸음에도, 두 사람의 생활 자체에 결코 개인적인 회류(會流)와 지류(支流)가 많지 않았던 것은 결코 아니었다. 미스 챈설러는 독자적인 의견을 가진 자주적인 여성으로 널리 인정받기는 했지만 그래도 역시 전형적인 보스턴 사람이었다. 그러니 그 사회의 '집단'에 다소간 속하지 않을 리 없었다. 사람들의 말에 의하면 그녀가 사교계에 몸담고 있기는 하나 그 일원은 아니라지만 가끔 남의 집을 방문하거나 그 집 사람들을 자기 집으로 맞이할 정도로는 일원이었다. 자신의 찻주전자를 늘 환대의 차로 채우고 엄선된 이들 누구나 그녀의 집에 언제든 방문해도 환영받을 수 있다고 느끼게끔 하는 것이 그녀의 마음가짐이었다. 그녀는 스스로 '진정한' 사람들이라고 칭할 수 있는 인물들을 선호했고, 이미 여러 사람이 그녀만의 독특한 방식으로 그 진가를 확인받았다. 이렇게 뽑힌 소수의 사람들은 대부분 교외 거주자들로 다양한 계급에 속해 있었다. 대부분은 도서관에서 빌린 책을 토시 뒤에 품거나 서로를 위한 선물로 아름다운 작은 꽃다발을 들고 낮이나 밤이나 거리를 활보하는 숙녀들이었다. 버리나는 올리브가 옆에 없으면 자주 창가에 서서 종잡을 수 없는 명상에 깊이 빠진 채, 그런 여성들이 찰스가의 집 앞을 지나가는 것을 보았다. 그들은 언제나 무언가에 늦지 않으려는 듯 조금 긴장한 모습이었다. 그런 바쁜 모습이 부러웠던 버리나는 거의 언제나 그 반열에 동참하고 싶었다. 어머니에게 그 사람들에 대해 이야기할 때가 종종 있었는데, 그들이 누구인지 태런트 부인이 알 리 없었다. 때로는 알고 싶지도 않은 것 같았다(그렇지 않아도 어머니에게 실망할 이유가 차고 넘쳤는데). 그들이 어떤 특정한 인물이 아닌 이상, 그들이 그들 자신인 걸로는 아무 쓸모도 없었다. 그들이 어떤 인물이든 그런 흠결을 다 가지고 있었다. 어머니의 이런 논고를 다 듣고도 버리나는 도대체 어머니가 어떤 사람이면 만족할지 도무지 짐작이 가지 않았다. 하지만 그런 태런트 부인도 딸로부터 음악회 이야기를 듣기에 이르자, 그럭저럭 딸이 케임브리지의 집에서 정한 수준에 맞는 생활을 하고 있다고 느끼는 것 같았다. 음악회가 열릴 때면 올리브가 예약해 한시도 떨어지지 못하는 이 친구를 데려갔다. 모두가 알다시피 보스턴에서는 탁월한 음악을 들을 기회가 빈번했지만, 미스 챈설러는 오래전부터 그중 가장 뛰어난 것을 고르는 수완을 발휘해, 최상의 음악회에 말 그대로 열을 올렸다. 그 당시 그렇게 많은 능변과 가락이 울려 퍼졌고 지금도 여전히 그 규모와 색채로 경의와 집중을 가르치는 것처럼 보이는 고상하고 장엄하고 어둑한 음악당이 그해 겨울 동안 환하게 빛나는 처마 돌림띠 아래 총명 그 자체인 얼굴로 올려다보는 두 젊은 여성을 맞이했다. 바흐도 베토벤도 두 여성에게는 한시도 자신들의 마음에서 사라지지 않는 사상을 무수한 형식으로 되풀이

하는 셈이었다. 교향곡이나 푸가나 모두 두 사람의 신념을 고무시키고 혁명에 대한 열정을 북돋우고 상상력에 힘을 보태어 평소 그것이 나아가던 방향으로 더욱 힘차게 돌진시켰다. 상상의 날개는 무궁무진한 높이로 그들을 들어 올렸다. 베토벤의 청동 조각상이 돌출된 화려한 장식의 커다란 검은 오르간을 바라보며 앉아 있는 동안, 그늘은 이것이야말로 자신들의 신조를 섬기는 자들이 예배하기에 알맞은 유일한 신전이라는 느낌을 받았다.

그렇다고 음악이 둘의 가장 큰 즐거움이었다는 뜻은 아니다. 그들에게는 적어도 같은 정도의 열의로 함양하는 것이 음악 외에도 두 가지 더 있었다. 그중 하나는 바로 연로한 미스 버즈아이와의 교제였다. 올겨울 올리브는 그 어느 때보다 자주 그녀를 만났다. 그녀의 길고 아름다운 경력도 이제는 종막에 가까우며, 그 성실하고 부단한 봉사도 끝을 맺었고, 그 시대에 뒤떨어진 무기도 부러지거나 무뎌져 이미 쓸모가 없게 되었음은 명명백백해졌다. 올리브도 이제 그런 무기는 인내심 강했던 싸움의 존귀한 유물로 벽에 걸어두고 싶었을 것이다. 아마 그런 마음에서 이 불쌍한 여인에게 그 투쟁—결코 영광스럽지도 성공적이지도 않았던, 세상이 알아주지 않고 헛되이 영웅적이었던—에 대해 말하게 하고, 함께 싸운 동지들을 무장한 형상으로 다시 불러내게 하고 그 메달과 상흔을 드러내 보이게 했는지도 모른다. 미스 버즈아이 자신도 이미 자신의 쓸모가 다했음을 알고 있었다. 그녀는 세상이 알아주지 않는 그 대의를 위한 일을 여전히 벌이는 척할 수도 있었다. 예의 그 고색창연한 가방에서 서류를 헤집거나 중요한 약속이 있는 것처럼 생각하고, 청원서에 서명하거나 집회에 참석할 수도 있었다. 혹은 닥터 프 랜스에게 만약 푹 잘 수 있게만 해준다면 자신이 더 오래 살아서 많은 위대한 개혁을 분명히 볼 수 있으리라고 말할 수도 있었다. 하지만 몸의 통증이나 피로가 심해서, 그녀도 요즘에는 미래로 눈을 돌리는 것보다 옛날을 되돌아보는 것이(그런 일은 미스 버즈아이로서는 전혀 유례가 없는 일이었지만) 오히려 즐겁게 느껴졌다. 새로운 세대의 친구들로부터 보살핌을 받는 걸 이제는 순순히 받아들였다. 때로는 올리브의 집 안 온기를 쬐면서 옛 고투에 대해 끝없이 늘어놓는 것 말고 더 바랄 것이 없다고 느껴지기도 했다. 그런 순간은 발이 젖거나 청중이 적은 모임을 휩쓰는 외풍에 시달릴 염려도 없고, 또 승객이 넘쳐흐르는 채로 도착하는 궤도차에 오르지 않아도 된다는 막연하지만 편안한 감각—미스 버즈아이에게는 예민하게 느껴지는 육체적 황홀감이랄 게 없었다—을 안겨주었다. 게다가 자신보다 더 복된 조건에서 출발한 이 젊은이들에게 모범이 되지는 않더라도 적어도 지금까지 새로운 진리가 전진해온 길을 그들이 판단하는 데 자신이 도움을 줌으로써—자신이 아직 코네티컷에 사는 매우 유능한 교사(아버지뿐만 아니라 사실 어머니역시 교사였다)의 딸로 살았던 젊은 시절과 비교하면 세상 정세가얼마나 크게 달라졌는지 정도는 그들에게 가르쳐줄 수 있으니—어느 정도 격려가 될 것이라는 자각이 마음을 기쁘게 해주었다. 올리브에게 그녀는 늘 일종의 순교자 같은 향기를 풍겼다. 타박만 당했을 뿐 보상받지도 못하고 연금조차 받지 못한 채 늙어버린 그녀를 볼 때마다 미스 챈설러는 유린당한 이상(理想)의 저 깊은 바닥에서 솟아나는 분노의 눈물에 젖었다. 버리나에게도 그녀는 생생한 박애의 화신이었다. 원래 어려서부터 수난자들을 만나는 데 익숙한 버리나였지만, 미스 버즈아이처럼 많은 회상거리를 갖고 있고 형장의 불에 거의 태워질 뻔한 인물을 만나는 것은 이번이 처음이었다. 노예제 폐지 운동이 일어난 초기에 그런 위기들을 모면한 적이 있으면서도 자신의 그런 용기에 대해서 전혀 암시 없이 이야기할 수 있다는 것은 가히 경탄스러웠다. 그녀는 남부 여러 지역을 찾아다니며 노예들에게 성경을 가져다준 적이 있었는데, 이 원정에서 타르가 온몸에 칠해지고 그 위에 새의 깃털을 꽂히는 처형을 당한 동료가 한둘이 아니었다. 그녀 자신도 조지아의 감옥에 한 달간 갇힌 적이 있었다. 아일랜드인 모임에서 금주를 설파했을 때는 답례로 돌멩이를 맞았다. 또 아내와 주정뱅이 남편 사이에 개입한 적도 있고, 거리에서 본 지저분한 아이들을 자신의 빈한한 방으로 데려와 악취가 풍기는 해진 천을 벗기고, 상처로 문드러진 그들의 몸과 미끌거리는 작은 손을 씻어주기도 했다. 그런 그녀가 올리브나 버리나에게는 고통받는 인류애의 상징처럼 여겨졌다. 두 사람이 그녀에게 느낀 연민은 곧 가장 연약하고 가장 학대받은 모든 이에게 느끼는 연민의 일부였다. 미스 챈설러는 이 작고 꾀죄죄한 선교사가 바로 전통과의 마지막 연결이니, 그녀가 세상을 떠난다면 뉴잉글랜드 생활에서 영웅의 시대—검박한 생활과 고매한 생각, 순수한 이상과 열렬한 노력, 도덕적 열정과 숭고한 실험의 시대—도 사실상 종말을 고할 것이라는 감회에 (특히 더) 빠졌다. 두 젊은 현대 여성을 이처럼 전염시킨 것은 미스 버즈아이가 품은 신념의 영

속하는 신선함, 그녀의 초월적 이상이 내뿜는 꺼지지 않는 불꽃, 그
비전의 명료함이었다. 그리고 여러 실수와 기만 그리고 이전 세대
사람들이 이뤄낸 개선책을 그들의 보닛만큼이나 우스꽝스럽게 보
이게 만드는 개혁상의 유행 변천에도 불구하고 여전히 자신에게
당면한 유일한 것은 에머슨을 읽고 트레몬트 사원에 꾸준히 다님
으로써 인류의 진보 향상을 꾀하는 것이라는 듯한 그녀의 태도였
다. 올리브 자신도 오랜 기간 시의 전도회에 참가해 혁혁한 활동을
해왔다. 그녀도 때 묻은 아이들을 박박 닦아준 적이 있다. 불결하기
짝이 없는 하숙집을 찾아 서로 으르렁거리며 싸우는 소리로 이웃
들을 허옇게 질리게 만드는 방으로 들어가기도 했다. 하지만 그녀
에게는 그런 힘든 일을 끝낸 후 언제나 마음을 즐겁게 해주는 아름
다운 집과 꽃을 가득 채운 거실이 기다리고 있었다. 탁탁거리며 타
는 벽난로에 솔방울을 던져 넣어 딱 쪼개지는 소리를 듣거나, 수입
산 다기나 치커링 피아노, 《독일 평론》 등으로 하루의 피로를 풀 수
있었다. 반면에 미스 버즈아이를 기다리는 건 그저 텅 빈 남루한 방
과 흉측한 꽃무늬 카펫(치과 카펫과 흡사한)과 불 꺼진 화로와 석
간지와 닥터 프랜스뿐이었다. 올리브와 버리나는 그해 겨울이 다
가기 전에 다시 한번 미스 버즈아이 집에서 열린 모임에 참석했다.
그 모임은 이 이야기의 시작 부분에 묘사했던 모임과 비슷했는데,
다른 점이라면 이번에는 그 위용으로 참석자 모두를 압도했던 퍼
린더 여사의 모습이 보이지 않았다는 점, 그리고 버리나가 아버지
의 협조 없이 연설했다는 점이다. 이 젊은 여성의 연설은 지난번보
다 더 훌륭했다. 올리브는 찰스가에서의 교육 과정이 시작되고 나

서 이 여성의 자신감이나 논지의 폭이 놀라울 정도로 향상된 것을
알아차릴 수 있었다. 이번 연설의 모티프는 미스 버즈아이에 대한
일종의 즉석 헌정사 같은 것으로, 이 자리를 기념하며 모임의 젊은
회원들이 미스 버즈아이에게 한마음으로 품은 애정을 소녀가 스
스로 대변자로 나서서 집약한 것이나 다름없었다. 소녀는 생생한
언어로 버즈아이의 고투로 가득한 생애와 옛 동지들(엘리자 P. 모
즐리의 이름도 버리나의 연설에서 홀대받지 않았다)과 그녀가 겪
었던 고초와 위험과 승리의 역사, 많은 사람을 교화 선도한 공적,
그리고 이제야 맞이하는 평온한 영광에 휩싸인 노경에 대해 이야
기했다—바로 그 자리에 있던 여성 중 하나가 한 말을 빌려 요약
하자면, 그들 모두가 그녀에 대해 느끼는 바를 고스란히 표현한 것
임에 틀림없었다. 연설하면서 버리나의 얼굴은 찬란히 빛나며 득
의만면해졌지만, 그 이야기에 청중 대부분은 눈물을 글썽였다. 올
리브가 보기에는 이렇게 아름답고 감동적인 연설이 또 있을 것 같
지 않았으며, 지난번 밤보다 더 깊은 감동이 행사장을 감싸고 있음
은 의심할 여지가 없었다. 미스 버즈아이는 팔순이라고는 생각되
지 않는 천진한 모습으로 변변찮은 안경을 쓰고 친구들에게 정말
완벽하게 멋진 연설이 아니냐고 물으며 방 안을 돌아다녔다. 찬사
가 자신을 향해 쏟아지는 줄도 모르고 그녀는 그저 버리나의 재능
이 발휘된 눈부신 표현으로만 듣고 있었다. 나중에 올리브는 만약
그 자리에서 바로 기부금 모집이 이루어졌다면 분명 이 선량한 여
인도 안락한 노후 생활을 보장받았을 거라고 문득 생각했지만, 곧
그 자리에 모인 객들도 대개는 마찬가지로 빈털터리라는 사실을

깨달았다.

이미 암시했던 바와 같이 우리의 젊은 두 친구에게는 베토벤과 바흐와 함께 보내는 시간이나, 미스 버즈아이로부터 옛날의 그 콩코드* 생활을 듣는 즐거움과는 종류를 달리하는 정서를 강화하는 터전이 또 있었다. 그것은 그녀들이 여성의 고난사를 탐구하는 데 발휘한 놀라운 통찰력 그 자체에 있었다. 밤낮없이 두 사람은 그런 내용을 열광적으로 정독하며 거기서 자신들의 사명에서 가장 순수한 부분을 찾아냈다. 올리브는 이미 오래전부터 아주 열심히 이 문제에 몰두했기에 이제는 이 문제를 완전히 제 것으로 만들었다. 이것이야말로 그녀가 인생에서 진정으로 정통했다고 자신할 수 있는 유일한 주제였다. 그에 대해 그녀는 최고의 권위를 가지고 하나도 빼놓지 않고 버리나에게 제시할 수 있었다. 아주 어둡고 구불구불하게 이어진 험난한 길을 안내해 오르락내리락하고 들어갔다 나왔다 하면서 소녀를 이끌고 갈 수 있었다. 알다시피 그녀는 자신에게 웅변의 재능이 있다고 믿지 않았지만, 여성의 고상한 나약함이 결코 자신을 보호하는 수단이 되지 않았고, 오히려 남성적 상스러움보다 더 격심한 고통을 여성들에게 초래해왔음을 버리나에게 들려줄 때는 그야말로 웅변가 그 자체였다. 여성의 역겨운 파트너들은 태초부터 늘 여성을 발밑에 짓밟아왔다. 여성의 온유함과 인종(忍從)이 남성에게 파고들 기회를 주었다. 괴롭힘을 당한 아내들

---

*   보스턴의 북서쪽에 있는 도시로, 에머슨, 호손, 소로 등의 문인과 사상가가 많이 거주했다.

이나 살림에 찌든 어머니들이나 수치를 겪고 버림받은 처녀들, 이 지상에 살고 있으면서 당장 떠나버리기를 고대하는 그들의 환영이 끊임없이 그녀의 눈앞을 지나간다. 그리고 이 끝없는 흐릿한 행렬이 무수한 손을 그녀를 향해 내미는 것 같다. 발소리나 목소리가 들려오면 금세 안색에 핏기가 가시고 아파하는 그 여성들과 그녀도 함께 앉아 떨면서 밤을 새운다. 고뇌와 치욕을 씻겨주는 어두운 물가를 그 사람들과 함께 걷기도 한다. 극에 달한 환시 속에서는 그들과 함께 몸을 떨며 최후의 도약을 시도하기도 한다. 그녀는 여성의 민감함과 유연함에 대해 아주 자세히 분석한 적이 있다. 그래서 불안이나 긴장감이나 공포가 가하는 고문이 어떤 것인지 잘 알고 있다(적어도 알고 있다고 생각한다). 이를 통해 그녀는 결국 여성만이 모든 대가를 치르고 있다는 확신에 이를 수 있었다. 요컨대 인간 운명의 모든 짐이 여성에게 지워지고 있다. 남성이 진 것보다 훨씬 큰 짐, 참을 수 없는 운명의 짐이 우리 여성을 짓누르는 것이다. 그런데도 우리는 비좁게 앉아 쇠사슬에 묶인 채 그저 가만히 그것을 받아들이려고 한다. 온갖 인종을 감내하고 모든 상처를 끌어안는다. 희생, 피, 눈물, 공포, 그 모든 것이 우리 여성의 것이다. 여성의 기질 자체가 고통을 이겨낼 힘을 갖추고 있어서 남자들은 한계를 모르는 뻔뻔함으로 그 점을 이용한다. 가장 약한 자이기에 가장 많이 빼앗기고, 가장 관용을 베풀었기에 가장 심하게 속는다. 필요하다면 그녀는 이런 보편적인 사실에 근거해 남성을 고발할 것이다. 지금까지 여성이 처한 운명의 본질 자체였다고 할 이 심상치 않은 참혹함이야말로 억지로 떠맡겨진 터무니없는 짐이며, 목소리를 높여 보상을 요구해야 마땅하다는 것을 그녀는 간결하면서도 모든 것을 포괄해 주장할 것이다. 물론 여성 중에도 좋지 않은 사람이 있다는 것은 그녀도 기꺼이 인정한다. 확실히 세상에는 부정하고 음란하며 마음이 사악한 여성도 많이 있다. 하지만 그러한 잘못도 여성이 입은 고통에 비하면 아무것도 아니다. 그 고통은, 혹여 그들의 비행이 끝없이 이어진다 해도 미리 다 보상해주고도 남는다. 이런 의견을 올리브는 연신 고개를 끄덕이며 들어주는 친구에게 쏟아냈다. 그것을 몇 번이나 되풀이해서 이야기했지만, 언제나 힘찬 진리의 고동으로 울려 퍼지는 듯했다. 버리나는 엄청나게 감명을 받았다. 미묘한 불길이 그녀의 마음에 와닿았다. 아직 올리브만큼 복수를 갈망하는 마음이 들지는 않았지만, 그래도 두 사람이 유럽으로 떠날 날이 가까워지자(그녀가 어떤 식으로 이 계획에 몸을 던졌는지는 이야기할 것도 없다) 그녀도 마침내 친구의 의견을 전적으로 수용해, 그토록 오랫동안 부당한 세월이 흐른 후에(아마도 또한 그들이 유럽 여행을 다녀온 후에) 이제 남자들 차례라고, 남자들이 반드시 보상해야 할 차례라고 생각하게 되었다!

2부

21장

베이질 랜섬은 뉴욕의 동쪽 변두리에 가까운 고지대 지구에 살고 있었다. 2번가 모퉁이 건물에 인접한 다소 낡은 건물의 작고 초라한 방 두 개를 빌렸다. 모퉁이 건물 자체에는 꽤 큰 식료품점이 있었지만, 그 인근은 랜섬이든 다른 세입자들이든 적어도 고상한 곳에 살고 있다고 자부할 수 없는 곳이었다. 건물 정면은 붉고 녹이 슬었고 초록색 페인트가 벗겨진 덧문은 판자가 느슨해져 서로 아귀가 맞지 않아 빈틈투성이였다. 저층 창문 중 하나에 다양한 색깔의 종이를 (그것도 그다지 깔끔하지는 않게) 오려서 만든 활자로 '식사 제공'이라고 적은 후에 작은 금박 띠로 둘러싼 아주 지저분한 팻말이 걸려 있었다. 상점은 양 측면이 지붕으로 엄폐되어 있었는데, 거대한 지붕은 진흙투성이 보도 위로 돌출되고 갓돌에 올린 목재 기둥이 떠받치고 있었다. 지붕 아래 틀어진 판석 보도 위에는 통이나 바구니가 자유롭게 그린 듯이 놓여 있었다. 진열창에 늘어선 풍미 넘치는 상품을 애정을 담아 들여다보는 사람들이 멈춰선 발치에는 지하 저장실 입구가 아가리를 딱 벌리고 있어서, 강하게 코를 찌르는 훈제 생선 냄새가 당밀 향기와 섞여 주위를 맴돌았다. 포장도로의 배수로를 따라 감자, 당근, 양파를 쌓아 올린 더러운 짐 바구니가 줄지어 있었다. 끌채를 벗은 말과 함께 산뜻하고 말쑥한 사륜마차가, 이 꺼림칙한 도로(깊이가 30센티는 되는 구멍과 바퀏자국, 태곳적부터 고여 있었던 것 같은 진창들이 널린)의 가장자리에 서 있었는데, 그러한 정경은 문란한 문명 생활을 현시해주는 그곳 풍경에 어쩐지 느긋한 전원의 목가적 분위기를 곁들이는 듯했다. 이 상점은 이른바 네덜란드 식료품점으로 뉴욕 사람들에게 잘 알려진 가게 중 하나였다. 그 앞을 지나면 출입구에서 노란색 머리에 얼굴이 붉게 상기된 점원들이 팔을 드러내고 쉬는 모습을 볼 수 있었다. 그런데 이런 풍경들을 내가 언급하는 것은, 그것이 베이질 랜섬의 생활이나 사상에 뭔가 특별한 영향을 미쳤기 때문이 아니라, 단지 옛정을 생각해 그 풍부한 지방색을 전달하고 싶었기 때문이다.* 게다가 애초에 어떤 인물도 배경을 그리지 않고는 형상화될 수 없는데, 우리 청년도 내가 간략히 명시해둔 사물들 사이를, 사실인즉 다소 무심하게 주위 풍경을 인지하지 못하는 듯한 걸음으로 매일 오갔다. 그가 빌린 방 중 하나는 거리에 면한 문 바로 위에 있었다. 이런 방을, 특히 좁은 경우에 뉴욕식 호칭으로 '문

---

* 헨리 제임스는 1875년 겨울에 2번가에 거주했다.

간방(hall bedroom)'이라고 부른다. 이웃한 거실 방은 약간 더 넓었지만, 랜섬이 빌린 두 방 다 마찬가지로 퇴락한 공동주택들에 접해 있었다―그 공동주택들은 40년도 전에 생긴 건물로, 지금은 완전히 말라비틀어진 듯 낙후돼 있었다. 그 건물들 역시 붉은 페인트가 칠해져 있었고 흰 선 하나가 벽돌 표면을 두드러지게 만들고 있었다. 건물 2층에는 다양한 색깔로 줄무늬가 진 작은 양철 지붕과 복잡한 무늬의 쇠창살이 달린 발코니가 있었는데, 답답한 우리 같은 인상을 줘서 동양의 마을에서 흔히 볼 수 있는, 거리를 몰래 엿보기 위한 작은 상자 같은 방과 약간 비슷해 보였다. 이 감시초소에서는 길모퉁이의 식료품점이, 갓돌에 가끔 놓이는 쓰레기통이나 수직으로 떨어지는 가스등 불빛으로 활기를 띠는 느슨하게 흐트러진 도로가 보였다. 서쪽으로 눈을 돌리면, 볼 수 있는 전망의 끝부분에 이상하게 생긴 고가철도의 뼈대가, 그것과 직각 방향으로 달리는 도로 위로 돌출돼, 태고의 괴수를 연상시키는 광대한 등뼈나 갈고리발톱이 달린 무수한 발로 도로를 어둡게 억누르고 있는 듯한 광경이 보였다. 만약 여기서 기회만 된다면, 베이질 랜섬의 주거 내부 모습이나 양성을 다 포함한 그 건물의 색다른 거주자들, 대부분 운명의 총아라고는 할 수 없는, 모두의 눈길을 피해 그곳에서 피난 장소를 찾아낸 그 사람들에 대해 조금 설명을 추가하거나, 주름투성이 테이블보가 덮인 작은 공동 식탁에 대해 묘사해보고 싶다. 손에 닿는 모든 것이 진득진득한 그 식탁에서의 식사는 일주일에 2달러 반으로, 천장이 낮은 지하방에서 칠칠치 못한 두 흑인 여자의 진두지휘로 진행되었다. 그 여자들은 자주 식탁 대화에 끼었고 화제가 익살스러운 방향으로 빠지면 요상하고 낮은 웃음소리를 냈다. 그러나 이런 것에 대한 서술은 오로지 다음의 사실을 암시하는 바를 모으는 것으로 엄격히 제한할 필요가 있다. 즉, 이 미시시피 태생의 청년은 예의 그 중대한 보스턴 방문 후 1년 반이 지난 지금까지도 아직도 벌이가 변변치 않았다는 사실 말이다.

그는 근면 성실했고 야심도 남에게 뒤지지 않았다. 하지만 아직 제대로 된 성과가 나오지 않았다. 우리가 다시 그와 만나기까지에 앞서 몇 주 동안 그는 자신의 세속적 운명에 대한 자신감을 완전히 잃어가고 있었다. 자신의 운명에 어떤 형태로든 성공이라는 것이 예정되어 있는지가 더욱 의심스러워진 것이다. 그처럼 재산도 친구도 없고 대단한 활력이랄 것도 없고, 뱀같이 교활한 지혜도 자기만의 재주도 사회적 위신도 없는, 배고픈 미시시피 태생의 청년이 뉴욕 같은 대도시에서 생존 경쟁의 게임을 과연 잘해낼 수 있을까. 급기야 게임을 포기하고 조상들이 잠든 고향으로 돌아가기로 결심할 지경에 이르기도 했다. 어머니가 보낸 소식에 의하면, 고향에는 아직 생존을 지탱할 수 있을 만큼 갓 구워낸 옥수수빵이 충분히 있었다. 이제까지 자신의 운을 그다지 믿어본 적이 없는 그였지만, 지난 1년간 운명이 그에게 범한 탈선은 그처럼 꾸준히 가혹한 운명에 희생된 탓에 웬만한 불운에는 꿈쩍도 안 하게 된 자들조차 놀랄 정도였다. 단지 의뢰인이 늘지 않은 정도가 아니라, 열두 달 전에 그에게 적지 않은 만족의 대상이었던 소소한 일거리조차 거의 다 잃었다. 지금까지 해온 건들은 모두 소소했지만, 이제 그런 작은 건수조차 하나도 없었다. 이런 상황이 그의 평판에 좋은 결과를 가져올 리 만무했다. 성공의 아름다운 꽃이 거의 감지되지 않을 정도로 연약한 싹 단계에서 뜯길 운명이라는 것을 그도 인지할 수 있었다. 처음에 그는 자신의 부족한 점을 보완해줄 거라고 생각한 어떤 남자와 함께 일을 도모했었다―로드아일랜드 출신의 그 젊은이는 본인의 표현에 따르면 업계에 내부 연줄이 있다고 했었다. 그러나 알고 보니 이 신사는 그의 부족함을 보완해주기는커녕 크게 개선이 필요한 인물임이 드러났다. 랜섬의 주된 결핍, 즉 돈의 결핍은 동료가 어떤 설명도 없이 돌연 유럽으로 떠나기 전에 공동 사업의 적은 자본금을 은행에서 인출해버렸을 때 더없이 명백해졌다. 랜섬은 몇 시간이나 사무실에 앉아 의뢰인이 오기를 기다렸다. 기다려봤자 오지 않거나, 설사 찾아와도 막상 그를 만나면 의지할 마음이 생기지 않는 것 같았다. 손님들 대부분은 어떻게 할지 생각해보겠다고 하고 그냥 가버렸다. 생각해본다 해도 별 소용 없는 게, 다시 사무실을 찾는 손님은 거의 없었다. 그런 까닭에 결국 그는 모두 자신의 남부인 특유의 풍모에 편견을 품는 게 아닐까 하는 의문마저 들었다. 아마도 그들은 그의 말투가 마음에 들지 않았을지도 모른다. 더 나은 말투를 알려주기만 하면 그도 기꺼이 그대로 할 텐데. 뉴욕식 매너를 배운다고 바로 몸에 익힐 수도 없고, 다른 사람의 사례를 본뜬들 그렇게 쉽게 물드는 것도 아니다. 어쩌면 자신이 머리가 나쁘고 미숙해서 그런 건 아닐까 궁리한 끝에 마침내 그는 자신이 실무적인 재능이 없다는 것을 스스로 인정하지 않을 수 없었다.

이러한 고백은 그 자체로 이미 사실을 증명하는 것이나 다름없었다. 이런 식으로 결론을 내리는 사색에 빠지는 것보다 더 무익한 일이 또 없기 때문이다. 그는 자신이 이론을 아주 좋아한다는 걸잘 알았고, 의뢰인들도 그가 긴 다리를 꼬고 토크빌*의 책을 탐독하는 모습을 보면 분명 그렇게 생각했을 것이다. 그가 좋아서 읽는 책이란 다 그런 책으로, 사회적·경제적 문제와 정부의 형태와 민중의 복지 등에 대해 자주 생각했다. 이를 통해 그가 도달한 확신은, 일을 찾는 젊은 변호사라면 누구나 당연시하는 버릇이 있는 만고의 진리에는 걸맞지 않았다. 하지만 그 자신도 이런 신조가 이제 뉴욕에서는 물론 미시시피에서도 자기 일의 번영에 도움이 되지 못하리란 걸 인정하지 않을 수 없었다. 사실 그 신조가 특별히 이점이될 만한 나라가 있으리라고는 도저히 생각할 수 없었다. 이제 그는자신의 신념이 완고함을 통감하는 한편, 그에 비해 노력이 부족함을 깨달았다. 그래서 차라리 이 신념을 바탕으로 삶을 꾸릴 수는 없는 것일까 궁리하게 되었다. 공적인 삶에 그는 항상 동경을 품어왔다. 자신의 소신을 국가 경영에 반영하는 것이야말로 인간이 누릴수 있는 즐거움의 최고 형식으로 여겼다. 그러나 현재 그의 고독한면학 생활에는 공공적인 요소가 거의 없다시피 하니, 이렇게 사무실을 차리고 앉아 있을 바에야 차라리 애스터 도서관**에라도 가서일하는 편이 낫지 않을까 자문하곤 했다. 그는 한가한 시간이나 가

---

* 19세기 프랑스 자유주의 정치학자·역사가인 토크빌의 주저 《미국의 민주주의》는 근대의 민주주의 정부에 대해 정치적, 사회학적 관점에서 처음으로 본격적인 분석을 한 저서로, 미국의 보수적 자유주의자들에게 많은 영향을 끼쳤다.

** 1855년에 설립된 공공 도서관.

끔 있는 휴일에 그 도서관에 가서 엄청나게 의미 있는 독서를 하곤
했다. 그는 방대한 주석과 메모를 썼고, 가끔 그것들은 주간지 편집
인들의 마음을 끌지도 모를 형식을 취했다. 의뢰인이 오지 않더라
도, 어쩌면 독자들은 올지도 모를 일. 그는 대단히 고심해서 대여섯
편의 글을 썼는데, 완성하고 보니 아무래도 자신이 가장 말하고 싶
었던 요점이 조금도 드러나지 않는 것 같았다. 하지만 어쨌든 그는
쓴 것을 주간지나 월간지의 주간들에게 보냈는데, 모두 사의와 함
께 거절당했다. 사정이 이러니 말을 하든 펜을 잡든 도무지 운이 트
이지 않는 자신의 불행을 나른한 기후 지역의 사투리 탓으로 돌릴
뻔했지만, 소수자의 권리에 관한 그의 논고에 노골적으로 조언을
해준 한 편집자 덕분에 불운의 근원을 밝혀낼 수 있었다. 그 신사는
그의 주장이 300년 정도나 시대에 뒤떨어졌다고 지적했다. 16세
기경의 잡지라면, 분명히 아주 기꺼이 그의 논고를 실어주었을 것
이라고. 그런 말을 듣고 보니, 그는 자신이 본질상 오직 세상 사람
들에게 인기가 없는 대의에만 끌린다는 게 자신만의 의혹이 아님
을 알게 되었다. 그가 시대에 맞지 않는 인간이라고 몰아붙인 그 무
례한 편집자의 말은 틀리지 않았다. 그러나 그 시기는 틀렸다. 그
는 수 세기 일찍 태어났다. 시대에 뒤떨어지기는커녕 오히려 시대
를 너무 앞서간 것이다. 그러나 그렇게 생각해도 그로서는 만약 선
거에 의하지 않더라도 선거구를 대표할 어떤 다른 수단만 있다면
당장 정치권에 들어가고 싶은 마음만은 버릴 수 없었다. 미시시피
라면 그를 위해 한 표를 던지려고 할 정도의 괴짜가 있을지 모른다.
하지만 곡식 가루로만 연명하는 어머니와 누이에게 때때로 몇 푼

보내고 싶은 열망도 답을 찾지 못하고 있는데? 그의 의견이 사람들의 관심을 끄는 일은 없을 것이라는 생각이 갑자기 강력히 들면서 그 즐거운 가정도 허망하게 사라지고, 마치 망망대해에서 찢긴 돛의 마지막 조각까지도 바람에 빼앗긴 작은 배에 매달린 사람이 된 듯한 느낌만이 남았을 뿐이다.

랜섬의 불운한 견해에 대해서는 자세히 설명할 필요가 없을 것이다. 그것은 이 청년이 하는 말 그 자체에서 종종 유쾌한 재담의 방식으로 얼굴을 빼꼼 내비치기 때문에, 이 이야기를 읽어나가는 동안 독자가 분명 대략 추측했을 거라고 확신한다. 따라서 여기서는 다음과 같이 말해두는 것으로 충분할 듯하다. 그는 천성이 금욕주의적인 성향이 다분했고, 상당한 지적 경험의 결과로 사회적·정치적 문제에 관해서 반동적인 생각을 품게 되었다. 짐작하건대 상당히 자만심이 강한 남자이기도 한 것이, 이 남자는 자신이 사는 시대를 비판하는 것에 거의 중독되어 있었다. 그의 생각에 현대는 너무나 말이 많고 불평도 많고 히스테릭한 데다가 감상적이고, 여러 그릇된 사상에 사로잡혀 해로운 맹아를 품으며 사치스럽고 방탕한 습관으로 가득 차 있었다. 이런 타락에 대해서는 언젠가 반드시 가공할 단죄가 내려질 것이라고 그는 확신했다. 고(故) 토머스 칼라일*의 열렬한 숭배자인 그로서는 현대 민주주의의 침범에 아주 회의적일 수밖에 없었다. 그 기묘한 이단의 사상이 어떻게 그의 마음

---

* 19세기 영국 역사가이자 평론가로, 이른바 '기계적 시대'로 자신이 명명한 근대의 많은 사상, 즉 자유방임주의적 자본주의, 경험주의, 실용주의, 무신론 등에 반대했다.

에 심어졌는지 정확히는 모르지만, 어쨌든 그것은 꽤 긴 계보를 가지고 있었다(과거 영국의 왕당파나 귀족들 사이에서 번성한 적이 있었다). 때때로 그는 원기 왕성하지만 편협한 조상으로부터, 즉 인간성에 대해 우리 현대인의 기질이 요구하는 것보다 훨씬 더 원시적인 개념을 가지고 있으며 인간적 행복을 도모하는 데도 훨씬 단순한 계획을 품었던, 예의 그 널찍한 얼굴에 가발을 쓰거나 칼을 찬 선조들로부터 전해진 혼이 되살아난 듯했다. 그는 그런 계보를 흔쾌히 받아들였고 조상들을 숭배했으며 자신의 뒤를 이을 사람들에게는 적잖이 연민의 정을 느꼈다. 하지만 이렇게 말하는 건 그를 약간 배신하는 것인지도 모르겠다. 왜냐하면 그 자신이 이런 감정을 입 밖에 내어 말한 적은 한 번도 없었기 때문이다. 앞서 말했듯이 그는 현대사회가 너무 말이 많다고 느꼈지만, 그 자신도 말하기를 좋아한다는 점에 있어서는 남에게 뒤지지 않았다. 다만 그는 가만히 있는 것이 더 의미심장한 것 같은 경우에 확실히 입을 닫을 줄 알았고, 특히 심한 당혹감을 느낄 때 그랬다. 요 며칠 그는 매일 저녁 술집에 앉아 과묵의 심연에 빠져 파이프 담배만 피웠다. 그런 태도가 이토록 오래 지속된다는 것은 위기의 신호였다―이는 그가 자신의 처지를 완벽하게, 뼈저리게 절감하고 있음을 보여주는 것이었다. 그 술집에 가는 것은 그가 아는 한 저녁에 시간을 보내는 가장 싼 방법으로, 그곳 쇼펜 잔**이 매우 길었고 맥주 맛도 더할 나위 없었다. 게다가 가게 주인을 비롯한 손님 대부분이 독일인이어

** 독일식 반 리터 맥주잔.

서 그들의 일상어가 도무지 이해되지 않으니 쓸데없는 수다에 휩쓸리지 않을 수 있었다. 그저 자신의 파이프 연기를 바라보며 생각에 잠겼지만, 너무 오래 생각하자 결국 생각할 거리가 다 떨어진 것 같았다. 그런 편안함과 실의가 뒤섞인 순간이 오자(지금 우리가 관심을 갖는 여러 밤 중 마지막 밤의 일인데), 그는 가게를 나와 3번가 거리를 걸어 초라한 거처로 돌아갔다. 얼마 전까지만 해도 이런 시각에 이런 기분으로 돌아오는 그를 즐겁게 해주는 존재가 있었다. 그와 같은 건물에 살고, 종종 어두침침하고 통풍이 안 되는 식당에서 저녁 식사를 하는(그녀는 매일 밤 연극이 끝난 후 어딘가에서 저녁을 먹었다) 어린 버라이어티 여배우로, 그녀와 아주 다정한 사이였던 그는 그녀의 방에 들러서 수다를 떨곤 했던 것이다. 그런데 그로서는 대단히 놀랍게도, 그녀가 최근에 결혼해서 남편과 함께 순회공연을 겸한 신혼여행을 떠나버렸다. 이런 상황이라 그날 밤 약간 무거운 발걸음으로 자신의 방으로 올라간 그는 (거실에 있는 곧 부서질 듯한 책상 위에서) 루나 부인으로부터 온 편지를 발견했다. 나는 이 편지의 내용을 *삭제 없이 다*(in extenso) 전하지 않고 그 희미한 반영만 전하는 데 그친다. 부인은 그가 전혀 찾아오지 않는 것을 꾸짖고, 도대체 어떻게 된 것인지, 시류에 너무 편승해 지내느라 진지한 교제에만 관심 있는 자기를 잊어버렸는지 알고 싶어 했다. 완전히 사람이 변해버린 거냐고 나무라면서 왜 그렇게 냉담하게 구는지 물었다. 그녀가 뭔가 마음을 상하게 한 것이라면, 적어도 그렇다고 말해주길 바라는 게 너무 과한 요구일까? 그녀는 서로 아주 공감하는 면이 많다고 — 그녀가 마음에 품고 있는 생각을 그가 아주 생생하게 말로 나타내준다고—생각했었다. 그녀는 지성이 풍부한 사람들과의 교제를 좋아하는데 요즘은 그런 친구가 한 명도 없다. 그러니 내일 저녁에 그가 그녀를 보러 꼭 와주길 바란다—여섯 달 전에 그랬듯이. 그리고 그녀가 그의 마음을 많이 상하게 했더라도, 그가 많이 변했다 해도 그녀는 언제까지나 그의 다정한 친척 애덜라인이라는 것만은 알아주길 바랐다.

"도대체 이번에는 나에게 뭘 원하는 거지?" 이런 약간 무례한 외침을 내뱉고 그는 친척 애덜라인의 편지를 치워버렸다. 그런 몸 짓으로 미루어 볼 때 그는 친척의 청을 묵살할 생각인 것 같았지만, 그럼에도 다음 날이 되자 그녀 앞에 모습을 드러냈다. 그는 예전부터—즉 1년 전부터—그녀가 자신에게 뭘 원하는지 알았다. 그녀의 재산을 관리하는 것, 아들의 과외 교사를 하는 것, 그것이 그녀가 원하는 바이다. 그는 자신에 대해 그토록 신뢰를 표해준 데 감격한 나머지 그녀의 부탁을 선선히 받아들였는데, 막상 그 시도는 빠르게 좌절되고 말았다. 루나 부인의 일은 신탁관리인이 손에 쥐고 완전히 관리하는 상황이라, 랜섬은 자신의 역할이란 게 단순히 자신과는 관계없는 문제에 간섭할 뿐이라는 것을 금방 알아차렸다. 친척의 경솔한 부탁을 들어준 대가로 그녀 재산의 합법적인 관리자들로부터 웃음거리가 되면서 그는 앞으로 친척과의 교제로 겪게 될 위험에 눈을 떴지만, 그럼에도 그는 그녀의 어린 아들 교육에 매일 한두 시간 할애해 꾸준한 수입을 얻게 될 거라고 생각했다. 그러나 이것 역시 단순한 환상이었음이 드러났다. 랜섬은 저녁이 되기 전에 일을 마치고 5시가 되면 사무실을 떠나 저녁 식사 시간까지 그 아이와 함께 지냈다. 몇 주가 지난 후 그는 정강이가 부러지지 않은 몸으로 그 일을 그만둘 수 있음을 행운으로 여기게 되었다. 어린 뉴턴의 성질이 놀랍다는 것은 이미 그의 어머니에게 익히 듣긴 했지만, 선생이 학생에게 특징 지을 수 있는 좋은 점이 전무하다는 점에서 놀라운 것임을 알게 된 것이다. 정말이지 이렇게 밉살스러운 아이가 또 없었다. 라틴어에 대해서는 개인적인, 거의 육체적이라고도 할 적개심을 품으며 발작적으로 분노했다. 이러한 발작에 휩싸이면 아이는 모든 이와 모든 것을 사납게 마구 발로 차버렸다―불쌍한 '라니'든 모친이든 앤드루스와 스토더드의 라틴어 문법책이든, 로마의 걸출한 위인이든 예외가 없었다. 그렇게 전 우주에 분풀이하고는 카펫 위에 벌렁 나자빠진 채 이상할 정도로 날랜 그 작은 발뒤꿈치를 하늘을 향해 찔러댔다. 루나 부인은 항상 아들의 수업에 배석했지만, 이르든 늦든 꼭 돌입하는, 앞에서 묘사한 단계에 이르면 아이가 공부에 시달려서 그렇다고 선처를 호소하며 아이가 매우 예민한 감수성을 가졌다는 증거라고 랜섬에게 설명하고는 아이를 제발 좀 쉽게 해달라고 간청한 뒤 나머지 시간을 개인 교사와의 수다로 보냈다. 아직 시작한 지 얼마 되지 않았을 때 이미 그는 이런 식으로는 정당하게 일해서 보수를 받는다고 할 수 없다는 생각이 들었다. 게다가 상대방에게 은혜를 베풀고 싶어 한다는 것을 숨길 줄 모르는 부인과 금전상의 관계로 엮이는 것은 참으로 불쾌했다. 그래서 개인 교사직을 그만둔 그는 이것으로 위험을 면한 것 같은 막연한 느낌에 안도의 한숨을 내쉬었다. 그 위험이 무엇인지 그도 분명히 알지 못했는데, 그것에 이름을 주고 싶은 마음이 들게 하지 않는 이 여성에게조차 그는 모종의 촌스러운 감상적 경의를 품었다. 그는 지금도 숙녀들에게 옛날 그대로의 고루한 말씨와 정중한 태도를 취하는 걸 즐겼다. 숙녀들은 섬세하고 상냥한 피조물로 섭리에 따라, 수염 나는 성별의 비호 아래 놓인다는 게 그의 생각이었다. 따라서 남부 신사들은 어떤 결점을 갖고 있더라도 적어도 그 기사도 정신에 있어서는 타의 추종을 불허한다는 자부심이 그에게는 그저 농담거리가 아니었다. 그야말로 속어가 판치는 시대에도 그는 여전히 기사도 정신이라는 말을 완벽하게 진지한 얼굴로 입에 올릴 수 있는 남자였다.

이렇게 호방한 마음을 갖고 있긴 했지만, 그 역시 여자가 본질적으로 남자보다 못한 존재이고 남자가 그들을 위해 정해준 운명을 받아들이기를 거부하는 여자는 한없이 짜증이 나는 존재라고 생각한다는 점에서는 다른 남자들과 다를 바 없었다. 그에게는 자연과 사회에서 여성이 차지해야 할 자리에 관한 지극히 명확한 개념이 있었고, 여성들의 그러한 지위에 걸맞게 어느 정도 경의를 표할지 말지에 대해서도 마음에 거리낄 게 전혀 없었다. 기사도 정신이 넘치는 이 남자는 민첩하게 자신에게 부과된 소임을 다하고 여성들의 권리를 인정했다. 여기서 말하는 여성의 권리란 더 강한 종에게 너그러움과 배려를 요구할 권리다. 이런 감정을 행사하는 것은 남성에게나 여성에게나 매우 이로운 일이며, 여성 쪽에서 상냥하고 감사하는 마음을 가질 때 가장 풍부하게 발휘된다. 정중함에 있어서 여성 입법자의 출현을 고대하는 사람들 대부분보다 그가 더 고매한 개념을 갖고 있었다고 말할 수 있을지도 모른다. 더욱이 이 남자가 여성들이 열을 내며 논쟁을 벌이는 모습을 보기 싫어했으며, 여성의 상냥함과 유순함이야말로 남자에게 감화를 주고 (최고의) 기회를 마련해준다고 생각했다는 사실을 여기에 덧붙이면, 아마 독자 중에는 그런 심리 상태를 극도로 촌스럽다고 생각할 분들도 적지 않을 것이다. 어쨌든 베이질 랜섬은 그런 심성 때문에 루나 부인이 그를 사랑하고 있다는 것을 차츰 깨달아가면서도 프랑스식 표현을 사용하면, 알파벳 i 위의 방점을 찍지 않고* 행동했다. 부인의 사랑은 그가 깨닫기 훨씬 전부터 진행되고 있었다. 물론 부인이 몹시 스스럼없는 태도를 보이는 여자라는 것은 그도 꽤 일찍부터 간파했다―아직 교제를 시작한 지 얼마 되지 않았음에도 당연한 듯이 최고도의 친밀감을 보이는 그녀였으니. 그러나 그의 눈에 부인은 그다지 젊지도 아름답지도 않았기에, 부양할 여자들이 있는 이름 없는 무일푼의 미시시피 태생 남자와 그녀가 결혼할 생각을 한다는 것은 쉽게 상상이 되지 않았다(아니, 애초에 그녀가 결혼을 원할 거라는 의심조차 그의 뇌리에 전혀 떠오르지 않았을 것이다). 설마 자신이 루나 부인의 가슴속에 담긴 이상에 딱 맞는 남자일 줄은 짐작도 못 했다. 그녀는 지주계급이라면 비록 땅을 잃은 지주일지라도 사랑했고, 또 남부인이라면 어떤 상황인지를 막론하고 숭상했다. 그녀에게는 이 친척 청년이 훌륭하고 남자답고 우수에 차 있고 사심이 없는 인물로 보였다. 분명히 이 남자라면 사회의 사건이나 시국 문제나, 저속하게 타락한 현대 생활에 대한 자

---

* 자신의 의향을 분명히 하지 않았다는 뜻이다.

신의 견해에 진심으로 공감해줄 것이라고 생각했다. 말투에서도 이 남자가 보수적인 사람임은 금방 알아차릴 수 있었는데, 보수주의야말로 바로 그녀 자신의 실크 현수막에 새긴 모토나 다름없었다. 그녀가 그런 인기 없는 주의를 받들게 된 것은 타고난 기질에 따른 것이지만, 여동생의 '과격한' 신념과 그것을 받들며 동생 주위에 모여든 그 끔찍한 무리에 대한 반작용의 결과이기도 했다. 실제로는, 사물의 옳고 그름을 변별하고 판단하는 능력이 뛰어난 것은 올리브 쪽으로, 애덜라인은 더 나쁜 것을 더 나은 것으로 혼동해 잘 속는 사람이었다. 그녀는 랜섬에게 공화정 체제의 열등함, 해외에 있는 미국 공사관에서 만났던 진저리 나는 사람들, 이 나라의 하인과 상인의 형편없는 매너, '옛날 좋은 시절 상류 가정'이 시류를 거슬러 꼭 살아남을 거라는 희망 같은 것을 이야기했지만, 랜섬은 설마 그녀가 자신을 구슬려 결혼의 제단으로 데리고 가겠다는 속셈으로 이런 화제에 탐닉했다고는 의심하지 않았다(그는 이 화제를 다루는 그녀의 말투가 몹시 익살스럽게 느껴졌다). 게다가 자신의 변변치 않은 수입을 그녀가 개의치 않으리라고는 도저히 생각할 수 없었다ㅡ확실히 이 점에 관한 한 그가 부인을 잘못 본 것이, 그의 가난한 형편을 보고 이것이야말로 오늘날과 같은 돈벌이에 급급한 시대에는 참으로 갖기 어려운 우아함의 증거라고 생각한 부인은 뉴턴의 얼마 안 되는 재산도 이미 양도 절차가 끝났으니(게다가 그 유증의 보증 조건은 루나 씨가 얼마나 선견지명이 있고 마음이 넓은 사람이었는지 보여주었으니, 그가 부인에게 남긴 것에는 예를 들어 죽을 때까지 애도하기와 같은 고약한 조건이 붙지 않았다), 즉 뉴턴이 그의 성격에 걸맞은 금전상의 독립이 확보된 상황이니, 자신의 수입으로 두 사람을 부양하고도 남으며 자기 덕분에 사는 남편을 맞는 사치를 부릴 수 있는 것 아니냐고 생각하면서 혼자 무척 기뻐했던 것이다. 베이질 랜섬은 부인의 이런 속내를 알 턱이 없었지만, 부인이 하루가 멀다 하고 그에게 짧은 편지를 보내고, 시도 때도 없이 마차를 타고 공원에 가자고 제안하고, 일이 있다고 거절하면, "아, 그 빌어먹을 일! 그런 변명은 이제 질렸어요. 미국에서는 일 말고는 아무것도 없는 것 같아요. 일을 안 해도 살 방법이 있어요, 당신이 그 방법을 택하기만 한다면!"이라고 되받아치는 것은 분명 뭔가 속셈이 있어서라고 짐작은 했었다. 그는 그녀의 편지에 좀처럼 답하지 않았다. 원래 예의범절이나 절도를 중시하는 부인이 문이 잠긴 남의 집 창문을 기어들어 가려 시도하는 식으로 행동하는 것이 너무 싫었다. 그래서 그는 방문 횟수를 상당히 줄이기 시작하다가, 결국에는 아주 뜸하게 찾아갔다. 여성에게 거의 미신적이라고 해도 좋을 정도로 정중하게 행동하던 그의 버릇을 생각하면, 우호적인 ― 유일하게 지나칠 정도로 우호적인 ― 친척을 이렇게 냉담하게 대한 것에는 분명 뭔가 강한 동기가 작동하지 않았겠는가. 그럼에도 그는 원망이 담긴 그녀의 편지를 받자(그리고 그것이 그의 마음에 얼마간 효과를 발휘할 시간이 지난 뒤에), 어쩌면 나는 이제까지 그녀를 부당하게, 아니 잔인하게 대했을지도 모른다고 생각하게 되었고, 이런 종류의 회한에 쉽게 마음이 움직여서 끊어진 실의 끝을 다시 집어 들기로 했다.

22장

    루나 부인의 집에 있는 작은 응접실에서 램프 불빛 아래 그녀와 마주 앉아 있자니 이 여자가 퍼붓는 피하기 어려운 압박감도 예전만큼 그렇게 견디기 힘들지 않았다. 지난 방문 후 벌써 몇 달이 지났지만, 그는 자신이 기대했던 것과 달리 성공에는 아직 한 발짝도 더 가까이 가지 못했다. 지금 이렇게 앉아 있자니 슬며시 그의 마음에 현재 그가 추구하는 성공과는 다른 종류의 성공을 얻을 기회가 지금 생생히 눈앞에 펼쳐져 있다는 생각이 스며들었다. 설령 그것이 그렇게 고상하거나 그렇게 남자다운 성공이 아닐지라도, 아마도 자신의 명예를 그리 실추하지 않을 수도 있을 것이다. 루나 부인도 이날만은 계시를 받은 사람 같았다. 평생에 단 한 번 입을 다문 날이었다. 그를 귀찮게 몰아세우지도 않고 변명 한마디 요구하지도 않은 채, 어제 만났던 사람을 맞이하듯이 은근한 우수를 담아 그를 맞았다. 아마도 자신이 바랐던 식으로는 그를 얻을 수 없다는 것을 깨달아, 고독해지기보다는 적어도 그를 친구로 붙잡아두자고 마음먹은 것이었는지도 모른다. 그리고 자신이 노력하고 있다는 것을 그가 알아주길 바라는 것 같기도 했다. 차분하고 위안을 주는 태도로 그를 대접하면서 벽난로를 가로막은 차단막을 몸소 옮기고는, 그가 너무 피곤해 보인다며 벨을 눌러 차를 가져오게 했다. 그의 개인적인 문제에 대해서는 일절 질문을 삼가고, 일이 바쁜지 잘되어가는지 묻지도 않았다. 그러한 그녀의 과묵한 태도가 그에게는 생각지도 못한 우아한 사려 깊음으로 느껴졌다. 그의 직업적 성취가 남에게 뽐낼 만큼 순조롭지 않다는 것을, 여성 특유의 예리한 직감으로 간파하고 있는 것 같았다. 그렇다면 이 여성이 아주 개선의 여지가 없는 건 아닐지도 모른다고 다시 생각하는 그 또한 참으로 단순한 마음의 소유자라 할 것이다. 램프 불빛은 은은했고 벽난로도 기분 좋은 소리를 내며 타고 있고, 그를 둘러싼 모든 것에 여성스러운 취향과 느낌이 배어 있었다. 방의 장식도 쿠션의 배치도 전혀 나무랄 데가 없었고, 세상과 동떨어진 조용하고 개인적이며 쾌적한 집 안 분위기는 그야말로 완벽하게 갖춰진 가정의 그림이었다. 루나 부인 자신은 미국에서 자리 잡고 살기가 어렵다고 불평했지만, 랜섬은 보스턴에 있는 그녀의 여동생 집에서도 지금과 같은 감명을 받았던 것을 떠올리며, 이 숙녀분들은 혈통적으로 살기 좋은 가정을 만드는 방법을 아는지도 모르겠다고 생각했다. 확실히 겨울밤을 보내기에는 독일인이 운영하는 지하 술집보다는 이곳이 훨씬 더 좋고(루나 부인의 차도 훌륭했다), 게다가 이 집 여주인도 오늘 밤만큼은 버라이어티 배우 못지않게 상냥하게 그를 대접해주었다. 한 시간이 지났을 무렵 그는 결혼해도 좋겠다는 기분이 들었다고는 말할 수 없지만, 거의 결혼한 것이나 다름없는 기분이 들었다. 안락한 생활의 이미지가 눈앞에 떠다녔고, 그 안락함 속에서 자신이 여러 주제에 대한 견해를 남부 특유의 유창한 표현을 훌륭히 구사하면서 큰 괘선지에 적어가는 모습이 보이는 듯했다. 편집자가 이 고심작을 싣기를 거절해도 자비로 그것을 출판할 수 있다고 느낀다면 얼마나 든든할지, 꽤 생생하게 마음속에 떠올랐다.

이렇게 한동안 그는 거의 완전히 환각에 빠져 있었다. 그와 마주 보고 벽난로 다른 쪽에 앉은 루나 부인은 코바늘 뜨개질을 시작했다. 그녀의 하얀 손이 재빨리 조금씩 움직이면서 반지가 화롯불 빛을 받아 눈부시게 반짝였다. 머리를 한쪽으로 기울이니 턱과 목의 통통한 군살이 두드러졌고 내리깐 눈은(그러고 있으니 얼마나 얌전해 보이는지) 편물 위에 조용히 머물러 있었다. 잠시 침묵이 그들의 대화를 가로막고 있었지만, 애덜라인도 이런 침묵이 가진 유쾌한 매력에 사로잡혀 그것을 깨고 싶지 않다고 생각하는 듯했다―확실히 그녀는 개선된 것이 분명했다. 베이질 랜섬은 이 모든 걸 의식하는 동시에 은근히 생각하고 있었다. 만일 시간을 얻는다면, 만약 자유로운 여가를 얻을 수 있다면 그것만으로도 훌륭한 동기가 되지 않겠는가? 가장 마음 깊이 염두에 둔 문제를 철저히 연구하는 것―그럴 수 있는 기회를 얻는다는 것은 대단히 가치 있는 일이 아닐까? 밤마다 지금 앉아 있는 의자에 앉아 고요한 램프 빛―루나 부인은 이렇게 예쁘고 은은한 느낌의 갓을 어디서 구할 수 있는지 아는 사람이다―아래에서 전부터 꼭 보고 싶었던 책을 탐독하는 자신의 모습이 눈에 보이는 듯, 느껴지는 듯했다. 그런 식으로 현대 여론에 영향을 주고 모종의 잘못된 경향을 점검하거나 위험의 유무를 지적하면서 건전한 비평에 몰두할 수는 없을까? 그러한 활동을 하기에 가장 적합한 조건 속에 자신을 두는 것이야말로 인간의 의무가 아닐까? 이렇게 침묵이 계속되는 사이에 그는 자신의 의무에 대해 생각하기 시작해서, 도덕률이 명하는 바에 따라 자신은 루나 부인과 결혼해야 한다고 거의 확신할 지경에 이르렀다. 이윽고 부인은 편물 위에 두었던 눈을 문득 들어 서로의 시선이 마주치자 빙긋이 미소 지었다. 어쩌면 이 여자가 자신의 마음을 꿰뚫어 보았을지도 모른다는 생각이 들자, 그는 흠칫 놀랐고 조금 불안해졌다. 그래서 루나 부인이 예의 그 사근사근한 말투로 "겨울밤에 이렇게 불 옆에서 단둘이 아늑하게 있는 것만큼 좋은 게 없네요, 꼭 다비와 조앤* 같아요. 주전자의 노래가 멈춘 생활이란 참으로 쓸쓸하겠지요"라고 친근하게 말하자, 그는 상대방이 눈치채지 못할 정도로 미세하게 몸서리를 쳤다. 하지만 그 몸서리 덕분에 주문에서 풀린 그는 대답 대신에 곧 차분하고 어지간한 호기심을 담은 어조로, 최근에 동생에게서 소식을 들었냐고, 미스 챈설러는 유럽에 얼마나 오래 머무를 생각이냐고 물었다.

---

* 헨리 우드폴의 발라드, 〈행복한 노부부〉(1735)에 나오는 인물들로, 해로하는 노부부를 가리키는 속담처럼 쓰인다.

"어머, 당신은 계속 틀어박혀 살아왔군요." 루나 부인이 외쳤다. "올리브는 벌써 6주 전에 돌아왔어요, 그 애가 그렇게 오래 유럽을 견딜 수 있을 거라고 기대했어요?"

"글쎄요, 저는 뭐라고 말할 수 없군요. 거기 가본 적이 없으니까요." 랜섬이 답했다.

"네, 그래서 내가 당신을 좋아하죠." 루나 부인이 다정하게 말했다. "거기 가본 적이 없는데도 멋진 남자라면, 가시면 그야말로 정말 매력적으로 바뀔 거예요."

청년은 순간 주춤했지만 이내 자연스러운 웃음으로 얼버무렸다. "맙소사, 다른 이유는 필요 없겠는데요!"

"아, 제가 이렇게 말씀드리는 건 잘 알기 때문이에요. 두말할 필요가 없죠."

"거기로 갈 일이 있으면 지금 하신 말씀을 기꺼이 명심해두도록 하겠습니다." 랜섬은 이어 말했다. "유럽이 매우 좋으셨나 보군요."

"지금도 그래요. 하지만 그뿐이 아니에요." 루나 부인이 의미심장하게 말했다. 그러고는 "당신이 나와 함께 가시면 좋겠어요"라고 다소 엉뚱하게 덧붙였다.

"거부할 수 없는 매력의 숙녀분과 함께라면 세상 끝까지도 가죠"라고 랜섬은 외쳤지만, 그 어조는 항상 루나 부인의 마음에 전혀 차지 않았던 바로 그 어조였다. 그것은 남부 특유의 정중함의 표출이지―그는 이런 유의 말을 할 때면 남부 억양이 늘 강하게 나타났다―특별한 뜻이 담겨 있지 않았다. 그녀는 영국인들이 말하는 걸 들을 때 그랬듯이 그가 이렇게 불쾌할 정도로 공손하게 굴지 않으면 좋겠다고 생각한 게 한두 번이 아니었다. 그녀는 '끝'은 아무래도 상관없다고, 자신이 신경 쓰는 건 '시작'이라고 되받아쳤다. 하지만 이 분명한 의사를 그는 슬쩍 받아넘기고는 다시 올리브에 대한 화제로 돌아와, 올리브가 저쪽에서 무슨 일을 했는지, 저쪽 사람들을 크게 동요시켰는지 알고 싶어 했다.

"네, 물론이죠. 모두 그 애에게 매료된 게 틀림없어요." 루나 부인이 말했다. "그렇게 우아하고 아름다운데 그러지 않는 게 이상하죠."

"하지만 그 사람들을 포섭했을까요, 그분의 기치를 들고 진군하려는 동지들 수도 부쩍 늘었을까요?"

"아마 심지가 굳은 여자들을 많이 알게 되었을 거예요. 악에 받친 노처녀라든가 광신도라든가 유행에 뒤처진 여자들이라든가. 하지만 그 애가 어떤 성과를 이뤘는지 저는 전혀 모릅니다―이른바 '기적'을 이뤄냈을지도 모르죠."

"그분이 돌아오시고 나서 아직 만나지 않으셨나요?" 베이질 랜섬이 물었다.

"만났을 리가 없죠. 저도 꽤 먼 곳까지 사람을 만나러 갈 수 있지만, 아무리 그래도 보스턴까지 일부러 만나러 갈 수는 없잖아요." 루나 부인은 동생이 배에서 내린 곳은 보스턴의 항구라고 설명하며, 나아가 올리브가 더 낮은 등급이 있다는 걸 아는데 일등석을 탈 사람일 것 같냐고 물었다. "당연히 그 애는 열악한 배, 보스턴 기선을 좋아해요. 보통 사람들이나 빨간 머리 말괄량이 아가씨나 터무니없는 교리를 좋아하는 것처럼 말이죠."

랜섬은 순간 침묵했다. "작년 10월에 제가 보스턴에서 만났던 그 아주 멋진 젊은 숙녀분 말씀이신가요? 이름이 뭐였죠? ― 미스 태런트였던가요? 그런데 미스 챈설러는 여전히 그 사람을 많이 좋아하나요?"

"이런! 그 애가 그 아가씨를 유럽에 데려간 걸 모르시나요? 동생이 유럽에 간 것은 그 아가씨의 정신을 함양시키기 위해서라죠. 지난여름에 그 일에 관해 이야기하지 않았나요? 그때는 여기 자주 오셨는데요."

"아, 그래요, 기억나요." 랜섬은 생각에 잠긴 듯 말했다. "그래서 그 아가씨를 다시 데리고 왔나요?"

"어머나, 그 아가씨를 남겨두고 올 리가 없잖아요! 그 아가씨가 이 세상을 재건하기 위해 태어났다고 올리브는 믿고 있는걸요."

"그렇게 말씀하셨던 것도 기억나네요. 이제야 생각이 나요. 그런데 그 아가씨의 정신은 함양되었을까요?"

"제가 본 적이 없으니 뭐라 할 말이 없네요."

"가보시지 그래요, 거기 ―"

"미스 태런트의 정신이 함양되었는지 확인하러 다녀오라는 말씀이신가요?" 루나 부인은 그의 말을 자르며 말했다. "제가 그러길 바라신다면 가보죠. 당신이 그 아가씨를 만났을 때 매우 흥미를 보이시던 게 기억나네요. 기억하시죠?"

랜섬은 잠시 망설이다가 대답했다. "기억이 잘 안 나요. 너무 오래된 일이라서요."

"그래요, 당신이란 분은 여성에 대해 항상 그런 식으로 변덕을 부리는군요! 미스 태런트도 안됐네요, 당신에게 자신이 감명을 줬다고 알고 있을 텐데요!"

"당신 여동생에게서 정신 교육을 받은 분이라면 그런 걸 신경 쓰지 않으실 거예요." 랜섬이 말했다. "이제 생각이 났습니다만, 그분들이 그 후에 더 친한 사이가 되었다고 당신이 말씀하셨던 것 같군요. 그분들은 앞으로도 계속 함께 살아갈 생각일까요?"

"그럴 거라고 생각합니다. 누군가 버리나와 결혼하겠다고 생각하는 분이라도 나타나지 않는 한."

"버리나— 그게 그 아가씨 이름인가요?" 랜섬이 물었다.

루나 부인은 뜨개질바늘을 멈추고 그를 쳐다봤다. "아니, 그것도 잊어버린 거예요? 지난번 보스턴에서 함께 언덕을 산책했을 때 아주 예쁜 이름이라고 나한테 말했잖아요." 랜섬은 그 산책은 기억하고 있으며, 그때 어떤 이야기를 했는지가 잘 기억나지 않는 거라고 분명히 말했다. 그러자 루나 부인은 강하게 빈정대는 투로 버리나와 결혼하고 싶은 거 아니냐고 되받아쳤다—그 아가씨에게 관심이 아주 많은 것 같다고. 랜섬은 슬프게 고개를 흔들며, 지금은 결혼할 처지가 아니라고 말했다. 그러자 곧 루나 부인은 그게 무슨 뜻이냐고 물었다—그 말은 곧 (그녀는 잠시 주저하다가 말을 이었다) 너무 가난하다는 뜻이냐고.

"전혀 아니에요. 난 아주 돈이 많아요. 수입도 대단합니다!" 청년이 외쳤다. 청년의 어조와 얼굴을 붉게 상기시킨 희미한 짜증의 빛을 알아차린 루나 부인은 자신이 선을 넘었음을 바로 깨달았다. 또 지금까지 이 청년이 자신의 사사로운 일과 관련해 결코 속내를 조금이라도 내비친 적이 없다는 것을 떠올렸다(진작에 떠올렸어야 했다). 이것은 남부의 방식이 아니다. 적어도 이 청년은 가난한 만큼이나 자존심이 강한 남자임이 틀림없다. 그녀의 이런 짐작은 옳았다. 베이질 랜섬에게 자신이 밥벌이를 못한다는 것을 여성에게 털어놓는 건 치욕이었다. 이런 문제는 여성이 관여할 바가 아니니(여성들은 그저 주어진 것을 받아들이고 가정 내의 덕을 행하고 매력을 풍기며 감사한 마음을 잊지 않으면 된다), 그에 관해 이야기하는 것은 거의 상스러운 일로 느껴졌다. 루나 부인은 그가 그렇게 남에게서(즉, 그녀 자신에게서) 아낌없이 동정받을 기회를 스스로 거부하고 있다는 것을 간파하고는 한결 더 안쓰러운 마음이 들었다. 다시 편물을 집어 올리는 그녀의 입술에서 새어 나온 조용하지만 깊은 한숨에는 평소 같지 않은 체념의 마음이 역력했다. 그녀는 그가 훌륭한 재능을 가지고 있다는 것은 물론 잘 안다고 말했다―바라는 건 뭐든 할 수 있는 분이라고. 그 말을 듣자, 베이질 랜섬은 그녀가 만약 여기서 단도직입적으로 결혼하자고 청한다면, 거절하는 게 남부 신사의 고상한 예의에 과연 맞는 것인지 잠시 생각했다. 그녀가 그의 아내가 되어야 하겠다면 가난해서 결혼할 수 없는 사정을 털어놓아야 할 것이다. 그런 관계에서는 아무리 고결한 남부 신사라도 누그러진 태도를 보여야 할 것이다. 하지만 그는 그렇게 되는 것을 조금도 바라지 않았기에, 그녀의 판단에 대꾸하지 않고 바로 모자를 집어 여기서 나가는 것이 이 상황에 가장 적합한 귀결일지도 모른다는 생각이 들었다.

그러나 5분이 채 지나지 않아, 그는 루나 부인과의 결혼이 내키지 않는 것과 거의 마찬가지로 당장 여기서 나가는 것도 내키지 않게 되었다. 올리브 챈설러와 함께 사는 소녀에 대해 더 듣고 싶었던 것이다. 소녀가 미국으로 돌아왔다는 것을 알게 되자, 그의 마음에 뭔가가—예전의 호기심이, 반쯤 지워졌던 이미지가—되살아났다. 그는 1년쯤 전에 루나 부인이 동생의 유럽 방문에 관해 했던 말에서 잘못된 인상을 받았다. 장기간 안 돌아올 예정이고, 미스 챈설러가 그 어린 예언자를 그녀의 부모님이나, 혹은 어쩌면 뭔가 복잡한 연애 사건에서 멀리 떼어내기 위해 간 거라고 추정했었다. 또한, 분명 그들은 유럽이 제공할 편의를 활용해 여성 문제를 충분히 연구해보고 싶어 할 거라고 생각했었다. 그는 유럽에 대해서는 그다지 잘 알지 못했지만, 그러한 편의를 얻기에는 안성맞춤인 장소라고 봤던 것이다. 미스 챈설러가 어린 친구를 데리고 미국을 떠난 것을 알게 됐을 때, 랜섬은 공연하지만 즐겁게 추억에 잠겼던 습관이 끊어지고 말았다. 그의 삶은 대체로 별다른 일 없이 평온무사한 나날이었기에, 특이하고 영리하며 변덕스러운 친척을 찾아갔을 때의 일이나, 미스 버즈아이의 집에서 보낸 저녁의 일이나, 또 그 묘하고 아름다우면서도 왠지 모르게 우스꽝스러운, 머리가 붉은 어린 즉흥 연설가(*improvisatrice*)를 그날 밤과 다음 날에 두 번에 걸쳐 보았을 때의 추억이 흥미로운 소설의 페이지처럼 그의 기억 속에서 연달아 펼쳐지곤 했었다. 그런데 두 여성이 언제 돌아오겠다고 정하지도 않고 먼 미지의 나라로 떠나버렸다는 말을 듣자 그 페이지가 점점 희미해지는 것 같았다. 그녀들이 그의 관심권 밖으로 나가 전망에서 사라지면서 현실감이 줄어든 것이다. 그런 데다가 지난 몇 달 동안 자신의 신변 문제에 대한 걱정이 계속되면서 완전히 의기소침해지기도 해서, 그는 버리나 태런트에 대해서는 전혀 염두에 두지 않았었다. 그런데 그녀가 다시 돌아와, 뉴욕과 꽤 인접한 보스턴에 있다는 사실이 지금 뭔가 매우 뜻깊고 기분 좋게 느껴졌다. 이런 이례적인 기분을 인지하고 있던 그는 살짝 시치미를 뗐다 (이미 떼고 있었다). 모자를 집어 들고 나가지 않고 의자에 주저앉아, 그의 정중함에 루나 부인이 부과할지 모를 부담에 맞서보기로 했다. 그는 그러고 보니 자신이 아직 뉴턴에 대해 이렇다 할 질문을 하지 않은 걸 깨달았다. 이렇게 늦은 시각에는 분명히 그 애처럼 길들여지지 않은 자도 길들이고 마는 수마의 힘에 굴복하여 비록 천진난만한 잠이라고는 할 수 없어도 어린애다운 깊은 잠에 취해 있을 터였다. 랜섬이 자신의 소홀함을 바로잡아 뉴턴에 대해 묻자, 집주인은 금세 하염없이 말하기 시작했다. 랜섬이 그 아이를 포기한 후, 훌륭한 개인 교사를 여러 명 고용했으니 아이의 교육이 결코 뒤처지지는 않았을 거라고. 루나 부인은 아들이 그 가정교사들을 어떻게 대했는지 자랑스럽게 말했다. 아이는 공부를 정복했다고는 말할 수 없을지 모르지만 선생님들을 완전히 정복해버렸다. 그녀는 아들에게 온갖 이점을 다 제공해주었다는 행복한 확신이 있었다. 랜섬이 잠자코 있었던 것은 외교적 작전으로, 그렇게 10분쯤 지나자 그는 보스턴의 젊은 숙녀들로 이야기의 키를 되돌렸다. 왜 그들은 그런 전투적인 계획을 갖고 있는데 아직도 공세로 넘어가려 하지 않는지, 왜 미스 태런트의 유창한 연설 목소리가 자신의 귀에까지 와 닿지 않는지 물었다. 아직 공개 연단에 나서지 않은 것인가? 사람들을 궐기시키기 위해 뉴욕에 오지는 않으려나? 그는 그녀가 주저앉지 않기를 바랐다.

"지난 여름에 '여성 집회'에 나온 모습을 봐선 주저앉진 않은 것 같아요." 루나 부인이 대답했다. "그것도 잊어버린 건가요? 그 사람이 그 집회에서 센세이션을 일으킨 것이나, 그에 대해 보스턴에서 온 소식을 제가 당신에게 이야기하지 않았나요? 그 사람의 훌륭한 연설을 보도한 〈트랜스크립트〉를 당신에게 보여주지 않았다고 말씀하시는 건가요? 그 둘이 유럽으로 떠나기 직전이었는데. 색색의 깃발이 날리고 불꽃이 터지는 엄청난 전송을 받았죠." 그런 얘기를 듣는 것은 지금이 처음이라고 랜섬이 항변했다. 그래서 날짜를 서로 맞춰보니, 그가 마지막으로 루나 부인을 방문한 직후 벌어진 일임을 알 수 있었다. 이를 알게 된 루나 부인은 그가 자신이 생각했던 것보다 더 매정하게 굴었다고 말할 기회로 삼았음은 물론이다. 어쨌든 그녀는 버리나가 일약 유명해진 사건에 대해 그와 이야기한 줄 알았다. 다른 누군가를 그로 착각한 게 분명하다. 아마 그럴 것이다. 그도 그녀의 마음에 자신이 확실한 자리를 차지하고 있다고 생각하면 안 될 일이다. 특히나 그녀가 스무 번은 죽어야 그녀를 찾아올 법한 그로서는. 랜섬은 미스 태런트가 유명하다는 루나 부인의 말에 이의를 제기했다. 그녀가 유명하다면 뉴욕 신문에도 실리지 않았겠는가? 아직 그는 그 사람의 이름을 신문에서 본 적이 없고, '여성 집회'에서 보인 그 사람의 눈부신 활약에 대해서도 당시(지난 6월이었나?) 신문에 보도된 것을 본 기억이 없다. 확실히 그 사람이 보스턴에서는 명성이 있겠지만, 그뿐이라면 이미

1년 반 전부터 그러지 않았나. 당시 그 사람에게 거는 기대는 국가 전체에 이름을 날리는 일류 연설가가 되리라는 것이었다. 그는 그 사람이 보스턴에서 상당한 센세이션을 일으켰다는 것만은 기꺼이 믿지만, 그 사람의 사진이 가게 창문에 붙는 것을 보기 전까지는 그 명성에 그렇게 대단한 의미를 부여하지는 못하겠다. 물론 더 긴 안목으로 그 사람의 활동을 바라봐야겠지만, 그렇다 치더라도 그는 미스 챈슬러가 좀 더 빨리 그녀를 교육시킬 거라고 생각했다.

루나 부인으로부터 이야기를 듣기 위해서 반박하는 투로 물었다면, 알고 싶은 정보를 더 끌어낼 수 없었을 것이다. 그가 지난 6월 버리나의 연설에 대한 보도를 못 본 것은 분명 사실이다. 한때 그는 신문이 너무 우매해 보여서 몇 주 동안 단 한 장의 신문조차 쳐다도 안 보고 지낸 적이 있었다. 그런데 루나 부인이 그에게 설명한 바로는 〈트랜스크립트〉를 그녀에게 보내준 데다 편지로 집회 상황을 손수 설명하여 호의에 찬 신문 기사를 뒷받침해준 이는 올리브가 아니었다. 그 봉사의 주인은 한 '신사 – 친구'로, 그 신사는 보스턴에 일어난 모든 일에 대해, 만인이 매일 정찬으로 뭘 먹었는지까지 그녀에게 보고해주었다. 그녀 입장에서는 그런 사실을 몰라도 상관없었는데, 그 남자는 그녀의 마음에 들려면 어떻게 해야 하는지 모르는 것 같았다. 보스턴 사람들은 상대가 듣고 싶어 하지 않는다는 걸 생각도 못 했다. 그것이 그들이 생각하는 환심을 사는 방법이었다. 적어도 그 남자는 어쨌든 그렇게 생각하는 것 같았다. 올리브는 루나 부인에게 버리나에 대해 상세히 알릴 생각이 전혀 없었다. 그녀는 자기 언니를 심하게 세속적인 인간으로 생각해서, 자신

이 마음의 친구를 선택하면서 일부러 버리나와 같은, 사회에서 가
장 끔찍한 계급의 인간을 고른 이유를 애덜라인이 이해할 리 없다
고 봤다. 루나 부인이 봤을 때 버리나는 틀림없는 사기꾼인 데다 사
기 수준도 삼류다. 하지만 그 코치닐 염료 같은 빨간색 머리를 좋아
한다면 꽤 예쁜 소녀인 건 확실하다. 그 소녀의 부모도 정말 끔찍
한 사람들이다. 부인으로서는 마치 자기가 발 치료사의 딸과 친해
지는 것과 다를 바 없다. 그런 터무니없는 짓을 궁리해내거나 그것
으로 인류에 크게 공헌한다고 생각하는 사람이 바로 올리브다. 그
렇게 올리브는 모든 것의 서열을 뒤집어 밑바닥의 인간들을 최고
의 자리에 앉히길 원하면서도, 막상 현실에서 그런 패거리들과 함
께 섞이면 마치 자신이 위엄 있는 노공작부인이라도 된 것처럼 상
대를 업신여기며 차별한다. 그래도 올리브가 태런트 부부를 싫어
하면서도 버리나가 부모가 사는 끔찍한 오두막과 찰스가를 오가
는 걸 허락한다는 점만은 인정해줘야 한다. 또한, 애덜라인은 그 소
녀가 이따금 케임브리지의 집에서 일주일을 다 보내곤 한다는 것
을 아주 상세하게 다 적어 보내는 그 신사를 통해 알았다. 그녀의
모친이 몇 주째 아파서 딸이 집에서 자고 가기를 바랐다는 것이다.
나아가 루나 부인은 그 통신원으로부터 버리나가 신사들로부터
대단히 많은 관심을 받았다는 것 ─지난겨울만의 일일지도 모르
지만─도 알게 되었다. 그녀로서는 그런 상황을 여자라는 성(性)은
그 자체로 충족적이라는 생각과 어떻게 조화시켜야 할지 알 수 없
었지만, 올리브가 소녀를 외국으로 데리고 나간 사정에는 어느 정
도 그런 상황이 원인이 되었음은 틀림없다고 말할 근거를 얻기는

했다. 올리브는 버리나가 언젠가 남자의 구애에 굴복해버릴까 봐 겁먹은 나머지 달아나고 싶었던 거다. 물론 여자의 가장 고결한 삶은 평생의 독신 생활이라고 단상에서 악을 쓰며 말하는 젊은 여성으로서는 그런 일이 일어난다면 무척이나 민망할 것이다. 애덜라인의 짐작으로는 올리브가 이제는 그 소녀를 완전히 장악하고 있는 것 같다. 그 소녀가 케임브리지에 갔다 오는 것을 남자와 만나러 갈 구실로 이용하는 게 아니라면 말이지만. 교묘하게 자기 잇속에 밝은 여자애라, 여성의 권리가 어쩌고저쩌고 말하고는 있지만, 파나마운하만큼이나 신경 쓰지 않을지 모른다. 그 아이가 유일하게 갖고 싶어 하는 여성의 권리란 뭔가의 정상에 올라 남자들이 자기를 다 쳐다볼 수 있게 되는 것이다. 그녀는 올리브와의 생활이 자신의 목적에 부응하는 한은 함께 있을 것 같다. 올리브가 뒤에서 훌륭한 신분이나 재산으로 뒷받침해주며 무엇이든 비용을 내주고 유럽 여행에도 데리고 가는 건 말할 것도 없고, 연줄이 전혀 없는 걸 상쇄해줄 테니까. "하지만 이것만은 확실해요." 루나 부인이 말했다. "틀림없이 올리브는 지금까지 당해본 적 없는 최악의 절교를 그 소녀에게 당할 거예요. 사자 조련사 같은 치와 도망가거나 서커스 단원과 결혼할 게 뻔하거든요!" 루나 부인은 그렇게 되는 편이 올리브 챈슬러에게는 좋을 거라고 덧붙였다. 하지만 그렇게 되면 그 애는 엄청 괴로워할 거라고. 그때 얼마나 성질을 부릴지 조심하자고.

이렇게 집주인이 생각나는 대로 단호한 어조로 다소 교활한 의견을 말하는 동안, 베이질 랜섬은 무어라 형언할 수 없는 기분에 사로잡혀 있었다. 그녀의 이야기에 완전히 몰두했는데, 그에게 지극히 흥미로운 모종의 사실을 가르쳐주었기 때문이었다. 동시에 그는 루나 부인이 자신이 말하는 바에 대해 잘 모르고 있다는 것을 간파했다. 버리나 태런트와는 지금까지 두 번밖에 만나지 않은 그였지만, 그에게 그녀가 사기꾼이라고 말해봐야 아무 소용 없었다─그렇지만 그녀가 미스 챈설러와 절교해 그 관계를 끝내리라는 것은 충분히 예상 가능했다. 그 광경이 눈앞에 떠오르자, 그는 무심결에 잔인한 웃음을 빙긋 지었다. 그저 그의 얼굴에 따귀를 올리려고 그를 초대했던 그 무정한 젊은 여성에게 보복할 수 있다고 생각하면(그녀가 배신당했다는 걸 아는 것만으로도 그에게는 충분한 보복이 될 듯하니), 그로서는 싫지 않은 일이다. 그러나 버리나가 예의 '여성 집회'에서 활약한 것을 지금까지 전혀 모르고 있었다는 것에 왠지 모르게 뭔가를 잃은 듯한 묘한 느낌─지금까지 계속 속고 우롱당하고 있었던 것 같은 기분─이 들어서 견딜 수가 없었다. 그런 불만은 근거 없는 것이었다. 아마 미리 알았다 해도 일부러 그녀의 연설을 들으러 보스턴까지 가지 않았을 테니. 그럼에도 그는 자신이 그녀에게 매우 절실한 사건에, 막연하게 멀리서나마 함께하지 못했다고 느꼈다. 왜 그가 함께하지 않으면 안 되는가, 그 소녀에게 아무리 절실한 일이라 해도 자신과는 아무런 상관이 없는 게 더 자연스럽지 않은가? 이런 의문은 그날 밤 집으로 걸어갈 때에야 그에게 떠올랐다. 당장은 그런 의문이 들지 않았기에 자기 멋대로, 그 아가씨가 다시 (비교적) 가까이, (더 이상 지구의 만곡 너머가 아니라) 어렴풋한 지평선에 있다는 걸 그때까지 간파하지 못한 자신의 무지가 상상력을 고갈시켜버렸다고 생각했다. 사적인 상실 감이라고 불러야 할 이런 감정은 나아가 그로 하여금 반드시 그 상실을 메우고, 잃었던 것을 회복해야겠다는 마음을 갖게 했다. 그렇지만 뭐부터 시작해야 할지 그는 거의 짐작하지도 못했다. 어쨌든 아무리 막연하다고는 해도, 그러한 생각에 사로잡힌 지금은 자신이 불과 15분 전에 가던 방향과는 전혀 다른 길로 가야 한다는 것만은 분명했다. 그런 생각을 마음속으로 좇으며 그는 다시 침묵에 빠졌다. 그 와중에 루나 부인이 또다시 수수께끼 같은 미소를 그에게 보냈다. 그것을 깨달은 그는 깜짝 놀라 의자에서 일어났다. 마음의 풍경 전체에 갑자기 밝은 빛이 비춰졌다. 분명하다, 연구를 계속해나갈 수 있는 수단을 구하기 위해 루나 부인과 결혼하는 것이 절대 그의 의무일 리 없다. 그는 자신이 결혼할 찰나였다는 듯이 황급히 뒤로 물러섰다.

"벌써 돌아가실 생각은 아니죠? 하고 싶은 이야기의 절반도 못 했어요." 그녀가 소리쳤다.

그는 방 시계를 힐끗 쳐다보았고, 아직 시간이 늦지 않았다는 것을 알고는 방 안을 한 바퀴 걷고 나서 다른 의자에 앉았다. 루나 부인은 그의 행동을 눈으로 좇으면서 도대체 뭐가 문제인지 의아해했다. 랜섬은 신중하게도 아직 하지 못한 이야기가 뭐냐고 묻지 않았다. 그가 지금까지와는 다른 어조로 빠르고 아무렇게나 지껄인 것도 그녀가 말하지 못하게 하기 위해서였을 것이다. 그는 30분이나 더 머무르며 아주 사근사근하게 굴었다. 이때만큼은 루나 부인의 눈에도 그가 전혀 나무랄 데 없는(그 전까지도 그가 대단히 뛰어난 자질을 갖추고 있다고 생각했지만) 매력 넘치는 인물로 보였다. 드디어 진심으로 작별 인사를 하기 위해 모자를 꺼내기 전까지, 남부의 정세와 그 기묘한 사회적 풍습과 전쟁으로 야기된 황폐와 영락한 지주계급, 세태에 융합하지 못한 채 노쇠하고 누추해진 남부 싸움꾼들의 여러 특이한 유형 등 그 애상과 우스움을 뒤섞어 막힘없이 말하는 그의 이야기에 루나 부인도 까르르 웃기도 하다가 바로 또 거의 울 뻔하기도 했다. 그녀는 그가 마음만 먹으면 그 누구보다 능숙하게 그녀에게 즐거운 하룻밤을 선사할 수 있을 것이라고 내심 생각했다. 어째서 그가 이렇게 마지막이 되어서야 갑자기 빠르게 마음이 동했을까 하는 의문이 떠오른 건 나중에서였다. 그녀는 영락한 지주계급을 좋아했다. 그녀의 취향은 여동생의 취향과는 정반대로, 여동생이 수렁에서 기어오르기 위해 고군분투하는 하층계급에만 관심을 두는 반면에, 애덜라인의 관심 대상은 몰락한 귀족계급이었다(오늘날 어디를 가든 귀족이 몰락하고 있는데, 베이질 랜섬도 그런 몰락 귀족의 사례가 아닌가. 그에게는 어쩐지 혁명 이후 프랑스의 *지방 귀족*(gentil homme de province)이나, 랑그도크에서 쫓겨난 옛 *망명*(émigré) 군주를 떠올리게 하는 면이 있지 않은가?). 즉, 권세와 재산을 잃었지만, 태도만은 여전히 고상하고 애처로울 정도로 의연해서, 그 민감한 자존심을 건들지 않도록 자선의 손길을 뻗는 데 세심한 주의를 기울여야 하는 귀족계급이었다. 루나 부인은 신중함에 있어서는 자신을 따를 사람이 없다고 여겼다. "다시 오시기 전에 또 10년이 지나게 두실 건가요?" 베이질 랜섬이 작별 인사를 하자 그녀가 물었다. "알려주셔야 해요. 당신이 다음에 다시 오실 때까지 제가 유럽에 갔다가 돌아올 만한 시간이 있을 것 같아서요. 당신이 오시기 전날까지 돌아오도록 신경 쓰지요."

이 반격에 답하는 대신에 랜섬은 물었다. "언젠가 보스턴에 가실 생각은 없습니까? 동생분을 다시 방문하실 계획은 없습니까?"

루나 부인이 그를 가만히 응시했다. "그러면 당신에게 뭐 좋은 일이라도 되나요? 아아, 제가 눈치가 없었네요." 그녀가 계속 말했다. "물론 그렇게 되면 나를 만나지 않아도 되겠군요. 아주 고맙네요!"

"당신을 만나고 싶지 않아서가 아닙니다. 미스 올리브의 그 후 행적을 더 듣고 싶어서예요."

"그건 대체 또 왜요? 당신이 그 애를 싫어하는 걸로 알고 있는데요!" 여기서 다시 루나 부인은 랜섬의 대답을 앞질렀다. "확신하건대, 당신은 미스 올리브가 아니라 미스 버리나를 알고 싶은 거군요!" 그녀는 심술궂은 눈으로 잠시 그를 쏘아보았다. 그러고는 한결 목소리를 높여 말했다. "베이질 랜섬, 당신 그 소녀를 사랑하시는 건가요?"

그는 죄를 인정하는 대신에 루나 부인을 속이기 위해 짐짓 아무렇지 않은 척하는 웃음을 지으며 단순한 사정을 고하며 변명했다. "어떻게 그럴 수 있겠어요. 그녀를 아직까지 단 두 번밖에 만나지 못했는데요."

"더 많이 봤다면 제가 마음에 걸릴 게 참 없었을 텐데! 나를 보스턴에 보내다니 정말 너무하시네요." 집주인의 말이 이어졌다. "전

다시 올리브와 함께 지내고 싶지 않아요. 게다가 그 소녀가 집 안을 완전히 점령하고 있을 거예요. 차라리 당신이 직접 가시지 그래요."

"그러면 더없이 좋겠습니다만." 랜섬이 말했다.

"아마도 버리나에게 한 달 정도만 나와 함께 살자고 청해주었으면 하는 거겠죠, 그래야 당신이 그 집에 갈 수 있을 테니까." 애덜라인은 상대방을 도발하는 게 신이 난 듯한 어조로 계속했다.

랜섬은 그렇게만 해준다면야 더 바랄 게 없다고 대답할 뻔하다가 겨우 단념했다. 그렇게 유치하고 짓궂은 말은 설령 농담으로라도 숙녀에게 한 번도 해본 적이 없었다. 오히려 그는 여성과 농담을 나눌 때 한층 정중한 어조를 더했다. "당신을 위해 하지 않을 일이라면 세상 그 어떤 여성을 위해서도 하지 않을 것임을 부디 믿어주시기를." 드디어 헤어질 무렵에 그는 루나 부인의 통통한 손 위에 몸을 굽히며 말했다.

"지금 말씀 기억해둘게요. 당신도 잊으시면 안 돼요!" 그녀는 나가는 그의 뒷모습을 향해 말했다. 이런 의욕적인 맹세를 주고받긴 했지만, 그로서는 꽤 순조롭게 그녀에게서 벗어났다고 느꼈다. 그는 맑은 겨울 달빛에 의지해 애덜라인의 집이 있는 골목길에서 나와 5번가를 천천히 걸어갔다. 길모퉁이마다 잠시 걸음을 멈추고 생각에 잠기면서 희미한 한숨을 살짝 내쉬었다. 그것은, 차에 치일 뻔했으나 무사한 걸 알게 되었을 때 자기도 모르게 내뱉는 안도의 한숨 같은 것이었다. 그는 무엇이 자신을 구해주었는지, 굳이 알려고 애쓰고 싶지 않았다. 그것이 무엇이든 간에, 어쨌든 이런 반응을 자아냈으니, 그는 최근에 자신이 얼마나 경계심이 없었나 하고 부끄러워졌다. 하숙집에 이르렀을 무렵에는 그의 야심도 결의도 힘을 되찾고 있었다. 예전에 스스로를 유능한 인간으로 여겼던 걸 떠올렸다. 그 확신을 의심하게 하는 어떤 특별한 일이 일어난 것도 아니지 않은가(그의 능력을 부정하는 증거는 모두 소극적인 증거일 뿐 적극적으로 그의 무능을 입증하는 것은 아무것도 없다), 어쨌든 아직 젊으니 다시 한번 해볼 수 있지 않은가. 그날 밤 그는 휘파람을 불면서 잠자리에 들었다.

23장

그로부터 3주 후 그는 올리브 챈설러의 집 앞에 서서 연신 거리를 둘러보며 안으로 들어가기를 주저하며 서 있었다. 그가 몸소 다시 보스턴 여행을 오게 되면 더없이 좋겠다고 루나 부인에게 말했지만, 이렇게 보스턴에 온 것은 단지 와보고 싶은 마음에서만이 아니었다. 그가 좋은 기회를 얻었다고 말해도 되겠지만, 생각해보면 오래 기다린 끝에 얻은 기회에 그런 아첨하는 표현을 할애할 필요는 없을 듯하다. 어쨌든 동이 트기 직전이 가장 어둡듯이, 지난 장에서 이야기한 그날 밤에 랜섬은 우울한 생각에 잠겨 독일인이 운영하는 그 지하 술집에서 앞에 놓인 맥주 한 잔을 금세 비우고는 돈 벌 길이 요원한 사람의 눈으로 자신의 미래를 멍하니 응시했지만, 그로부터 2, 3일 후에는 세상이 아직 그를 필요로 하는 듯하다는 걸 깨달았다. 오래전에 그가 보스턴에서 사건 처리를 맡은 적이 있는, 그의 표현으로는 '유력자'(확실히 그러한 호칭이 너무 과장됐다고만은 할 수 없다)인 어떤 인물이 그 당시에는 (변호사와 의뢰인 사이에 의견 차이가 있었기 때문에) 그의 일처리를 별로 높게 치지 않았는데, 그 후 어쨌든 기대보다 좋은 결과를 낳았다는 것을 알았는지, 이제 와서 그 사건을 다시 의뢰하며 랜섬에게 다시 한 번 이 자매도시까지 와줄 수 있는지 청한 것이다. 이번 용건은 지난번보다 더 시간이 필요해서 사흘 동안이나 그는 그 일에 매달렸다. 나흘째가 되어도 아직 붙들려 있었다. 저녁까지 기다려야 할지도 모를 일이었다―중요한 서류가 아직 준비되지 않은 것이다. 그래서 그는 그때까지 휴식을 취하기로 하고 낮 시간을 보스턴에서 유쾌하게 보내려면 도대체 뭘 하면 좋을지 궁리했다. 어떤 환상에든 빠지기에 좋을 화창한 날씨라, 그는 거리를 거닐며 구경하기로 했다. 음악당과 트레몬트 사원 앞에서 그는 걸음을 멈추고 문간에 붙은 포스터들을 바라보았다. 마침 미스 챈설러의 어린 친구가 동료 시민들에게 강연한다는 광고일지도 모르니까? 그러나 그녀의 이름은 보이지 않았고, 포스터들이 자신을 놀리는 것 같았다. 이곳에는 올리브 챈설러 말고는 아는 사람이 없었기에 어디 방문할 데도 없었다. 그 여자에게만은 다시는 가까이 가지 않겠다고 굳게 마음먹은 터였다. 그녀는 분명히 대단히 훌륭한 인물일지도 모르지만, 그렇게 심한 처사를 당한 마당에 다시는 가까워지고 싶은 기분이 들지 않았다. 예의든, 넓은 의미로 해석한 '기사도 정신'이든 그가 이미 그녀에게 보여준 것보다 더 많은 것을 보여야 할 필요는 없었다. 작년에 헤어질 때 그는 그녀에게 심술궂은 여자라고 말하지

않았는데, 그 함구만으로도 충분히 정중히 대한 것 아닌가. 물론 버
리나 태런트도 있다. 그녀를 떠올리면서 시치미를 떼야 할 이유가
없었기에, 그는 꼭 다시 한번 그녀를 보고 싶은 감정을 맘껏 음미했
다. 그녀가 그의 눈에 지난번과 같아 보일 거라고는 전혀 생각할 수
없었다. 이전에 그녀로부터 받은 멋진 인상이 분위기나 상황에 기
인한 것인지도 모른다. 어쨌든 그녀가 그때 어떤 매력을 가지고 있
었든 간에, 지금은 아마도 사람들에게 추앙받고 사는 생활에 취했
거나 그의 친척의 고무시키는 힘에 감화되어 옛 매력을 완전히 잃
어버렸을 것이다. 곧 드러나겠지만, 베이질 랜섬이 이런 추측을 하
는 와중에도 옛날에 받았던 인상은 거리낌 없이 마음에 떠올라 마
치 여전히 눈앞에 바라보고 있는 광경처럼 인식됐다. 그녀의 매력
은 그가 자신에게 말했듯이 지금은 사라졌을지도 모르지만, 마음
에 새겨진 기억은 아직 그 빛을 잃지 않았다. 올리브를 만나지 않
고 버리나(그녀를 떠올릴 때면 항상 그렇게 불렀는데, 그에게는 더
할 나위 없이 예쁜 이름 같았다)를 방문할 수도 없고, 그렇다고 그
토록 성미가 까다로운 올리브를 찾아가는 건 도저히 할 수 없으니
정말로 유감천만이었다. 게다가 랜섬에게는 고려할 수밖에 없는
사항이 또 있었다. 그와 만난 몇 시간으로 보건대, 자신이 먼저 그
에게 친교를 맺으려 노력했던 것과는 전혀 앞뒤가 맞지 않았던 결
말로 보건대, 미스 챈슬러도 그에게 심한 혐오감을 느껴 다시는 그
를 자기 집 안에 들이기 싫다고 생각했을 거라는 확신이 그에게 있
었다. 그러니 애초에(그와 얼굴을 마주하기 전에) 그녀가 초대했음
을 방패 삼아 지금 다시 그녀에게 달려가, 시간이 지났다고 덜 꺼리

게 되지 않았을 자신과의 만남을 강요하는 것은 상스러운 일처럼 느껴졌다. 아직도 그녀에게서는 여성에게 익숙한 자잘한 방식으로 결례의 용서를 구하거나 뉘우침을 표하는 듯한 조짐이 전혀 없었 다―언니를 통해 그에게 전갈을 보내는 것은 고사하고 책 한 권, 사진 한 장, 크리스마스카드 한 통, 신문 한 장 우편으로 부치지도 않았다. 한마디로, 그로서는 마음 편하게 그녀 집의 초인종을 울릴 엄두가 나지 않았다. 지금 이 미시시피 태생의 키 큰 남자를 보면, 그녀가 어떤 종류의 발작을 일으킬지 전혀 알 수 없었다. 상냥하다 고 여겨지지 않는 젊은 숙녀에게조차 이렇듯 세심한 배려를 보여 주려는 것은 정말 그다운 면모였다. 여성 일반은 그 신변을 항상 지 켜봐주는 게 필요하다고 굳게 믿는 그로서는, 예외적으로 기꺼이 가만히 내버려두려고 한 것이야말로 최상의 배려였다.

하지만 그로부터 30분 후 그는 찰스가에서 단 한 곳, 그에게 많 은 의미가 있는 그 장소에 서 있었다. 그는 올리브와 얼굴을 마주치 지 않고 버리나를 방문하는 게 불가능하더라도, 태런트 부인을 방 문하면 그런 상황에서 벗어날 수 있다는 생각이 문득 들었다. 사실 그에게 찾아오라고 청한 이는 그 모친이 아니라 딸 자신이었다. 게 다가 자신의 마음을 속이지 않는 미국 청년으로서, 그는 자고로 어 머니가 딸보다 가까이 다가가기 어렵고 사회적 편견에 더 이끌리 는 존재라는 것을 충분히 알고 있었다. 그러나 지금 상황에서는 원 칙을 굽히는 것도 어쩔 수 없는 일이다. 그래서 그는 과거에 미스 태런트가 그에게 방문을 권하며 일러준 지명과 나중에 루나 부인 이 뒷받침해준 근거를 떠올리며, 케임브리지 방향이라 여겨지는 쪽으로 걷기 시작했다. 분명히 루나 부인이 버리나가 종종 케임브리지의 집에 와서 며칠이나 머문다고—특히 어머니가 아프면 열심히 간병한다고—하지 않았는가? 그렇다면 이 시각(슬슬 1시가 되어가는)에 그녀가 와 있는 게 상상도 할 수 없는 일은 아니니, 그녀를 만날 가능성도 전혀 없다고는 할 수 없었다. 어쨌든 가볼 만했다. 게다가 케임브리지는 한번 구경할 만하니 휴일을 보내기에 더없이 좋은 방법이다. 그렇다 해도 케임브리지는 꽤 큰데 확실한 주소조차 모르고 있다는 것을 그는 문득 깨달았다. 마침 올리브의 집 앞에 다다랐을 때였다. 참으로 공교롭게도 그 낯선 교외 지역으로 가려면 어쨌든 그녀의 집 앞을 지나야 했다. 그가 그 집 앞에 문득 걸음을 멈춘 데에는 그러한 이유도 있었다. 그 집 벨을 눌러 알고 싶은 것을 하녀로부터 알아내는 게 어떨까, 하고 순간 그는 자문해 보았다. 틀림없이 하인은 알려줄 수 있을 것이다. 이런 수단을 취하는 게 비열한 짓인 것 같아 겨우 단념한 바로 그때였다. 그 집의 깊은 문간 안쪽에서 문이 열리는 소리가 들렸다. 찰스가에서는 현관이 정면 깊숙이 자리 잡고 그 일부분을 계단이 차지하는데, 계단 맨 아래에는 위쪽에 유리가 끼워진 양문이 달려 있었다. 누가 나오는지 확인하기에는 찰나의 여유밖에 없었지만, 그래도 그 순간에 몸을 홱 돌려 바라보았다. 그의 앞에 나타나는 이가 이 집에 사는 두 사람 중에 어느 쪽인지, 어느 쪽도 아닌 딴 사람인지, 아니면 둘을 함께 보게 될지 궁금했다.

집에서 나온 인물은 마치 그에게 도망칠 틈을 주려는 듯이 지극히 느릿느릿하게 계단을 내려왔다. 마침내 유리문이 좌우로 열리면서 안에서 자그마한 노여인이 나타나자 랜섬은 실망했다. 저런 늙은이는 그의 목적에 전혀 도움이 될 것 같지 않았다. 하지만 다음 순간 그는 다시 기운을 되찾았다. 분명히 이 몸집 작은 노여인과 전에 만난 적이 있다고 생각했기 때문이다. 그녀는 보도에 멈춰 서서 승합마차나 궤도차를 기다리고 있는 듯한 모습으로 멍하니 주위를 둘러보고 있었다. 우중충하고 흐트러진 옷차림은, 오랫동안 봄에 걸쳐온 옷인데도 아직도 제대로 적응하지 못한 듯한 모양새였다. 크고 온화한 얼굴은 전체가 거의 골고루 안경 렌즈에 에워싸인 것처럼 보였다. 두툼하고 고색창연한 가방은 옆구리에 축 늘어진 꼴이, 그만 좀 들고 다니라고 진저리 치는 듯했다. 그런 모습을 바라보는 동안 랜섬은 그녀가 누구인지 알아볼 수 있었다. 미스 버즈아이 말고 보스턴에서 저런 인물을 그가 또 알 리 없다. 그녀가 마련한 모임, 그녀의 특이한 외모, 미스 챈슬러가 그녀에 대해 한 상찬의 말, 그것들은 그의 마음속에 아주 뚜렷이 새겨져 사라지지 않았다. 저기 저렇게 멍하니 주위를 살피며 서 있는 그녀를 바라보고 있자니, 왕년의 친구를 대하는 듯한 친근함이 되살아났다. 그의 절실함이 그녀가 불러온 회상에서 요점을 찾아냈다. 거의 금세 그는 이 여자라면 분명 버리나 태런트가 특정 시각에 어디에 있는지, 또한 필요하다면 그녀 부모님의 거처가 어디인지도 말해줄 수 있을 거라고 짐작했다. 그녀의 눈길이 그에게 머물렀다. 그가 자기를 바라보는 것을 알았음에도 그녀는 시선을 돌리는 의례적 예의를 차리지 않았다(원래 그녀는 모든 관습과 전혀 무관했다). 그의 모습을 보고도 분명 아무 생각이 나지 않는 듯, 기껏해야 주위를 민감하게 의식하는 동료 시민이 자신의 권리를 마음껏 누리고 있다고 생각하는 것 같았다. 다른 사람을 물끄러미 바라보는 것도 그에게 주어진 권리니까. 미스 버즈아이는 자신의 사생활이 침해받는 일이 있어서는 안 된다고 주장할 정도로 겸양이 부족하지 않았다. 세상에는 그녀가 모르는 훌륭한 동기나 의도가 무수히 많고, 그녀를 쳐다보는 데도 다 이유가 있을 테니. 랜섬이 그녀에게 다가가 미소를 지으며 모자를 집어 올리고는 "지금 저 궤도차를 멈춰드릴까요, 미스 버즈아이?"라고 말하자, 그녀는 이것이 그저 자신의 명성에서 비롯된 것일지도 모른다는 건 생각도 못 하고 더 멍한 눈으로 그를 바라보기만 했다. 지난 50년 동안 보스턴 거리를 누볐던 그녀였지만, 짙은 눈동자의 청년에게서 이 정도의 관심조차 받은 경험이 단 한 번도 없었다. 그녀는 어찌할 바를 모르고, 이제 막 케임브리지로(路)에서 나와 딸랑거리며 이쪽으로 오는 얼룩덜룩한 색깔의 대형 궤도차를 힐끗 보았다. "네, 저희 집으로 가는 거면 타고 싶네요." 그녀가 대답했다. "사우스엔드로 가나요?"

미스 버즈아이를 인지한 차장이 차를 멈췄다. 분명 그녀가 자주 타는 손님임을 알아봤을 것이다. 그러나 그녀의 질문에 그는 확인해주는 대답을 하는 대신, 단지 "타시죠—어서요"라고 말하고는 위협하는 듯한 모습으로 신호종을 울리는 끈 쪽으로 손을 뻗고 기다렸다.

"제가 댁으로 모셔다드릴 수 있도록 허락해주시죠, 마담, 제가 누군지는 나중에 말씀드리겠습니다." 베이질 랜섬은 순간적인 생각에 이끌려 말했다. 그가 그녀를 도와 차에 오르게 하자, 차장이 그녀의 등을 손으로 밀어 안으로 들어가게 했다. 그도 곧 그녀 옆에 앉았다. 차가 다시 딸랑거리며 움직였다. 이 시각에는 궤도차도 거의 텅 비어서 사실상 차 안에는 그들밖에 없었다.

"음, 어디선가 본 적이 있어요. 이 동네 분은 아니시죠." 궤도차가 달리기 시작하고 나서 미스 버즈아이가 단언하듯 말했다.

"당신 집에 한 번 방문한 적이 있어요—아주 재밌는 모임이 있던 날 밤이었죠. 작년 10월에 파티를 여셨던 거 기억하세요? 미스 챈설러가 왔었고, 또 어떤 젊은 숙녀분이 훌륭한 연설을 했잖아요?"

"아, 그래요! 그때 버리나 태런트의 이야기에 우리 모두 완전히 감동했죠. 하지만 너무 많은 분이 오셨기 때문에 모든 분을 기억하지는 못합니다."

"저도 그 자리에 있었습니다." 베이질 랜섬이 말했다. "미스 챈설러와 함께 갔어요. 그분이 나의 먼 친척쯤 됩니다. 그때 당신은 제게 매우 친절하게 대해주셨습니다."

"제가 무슨 일을 했을까요?" 미스 버즈아이가 허물없이 물었다. 하지만 그가 대답하기 전에 그를 알아보았다. "이제 기억나요. 올리브가 당신을 데려왔죠! 남부 신사분이었죠—나중에 올리브가 당신에 대해 얘기해주었어요. 우리의 위대한 싸움을 인정하지 않으신다더군요—우리 여성을 언제까지 억누르고 싶다는 생각을 갖고 계신다고요." 이렇게 말하는 노여인의 목소리는 격정도 분노도 이미 옛날 일이라는 듯이 평온 그 자체였다. 그러면서 그녀는 또 이렇게 덧붙였다. "뭐, 모든 분의 공감을 얻을 수는 없는 일이니까요."

"제게 공감을 얻으신 것 같지 않으신가요? 그 싸움의 주창자 중한 분인 당신을 제가 집까지 모셔다드리려고 일부러 이렇게 차에올랐는데 말이죠." 랜섬이 웃으며 물었다.

"일부러 타신 거예요?"

"그럼요. 이래 봬도 저는 미스 챈슬러가 생각하는 만큼 나쁜 사람은 아닙니다."

"그래도 당신은 우리와는 다른 사상을 갖고 계시잖아요." 미스버즈아이가 말했다. "물론 남부 분들은 모두 색다른 의견을 갖고계시죠. 분명 우리가 상상하는 것 이상으로 특이한 생각을 갖고 계실 것 같아요. 더 멀리 가시지 말고 이쯤에서 내리셨으면 해요—보스턴 동네라면 저 혼자 돌아갈 수 있으니까요."

"절 그렇게 싫어하지 마세요. 주제넘은 짓을 할 생각은 없습니다." 랜섬이 대답했다. "실은 당신에게 묻고 싶은 것이 있습니다."

미스 버즈아이는 다시 한번 그를 물끄러미 바라보았다. "아, 그래요. 이제야 확실히 생각이 나네요. 닥터 프랜스와 뭔가 이야기를 나누셨죠."

"대단히 의식이 고양되는 대화였죠!" 랜섬이 외쳤다. "닥터 프랜스는 잘 지내시겠죠?"

"그 사람은 자신의 건강은 제쳐두고 다른 사람들의 건강만 돌보고 있습니다." 미스 버즈아이가 미소 지으며 대답했다. "그 사람에게 그렇게 말했더니, 자신을 돌봐줄 사람이 없다고 말하더군요. 보스턴에서 진찰해줄 의사가 없는 여성은 자기뿐이라고요. 그 사람은 본인은 절대 환자가 되지 않기로 마음먹고 있어요. 환자가 되지 않는 유일한 방법이라 의사가 된 것 같아요. 그 사람은 제가 잠을 잘 수 있게 해주려고 애쓰죠. 그게 그 사람의 주된 일입니다."

"그럼, 당신은 아직 잘 주무시지 못하는 건가요?"라고 묻는 랜섬의 목소리가 거의 정답기까지 했다.

"네, 겨우 조금 잘 뿐이에요. 자려고 할 때쯤이면 이제 일어나야 할 것 같아서요. 살고 싶다고 생각하면 잠도 못 자겠어요."

"남부로 내려오셔야겠네요"라고 젊은이가 권했다. "남부의 나른한 공기에서라면 분명 기분 좋게 주무실 수 있을 거예요!"

"글쎄요, 전 나른해지고 싶지 않아서요." 미스 버즈아이가 말했다. "게다가 남부에는 아주 오래전에 가본 적이 있습니다만, 그때도 그다지 잘 잤다고는 말할 수 없어요. 항상 쫓겼으니까요!"

"흑인 노예 때문이었다는 건가요?"

"그래요, 그때는 그 일밖에는 염두에 두지 않았어요. 그들에게 성경을 전하러 다녔죠."

랜섬은 잠시 침묵했다가 다시 말문을 열었지만, 그 어조에는 분명히 신중하게 배려하는 듯한 울림이 있었다. "그때 일에 대해 다 듣고 싶군요!"

"하지만 다행히도 이제는 그럴 필요가 없어졌지요, 우리는 또 다른 목적을 달성해야 합니다." 미스 버즈아이는 그가 이 말의 뜻을 알 것이라는 듯이 머뭇거리며 이리저리 살피는 눈빛으로 그를 쳐다보았다.

"즉, 이번에는 다른 노예를 위해서군요!" 랜섬이 웃으며 외쳤다.

"이번 노예들에게는 얼마든지 원하는 만큼 성경을 전달할 수 있으시겠어요."

"내가 전하고 싶은 것은 법령집이에요. 이번에는 그것이 우리의 성경이 될 테니까요."

랜섬은 미스 버즈아이가 아주 마음에 들었다. 다음과 같이 말했을 때 그의 말에는 위선도 전혀 없었고, 그의 고향 특유의 말투도 거의 묻어나지 않았다. "어디로 가시든 무엇을 전달하시든 그런 건 문제가 아닙니다, 마담. 당신은 언제고 당신의 선의를 전달하실 테니까요."

한동안 그녀는 대답하지 않았다. 그러고는 중얼거리듯 말했다. "그런 식으로 말씀하시는 것이 당신의 버릇이라고, 올리브 챈설러가 말해주었어요."

"그분이 저를 별로 칭찬하지 않은 것 같네요."

"글쎄요, 그분은 분명 자신이 옳다고 생각하는 것 같아요."

"생각한다고요?" 랜섬이 말했다. "아니, 완전히 그렇다고 확신하지요! 그건 그렇고, 그분도 잘 계시죠?"

미스 버즈아이는 다시 눈을 동그랗게 떴다. "어머, 아직 못 뵀어요? 방문하시는 거 아니었어요?"

"오, 아뇨, 방문할 생각은 없어요! 당신을 만났을 때, 나는 말 그대로 그분의 집 앞을 지나갔을 뿐이에요."

"지금 여기에 살고 계신 모양이네요." 미스 버즈아이가 말했다. 그가 이 잘못된 인상을 바로잡아주자, 그녀는 그가 불러일으킨 긍정적인 확신을 드러내는 어조로 다음과 같이 덧붙였다. "들러보시는 게 좋지 않겠어요?"

"미스 챈설러가 기분 나빠하실 텐데요." 베이질 랜섬이 답했다. "그분은 저를 여성 진영의 적으로 여기시니까요."

"글쎄요, 그분은 매우 용기 있는 사람이에요."

"맞습니다. 그리고 저는 아주 소심한 사람이고요."

"당신도 전에는 맞서 싸우지 않았나요?"

"그렇죠. 하지만 그때는 대단한 대의를 위해서였죠!"

여기서 랜섬이 남부 열한 개 주의 탈퇴를, 그리고 올리브의 용기와 비교하기 위해 당시 궐기한 남자들의 태도(그 용기가 어쨌든 가상했던)를 은근히 언급한 것은 그로서는 지극히 점잖은 농담이었다. 그런데 미스 버즈아이는 그의 말을 완전히 진지하게 받아들여 잠자코 앉은 채 한참 대답하지 않았다. 너무나 오랜 세월을 보낸 그녀로서는 더 이상 그런 옛날 모반의 옳고 그름을 논할 엄두가 나지 않는다는 뜻을 전하고 싶은 것 같았다. 청년은 자신이 한 말이 그녀를 침묵시켰다는 것을 깨닫고 몹시 난감해졌다. 비록 보호자가 없는 여성에게는 사심을 버리고 구원의 손길을 뻗을 수 있는 것이 남부 신사들의 마음가짐이지만, 그가 이 노여인과 궤도차에 함께 탄 것은 다름 아닌 그녀에게서 이야기를 듣기 위해서였기 때문이다. 그가 알고 싶었던 것은 버리나 태런트에 대해 세간에 알려진 정보뿐 아니라 내부 정보로, 그런 걸 미스 버즈아이로부터 끌어내려고 생각하고 있었다. 스스로 이 화제를 꺼내는 것은 내키지 않았기에, 그녀가 다시 말할 때까지 조금만 더 기다려보기로 했다. 결국 (어쨌든 자신의 의도를 언제까지나 상대방에게 숨길 수 있는 것도 아니라는 생각이 들었기에) 분명하게 물어봄으로써 자신의 의도를 드러내려는 찰나, 그녀가 앞질러 그와 같은 생각을 좇고 있었음을 보여주는 다음과 같은 말을 했다. "그날 밤 미스 태런트의 이야기를 듣고 조금도 감동하지 않으셨다니 너무 이상해요!"

"아니, 그렇지 않아요!" 랜섬이 아주 기꺼워하며 말했다. "아주 매력 있는 사람이라고 생각했답니다!"

"그분이 상당히 합리적인 분이라고 생각하지 않으셨나요?"

"천만에요! 부인! 여성분들이 합리적일 필요는 없죠."

그의 동승자는 천천히 조심스럽게 그를 향해 몸을 돌렸다. 비난의 표정이 비치는 안경이 번쩍이면서 터무니없이 큰 눈물처럼 보였다. "그럼, 당신은 우리 여성을 그저 귀여운 노리개 정도로만 여기시는 건가요?"

미스 버즈아이의 입에서 나온 이 질문에 그녀 자신의 고색창연한 면모가 어느 정도 담겨 있는 것 같아서, 랜섬은 웃음을 억누르기가 힘들었다. 하지만 그는 재빨리 웃음을 참고 진지한 표정으로 말했다. "저는 여성이 인생에서 가장 사랑스러운 것, 삶의 보람을 주는 유일한 것이라고 생각합니다!"

"삶의 보람이라 —당신들 남성에게죠! 우리에겐 어떤가요?" 미스 버즈아이가 반문했다.

"이렇게 깊은 찬탄을 받을 수 있다면 그것만으로도 여성분들에게는 삶의 보람이 아닐까요? 지금 우리가 화제로 삼는 미스 태런트가, 당신 말씀대로, 저를 감동시킨 것도 이런 의미에서죠 —즉, 그렇게 마음에 드는 젊은 숙녀분을 낳은 것이 바로 당신들 여성이기에 저는 가능하다면, 지금보다 더 여성을 높이 숭상하고 싶습니다."

"네, 이곳의 우리 여성들에게 그분은 평판이 대단하지요." 미스 버즈아이가 말했다. "정말 훌륭한 재능을 가지고 계신 것 같아요."

"그분은 자주 연설하시나요?—지금 제가 그 연설을 들어볼 기회가 있을까요?"

"그분은 프레이밍엄이나 빌리커 같은 근처 지역에서 자주 연설하고 와요. 힘을 모아 오시는 것 같아요, 언젠가 큰 파도처럼 보스턴을 덮치려고요. 사실 작년 여름에 정말 이곳을 덮쳤었죠. 그 집회에서 대단한 성공을 거둔 이후로 그분은 벌써 떠오르는 세력이에요."

"아! 집회에서 그렇게 대단한 성공을 거두셨나요?" 랜섬은 신중하게 목소리를 가다듬고 물었다.

미스 버즈아이는 공정하기 위해 신중히 반응하려고 잠시 망설였다. "글쎄요." 오래된 추억에 뭉클해진 듯이 그녀가 말했다. "엘리자 P. 모즐리의 연설을 마지막으로 들었던 이후로 그렇게 멋진 연설은 처음이었어요."

"오늘 밤 그분이 어디선가 연설하지 않는 것은 참 안타깝군요!" 랜섬이 외쳤다.

"아, 오늘 밤은 케임브리지에 가 있어요. 올리브 챈슬러가 그렇게 말했어요."

"거기서 연설한답니까?"

"아뇨, 집에 간 거예요."

"그분 집이 찰스가가 아니었나요?"

"아, 집은 아니고, 거주지죠 — 주로 거기서 지내시죠 — 당신 친척분과 아주 친한 사이가 된 후부터요. 미스 챈설러가 친척 아니신가요?"

"우리는 그러한 혈연관계를 서로 인정하고 싶어 하지 않습니다." 랜섬이 미소 지으며 말했다. "그런데 그 두 젊은 숙녀분들은 꽤 친밀하게 지내고 계신가요?"

"버리나가 열변을 토하고 있을 때의 미스 챈설러를 보시면 분명 그렇게 생각하실 거예요. 마치 그분 자신의 마음에 현이 켜지는 것 같아요. 말 한마디 한마디에 그 현이 떨리고 울리는 것 같죠. 아주 가깝고 아주 아름다운 인연이에요. 여기선 그분들 소문이 자자해요. 그분들이 함께하신다면 분명 훌륭한 성과를 거둘 수 있을 것입니다!"

"그렇게 되기를 바랍니다." 랜섬이 말했다. "그러나 그럼에도 미스 태런트는 때때로 부모님과 시간을 보내나 보군요."

"네, 그분은 모두에게 뭔가를 내줄 게 있는 분 같아요. 그분을 그분 집에서 만나시면 분명 그냥 보통의 딸과 다를 게 없다고 생각하실 거예요. 사랑스러운 딸로 지내고 계시니까요!" 미스 버즈아이가 말했다.

"그분을 집에서 만난다고요? 바로 제가 원하는 바입니다!" 이런 말이 나올 줄 알았다면 처음에 그렇게 망설일 필요가 없었다고 생각하면서 랜섬이 반색했다. "처음 만났을 때 그분이 저한테 집으로 초대했던 걸 잊지 않았습니다."

"아, 물론 그분 집에는 많은 분이 찾아갑니다." 미스 버즈아이는 이 정도로밖에 격려해주지 않았다.

"그렇겠죠. 그분은 숭배자들의 방문에 익숙해졌을 테지요. 그분 가족은 케임브리지 어디에 사십니까?"

"그게 말이죠, 이름도 없을 듯한 그저 작은 거리 중 하나인데요. 하지만 뭐라고들 부르던데요—그게 그러니까—" 그녀가 말하면서 생각을 더듬었다.

그때 갑자기 차장이 훈시하듯 외치는 바람에 이 과정이 중단됐다. "댁으로 가려면 여기서 갈아타야 할 거요. 파란 차 중 하나로."

그 말을 듣고 사람 좋은 이 여인은 자신이 있는 곳을 알아차렸고, 랜섬은 그녀를 도와 차에서 내리게 했는데, 이번에도 탔을 때와 마찬가지로 차장이 어느 정도 뒤에서 밀어주었다. 그녀의 집으로 가는 길은 큰길에서 오른쪽으로 갈라지는 길로, 파란 궤도차가 아직 가까이 오지 않아 길모퉁이에서 잠시 기다려야 했다. 길모퉁이는 조용했고, 참을성 있게 차를 기다리기에 좋은 날씨였다—매서운 추위도 누그러지고 햇살이 눈부시게 쏟아졌다. 공기의 감촉마저 장갑 낀 듯 포근하고, 노면에도 약간 풀린 날씨에 봄다운 밝은 색채가 가득했다. 랜섬은 물론 박애 정신으로 충만한 일행과 함께 궤도차를 기다리기로 했지만, 그녀는 남부에서 온 신사가 과거 노예제 폐지 운동의 투사인 자신에게 알쏭달쏭한 보스턴 동네의 안내자를 자처하고 나서는 데 조금 전보다 더 거세게 저항했다. 그래서 그는 그녀를 파란 차에 무사히 태우면 헤어지기로 약속했다. 그렇게 두 사람이 약국 창을 등지고 양지에 서서 차를 기다리는 동안, 그녀는 랜섬의 재촉에 닥터 태런트가 사는 거리의 이름을 떠올리려고 다시 애썼다. 그녀는 "닥터 태런트의 집이 어디냐고 물으면 누구나 금방 알려주실 거예요"라고 말했는데, 그러고 나서 갑자기 주소가 생각났다—그 최면술 치료사가 사는 곳은 모내드녹 광장 쪽이었다.

"하지만 여전히 거기가 어딘지 물어야 알 수 있을 테니, 결국 마찬가지네요." 그녀는 이어서 말한 뒤에, 한층 더 친근한 어조로 덧붙였다. "친척분도 보러 갈 거죠?"

"아뇨, 될 수 있으면 가지 않으려고 합니다!"

미스 버즈아이는 어쩔 수 없다는 듯 가벼운 한숨을 내쉬며 말했다. "글쎄요, 사람은 누구나 자신의 신념에 따라 살아야 한다고 생각합니다. 올리브 챈설러도 그러고 계실 뿐이에요. 그분은 정말 고상한 마음을 가지고 계신 분이에요."

"아, 그렇죠, 거룩한 본성이죠."

"그들 두 분의 견해가 똑같다는 것 아시죠—올리브와 버리나 말이에요." 미스 버즈아이가 잔잔하게 말을 이었다. "그런데 왜 두 분을 차별하세요?"

"오, 저런." 랜섬이 말했다. "여자는 그들이 가진 견해를 빼면 아무것도 남지 않습니까? 나는 우선 미스 태런트의 그 사랑스러운 얼굴이 좋습니다."

"글쎄요, 그분이 확실히 예쁘게 생기셨죠." 이렇게 말하고는 미스 버즈아이는 다시 한숨을 쉬었다. 숙녀의 견해에 관해 낯설고 이질적인 것들이 잔뜩 깔린 어떤 이론을 그녀에게 제기해보았자, 그것을 자세히 알아보기에는 자신이 너무 늙어버렸다는 듯한 한숨이었다. 어쩌면 그녀가 정말로 자신의 나이를 느낀 것은 이때가 처음이었는지도 모른다. "파란 차가 오네요." 안심한 듯 온화한 목소리로 그녀가 말했다.

"여기까지 오려면 아직 한참 걸릴 거예요. 그리고 말이죠, 그런 견해가 미스 태런트의 마음 깊은 곳에 있는 진짜 생각이라고는 저는 믿지 않습니다." 랜섬이 덧붙였다.

"그분의 견해가 굳건하지 않다고 생각하시면 안 됩니다." 그의 동행이 좀 더 딱딱한 어조로 외쳤다. "그분이 진심이 아닐 거라고 생각하신다면 완전히 착각하시는 겁니다. 아닐 수 없습니다. 그 신념은 그분에게는 삶 자체입니다."

"글쎄요, 그분이 저를 그 신념에 동의하도록 설득할 수 있을지도 모르죠." 랜섬이 미소 지으며 말했다.

미스 버즈아이는 파란 궤도차가 잠시 앞길이 가로막혀 다가오지 못하는 것을 물끄러미 바라보다가, 다시 그를 향해 눈길을 돌려 얼굴을 가린 커다란 안경 너머로 엄숙한 시선을 던졌다. "글쎄요, 그렇게 된다고 해도 이상하지 않습니다! 네, 그렇게 된다면 좋은 일이죠. 그분의 말씀을 들으면 당신도 크게 흔들리지 않을 수 없을 거라고 봅니다. 굉장히 많은 분을 감화시켰으니까요."

"그렇군요. 그렇다면 분명 저도 감화되겠군요." 이렇게 말한 뒤 랜섬은 문득 생각이 나서 덧붙였다. "그런데 미스 버즈아이, 다시 제 친척을 만나더라도 부디 오늘 우리가 여기서 만난 것을 비밀로 해주셨으면 합니다. 저로서는 그녀를 방문하지 않아도 양심에 거리낄 것이 전혀 없지만, 다만 제가 무시할 의도를 온 동네에 다 알리고 다녔다고 여겨지기는 싫기 때문입니다. 그분의 기분을 상하게 하고 싶지는 않아요. 그러니까 내가 보스턴에 온 것은 그분에게 알리지 않는 편이 낫겠습니다. 당신만 말하지 않으면 아무도 말할 사람이 없을 거예요."

"숨겨달라는—"이라고 미스 버즈아이가 살짝 헐떡이며 중얼거렸다.

"아니에요, 숨겨달라는 것이 아닙니다. 저는 그냥 이번 일을 없었던 일로 쳐주시고—아무 말씀도 하지 않으셨으면 하는 거예요."

"글쎄요, 저는 그런 일은 한 번도 해본 적이 없어서요."

"그런 일이라면?" 랜섬은 그의 생각을 헤아리지 못하는 그녀의 어리석음에 짜증이 나면서도 왠지 모르게 애처로운 기분이 들었지만, 그녀가 저항하자 그로서도 더 자기 생각을 고집하게 되었다. "제가 부탁드리는 바는 아주 단순한 겁니다. 당신에게 일어난 모든 일을 미스 챈설러에게 다 말해야 하는 건 아니잖습니까?"

이렇게 부탁해도 이 불쌍한 노여인의 정직한 마음에는 동요가 가라앉지 않는 모양이었다. "글쎄요, 저는 그분을 매우 자주 뵙고 있고 많은 이야기를 나누니까요. 그런데 버리나가 그분께 말씀드리지 않을까요?"

"그건 저도 생각했어요—하지만 그러지 않기를 바랍니다."

"버리나는 그분께 그야말로 다 말씀하십니다. 그만큼 서로 아주 가까운 사이이니까요."

"그 사람도 미스 챈설러의 기분을 상하게 하고 싶지는 않겠죠."

랜섬은 재치 있게 응수했다.

"어머, 꽤 사려가 깊으시네요." 미스 버즈아이는 잠시 물끄러미 그를 바라보았다. "우리의 생각에 공감해주실 수 없다니 유감입니다."

"말씀드렸던 대로, 아마도 미스 태런트가 저를 설득해주실 겁니다. 그러니까 지금 당신 앞에 있는 남자는 미래의 개심자인 셈이죠." 우려가 되는 점은, 이렇게 대답하는 랜섬의 목소리에서 이런 터무니없는 거짓말을 하는 것에 신의 용서를 구하는 듯한 기미가 조금도 느껴지지 않았다는 것이다.

"그렇게 생각하니 저도 마음이 아주 편해지네요 — 이렇게 뒤에서 몰래 그분의 거처를 알려드린 사람으로서." 온화함이 넘쳐흐르는 미소가 빛나는 얼굴로 미스 버즈아이가 계속해서 말했다. "네, 그것이 당신의 운명일 거라고 생각해요. 지금까지 많은 분이 그분의 말씀을 듣고 그렇게 되었어요. 그렇게 믿고 저도 오늘 일은 가만히 있기로 하죠. 네, 분명 그분은 당신을 설득할 게 틀림없어요."

"그렇게 되면 바로 알려드리겠습니다." 랜섬이 말했다. "자, 드디어 차가 왔네요."

"어쨌든, 전 진리가 승리를 거둘 것이라고 믿어요. 그래서 오늘 일에 대해선 아무 말도 하지 않겠어요." 그녀는 그렇게 말하고는 청년이 이끄는 대로, 지금 막 그들이 있는 길모퉁이에 멈춰 선 궤도차 쪽으로 걸어갔다.

"꼭 언젠가 다시 뵙고 싶습니다." 걸어가면서 랜섬이 말했다.

"네, 저는 항상 보스턴을 돌아다니니까요." 그녀는 다시 자신을 부축하고 밀어서 그 긴 통 속으로 들어가는 걸 도와주는 그를 살짝 돌아보면서 조금 전의 말을 다시 했다. "당신은 분명 그분에게 감화될 거예요! 그 일을 비밀로 하고 싶다면, 저는 아무에게도 말하지 않겠습니다." 그는 그녀가 덧붙인 말을 들었다. 그는 모자를 집어 올려 작별의 표시로 흔들었지만, 그녀는 그를 보고 있지 않았다. 차량 안쪽으로 비집고 들어가던 그녀는 이번에는 만원이어서 자신이 앉을 좌석이 없다는 것을 알게 되었다. 하지만 분명 저기 탄 남자들은 누구나 그와 같은 무고한 노인에게는 자리를 양보해줄 것이라고, 그는 생각했다.

24장

미스 버즈아이와 헤어지고 한 시간이 조금 지났을 무렵, 그는 교외의 모내드녹 광장에 있는 닥터 태런트 집의 응접실에 서 있었다. 나이 많은 하녀를 꽤 간절한 호소로 설득한 끝에 겨우 이 집 여인들에게 그의 방문을 알릴 수 있었다. 안쪽으로 들어가 꽤 오래 있다가 돌아온 하녀는 미스 태런트가 곧 내려올 거라고 전했다. 그래서 그는 버릇대로 가장 가까이에 있는 책(낡은 잡지와 태런트의 사업용 명함—최면술 치료사라고 직함이 적힌—이 든 작은 옻칠 쟁반과 나란히 탁자 위에 놓여 있던)을 집어 들고는 책장을 넘기며 10분을 보냈다. 유명한 최면 연설가 에이더 T. P. 포트 여사의 전기인 그 책은 깜짝 놀란 듯한 표정을 짓고 무성한 곱슬머리를 늘어뜨린 모습의 초상화로 꾸며져 있었다. 랜섬은 몇 페이지를 읽고 나서 생각했다. 남부 문학에 대해 그렇게 호되게 조롱해놓고서, 정작 이런 것들이 북부 문학의 대표적 작품이란 말인가! 그는 거의 경멸하는 듯한 몸짓으로 그 책을 탁자 위에 내던졌는데, 이 남자는 오랫동안 북부에서 살고 있음에도 북부 문학이 무엇인지도 아직 잘 모르는 것 같았다. 미스 태런트도 이런 걸 읽고 자랐을까, 하고 그는 생각했다. 다른 책은 보이지 않았다. 탁자에 놓여 있는 잡지도 이미 읽은 적이 있는 것이었다. 그렇다면 이 집 사람들이 모습을 드러내기 전까지, 그로서는 결국 가만히 앞을 주시하며 색다를 게 없는, 헐벗은 듯 밝기만 한 작은 방을 바라보고 있을 수밖에 없었다. 방안이 너무 더워서 창문을 열고 싶어졌다. 커튼이 없는 창문으로 들어오는 십자 모양의 빛은 방의 궁핍을 일부러 드러내려는 것 같았다. 이미 언급했다시피, 랜섬은 안락함에 대해서는 까다로운 기준을 가지고 있지 않아서, 평소에는 남의 집안 형편에 신경 쓰지도 않았다. 그가 특별히 그런 걸 주시해서 볼 때는 집이 아주 예쁘게 꾸며졌을 때뿐이었다. 하지만 닥터 태런트의 집에서 기다리는 동안 그가 본 것은, 버리나가 올리브 챈설러와 살고 싶어 하는 것도 당연하다고 생각하게 만들기에 충분했다. 어쩌면 그녀가 미스 챈설러와 친분을 쌓은 건 그 집의 월등한 안락함 때문이 아니었을까, 그렇다면 돈만 밝히고 가식적이라고 그녀를 폄하한 루나 부인이 옳았던 건 아닐까, 하고 의문을 품기까지 했다. 그녀가 나타나기까지 상당한 시간이 있었기에, 그사이에 그는 그녀가 그런 여자가 아니라는 분명한 증거가 하나도 없다는 걸 떠올렸을 뿐 아니라, 1년 반 전에 그녀가 얼결에 초대했던 걸 진심으로 받아들여, 보스턴에서 여유 시간이 두세 시간밖에 없는데도 일부러 이렇게 케임브리지까지 그녀를 만나러 온 것의 기이함(생각해보면, 너무 이상했다)을 새삼스레 곱씹었다. 어쨌든 그녀는 그를 맞아들이기를 거절하지 않았다. 마음에 들지 않으면 얼마든지 그럴 수 있었는데. 그뿐만이 아니라, 아무래도 그녀는 그를 위해 치장하고 있는 듯하다. 머리 위에서 바쁘게 돌아다니는 발소리가 들리지 않는가. 발소리뿐 아니라 서랍장과 옷장을 여닫는 소리도, 모내드녹 광장의 집들은 2층 바닥이 아주 얇게 만들어졌는지 그의 귀에까지 와 닿았다. 누군가, 미시시피식 표현을 사용하자면, '날아다니고' 있는 것이 틀림없었다. 마침내 가벼운 발걸음에 계단이 삐걱거리더니, 다음 순간 눈부시게 아름다운 사람이 방 안에 모습을 드러냈다.

그의 추억 속에 있는 그녀도 무척 예뻤지만, 자라서 어엿한 성인이 된 어린 예언자는 그보다 더 예뻤다. 멋진 머리카락은 반짝반짝 빛났고, 뺨과 턱은 섬세한 곡선으로 그를 황홀하게 했으며, 눈과 입술에는 환영의 미소가 담뿍했다. 한때 그의 눈에 총명한 소녀로 비친 그녀였지만, 이제 그 빛이 넘쳐나 방을 환하게 밝혔다. 그녀가 빛을 발하니, 그녀를 에워싼 모든 초라한 세간도 이제 아무 문제가 되지 않았다. 낡은 소파에 걸터앉는 그녀의 몸놀림은 흡사 표범 가죽에 털썩 앉는 요정 같은 매력을 발산했고, 그 입술에서 새어 나오는 목소리의 타고난 상냥함은 그녀가 다음 말을 할 때까지 잠자코 귀를 기울일 수밖에 없게 했다. 그녀에게 더해진 빛은 지극히 그녀가 거둔 성공에서 비롯된 것임을 그도 곧 인지했다. 나이가 어리고 연약한 소녀임에는 변함이 없었지만, 청중의 엄청난 박수갈채 소리로 귀가 아직 먹먹해 마음이 들뜨고 하늘을 나는 듯한 기분에 젖어 있는 듯했다. 그래도 여전히 그녀의 눈은 순수하고 진솔했으며, 예전에 그에게 감명을 주었고, 속세를 벗어난 장소―그로서는 어딘지 알지 못하지만―를, 오래된 수도원이나 아르카디아의 계곡을 떠올리게 했던 그 환상적인 아름다움도 그대로였다. 당시에 그녀는 꼭 변장한 듯한 분위기가 늘 있었는데, 이제는 얼룩덜룩하고 화려했던 의상이 더 고가이고 세련되게 바뀌었을 뿐이었다. 그 분위기 자체가 그녀의 스타일, 그녀 본연의 모습, 자기표현의 일부였다. 미스 버즈아이의 집에서나 그다음 날에 찰스가 집에서 만났을 때 소녀의 모습이 줄타기 곡예사 같았다면, 오늘 그녀는 마치 물감을 대충 칠한 배경이나 먼지투성이 무대를 순식간에 눈이 번쩍 뜨이는 '장관'으로 변모시키는 프리마돈나처럼 모내드눅 광장의 초라한 작은 방을 변모시켰다. 베이질 랜섬에게 말을 거는 그녀의 태도는 마치 지난주에 본 사람을 대하는 듯했고, 그가 가진 장점에서 신선함을 느끼는 것 같았다. 그건 그렇고, 어째서 그가 거의 일면식만 있다시피 한 그녀를―그녀 본인도 이미 오래전에 잊어버린 초대에 의지해―일부러 방문할 마음이 생긴 것인지, 그 이유를 그가 특유의 격식 차리는 말로 해명하는 동안 그녀는 미소를 지으며 가만히 귀를 기울였다. 그는 상대방이 납득할 만한 완전한 해명을 내놓는 데 실패했다. 단지 그녀가 보고 싶었다는 이유보다 더 납득할 만한 이유가 떠오르지 않았다. 이 동기만이 크게 두드러져 보인다는 것을 그는 깨닫게 됐다. 미소 지으며 듣고 있는 그녀의 모습도 아르카디아적인 천진난만함이 넘쳐서 그를 비웃고 있는 것 같지는 않았지만, 그가 본심을 말할 용기가 없는 것을 은근히 꾸짖는 듯했다. 그가 미스 챈설러의 집에서 그녀와 마주쳤을 때의 일을 특히 자세히 언급하자, 비로소 그녀는 그의 방문을 환영한다는 인사를 해주었다.

"아, 그래요, 똑똑히 기억하고 있어요. 그 전날 밤 미스 버즈아이의 댁에서 만난 것도 잘 기억하고 있어요. 그때 제가 연설했지요— 기억나시나요? 근사했었죠."

"정말 근사한 연설이었어요." 베이질 랜섬이 말했다.

"제 연설 얘기가 아니에요. 그날 모임 전체가 근사했다는 뜻이에요. 그 뒤로 미스 챈설러와 친해졌죠. 아시는지 모르겠지만, 우리는 지금 함께 일하고 있어요. 그분이 저를 위해 아주 많은 걸 해주세요."

"여전히 연설하고 있나요?"라고 랜섬은 물었지만, 말을 마치자마자 수준 미달의 질문임을 깨달았다.

"여전히요? 네, 물론 그러면 좋겠어요. 왜냐하면 내가 잘할 수 있는 일은 그것뿐이니까요! 그건 제 삶이에요—혹은 그렇게 될 거예요. 게다가 미스 챈설러에게도 그렇습니다. 우리는 훌륭한 일을 해내려고 단단히 마음먹고 있어요."

"그럼 그 사람도 연설하나요?"

"글쎄요, 제 연설을 그분이 만드시죠—제 연설의 가장 뛰어난 부분을요. 그분이 저에게 무슨 말을 해야 할지 가르쳐주세요. 무엇에도 굴하지 않는 진짜를 가르쳐주세요. 그러니 미스 챈설러가 연설하시는 셈이기도 합니다!"라고 대답하는 이 특이한 여자의 말에는 관대한 자기만족이 배어 있는데, 다소 우스꽝스럽기도 했다.

"다시 한번 당신의 연설을 듣고 싶습니다." 베이질 랜섬이 답했다.

"그러시다면, 또 언젠가 저녁 모임에 오시면 됩니다. 언제든 들으실 기회가 있을 거예요. 우리는 연달아 승리를 쟁취해가고 있습니다."

그녀의 반짝임, 침착함, 공인다운 분위기, 소녀다움과 분별력 있는 어른다움이 섞여 있는 그 태도에 손님은 깜짝 놀라 당황할 정도였다. 이곳을 찾은 목적이 호기심을 충족하기 위한 것이었다면, 돌아갈 때까지 목적을 달성하기는커녕 오히려 더 격한 호기심에 시달리게 될 위험이 있다고 느꼈다. 그녀는 계속해서 친근하게 털어놓는 밝은 어조로—아마도 황금시대에 화관을 쓴 행복한 처녀들이 햇볕에 탄 젊은이들과 나눴을 가벼운 교제의 어조였다—말했다. "당신의 이름이 아주 익숙해요. 미스 챈설러가 당신에 대해 다 이야기해줬어요."

"저에 대해 다요?" 랜섬은 검은 눈썹을 치켜올리며 물었다. "그 사람이 어떻게 그럴 수 있을까요? 저에 대해 아무것도 모르실 텐데요!"

"글쎄요, 그분은 당신이 우리 운동에 커다란 적이라고 하셨어요. 그렇지 않나요? 제 생각에 그분 집에서 만난 날에도 당신은 그다지 호의적인 말을 하지 않았어요."

"저를 적으로 생각하시는데 오늘 이렇게 저를 만나주시다니 정말 친절하시네요."

"아, 굉장히 많은 신사분이 찾아오시거든요." 버리나는 조금도 당황하지 않고 밝게 대답했다. "그저 질문을 하기 위해 오시는 분들도 있어요. 나에 대해 소문을 들었기 때문에 오시는 분도 있고, 제가 연설하는 자리에 있었는데 완전히 감동했다며 찾아오시는 분도 있고요. 모두 아주 깊은 관심을 보이세요."

"게다가 당신은 유럽에도 갔다 오셨으니까요." 랜섬이 바로 말을 받았다.

"아, 그래요. 우리는 저쪽에서 얼마나 진행되고 있는지 알아보러 갔어요. 아주 멋진 여행이었어요 — 모든 지도자분과 만났지요."

"지도자라니요?" 랜섬이 말을 따라 하며 물었다.

"우리 여성해방운동의 지도자 말입니다. 여자분들뿐만 아니라 남자분들도 계셨어요. 올리브는 어느 나라에 가든 훌륭한 환대를 받았어요. 우리는 열성적인 분들과 이야기를 나눴어요. 그리고 시사하는 바가 많은 말들을 들었지요. 게다가 유럽이잖아요!" — 여기서 젊은 숙녀는 말을 끊고는 마치 이 주제에 대해 말하고 싶은 바는 더 많지만, 당장은 이런 짧은 말로밖에 표현 못 한다는 듯이 그에게 미소 지으며 탄식을 내뱉었다.

"아주 매력적인 곳이겠군요." 랜섬이 부추기듯 말했다.

"정말 꿈 같았어요!"

"그래서 저쪽은 진행이 되고 있던가요?"

"글쎄요, 미스 챈설러는 그렇다고 생각하시더라고요. 우리가 본 것 중에 그분을 깜짝 놀라게 할 만한 것이 몇 가지 있었어요. 그래서 그분은 지금까지 유럽 사람들을 제대로 평가하지 않았던 것이 아닌가 생각하셨죠 — 매우 마음이 넓은 분이에요, 바다처럼 넓은 마음을 갖고 계세요! — 하지만 저는 전체적으로는 오히려 저희가

더 잘하고 있다는 쪽으로 생각이 기울어요. 저쪽 운동의 실정에 저
쪽의 전반적인 문화가 반영되어 있는데, 그들의 문화 수준이 우리
문화보다(제가 말하는 문화는 가장 넓은 의미의 문화를 말하는데
요) 높은 건 분명한 사실이죠. 반면 우리 여성에만 해당하는 **특별한**
조건—도덕적, 사회적, 개인적 상태—을 생각해보면 우리나라가
더 나은 것 같습니다. 물론 사회 양상 전체와의 관련을—다시 말
해 비례를—고려해서 하는 말입니다만. 거기서 정말 훌륭한 분들
을 만났다는 걸 꼭 덧붙여야겠네요. 영국에서는 대단한 통솔력을
가진 아주 교양 있고 아름다운 여성분들을 만났어요. 프랑스에서
도 사람을 감화하는 멋진 분들을 만났고요. 그 유명한 마리 베르뇌
유 여사를 찾아가서 아주 즐거운 저녁 시간을 보냈습니다. 그분은
불과 몇 주 전에 감옥에서 풀려난 거였죠. 이번 여행을 통해 우리가
느낀 것은 이제 해방은 시간문제일 뿐이라는 것입니다—미래는
확실하게 우리 것이에요. 다만, 지금은 아직 어디를 가든 이렇게 외
치는 소리가 들리죠. '대체 언제까지, 오, 주님, 얼마나 더 오래요?'"

이런 장광설을 미스 태런트가 물 흐르듯이 말하는 것을 듣고 있
는 동안, 베이질 랜섬은 차츰 들뜬 기분이 되어 행여 뭐라도 놓칠세
라, 한마디 말도 하지 않았다. 이 어여쁜 소녀가 눈앞에 앉아서, 그
가 그저 예의상 던진 질문에 답해 당연한 듯이 금세 열변을 토하기
시작하는 것을 보고 있자니 한편으론 우습기도 하면서 기분이 좋
아졌다. 자기가 지금 어딨는지도 잊어버린 건가, 그를 만원 청중으
로 착각한 건가? 말투나 억양, 그리고 몸짓까지 연단에 서서 이야
기할 때와 거의 같았는데, 무엇보다 묘한 것은 그런 태도를 취했는

데도 조금도 불쾌한 인상을 주지 않았다는 점이었다. 불쾌하기는 커녕 사랑스러웠다. 독단적으로 느껴지지 않고 다정하게 느껴졌다. 이렇게 새가 지저귀듯 연설했다면 성공을 거둔 게 당연하다! 게다가 이렇게 쉽게 연설 어조로 바뀌는 것으로 보아도, 그것이 그녀에게 교육으로든 공동 작업으로든 지극히 익숙한 일이 되었음을 랜섬은 알아차릴 수 있었다. 그는 그녀를 어떻게 생각해야 할지 종잡을 수 없었다. 믿기 어려운 일종의 현상 같은 젊은이라고나 할까. 그 밤 미스 버즈아이의 집에서 그녀가 자리에서 일어섰을 때의 일이 다시 그의 마음에 새롭게 떠올랐다. 그는 당시와 비교했을 때, 오늘은 뭔가가 빠졌다는 생각이 들었다. 그녀가 말을 그친 뒤 잠시 후에야 비로소 그는 자신이 활짝 웃는 것과 비슷한 표정을 짓고 있다는 것을 의식하게 되었다. 그는 곧바로 자세를 바꾸고 머리에 떠오르는 대로 말했다. "이제는 아버님 없이도 하실 수 있게 됐나 보네요."

"아버지 없이도요?"

"지난번에 아버님께서 연설의 계기를 마련해주신다고 하셨잖아요."

"아, 내가 연설을 시작한다고 생각하셨군요!" 그녀는 거리낌 없이 기분 좋게 웃음을 터뜨렸다. "사람들이 내 연설이 이야기하는 것 같다고들 해요. 그래서 분명 제 수다도 연설처럼 들리겠죠. 하지만 내가 유럽에서 무엇을 봤고 들었는지 이야기해달라고 하시면 안 돼요. 사실 지금 준비 중인 연설 제목이 바로 그거랍니다. 그래요, 난 이제는 아버지의 도움 없이 하고 있어요." 그녀가 말을 이어가는 동안, 랜섬은 그녀가 그의 말을 조금도 개의치 않는데 자신이 괜히 빈정댔다는 생각이 들었다. "어쨌든 아버지도 환자가 많아서 손을 놓을 수 없는 상황이기도 하고요. 하지만 제가 여기까지 온 것도 모두 아버지 덕택이에요. 아버지가 아니었다면, 저에게 재능이 있는지 아무도 몰랐을 테니까요—나 자신조차도 몰랐던걸요. 아버지께서 처음에 제 재능을 끌어내주셨기 때문에 지금 이렇게 혼자 할 수 있는 거예요."

"정말 훌륭하십니다"라고 말하면서 랜섬은 뭔가 상대방을 기쁘게 할 만한 말이나, 존경의 마음이 담긴 상냥한 말을 해주고 싶었지만, 무슨 말을 하든 빈정거리는 걸로 들릴 것 같아 말을 꺼낼 수가 없었다. 하지만 그녀는 조금도 기분이 상한 것 같지 않았다. 이내 그녀는 말하다 빠뜨린 것을 보충하는 말투로 문득 생각난 듯 재빨리 그에게 다음과 같이 말했기 때문이다. "오늘 먼 곳까지 찾아와주셔서 정말 감사해요."

이런 인사말을 랜섬에게 하는 것은 매우 위험하기 짝이 없으며, 어떤 응징이 뒤따를지 모른다. "이렇게 큰 기쁨을 얻을 수 있다면, 어떤 긴 여행이라도 너무 지칠 리가 있겠습니까?" 다행히 이번엔 이 정도의 응징만으로 그쳤다.

"그러게요, 다른 도시에서 많은 분이 오신답니다." 겸손한 척하기보다는 자못 자랑스러운 듯이 버리나가 대답했다. "케임브리지를 잘 아시나요?"

"오늘 여기 처음 와봤습니다."

"그렇군요. 하지만 대학이 있는 건 아시죠? 아주 유명해요."

"예, 미시시피에 있을 때부터 잘 알고 있습니다. 아주 훌륭한 대학이라고 하더군요."

"그런 것 같아요." 버리나가 말했다. "하지만 여성에게는 문을 닫은 학교에 대해 제가 찬사를 표할 거라고 기대하시지는 않으시겠죠."

"그럼 당신은 공통 교육 체제를 주장하시는 겁니까?"

"제 주장은 평등한 권리와 기회의 균등과 공평한 혜택입니다. 미스 챈설러의 생각도 저와 같아요." 덧붙인 버리나의 말에서 자신의 소신에 지지가 필요하다는 태도가 감지되었다.

"아, 그런가요, 저는 그 사람이 원하는 건 그저 또 다른 불평등이라고만 생각했습니다 — 남자들을 완전히 추방하기만을 원한다고요." 랜섬이 말했다.

"네, 그분은 우리 여자들이 보상받아야 할 연체금이 꽤 있다고 생각합니다. 나도 가끔 그분께 말해요, 당신이 원하는 건 정의뿐만이 아니라 복수이기도 하다고요. 그분 자신도 그걸 인정하시는 것 같아요." 버리나는 모종의 엄숙함을 띠고 말했다. 하지만 그녀는 이 문제에 잠시 마음을 돌렸을 뿐, 랜섬이 의견을 말하기 전에 어조를 바꿔 다음과 같이 말을 이었다. "당신은 설마 지금도 미시시피에 살고 계신 건 아니죠? 지난번에 보스턴에 오셨을 때, 미스 챈설러는 당신이 뉴욕에 살고 있다고 말씀하셨습니다만." 이렇게 그녀는 그에 대해 캐묻기를 집요하게 밀어붙였다. 그가 그녀의 말대로 뉴욕에 살고 있다는 것을 인정하자, 그녀는 남부를 완전히 저버렸느냐고 물었다.

"저버렸느냐고요? ─ 저 황폐해진, 불쌍한, 사랑하고 그리운 남부를 말입니까? 그런 일은 절대로 없어요!" 베이질 랜섬은 목소리를 높였다.

그녀는 더 부드러워진 눈빛으로 물끄러미 그를 바라보았다. "당신이 고향을 사랑하는 것은 당연해요. 하지만 당신은 내가 나의 고향을 별로 사랑하지 않는다고 생각하겠지요. 너무 오랫동안 이 집에 제가 거의 있지 않았으니까요. 제 마음은 완전히 미스 챈설러에게 끌리고 있어요. 그것만은 틀림없지요. 그건 그렇고, 오늘 그분이 함께 계시지 않아서 너무 아쉬워요." 랜섬은 아무 대답도 하지 않았다. 그로서는 미스 태런트에게 만약 그녀가 미스 챈설러와 함께 있었다면 찾아오지 않았을 거라는 말을 할 수 없었다. 그렇다고 해서 위선의 탈을 쓰는 법을 몰랐던 것은 아니다. 어젯밤 친척을 만났느냐는 그녀의 물음에 아직까지 보지 못했다고 그가 대답하자 그녀가 무심코 솔직하게 "아, 설마 아직 그분을 용서하지 않았다는 뜻은 아니죠?"라고 외치고는 이내 얼굴을 붉혔는데, 이에 그는 "그분을 용서한다니, 뭘요?"라고 되물으면서 아주 순진한 표정까지 지었으니까.

버리나는 자기 어조에 얼굴을 붉히며 말했다. "글쎄요, 지난번 그분의 집에서 당신을 뵈었을 때 그분이 몹시 화가 나 계셨던 것 같아서요."

"왜 화가 났을까요?" 베이질 랜섬이 남자 특유의 도발 전략으로 나왔다.

버리나가 도발에 걸려들었는지는 모르지만, 어쨌든 그녀의 대답에는 그 자리에 걸맞지 않은 진심이 담겨 있었다. "어머, 그때 저희를 매우 심하게 매도하셨잖아요. 그래서 올리브가 얼마나 화를 냈는데요. 앞으로도 그분을 만나지 않으실 생각이에요?"

"글쎄요, 조만간 천천히 생각해보기로 하죠. 저는 여기 사나흘 정도 머뭅니다." 랜섬은 미소 지으며 답했는데, 그 미소는 남자가 지극히 불만족스러울 때 짓는 미소였다.

버리나는 여간해서 짜증 내는 일이 없는 여자였지만, 이때만큼은 아무래도 좀 짜증이 난 듯했다. 곧바로 대답한 그녀의 목소리에 평정을 유지하려는 신중함이 배어 있었기 때문이다. "그럼, 당신의 생각이 그때와 조금도 달라지지 않았다면, 찾아가지 않는 편이 좋겠어요."

"나는 전혀 달라지지 않았어요." 청년은 여전한 미소와 함께 대답하면서 의자 팔걸이에 팔꿈치를 대고 어깨를 조금 추어올리고는 햇볕에 그을린 가는 손을 맞잡았다.

"하지만 제게는 우리와 정반대되는 생각을 가진 분들도 찾아오세요!" 버리나는 그런 일에는 꿈쩍도 하지 않는다는 듯이 대답했다. 그러고는 다음과 같이 덧붙였다. "그런데 제가 여기 와 있다는 걸 어떻게 아셨어요?"

"미스 버즈아이가 알려주셨어요."

"어머, 그분을 보러 가셨다니 기쁘네요!" 다시 소녀는 좀 전처럼 충동적으로 말하는 태도로 외쳤다.

"보러 간 게 아니고요. 그분이 미스 챈설러의 집에서 나오실 때 딱 길에서 만났어요. 제가 그분께 말을 걸었고, 가는 길을 약간 바래다드렸지요. 거기를 지나게 된 건, 제가 알기로 코먼 공원에서 케임브리지로 가는 직통 경로이기 때문이었어요. 어쨌든 전 당신을 만날 수 있지 않을까 하는 기대로 가는 길이었죠."

"기대라고요?" 버리나가 말을 따라 했다.

"네, 뉴욕에 사는 루나 부인이 당신이 가끔 여기서 지낸다고 말해줬어요. 만날 수 있을지 어떨지 어쨌든 시도해보고 싶었지요."

여기서 독자도 알아주셨으면 하는 것이 있는데, 버리나는 이 방문자가 보답받을 가능성이 반밖에 없음에도 이렇게 고되고 먼 길(한겨울에 교외의 대학 지구까지 나오는 걸 보스턴 사람들이 어떻게 여기는지 그녀는 충분히 잘 알았다)을 찾아왔다는 것을 알고 무척 기뻐했다는 것이다. 그러나 기쁜 마음과 동시에 다른 감정이 없지 않았다. 적어도 이 상황이 지금까지 그녀의 삶을 형성해온 요소들보다는 단순하지 않다는 의식이 섞여 있었다. 랜섬 씨가 혈연관계인 올리브 챈설러와, 아무 인연도 없는 자신을 갑자기 이렇게 부당하게 차별하는 것 자체에 혼란의 맹아가 숨어 있는 듯했다. 그즈음에는 이미 그녀도 올리브의 성격을 충분히 알고 있었기에, 그 사실을 그녀에게 털어놓고 싶지 않았다. 그러나 랜섬 씨가 분주한 보스턴 방문 와중에 자신과 한 시간이나 함께 보낸 이런 사건을 올리브에게 감히 숨기는 데는 지금까지와는 전혀 다른 뭔가가 있는 것 같았다. 그녀는 올리브가 모르는 다른 신사들과 몇 시간씩 보낸 적이 있었지만, 이번 경우와는 전혀 이야기가 달랐다. 그녀의 친구는 그녀가 남자들과 만나는 것을 알면서도 그 남자들에 대해 조금도 걱정하지 않았기 때문이다―즉, 이번 경우에 그녀가 걱정할 만큼은 아니었다. 버리나는 이번만큼은 올리브도 걱정할 게 틀림없다는 분명한 예감이 들었다. 올리브는 버래지 씨든 파든 씨든, 심지어 유럽에서 만난 몇몇 신사들이든 그들에 대하여 지금까지도 얘기하곤 하지만 랜섬 씨에 대해서는 한 번도 얘기한 적이 없었다(1년 반 전에 처음 며칠을 제외하면).

그럼에도 버리나로서는 그가 올리브를 방문했으면 하는, 그러지 않을 거라면 자신을 멀리해주기를 바라는 분명한 이유가 있었다. 랜섬 씨를 그냥 계속 보게 되면 이 이유 때문에, 그가 자신을 멀리하지 않았다는 사실을 비밀로 삼는 마음의 짐이 아마도 더 커질 것 같았다. 그녀가 그와의 만남을 꽤 즐기고 있었던 것이다. 그와는 전에 두 번 만났을 뿐이고, 그저 인사를 주고받았을 뿐이었지만, 그녀는 그를 분명히 기억하고 있었다. 이따금 그를 떠올리면서 더 잘 알게 되면 그를 좋아하게 될까 생각하곤 했다. 지금 이렇게 20분 정도 이야기를 나누며 마침내 그에 대해 더 잘 알게 되었다. 좀 별난 면이 있지만 그래도 꽤 기분 좋은 쪽인 것 같았다. 어쨌든 그가 와준 것이니, 그녀는 앞일의 불편한 결과를 생각하며 이 방문을 망치고 싶지 않았다. 마침 루나 부인의 이름이 나와서 다행히 화제를 돌리고는 왠지 모를 안도감을 느꼈다. "아, 그래요, 루나 부인이라면─아주 매혹적인 분이시죠?"

랜섬은 다소 주저했다. "글쎄요, 아뇨, 난 그렇게 생각하지 않습니다만."

"당신이라면 좋아하실 거 같은데요─그분도 우리 운동을 싫어하시거든요!" 그러더니 버리나는 그 멋진 애덜라인에 대해 질문을 퍼부었다. 그가 그녀를 자주 만나는지, 그녀는 자주 외출하는지, 뉴욕에서는 존경받는지, 그는 그녀가 아주 아름답다고 생각하지 않는지. 이러한 질문에 랜섬은 최선을 다해 대답했지만, 곧 자신이 루나 부인에 대해 소문내려고 모내드녹 광장까지 나온 것이 아니라고 생각해, 화제를 바꾸기 위해 (또 동시에 사교상의 의무를 다하기 위해) 버리나의 부모 얘기를 꺼내더니 태런트 부인의 병환에 유감을 표하면서 뵙지 못할 것 같아 아쉽다고 말했다. "어머니는 이제 많이 좋아졌어요." 버리나는 말했다. "하지만 아직도 누워 계세요. 어머니는 다른 할 일이 없으면 대부분 누워 계십니다. 아주 특이한 분이에요." 그러고는 바로 덧붙였다. "기분이 좋고 행복할 때는 눕고, 아프면 걸어 다니세요 — 집 안 이리저리 돌아다니시죠. 그래서 계단을 자꾸 오르락내리락하는 소리가 들리면 아주 많이 아프시다고 보면 돼요. 분명 당신이 가고 나면 저한테 당신에 대해 여러 가지 물어보고 싶어 하실 거예요."

랜섬은 자신의 시계를 힐끗 쳐다봤다. "제가 너무 오래 머무는 게 아닌지 모르겠네요 — 그분에게서 당신을 제가 너무 많이 뺏고 있는 건 아닌지요."

"아니에요, 괜찮아요. 어머니도 손님이 오시면 좋아하세요, 비록 만나지 못하더라도요. 일어나는 게 그렇게 오래 걸리지 않았다면, 어머니도 이미 여기로 내려와 계셨을 거예요. 제가 이야기에 너무 빠져 있어서, 어머니가 외로워하고 있다고 생각하시는군요. 글쎄요, 아마 외로워하실지도요. 하지만 저에게 좋은 일이라는 걸 알고 계세요. 어머니는 애정으로 어떤 희생이라도 치르실 겁니다."

그 말을 듣고 랜섬은 문득 묻고 싶은 마음에 사로잡혔다. "그러면 당신은 어떻습니까? 희생을 치르시겠습니까?"

버리나는 별 뜻 없는 밝은 눈으로 그를 응시했다. "애정을 위해 희생을 치르겠냐고요?" 그녀는 잠시 생각하더니 다음과 같이 말했다. "저는 대답할 자격이 없는 것 같아요. 아직 한 번도 희생을 요구받은 적이 없거든요. 희생을 치러야 했던 적이 한 번도 없었던 것 같아요 ─ 희생이라고 할 만할 정도는요."

"맙소사! 정말 행복한 인생을 살아오셨나 봅니다!"

"그 점에선 확실히 운이 아주 좋았죠. 저도 알아요. 어떤 여성들 ─ 아니, 대부분의 여성들 ─ 이 얼마나 고통받고 있는지 생각하면 저는 어떻게 해야 할지 모르겠어요. 하지만 이런 말씀을 드려선 안 되는데 말이죠." 다시 미소를 되찾은 그녀가 말을 이었다. "당신은 우리 운동에 반대하고 계시니까, 여성의 고통에 대해서는 듣고 싶지 않으시겠죠!"

"여성의 고통이란 곧 온 인류의 고통이죠." 랜섬이 답했다. "어떤 운동으로든 ─ 혹은 지금부터 세상이 끝날 때까지 단상에서 소리쳐서든 ─ 이 고통을 끝낼 수 있을 거라고 생각하시나요? 우리는 고통받기 위해 태어난 것입니다. 그러니 품위 있는 사람들처럼 견뎌내야 합니다."

"아, 얼마나 영웅적 행위인가요!" 버리나가 끼어들었다.

"그래도 여성들은요." 랜섬이 말을 이었다. "우리 남성은 얻을 수 없는 행복의 원천을 가지고 계시죠 ─ 자신들이 이 지상에 존재하는 것만으로도 우리 남성들이 짊어진 고통의 무게를 반은 덜어주는 셈이라는 걸 당신들은 알고 있으니까요."

버리나에게는 그의 말이 매우 우아하게 느껴졌지만, 그것이 궤변이 아니라는 확신은 들지 않았다. 가능하기만 하다면 올리브가 판단을 내려주길 바랐을 것이다. 하지만 당장은 불가능했기에 그녀는 깨끗이 이 의문을 버리고(랜섬 씨가 올리브의 집을 그냥 지나쳐 자신에게 왔다는 걸 알게 된 다음부터 그녀는 어쩐지 안절부절못했다), 엉뚱하게도 케임브리지에 다른 아는 사람이 있냐고 청년에게 물었다.

"한 사람도 없습니다. 말씀드렸던 대로 이쪽에 온 것은 이번이 처음입니다. 나를 여기로 끌어들인 것은 오직 바로 당신의 모습뿐입니다. 오늘의 이 기쁜 대화가 앞으로 항상 이 지역 하면 생각나는 유일한 모습이 될 것입니다."

"더 계시지 못해 아쉽네요." 버리나는 생각에 잠겨 말했다.

"더 만나주실 건가요? 그래주신다면, 저로선 말할 수 없이 기쁠 겁니다!"

"좀 더 많은 모습을 기억하시면 좋을 거라는 뜻이에요. 여기 오시는 길에 대학은 보셨나요?"

"안에 큰 건물이 몇 개 늘어선 커다란 담을 힐끗 봤습니다. 아마 보스턴 시내로 돌아가는 길에 더 잘 볼 수 있을 거예요."

"아, 네, 꼭 보셨으면 좋겠어요—최근에 아주 많이 훌륭해졌어요. 물론 안쪽의 생활을 볼 수 있으면 가장 재미있겠지만, 그래도 건물 자체도 훌륭한 면이 있어요, 유럽 건축에 익숙하지 않으시다면 말이죠." 여기서 잠시 말문을 닫은 그녀는 빛나는 눈으로 물끄러미 그를 바라보더니, 작은 도약을 위해 마음을 가다듬은 사람의 어조로 재빨리 말을 이었다. "잠깐 주변을 산책해도 괜찮으시다면, 제가 안내해드려도 좋은데요."

"주변을 산책한다고요—당신이 안내해준다고요?" 랜섬은 상대방의 말을 되풀이했다. "친애하는 미스 태런트, 그야말로 제 인생 최고의 영광입니다. 정말 생각지도 못한 큰 기쁨이죠. 이 얼마나 멋진 생각인가요? 이보다 더 좋은 안내인이 있을까요!"

버리나는 일어섰다. "모자 좀 챙겨 올게요, 잠시만 기다려주세요." 그녀의 제안에는 랜섬이 새삼 감격하지 않을 수 없는 솔직함과 친밀감이 담겨 있어서, 그녀가 제안하고 나서 (잠깐 깊이 생각하며 주저하긴 했지만) 바로 자신이 이상하게 무모한 짓을 했다고 느끼는 줄은 그는 꿈에도 몰랐다. 그녀는 갑자기 충동에 사로잡혀 눈을 뻔히 뜬 채로 그 충동에 따르고 만 것이다. 버리나는 소녀가 난생처음 의식적으로 무분별한 행위를 했을 때 느끼는 것과 같은 기분을 느꼈다. 지금까지 많은 사람이 무분별하다고 할 만한 일을 그녀도 여러 번 해봤지만, 스스로 생각하기에는 그런 행위 중 어느 것도 무분별하다고는 할 수 없었다. 완전한 신념을 갖고 한 행위였으며, 놀랍게도 가슴도 전혀 두근거리지 않았다. 그런데 랜섬 씨와 함께 대학가를 산책한다는, 언뜻 보기에 담백한 이 제안은 완전히 달랐다. 이 제안으로 그녀는 다음과 같은 예감에 사로잡혀 그 입장이 더욱 애매해졌다. 즉, 그를 만난 사실을 올리브가 알지 못한다면, 회견을 이렇게 연장하는 것은 비밀을 더 키우는 격이 되리라는 것이었다. 그렇긴 하지만, 그녀는 그것이—이 발칙한 작은 미스

터리가—커지는 것을 보고도, 올리브의 친척과 함께 외출하는 것이 미안하게 느껴지지 않았다. 이미 말했듯이, 그녀는 침착함을 잃은 상태였다. 모자를 꺼내러 가다 문 앞에서 걸음을 멈추더니 손님에게 돌아갔다. 양 볼에 전에 없던 작은 홍조가 떠올라 있었다. "당신에게 이런 제안을 한 것은, 답례로 뭔가 당신께 해드려야겠다는 생각이 들었기 때문입니다." 그녀가 말했다. "방에 그냥 가만히 앉아 있는 건 아무것도 아니니까요. 우리는 다른 걸 뭐 드릴 것도 없고요. 이게 우리가 할 수 있는 유일한 대접입니다. 게다가 오늘은 날씨도 아주 멋진 것 같으니까요." 이 소박한 변명에 스며 있는, 옳고 그름을 분명히 하고 싶은—거의 간절한 호소에 가까운—일종의 내밀한 바람과 함께 스며 있는 겸손함과 다정함이, 그녀가 사라진 후에도 은은한 향기처럼 공기 속에 감돌았다. 그 여파에 젖어 랜섬은 이번에는 포트 여사의 전기를 한 번도 건드리지 않은 채, 두 손을 호주머니에 넣고 방 안을 서성였다. 그는 마음속으로 자문을 거듭하며 그 시간을 채웠다. 도대체 어떤 운명의 심술로, 어떤 기질의 충동에 사로잡혀서, 저렇게 애교가 넘치는 여성이 연단에서 고함을 지르고 올리브 챈슬러에게 길러지는 몸이 되었는가. 아니, 어떤 고함이나 치는 추종자가 이렇게 매력 넘치는 인물일 수 있단 말인가. 게다가 이렇게 마음을 어지럽힐 정도로 아름다울 건 또 뭔가. 산책 준비를 마치고 내려온 그녀를 본 그는 다시 한번 이 마지막 사실을 분명히 확인했다. 두 사람은 집을 나섰다. 걸어가면서 그는 그날 아침 눈을 떴을 때 천상의 온화한 날씨와 여유 시간이라는 기막힌 조합에 어떻게 경의를 표해야 할지 혼자 생각했던 게 기억났다—정말이지 자신의 자유 그 자체의 숨결로 여겨질 만큼 온화한 날씨였다. 그 궁리는 지금 답을 찾았다. 그 순간 정확히 그가 하는 일이야말로 이 아름다운 날을 축하하기에 충분했다.

25장

두 사람은 짧은 골목길을 두세 개 지나갔다. 그 길들을 따라 작은 목조 주택과 더 목재로만 이루어진 앞마당이 늘어서 있어, 마치 바로 근처에 사는 목수가 아들과 함께 지은 것 같았다―살풍경하고 적막해서 미개발된 사이 공간 같은 거리였다. 그곳을 빠져나와 그들은 긴 대로로 들어섰다. 길 양쪽으로는 신축 빌라들이 당당하게 정면을 큰길로 향한 채 늘어섰고, 깔끔한 붉은 벽돌을 깔아서 구별되는 넓은 인도가 이어졌다. 저 멀리 늘어선 네모난 집들에 새로 칠한 페인트가 투명한 대기 속에서 빛났다. 그 건물들 위에는 작고 둥근 지붕과 전망대가 있고 앞에는 기둥을 세운 광장이 있었는데, 겨울이라 주민들이 실내에서만 지내니 그곳에는 아무것도 없었다. 건물 양쪽에는 한두 개의 내닫이창이 달려 있고, 건물 곳곳이 가리비 무늬와 받침대, 처마 돌림띠, 목재 소품으로 장식돼 있었다.

그 건물들은 대개 약간 고지대에, 감히 높이를 겨루려는 산울타리와 말뚝 울타리를 굽어보며 조금도 거리낄 게 없다는 듯이 세상을 향해 치솟아 있었다. 랜섬이 보기에 그런 인상은 문 위의 유리에 고정된 은도금 번지 패에서 비롯되는 것 같았다(예전에 미스 버즈아이가 살던 보스턴 구역을 올리브와 함께 지나갔을 때도 그런 번지 패를 본 적 있었다). 이 패에 적힌 숫자는 큰길 한가운데를 주기적으로 달려 지나가는 궤도마차를 탄 사람도 읽을 수 있을 정도로 컸다. 양쪽으로 늘어선 많은 집이 서로 구분되는 것은 주로 이 반짝이는 패 덕분이었다. 지금 막 궤도마차 한 대가 이 곧게 뻗은 넓은 길을 나아간다. 그 외에는 이 경치에 활기를 불어넣는 게 거의 없었다. 넓고 깨끗해서 이곳에 모습을 보이지 않는 주민들이 모두 부지런히 일하고 있는 듯한 분위기를 풍기는 이 경치가 랜섬에게는 매우 인상적이었다. 버리나와 나란히 걸으며 그는 한 해 전에 열린 여성 집회에 대해 물었다. 그 집회에서는 많은 성과를 이뤄서 그녀도 만족했겠노라고.

"왜 그 집회의 성과를 물으시는 거죠?" 그녀가 말했다. "당신은 그런 것에 관심이 없으시잖아요."

"당신은 내 태도를 오해하고 계세요. 좋아하지 않지만, 크게 두려워하고 있습니다."

그의 대답을 듣자 버리나는 해맑게 웃었다. "설마 당신이 그렇게 두려워하실 리가 없어요!"

"가장 용감한 남자라도 여성을 무서워하는 법입니다. 당신은 만족하셨는지조차 알려주지 않을 건가요? 그때 대단한 반향을 일으키셨다고 들었는데요—일약 유명해지셨다고요."

버리나는 자신의 언변 능력에 대한 암시에 손사래 치는 법이 없었다. 마치 여신 미네르바에 대한 찬사라도 듣는 것처럼 우쭐해하지도 이의를 제기하지도 않고 진지한 표정으로 받아들였을 뿐이다. "꽤 많은 분의 관심을 끌었던 것은 확실해요. 물론 올리브가 원하는 바였습니다—장래의 일을 위해 길을 닦는 거죠. 그것으로 저는, 다른 수단으로는 도저히 얻을 수 없었을 많은 편을 얻을 수 있었음이 틀림없습니다. 그런 면에서 제가 큰 도움이 되었다고들 생각하세요—이를테면, 외부인들을 사로잡는 것이 제 역할이거든요. 편견을 갖고 있거나 무관심한 사람들, 재미있는 일이 아니면 신경 쓰지 않는 사람들, 그런 사람들의 관심을 불러일으키는 것이죠."

"제가 속한 부류네요." 랜섬이 말했다. "저도 외부인 중 한 명이죠? 당신의 연설을 들었다면 저도 당신 편이 되었을지, 혹은 관심을 가지게 되었을지 궁금하네요!"

버리나는 그와 나란히 걸으며 한동안 대답하지 않았다. 매끄러운 벽돌 길 위에서 그녀의 부츠가 가볍게 또각거리는 소리만이 그의 귀에 와 닿았다. 그러다가 얼마 후, 그녀는 똑바로 앞쪽을 바라보며 대답했다. "오늘 만나서 조금은 관심을 불러일으킨 것 같네요."

"확실히 그렇습니다! 당신의 생각을 반박하고 싶어 견딜 수 없게 만드셨으니까요."

"어머, 그건 꽤 좋은 징조예요."

"매우 흥미진진했겠지요—당신의 그 집회요"라고 랜섬은 바로 말을 이었다. "옛날의 울타리로 돌아간다면 그런 행사를 할 수 없어 무척 애석하시겠어요."

"옛날의 울타리라, 말씀 잘하셨어요. 그렇습니다, 지금까지 여성들은 울타리 안에서 양처럼 도살당해온 것입니다. 네, 지난 6월에 일주일간 우리는 그야말로 전율의 연속이었습니다! 모든 주와 도시에서 대표들이 왔습니다. 많은 군중과 많은 의견에 휩싸인 일주일이었습니다. 열기는 뜨거웠고 날씨는 화창했고, 위대한 사상과 훌륭한 말씀이 반딧불처럼 획획 날아다녔습니다. 올리브는 고매한 저명인사 여성들을 여섯 분이나, 한 방에 두 분씩 그분 집에 묵게 했어요. 여름 해가 지면, 우리는 수면에 반짝반짝 빛이 비치는 만이 내다보이는 응접실의 열린 창가에 모여 오전에 열렸던 집회를 되돌아보며, 연설이나 그 밖의 사건이나 우리의 대의를 위해 새롭게 들어온 기부금에 대해 논의했습니다. 대단히 열렬한 논쟁도 몇 번 했습니다. 그 논쟁을 당신에게 들려줄 수 있었으면 좋겠네요. 우리 여성은 그 정도 고차원의 논쟁을 할 수 없다고 생각하는 남자들에게 들려주고 싶어요. 그러한 논의 후에는 함께 가볍게 요기를 했습니다—아이스크림도 많이 먹었어요!" 버리나의 목소리에는 쾌활한 어조와 진지한, 거의 고양된 어조가 섞여 있었는데, 듣고 있던 베이질 랜섬에게는 그것이 오로지 그녀만의 독특하고 매혹적인 말투 같았다. "정말 대단한 밤이었어요." 그녀는 웃음과 탄식이 묻어나는 목소리로 덧붙였다.

집회 모습을 묘사하는 그녀의 말을 듣고 그의 눈앞에 그 광경이 생생하게 떠오르는 듯했다. 떠돌이 사기꾼들이 빼곡히 들어찬 숨막힐 듯이 더운 만원의 홀이 눈에 보이고, 붉게 상기된 여자들이 보닛 끈을 늦추고 가는 목소리로 애써 새된 소리를 헛되이 지르는 것이 들리는 듯했다. 지금 그와 나란히 걷고 있는 이 매력적인 여자가 그런 패거리에 껴서 서로 밀고 부딪치고, 다 같이 경쟁하듯 볼썽사납게 안간힘을 쓰며 박수 치고 소리 지르고 공허한 말들을 장황하게 되풀이하는 것을 떠올리며 화가 불쑥 치밀었는데, 분노할 이유가 없다는 것에 더욱 화가 났다. 가장 화가 나는 것은, 그녀가 그 집회 참가자들을 아주 썩 마음에 들게 대변해서 쉰 목소리로 칭송받고 갈채를 받고, 상스러운 군중 모두에게 그 집회의 여왕으로 여겨졌다는 것이다. 그가 자신이 이런 분노에 휩싸여 아주 정신이 나갔었다는 것을 깨달은 건 나중에 이 순간을 반추하면서였다. 미스 태런트가 자신의 활력을 어떻게 쓰든 자신과 무슨 상관이 있겠는가. 게다가 또 그녀로서도 달리 무엇을 할 수 있단 말인가. 그러나 이런 반성도 그 자리에서는 떠오르지 않았고, 분노에 휩싸인 그의 눈에는 오로지 자신의 동행이 끔찍할 정도로 비뚤어졌다는 사실밖에 보이지 않았다. "저기요, 미스 태런트"라고 말을 꺼내는 그의 목소리에는 들리는 것 이상으로 심각함이 담겨 있었다. "뼈아픈 결론이지만, 나는 당신이 그냥 망가져버렸다고밖에 생각이 들지 않습니다."

"망가져요? 망가진 건 당신이죠!"

"아니, 나는 잘 압니다. 어떤 부류의 여성들을 미스 챈설러가 자기 집에 묵게 했는지, 뒤편의 만을 내다보며 논쟁했다는 당신들의 모임 모습이 어땠을지도 쉽게 상상이 됩니다. 그 생각만으로도 저는 우울해집니다."

"정말 아름답고 즐거운 모임이었어요. 시간만 있었다면 기념사진을 찍어두었을 거예요." 버리나가 말했다.

이 말에 그가 그렇게 사진 찍힌 경험이 있냐고 묻자, 그녀는 유럽에서 돌아오자마자 한 사진사가 자신을 따라다녀서 사진을 찍게 해줬고, 그래서 자신의 사진을 파는 가게가 보스턴에 몇 군데 있다고 대답했다. 그녀는 그에게 이 정보를 얼버무리는 척하지도 않고 아주 담백하게, 심지어 그 일이 뭔가 중요한 일인 것처럼 약간 정색하고 말했다. 그가 시내로 돌아가자마자 작은 사진으로 한 장 사야겠다고 말하자, 대답으로 그녀는 "네, 꼭 잘 나온 것으로 고르세요!"라고 말했을 뿐이었다. 그로서는 그녀가 아래쪽에 서명한 사진을 한 장 주지 않을까 하는 은근한 바람이 없지 않았다. 그런 식으로 그녀의 사진을 얻는 게 더 좋을 것 같았다. 하지만 아무래도 그녀는 그 생각을 못 한 듯했고, 더 걸어가는 사이에 벌써 다른 생각을 좇기 시작했다. 잠시 침묵 끝에 그녀가 엉뚱하게도 "음, 그거만 봐도 저는 아주 쓸모 있는 사람인 거죠!"라고 말한 것이 그 증거다. 도대체 무슨 뜻인가 싶어 그가 물끄러미 쳐다보자, 그녀는 집회에서 거둔 빛나는 성공에 대해 이야기하는 것이라고 설명했다. "내가 아주 쓸모 있는 사람이라는 게 그걸로 분명해졌어요." 그녀가 다시 말했다. "전 그것만 신경 씁니다!"

"진정으로 상냥한 여성의 쓸모는 진솔한 남자를 행복하게 해주는 것이죠." 랜섬은 스스로도 분명히 의식하면서 일부러 훈계조로 말했다.

그 어조가 너무 두드러져서 그녀는 넓은 보도 한가운데서 걸음을 멈추고는 반짝이는 눈으로 그를 쳐다보았다. "저기, 랜섬 씨, 저에게 무슨 생각이 떠올랐는지 아세요?" 그녀는 외쳤다. "당신이 나에게 관심이 있는 것은 사실 논쟁 때문이 아니에요—전혀. 그냥 사적인 관심이죠!" 이 얼마나 놀라운 여자인가, 이런 말을 하면서 그녀는 조금도 부끄러운 기색을 내비치지 않았을 뿐만 아니라, 교태를 부리려는 의도나 청년에게 속마음을 더 털어놓게 하려는 목적조차 보이지 않았다.

"내가 왜 당신에게 관심이 있는지—내 관심사는 뭔지"라고 말을 꺼냈지만, 이내 그는 주저하며 느닷없이 말을 멈췄다. "당신이 알아차린다고 내 관심이 조금도 덜어지지 않습니다!"

"뭐, 더 좋네요." 그녀는 말을 이었다. "그럼 우리는 입씨름할 필요가 없으니까요."

그녀가 상황을 정리하는 방식에 그는 웃음이 나왔다. 이윽고 두 사람은 여러 종류의 건물—예배당과 기숙사와 도서관과 강당—이 들쑥날쑥하게 모여 있는 곳에 이르렀다. 이 건물들은 키가 작고 소박한 울타리로 에워싸여 있다기보다는 구획되었을 뿐인 공간에 (하버드는 높은 벽이나 보초가 지키는 입구로 시샘을 사고 위엄을 자아낼 필요가 없었기에) 듬성듬성한 나무들 사이에 흩어져 있었는데, 이것이 바로 매사추세츠의 가장 훌륭한 대학교였다. 안뜰이나 대학 구내라고 할 장소를 가로지르는 곧은 오솔길이 무수히 나 있어서 특정 시각이 되면 그 길들에서 천 명의 학생들이 책을 옆구리에 끼고 젊은 걸음으로 건물에서 건물로 휙휙 돌아다니는 것을 볼 수 있었다. 버리나 태런트는 일행에게 말한 대로 대학 구내로 가는 길을 잘 알고 있었다. 이 유명한 보스턴의 명소를 둘러보고 싶어하는 방문객들을 안내한 게 이번이 처음이 아니었다. 베이질 랜섬은 그녀의 안내를 받아 건물에서 건물로 걸어 다니며 모든 건물에 대해 찬탄했고, 몇몇 건물에서는 지극히 고풍스럽고 장엄하다는 인상을 받았다. 오래된 붉은 벽돌 벽의 네모난 건축물들이 특히 그의 눈을 즐겁게 했다. 오후 햇살을 받아 그 담백한 건물들 정면이 노랗게 빛났다. 창문에서는 화분의 꽃들과 밝은색 커튼들이 언뜻언뜻 보였다. 그러한 정경 전체에서 학구적인 고요함이 느껴졌고, 미시시피 태생의 젊은이 눈에는 고색창연한 전통이 숨 쉬는 것처럼 보였다. "저도 이런 곳에 다녔어야 했는데요." 그가 매력적인 안내인에게 말했다. "여기서 공부할 수 있었다면 얼마나 즐거웠을까요."

"그렇죠, 당신이란 분은 옛 시절의 편견을 그대로 간직한 곳이라면 어디든 마음이 끌리시는 분이니까요." 그녀의 말에는 짓궂음이 배어 있었다. "우리의 대의에 반대하시는 입장에서 늙은 학자들의 미신을 그대로 받아들이고 계신다는 걸 잘 압니다. 저 바다 건너편으로 보이는 진짜 중세 대학 중 하나에 가지 그러셨어요. 옥스퍼드나 괴팅겐이나 파도바 대학 같은 데요. 당신이라면 분명 그런 대학의 기풍에 완전히 공명하셨으리라 생각합니다."

"글쎄요, 저는 그렇게 오래된 곳에 대해서는 잘 모릅니다." 랜섬이 답했다. "저에게는 이 대학으로 충분하다고 생각합니다. 게다가 당신의 거처와 멀지 않다는 이점도 있으니까요."

"어머, 그랬다면 우리 집에서 만날 수 없었을지도 몰라요. 당신은 뉴욕에 살며 이렇게 찾아오셨지만, 여기 사시면 그러지 않으셨을 거예요. 다 그런 거죠, 항상." 이렇게 가벼운 인생철학을 말하며 버리나는 도서관으로 길을 이끌어, 이미 이 신성한 건물을 익히 알고 있는 사람과 같은 태도로 안내했다. 이 거대한 건축물은 바다 건너 더 큰 케임브리지의 킹스 칼리지에 있는 예배당을 고스란히 축소한 복제물이었지만 그 호화로운 모습은 참으로 인상적이었다. 고즈넉한 내부는 밝은 햇빛을 받아 훈훈한 정적 속에 오래된 인쇄물과 장정의 향기가 가득 차 있는 듯했다. 그 안에 서서 그는 책들로 빽빽한 조용한 회랑, 벽감, 테이블, 안에 든 희귀한 보물들이 어렴풋이 빛나는 유리 진열함, 기금 기부자들의 흉상과 중요 인사들의 초상화, 공부에 여념이 없는 학생들의 숙인 머리, 은은하게 삐걱대는 소리를 내며 돌아다니는 사서들 위로 높고 환한 아치형 천장을 올려다보며 그 장소에 담긴 부와 지혜를 한눈에 파악하고는 자신이 놓친 기회의 쓰라림을 더 아프게 느꼈다. 하지만 그는 그 아픔을 표현하기를 삼갔다(말로 표현하기엔 너무 통렬할 아픔이었다). 버리나는 곧바로 친구라고 칭하는 한 젊은 숙녀에게 그를 소개했는데, 도서 목록 정리를 담당한다는 그 숙녀를, 버리나는 도서관에 들어가자마자 안내 데스크에 있던 또 다른 젊은 숙녀에게 부탁하여 불러달라고 한 것이다. 미스 캐칭 ― 이것이 그 숙녀의 이름이다 ― 은 바로 나타나서 진심으로 기쁜 듯이 버리나에게 나지막하게 인사를 건넸다. 잠시 후, 그녀는 랜섬에게 도서 목록의 신비에 관해 설명해주었다. 그것은 무수히 많은 작은 카드로 이루어졌고, 어마어마하게 큰 서랍에 알파벳순으로 가지런히 배열되어 있었다. 랜섬은 완전히 빠져들었고 버리나와 함께 미스 캐칭을 따라다니며(그녀는 친절하게도 건물 안 구석구석까지 데리고 다니며 보여주었다), 이 젊은 숙녀의 금발 곱슬머리와 세련되고 걱정이 많은 듯한 표정을 주의 깊게 바라보고는, 이것이 바로 뉴잉글랜드 여자의 전형이라고 생각했다. 버리나가 기회를 봐서 그에게 귀띔한 바에 따르면 그녀도 여성해방운동의 대의에 몰두해 있었다. 순간 그는 동행이 이 여성에게 자신이 그 대의를 비방한 사람 중 하나라고 밝힐까 봐 걱정했지만, 미스 캐칭의 태도에는 (그리고 이 고귀한 홀의 분위기에는) 그런 야단스러운 희담을 삼가는 느낌이 있었다. 그뿐만 아니라 그 여성은 그런 비밀을 알게 돼도 그것을 어느 글자 아래로 분류해야 할지 모르겠다고 말할 것 같은 분위기였다.

"이제 한 곳을 더 안내하고 싶은데, 미시시피 분에게는 보여드리지 않는 것이 좋을지도 모르겠네요." 도서관 견학을 마치고 나서 버리나가 말했다. "바로 이 대학 안에서도 걸출한, 다른 건물들 위로 높이 솟은 건물이에요―아름다운 첨탑이 있는 저 큰 건물은 어느 지점에서든 다 보인답니다." 그러나 베이질 랜섬은 그 걸출한 기념관에 대해서는 진작부터 알고 있었다. 그것이 무엇을 기념하기 위해 지어졌는지 모를 리 없는 그로서는 그것을 보고 어떤 괴로움을 느낄지 충분히 각오한 상태였다. 게다가 유난히 높이 솟은 그 화려한 건물은 지금까지 본 적 없는 훌륭한 건축물이었기에, 그 건물 자체가 반 시간 전부터 이미 커진 호기심을 자꾸 부추기고 있었다. 멀리서 바라본 느낌으로는 벽돌로 된 부분이 너무 많다 싶었는데, 그 부벽과 회랑과 작은 탑과 음각된 헌사 같은 것들의 섬세함은 어떤 건물에서도 본 적 없는 것이었다. 낡기보다는 의미심장한 멋이 있어 보였고, 넓은 터를 차지하며 겨울 하늘에 위엄 있게 우뚝 솟아 있었다. 버리나와 함께 그 건물로 다가갔을 때, 그녀는 책임을 피하고자 갑자기 걸음을 멈추고 말했다. "저기, 안에 있는 것을 보시고 좋아하지 않으셔도 제 잘못이 아니에요."

그는 웃으며 잠시 그녀를 바라보았다. "미시시피에 대해 뭔가 나쁜 말이라도 써 있나 보죠?"

"글쎄요, 그런 건 쓰여 있지 않은 것 같아요. 하지만 지난 전쟁에서 싸운 우리 북부 청년에 대한 대단한 찬양이 있어요."

"그들이 용감했다고 쓰여 있겠네요."

"맞아요. 라틴어로 그렇게 쓰여 있어요."

"네, 그들은 용감했습니다 — 그에 대해서는 저도 조금 압니다." 베이질 랜섬이 말했다. "그러니 저도 그들과 대면하기 위해서 용기를 내야겠지요 — 이런 대면이 처음도 아니고요." 그리하여 그들은 낮은 계단을 올라가 높은 문으로 들어갔다. 하버드 대학의 기념관은 세 개 방으로 나뉘었는데, 그중 하나는 극장식으로 만들어져 학교 행사에 쓰였다. 또 다른 방은 지붕 골조가 목조로 된 광활한 식당으로, 주위 벽에 초상화가 걸려 있고 옥스퍼드 대학의 홀처럼 색유리 창이 조명 역할을 했다. 세 번째 방은 이 기념관에서 가장 흥미로운 곳으로, 천장이 높고 어두침침하고 간소한 구조였으며 긴 남북전쟁으로 전사한 이 대학 출신자들에게 헌정된 공간이었다.

랜섬과 일행은 건물 안을 이리저리 돌아다니다가 눈길을 끄는 것 앞에 몇 번인가 멈춰 섰지만, 그들이 가장 오래 걸음을 멈춘 데는 죽 늘어선 하얀 명판 앞이었다. 각 명판에는 자랑스러움과 슬픔이 담긴 글씨로 전사한 학생들의 이름이 선명히 새겨져 있었다. 그곳은 이상하리만치 숭고하고 엄숙한 분위기가 감돌아서, 들어가면 마음이 고양되는 걸 느끼지 않을 수 없었다. 말하자면 의무와 명예의 상징이자 희생과 본보기의 증명으로서, 청춘과 남자다움과 관용의 정신을 찬양해 마지않는 일종의 전당이었다. 그곳이 기리는 이들은 대부분 청년이고 모두 한창나이에 전쟁터에서 목숨을 잃었다. 그곳을 방문하는 사람들은 이 단적인 사실에 사로잡혀 뭉클한 심정으로 그곳에 기록된 인명과 지명 — 대개는 달리 아무런 설명이 붙지 않고 이름만 있으며 남부 전장의 지명도 이미 사람들의 기억에서 잊혔다 — 을 하나하나 읽었다. 랜섬도 이 명판들이 도전 대상이나 놀림거리로 여겨지지 않았다. 그는 존경심을 느끼며 그 아름다움의 감상에 젖었다. 그는 적들을 관용의 정신으로 대할 수 있는 사람이었다. 게다가 이제 그는 편과 당파라는 문제는 완전히 잊어버렸다. 과거의 전투에서 느꼈던 그대로의 감정이 되살아났고 옛 기억이 그를 둘러싼 기념물에 담겨 있는 것처럼 보였다. 그것은 적이나 아군이라는 차별 없이 패배의 희생자도 승리의 아들도 한결같이 감싸고 있었다.

"매우 아름다운 건물이죠 — 하지만 매우 무섭기도 해요." 버리나의 말을 듣고, 그는 문득 정신을 차렸다. "정말 죄악이에요, 이런 고약한 건물을 짓고 끔찍한 살육을 찬양하다니. 이렇게 장엄한 건물이 아니었다면 지금 당장 헐어버리고 싶었을 거예요."

"그것참, 재미있는 여성적 논리네요!" 랜섬이 대답했다. "만약 여성들이 국사를 운영하고 생각할 뿐만 아니라 싸우게 된다면 분명 여성들을 위해서도 우리는 이런 기념비를 세워야 할 것입니다."

이 말에 버리나는 우리는 싸워야 할 필요가 없게끔 생각을 잘할 것이라고 쏘아붙였다 ― 평화가 군림하는 세상을 열어 보일 것이라고. "그건 그렇고, 여기도 아주 평화롭네요." 그녀는 주위를 둘러보며 덧붙였다. 그러고는 그 광경의 분위기를 즐기려는 듯 낮은 석조 돌출부에 앉았다. 랜섬은 10분 정도 그녀를 혼자 남겨두었다. 다시 한번 명판을 보고, 거기에 기록된 다양한 전장 ― 그가 참전했던 전장도 여럿 있었다 ― 의 이름을 읽어보고 싶었기 때문이다. 다 보고 돌아오는 그를 맞이한 버리나는 그 자리의 엄숙함과는 전혀 맞지 않는 질문을 불쑥 던졌다. "당신이 나에게 찾아온 것을 미스 버즈아이가 알고 있다면, 그분이 곧 그 사실을 올리브에게 알리지 않을까요? 그러면 올리브는 당신이 찾아오지 않는 것을 이상하게 생각하지 않을까요?"

"그 사람이 이상하게 생각해도 상관없어요. 어쨌든 나는 미스 버즈아이에게 나와 만난 것을 그 사람에게 말하지 말아주십사 부탁해두었습니다." 랜섬이 말했다.

버리나는 잠시 침묵했다. "당신의 논리도 여자들의 논리와 크게 다르지 않네요. 생각을 바꾸시고, 이제 그분을 보러 가세요." 그녀는 말을 이었다. "찰스가에 도착하시는 시각에는 그분도 집에 있을 거예요. 저번에 그분이 좀 이상하고 딱딱하게 대하고 별로 마음을 터놓지 않았더라도, 당신에게 왠지 모르게 매정한 태도를 취했더라도(어떤 모습이셨을지 저도 짐작이 갑니다), 오늘 만나보시면 지난번과는 완전히 다를 거라고 생각합니다."

"왜 다를 거라는 거죠?"

"아, 전보다 편하고 상냥하고 부드럽게 당신을 맞이해주실 테니까요."

"도저히 믿을 수가 없네요." 랜섬은 말했다. 가벼운 미소를 머금고 대답하면서도 상대의 말을 전혀 믿지 않는 것 같았다.

"그 사람은 이제 훨씬 더 행복해졌거든요―당신을 신경 쓰지 않아도 되니까요."

"날 신경 쓰지 않는다고요? 그것참, 신사에게 숙녀를 보러 가라고 부추기기 좋은 말입니다!"

"음, 그분은 더 자애롭게 맞아주실 거예요. 지금은 모든 것이 뜻대로 되고 있다고 생각하시거든요."

"즉, 당신을 연단에 내보냈기 때문이라는 거죠? 아, 십중팔구 그걸로 완전히 마음이 풀린 거군요. 당신이 그 사람을 아주 많이 개선한 거예요. 하지만 나는 이렇게 당신을 만나서 충분히 즐거운 감명을 받았으니, 그 위에 또 다른 즐거움―즐거울 리 없지만, 어쨌든 당신은 그렇게 말씀하시니―을 쌓고 싶진 않네요."

"글쎄요, 어쨌든 당신이 여기 와 있었다는 걸 그분이 알게 되실 건 확실해요." 버리나가 답했다.

"어떻게 그분이 압니까, 당신이 그분에게 말하지 않는 한?"

"전 그분에게 모든 걸 말해요"라고 소녀가 답했는데, 말을 맺는 동시에 얼굴을 붉혔다. 순간 서로 더 친밀해진 것을 의식하면서 그는 그녀 앞에 선 채, 지팡이로 모자이크식 보도의 무늬를 따라 그렸다. 그들이 논쟁하는 사정은 주위를 둘러싼 영웅적인 상징물들과 전혀 무관했지만, 화제가 갑자기 심각한 양상을 띠기에 이른 지금, 그것을 논하기 위해 여기에 더 머무는 게 품위에 어긋난다고는 생각되지 않았다. 그의 방문을 둘만의 비밀로 둘 것인지가 문제가 되면서 둘의 기분은 지금까지와는 달라졌다. 랜섬은 비밀로 해달라고 그녀에게 부탁하는 것은 무례한 일이라고 생각했다. 게다가 그는 그게 그렇게까지 신경 쓰이지 않았다. 한편 그녀가 자진해서 비밀로 하는 쪽을 택한다면, 그러한 선택 자체가 그로서는 이렇게 멀리까지 온 고생의 성과로 여겨지지 않겠는가.

"아, 그렇다면 말씀하셔도 됩니다!" 잠시 후 그가 말했다.

"말하지 않는다면, 그건 제가 처음으로—"라고 말하던 버리나는 갑자기 입을 닫았다.

"당신은 어차피 양심에 따라 결정하시겠죠." 랜섬이 웃으며 말을 이었다.

그들은 홀에서 나와 입구 계단을 내려와, 대학 구내에서 델타라 불리는 한 구획에서 밖으로 나왔다. 오후 해는 이미 저물어가고 있었지만, 하늘은 아직 밝은 분홍색으로 빛났고 희미한 봄기운이 느껴지는 상쾌하고 맑은 향기가 주위에 감돌고 있었다.

"그럼, 올리브한테 말하지 않을 테니까, 대신 우리는 여기서 헤어지기로 해요." 버리나는 길 중간에 걸음을 멈추고는 작별의 표시로 손을 내밀며 말했다.

"이해 안 됩니다. 그것과 여기서 헤어지는 것이 무슨 관계가 있습니까? 게다가 당신은 아까 비밀로 해둘 수 없다고 말씀하셨던 것 같은데요." 랜섬이 말했다. 이런 식으로 이 화제를 다루면서 상대가 눈에 띄게 주저하는 모습을 재미있게 바라보다가 그도 약간 남자의 잔혹함을—선량한 그녀의 마음을 끝없이 시험해보고 싶은 충동에 사로잡혀 있음을—느꼈다. 그러나 그녀가 다음과 같이 대답했을 때, 그 목소리에는 동요하는 기색이 전혀 없었다.

"글쎄요, 저는 제 마음 가는 대로, 내가 최선이라고 생각하는 대로 하고 싶어요. 그리고 만약 비밀로 해둔다고 해도 더 이상의 것은 곤란해요. 정말로요, 랜섬 씨."

"더 이상의 것요? 무슨 일이 일어날까 봐 그렇게 두려운 겁니까—제가 그저 당신을 집까지 바래다드리는 정도로?"

"나는 혼자 돌아가야 합니다. 서둘러 어머니에게 돌아가야 해요"라는 말로 그녀는 대답을 대신했다. 그러고는 아까 그가 잡지 않은 손을 다시 내밀었다.

물론 이번에는 그도 그녀의 손을 잡았다. 그뿐인가, 잡은 손을 잠시 놓지 않고 있었다. 이대로 헤어지고 싶지 않았다. 어떻게든 좀 더 함께 있을 구실이 없을까 생각해보았다. "미스 버즈아이는 당신이 분명 나를 감화할 거라고 말씀하셨습니다. 그런데 아직 저는 감화되지 않았어요." 그는 생각나는 대로 말했다.

"아직 모르는 일이에요, 좀 더 기다려보세요. 제 감화력이 특이해서 가끔은 한참 뒤에야 효과가 나타나거든요!" 이런 말은 버리나로서도 겉치레로 하는 말인 듯, 자신에 대해 호언장담하면서도 장난치는 듯한 어조였다. 하지만 바로 덧붙인 말에는 훨씬 진지한 울림이 있었다. "미스 버즈아이가 그런 장담을 당신에게 하셨단 말씀인가요?"

"그렇고말고요. 감화력 얘기가 나왔으니 말인데, 제가 그분을 어떻게 감화했는지 보셨어야 했는데요."

"그건 그렇고, 당신이 방문하셨던 걸 제가 올리브에게 말하면 무슨 이득이 있을까요?"

"글쎄요, 제 생각엔 그분도 당신이 말해주지 않기를 바랄 것 같습니다. 당신이 나를 남몰래 감화할 것이라고―그래서 제가 일급 개심자가 되어 미시시피의 어둠 속에서 갑자기 빛을 발하며 나올 것이라고―믿고 계시지 않겠습니까. 그렇게 되면 극적이고 효과 만점이 아니겠습니까."

베이지 랜섬은 항상 버리나를 단순한 마음의 소유자라고 생각했지만, 그 솔직함만은 정말 기이할 정도라고 생각되는 순간이 없지 않았다. "그런 효과를 볼 거라고 생각되면 저도 예외를 두게 될지도 모르겠네요." 그녀는 결국 그런 결과를 가져오는 게 가능하다는 듯한 어조로 말했다.

"아, 미스 태런트, 어쨌든 당신은 저를 충분히 감화할 겁니다." 청년이 말했다.

"충분히요? 그건 무슨 뜻이죠?"

"저를 몹시도 불행하게 만들 정도로 충분히요."

그녀는 그의 말이 잘 이해되지 않았는지 잠시 그의 얼굴을 말끄러미 바라보았다. 하지만 그녀는 되는대로 대꾸하고는, 몸을 돌려 그대로 자기 집 쪽으로 걸어갔다. 그녀가 대꾸한 말인즉슨, 그가 불행해진다면 인과응보로, 자신에게는 책임이 없다는 식이었다. 보스턴으로 돌아왔을 때 그는 그녀가 이른바 그를 배신하고 미스 챈슬러에게 비밀을 털어놓았는지 무척 궁금해하는 자신을 깨달았다. 루나 부인을 통해 알 수 있을 것이다. 그러려면 다시 부인을 보러 가야 함을 받아들여야 할 것이다. 올리브는 편지에서 그 사실을 언니에게 말할 것이고, 애덜라인이 그 불평을 그에게 전해줄 것이다. 어쩌면 부인 자신이 이번 일로 한바탕 장관을 연출할지도 모른다. 이것이 그가 버리나 태런트에게 예고했던 예의 그 불행의 일부이리라.

26장

'3월 26일 수요일 밤 9시 30분에 부디 저의 집으로 왕림해주시기를, 헨리 버래지 부인.'

　이런 말이 적힌 초대장을 받은 베이질 랜섬은 지정된 밤, 아직 그 이름조차 들어본 적 없던 부인의 집을 찾아가게 됐다. 그러나 이렇게 말씀드린 것만으로는 그 인과관계를 독자들이 잘 알지 못할 테니 설명을 더 하자면, 이 초대장에는 왼쪽 하단 구석에 다음과 같은 말이 덧붙어 있었다. '미스 버리나 태런트의 강연이 열릴 예정입니다.' 버래지 부인이라는 인물이 상류사회의 일원이라는 것은 그도 짐작한 바였고(그것은 주로, 정교하게 각인된 이 초대장의 생김새와 나아가 풍기는 향기에서 금방 짐작할 수 있었다), 이런 세계에 막상 들어가게 되자 그도 상당히 놀라지 않을 수 없었다. 도대체 무슨 바람이 불어 고상한 구름 위의 주민이 자신 같은 자에게 초대장을 보낼 생각이 들었는지 궁금해하다가, 문득 분명 그저 버리나 태런트가 부탁해서 이뤄진 초대임이 틀림없다는 생각이 들었다. 헨리 버래지 부인이 누구든 간에, 어쨌든 그 부인이 버리나에게 자택 모임에 참석시키고 싶은 친구를 알려달라고 했을 것이고, 버리나는 흔쾌히 행운의 친구 목록에 그의 이름을 넣어준 것이다. 그녀라면 버래지 부인에게 그의 주소를 알려줄 수 있었다. 보스턴에서 돌아오자마자 그는 모내드녹 광장으로 짧은 편지를 보내 케임브리지에서 매우 즐거운 시간을 보내게 해준 것에 다시 한번 감사의 뜻을 표하면서 자신의 주소를 그 편지에 적어두지 않았는가. 그녀가 그때는 답장을 보내지 않았지만, 버래지 부인의 초대장이 아주 훌륭한 답장인 셈이었다. 이런 서신에는 꼭 답례해야 할 것이다. 답례의 뜻으로 그는 3월 26일 밤 버래지 부인의 거처 근처 길모퉁이에 내려줄 궤도차에 올라탔다. 이제까지 야회라는 것에 거의 가본 적이 없는 그였지만(그런 모임을 갖는 상류 인사에 대해서도 루나 부인에게 조금은 배웠지만, 거의 모르는 것이나 다름없었다), 오늘 밤 모임은 파티와 같아서 미스 버즈아이의 집에서 열렸던 밤의 '행사'와는 공통점이 전혀 없을 거라고 확신했다. 그러나 그로서는 연단에 선 버리나 태런트의 모습을 보기 위해서라면, 설령 그것이 아무리 불쾌한 모임일지라도 갈 생각이었다. 오늘 밤에도 강연이—공개적이든 사적이든—있을 모양이었다. 배부된 것이든 산 것이든 표를 주고 입장하는 것을 보니 틀림없었다. 그는 자신의 표를 입구에서 건네줄 수 있도록 주머니 속에 넣어두었다. 그의 모순된 감정에 대해 조금 시간을 들여 독자들에게 설명할 필요가 있겠다. 버리나가 정식으로 연설하는 현장에 있고 싶다는 베이질 랜섬의 바람은 그녀의 견해를 혐오하고 그 운동 전체를 형편없이 괴팍한 짓거리로 생각한다는 사실로도 작아지지 않았다. 그도 이제는(케임브리지를 방문한 이후로는) 그녀를 아주 잘 이해하고 있었다. 확실히 그녀는 정직하고 꾸밈없는 여자였다. 그리고 혈통적으로 기묘하고 불미스러운 설교 벽을 가지고 있었고 어린 소녀의 소질로 운동을 지휘한다는, 우스꽝스러울 정도로 잘못된 생각에 사로잡혀 있었다. 그럼에도 그녀의 열정은 순수함 그 자체였고, 그 착각에조차 향기가 있었다. 게다가 그렇게 몸소 나서는 데 집착하는 성향은 베이질 랜섬에게는 광기로밖에 안 보이는 목적을 위해 그녀를 조종하는 주변 사람들이 불어넣은 것이다. 그녀는 애처롭고 천진난만한 희생자로, 자신을 파멸로 몰고 가려는 치명적인 힘을 전혀 눈치채지 못하고 있다. 그녀가 파멸로 가고 있다고 생각하자 청년의 마음속에는 이미 또 하나의 생각이, 훨씬 더 어렴풋하고 불완전한 것이지만, 그녀를 구원해야 한다는 생각이 저절로 떠올랐다. 자신이 차마 보고 있기 어려운 위치에 그녀를 두고 바라보기로 결심한 것도, 그녀의 매력이 그녀 자신의 것이며, 그녀의 오류나 터무니없는 생각은 불운한 환경의 반영일 뿐이라는 자신의 견해가 옳다는 것을 확인해보고 싶었기 때문이다. 그녀를 한번 보면, 그녀가 다정한 연민에서 우러나오는 무제한의 믿음을 줄 만한 사람임이 증명될 것이다. 괴로워질 것을 각오한 상태였다 ─ 아주 즐거운 괴로움일 것이다.

버래지 부인 집의 문턱을 넘으면서 그는 자신이 상류사회에 들어간다는 것을 조금도 의심하지 않았다. 그 사회를 제 몸에 현저히 구현한 듯한 뚱뚱하고 못생긴 한 노부인이 반짝이는 보석으로 치장한, 가슴을 훤히 드러낸 화려한 드레스를 입고 맨 앞방 문간 근처에 서서, 그보다 먼저 들어간 사람들과 악수하고 있었다. 랜섬이 미시시피식으로 정중하게 고개를 숙이자 부인은 와주셔서 기쁘다고 말하며 그를 맞았다. 그 와중에 뒤따라 들어오는 사람들에게 밀려 앞으로 나아가자 커다란 홀에 이르렀다. 눈부신 조명과 꽃으로 장식된 그 홀은 손님으로 빽빽했고, 입구의 부인과 마찬가지로 보석으로 치장하고 가슴을 드러낸 드레스를 입고 미소 짓는 여성들을 더 볼 수 있었다. 상류사회 모임이 틀림없는 게, 여기에는 그가 만난 적이 있는 사람은 단 한 명도 없었다. 벽에는 많은 그림이 걸려 있었다―천장 자체도 한 폭의 그림이었다. 손님들은 서로 가볍게 밀치고 끼어들며 전진했다 후퇴했다 하면서 각기 다른 표정으로 서로를 쳐다보았다―때로는 아무 생각 없이 멍한 얼굴을 하고 있는가 하면, 때로는 거슬릴 정도로 빤히 쳐다보았는데, 랜섬의 눈에는 잔인해 보이기도 했다. 또 때로는 느닷없이 고개를 끄덕이거나 눈살을 찌푸리며 알아들을 수 없는 말을 중얼거린 후에 그 반작용으로 바로 우울한 듯한 표정을 짓기도 했다. 이제 그는 자신이 최상류층 모임에 와 있다는 걸 확신했다. 더 밀려서 앞으로 나아가다 그는 들어온 방 너머에 또 다른 방이 있다는 것을 깨달았다. 이 방에는 붉은 천을 덮은 작은 무대 같은 것이 있고, 엄청난 수의 의자들이 줄지어 놓여 있었다. 그는 사람들이 서로를 바라보는 것 못지않게 그에게 시선을 돌리는 것을 깨달았다. 아니, 서로를 보는 것 이상으로 그를 빤히 쳐다보았다. 자신이 여기에 어울리지 않는 존재라는 것이 겉모습에서 티가 나나 싶었다. 자기 머리가 다른 사람들 위로 얼마나 우뚝 솟아 있는지 몰랐던 것이다. 하물며 햇볕에 그을린 피부나 거무스름한 눈동자나, 이 이야기의 초반에 언급했던 사자 갈기처럼 흘러내린 검은색 직모 머리카락 같은 외모 특징이 그를 상류 인사들 사이에 화제가 될 만한 존재로 만드는 대단한 장점이라는 걸 그가 알 리 없었다. 그러나 그들 사이에 랜섬만 화제가 된 것은 아니었다. 그 증거로, 그가 다소 아쉬운 표정으로 버리나 태런트는 어디 있는지 궁금해하며 서 있자니 두 숙녀가 나누는 대화의 단편이 그의 귀에 들려온 것이다.

"당신도 회원이었어요?"라고 한쪽이 상대방에게 말했다. "당신이 입회했다는 걸 저는 몰랐어요."

"어머, 전 아니에요, 도저히 그런 마음이 들지 않는걸요."

"그건 좋지 않은 마음가짐이에요. 재미는 다 누리시면서 책임은 일절 면하시려는 거예요."

"아, 재미 ─ 재미라!" 두 번째 숙녀가 소리 높여 말했다.

"우리를 모욕할 필요는 없잖아요, 앞으로 절대 초대하지 않을 거예요." 첫 번째 숙녀가 말했다.

"글쎄요, 저는 오늘 밤 유익한 이야기를 들을 수 있지 않을까 생각했어요. 제 말뜻은 그것뿐이에요, 제 마음에 아주 도움이 될 거라고요. 그건 그렇고, 오늘 밤 이야기를 하실 여성분 말인데, 보스턴에서 오신 분 아닌가요?"

"네, 오늘 밤 모임을 위해 초청된 것 같아요."

"그럼, 다음번 모임은 당신이 보스턴으로 가셔야 할 텐데, 만만치가 않으시겠어요."

"네, 거기에도 비슷한 협회가 있죠. 그들이 뉴욕으로 대표를 보내는 건 이제까지 한 번도 없었던 일이에요."

"물론 그랬겠죠. 자기들은 만반의 준비가 돼 있다고 생각할걸요. 하지만 부담되시겠어요. 뭘 할 수 있을지 생각하셔야 할 테니."

"아, 그렇지 않아요. 이번엔 구겐하임 교수님께 부탁을 드리려고요─탈무드에 대해서 다뤄보려고요. 꼭 오셔야 해요."

"그럼요, 꼭 갈게요." 두 번째 숙녀가 말했다. "그래도 저는 절대 정규 회원이 되지는 않을 거예요."

그 불가사의한 모임의 정체가 무엇이든 간에, 정규 회원이 되는 걸 끔찍해하는 두 번째 숙녀에게 랜섬도 동의하면서, 이렇게 허위로 가득 찬 세계에서 자신을 꿋꿋이 지켜내는 그녀의 독립성을 마음속으로 찬미했다. 이제 모인 사람 중 상당수가 안쪽 공간으로 이동하더니, 비어 있는 연단을 향해 각자 의자에 앉기 시작했다. 그도 넓은 입구까지 가서 안을 들여다보았다. 그 공간은 널찍한 음악실로, 흰색과 금색으로 장식되었고 바닥은 윤이 났으며, 세련된 장식판에 부착된 받침대에는 대리석으로 만든 작곡가들의 흉상이 놓여 있었다. 하지만 그는 의자에 앉기가 조심스러워 여성들이 먼저 자리 잡는 걸 보며 당장 안으로 들어가기를 삼갔다. 설령 맨 나중에 들어가더라도 어떻게든 고개를 빼면 볼 수 있을 거라고 생각한 그는 청중이 모두 착석할 때까지 기다리기로 하고 발길을 돌려 첫 방으로 돌아갔다. 거기서 갑자기 그의 시선이 방구석에 있는 올리브 챈설러에 닿았다. 방의 한쪽 모서리에 다른 사람들과 조금 떨어져 앉은 그녀는 그를 똑바로 쳐다보고 있었다. 그러나 그도 그녀를 보았다는 것을 간파하자마자 시선을 떨어뜨렸고, 그가 있다는 것을 전혀 눈치채지 못한 척했다. 랜섬은 순간 망설였지만, 다음 순간 그녀에게로 곧장 걸어갔다. 그도 버리나 태런트가 여기 와 있다면 분명 그녀 역시 와 있을 것이라고 진작에 예상했다. 미스 챈설러 같은 사람이, 소중한 친구를 자기 없이 혼자서 뉴욕에 가게 할 리가 없다고 본능이 가르쳐주었기 때문이었다. 필시 그녀는 그를 '차단'할 셈이다—그가 요전에 보스턴에 방문했을 때 그녀를 차단하다시피 했다는 걸 알고 있다면 더욱 그럴 것이다. 어쨌든 그로서는 당연히 그녀가 말을 걸어오리라고 생각하고 행동하는 것이 의무이다. 그녀에게 그럴 생각이 없다는 것이 분명히 증명되기 전까지는. 그녀와는 지금까지 단 두 번 봤지만, 그녀가 때로는 심하게 주눅이 들 때가 있다는 것을 잘 기억하고 있던 그가 보기에, 지금 그런 발작적인 반응이 그녀를 덮친 것 같았다.

그녀 앞에 섰을 때 그는 자신의 추측이 완전히 옳았음을 알았다. 그녀는 격렬한 자의식에 사로잡혀 새하얗게 질려서, 보기에도 심히 불편할 정도로 정신이 나가 있었다. 그가 악수를 청하며 손을 내밀어도 아무 반응이 없었다. 보아하니 그런 의식을 다시는 치를 것 같지 않았다. 그가 말을 건네자 그녀는 그를 올려다보며 입술을 움직였다. 하지만 그 얼굴은 몹시 심각했고, 눈은 거의 흥분한 듯이 빛났다. 그녀는 구석에 물러나 있었던 듯했다. 그녀 역시 그와 마찬가지로 자신을 이 세계의 침입자로 느끼고 있음이 보였다. 그녀가 앉아 있는 작은 소파는 프랑스인들이 코죄즈*라고 부르는 형태로, 마침 한 사람이 더 앉을 수 있는 자리가 남아 있었다. 그래서 랜섬은 쾌활한 어조로 옆에 앉아도 되겠냐고 물었고, 그가 앉자 그녀는 그를 향해 몸을 돌렸지만, 시선만은 여전히 외면한 채로 손에 쥔 부채를 자꾸 펼쳤다 접었다 하면서 소심증의 발작이 가라앉기를 기다렸다. 랜섬은 기다리지 않았다. 그는 농담조로 이번 조우에 반가움을 표한 뒤, 민중을 궐기시키기 위해 뉴욕에 오셨냐고 물었다. 그녀는 방을 둘러보았다. 그들이 있는 자리에서 보이는 것이라곤 버래지 부인이 초대한 손님들의 등뿐이고, 게다가 올리브가 앉아 있는 쪽으로 소파 바로 옆에 놓인 받침대에 피라미드 모양의 꽃꽂이 장식이 공기 중에 향기를 내뿜으며 높이 솟아 있어서 시야의 일부가 가려져 있었다.

"당신은 저 사람들을 '민중'이라고 부르시는 건가요?" 그녀가 물었다.

"저는 전혀 모릅니다. 누가 누구인지 전혀 모릅니다. 아니, 그뿐만 아니라 헨리 버래지 부인이 누구인지도 몰라요. 저는 단지 초대장을 받았을 뿐입니다."

미스 챈슬러는 그가 말한 것에 대해서는 아무 정보도 주지 않고, 잠시 후 다음과 같이 반문했을 뿐이었다. "초대받으시면 어디든 가시는 건가요?"

"아, 당신을 뵙게 될 것 같으면 어디든지 갑니다." 청년이 호기롭

* 2인용 긴 의자.

게 답했다. "제가 받은 초대장에 미스 태런트의 강연이 있다고 쓰여 있었습니다. 그 사람이 있는 곳이라면 분명 당신도 그 근처에 있을 거라는 걸 알고 있었으니까요. 당신들은 항상 함께하는 사이라고, 루나 부인에게 들었습니다."

"네, 우리는 항상 함께합니다. 제가 오늘 여기 있는 것도 그 때문이죠."

"그럼 당신들은 이번에는 상류사회 사람들을 궐기시키려는 것이군요."

올리브는 잠시 물끄러미 바닥을 응시한 채 대답하지 않았다. 그러다가 갑자기 눈을 들어 상대방을 쳐다보았다. "어디든 가는 것이 저희 사명의 일부이니까요. 저희의 도움을 가장 필요로 하는 듯한 곳에서 저희 일을 수행하는 거죠. 그러기 위해서 역겨움과 혐오를 억누르도록 스스로를 다잡고 있습니다."

"그렇군요, 하지만 오늘 밤 모임은 꽤 즐거운 것 같네요." 랜섬이 말했다. "아름다운 저택이고, 게다가 상당히 예쁜 여성분들도 몇 분 보이고요. 미시시피에서는 이렇게 멋진 모임을 볼 수 없어요."

그가 한마디 할 때마다 올리브는 우선은 잠시 침묵했지만, 주눅 들었던 것도 보아하니 슬슬 최악의 상태를 벗어나고 있는 듯했다.

"뉴욕에서의 일은 잘되고 있나요? 마음에 드시나요?" 이윽고 그녀가 물었지만, 그 목소리는 마치 영원한 의무감에 사로잡혀 어쩔 수 없이 묻는 것처럼 끝없는 우수의 울림을 띠고 있었다.

"아, 잘되고 있냐고요! 뭐, 당신이나 미스 태런트처럼 순조롭진 않지요. (저 같은 야만인의 눈에는) 오늘 밤과 같은 모임에서 주역을 맡을 수 있는 것은, 그야말로 번영의 훌륭한 증거입니다."

"제가 모임의 주역으로 보입니까?" 올리브 챈설러는 농담할 의도 없이 물었건만 거의 희극적인 효과를 발휘했다.

"이런 곳에 틀어박히시지 않으면 틀림없이 주역으로 보일 거예요. 그런데 저쪽 방으로 가셔서 강연 안 들으시나요? 준비가 다 된 것 같은데요."

"부르면 갈 거예요 — 와달라고 하면요."

그녀의 어조에 상당한 위엄이 담겨 있는 것을 느끼고 랜섬은 뭔가 잘못되었음을, 그녀가 무시당한다고 느끼고 있다는 것을 알아차렸다. 그녀가 자신에게 보여온 까칠함을 다른 사람들에게도 내보이고 있다는 것을 알게 되자, 그는 너그러워져서 다음과 같이 말할 때는 자진해서 서로의 차이를 잊어보려는 기색이 엿보였다. "아, 아직 시간은 충분합니다. 자리는 아직 절반도 차지 않았어요."

이 말에 그녀는 직접적인 대답은 하지 않았지만, 그 대신 그의 어머니와 누이들의 안부를 물으며 남부에서 소식이 좀 왔냐고 했다. "그분들은 나름 행복하신 거죠?"라고 묻는 어조는 오히려 그들이 나름 행복하다고 거짓으로 대답해선 안 된다고 경고하는 듯했다. 그는 그 경고를 무시하고 그들은 항상 하나의 행복만은 잃은 적이 없다고 말했다 — 행복에 대해 너무 많이 생각하지 않고 주어진 환경에서 최선의 것을 취하는 방법을 아는 행복만. 그의 말을 그녀는 대단히 신중한 태도로 들었고, 아무래도 그가 훈계하고 싶어 한다고 생각했는지 불쑥 이렇게 외쳤다. "당신이라는 사람은 자기 멋대로 그분들의 행복을 한정 짓고, 나머지는 알 바 아니라는 식이네요!"

랜섬은 놀란 나머지 그녀를 물끄러미 바라보았다. 이 여자는 자신을 항상 놀라게 한다고 느끼면서. "아아, 저에게 심한 말은 하지 말아주세요." 그가 남부 특유의 부드러운 어조로 말했다. "일전에 보스턴에서 댁에 방문했을 때도 절 얼마나 나가떨어지게 하셨는지 기억 안 나시나요?"

"당신들은 우리를 쇠사슬로 묶어놓고는 우리가 고통에 몸부림치는 것을 보면서 우리의 행실이 예쁘지 않다고 비난하잖아요!" 랜섬의 탄원에 이 젊은 숙녀는 그의 어리둥절함을 전혀 가시게 해주지 않은 이런 말로 응수했다. 그녀는 비록 그가 정말로 어리둥절하고 있지만, 1년 반 전에 그랬듯(그녀는 그때의 일을 어제의 일처럼 잘 기억하고 있었다) 곧 그녀를 비웃을 것임을 알았다. 어떻게 해서든 그것만은 막아야 한다고 생각하며 그녀는 황급히 말을 이었다―"미스 태런트의 연설을 들으시면 내가 하는 말의 의미를 아실 거예요."

"아, 미스 태런트―미스 태런트요!"라고 말하더니, 베이질 랜섬은 웃음을 터뜨렸다.

결국 그의 비웃음을 면치 못했다. 그녀는 날카로운 시선으로 그를 쳐다보았다. 처음의 당혹감은 이제 완전히 사라졌다. "당신이 그 사람에 대해 뭘 안다고 그래요? 그 사람에 대해 당신이 알아낸 게 뭔데요?"

랜섬은 그녀와 시선을 마주쳤다. 잠시 두 사람은 서로 상대의 속마음을 살폈다. 한 달 전에 버리나와 만난 것을 이 여자는 알고 있을까? 그 일에 대해 아무 말도 하지 않는 것은 어쩌면 그들이 마지막으로 만난 이후에 그가 보스턴에 갔음에도 찰스가를 방문하지 않았다는 사실을 그의 입으로 밝히는 부담을 주고 싶은 속셈이 있기 때문일까? 그러고 보니 그녀의 얼굴에는 그를 의심하는 듯한 기색이 역력했다. 그렇지만 원래 이 여자는 버리나의 일이라면 언제나 의심하지 않았는가. 만약 이 순간 그가 자신이 좋을 대로 한다면, 미스 태런트와 최근에 길게 산책하며 이야기를 나눴으니 그 사람에 대해서라면 아주 많이 알고 있다고 말했을 것이다. 하지만 만약 버리나가 그를 배신하지 않았다면, 자신이 그녀를 배신하는 것은 아주 잘못된 결과를 초래하리라고 생각한 그는 마음을 다잡았다. 그가 모네드녹 광장을 방문했던 건을 버리나가 장미 아래* 둘 만한 가치가 있다고 여겼을 생각을 하니 너무 기뻤지만, 유감스럽게도 자신이 이 불쾌하기 짝이 없는 친척을 멋지게 따돌렸다는 사실을 당사자에게 알릴 수 없는 현재로서는 그러한 기쁨을 드러낼 수 없었다. "잊으셨습니까, 저도 미스 버즈아이의 집에서 모임이 있던 날 밤에 그 사람의 연설을 들었거든요." 잠시 후 그가 말했다. "그리고 아시다시피, 그다음 날에 당신의 집에서 그 사람을 만났지요."

"그때 이후로 그 사람은 엄청나게 발전했어요." 올리브가 냉담하게 말했다. 이로써 랜섬은 버리나가 아무것도 털어놓지 않았음을 확신할 수 있었다.

---

* 남몰래, 비밀로 하는 일을 뜻하는 라틴어 'sub rosa'를 문자 그대로 영어로 번역한 표현.

그때 한 신사가 버래지 부인이 초대한 손님 무리를 뚫고 올리브에게 왔다. "제 팔을 잡아주신다면, 저쪽 방에 좋은 자리가 마련되어 있으니 안내해드리겠습니다. 슬슬 미스 태런트도 나오실 때가 됐어요. 아까 회화실에 모셔두었습니다. 보고 싶으신 것이 있다고 해서요. 지금 제 모친과 함께 계십니다." 그는 미스 챈슬러의 심각한 얼굴을 보고는 버리나가 함께 있지 않은 것에 대해 해명을 해야겠다는 생각이 들었는지 덧붙여 말했다. "조금 긴장된다고 말씀하셨어요. 그래서 잠시 돌아다니는 게 나을 거라고 생각했습니다."

"그런 말을 들은 건 처음이네요!"라고 말하며 올리브는 청년의 안내를 받아들여 일어섰다. 청년은 그녀를 위한 가장 좋은 자리가 마련되어 있다고 말했다. 그 모습을 보니, 아무래도 이 남자는 그녀를 중요 인사로 대하며 기분을 맞춰주고 싶어 하는 것 같았다. 그녀를 데려가기 전에 그는 랜섬에게 악수를 청하고는, 와주셔서 매우 감사하다고 말했다. 그래서 이 남자가 이 집의 주인임이 틀림없다는 것을 랜섬도 알게 됐지만, 아까 문간에 서 있던 그 뚱뚱한 부인의 아들이라고는 도저히 믿기지 않았다. 그만큼 생기 있고 쾌활하며 밝고 친근한 태도를 가진 잘생긴 청년이었다. 그는 곧바로 랜섬에게 저쪽 방으로 와서 자리에 앉으라고 권했다. 아직 미스 태런트의 연설을 들어본 적이 없다면 오늘 밤 인생에서 가장 큰 즐거움을 경험하게 될 것이라고 했다.

"아, 랜섬 씨는 자신의 편견을 표명하러 왔을 뿐이에요." 미스 챈슬러는 친척에게 등을 돌리며 말했다. 그는 음악실로 속속 몰려드는 사람들을 제치고 앞자리로 갈 엄두가 나지 않아 입구 근처에 서

는 것으로 만족했는데, 다른 신사 몇 명도 그곳에 서 있었다. 의자
는 다 찼다. 미스 챈설러와 그 청년이 벽을 등지고 선 사람들을 비
집고 나아가는 길 끝에 기다리는 한 의자만 예외였다. 그 의자는 맨
앞줄에, 작은 연단의 코앞에 놓여 있었다. 그곳으로 걸어가는 올리
브를 모두가 주목했다. 랜섬은 근처에 있는 한 신사가 옆의 남자에
게 나음과 같이 속삭이는 것을 들었다―"저 여자도 같은 부류인가
보군요." 그는 버리나의 모습을 찾았지만, 아무래도 그녀는 아직
이 방에 오지 않은 모양이었다. 그때 갑자기 누군가 등을 호되게 치
는 것을 느꼈다. 뒤돌아보니 루나 부인이 손에 든 부채로 그를 쿡쿡
찌르고 있었다.

27장

　"저희 집에서라면 저에게 말 안 거셔도 괜찮습니다 ― 이미 익숙해졌으니까요. 하지만 남들 앞에서 모르는 척하실 거면 저에게 먼저 경고해주셔야 할 것 같은데요." 이 말은 그녀의 능청일 뿐이었고, 그도 이제는 그녀의 말을 어떻게 받아들여야 할지 잘 알고 있었다. 그녀는 노란색 드레스를 입고 있었고 매우 통통해져서는 즐거워 보였다. 그는 자신의 약한 곳을 기막히게 잘 찾아내는 그녀의 본능에 놀랐다. 다른 방에는 단 한 명의 손님도 남아 있지 않았다. 더 멀리 있는 문으로 들어온 그녀는, 주변에 사람이 없다는 것을 알고 장난을 치기에 좋은 장소라고 생각했을 것이다. 그는 그녀를 위해 미스 태런트가 보이고 그 목소리를 들을 수 있는 장소를 찾아보겠다고, 만약 그녀가 문간에 서 있는 남자들의 머리 너머로 바라보고 싶다면 발판이 될 만한 의자를 마련해보겠다고 제안했다. 이 제안에 그녀는 다음과 같이 되물었다. "설마 제가 저 수다쟁이 이야기를 들으러 여기에 왔다고 생각하시는 건 아니죠? 내가 그녀에 대해 어떻게 생각하는지 말하지 않았어요?"

"글쎄요, 저 때문에 여기 오신 건 확실히 아니잖습니까." 랜섬은 선수 쳐 넌지시 말했다. "내가 여기에 올 거라는 걸 당신이 아실 리가 없으니까요."

"오실 것 같았어요―예감이 말해주더군요!" 루나 부인이 단언했다. 그러고는 비난을 담아 탐색하는 눈으로 그를 올려다보았다. "당신이 여기 오신 목적은 알죠." 곧 그녀가 소리 높여 말했다. "버래지 부인을 아신다고 저한테 한 번도 말한 적 없잖아요!"

"안 했죠―오늘 초대받기 전까지 이름도 들어본 적 없으니까요."

"그럼 도대체 왜 부인이 당신을 초대했을까요?"

랜섬은 좀 경솔하게 말했다고 생각했다. 그런 말을 하지 않는 게 나은 이유를 바로 깨달은 것이다. 마찬가지로 또 재빨리 그는 실수를 만회했다. "당신의 여동생이 친절하게도 저를 초대해달라고 부탁해주신 게 아닌가 싶어요."

"제 여동생요? 세상에! 올리브와 당신 사이 정도는 알고 있어요. 랜섬 씨, 당신은 정말 속을 알 수 없는 분이군요." 그러면서 그녀는 입구에 서 있는 사람들이 듣지 않도록 그를 방 한가운데로 끌고 갔다. 그는 그녀가 뜻대로 할 수만 있다면 미스 태런트의 연설에 대항하여 바깥 응접실에서 스스로 여흥을 한판 펼칠 생각인지도 모른다고 느꼈다. "자, 여기 좀 와서 앉아요. 여기라면 누구에게도 방해받지 않아도 돼요. 꼭 당신에게 해주고 싶은 아주 묘한 얘기가 있어요." 그녀는 몇 분 전까지 그가 올리브와 이야기하던 구석의 작은 소파로 그를 이끌었다. 그는 그녀를 위해 써야 하는 그 순간을 아까워하며 아주 마지못해서 뒤를 따랐다. 일전에 그녀와 함께 살려고까지 꿈꿨던 일은 까맣게 잊고 있었다. 그는 자꾸 시계를 쳐다보며 다음과 같이 말했다.

"곧 저쪽에서 시작될 행사를 놓치고 싶지 않습니다."

그렇게 말한 뒤 곧바로 그는 자신이 하지 않아도 될 말을 또 해버렸다는 것을 깨달았다. 하지만 초조하고 짜증 나 있던 그로서는 어쩔 수 없었다. 숙녀가 요구하면 무엇이든 응하는 것이 기사도 정신을 가진 미시시피 남자의 본령이라고는 하지만 그 요청이 지금처럼 자신의 바람과 상극인 경우는, 놀랍게 들릴지 모르지만, 이번이 처음이었다. 이런 곤경에 처한 것도 처음으로, 루나 부인은 가능하다면 언제까지나 그를 붙잡아둘 생각이었다. 방에는 자신들밖에 없음을 알고 그녀는 아주 만족스러운 듯이 주위를 둘러보면서 그가 이곳에 와 있는 것을 수상히 여기는 말은 한마디도 하지 않았다. 오히려 그녀는 전보다 더 익살스러운 표정을 지으며 이곳 사람들이 당신을 붙잡았으니 그냥 돌려보내지는 않을 거라고 말했다. 분명히 그에게 뭔가 재미있는 걸 해달라고 할 것이라고. 수요 클럽의 사람들 앞에서 이야기라도 한바탕해보라고 할 것이라고―'남부 생활의 명암'이라든가, '미시시피의 사회적 특색'에 대해서.

"그 수요 클럽이라는 게 도대체 뭡니까? 혹시 아까 그 숙녀분들이 말씀하셨던 게 아닌가 싶은데요." 랜섬이 말했다.

"당신이 말씀하시는 숙녀분들이 누군지 모릅니다만, 이게 수요 클럽입니다. 우리 말고, 저쪽 방에 있는 저 정신 나간 무리 말이에 요. 뉴욕도 보스턴을 본받으려나 봐요. 즉, 이것이 대도시의 교양이 라든가 예법이라는 거겠죠. 설마라고 생각하시겠지만 사실입니다. 정말이에요. '조용한 사람들'이라더니 정말 조용하네요. 핀이 떨어 지는 소리도 들릴 것 같아요. 기도라도 드릴 생각일까요? 이렇게 진지하게 모셔졌으니 올리브가 얼마나 기뻐할까요! 저 사람들이 만든 모임에서는 매주 서로의 집에 모여서 행사를 열거나 자료를 읽거나 주제를 정해 설명을 듣곤 합니다. 주제가 지루하고 끔찍할 수록 마땅히 그래야 한다고 생각하는 거죠. 저 사람들은 이것이 뉴 욕 사교계를 지적으로 만드는 방법이라고 생각하죠. 저녁 식사를 규제하는 사치 금지령—그렇게 부르지 않나요?—이 있어서 저 사람들은 모두 간소한 수프 같은 것만 먹죠. 프랑스인 요리사에게 만들게 하면 그것도 맛이 없지는 않아요. 버래지 부인은 임원 중 한 명입니다—설립자 중 하나일 거라고 생각해요. 지금까지는 그분 에게 차례가 돌아오면—겨울 동안 한 사람당 한 번 돌아오는데— 대개 아주 훌륭한 음악을 들려줬대요. 하지만 그렇게 넘기는 것은 비겁한 회피, 문제의 원천 봉쇄로 여겨졌지요. 저속한 사람들은 음 악을 들으면 쉽게 따라오게 돼 있으니까요. 그래서 버래지 부인은 탁월한—루나 부인이 이 형용사를 참 멋지게 발음했다—생각을 해냈어요. '보스턴에 편지를 써서 저 아가씨를 부르자'는 거였죠. 물론 이 계획을 그녀의 머리에 불어넣은 건 아드님 쪽입니다. 아드 님은 몇 년간 케임브리지에서 지낸 적이 있는데—버리나도 그곳에 사는 건 아시죠—거기 있는 동안 그 아가씨와 아주 각별한 사이로 지냈나 봐요. 이제 거기 있지 않으니, 아가씨가 이쪽으로 와주면 안성맞춤이었겠죠. 그 아가씨는 올리브의 형편이 되는 대로 그의 모친을 방문하러 오겠다고 했답니다. 나는 두 사람에게 우리 집에 와서 머물라고 청했지만, 올리브는 도도하게 거절했어요. 언제든지 '동지들'을 편히 맞이할 수 있는 곳에 머물고 싶대요. 그래서 지금 그 둘은 10번가에 있는, 새로운 에루살렘인가 뭔가 하는 기이한 하숙집*에 머물고 있어요. 올리브는 그런 곳에 머무는 것이 자신의 의무라고 생각하는 거죠. 그건 그렇고, 버리나를 이런 세속적인 무리에 끌어들인 것에 무척 놀랐습니다. 하지만 그 애가 말하길, 어떤 기회라도 놓치지 않기로 마음먹었대요. 일터뿐만 아니라 응접실에도 진리의 씨앗을 뿌릴 수 있을 거라고, 그리고 단 한 사람이라도 설득할 수 있다면 그것만으로도 여기까지 온 보람이 있대요. 지금 저기서 그걸 하는 거예요—씨를 뿌리는 거죠. 하지만 당신만은 설득되지 않도록 제가 챙길 거예요. 그런데 사랑스러운 내 여동생을 만났습니까? 그 애는 이곳 사람들의 요란한 모습에 대항하겠다는 태세더라고요! 여기도 막상 와보니 꽤 척박한 땅이라고 생각하는 듯한 얼굴이었어요. 어쨌든 그 애는 프랑스풍 드레스 같은 걸 입고 있는 자는 구원받지 못할 거라고 생각하는 거 같아요. 제가 보기에 버레지 부인이 오늘 밤처럼 버리나 태런트를 데려오는 것은

---

* 당시에 실제로, 스웨덴의 신학자 에마누엘 스베덴보리(1688~1772)의 교리에 입각해 설립된 '새 에루살렘 교회'가 운영하는 하숙집이 있었다.

매우 비열한 회피예요. 번지르르한 음악을 듣는 것보다도 더 나빠요. 차라리 솔직하게 니블로스**에서 발레리나라도 부르는 게 낫죠—젊은 여자가 연단에서 깡충거리게 하고 싶다면요. 저 사람들은 불쌍한 올리브의 이상 따위에는 눈꼽만큼도 관심이 없어요. 버리나의 특이한 색깔의 머리카락이나 반짝거리는 눈이나 마술사의 조수 같은 차림새를 재밌어할 뿐이죠. 왜 올리브는 버리나가 그렇게 품위 없는 옷을 입는 것을 받아들이는지 전혀 모르겠어요. 아마 끔찍하게 만들어진 옷이기 때문인 것 같아요. 어머, 제 말을 믿지 않는 얼굴이군요—하지만 장담하건대, 저 재단은 혁명적인 스타일이에요. 그게 올리브의 양심을 달래주는 거죠."

랜섬은 자신이 그녀의 말을 믿지 않는 듯한 얼굴을 하고 있다는 말을 듣고 놀랐다. 처음에는 심기가 불편했지만, 이제는 상당한 흥미를 갖고 미스 태런트가 뉴욕을 방문하게 된 경위를 설명하는 그녀의 말을 듣고 있었기 때문이다. 잠시 궁리한 끝에 그는 다음과 같은 질문을 던졌다. "이 저택 마나님의 아드님이라고 하는 분은 흰 조끼를 입은 아주 예의 바르고 잘생긴 청년입니까?"

"조끼의 색깔이 어떤지는 모르겠습니다—근데 알랑거리는 면이 있긴 있죠. 그런 면 때문에 버리나는 그 청년이 자신을 사랑하고 있다고 믿는 거예요."

"그럴지도 모르겠네요." 랜섬이 말했다. "미스 태런트를 여기로 부른 것도 그 청년의 생각이라면서요."

** 대중적인 극예술에 특화된 극장이었던 니블로스 가든 극장을 가리킨다.

"아, 그 청년은 단지 여자랑 장난치는 것을 좋아할 뿐이겠지요. 분명히 그럴 거에요."

"그녀가 청년을 설득했을 수도 있죠."

"그녀가 원하는 쪽으로는 아닐걸요. 재산이 막대해요. 조만간 모두 그 아들의 것이 될 거고."

"그 말씀은, 미스 태런트가 그 청년에게 결혼의 멍에를 씌우기를 바란다는 뜻입니까?" 랜섬은 남부식의 나른한 목소리로 물었다.

"그녀는 분명 결혼은 시대에 뒤떨어진 미신이라고 생각할 것입니다. 하지만 때로는 그런 미신이라도 여전히 최선인 경우가 있으니까요. 특히 상대 남성의 이름이 버래지고, 젊은 아가씨의 이름이 태런트라면 말이죠. 저 자신은 '버래지' 따위를 대수롭지 않게 생각하고 있습니다. 하지만 그 아가씨 입장에서는 올리브만 없다면, 이 명문가의 후계자를 잡고 싶겠죠. 올리브가 두 사람 사이에 서 있어요―언제까지나 그녀를 독신 여성 공동체로 묶어두고, 무슨 일이 있어도 자신만의 것으로 잡아두려고요. 물론 그 애가 버리나의 결혼을 승낙할 리 없죠. 계속 방해해왔고요. 그 애가 아가씨를 뉴욕에 데려오기는 했죠. 제 말과 모순되는 것처럼 보일 거예요. 하지만 그것은 아가씨 쪽에서 자꾸 조르기도 하니 비위를 맞춰주고 가끔은 하고 싶은 대로 하게 놔둬야 하기 때문이죠. 요컨대 배를 구하기 위해서는 짐을 조금은 배 밖으로 던져야 하는 법이니까요. 버래지 씨에 관해서는 참 특이한 취향의 신사라고 말할 수 있겠지만, 그런 건 남이 왈가왈부할 일이 아니죠. 숙녀로서도 특이한 취향이죠. 불쌍한 올리브 말이에요. 오늘 밤 당신도 보실 수 있어요. 그 애는 출판 대리업자처럼 입고 있지만, 여기에 있는 그 누구보다 훨씬 더 기품이 있죠. 그 애와 비교하면 버리나는 걸어 다니는 광고 전단지 같아 보일걸요."

루나 부인의 말이 끊어졌을 때, 베이질 랜섬은 다른 방에서 버리나의 연실이 시작되는 것을 알아챘다. 많은 사람 앞에서 말하는 데에 안성맞춤인, 잘 들리는 밝고 낭랑한 그녀의 목소리가 멀리 그들에게까지 들려왔다. 그 목소리가 더 잘 들리고 그 모습이 보이는 곳에 서고 싶은 마음에 그가 자리를 뜨려고 하자, 그런 움직임에 함께 있던 부인은 비웃음을 흘렸다. 그러나 그녀는 "가세요, 가, 현혹된 양반 같으니, 딱하기도 하지!"라고 하지 않았다. 그저 약간 무례한 말투로 다음과 같이 말했을 뿐이다. "설마 이렇게 아무도 없는 공공장소에—루나 부인은 버래지 부인의 응접실을 이렇게 평하기를 좋아했다—같이 남아달라고 간청하는데도 숙녀를 홀로 남겨두고 갈 만큼 정중함이 결여된 분은 아니시겠죠." 이렇게 또 미시시피의 고정관념 덕분에 그녀는 불쌍한 랜섬을 차지하게 되었다. 그의 단순한 신조로는, 파티에서 숙녀와 대화하고 있다가, 다른 신사가 찾아와 대신 그 자리를 맡기 전에 물러서는 것은 무례하기 짝이 없는 행동이었다. 그것은 상대인 숙녀를 모욕하는 것이나 다름없다. 그런데 버래지 부인의 집에 모인 신사들은 모두 다른 일에 완전히 열중하고 있었으니, 그들 중 한 명이라도 그를 구출하러 오리라는 희망은 조금도 없었다. 루나 부인을 남겨두고 갈 수는 없었다. 그렇다고 그녀와 함께 여기에 머물러, 일부러 애써 찾아온 유일한 목적을 잃을 수도 없었다. "그럼 제가 저기 입구 쪽에라도 자리를 찾아드리죠. 의자 위에 서실 수 있을 거예요―제게 기대시면 돼요."

"무척 감사하네요. 하지만 이 소파에 기대 있는 게 훨씬 편해요. 너무 피곤해서 의자 위에 서 있을 수 없을 것 같아요. 게다가 제가 다른 사람들의 머리 너머로 목을 빼고 있는 것을 버리나나 올리브에게 절대로 보일 수 없어요―마치 제가 그 사람들의 장광설의 결론에 조금이라도 가치를 부여하는 것처럼 여겨질 것 아니에요!"

"아직 결론에 이를 시간은 없었는데요." 랜섬은 냉혹할 정도로 건조하게 말하고는, 무릎에 팔꿈치를 대고 앞으로 몸을 굽히더니 안색이 좋지 않은 뺨을 붉힌 채 가만히 바닥에 시선을 두었다.

"저런 결론 따위 영원히 말할 수 없죠." 루나 부인이 레이스의 결을 정리하며 말했다.

"저 사람이 무슨 말을 하는지 어떻게 아십니까?"

"목소리가 높아지거나 낮아지는 방식을 보면 알 수 있죠. 정말 바보같이 들리잖아요."

랜섬은 5분 정도 더 거기 앉아서―기록을 담당하는 천사도 그에게 찬사를 적어야 한다고 느껴지는 5분이었다―마음속으로 자문했다. 루나 부인은 이런 짓을 하면 자신이 더 그녀를 싫어하게 된다는 것을 모를 정도로 바보인가, 그러고 보니 이 여자는 매사에 상당히 눈치가 둔한 여자다. 그는 아무렇지 않은 척하려고 했지만, 예의 미시시피 방식이 과연 옳은지 의심하지 않을 수 없었다. 분명히 그것은 지금 그가 처한 이런 상황을 예견하지 못했을 것이다. "버래지 씨가 그 사람과 결혼할 생각을 하고 있다는 것은 명약관화한 일이군요 — 할 수만 있다면 말이죠." 잠시 후 그가 말했다. 자신의 진심을 감추기 위해서는 이보다 더 적합한 말이 떠오르지 않았다.

여기에 상대방이 아무 대답도 해주지 않자, 이내 그는 조금 고개를 돌려 그녀를 힐끗 보았다. 무언중에 두 사람 사이에 무언가가 통했는지, 갑자기 그녀가 이렇게 말했다. "랜섬 씨, 여동생이 당신에게 오늘 밤 초대장을 보냈을 리가 없죠. 버리나 태런트에게서 온 거 아니에요?"

"그런 생각은 전혀 안 해봤어요."

"당신이 버래지 부인과는 전혀 안면이 없는데, 그럼 다른 누가 보낼 수 있겠어요?"

"미스 태런트가 보내주셨다면, 감사의 표시로 저는 그분의 말씀이라도 들어드려야겠죠."

"이 소파에서 일어나시면 제가 의심하는 것을 올리브에게 말해줄 거예요. 그렇게 되면 그 애는 버리나를 중국이나 아니면 어딘가 당신의 손이 절대로 닿지 않는 곳으로 데려가버릴 수도 있어요."

"당신이 의심하고 계신 것이라면?"

"당신들 둘이 편지를 주고받고 있는 거죠."

"원하시는 대로 가서 말씀하시죠, 루나 부인." 청년은 체념한 듯 매섭게 말했다.

"아니라고 말 못 하는군요."

"저는 숙녀분의 말을 절대로 반박하지 않습니다."

"당신이 속마음을 털어놓게 할 수 있을지 한번 볼까요. 당신은 미스 태런트를 만나고 있지 않습니까?"

"도대체 어디서 만났단 말입니까? 지난번에 말씀하신 것처럼 멀리 보스턴까지 만나러 갈 수 없잖아요."

"가시지 않았습니까—비밀 방문으로?"

랜섬은 눈에 띄게 깜짝 놀랐지만, 당황을 감추려고 다음 순간 소파에서 일어섰다.

"그렇다고 말씀드리면 이미 비밀이 아니겠죠."

그녀를 내려다보면서 그는 그녀가 방금 한 말이 순전히 추측으로 맞힌 것일 뿐 분명한 사실에 근거한 말이 아님을 알았다. 그런 그녀가 그에게는 허영심이 강하고 이기적이며, 탐욕스럽고 혐오스러운 여자로 보였다.

"그럼, 경고해줄 거예요." 그녀가 말을 이었다. "나를 여기에 두고 가면요. 그게 남부 신사가 숙녀를 대하는 태도인가요? 내 말대로 하세요. 그러면 눈감아줄게요!"

"당신과 계속 있는 걸 면해주지 않으시겠죠."

"나랑 있는 게 그렇게 고역(*corvée*)이에요? 그런 무례한 말은 한 번도 들어본 적이 없어요!" 루나 부인이 소리쳤다. "그래도 당신을 여기에 붙잡아두려는 결심은 바꾸지 않을 거예요!"

랜섬은 그녀가 부당하게 군다고 느꼈지만, 그럼에도 표면적으로는 (꽤 억울하게도) 그녀의 말이 경우에 맞는 것처럼 보였다. 그러는 동안에도 버리나의 황금 같은 목소리가 분명하게 들리지 않는 말로 그의 귀를 유혹하고 감질나게 하고 있었다. 루나 부인은 아무래도 지금 상황에 완전히 화가 나버린 것 같았다. 불리한 결과를 초래한다는 것을 분명히 알고 있으면서도 고집 자체를 위해 끝까지 고집을 부리려는 여성 특유의 부조리에 이 여자도 빠져 있다고밖에 생각되지 않았다.

"흥분하셨군요." 그녀를 내려다보며 그는 생각한 대로 말했다.

"가셔서 차를 좀 갖다주시면 좋겠어요."

"오로지 저를 곤란하게 하려고 그런 말씀을 하시는 거겠죠." 그가 말을 끝마치기도 전에 떠나갈 듯한 박수갈채와 50여 명의 사람들이 목청껏 외치는 '브라바, 브라바!' 하는 소리가 옆방에서 흘러나오더니 사그라들었다. 랜섬은 온 맥박이 고동치며 지금까지의 망설임을 벗어던지고 루나 부인을 향해 ─ 그래도 여전히 적절한 격식을 차리면서 ─ 유감이지만 부인의 좋은 충고를 따를 수 없을 것 같다고 말하고는, 등을 돌려 음악실의 열린 문 쪽으로 성큼성큼 걸어갔다. "이런, 이런 모욕은 처음이야!" 남겨진 그녀가 극도로 날카롭게 외치는 것이 그의 귀에 들렸다. 자리를 잡고 나서 힐끗 돌아보니, 여전히 그녀는 소파에 앉은 채 ─ 램프 빛이 비치는 사막에 홀로 ─ 살짝 앙심을 품을 눈빛으로 텅 빈 공간 너머로 그를 노려보고 있었다. 뭐, 그렇게 함께 있고 싶다면 그녀가 이쪽으로 오면 될 것이다. 그러면 보기 편하게 오토만* 위에 올라가 있도록 받쳐줄 것이다. 그러나 루나 부인은 타협하지 않았다. 잠시 후 문득 정신을 차려보니, 그녀는 이미 당당한 걸음으로 그곳을 떠난 뒤였다. 그리고 그날 밤 그는 다시 그녀의 모습을 볼 수 없었다.

---

*   등받이가 없고 두툼하게 쿠션을 댄 낮은 긴 의자.

28장

　그가 서 있는 곳은 열심히 듣는 남자들이 빽빽이 선 맨 바깥 줄 뒤였는데, 거기서 음악실이 한눈에 다 보였다. 버리나 태런트는 흰 드레스의 가슴 부분에 꽃을 달고 작은 연단에 우뚝 서 있었다. 발밑의 붉은 천이, 무대 양 끝에 있는 키 큰 받침대에 놓인 램프 불빛을 받아 유난히 선명하게 빛났는데, 그런 색채 효과 덕분에 그녀의 모습은 한결 더 순수하고 더 두드러지게 보였다. 그녀는 많은 사람 앞에 홀로 자유자재로 움직이고 대단히 침착하게 손짓하며 말하고 있었다. 앞에는 탁자도 없고 연설문도 들고 있지 않았는데, 그렇게 서 있는 그녀의 모습은 각광을 받는 배우나 목소리로 은실을 짜는 가수 같았다. 보잘것없는 시골 소녀가 단지 자기 생각을 전달하는 것으로 200여 명이나 되는 *무감각한(blasé)* 뉴요커들을 매료시키는 척해봤자 효과가 없을 것 같았고, 베이질 랜섬은 몇 분을 지켜본 끝에 자신이 마치 그녀가 머리 위의 아득히 높은 공중그네에서 연기하는 것을 바라보는 듯한 조마조마한 기분으로 지켜보고 있음을 깨달았다. 하지만 연설을 듣는 동안 그녀가 확실한 지력으로 주제와 청중을 장악했다는 것을 인정하지 않을 수 없게 되었다. 저번에 미스 버즈아이의 집에서 했던 연설을 생생히 기억하는 그로서는 그 이후 그녀가 이룬 진보의 정도를 가늠할 수 있었다. 오늘 밤은 훨씬 더 완벽했고 태도도 훨씬 확신에 차 있었다. 훨씬 더 높이 서서 연설하면서 그녀는 마치 회장 전체를 조망하는 것 같았다. 그녀의 목소리 자체도 개선된 것 같았다. 힘껏 외칠 때 목소리가 얼마나 아름다운지 잊고 있었다. 그토록 맑고 풍부한 데다 무척 젊고 천진난만한 그 목소리 자체가 하나의 재능이라고 해도 무방할 것이다. 그 '여성 집회' 때 이런 음악이 그 끔찍한 홀을 채운 것이라면, 그렇게 난리가 난 것도 당연하다고 그는 생각했다. 일전에 그도 옛날 이탈리아 *여성 즉흥시인*(*improvisatrice*)의 작품을 읽은 적이 있었는데, 이 여성이야말로 그 유형의 세련되고 현대적인 미국판이자, 리라 대신에 전도의 기치를 든 뉴잉글랜드의 코린나*가 아닌가. 그녀의 진지함, '상류계급 청중'(그들을 앞에 두고도 전혀 주눅 들지 않았다)을 지각력 있는 단일한 인격으로 여기고 싶은 듯이 이리저리 둘러보는 그 환하게 빛나는 눈, 인생에서 마음을 쓰는 유일한 것은, 확신을 줄 수밖에 없는 힘찬 말로 진리를 말하는 것이라는 듯한 그 눈빛이야말로 그녀의 우아함을 가장 잘 보여주는 부분

---

* 기원전 6세기 그리스 서정시인.

이었다. 그녀는 매력적인 만큼이나 꾸밈없었고, 눈빛이나 몸짓 어느 하나도 여전히 불타오르며 그녀에게 생기를 주는 순수한 열정을 반영하지 않는 게 없었다. 그녀는 정말로—이미 분명한 사실이었다—회장을 가득 메운 모든 사람을 만장일치로 만들었다. 연설에 집중한 그들은 나른하게 듣고만 있는 게 결코 아니었다. 그녀가 미소 지으면 그들도 미소 짓고, 그녀가 엄숙한 표정을 지으면 그들은 쥐 죽은 듯 고요히 꼼짝도 안 했다. 이 정도면 버래지 부인이 친구들을 접대하고 싶어서 생각해낸 묘안이 수요 클럽의 연보에 기록될 사건이 된 것은 명백했다. 베이질 랜섬은 버리나가 구석에 있는 자신을 눈여겨보는 것 같아서 기분이 좋아졌다. 원래 그녀는 청중을 전혀 거리낌 없이 둘러보기 때문에 그중 어딘가를 다른 곳보다 특별히 오래 쳐다본다고 할 수는 없었다. 그럼에도 그녀가 보여준 순간의 재빠른 눈빛을 포착한 그는 그것이 그녀의 터무니없고 우스꽝스럽고 보기에 즐거운 논쟁에서 벗어난 순간이라고는 생각할 수 없지만, 그의 모습이 보이지 않았던 것을 아쉬워하던 그녀가 지금 특별히 그에게 말을 거는 것 같았다. 그 눈빛이 그녀가 그에게 초대장을 보내달라고 부탁했다는 것을 충분히 확언해주었다. 그는 이 연설의 논지가 우스꽝스럽기 짝이 없는 게 당연하다고 여겼다. 그건 어쩔 수 없는 일이 아닌가, 설사 그런들 무엇이 대수인가? 그렇다 해도 그녀의 매력은 변함이 없고, 그녀가 쌓아 올린 헛소리 자체는 아무리 그녀가 매력적이라 할지라도 역시 헛소리가 아닌가. 이렇게 15분쯤 서 있으면서 그는 그녀가 한 말을 단 한마디도 되풀이할 수 없으리란 걸 깨달았다. 즉, 그는 그녀의 말 자체에는 전혀 주의를 기울이지 않으면서 그 목소리의 작은 떨림조차 놓치지 않았다. 이때 이미 그는 올리브 챈설러를 발견했다. 그녀의 자리는 맨 앞줄의 맨 왼쪽 끝이었다. 그가 있는 곳에서는 뒷모습밖에 보이지 않았지만, 그래도 약간 숙인 채 전혀 움직임이 없는, 윤곽이 뚜렷한 옆얼굴 일부를 볼 수 있었다. 이렇게 멀리 떨어져 있었음에도 그는 그녀의 태도에서 황홀감을 간직한 고요함과 고양된 승리감을 읽어낼 수 있었다. 억누를 수 없어 터져 나온 박수갈채의 폭풍이 몰아쳤다가 이내 잦아들기가 여러 번이었지만, 올리브는 가장 큰 갈채에도 고개를 들지 않았다. 이렇게 냉정한 태도를 유지하는 것은 격렬한 의지력이 작용한 덕분이라고밖에 볼 수 없었다. 지금 성공의 기운이 회장에 가득했고, 그녀도 그걸 맛보고 있음이 틀림없었다. 만사에 그렇듯이 그녀만의 독특한 방식으로 그걸 음미하고 있을 뿐이다. 버리나의 성공은 곧 그녀의 성공이었다. 그 승리감에 부족한 점이 있다면, 지금 그녀의 시야 안에 랜섬을 두고, 그가 당황하거나 혼란스러워하는 걸 즐겁게 바라보면서 무언의 차가운 눈빛으로 "지금도 우리의 운동이 힘이 없다고 생각합니까 — 여성들이 노예가 되도록 태어났다고 지금도 생각하고 있습니까?"라고 추궁하지 못하는 아쉬움뿐일 것이라고 그는 확신했다. 솔직히 그는 어떤 혼란도 느끼지 않았다. 지금까지 생각했던 것보다 더 강하게 그의 주의를 끄는 힘이 버리나 태런트에게 있다는 것을 인지했다고 해서 그의 이단적 신념이 조금이라도 흔들릴 리는 없었다. 하지만 마침내 그도 그녀의 말을 이해했고 그 말이 황홀한 겉모습의 방해를 뚫고 마음속 깊이 파고드는 것을 느끼고는 이제껏 경험하지 못했던 감흥을 느꼈다. 그녀가 말한 어떤 구절들이 그에게도 의미 있게 들렸던 것이다—그것은, 여전히 진리의 은혜로운 힘을 거부하는 사람들의 마음을 움직이기 위한 말이었다. 그런 사람들은 대개 세상을 비웃는 냉소적인 이들이고 상당수는 경솔하기 짝이 없는 놈팡이들로, 원래 사려도 분별도 없는 자들이니 그들이 어떤 주제에 대해 뭐라고 생각하든 하등 문제가 되지 않을 것이다. 낡은 전제정치가 그런 자들에 의해 떠받쳐질 필요가 있다면 그 제도가 상당히 악화됐다는 것을 보여줄 뿐이다. 그러나 이러한 무리 외에 더 강하고 더 연마된 편견을 갖고 있을뿐더러, 그것이 학문이나 논거에 의해 뒷받침되는 듯 구는 사람들도 있다. 그녀가 특히 말을 걸고 싶은 이들은 바로 이런 사람들이었다. 그들을 불러 세워 다음과 같이 말하고 싶은 것이다. "보세요, 당신들은 틀렸어요. 제 말에 설득되면 당신들은 지금보다 훨씬 더 행복해질 거예요. 5분만 제 말을 들어주세요." 그녀는 또 이렇게 말하고 싶은 것이다. "여기 잠시 앉아서 제가 간단한 질문 하나를 하게 해주세요. 당신들은 조직적인 부당함에 기초를 둔 사회 형태가 바람직한 성과를 거둘 수 있다고 생각하시나요?" 이것이 버리나가 제기하고 싶은 간단한 질문이었다. 그녀가 이 질문을 난제로 여긴다고 짐작한 베이질은 방을 가로질러 그녀에게 즐거운 듯 다정한 미소를 보냈다. 그는 그녀가 그런 질문을 한다 해도 두려울 것 없고, 기꺼이 그녀가 원하는 만큼 오래 함께 앉아 있을 터였다.

물론 그는 논리적 체계를 갖춰서 비웃는 사람 중 한 명이었다. 즉, 그는 그녀가 다음과 같은 말을 건네는 대상 중 하나였다—"여러분은 자신이 내 눈에 어떻게 비치는지 알고 계십니까? 내가 보기에 여러분은 집에 빵과 고기와 포도주가 가득한데 굶어 죽어가는 사람들, 아니면 금은보화를 가득 쌓아놓은 지하실이나 보물 상자의 열쇠를 주머니에 가지고 있으면서 채무자의 감옥에 스스로 들어가는 정신 이상한 맹인 같습니다. 고기와 포도주, 금은보화는—" 버리나는 말을 이었다. "그저 억눌려버리고 낭비된 힘이자 최상의 귀한 치료제로, 사회는 어리석게도 스스로 그것들을 포기해버렸습니다—즉, 여성의 재능, 지성, 영감을요. 사회는 스스로 헛되이 들먹이는 낡은 미신에 파묻혀 조금씩 고사하고 있지만, 아직 그 손에 생명의 영약이 쥐여 있습니다. 그것을 딱 한 모금 마시게 하면, 다시 한번 더 꽃피울 것입니다. 생기를 되찾아 빛을 발할 것입니다. 다시 청춘을 회복할 것입니다. 마음은, 심장은 지금 차가워져 있습니다. 여성의 손길만이 그것을 따뜻하게 하고 뛰게 할 수 있습니다. 우리가 인류의 심장입니다. 그것을 우리는 담대하게 주장하고 싶습니다! 세상의 공적 생활은 척박하고 기계적인 악순환을 계속할 것입니다—이기주의, 잔학성, 광포함, 질투와 탐욕이 순환하고, 만인을 위해 모든 걸 하려고 노력하는 대신에, 남의 희생으로 오직 소수를 위한 이익을 이루기 위해 하는 맹목적 분투가 순환할 것입니다. 만인, 만인이 뭔가요? 우리가 포함되지 않았는데 어떻게 감히 '만인'이라고 할 수 있을까요? 우리야말로 이 사회에서 평등한 권리를 가진 빛나는, 더없이 귀중한 존재입니다. 우리가 하게 해보세요, 그러면 알게 될 겁니다. 어떻게 사회가 우리 없이 이 지상에서 무거운 다리를 끌며 고난에 찬 순례의 행군을 이만큼이라도—우리가 협력할 경우에 비하면, 처참할 정도로 약간의 진전에 지나지 않습니다만—해올 수 있었는지 의아해하게 될 겁니다. 무엇보다 전 이 사실을, 아직도 버티며 뻣뻣이 고개를 세우고는, 사막에 내팽개쳐진 깨진 호리병처럼 바짝 말라버린 딱딱하고 공허한 신조를 반복하는 분들의 귀에 들려드리고 싶습니다. 그런 분들에게 자신의 이기심이나 게으름이나 사리사욕을 깨우쳐주고 싶습니다. 저는 되받아 비난하려고 여기 온 것이 아닙니다. 또한, 남성과 여성 사이에 이미 떡 벌어져 있는 큰 격차를 더 벌리려는 것도 아닙니다. 남녀는 태어날 때부터 적이라는 교리를 나는 받아들이지 않습니다: 그 어떤 옛 현자나 철학자가 꿈꾸던 것보다 훨씬 더 밀접한—양자가 평등하다는 것을 전제로 하는—연합을 주장하고 싶기 때문입니다. 그러므로 저는 남성이란 자칫 무엇이 자신들에게 가장 적합하고 유리한가 하는 생각에 이끌려 행동하기 쉽다는 문제는 다루지 않겠습니다. 여기서는 단지 남성들의 그러한 성향을 가정하고, 다음과 같이 말씀드리고 싶습니다. 만약 남자분들이 자신의 이익과 관련된 문제에조차도 그렇게 베일에 가린 듯 흐릿한 시야를 가지고 있지 않았다면, 우리의 대의가 이미 오래전에 이루어졌을 것입니다. 만약 남성들이 여성들과 같은 예리한 눈을 가지고 있었다면, 여성과 같은 마음에서 우러나는 지혜가 있었다면 세상은 지금과는 아주 달랐을 것입니다. 제가 장담하는데, 우리 여성이 짊어진 운명의 쓰라림의 절반은 그런 사실이 분명히 보이는데도 아무것도 할 수 없다는 데 있습니다! 여기 계신 신사 여러분, 만약 여러분이 삶의 정원을 관리하는 일을 우리 여성들이 도울 수 있게만 해주신다면 그 정원이 지금보다 훨씬 화려하고 아름답고 향기로워지리라는 것을, 제가 여러분이 믿게 할 수 있다면! 그러면 여러분도 분명 앞다투어 그 화원을 걸어보고 싶어질 겁니다. 거기에 난 풀과 나무와 꽃을 보면서 에덴동산에 있는 것 같다고 생각하실 겁니다. 저는 이 사실을 여러분 한 분 한 분께 사적으로, 개별적으로 분명히 말씀드리고 싶습니다—항상 제가 눈앞에 그리고 있는 세계의 모습을, 새로운 도덕적 기풍에 의해 쇄신되고 새롭게 변모될 세계의 모습을요. 악랄한 폭력과 야비한 경쟁만이 만연한 현재와는 달리 새로운 세계에는 관용과 다정함과 동정이 가득할 것입니다. 하지만 제가 보기에 여러분은 자신의 행복에 대해서조차 참으로 어리석은 생각을 갖고 계신 것 같습니다! 여러분 중에는 우리 여성들이 아마도 요구할 수 있는 모든 영향력을 이미 얻었다고, 마치 우리가 숨을 쉴 수 있도록 허락받은 데 감사해야 한다는 듯 말씀하시는 분도 계실 겁니다. 여러분, 우리가 무엇을 요구하는지 판단할 이가 우리 자신 말고 누가 또 있단 말입니까? 우리가 요구하는 것은 단 하나, 바로 자유입니다. 수 세기에 걸쳐 우리를 가둬놓은 상자의 뚜껑을 제거할 것을 요구합니다. 여러분은 그 상자가 아주 편안하고 아늑하며 편리한 상자라고 말씀하실지도 모르죠. 밖을 내다볼 수 있도록 옆면이 깨끗한 유리로 되어 있으니, 필요한 것은 열쇠를 한 번 더 조용히 돌려서 잠그는 것뿐이라고요. 이를 반박하는 것은 매우 쉬운 일입니다. 신사 여러분, 여러분은 아직 한 번도 상자 안에 들어가본 적이 없습니다. 그래서 여러분은 그것이 얼마나 고통스러운지 전혀 모릅니다!"

이 문건들을 한데 모은 역사가로서는 이 연설이라면 버리나의 웅변의 본보기로 충분할 것이라고 본다. 특히 우리의 귀를 대신해 듣고 있는 베이질 랜섬이 이쯤까지 듣고 분명한 결론에 도달한 것을 보면 더욱 그렇다. 그는 이미 연설가로서의 그녀의 자질을 확인했고, 토론 분야와 개혁의 대의에서 그녀의 존재가 갖는 중요성도 판별했다. 그녀의 연설은 그 자체로는 기껏해야 '학교' 토론회에서 머리 좋은 소녀가 암기해서 낭송하는 재치 있는 에세이 정도의 가치밖에 없었다. 논지가 막연하고 얄팍하고 횡설수설인 데다 일반론의 범벅에 불과한데, 단지 버래지 부인 집의 베일에 씌운 램프 불빛을 받아 그럴듯하게 빛을 발하는 것처럼 보일 뿐이다. 진지한 관점에서 보면 이런 연설은 반론하거나 고려할 만한 가치가 없었다. 베이질 랜섬은 이런 공연이 지적인 노력이나 문제에 대한 의견 제시로 여겨지는 시대의 광기를 곰곰이 생각했다. 현재 연단에서 열변을 토하는 그녀 대신에 만약 미스 챈슬러가―혹은 루나 부인이라도―연단에 서 있다면 그를 비롯한 사람들이 어떻게 생각했을까 자문해보았다. 어쨌든 이 연설의 의의는 높았으니, 엄밀히 말해 그 의의의 어느 정도는 연사의 목소리가 올리브나 애덜라인의 목소리가 아니라는 사실에서 비롯되었다. 그 의의는 바로 버리나가 말할 수 없이 매력적이라는 데 있었다. 그가 그곳에 서서 그녀의 말에 귀를 기울이는 동안 조용히 마음에 사무친 사실, 즉 그가 그녀를 사랑하게 되었다는 사실로 인해 그 의의는 훨씬 더 커졌다. 이 사실을 인식하며 그는 가슴이 뛰었다. 주저하거나 저항을 시도하기도 전에, 마음의 문이 벌컥 열려 밝은 빛이 마음속 깊이 스며들었다. 그는 그것을 겉으로 드러내지 않고 그림을 바라보듯 앞을 빤히 쳐다본 채 서 있었지만, 눈앞의 방이 흔들리더니 버리나의 모습마저 약간 흔들려 보였다. 이래서야 연설의 다음 부분이 분명하게 와 닿지 않았다. 그녀의 말뜻은 다시 기분 좋은 울림으로 희미해지면서 그에게는 연단에 서 있는 그녀의 모습과 그 아름다운 목소리밖에 느껴지지 않았다. 하지만 생각은 멈추지 않았다. 그는 그녀의 논지가 몹시 빈약하고 요설로 치닫는 것을 보며 기뻐하는 자신을 느꼈다. 그녀가 눈부시게 멋진 사람이라는 생각, 청중의 혼을 쏙 빼놓는 것만으로 운동의 중요 인물로 간주된다는 생각은 그에게 굴욕이 아니라 기쁨으로 다가왔다. 이는 곧 그녀의 사상 주창자 행세가 그야말로 난센스이며, 덧없는 한때의 유행이고 가장 어리석은 망상에 불과함의 증거이고, 또한 그녀가 원래 뭔가 다른 더 거룩한— 사적인 삶을 위한, 그를 위한, 사랑을 위한—일을 하기 위해 태어난 것임을 여실히 증명하기 때문이었다. 그녀의 연설이 얼마나 지속되었는지 그는 가늠이 되지 않았다. 연설이 끝나고 박수가 터져 나오더니 웅성거리는 소리가 커지고 의자가 끌리는 소리가 뒤따랐을 때, 다음의 사실을 알 뿐이었다. 즉, 연설은 아주 형편없었지만, 그녀가 샘에 자욱한 은빛 박무를 연상시키는 오묘한 매혹의 빛을 드리워 거둔 화려한 성공이 그녀를 사랑하는 그가 그 형편없음에 굴욕을 느끼지 않도록 만들었다는 것을. 청중은—그 자리에서 바로 버리나의 주위에 모여든 사람들을 제외하고—줄지어 다른 방으로 이동하기 시작했다. 그 흐름에 밀려 랜섬도 저녁 준비가 된 테이블 근처로 가게 되었고, 그 테이블에서 조금 전 루나 부인이 이야기해준 사치 금지령의 징후를 찾아보았다. 보아하니 그것은 반짝반짝 빛나는 크리스털과 은제 식기, 레이스 테두리를 단 램프의 부드러운 원형 빛 속에서 한층 먹음직스러워 보이는 신선한 빛깔의 진귀한 산해진미와 젤리에서 가장 상징적으로 드러나는 듯했다. 코르크를 힘차게 뽑는 소리가 들리는가 싶더니, 그는 사람들이 몰려들고 팔꿈치에 눌리는 것을 느꼈다. 앞다퉈 테이블로 다가가려는 남자들은 그가 음식을 먹지도, 그렇다고 다른 사람들이 먹도록 돕지도 않고 자리를 차지하고 있는 것을 보고는 도끼눈을 하고 그를 사정없이 테이블로 밀어붙였다. 그는 버리나를 시야에서 놓쳤다. 몰려든 찬사의 구름이 그녀를 빼앗아 가버린 것이다. 그렇게 긴 수다를 떨고 났으니 허기를 느끼고 있을 게 틀림없다고─거의 아버지와 같은 심정으로─자신이 생각하고 있음을 깨달았다. 그는 누군가가 그녀에게 먹을 것을 가져다주었으면 했다. 평소보다 훨씬 더 훌륭한 식사를 할 기회임이 틀림없지만 그게 지금 마음속 우선순위가 아니었기에, 곧 그는 테이블에서 천천히 물러났다. 바로 그때 그의 작은 상상이 갑자기 현실로 구현됐다─미스 태런트가 그의 앞에 모습을 드러낸 것이다. 많은 사람에게 둘러싸여 나타난 그녀는 이제 그도 이 집 아들임을 아는 청년─한 시간 전에 올리브와 그의 대화에 끼어들었던, 저 미소 짓는 좋은 향기가 나는 청년─의 팔에 매달려 있었다. 청년이 그녀를 테이블 쪽으로 안내하자, 사람들은 옆으로 비켜서서 두 사람이 지나가도록 해주면서 말이나 눈짓으로 버리나에게 축하를 보냈다. 그 순간 랜섬은 기묘하게도 옛날에 소설이나 시에서 읽었던 구절이 퍼뜩 떠올라, 그녀 같은 사람을 만인의 관심 대상이라고 일컫는다는 것을 느꼈다. 그녀는 아름다워 보였고, 두 사람은 아름다운 한 쌍이었다. 그녀는 그의 모습을 보자마자 왼손을 내밀며―오른손은 버래지 씨의 팔에 매달린 채였다―이렇게 말했다. "저기요, 제가 한 말이 다 사실이라고 생각하지 않으세요?"

"아뇨, 전혀요!" 랜섬은 농담조이지만 진지함을 담아 대답했다. "그렇지만 그런 건 아무래도 상관없어요."

"어머, 저에게는 상관이 많지 않겠어요!" 버리나가 외쳤다.

"저에게 상관없다는 거죠. 내가 당신의 의견에 동의하든 말든 그런 건 아무래도 상관없어요." 랜섬은 버래지 청년을 곁눈질하며 말했다. 청년은 그 자리를 떠서 버리나를 위해 먹을 것을 가지러 가던 참이었다.

"아, 뭐, 당신이 그렇게 무관심하다면야!"

"제가 무관심하기 때문이 아닙니다!" 그는 다시 시선을 그녀의 눈으로 돌렸다. 시선을 떼기 이전과는 그 표정이 확연히 달라져 있었다. 청년이 상당히 맛있어 보이는 음식을 접시에 담아 돌아오자, 그녀는 청년에게 랜섬 씨는 '굴하지 않는다'고, 이렇게 감당하기 어려운 분은 처음이라고 푸념하기 시작했다. 헨리 버래지는 랜섬에게 미소를 지었는데, 이미 말을 주고받은 사이임을 기억한다는 것을 보여주려는 미소 같았다. 한편 미시시피인은, 이렇게 전도유망하고 아름답고 젊은 사람들이니, 아까 루나 부인이 일러바친 연애라든가 결혼이라든가 하는 관계가 실제로 그들 사이에 있다고 해도 별로 놀랄 건 없겠다고 생각했다. 확실히 버래지 씨는 전도유망한 청년이었다. 그는 그것을 한눈에 알아보았다. 청년이 특히 뛰어난 지성과 매우 강고한 성격의 소유자여서가 아니라, 부자이고 예의 바르고 잘생기고 유쾌하고 정감 있는 데다가 단춧구멍에 멋들어진 동백꽃을 꽂고 있는 데서 비롯된 인상인 듯했다. 게다가 어쨌든 청년은 버리나의 연설이 성공적이었다고 생각하는 눈치였는데, 그가 다음과 같이 외쳤을 때 가벼우면서도 정중한 어조와 만족감에 차 부산스러운 눈에서도 그 생각이 엿보였다. "설마 그 연설을 듣고도 감동하지 않으셨다는 건 아니죠! 미스 태런트를 막을 수 있는 사람은 없을 겁니다." 그는 깊은 확신에 차서 스스로 아주 만족해했고, 다른 사람이 뭐라고 생각하든 문제 될 게 없다는 기개가 엿보였다. 결국 그의 사고방식도 베이질 랜섬 자신의 사고방식과 똑같았다.

"아, 저는 감동하지 않았다고 말한 것은 아닙니다." 미시시피 남자가 대답했다.

"그릇된 감동이죠!" 버리나가 말했다. "그래도 상관없어요, 당신만 뒤처질 뿐이니."

"제가 뒤처지면, 당신이 날 위로하러 돌아오시겠죠."

"돌아온다고요? 저는 절대로 돌아가지 않습니다!" 버리나가 쾌활하게 대답했다.

"당신이 제일 먼저 돌아올 겁니다!" 그렇게 응수한 랜섬은 갑자기 마음의 흐린 대기가 걷힌 듯 더 이상 기사도 정신에 입각한 겸양을 보이고 싶지 않다고 느꼈지만, 그래도 자신의 말은 경의를 표하고 있음을 스스로 의식했다.

"이런, 방금 하신 말씀은 좀 너무 나가신 것 같은데요!" 버래지 씨가 외치면서 몸을 돌려 버리나를 위해 물을 가지러 갔다. 그녀 가 샴페인을 거절하면서 자신은 지금까지 그런 걸 마셔본 적이 없 고, 그것을 보면 죄악이 연상된다고 했기 때문이다. 올리브는 부친 이 남긴 오래된 마데이라 백포도주와 클라레 적포도주가 조금 있 을 뿐 집에 술을 두지 않았다(물론 이런 설명을 버리나가 한 것은 아니다). 그 마데이라는 베이질 랜섬도 그녀와 식사를 같이 하면서 맛보고 감탄한 바 있다.

"저 청년은 그 모든 정신 나간 말을 다 믿나 보죠?"라고 그는 물 었지만, 사실 그의 말이 너무 나갔다고 비난한 버래지 씨의 속마음 을 손에 잡힐 듯이 알고 있었다.

"맞아요, 저분은 우리 운동에 완전히 빠져 계십니다." 버리나가 대답했다. "제가 개심시킨 보람이 가장 큰 분들 중 한 분이죠."

"그래도 당신은 저런 인물을 경멸하지 않나요?"

"경멸한다고요? 음, 당신은 내가 마음을 꽤 잘 바꾸는 사람이라 고 생각하나 봐요!"

"글쎄요, 전 당신이 머지않아 마음을 바꿀 거라고 생각합니다." 랜섬의 어조는, 만약 헨리 버래지가 이 말을 들었다면 선을 넘은 것 이 지나쳐 어리석기까지 하다고 생각할 만했다.

그러나 그런 그의 말도 버리나에게는 아무 인상을 남기지 않았 는지, 그녀는 조금도 화난 기색을 보이지 않고 이렇게 말할 뿐이었 다. "글쎄요, 당신이 정말 제가 500년이나 뒤로 물러나기를 기대하 신다면, 미스 버즈아이에게는 말씀하시지 않기를 바랍니다." 그녀가 왜 그 얘기를 꺼냈는지 랜섬은 바로 알 수는 없었다. 그녀는 말을 이었다. "그분은 그 정반대의 결과가 되리라고 확신하는 거 아시죠. 당신이 케임브리지에 왔다 가시고 전 그분을 보러 갔어요— 거의 바로요."

"사랑스러운 그분은 잘 지내시죠?" 청년이 말했다.

"네, 그분은 매우 깊은 관심을 가지고 계세요."

"그분은 항상 뭔가에 관심을 갖고 계시지 않습니까?"

"하지만 이번에는 우리의 관계, 당신과 나에 대해서입니다." 버리나는 오직 그녀만이 말할 수 있는 어조로 대답했다. "그분이 우리에게 얼마나 관심 갖고 계시는지 보셨어야 하는데요. 당신을 위해서 일이 다 잘될 거라고 확신하고 계세요."

"다 잘되다니, 뭐가요, 미스 태런트?" 랜섬이 물었다.

"글쎄요, 제가 그분께 말씀드린 일이죠. 그분은 당신이 우리의 지도자 중 한 명이 될 것이 틀림없다고 생각하고 계십니다. 당신에게는 중대한 문제를 처리하거나 많은 민중을 움직이는 훌륭한 재능이 있으니까, 분명히 우리의 봉기에도 열렬히 동참해주실 것이라고 말씀하셨습니다. 그리고 당신이 우리 투사 중 한 사람으로서 운동을 진두지휘하게 될지는 모두 저에게 달려 있다고도 하셨습니다."

랜섬은 미소를 지으며 마냥 서 있었다. 그윽한 그의 눈에 드러난 온화한 표정은 그가 그런 명예를 전혀 예감하지 못했음을 보여줬지만, 동시에 그가 버리나의 말에 마음이 움직였음도 증명해주었다. "그럼, 당신은 제가 그분께 진실을 깨우쳐주지 않기를 바라시는 건가요?"

"아니, 전 당신이 위선적으로 굴지 않기를 바랍니다—우리 편이 되실 생각이 없으시다면 말이죠. 그래도 사랑스러운 그 어른이 언제까지나 자신의 환상에 머물 수 있다면 좋을 것 같습니다. 그분은 이제 아주 오래는 못 살아 계실 거예요. 언제 최후의 안식에 빠져도 여한이 없다고 일전에 제게 말씀하셨으니, 당신의 자유도 그렇게 많이 속박되지는 않을 겁니다. 그분은 아주 낭만적으로 생각하고 있어요—당신이 남부 분이기도 하니 여러모로 보스턴의 이상에 절로 공감하실 수 없는 것도 그렇고, 게다가 그분을 거리에서 그런 식으로 만나 자신을 소개하신 것도요. 분명히 제가 당신을 감화할 것이라고 진심으로 믿고 계십니다."

"걱정하지 마세요, 미스 태런트, 그분을 만족시켜드릴 테니까요." 랜섬이 웃으며 대답했는데, 어쩐지 그녀는 그 웃음의 의미를 다는 이해하지 못하는 것 같았다. 그때 버래지 씨가 돌아왔기 때문에 그 웃음의 의미를 그녀에게 일깨워줄 틈이 없었다. 청년은 버리나를 위해 물 한 컵을 가져왔을 뿐만 아니라, 반들반들한 혈색 좋은 얼굴에 미소를 띤 노신사까지 동반하고 나타났다. 벨벳 조끼를 입고 성긴 흰머리를 능숙하게 빗어 넘긴 이 노신사를 청년이 버리나에게 이름과 함께 소개하는 것을 듣고 랜섬은 노신사가 공공심과 아낌없는 자선으로 잘 알려진 부유한 독지가임을 알아보았다. 이제 뉴욕에서 살 만큼 산 랜섬은 이런 고명한 노인이 미스 태런트에게 자신을 소개해달라고 청했다는 것은 그녀가 상류 사람들에게 인정받았음을 보여주는 증거이며, 천박하지 않은 성공을 거뒀음을 확인받은 셈이라는 것을 알았다. 자리를 뜨는 그의 입술에서 희미한 한숨이 들리지 않게 새어 나왔다. 그 자신은 하찮은 무명의 소수파에 속한 존재에 지나지 않다고 느끼며 무심코 내뱉은 한숨이었다. 여기서 그가 그녀를 떠난 것은, 아시다시피 숙녀와 이야기를 나누던 신사는 새로운 신사가 나타나면 항상 그래야 한다고 배웠기 때문이었다. 그런데 잠시 후 뒤돌아보니, 버래지 청년은 예의 그 고명한 독지가를 위해 물러날 생각이 전혀 없는 듯했다. 이대로 집에 가버리는 게 좋지 않을까, 그는 생각했다. 그로서는 이런 파티에서 앞으로 무슨 일이 펼쳐질지 몰랐고, 행사 절차가 언제쯤 다 끝날지도 알 수 없었다. 하지만 잠시 궁리해보고는 버리나의 연설을 들을 기회가 다시 생길지도 모른다는 생각을 버렸다. 이에 대해 확신이 없었다 하더라도, 우선은 버래지 부인에게만은 작별 인사를 해야 한다는 점에 대해서는 아무런 의심이 없었다. 그는 버리나가 묵는 곳을 알고 싶었다. 부자들로 북적거리는 만찬실 같은 곳이 아니라 단둘이 있을 수 있는 곳에서 그녀와 만나고 싶었다. 집주인을 찾아 헤매다 문득 그는 부인이라면 버리나의 숙소를 알지도 모른다는 생각이 들었다. 만약 그가 수줍음을 억누르고 묻기만 하면 가르쳐줄지도 모른다. 이윽고 부인이 만찬실에 없다는 것을 확인하고 응접실로 돌아가보니, 그곳은 이제 손님들이 많이 줄어 있었다. 음악실 안을 다시 들여다보니, 거기에는 대여섯 쌍의 사람들만 남아 빈 의자들에 둘러싸인 채 사적인 대화에 빠져 있었는데, 그중에서 그는 버래지 부인을 알아보았다. 부인은 텅 빈 버리나의 승리 무대를 앞에 두고 앉아서 올리브 챈설러(보아하니 그녀는 처음 앉았던 자리에서 움직이지 않은 듯했다)와 이야기를 나누고 있었다. 올리브를 만날 것이라고는 예상하지 못했기에 그는 그녀의 모습을 보고 순간 주춤했다. 그러나 곧 태세를 바로잡고는, 미시시피식 태도를 취하며 다가갔다. 올리브의 눈길이 자신에게 닿는 것을 느꼈다. 마치 그녀가 이 자리에서 떠나지 않은 것은 그를 다시 만나지 않기를 바랐기 때문이라고 말하는 듯한 눈빛이었다. 그가 작별 인사를 하자 버래지 부인이 일어섰고 올리브도 따라 일어섰다.

"와주셔서 너무 기쁩니다. 그분은 정말 멋진 분이시죠? 무슨 일이든 하실 수 있는 분이에요."

랜섬은 우선은 노부인의 말을 깊은 경의를 표하듯 조심스러운 태도로 들었다. 확실히 잠자코 있는 그의 모습에는 뭔가 남부 특유의 엄숙함이 깃든 것이 사실이었다. 그리고 나서 그는 마찬가지로 아주 신중한 어조로 이렇게 말했다.

"그렇습니다, 부인, 이렇게 제 마음을 완전히 사로잡는 연회에 참석한 적이 이제까지 한 번도 없었던 것 같습니다."

"즐거우셨다니 저도 기쁩니다. 뭘 해야 할지 도무지 알 수 없었답니다. 그런데 일종의 영감이 찾아온 것이죠―저에게도, 미스 태런트에게도 말입니다. 지금 미스 챈설러가 두 분이 힘을 합쳐 하시는 일에 관해 이야기해주시던 참입니다. 정말 너무 아름다운 이야기예요. 미스 챈설러는 미스 태런트의 절친이자 동료거든요. 이분이 없으셨다면 아무것도 하지 못했다고 미스 태런트도 확언하시더라고요." 그렇게 설명한 뒤 버래지 부인은 올리브 쪽으로 돌아서며 속삭이듯 말했다. "소개해드릴게요. 이분은―그러니까―"

그러나 부인은 불쌍한 랜섬의 이름을 잊어버렸고, 그를 위해 초대장을 부탁한 사람이 누구인지도 기억하지 못하는 것 같았다. 그것을 알아챈 그는 부인에게 도움을 주고자 자신과 올리브가 친척쯤 된다고 말해주었다. 그녀가 자신과 절연하지 않았다면 그렇다고. 그리고 그도 두 젊은 숙녀분이 얼마큼 대단한 동맹을 맺었는지 알고 있다고 말했다. "아까 제가 박수친 것도 두 분의 동맹에 대해 친 것입니다—즉, 당신에게 친 박수이기도 하지요." 그는 친척을 보고 웃으며 말했다.

"당신이 박수치셨다고요? 솔직히 영문을 모르겠네요." 올리브가 즉시 되받아쳤다.

"네, 사실대로 말하자면, 저 자신도 그랬습니다!"

"어머, 물론 저는 알아요. 그래서—그래서—" 버래지 부인은 청년과 자신의 말벗인 숙녀 사이를 중재하려고 한 이 말 역시 끝맺지 못했다. 그래서 자신의 집에 있는 것 아니겠냐고 말하려던 찰나에, 문득 그런 말은 할 필요가 없다고 다시 생각하고 말을 아낀 것이다. 베이질 랜섬은 부인이 그런 식으로 어색한 상황을 피할 줄은 아는 사람임을 알 수 있었다. 그는 그녀의 중요성을 인정하는 마음으로 눈여겨보았다. 활발하고 친근하면서도 약간은 성급해 보였는데, 만약 이렇게 조급하게 말하지 않고 조금만 더 남부의 나이 지긋한 여성들에게서 볼 수 있는 온화한 태도를 취했다면, 그가 살던 지방에 그 끔찍한 이변이 닥치기 이전 시대에 흔히 볼 수 있던 유형의 여성—과부이거나 미혼인 채로 홀로 큰 농장을 꾸려가는 똑똑하고 유능하고 인심 좋은 농장 소유주—을 연상시켰을 것이다. "친척분이시라면, 미스 챈슬러를 모시고 저녁 드시러 가세요—그냥 가시지 마시고요"라고 어설프게 서두르며 그녀가 말을 이었다.

이 말을 듣자 올리브는 다시 의자에 앉았다.

"생각해주셔서 무척 감사합니다만, 저는 식사는 건드리지도 못할 것 같아요. 이 방에 계속 있겠습니다—그러고 싶습니다."

"그럼, 뭔가 여기로 가져오도록 할까요—아니면, 저기—당신의 친척분에게 잠시 여기 있어달라고 할까요."

올리브는 간청하는 듯한 기묘한 표정을 지으며 버래지 부인을 쳐다보았다. "저 너무 피곤해서 쉬어야겠어요. 이런 자리에 오면 너무 지치네요."

"아, 네, 저도 잘 압니다. 그럼 당신을 가만히 놔둘게요—나중에 다시 돌아오겠어요." 그렇게 말하고 나서 버래지 부인은 작별의 표시로 베이질 랜섬에게 미소를 지으며 방을 나갔다.

베이질은 올리브가 그에게서 벗어나고 싶어 한다는 것을 알았음에도 잠시 그 자리에 머물렀다. "이제 더 이상 당신을 방해하지 않을 테니 질문 하나만 하게 해주세요." 그가 말했다. "두 분은 지금 어디에 머물고 계십니까? 미스 태런트를 방문하고 싶습니다. 당신을 방문하고 싶다는 말은 하지 않겠습니다. 방문해도 당신은 기뻐하지 않을 거라고 생각하니까요." 그들이 머무는 곳의 주소를 루나 부인에게서 들을 수 있을지도 모른다는 생각을 안 한 게 아니었다—그는 10번가라는 것만 어렴풋이 알고 있었다. 아까 그녀를 몹시 화나게 해버렸지만, 지금이라도 부탁하면 그녀는 거절하지 못할 것이다. 하지만 갑자기, 비록 올리브에게 맞서는 것처럼 여겨지더라도, 그녀에게 직접 물어보는 것이 훨씬 더 간단하고 솔직한 방법이라는 생각을 하게 된 것이다. 그녀 모르게 버리나를 만날 수 없을 게 뻔하니, 차라리 당장 그녀의 반대에 맞닥뜨리는 게 낫다(그녀가 뭐라고 반대하든 신경 쓰지 않기로 작정했으니까). 그들이 동거하는 걸 아직 사적으로 가깝게 본 것은 아니지만, 미스 챈설러가 그를 싫어하는 가장 큰 이유는, 그가 두 사람 사이를 갈라놓을지도 모른다는 걱정 때문이 아닐까(그녀는 그와 알게 된 처음부터 이럴 거라는 신비한 예감이 들지 않았던가?) 하는 생각이 문득 들었다. 확실히 그건 있을 수 있는 일이었다. 그렇다 해도 역시, 이건 다른 누가 아닌 그녀에게 물어보는 것이 예의다. 두 사람 사이를 갈라놓더라도 기사도 정신의 예절을 다 지키며 갈라놓는 편이 한결 나을 것이다.

올리브는 그의 방문을 자신이 불쾌해할 것이라는 말은 아예 무시했지만, 왜 미스 태런트를 방문할 필요가 있다고 생각하는지는 바로 물었다. "당신 스스로 우리 의견에 공감하지 않는다는 걸 알잖아요"라고 덧붙이는 그녀의 어조에는 정말로 애처로운 간청이 담겨 있어서, 그로서는 자신이 그들의 의견에 공감했음을 보여주는 시늉도 할 수 없었다.

그 말에 베이질의 마음이 움직였는지는 나로선 알 수 없지만, 다음과 같이 대답하는 그의 어조에는 상대의 기분을 달래려는 의도가 뚜렷이 엿보였다―"저는 그 사람에게 오늘 저녁에 알려주신 흥미로운 정보들에 대해 감사의 말씀을 드리고 싶습니다."

"당신이 오셔서 그 사람을 비웃는 아량을 베푼다고 하시면, 물

론 그 사람이 막을 방도는 없겠지요. 이걸 아셨으니 기쁘시겠네
요."

"친애하는 미스 챈설러, 당신이 그 방어벽 아닙니까—수많은
포병이 지키는 방어벽이죠!" 랜섬이 외쳤다.

"아니, 그렇다고 그 사람이 내 것은 아니죠!"라고 되받아치며 올
리브가 벌떡 일어섰다. 그녀는 정말로 세게 압박이라도 받은 듯 쫓
기는 사냥감처럼 헐떡이면서 주위를 둘러보았다.

"당신이 지키신다면 어떤 공격을 받아도 철통일 것입니다. 묵는
곳을 알려주지 않으실 생각이시라면, 적어도 미스 태런트에게 알
려주라고 말씀해주실 수는 있겠죠. 그분이 카드에 몇 자라도 적어
보내주지 않겠습니까?"

"우리는 웨스트 10번가에 묵고 있습니다." 올리브는 그렇게 말
하고는 번지수를 알려주었다. "물론 오셔도 상관없습니다."

"물론 그렇죠! 안 될 게 뭐가 있겠습니까? 하지만 가르쳐주셔서
정말 감사합니다. 그분께 밖에서 보자고 청하겠습니다. 우리를 안
보고 계셔도 되도록요." 이렇게 말하고 돌아서면서 그는 항상 그가
뭔가 잘못하고 있다는 인상을 주려고 애쓰는 그녀를 상대하는 게
정말로 지긋지긋하게 느껴졌다. 여성들이 더 큰 권력을 잡게 되었
을 때 이런 마음가짐으로 행동한다면 얼마나 끔찍하겠는가!

29장

　다음 날 이른 시간에 루나 부인이 찾아오자, 여동생은 도대체 오전 11시에 언니의 방문을 받다니 무슨 일인가 싶어 의아해했다. 그러나 애덜라인이 그녀에게 버래지 부인의 초대장을 베이질 랜섬을 위해 구해줬느냐고 물어오자, 그녀도 사정을 곧 알게 되었다.

　"내가? ― 도대체 왜 그게 나여야 하는데?" 올리브는 되물었지만, 추측과 달리 애덜라인이 그 당사자가 아니었다는 것을 알게 되자 마음이 쓰라렸다.

　"나야 모르지 ― 하지만 그 사람을 끌어들인 게 너니까."

　"아니, 애덜라인 루나, 도대체 내가 언제 ―?" 미스 챈설러는 눈을 부릅뜨고 험악한 표정을 지으며 외쳤다.

　"설마, 네가 1년 반 전에 그 사람을 불러들인 걸 잊어버렸다는 뜻은 아니지?"

"내가 불러들인 건 아니야─혹시 어쩌다 오게 되면, 이라고 말했을 뿐이지."

"그래, 기억해. 그 사람은 어쩌다 오게 됐지, 그리고 넌 어쩌다 그 사람이 싫어져서 떼어버리려고 했고."

이제야 미스 챈설러는 어제 이미 필요한 얘기는 다 했고, 이 시각에 늘 편지를 쓰고 있다는 걸 애덜라인도 알면서도 왜 찾아온 것인지 알게 되었다. 그녀의 방문 목적은 그저 밉상 짓을 하러 온 것이었다. 언니는 예전에도 못 견디고 이런 행동을 할 때가 가끔 있는 영혼의 소유자였다는 것을 올리브도 알고 있었다. 일찍이 찰스가에 있는 자신의 집에서 두 사람이 알게 되어 자신과는 전혀 다르게 애덜라인은 랜섬에게 반한 듯했는데, 언니가 그를 꼬드겨 결혼을 할 가능성을 계산하는 데 (분명히 떠올리기도 민망할 정도로) 탐닉했건만, 둘이 결혼까지 이르지 못했다는 것만으로도 이미 올리브에게 언니가 충분히 밉상일 법했다. 그 결혼이 성사됐다면 그녀는 기꺼이 그 남자를 형부로 받아들였을 것이다. 그런 관계가 미칠 수 있는 위해의 정도가 제한되고 한정되기 때문이다. 반면 그가 자유로운 몸으로 그녀의 삶 속을 누비고 다니게 되면, 그 젊은 미시시피 남자가 그녀에게 가할 수 있는 위해는 어쩐지 막대할 것 같았다. "그 사람에게 편지를 보낸 것은 나지만, 당시에는 아주 분명한 이유가 있었어." 그녀가 말했다. "우리가 그와 알고 지내면 어머니가 좋아하실 거라고 생각했어. 하지만 그건 실수였어."

"어떻게 실수라는 걸 알아? 어머니도 그 사람을 마음에 들어 했을걸."

"내가 했던 행위가 실수라고. 나는 의무를 다하기 위해 심할 정
도로 나를 억눌러왔어. 언제나 그래. 의무라는 것은 항상 명명백백
해야 하는 거야. 찾으러 돌아다녀야 하는 게 아니라."

"널 여기로 이끈 의무도 그렇게 명백했니?" 루나 부인이 기분이
안 좋은 걸 분명히 드러내며 물었다.

올리브는 자기 신발 끝을 잠시 바라보다가, 이윽고 "지금까지
나는 언니가 그 사람과 결혼할 거라고 생각했어"라고 말했다.

"네가 직접 그 사람과 결혼해! 도대체 왜 그런 생각을 한 거야?"

"처음에 편지에서 그 사람 얘기가 많길래. 그가 엄청나게 매력
적이라고. 그 사람 좋다고 했잖아."

"그 사람 마음과 내 마음은 별개지. 내가 가는 곳마다 따라다니
는 남자들 전부와 어떻게 다 결혼하니? 다 같이 모르몬교도*가 되
어야겠구나?" 루나 부인은 이런 상황을 여동생이 제 경험에 비추
어 이해할 수는 없을 거라는 듯이 자못 자비로운 태도를 보였다.

올리브는 이런 논쟁을 손사래 쳐 물리고 이렇게 말했을 뿐이었
다. "나는 언니가 그 사람에게 초대장을 구해줬다고 생각했어."

"내가? 그런 짓을 하면 너희 운동에 찬물을 끼얹는 내 방식에 완
전히 어긋나잖아."

"그럼 그냥 그녀가 직접 보낸 거네."

"'그녀'라니 누구를 말하는 거야?"

---

*　미국에서 창시된 그리스도교의 한 교파로 중혼을 인정하는 교리가 있었다.

"버래지 부인이지, 물론."

"나는 버리나를 말하는 건가 싶었어." 루나 부인이 아무렇지 않은 듯이 말했다.

"버리나가 ─ 그 사람에게? 아니 난데없이 왜 ─?" 그러고는 올리브는 냉랭하게 언니를 노려보았는데, 언니로서는 이미 익히 아는 눈빛이었다.

"뭐가 난데없어 ─ 그녀가 그를 아는데?"

"어젯밤에 만나기 전까지 딱 두 번밖에 만난 적이 없는데, 어제 세 번째로 만나서 말을 걸었던 거고."

"너한테 그렇게 말한 거야?"

"나한테는 뭐든지 말해."

"그거 정말 확실해?"

"애덜라인 루나, 무슨 뜻으로 하는 말이야?" 미스 챈설러가 나직이 말했다.

"어젯밤이 세 번째 만남일 뿐이라고 정말 확신하느냐고." 루나 부인이 말을 이었다.

올리브는 머리를 뒤로 젖히고 언니의 보닛부터 치마의 맨 아래 주름 장식까지 훑어보았다. "언니도 모르면서 그런 식으로 넌지시 암시할 권리는 없지!"

"아, 난 알아 ─ 어쨌든 너보다는 더 안다고!" 뉴펀들랜드종 개가 물에 빠진 아이를 구하는 장면이 담긴 러그가 벽난로 앞에 깔렸고, 벽에는 착색 석판화가 죽 걸린 10번가 하숙집의 퇴락한 큰 응접실에서 뜨거운 공기 속에 동생과 함께 앉아 있던 루나 부인은 창가까지 물러나더니, 어젯밤 자신이 받았던 인상—베이질 랜섬이 버리나 태런트에게 뜨거운 호기심을 품고 있다는 인상—을 동생에게 이야기해주었다. 버리나가 그에게 초대장을 보내달라고 버래지 부인에게 부탁한 게 틀림없다고, 올리브에게 말도 안 하고 부탁한 거라고—그러지 않았다면 당연히 올리브가 그걸 알고 있었을 거라고. 버래지 부인이 직접 나서서 보냈을지도 모른다고 말해봐야 소용없다. 부인은 그의 존재조차 모르니까. 알 리가 없지 않은가? 베이질 랜섬 자신이 그녀에게 버래지 부인을 모른다고 말했다. 그가 누구와 아는 사이고 아는 사이가 아닌지 루나 부인은 안다. 적어도 어떤 유의 인간들과 알고 지내는지 아는데, 그 사람들은 수요 클럽 회원들과는 부류가 다르다. 그러니 부인이 굳이 그와 어떤 친밀한 관계를 맺으려 할 리 없고 그도 괜찮은 친구를 사귀는 데 별 취미가 없는 듯했다. 교제에 관한 한 부인이 어떤 취향을 갖고 있는지는 올리브도 알 것이다. 그녀도 그와 마찬가지로 부인과는 취향이 맞지 않겠지만. 초대장을 보내라고 권유할 만한 사람이 버리나 말고 달리 있을 리 없다는 건 확실하다. 어쨌든 올리브라면 언제든지 버리나에게 물어볼 수 있다. 그녀가 거짓말할까 봐 두렵다면 버래지 부인에게 물어보는 방법도 있다. 사실 버래지 부인은 버리나에게 언질을 받고 경계하고 있을지도 모르고, 어쩌면 다른 말을 꾸며낼 수도 있다. 그러니 올리브도 그냥 루나 부인이 믿는 대로 믿는 게 나을 것이다. 버리나가 어젯밤 파티에 그의 자리를 확보해두었고, 그렇게 한 데는 비밀스러운 이유가 있다고. 어젯밤 랜섬이 루나 부인에게 흥분한 것 같다고 말했는데, 그 말이 진실에 가까울 우려가 있다. 만약 그녀가 앙심으로 눈이 멀지 않았다면, 이렇게 확인해보지도 않고 버리나와 버래지 부인이 거짓말할 거라고 말했을 때, 동생이 얼마나 경악할지 짐작했을 것이기 때문이다. 루나 부인과 같은 부류는 누구나 이런 거짓말을 할까? 올리브 자신은 절대 거짓말하지 않는 게 삶의 방침이었고, 또 그녀가 사랑하는 사람들도 비슷한 성향을 가지고 있다고 생각했기에, 버리나에게 그녀를 속이려는 의도가 있다고는 도저히 믿을 수 없었다. 루나 부인이 조금만 더 차분한 상태였다면, 자신이 퇴짜 놓자 랜섬이 홧김에 버리나에게 접근했다는 식의 이상한 이야기 —지금 그녀는 미스 챈설러에게 그 경위를 이렇게 설명한 셈이니까— 에 올리브가 개인적인 의견을 말하리라는 것도 예상했을지 모른다. 올리브가 보인 반응은 두 가지였다. 그녀는 집중해서 귀를 기울여 들으며 확실한 위험이 다가오고 있다고 판단했다(하지만 그것은 이미 전날 밤에 스스로 간파했기에, 루나 부인에게서 그 말을 듣고 싶지는 않았다). 또한 불쌍한 애덜라인이 형편없이 날조하고 있다는 것도 알아보았다. '퇴짜 놓았다'는 얘기는 아예 지어냈을 것이다. 랜섬 씨가 버리나에게 푹 빠져 있는 건 분명하지만, 그 사람이 그렇게 되는 데 루나 부인의 매정한 처사 따위는 필요하지 않았을 것이다. 그래서 올리브는 시종일관 신중한 태도를 유지하며 굳이 자신의 생각을 밝히는 것은 자제했다. 그녀가 보기에 애덜라인은 남들은 전혀 알아챌 수 없는 모종의 이유로, 베이질 랜섬을 사로잡으려고 애쓰다 실패하자 자신과 같은 중요 인사를 제쳐두고 버리나를 더 좋아하는 게 몹시 화가 나서(올리브는 이른바 '모욕당한 *미녀의 분노*(*spretae injuria* *formae*)*라는 구절을 떠올렸다) 지금 청년과 소녀 둘 다에게 복수하고 싶은 것 같았다. 그 부추김에 올리브가 두 사람 사이를 갈라놓는 일이라도 생기면 복수를 이루는 셈이니. 미스 챈설러도 당장 둘 사이를 갈라놓고 싶은 마음이 굴뚝같았지만, 애덜라인의 억울함을 풀어주고 싶어서가 아니었다. 과연 그녀가 언니의 이번 낭패를 언니가 만사에 쓸모없다는 걸 증명하는 또 다른 예일 뿐이라고 생각하고 오히려 더 경멸하게 됐는지는 확실하지 않다. 어쨌든 남자를 옭아매려고 수를 쓰는 것보다 야비한 일이 없다고 여기면서, 동시에 실패했다고 해서 바로 관두는 것도 아주 졸렬한 짓이라고 생각하는 건 충분히 있을 수 있는 일이다. 올리브는 이런 생각을 속으로만 하면서, 대신 언니를 향해, 대체 어디서 '불쾌감'을 느끼는지 모르겠다고 굳이 말했다. 그 사람이 버리나에게 관심을 돌린 게 왜 애덜라인에게 상처가 되나? 언니에게 버리나가 뭔데?

"아니, 올리브 챈설러, 어떻게 그렇게 물을 수 있어?" 루나 부인이 뻔뻔스러운 말투로 되물었다. "버리나는 너에게 모든 것이잖아, 그리고 넌 나에게 둘도 없는 여동생이 아니니. 버리나를 너에게서 뺏어 가려는 시도가 성공하면 네가 끔찍한 타격을 받겠지. 그렇게 되면 나도 고통받지 않겠어? 너도 알다시피 나는 공감하면 고통을 받잖아?"

거짓말하지 않는 것이 미스 챈설러가 정한 삶의 방식이라고 아

---

* 베르길리우스의 《아이네이스》에 나오는 라틴어 구절로, 미의 대결에서 자신 대신에 베누스를 선택한 파리스에게 분노한 유노의 분노를 가리킨다.

까 말했지만, 이 방침으로 인해 진실에 눈감는 것을 절대로 용납하지 않는 건 아니었고, 난감한 상황에서는 진실을 말하는 것을 꺼리기도 했다. 그래서 그녀는 "세상에, 애딜라인, 이런 사기꾼! 본인이 버리나를 싫어하고 그 아이가 빠져 죽기라도 하면 아주 기뻐하리란 걸 자기도 알면서!"라는 말을 하지 않고, 그저 "뭐, 알겠어, 하지만 너무 멀리 생각했네"라고 말했을 뿐이다. 어쨌든 그녀는 루나 부인도 베이질 랜섬이 이른바 '밀어붙여'오는 것을 막는 데 도움을 주려고 혈안이 돼 있다는 것을 알게 되었다. 비록 그 동기가 두 보스턴 사람에 대한 애정이 아니라 앙심에서 비롯된 것일지라도, 실제로 위험한 상황이라면 그 원조가 마뜩잖을 이유는 없다. 그녀는 초조할 정도로 불안했지만, 원래 만사에 불안해하는 성격이었다. 그래도 애딜라인이 뭔가를 보기는 한 것 같았다. 버리나가 밀회를 했다는 말은 도대체 무슨 뜻인가? 이 점을 추궁하자 루나 부인은 확실한 정보를 주는 척하진 않겠다고, 어쨌든 자신은 스파이가 아니라고, 하지만 어젯밤 그가 자기 면전에 대고 보란 듯이 그 소녀를 칭찬하거나, 연단에 서 있는 소녀의 모습에 연신 감탄한 것은 사실이라고 답했다. 물론 그는 소녀의 생각은 싫어했지만, 소녀가 그런 생각을 포기할 거라고 여길 만큼 자신만만했다고. 그가 그런 말을 한 것은 다 그녀 들으라고 한 것이리라―그녀가 신경이나 쓰는 것처럼! 일은 버리나 자신에게 달려 있다. 조금이라도 버리나가 그에게 감화될 우려가 있다면, 올리브에게 조심하라고 충고해둘 수밖에. 어떻게 해야 할지 올리브가 제일 잘 알 것이다. 그녀는 자신이 받은 인상을 올리브에게 말해주는 것만으로 의무를 다한 셈이다.

올리브가 고마워하건 말건 간에. 그녀는 그저 올리브가 경계를 늦추지 않게 해주고 싶었을 뿐이다. 그런 정보를 이렇게 냉담한 태도로 받아들이다니, 정말 올리브답다. 올리브만큼 그녀를 실망시키는 여자도 없다.

이런 힐책을 받고도 미스 챈설러의 냉랭한 태도는 누그러지지 않았다. 그때 문득 깨달았기 때문이다. 그녀는 애덜라인에게는 결코 노골적으로 속마음을 내비친 적이 없고, 지금 문제가 되는 그런 위험으로부터 버리나를 멀리 떼어놓고 싶은 열망이 얼마나 강렬한지 결코 알리지 않았으며, 그녀가 언니를 친구의 수호자로 여긴다고 언니가 생각할 만한 언질을 한 적도 없다는 것을 말이다. 그러니 루나 부인이 멋대로 버리나를 함정에 빠뜨려 좌절시키려는 음모에 그녀도 기꺼이 동참할 것을 가정하는 그 단순함에 어안이 벙벙했다. 올리브는 있는 힘껏 위엄을 다시 갖춰 이런 인상을 떨쳐냈다. 게다가 그녀로서는 루나 부인을 더 화나게 만들었다는 것을 알아차리지 않을 수 없다 하더라도, 언니에게 속을 털어놓을 바에야 차라리 실망을 주는 편이 나았다―특히 언니가 이런 경고로 이득을 보려고 호시탐탐 노리고 있다면!

30장

　루나 부인은 원조를 제의했는데도 올리브가 매우 냉담한 태도를 보인 것에 심한 불만을 느꼈다. 만약 이 과묵한 젊은 여성이 그에 대한 응답으로 비밀을 털어놓지는 않았을 것이란 걸 알았대도 마찬가지였을 터였다. 사실 올리브의 삶 전체는 이제 은밀한 소통으로 이루어져 있었다. 그녀 자신도 언니와의 이야기를 마치고 조용한 방으로 돌아가던 중에 그걸 느꼈다. 그녀에게는 잠시 생각할 시간이 있었다. 버리나는 버래지 씨와 외출했는데, 그가 전날 밤의 약속에 따라 아침 일찍 그녀를 데리고 마차를 타러 간 것이다. 오후에는 다른 약속들이 잡혀 있었다―그중에서 가장 중요한 약속은, 이 지역의 한 유력한 후원자의 집에서 열성적인 사람들을 만나기로 한 것이었다. 점심 식사 후에 바로 버리나를 낚아채 약속 장소로 데리고 갈 것이다. 이렇게 계획을 짰으니 베이질 랜섬이 득의

양양해 이 하숙집에 찾아와 두 보스턴 사람을 만날 수 있는 시간은 30분이 채 되지 않을 것이라는 생각에 올리브는 우쭐해졌다. 그녀는 버래지 부인의 집에서 어쩔 수 없이 그에게 숙소를 가르쳐주었을 때, 이미 이런 계획을 분명히 세우고 있었다. 그뿐만 아니라, 그때 이미, 버리나에게 무리하게 부탁해서라도 다음다음 날, 즉 내일 아침에 보스턴으로 함께 돌아가자고 하기로 마음먹었다. 버리나는—올리브 자신이 돌아가고 나서도—버래지 부인의 집에 며칠간 더 머물라고 자꾸 권유받았지만, 그런 제안이 친구를 얼마나 걱정시키는지 알기에 자발적으로 그 제안을 거절했다. 올리브는 그 희생을 받아들여 뉴욕 방문을 나흘로 단축하기로 했는데, 베이질 랜섬의 뜻이 어디에 있는지 알아차리자 하루를 더 줄이기로 마음먹었다. 하지만 아직 버리나에게는 얘기하지 못했다. 이미 그녀에게 큰 양보를 받은 후라 약간 양심에 걸려 결심을 털어놓기가 조금 망설여졌다. 언제나 버리나는 너무나 관대하게 양보를 해줬기에 양보를 받는 쪽에서는 자기가 청해놓고 감격에 겨워 오히려 마음이 아플 정도였다. 그리고 올리브는 버리나가 자신이 보여주는 이런 겸양의 미덕을 조금이라도 칭찬해달라고 요구하거나, 노력의 대가를 한순간이라도 흥정하려는 것을 아직 한 번도 본 적이 없었다. 처음에 버리나는 버래지 부인의 집에서 일주일간 지낼 수 있다는 이야기를 듣고 매우 기뻐했다. 그리고 자신이 이렇게 멋진 경험을 했다는 것을 듣게 되면 분명 어머니도 행복해 죽을 것이라고 (그렇다고 태런트 부인에게 죽음이 임박한 것은 전혀 아니었다) 말하기도 했다. 그랬지만, 올리브가 이 체류 계획에 얼마나 침통한 표정으로 난색을 표하며 수심에 잠기는지 간파하고는, 일찍이 그 눈에 띠었던 어떤 미소보다도 더 상냥한 미소를 머금고 자진해서 포기하겠다고 했다. 그 결정이 그녀에게 어떤 의미인지 올리브도 알았다. 그녀들의 중요한 업적, 공동의 목적이 주는 긴장 상태가 이제 실현의 단계, 결실의 단계에 접어들고 있다는 것을 둘 다 느끼고 있지만, 그녀에게 여전히 남들과 같은 즐거움에 빠져들고 싶은 마음이 얼마나 많이 남아 있는지 알았다. 그래서 이렇게 체류를 더 단축하기로 했을 때, 올리브는 양심의 가책에 사로잡혔다. 특히 그녀들이 점하는 위상이, 이미 숭고하게 몸을 바친 이의 입장에서는 정말로 반석처럼 확고한 지금의 상황에서는 더 그랬다.

하지만 아무리 그녀들의 위상이 확고해졌다고는 하지만, 올리브는 처음에 그토록 꺼려졌음에도 버리나를 뉴욕으로 데려오는 데 동의해버린 자신을 분별없는 바보라고 자책했다. 초대장을 보았을 때 버리나는 뛸 듯이 기뻐했었다. 그것을 보낸 이가 버래지 부인이라는 전혀 뜻밖의 인물이라는—그런 속물일 뿐인 사람이 이런 초대를 생각해낸다는 게 정말 기묘했다—것 자체가 일종의 설득력을 주는 듯했다. 그때 올리브가 즉각 느낀 것은 막연한 본능적 두려움이었다. 그러나 나중에는 그런 기분을 느꼈던 걸 부끄러워하며 떨쳐버리고, 자신들의 사명이 걸려 있다면 무슨 일이든 의연히 맞서는 것이 당연하다고 마음먹었다(그녀가 그러한 결심을 하는 건 그다지 드문 일이 아니었다). 게다가 이런 기회가 버리나의 명성과 위세를 높이는 데 큰 도움이 될 것이 틀림없다면, 결국 막연한 기분일 뿐인 불안감에 사로잡혀 이 초대를 거절하는 것은 확실히 옳은 일이라고는 할 수 없었다. 올리브가 두려워하고 위협 요소로 보았던 것은 그때 거의 사라진 상태였다. 베이질 랜섬은 죽었는지 살았는지 소식이 끊긴 지 오래고, 헨리 버래지 역시 그들이 유럽으로 가기 전에 확실히 끊어냈다. 그의 모친이 버리나를 성대한 야회의 정수로 삼으려는 심산이었다 해도 그것은 적어도 선의에서 비롯된 것으로, 부인으로서는 1년 전이나 지금이나 아들을 셀라 태런트의 딸과 결혼시키기를 바라고 있을 리 만무했기 때문이다. 게다가 초대에 응한다면, 그 무지몽매한 무리들, 몽매하기 그지없는 상류 인사들에게 좋은 일을 하는 것일 터였다. 아마도 그들을 격분시킬지도 몰랐다 ─ 하지만 그들을 격분시키는 것에는 항상 그들에게 도움이 되는 것이 있었다. 마지막으로 올리브 자신도 이번 초대에 응해보고 싶었다. 대표 격인 여성으로서, 보스턴의 중요 인사로서, 당대 가장 특출난 소녀 중 한 명의 후견인이자 동료, 협력자로서 쟁쟁한 뉴욕 사교계에 등장할 생각을 하면 그녀로서도 기쁨을 느끼지 않을 수 없었다. 버래지 부인의 집에서 베이질 랜섬과 만날 거라고는 전혀 예상하지 않았다. 그런 불쾌한 사건을 겪지 않고, 인구 백만이 넘는 도시에서 나흘을 편안히 보낼 수 있을 거라고 믿었다. 그런데 막상 와보니 그런 일이 벌어진 것이다. 그것은 아무리 봐도 우려할 만한 일이었다. 운명의 덫에 빠진 그녀는 정말로 이를 악물고 몸을 격하게 떨었다. 하지만 찰과상 정도만 입고 이 덫에서 빠져나올 수 있을 것이다. 헨리 버래지는 아주 친근하게 구는데, 어째선지 이제는 별로 신경 쓰이지 않았다. 그가 모친이 기획한 이런 세속적인 행사에 이용당하는 데 동의한 두 사람에게 아무리 공손히 굴어도 여전히 충분하지 않다고 느끼는 게 당연했다. 다른 쪽의 위험은 최악이었다. 미스 버즈아이의 집에서 회합이 있던 밤, 그녀를 덮친 기묘한 공포의 떨림이 되살아났다. 버래지 씨가 이 공포로부터 그녀를 보호하는 방어막 같았다. 그와 버리나는 오전에는 마차를 타고 공원을 구경하고 미술관을 관람하고, 저녁에는 그녀도 합류해 델모니코에서 정찬을 하고(그는 그 자리에 또 한 명의 신사도 초대할 거라고 했다) 그 후에 독일 오페라를 보러 가기로 되어 있었다. 올리브는 이 사실을 떠올리며 안도감을 느꼈다. 이미 말했던 대로 그녀는 이 모든 것을 마음속에만 담아두었다. 베이질 랜섬이 10번가에 와서 이미 그들이 날아간 후라는 것을 알고 망연자실한 표정을 짓는 장면이 눈앞에 생생하게 그려진다는 것도, 한 시라도 빨리 다시 보스턴행 열차를 간절히 타고 싶어 한다는 것도 언니에게 한마디도 밝히지 않았다. 그녀의 마음속에 이런 전망이 있었기에, 랜섬 씨에게 이곳 주소를 알려줄 수 있었다.

버리나는 점심시간 조금 전에 그녀의 방에 들어와, 돌아왔다고 알렸다. 하얀 외투를 입은 흑인들이 계단 밑에서 식사 시간을 알리는 종을 울려 귀가 먹먹해질 때를 기다리며 두 사람이 방 안에 앉아 있는 동안, 버리나는 친구에게 버래지 씨와의 외출에서 있었던 일을 이야기했다―공원의 아름다움에 대해, 미술관의 화려함과 흥미로운 볼거리에 대해, 미술관의 모든 전시물에 대해 놀라울 정도로 다 알고 있던 청년에 대해, 마차 말이 얼마나 빨리 달리는지, 영국제 마차의 승차감이 얼마나 부드러운지, 대리석처럼 딱딱한 길을 그렇게 빠른 속도로 달릴 때 얼마나 즐거운지, 그리고 그들 두 사람을 위해 오늘 밤 그가 어떤 재미를 약속했는지 자세히 이야기 했다. 올리브는 심각한 표정으로 묵묵히 그녀의 말을 듣고 있었다. 버리나가 완전히 흥분했다는 게 눈에 보였다. 물론 그녀는 영문도 모르는 채로 버리나의 그런 흥분에 동조한 적이 없었다.

"그래서 버래지 씨가 당신에게 사랑을 털어놓으려고 했어요?" 마침내 미스 챈설러는 웃지도 않고 물었다.

버리나는 모자를 벗어 흐트러진 깃털 장식을 매만지고는 팔을 들어 올려 다시 모자를 쓰느라 얼굴이 두 팔 사이에 있을 때 이렇게 말했다. "네, 사랑을 털어놓은 것 같아요."

올리브는 그녀가 더 말해주기를 기다렸다. 그녀가 그를 어떻게 대했는지, 그가 분수를 지키도록 했는지, 그런 문제는 이미 오래전 에 끝났다는 것을 그에게 상기시켰는지를. 그런데 버리나가 더는 아무 말도 하려고 하지 않았기에, 올리브도 언제나처럼 자신들과 같은 관계에서는 서로 상대의 자유를 충분히 존중해야 한다고 생 각하고 억지로 알아내는 것을 단념했다. 지금까지 버리나의 자유 를 침해한 적이 한 번도 없었고 물론 이제 와서 침해할 생각은 추호 도 없었다. 나아가 앞으로는 그녀에게 뭘 물어보는 데도 신중한 태 도로 임해야 한다고 느꼈다. 헨리 버래지는 진정으로 다시 버리나 에게 구애를 시작할 생각인가, 그의 모친이 그들을 여기에 초대한 것도 단지 아들을 위해서 한 일인가 궁금했다. 이런 전망에는 한 가 지 위안이 되는 부분이 확실히 있었다. 바로 버리나의 마음이 이 청 년을 향하는 한, 베이질 랜섬에게 마음을 줄 염려는 없다는 것이었 다. 게다가 어젯밤 그들을 마차에 태워주면서 그가 분명히 올리브에게 말하지 않았는가. 언젠가 그가 그녀의 복음에 귀의했다는 것을 증명할 날이 오기를 바란다고. 그러나 미스 챈슬러는 버리나가 자신 말고 다른 사람에게 귀 기울이는 건 도대체 어떤 동정심의 발로인 건지 자문하다가, 그 오랜 지병, 즉 의기소침한 무력감에 다시 사로잡혔다. 버리나가 수 개월 전과 똑같은 쾌활함과 행복한 표정을 되찾은 것을 보고서는 말이다. 그녀는 자신에게 최대의 고민거리인 버리나의 약점, 유일한 결함이자 미묘한 그 흠을, 과거 두 사람이 함께 살게 되고 얼마 되지 않았던 무렵에 다음과 같은 말로 일러두었었다(그때 상대방의 단언에서 받은 형언할 수 없는 인상 덕분에 분명히 기억하고 있었다). "당신이 뭐가 문제인지 알려줄게요ㅡ당신은 남성이라는 종족을 싫어하지 않아요!" 그러자 버리나가 이렇게 대답했다. "뭐, 그래요, 남성이라도 호감을 주는 분이라면 싫지 않아요!" 마치 조직된 극악무도함이 호감을 줄 수 있다는 듯이! 올리브 자신은 가장 호감을 주는 남성을 가장 싫어했다. 현시점으로 돌아와, 잠시 후 올리브는 헨리 버래지를 언급하며 이렇게 말했다. "그분은 그런 권리가 없죠, 품위 없는 행동이에요. 케임브리지에서 당신이 그 사람에게 시달려서 얼마나 괴로웠는지 당신의 내색으로 확실히 느꼈을 텐데."

"아, 전 아무런 내색도 하지 않았어요." 버리나가 들뜬 어조로 말했다. "저도 시치미 떼는 법을 배우고 있어요." 그녀는 잠시 후 덧붙였다. "살아가려면 그것도 필요하지 않을까 싶어서요. 나는 아무것도 눈치채지 못한 척하죠."

바로 그 순간 점심을 알리는 종이 울리기 시작했다. 두 젊은 여성은 귀를 막고 서로를 마주 봤다. 버리나는 생기 있는 미소를 지었고, 올리브는 핏기 없는 얼굴로 참고 있었다. 말소리를 알아들을 수 있게 되자 올리브가 서둘러 말을 꺼냈다.

"버래지 부인이 어떻게 랜섬 씨를 파티에 초대하게 됐죠? 그 사람이 부인과는 한 번도 만난 적 없다고 애덜라인에게 말했다는데."

"아, 제가 그분에게 초대장을 보내달라고 부인께 부탁드렸어요—우리가 이곳에 오기로 결정되었을 때, 부인이 저에게 감사 편지를 보내셨어요. 편지에서 초대장을 보내주었으면 하는 친구가 이 도시에 있으면 알려달라고 하셨어요. 그래서 제가 랜섬 씨의 성함을 알려드렸죠."

버리나는 잠깐의 망설임조차 없이 말했다. 그녀가 당황했음을 보인 유일한 기색은 의자에서 일어났다는 것인데, 자세히 살피는 올리브의 눈초리를 조금 피해보려는 행동이었다. 더듬거리지 않는 건 그녀에게 쉬운 일이었다. 털어놓을 기회가 생긴 것이 기뻤기 때문이다. 그녀는 친구와의 관계에서 아주 솔직하기를 바랐는데, 물론 뭔가 숨기기 시작하는 순간 솔직할 수 없었다. 어쨌든 가능한 한 숨기지 말자는 것이 그녀의 마음가짐이었기에, 이렇게 올리브의 질문에 바로 대답했을 때 그녀는 마치 직무 유기에 보상이라도 하는 것 같았다.

"당신은 그 사실을 나에게 말하지 않았군요." 미스 챈설러가 낮은 목소리로 말했다.

"얘기하고 싶지 않았어요. 당신이 그분을 좋아하지 않는 걸 아니까요. 당신에게 상처를 줄 거라고 생각했어요. 그래도 그분이 거기 오셨으면 했어요—그분에게 들려주고 싶었습니다."

"왜죠—왜 당신이 그를 신경 써야 하나요?"

"글쎄요, 그분이 너무 심하게 반대하시니까요!"

"그걸 당신이 어떻게 알죠, 버리나?"

이 지점에서 버리나는 처음으로 주저했다. 아주 조금만 숨긴다는 것은 역시 그리 쉬운 일이 아니었다. 모든 것을 털어놓을지, 아니면 모든 것을 숨겨둘지, 그중 하나를 선택할 수밖에 없는 것일까. 모든 것을 털어놓는 것은 지나치게 가혹하다고 여겨졌다. 그래서 그녀는 베이질 랜섬이 모내드녹 광장을 찾은 일을 남들에게 말할 수 없는 단 하나의 비밀로서 묻어두기로 한 것이다—그것만은 온전히 그녀만의 것이었다. 그녀는 그런 비밀을 털어놓지 않아도 된다면 무엇이든 이야기하려 했지만, 이야기를 하고 나서야 올리브가 더 물어볼 위험이 있다는 것을 깨달았다. 이를테면 자신을 지키기 위해서라도 어쩔 수 없이 분명한 기만을 저질러야 하는 수준까지. 그와 동시에 그녀는 비밀이 위협받는 순간부터 그것이 자신에게 더욱 소중해졌다는 걸 깨달았다. 그녀는 올리브가 더 이상 묻지 않기를 속으로 간절히 빌기 시작했다. 거짓말로 자신을 보호한다는 것은 생각만 해도 끔찍했고, 그녀로서는 도저히 할 수 없는 일 같았다. 그러나 그러는 동안에도 대답은 해야 했다. 그래서 그녀는 대답으로 다음과 같이 외쳤는데, 방금 여기에 내가 서술한 고민이 그녀의 머릿속에 지나갔을 거라고는 도저히 생각할 수 없을 정도로 아주 빨리 나온 대답이었다. "글쎄요, 그분을 보면 금방 알 수 있죠. 딱 반동가 유형이에요."

　그런 말을 내뱉고는 버리나는 모자를 제대로 썼는지 보기 위해 화장용 거울 앞으로 갔다. 그러자 올리브는 식사하는 게 조금도 내키지 않는 사람처럼 천천히 의자에서 일어났다. "그냥 마음대로 반동가로 살라고 내버려둬요―제발 그런 사람을 신경 쓰지 말라고요!" 미스 챈설러는 그렇게 대답했지만, 버리나는 그 대답이 속마음을 다 말해주지는 않는다고 느꼈다. 그녀는 빨리 점심 식사 자리로 가고 싶었다. 적어도 그녀는 정말 배가 고팠다. 혹시 올리브는 뭔가 묻고 싶은 것이 있는데 고통스러울까 봐 말을 꺼내기 어려운 것은 아닐까, 라고도 버리나는 생각했다. "저기, 버리나, 당신도 알겠지만, 이것이 우리의 본래 생활이 아니잖아요―이건 우리의 과업이 아닙니다." 올리브가 덧붙였다.

　"네, 아니죠. 아니에요, 확실히." 버리나는 처음에는 올리브의 말뜻을 모르는 척하지 않고 대답했다. 하지만 곧바로 이렇게 말을 이었다. "버래지 씨와의 사교적 교제를 말씀하시는 거죠?"

　"그뿐만이 아닙니다." 그렇게 말하고 나서 올리브는 그녀를 빤히 쳐다보며 불쑥 물었다. "당신은 어떻게 그 사람의 주소를 알고 있었습니까?"

　"그 사람의 주소라뇨?"

　"랜섬 씨의 주소 말입니다. 알고 있으니까 버래지 부인도 그 사람을 초대할 수 있었던 거 아닌가요?"

　두 사람은 잠시 시선을 교환하며 그 자리에 서 있었다. "그분이 보냈던 편지에 있었어요."

　이 말을 듣고 올리브의 얼굴빛이 확 변했다. 이에 친구는 곧장 방을 가로질러 와서 그녀의 손을 잡지 않을 수 없었다. 그러나 이윽고 그녀가 다음과 같이 대답할 때의 그 경악이 담긴 싸늘한 어조는, 버리나가 예상했던 것과는 전혀 달랐다. "아, 당신들은 편지를 주고받고 있군요!" 자제하느라 애쓰는 게 역력한 어조였다.

"그분이 편지를 한 번 주셨어요―당신에게는 말하지 않았지만요." 버리나는 미소를 지으며 대답했다. 묘하고 불안이 느껴지는 친구의 시선이 깊이 탐색하는 것이 느껴졌다. 조금 있으면 그것은 마음속 저 바닥까지 도달할지도 모른다. 뭐, 그래도 어쩔 수 없겠지, 찾고 싶으면 찾으라 해야지. 어쨌든 그녀도 비밀을 그렇게 기를 쓰고 지켜내야 할 정도로 신경 쓰지는 않았다. 그러나 올리브가 그녀의 마음에서 무엇을 찾아냈는지 당장은 버리나가 알 수 없었다. 올리브가 단지 "자, 바로 아래층으로 갑시다"라고만 말했기 때문이다. 계단을 내려가면서 버리나는 자기 팔을 미스 챈설러의 팔에 끼고 나서야 그녀가 떨고 있다는 것을 감지했다.

물론 뉴욕에도 봉기에 관심을 갖는 사람들이 많았기에 올리브는 그 사람들과 만나기로 미리 약속했는데, 그 일정으로 그날 오후가 꽉 차 있었다. 누구든 그들을 만나고 싶어 하고, 다른 사람에게도 추천하는 식이니, 버리나가 보기에 좀 더 이곳에 머물면서 이쪽 광맥을 파본다면, 곧 수월하게 엄청난 인기를 얻을 수 있을 것 같았다. 올리브가 말했듯이 그런 것은 그들의 본래 생활이 아닐지도 모른다. 게다가 이 사람들은 보스턴 사람들만큼 그들의 운동을 이해하는 것 같지도 않았다. 그러나 이곳에는 마음을 움직이게 하는 뭔가가 있었다. 그 광대함과 다양함, 대도시만의 무한한 가능성의 감각이 보스턴과 같은 진지함이 없는 것을 보완하고도 남지 않을까—과연 그런 것을 스스로 인정해도 좋을지 버리나는 알 수 없었지만. 확실히 이곳 사람들은 훨씬 활기가 넘쳤다. 또한 이곳만큼 사방으로 뻗어나간 수많은 전신망 덕분에 생기 넘치는 소식들이 끊이지 않고 흘러들어 오는 곳이 없었다. 그중에서도 중심지는 56번가에 있는 크라우처 부인의 집이었다. 그 집에서 운동 동조자들의 약식 모임이 열렸는데, 그 자리에 모인 사람들은 자신들이 한 명도 속하지 않은 모임에서 어젯밤에 버리나가 강연했다는 소식을 듣고, 그녀를 도저히 그냥 가게 둘 수 없었던 모양이었다. 분명히 이 사람들은 버래지 부인의 집에서 연설할 때 모였던 사람들과는 완전히 달랐다. 이 얼마나 크고 복잡한 세계인가. 아마도 이곳에는 모든 것이 조금씩 다 있는 것이 틀림없다고 생각하며, 버리나는 약간의 무력감을 표하는 가녀린 한숨을 남몰래 내쉬었다. 어젯밤 그녀가 한 연설을 더 호의적인 분위기 속에서 다시 한번 해달라는 이들의 요구에 그녀는 올리브가 자신을 위해 다른 일정들을 잡아놓았고, 어젯밤의 연설은 일반인분들을 인도하기 위한 것이어서, 아마도 크라우처 부인의 친구들처럼 이미 높은 곳까지 다다르신 분들에게는 별로 맞지 않을 것이라고 답했다. 이런 신중한 태도를 취한 것도 사실 올리브가 한시라도 빨리 이 도시를 떠나고 싶어 한다는 것을 알았기에 이곳에 발이 묶이게 될 말은 하고 싶지 않아서였다. 버리나는 점심 식사 전에 올리브가 그토록 격렬하게 떠는 걸 느꼈을 때, 이 친구가 얼마나 자신에게 몰두하고 있는지—조금이라도 벗어나려고 한다면, 얼마나 심하게 고통을 받을지—깨닫고 마음이 아팠다. 약속한 일정들을 위해 집을 나선 뒤 버리나가 마차 안에서(올리브는 평소처럼 후하게도 오후 내내 그것을 전세 냈다) 가장 먼저 꺼낸 말은 올리브가 말한 랜섬 씨와의 편지 교환이라는 게 그에게서 단 한 번 온 편지가 다라는 해명이었다. 그것도 아주 짧은 편지였다고. 그 편지가 온 것은 한 달 하고도 조금 전이다. 신사분들로부터 그녀에게 편지가 오는 일이 있다는 건 올리브도 안다. 버리나는 그런데 왜 이번 편지에는 그렇게 중요한 의미를 부여하는지 모르겠다고 말했다. 미스 챈설러는 가만히 아주 심각한 표정으로 마차 등받이에 깊숙이 기대어 머리를 부드러운 쿠션 표면에 대고 오직 눈만을 상대방 쪽으로 향하고 있었다.

"중요한 의미를 부여하는 건 당신 쪽이겠죠. 그러지 않았다면 저에게 말씀해주셨을 테니까요."

"당신이 듣고 싶지 않을 거라고 생각했어요—당신은 그분을 좋아하지 않으니까요."

"나는 그 사람에 대해 신경 쓰지 않습니다." 올리브가 말했다. "그 사람은 저에게 아무것도 아닙니다." 그녀는 그렇게 말하고 나서 갑자기 덧붙였다. "당신은 내가 싫어하는 것과 대면하기를 두려워하는 것을 본 적이 있나요?"

버리나는 본 적이 있다고 감히 대답할 수는 없었지만, 올리브도 그런 말을 편하게 할 수 있는 사람인 양 말할 자격은 없었다. 상처받은 짐승처럼 하얗게 질린 약한 표정을 짓고 앉아 있는 그녀의 모습은 그 반대를 충분히 증명해주었기 때문이다. "당신에게는 아주 큰 고통을 겪어낼 힘이 있어요." 버리나는 바로 대답했다.

이에 대해 처음에 미스 챈설러는 아무 대답도 하지 않았지만, 잠시 후 아까의 태도를 그대로 유지한 채 이렇게 말했다. "네, 당신이 나를 그렇게 만들어주죠."

버리나는 그녀의 손을 잡고는 잠시 그 손을 꽉 쥐었다. "나는 나 자신이 모든 고통을 겪기 전까지는 결코 당신을 고통스럽게 하지 않을 거예요."

"당신은 고통받아선 안 돼요―당신은 즐기기 위해 태어났으니"라고 올리브는 말했는데, 그 어조는 버리나의 문제는 남성이라는 종족을 싫어하지 않는 것이라고 말했던 때의 어조와 아주 똑같았다―그 어조에는 그 반대의 태도가 당연하고 어쩌면 더 고상하기도 하다는 듯한 울림이 담겨 있었다. 아마도 그럴지도 모른다. 버리나는 이 비난에 반박할 길이 없었다. 그렇게 생각하면서 그녀는 마차 창문 밖의 밝고 흥미로운 도시 경치를 내다보았다. 온갖 요소가 뒤섞여 끝없이 활기찬 거리에는 화려한 상점들이 즐비하고 눈을 사로잡을 정도로 아름답게 치장한 여인들이 지나갔다. 눈에 비친 그 경치들이 호기심을 불러일으켜 가슴이 두근거리는 것을 느꼈다.

"글쎄요, 전 그걸 이용해선 안 된다고 생각해요." 버리나가 타고난 상냥함과 아무것도 반박하지 않으려는 우아함이 담긴 표정으로 올리브를 돌아보며 말했다.

상대인 젊은 숙녀는 한 손을 입술로 들어 올려 한동안 그대로 있었다. 그 몸짓은 마치 "당신은 정말 거룩할 정도로 착한 사람이군요. 그러니 나는 당신을 잃을까 두려워할 수밖에 없어요"라고 말하는 듯했다. 그러나 그 생각은 말로 표현되지 않았고, 달리는 마차 안에서 흔들리면서 올리브 챈설러가 한 말은 사뭇 달랐다.

"버리나, 왜 그가 당신에게 편지를 보냈는지 이해가 안 돼요."

"그분이 나를 좋아하시니까 편지를 보내셨겠죠. 아마도 당신은 왜 그분이 저를 좋아하시는지 이해가 안 된다는 말씀이시겠죠." 그녀는 웃으며 말을 이었다. "처음 봤을 때부터 저를 좋아하셨대요."

"아, 그때!" 올리브가 중얼거렸다.

"그리고 그다음에 만났을 때는 더 좋아졌대요."

"그가 편지에서 그렇게 말했어요?" 미스 챈설러가 물었다.

"네, 맞아요, 그렇게 쓰여 있었어요. 물론 좀 더 품위 있는 말투였지만요." 버리나는 이걸 말하는 게 몹시 기뻤다. 베이질 랜섬이 편지에 쓴 구절이 그녀의 말을 증명해주고도 남았다.

"내 직감이 맞았군요—예측이 맞았어요!" 올리브가 눈을 감고 소리쳤다.

"당신이 그분을 싫어하지는 않는다고 말씀하셨다고 생각하는데요."

"싫어하는 건 아닙니다—단지 두려워하는 것입니다. 그 사람과의 사이에 있었던 일은 그뿐인가요?"

"왜요, 올리브 챈설러, 무슨 생각을 하시는 거예요?" 버리나가 물었지만, 이때만큼은 자신의 비겁함을 느끼지 않을 수 없었다. 그리고 5분 후에 그녀는 올리브에게 그러길 바란다면 사흘째인 내일 당장 뉴욕을 떠나자고 말했다. 그렇게 말하자마자 기분이 나아진 듯한 느낌이 들었다. 특히 올리브가 이 양보에 진심으로 감사해하는 듯한 눈으로 그녀를 바라보며 "글쎄요, 당신이 정말로 이런 생활이 우리 본연의, 진정한 삶의 방식이 아니라고 느낀다면 그렇게 해요"라고 그녀의 제안을 받아들이고 기뻐하는 기색을 보니 한결 더 기분이 좋아지는 듯했다. 이런 말 등 몇 가지 대화를 주고받고, 여느 때와 달리 열의가 없이 애매한 입맞춤을 했는데, 마치 하루 앞 당겼을 뿐이니 별일 아니라고 항변하고 싶지만 그래도 기꺼이 희생을 받아들이자니 조금 민망한 마음이 들었음을 보여주는 듯했다—이런 식으로 즉각적인 퇴각에 대한 합의가 이루어졌다. 버리나는 지난 한 달 동안 자신이 어느 때보다도 솔직하지 못했다는 사실을 그냥 넘길 수가 없었다. 적어도 그 속죄라도 할 생각이면 이렇게 뉴욕에서의 즐거운 체류를 단축하는 것은, 비록 그로 인해 베이질 랜섬을 거의 완전히 놓쳐버린다고 해도, 편지가 다가 아니고 그의 장시간 방문이 있었고 대화하고 산책까지 함께 했으며, 몇 주 동안이나 이 사실을 숨겨왔다는 것을 지금 당장 고백하는 것보다는 훨씬 쉬운 일이었다. 어쨌든 그를 만나지 못한다고 해서 그다지 유감스러운 일은 아니다. 자신이 상대방을 아주 터무니없는 사람으로 생각한다는 것을 알게 하고 싶을 뿐인—왜 그가 그토록 그러고 싶어 하는지, 버리나는 짐작도 되지 않았다—신사와 대화를 나눈들 뭐 그리 즐겁겠는가? 올리브는 이곳저곳으로 그녀를 데리고 다녔다. 덕분에 어느덧 그녀는 모든 걸 잊고 그저 현재의 기쁨에 젖었다. 뉴욕의 큰 규모와 다양함에 감탄하면서 비단 쿠션을 댄 마차를 타고 가서 낯선 사람들을 만나 관심과 공감의 표정들을 읽고, 자신이 사람들의 주목과 동경의 대상임을 확인하는 즐거움에 푹 빠졌다. 그런 즐거움에 더해 델모니코에서 정찬을 하고, 독일 오페라를 보러 갈 것이라는 생각은 현재 그녀의 마음을 환하게 밝히기에 충분했다. 이렇게 버리나의 기질에는 향락주의적인 요소가 다분해서, 특정한 상황에서는 그 시간만을 즐기며 사는 것도 어렵지 않았다.

31장

　친구와 함께 10번가의 숙소로 돌아왔을 때, 그녀는 현관 테이블 위에 두 통의 서신이 놓여 있는 것을 보았다. 한 통은 미스 챈설러에게 온 것이고, 다른 한 통은 그녀 자신에게 온 것임을 알아보았다. 필적은 달랐지만 둘 다 알아보았다. 올리브는 마부에게 30분쯤 더 있다가(그녀들에게는 옷을 갈아입을 시간밖에 없었다) 다른 마차를 보내달라고 부탁하느라 늦어서 이제 막 입구 계단을 올라오는 중이었다. 그래서 그녀는 제게 온 서신만 집어 들고 자기 방으로 올라갔다. 그러면서 내심 그 편지가 와 있으리라는 걸 그동안 쭉 알고 있었다는 걸 느껴서, 그것을 좀 더 각오하지 않았던 매정한 고의를, 일종의 배신을 자각했다. 비록 오후 내내 마차를 타고 뉴욕 거리를 누비며 앞으로 닥칠 골치 아픈 문제를 깨끗이 잊을 수 있었다고 해도, 이 골칫거리가 엄연히 앞에 놓여 있다는 사실 자체까지 바뀌는 것도 아니고, 오히려 문제는 한층 더 심각해져 보스턴으로 돌아가는 정도로는 도저히 해결되지 않을 수도 있었다. 그로부터 30분 후에 그녀는 올리브와 마차에 동승해 5번가를 달리고 있었는데(하루 동안 너무 많은 일이 꽉 들어찬 듯했다), 가벼운 장갑의 결을 매만지거나 손에 쥔 부채가 좀 더 좋은 것이었으면 좋겠다고 생각하거나, 가로등이 켜진 바깥 거리를 바라보다가 답인사라도 하듯 환하게 미소를 지어 보이기도 했다. 이렇게 즐거워하는 걸 보니 그녀의 재능이나 성품에 관해 어떻게 설명하든 간에 그 저변에 강연에 가는 걸 좋아하고 야행성인 태런트 가문의 피가 흐르는 것은 분명했다. 자, 이렇게 두 사람이 버래지 씨가 입구에서 지키며 그들의 도착을 이제나저제나 기다리고 있을 그 유명한 레스토랑으로 마차를 타고 가고 있을 때, 버리나는 아주 밝고 자연스러운 어조로 그녀의 친구에게, 랜섬 씨가 그들이 없는 사이에 하숙집을 찾아와 서신을 남기고 갔는데, 그 서신에 미스 챈슬러에 대한 많은 찬사가 적혀 있었다고 말했다.

"그건 전적으로 당신이 알아서 처리하면 될 일이에요." 올리브는 우울한 한숨과 함께 이렇게 대답하면서, 14번가(그때 그들은 불안감에 휩싸여 우연히 이 거리를 지나고 있었다)의 경치에 눈을 돌려 기괴한 벽처럼 솟은 고가철도를 바라보았다.

올리브가 삶에서 항상 공정하려고 노력함에도 특정 상황에서는 가끔 공정하다고는 할 수 없는 언동을 하는 걸 보는 게 버리나로서는 처음이 아니었다. 버리나는 베이질 랜섬의 편지는 받은 사람이 알아서 처리하면 되는 일이라고 이제 와서 말하기에는 조금 늦었다고 생각했다. 마차를 타고 다니는 오후 내내 이 문제를 화제로 삼은 게 그의 친척인 그녀 본인 아닌가? 버리나는 이 편지에 대해서 상대방이 뭐라고 하든 간에 죄다 이야기해버리기로 결심했다. 만약 여기서 그녀가 알고 싶어 하는 것보다 더 많은 것을 털어놓는다면, 지금까지 그녀가 알고 싶었던 것을 다 말하지 않았던 것을 만회할 수 있지 않을까 혼자 생각했던 것이다. "그분은 제가 집에 없을 경우를 대비해서 편지를 가지고 오신 거예요. 내일 만나고 싶다는군요—뭐든지 하고 싶은 이야기가 너무 많대요. 한 시간만 만나달라고 하셨어요—아침 11시쯤이면 저도 괜찮지 않겠냐고 하시네요. 그런 이른 시각이라면 다른 약속도 없을 거라고 생각하시는 거예요. 하지만 물론 우리는 보스턴으로 돌아가버릴 것이기에 해결된 셈이지요." 버리나는 평온한 어조로 말했다.

미스 챈설러는 잠시 아무 말도 안 하다가 이렇게 답했다. "그렇죠. 당신이 함께 기차를 타고 가자고 초대하지만 않는다면요."

"어머, 올리브, 당신 정말 혹독한 분이네요!" 버리나가 진심으로 놀라서 외쳤다.

올리브는 친구가 아쉬운 듯이 말했다고 탓함으로써 자신의 혹독함을 정당화할 수 없었다. 버리나의 말에는 아쉬운 기색이 없었기 때문이다. 그래서 그녀는 단지 이렇게 말했다. "도대체 그 사람은 무슨 말을 해야 한다는 건지 모르겠네요—들어보는 것도 괜찮을 텐데요."

"글쎄요, 물론 우리를 반박하시려는 거겠죠. 그분은 그걸로 머리가 꽉 차 있거든요!"라고 버리나가 웃으면서 말했는데, 이런 문제는 전혀 거론할 가치가 없다고 일축하는 듯한 웃음이었다.

"만약 우리가 여기 남게 되면 그를 만날 건가요―11시에?" 올리브가 물었다.

"왜 그런 걸 물으세요―내가 다 포기한다고 했는데?"

"그래서 당신은 그게 대단히 큰 희생이라고 여기나요?"

"아뇨." 버리나가 온화하게 말했다. "하지만 호기심은 있다는 거 인정할게요."

"호기심이라니―무슨 뜻이죠?"

"글쎄요, 반대 의견을 들어보고 싶어요."

"세상에!" 올리브 챈설러는 낮게 중얼거리며 그녀를 돌아보았다.

"제가 아직 한 번도 들어본 적 없다는 걸 아시잖아요." 그렇게 말하며 버리나는 물끄러미 바라보는 친구의 창백한 얼굴에 미소를 지었다.

"세상의 온갖 파렴치한 의견을 다 듣고 싶다는 건가요?"

"아뇨, 그렇지 않아요. 하지만 그 사람이 얘기하게 할수록 그만큼 그가 저에게 기회를 주는 셈이니까요. 그 사람과 대결해볼 수 있을 거라고 봐요."

"인생은 너무 짧아요. 그는 그냥 그렇게 살라고 내버려둬요."

"글쎄요." 버리나가 말을 이었다. "지금까지 그분보다 더 관심을 가져도 될 사람들인데도 전혀 내 편으로 만들고 싶은 생각이 들지 않는 분들도 많았습니다. 그러나 그분이 딱 두세 가지 지점을 동의하게 만드는 게 지금까지 제가 한 그 어떤 일보다도 더 바라는 일입니다."

"당신은 대등하지 않은 논쟁 같은 거에 말려들 것 없습니다. 랜섬 씨와의 논쟁은 그럴 거예요."

"대등하지 않다고 말씀하시는 것은, 정의가 제 편이라는 것이겠죠."

"그게 뭐 대수라고요—남자들에게? 남자들이 잔인한 게 뭐 때문이겠어요, 그저 우리와 대등하지 못한 걸 메꾸기 위해서죠."

"전 그분이 잔인하다고 생각하지 않아요. 꼭 확인해보고 싶어요." 버리나가 명랑하게 말했다.

올리브의 눈길은 잠시 그녀의 눈에 더 머물다가, 이윽고 시선을 돌려 어디를 보는 줄도 모르고 막연히 마차 창문 밖을 내다보았다. 그 표정을 보고 버리나는 저 얼굴을 델모니코로 정찬을 하러 가는 사람의 얼굴이라고 할 수 있을까 생각했다. 이 사람은 얼마나 끔찍하게 만사에 걱정만 하는 사람인지, 이 얼마나 비극적인 성품인지, 아주 사소한 일에도 금방 동요하고 겁을 먹거나 의심하는 이런 사람이라니! 긴 시간 친하게 지내오면서 버리나는 친구의 특이한 면면 중에 거의 모든 것을 존경의 눈으로 봐왔다. 그것들은 그녀의 심오한 깊이와 헌신의 증거일 뿐만 아니라, 고상한 그녀의 기질과 밀접한 관련이 있다 보니 그 하나하나에 비판하려는 마음이 전혀 들지 않았다. 그런데 이때 갑자기 올리브의 진지함이 의미를 잃은 속담과 마찬가지로 세상의 체계와 조화를 이루지 못하는 것처럼 느껴졌다. 베이질 랜섬이 모내드녹 광장에 나타났던 일을 그녀에게 털어놓지 않아서 정말 다행이었다. 지금까지 알게 된 것만으로도 저렇게 걱정하는데, 만약 나머지 사실을 알게 되면 얼마나 많이 걱정할 것인가! 랜섬 씨와의 만남은 온갖 교제 중에서도 가장 하찮고 가장 피상적인, 그저 지나가는 삽화에 지나지 않는다고 생각하기로 버리나는 이때 이미 마음을 굳혔다.

그날 저녁 올리브 챈설러는 헨리 버래지를 면밀히 관찰했다. 그녀에게는 그럴 만한 특별한 이유가 있었다. 그래서 정찬이 계속되는 내내 그녀는 프랑스인 급사들이 두꺼운 카펫을 깐 바닥을 사뿐히 돌아다니고 근처 테이블에 앉은 손님들이 호기심과 추측을 불러일으키는 현란한 라운지에서 이 의뭉스러운 개심자가 주재하는 우아한 작은 향연에는 거의 재미를 못 느꼈다. 〈로엔그린〉*의 장엄한 음악에조차 별로 주의를 기울이지 않고, 오로지 자신이 은밀히 행하고 있는 비교와 실증의 과정―이에 대해서는 곧 독자들에게 설명드리겠다―에만 빠져 있었다. 아마도 그녀의 공명정대함을 의심하시는 분들도 계실 것 같으니, 여기서 한 가지 짚고 가자면, 오페라를 보고 돌아오자마자 그녀는 진지하게 공정을 염두에 두고 버리나가 베이질 랜섬이 오후에 보낸 편지에 대해 매우 신속하게 알려줬던 것에 상응하는 처우를 하기로 했다. 그녀는 버리나를 자신의 방으로 데리고 갔다. 10번가 집으로 돌아가는 길에 버리나는 바그너의 음악과 가수들과 오케스트라와 극장의 거대함에 대해, 그리고 오늘 밤 외출이 얼마나 즐거웠는지에 대해서만 계속 말했다. 이러한 향락이 보스턴보다 훨씬 더 많은 뉴욕을 버리나가 얼마나 좋아하게 되었는지 올리브는 간파할 수 있었다.

* 리하르트 바그너의 오페라.

"글쎄요, 버래지 씨는 확실히 우리에게 아주 친절하게 대해주셨죠―그보다 더 사려 깊게 마음을 써줄 분이 또 없죠." 올리브가 말했다. 그러고는 한 명의 신사에게 미스 챈설러가 이런 감사를 표하는 것을 반기는 듯한 버리나의 표정에 조금 얼굴을 붉혔다.

"당신도 그렇게 생각해주셔서 너무 기뻐요. 지금까지 우리가 그분에게 좀 배려심이 없었던 것 같아서요." 버리나가 '우리'라고 말할 때 천사같이 부드러운 울림이 있었다. "그분은 특히 당신을 매우 신경 쓰시더라고요. 벌써 나는 잊어버린 것 같아요. 당신을 바라보는 그분의 눈빛이 너무 다정했어요. 올리브, 당신이 그분과 결혼한다면―!" 이렇게 말하다가 너무 들떠서 실언한 것을 무마하려고 미스 태런트는 친구를 끌어안았다.

"여전히 그 사람은 당신이 남아 있기를 바라더라고요. 그 집 사람들은 아직도 그 일을 포기하지 않았어요." 올리브는 그렇게 말하고는 서랍 쪽으로 몸을 돌려 그 안에서 편지 한 통을 꺼냈다.

"그분이 당신에게 그렇게 말했나요? 저에게는 아무 말씀도 안 하시던데요."

"오늘 오후에 이곳에 돌아왔을 때 버래지 부인이 보낸 이 서신이 와 있었습니다. 직접 읽어보세요." 그녀는 그 서신을 펼쳐 버리나에게 건넸다.

서신의 요지는 다음과 같았다. 버래지 부인은 버리나가 못 온다는 걸 받아들이기 힘들다. 그녀와 아들은 그걸 너무 기대하고 있었다. 분명히 미스 태런트에게 그들 자신의 기쁨 못지않은 즐거움을 드릴 수 있을 거라고 확신한다. 게다가 그녀, 즉 버래지 부인으로서는 미스 태런트의 의견을 듣고 싶다고 생각했던 것 중 절반도 아직 듣지 못한 것 같다. 자기뿐만 아니라 연설회에 참석한 분들 중에도 그날 오후에 그녀를 찾아와(그럴 시간이 있었나, 미스 챈설러는 생각했다), 도대체 어떻게 하면 자신들도 저 연설의 다음을 더 들을 수 있는지—어떻게 하면 그 아름다운 연설가를 만나 몇 가지 세세한 문제에 대해 질문할 수 있을지—물어보신 분들이 아주 많이 계신다. 그런 만큼, 이번 방문에 관해 젊은 숙녀분들께서 이미 결정한 바를 변경할 수 없으실 테지만, 진리에 목마른 불쌍한 사람들을 위해 비공식적인 모임을 마련할 수 있을 정도라도 좀 더 체류하는 것을 고려해봐주기를 바란다. 적어도 이 문제에 관해서 미스 챈설러와 상의해볼 수 있지 않을까? 방문 주체에 관해서도 감히 논의를 드린다. 내일 좀 뵐 수 있겠는가. 그리고 버래지 부인 본인의 집까지 와주시면 정말 감사하겠다. 특별히 상담드리고 싶은 용건이 있는데, 이것은 무엇보다 철저히 사적으로 말씀드릴 필요가 있는 것이다. 그러려면 버래지 부인의 자택에서 상담하는 것이 가장 안전하다는 것을 미스 챈설러도 분명히 인정해주실 것이라고 생각한다. 미스 챈설러가 편하신 시간에 언제든 마차를 보내드리겠다. 두 사람 다 만족할 때까지 이야기를 나눈다면 분명히 바람직한 결과를 얻을 수 있으리라고 확신한다.

버리나는 이 서신을 매우 꼼꼼하게 읽었다. 뭔가 모호한 부분이 있는 듯했고, 전날 밤 받았던 인상을 확인할 수 있었다—이 영리하고 세상사에 밝고 흥미로운 부인에 대해 지난번 부인이 케임브리지를 방문해서 그 아들의 집에서 만났을 때는 좀 잘못된 인상을 가졌었다고 말이다. 서신을 올리브에게 돌려주면서 그녀는 말했다. "이래서 우리가 정말로 내일 이곳을 떠난다는 것을 그분이 믿지 않는 것 같았군요. 어머니께서 편지를 쓰신 것을 알고 계셨고, 그것 때문에 우리는 돌아갈 수 없을 거라고 생각하신 거예요."

"그럼 만약 못 돌아갈 수도 있다고 제가 말하면—당신은 나를 몹시 변덕스럽다고 생각할까요?"

버리나는 속마음을 얼굴에 그대로 드러내며 상대방을 바라보았다. 올리브가 이제 와서 더 머물고 싶어 하다니 너무 기묘하기 짝이 없었고, 너무 의아한 나머지 그 순간에는 기쁨을 거의 느끼지 못했다. 하지만 기쁨은 곧 샘솟았고, 그 기쁨을 솔직히 다 드러내며 이렇게 말했다. "일관성을 위해 절 끌고 돌아가실 필요 없어요. 저도 여기에 남고 싶지 않다는 마음에 없는 말을 하지 않겠습니다."

"아무래도 그 부인을 만나봐야 할 것 같아요." 올리브는 깊은 생각에 잠긴 듯했다.

"버래지 부인과 비밀을 나누다니 얼마나 멋진가요!" 버리나가 외쳤다.

"당신에게는 비밀로 하지 않을게요."

"말씀하시기 싫으면 말씀 안 해주셔도 돼요." 버리나는 아직 털어놓지 않은 비밀이 자신에게도 있음을 생각하면서 말했다.

"뭐든 나누는 게 우리 방침이라고 생각했어요. 저의 방침은 확실히 그렇습니다."

"아, 방침은 잊어버려요!" 버리나는 약간 가련한 목소리로 외쳤다. "당신도 알다시피 우리가 내일도 여기에 남는다면 어떤 방침이 있었다 한들 아무 의미가 없었던 거죠. 그 편지에는 적혀 있는 것보다 뭔가 더 있는 것 같아요." 올리브가 자기 얼굴을 살피며 버래지 부인에게 양보를 할지 말지 궁리하고 있는 걸 눈치챈 그녀는 조금 당황하며 마지막 말을 덧붙였다.

"오늘 저녁 내내 그 생각을 했습니다―그러니 지금 당신만 동의하면 여기 남기로 하죠."

"당신은 정말 정신력이 강한 분이에요! 진수성찬이 가득한 식사와 〈로엔그린〉 공연 내내 그 생각을 하고 계셨다니! 저는 도저히 그런 걸 생각할 겨를이 없었으니 당신이 결정해주셔야 합니다. 제가 까다로운 사람이 아니란 걸 아시잖아요."

"그럼 만약 버래지 부인이 저로 하여금 당신이 그분 댁에 가서 머무는 게 바람직하다고 여기게 하는 말을 하면, 그렇게 하실 건가요?"

버리나가 웃음을 터뜨렸다. "그건 우리의 본래 삶의 방식이 아니잖아요!"

올리브는 순간 아무 말도 안 하고 있다가 다음과 같이 대답했다. "내가 그걸 잊을 수 있다고 생각하지 마세요. 제가 일탈을 제안한다면, 거의 어떤 것이든 현실이 우리에게 보여줄 수 있는 모습에 비하면 어쩌면 결국 좀 낫지 않을까 하는 생각이 가끔 들기 때문일 뿐이에요." 이 말이 약간 모호할 뿐 아니라 아주 우울하게 들려서, 그녀가 곧이어 "분명히 당신은 내가 이상할 정도로 비논리적이라고 생각할 거예요"라고 말하자, 버리나는 안심했다. 이 말 덕분에 그녀에게도 다음과 같이 달래듯이 답할 기회가 주어졌기 때문이다.

"어머, 제가 설마 항상 당신이 곤혹스럽기를 바라겠어요? 버래지 부인 댁에서는 1주든 2주든, 아니면 한 달이든 어쨌든 당신이 바라는 만큼 머물도록 할게요." 버리나가 계속 말했다. "부인을 만나시면, 당신이 가장 적당하다고 생각하시는 기간을 그분께 말씀해주세요."

"나에게 모든 것을 맡기겠다는 거군요? 당신은 저에게 별로 도움이 안 되는군요." 올리브가 말했다.

"돕는다니, 뭘요?"

"내가 당신을 돕도록 도와주는 것이죠."

"난 도움 같은 건 필요 없어요. 이래 봬도 난 충분히 강하거든요." 버리나는 쾌활하게 외쳤다. 하지만 얼마 지나지 않아 익살스러움과 함께 애처로움을 느끼게 하는 목소리로 물었다. "나의 친애하는 동지님, 왜 제가 이렇게 우쭐대는 말을 하게 하세요?"

"그런데 만약—내일도 여기 남게 되면—당신은—그동안 많은 시간을—랜섬 씨와도 보내겠죠?"

당장은 버리나가 빈정거리고 싶어 하는 것 같으니, 이런 질문을 하는 올리브의 우물쭈물하며 약간 떨리는 듯한 목소리를 듣고는 그것을 새로운 농담의 소재로 삼을 법했다. 그러나 그렇게 되지 않았다. 그들의 놀라울 정도로 친밀한 관계가 시작된 이래로 보여준 적 없던 초조한 표정이 이때 처음으로—말 그대로 처음 본 표정이었고, 또 처음으로 보여주는 비난의 기색이기도 했다—그녀의 얼굴에 나타난 것이다. 버리나의 뺨이 붉게 달아올랐고, 눈은 금세 눈물로 글썽거렸다.

"당신은 항상 무슨 생각을 하시는 거예요, 올리브, 왜 나를 믿지 못하나요. 남자와 관련한 일에서는, 당신은 처음부터 나를 믿어주지 않았어요. 어쩌면 그때는 당신이 옳았을지 몰라요—아마도요. 하지만 지금은 완전히 달라요. 이렇게 심하게 의심받아야 할 이유가 있다고 생각하지 않아요. 왜 당신은 내가 감시받아야 한다는 듯한 태도를 취하는 거죠? 마치 내가 말을 걸어오는 남자라면 누구와도 도망치고 싶어 한다는 듯이? 제가 남자에게 조금도 신경 쓰지 않는 건 당신도 분명히 아실 거라고 생각합니다. 내가 이렇게 진지하고 내 인생을 바치고 있다는 것도, 내겐 이루 말할 수 없을 만큼 소중한 것이 있다는 것도 이제는 당신이 다 알아주셨다고 생각했습니다. 그런데 당신은 또 시작이군요, 매번 저에게 너무 심하세요. 어떤 일이든 저는 다 감당해야 합니다. 두려워해서는 안 됩니다. 저는 우리가 함께 힘을 합쳐 세상 한가운데로 나가 모든 것에 맞서고 제대로 발을 딛고 곧장 달려가자고 약속했다고 생각했습니다. 이제야 우리의 앞길도 활짝 열리고 찬란한 승리가 바로 우리의 기치에 내려앉으려 하는데 당신은 여전히 나를 의심하시고, 우리의 오랜 꿈에 대한 제 열의가 식고 있는 건 아닌지 생각하시다니 정말 이상합니다. 처음 만났을 때 저는 모든 것을 버릴 수 있다고 말씀드렸죠. 모든 것을 버린다는 게 무슨 뜻인지 아마도 더 잘 알게 된 지금, 저는 언제든지 기꺼이 다시 말씀드립니다. 할 수 있고, 꼭 하겠습니다! 그래요, 올리브 챈슬러." 버리나는 자신의 언변에 취해 바로 마지막 말을 하려다 잠시 헐떡이고는 외쳤다. "당신은 내가 모든 것을 버렸다는 것을 이제는 알아주실 수 없나요?"

연설 훈련과 실습에 몰두해온 습관 덕분에 버리나는 이런 사적인 이해관계를 위해 주장을 펼칠 때에도 듣는 이가 마음을 움직이지 않을 수 없는 점증적인 효과를 발휘했다. 올리브도 이 훌륭한 효과에 사로잡혀, 부드럽게 호소하는 상대방의 말이 쉴 새 없이 흘러나오는 동안 침묵한 채, 연설장 벤치에 앉아 있을 때와 똑같이 황홀한 표정으로 그 목소리에 귀를 기울였다. 버리나를 뚫어지게 바라보면서 정작 버리나 본인도 격한 감동에 마음속 깊이 동요하고 있다는 것을 느꼈다. 얼마나 아름다운 열정과 진지함인가, 그야말로 거룩한 대의에 자신을 바친, 오점 하나 없는 처녀가 전율하고 있었다. 모든 것을 버렸다는 것은, 이것만 봐도 분명하다, 두 사람은 모두 안전하다. 그렇다면 지금까지 버리나를 엄청나게 부당하게 취급한 것이다. 그녀는 천천히 버리나에게 다가가 두 팔로 감싸서 그대로 가만히 끌어안고는 살며시 입맞춤했다. 그것으로 버리나는 그녀가 자신을 믿게 되었음을 알았다.

32장

올리브가 버래지 부인과의 회견을 받아들이기로 하고, 다음 날 아침에 일찍 보낸 서신으로 약속한 방문 시각은 12시 정각이었다. 이 시각을 택한 것은 그 후에는 많은 방문객이 몰려들 것이 틀림없다고 예상했기 때문이다. 서신에 마차를 보내줄 필요 없다는 뜻을 전한 그녀는 주요 도로를 순환하는 승합마차에 몸소 올라 그 발작하는 듯한 진동과 귀를 먹먹하게 하는 바퀴 울림에 흔들리고 휩쓸리며 5번가로 갔다. 그녀가 방문 시각을 12시 정각으로 지정한 이유 중 하나는, 베이질 랜섬이 11시에 10번가 하숙집으로 찾아온다는 것을 알았기 때문이기도 했다. 이렇게 하면, (설마 그가 온종일 머물 의도일 거라고는 생각되지 않았기에) 그가 찾아왔다가 돌아갈 때까지 지켜볼 수 있을 터였다. 버리나가 어디까지나 그의 방문을 맞이하려는 마음을 굳힌 이상, 기피하기보다는 이런 방법을 취하는 것이 훨씬 더 품위 있다는 것이 전날 밤 두 사람 사이에 이루어진 암묵적인 합의였다. 이 양해는 앞서 묘사했던 대로 두 사람이 전날 밤 각자의 방으로 가기 전에 무언의 포옹이 이루어지는 동안 서로의 마음에서 마음으로 전해진 것이었다. 정오 조금 전에 올리브는 집을 나서면서 햇볕이 잘 드는 방 두 칸짜리 큰 응접실을 들여다보았다. 이 방은 오전에 남편들은 일하러 나가 집을 비우고 아내들과 독신 여성들도 시내로 나가고 없어서, 젊은 숙녀와 논쟁을 벌이려는 청년에게는 모든 이점을 누릴 수 있는, 방해물 없는 전쟁터였다. 베이질 랜섬은 아직 거기 있었다. 그와 버리나는 단둘이 벽감처럼 움푹 들어간 창문 앞에서 문을 등지고 서 있었다. 그가 일어선 것을 보니 가려고 하는 것 같아서 올리브는 다시 조용히 문을 닫고 현관 앞에서 잠시 기다렸다. 그가 나오는 발소리가 들리면 당장 집 뒤편으로 도망갈 생각이었다. 그러나 아무 소리도 들리지 않았다. 아무래도 그는 온종일 여기에 머물 생각인가 보다. 그녀가 귀가할 때까지도 그는 돌아가지 않고 거기 있을지도 모른다. 집을 나가면서 그녀는 계단을 내려가는 자신을 그들이 창문으로 보고 있을 거라고 생각했지만, 도저히 베이질 랜섬의 얼굴을 돌아볼 엄두가 나지 않았다. 고개를 돌리고는 5번가 쪽으로 햇볕이 잘 드는 보도를 걸어가면서 그녀는 이렇게 3월의 찬바람이 잦아들 때면 뉴욕에도 가끔 깃드는, 봄의 숨결과 색채가 넘치는 아름다운 한낮의 완벽한 날씨를 거의 느끼지 못했다. 그녀는 오직 일찍이 자신이 그런 창가에 서서(보스턴에서 그가 그녀를 두 번째로 찾아왔던 때였다) 베이질 랜섬이 애덜라인과 함께 나가는 것을 바라보았던 순간의 회상에 잠겼다. 그때 애덜라인은 그를 손아귀에 넣을 수 있을 것 같았는데, 결국은 무엇을 해도 잘 해내지 못하는 무능함을 이런 점에서도 증명해 보이고 말았다. 그 한 쌍이 함께 어울려 웃고 떠들며 길을 건너가는 것을 보던 그때 눈앞에서 춤추던 상상이 다시 마음속에 되살아났다. 당시에 이미─정말 기묘하게도─그녀의 뇌리를 떠나지 않던 두려움 사이로 그 상상이 어떻게 비집고 들어왔던가. 그것이 순전히 망상이었다는 것을 알게 된 지금은─게다가 버리나도 정말로 대단히 훌륭한 심지를 가졌음이 드러났으니─그런 생각을 했던 것이 좀 부끄러웠다. 그녀는 어제 온갖 거짓말을 늘어놓은 루나 부인의 꺼림직한 동기에 자신도 비록 약간이긴 하지만 가담하고 있음을 느꼈는데, 거기에는 고상한 면이라고는 전혀 있을 수 없었다. 조바심이 난 언니가 왜 실패해서 랜섬 씨의 노선을 바꾸지 못했는지, 그 밖에 다른 이유를 생각해내는 것은 미스 챈설러로서는 당연히 내키지 않았다.

버래지 부인이 그토록 긴히 상담하고 싶다는 게 무엇인지 궁금했지만, 그 수수께끼가 풀릴 때까지 그녀는 우선 좀 기다려야 했다. 그동안 그녀는 꽃과 파이앙스 도자기*와 프랑스 화가가 그린 작은 그림들로 장식된 놀라울 정도로 예쁜 내실에 앉아서, 그 집 여주인이 시치미를 떼려는 듯 잡담으로 얼버무리면서 요점 주위를 빙빙 돌고 있는 것을 그저 가만히 지켜보고 있을 수밖에 없었다. 올리

---

* 18세기 말까지 주로 프랑스에서 만들어진 채색된 장식용 도자기.

브는 부인이 쉽게 뭘 부탁하는 성정이 결코 아니라고 생각했다. 특히 상대가 새로운 사상의 숭배자이니 더욱 그러했다. 그런데 지금은 아무래도 부탁을 하려는 모양이었다. 부인은 이전에 부탁을 한 적이 있었는데, 후하게 대가를 치렀다. 버리나가 귀가했을 때 10번가 집에서 그녀를 기다리고 있던 버래지 부인의 서신에는 이 젊은 여성이 연설에 대한 보수로 받아본 적 없는 고액의 수표가 동봉되어 있었다. 지금 부인이 말하기 어려운 부탁도 물론 버리나에 관한 것임이 틀림없다. 올리브는 자기 친구가 그런 돈을 받는 사람이라고 해서, 지금 여기서 부인이 꺼내려는 부탁을 선뜻 들어줘야 한다고 생각할 필요는 없다고 여겼다. 이러한 금전적 보수를 받는 것에는(버리나가 돈을 받으면, 곧 그녀도 받은 셈이 되는 것이니), 그녀 자신도 이제 완전히 익숙해져 있었다. 돈이야말로 가공할 힘을 가진 것이며, 온갖 수단을 가지고 부정함을 공격하고자 할 때 그 전쟁의 동력이 부족하지 않다면 얼마나 좋겠는가. 오늘 올리브는 전보다 부인을 더 좋게 생각했다. 감정상으로나 견해상으로나 이미 충분히 서로 이해하는 사이처럼 여겨진 것이다. 버래지 부인이 매번 먼저 말을 붙이고 손님은 가만히 앉아 바라보고만 있는 한, 올리브로서도 나쁠 게 없었다. 부인은 가볍고 친근한 어조로 교묘하게 몇 마디만으로 아득한 거리를 한 번에 뛰어넘는 재주가 있었다. 가령, "그럼 그분은 여기 오셔서 싫증이 날 때까지 있어주시기로 결정하셨군요" 같은 말로.

그러한 건은 아직 아무것도 결정된 바 없었건만 올리브는 (이때만큼은) 버래지 부인에게 도움을 주는 결과가 될 줄 모르고 다음과 같이 말했버렸다. "버래지 부인, 왜 그 사람을 댁에 초대하고 싶으십니까? 왜 그 사람과의 교제를 원하십니까? 1년 전에 아드님이 그 사람과 결혼하고 싶어 한 것을 아시지 않습니까?"

"그렇습니다, 미스 챈설러, 상담하고 싶은 것은 사실 그것입니다. 저는 다 알고 있습니다. 나보다 더 잘 아는 사람을 만난 적이 없을 겁니다." 그렇게 말하고선 버래지 부인이 미소를 머금고 총명하고 자부심 넘치고 온화하고 성공한 사람다운 그 얼굴을 꼿꼿이 든 것을 보면서 올리브도 그녀의 말을 믿지 않을 수 없었다. "아들이 당신의 친구를 사랑하고 있다는 것은 1년 전부터 알고 있었습니다. 그 애의 마음은 그 이후로 조금도 변하지 않았어요. 그러니까 지금이라도 그분과 결혼하고 싶어 합니다. 아마 당신은 그분이 결혼하는 것 자체를 좋아하지 않으실 겁니다. 그렇게 되면 당신에게 아주 이득이 되는(순간 올리브는 부인이 '돈이 많이 된다'라는 말을 하려는 의도가 아닌지 의심했다) 우정이 깨질 테니까요. 그래서 저는 말씀드리기 어려웠습니다만, 당신이 기꺼이 의논해주신다 해서 과감히 말씀드려보기로 한 것입니다."

"그게 어떤 도움이 될지 저는 모르겠습니다." 올리브가 말했다.

"해보지 않으면 알 수 없지요. 어떤 일이든 다 차근차근 검토해보기 전까지는 포기하지 않는 것이 제 성정입니다."

결국 수다는 거의 버래지 부인이 도맡았고 올리브는 그저 가끔 질문이나 반박이나 정정을 하거나 약간 반어적인 농담을 내뱉었을 뿐이었다. 이래서는 상대방을 견제하거나 화제를 돌리는 데는 역부족이었다. 부인의 의도는 그녀를 기분 좋게 달래고 구슬려서 자기편으로 끌어들여 사태를 독특하고 새로운 각도에서 바라보게 하려는 데 있음을 올리브로서도 점점 더 분명히 알게 되었다. 부인은 지나치게 영리한 데다 (올리브도 이를 조금씩 자각하게 되었는데) 아주 악랄하기 그지없는 여자였지만, 부인이 하려는 일을 완수하기에는 그 정도의 영리함만으로는 충분하지 않을 성싶었다. 부인이 하려는 일이란 다름 아닌, 자신도 아들도 미스 챈슬러가 일생을 바치고 있는 운동에 대해 열광적인 공감에 사로잡혀 있다는 것을 미스 챈슬러에게 납득시키는 것이었다. 그러나 올리브로서는 그걸 어떻게 믿겠는가, 버래지 부인이 속한 인간 유형의 정체 ― 모든 진지하고 개혁적인 일에서 정반대 방향으로 돌려버리는 얼굴을 타고난 듯한 유형 ― 를 아는데? 버래지 부인 같은 사람은 말하자면 학대와 편견과 특권 같은, 이미 석화된 과거의 잔인한 관습을 양분 삼아 살면서 살찌우고 있지 않은가. 그러나 이 집주인이 위선자이긴 해도 올리브로서는 이렇게 화를 덜 나게 하는 위선자를 만나는 게 처음이라는 것을 덧붙여야 할 것이다. 부인은 총기가 있고 상냥하고 기교가 뛰어났으며 배신도 불사하고, 속일 수 없다면 매수도 마다하지 않을 여자였다. 즉, 그녀는 만약 버리나 태런트가 헨리 버래지를 받아들일 감정 상태가 되도록 노력만 해준다면 지상의 모든 왕국을 주겠다고 올리브를 유혹하는 듯했다.

"당신 마음에 달린 거 아시잖아요 ― 그걸로 모든 게 결정되는 거죠. 당신 마음대로 하실 수 있어요. 내일이라도 딱 한마디만 해주시면 만사 해결이에요."

처음에 부인이 주저하거나, 또 그러한 망설임에 대해 이야기한 것을 보면, 이런 식으로 올리브의 얼굴에 대놓고 버리나가 그녀에게 종속돼 있다는 식으로 단언하기 위해서는 부인도 용기가 필요했을 거라고 생각할지도 모른다. 그런데 실제로는 부인은 조금도 두려워하는 기색이 없었다. 부인의 얼굴에는 단지 버래지 가문과 맹약을 맺으면 헤아릴 수 없는 편의와 이익을 얻을 수 있다는 것을 미스 챈설러가 알아주지 않는 게 유감스럽기 짝이 없다는 듯한 표정밖에 안 비쳤다. 올리브는 그 표정이 어찌나 인상 깊었던지, 그 수수께끼 같은 이익이란 게 뭔지 추측에 빠지기까지 했다. 결국 그것이 (더 나쁜 무언가로부터) 그들을 보호해주는 수단이 되지 않을까, 일단 이 모자에게서 얻어낼 수 있는 것을 다 얻어내면 둘을 떼어버리고 그것을 밑천 삼아 그녀와 버리나가 더 큰 효용으로 쓸 수 있지 않을까 궁리했다 ─ 이 막연하고 매혹적인 상상에 완전히 사로잡히고, 버래지 부인의 엄청난 재산과 그 진지한 열의, 게다가 그 구실이나 주장하는 바가 무엇이든 이렇게 아첨과 회유를 시도할 가치가 있다고 생각한다는 것에 압도된 나머지, 한동안은 애초에 이렇게 높은 신분의 부인이 하필 태런트 가문과 인연을 맺는 걸 갈망하는 것 자체가 이상하다는 생각을 거의 하지 못했다. 버래지 부인이 어느 정도 그에 대한 설명이 될 만한 말을 하긴 했다. 아들의 의기소침한 모습을 차마 볼 수 없어서 그를 좀 더 행복하고 건강한 모습으로 되돌리기 위해서라면 무슨 일이든 하자는 생각이라는 것이다. 자신에게는 아들이 이 세상에 둘도 없이 귀여운 아이이기에, 저렇게 미스 태런트를 흠모하면서도 함께할 수 없다면 너무 불쌍해서 가만히 보고 있을 수 없단다. 부인은 이런 말로 이 문제에 대한 올리브의 영향력을 비난한 셈이었는데, 동시에 그녀의 강인한 인격에 대한 찬사인 듯도 했다.

"내가 그 사람과 어떤 관계라고 생각하시는 건지 모르겠네요." 올리브는 몹시 엄숙한 목소리로 답했다. "지금 당신이 암시하신 것과 같은 일이 일어난다면 그 사람 스스로 마음대로 결정할 것입니다. 그 사람은 완전히 자유롭습니다. 마치 내가 그 사람의 파수꾼인 것처럼 말씀하시네요!"

그러자 버래지 여사는 물론 미스 챈설러가 의식적으로 그런 압제를 가하고 있다는 뜻은 아니라고 해명했다. 하지만 버리나는 그녀를 한없이 존경하고 있고, 그녀의 눈을 통해 사물을 보고, 그녀의 견해나 취향의 영향을 그대로 받고 있다고. 그러니 그녀가 자기 아들을 좋게 생각해주시기만 한다면 분명히 미스 태런트도 곧 그녀의 생각에 동조할 것이라고. "네, 물론 당신은 이렇게 묻고 싶으시겠죠." 버래지 부인이 미소 지으며 덧붙였다. "당신이 이 세상에서 가장 미혼으로 남기를 바라는 당사자와 결혼하고 싶어 하는 청년을 어떻게 좋게 생각하겠냐고요!"

부인이 버리나에 대해 한 이 말은 물론 전적으로 옳았다. 그러나 올리브로서는 이러한 당면한 사실을 하필이면 자신이 모르는 것은 아무것도 없다는 듯한 태도로 말하는 인물이 이렇게도 분명하게 간파하는 게 탐탁지 않았다.

"당신이 이런 문제를 제게 상담하실 것을 아드님은 알고 있나요?" 올리브는 다소 냉랭한 목소리로 그렇게 물었을 뿐, 자신이 버리나에게 어떤 영향력을 미치고 있는지, 그녀를 어떤 상태로 두고 싶은지 등의 문제는 더 언급하지 않으려 했다.

"네, 그 아이는 알고 있습니다. 우리는 어제 이 일을 오래 상의했고, 내가 할 수 있는 건 다 해주기로 그 아이에게 약속했습니다. 기억하시겠지만, 작년 봄에 제가 잠시 케임브리지를 방문해서 그 애 거처에서 당신들을 만났지요. 그때부터 이미 저는 희미하게 느끼기는 했습니다만, 어제 아이로부터 *명확한 설명*(éclaircissement)을 들었습니다. 처음에는 좀 내키지 않았어요. 지금이니까 굳이 이런 말씀을 드리는 겁니다―지금은 저도 정말로 열렬한 마음이 되었어요. 미스 태런트처럼 아름답고 독보적인 재능을 가진 아가씨라면, 신분 같은 것은 전혀 문제가 되지 않습니다. 그분 자신이 자기 값어치의 척도이고, 자기만의 신분을 만들죠. 이제 미스 태런트에게는 아주 멋진 미래가 있습니다!" 버래지 부인은 마치 이 점을 간과하면 큰일이라는 듯이 재빨리 덧붙였다. "그 모든 문제가 다시 고개를 든 겁니다―헨리도 이제는 완전히 사라졌거나 거의 사라졌다고 생각하려고 했던 기분이, 뭐라고 표현해야 할지 저는 모르겠지만, 그분이 여기서 뜻밖의 큰 호평을 받았다고 할까요, 어쨌든 그런 일이 계기가 되어 다시 불타오른 거죠. 그건 그렇고, 수요일 저녁의 그분은 정말 훌륭하셨어요. 그분에게 반대하려는 편견이나 인습이나 억측은 모조리 꺾이고 말았습니다. 나는 성공을 기대하고는 있었지만, 설마 당신이 그렇게 대단한 걸 주실지는 예상하지 못했어요." 부인이 미소를 지으며 말을 이어가는 동안 올리브는 '당신이'라는 말이 마음에 걸렸다. "그런 이유로 그 아이는 다시 불타올랐어요. 이쯤 되니 그분을 사모하는 만큼 다른 아가씨를 좋아하게 될 일이 다시 있으리라고 생각할 수 없어요. 미스 챈슬러, *저는 제 입장을 정했습니다*(*j'en ai pris mon parti*). 이런 문제를 처리하는 제 방식은 아마 아실 겁니다. 저는 포기하는 것에 매우 서툴러요, 반면 무슨 일이든 곧잘 몹시 열중하곤 하죠. 저는 단념한 게 아니라, 입장을 바꿨을 뿐입니다. 편을 드는 일이든 적이 되는 일이든 전 언제나 열성적입니다. 제가 그런 성격인 거 당신도 아시죠? 헨리는 이번 건을 제 손에 맡겼고, 저는 당신에게 일임하기로 하겠습니다. 저를 도와주세요. 함께 잘해봅시다."

평소에는 대개 피상적이고 완곡하게 이야기하는 버래지 부인으로서는, 확실히 매우 길고 노골적으로 이야기한 셈이었다. 그녀는 미스 챈슬러가 이 무게를 인정해줄 것이라 기대하는 게 당연했다. 그런데 막상 올리브가 보인 반응은 그저 대답 차원에서 다음과 같이 묻는 것뿐이었다. "왜 당신은 우리를 이리로 초대하셨습니까?"

그 말을 듣고 버래지 부인이 주저했다 해도, 기껏해야 20초 정도였다. "다름 아니라, 당신들의 일에 매우 깊은 관심을 갖고 있기 때문입니다."

"저에게는 그게 의외입니다." 올리브는 생각에 잠기며 말했다.

"아마 믿지 않을지도 모르겠네요. 하지만 그렇게 생각하시는 것은 겉모습만 보고 판단하신 겁니다. 아까 말씀드린 우리의 제안이 무엇보다 그 증거가 아닐까요." 버래지 부인은 한 마디 한 마디 강조하며 말했다. "제 아들과 기꺼이 결혼하고 싶어 할 아가씨는—

정견 같은 거 전혀 없는 분 중에도—많이 계십니다. 아들은 매우 똑똑하고 상당한 재산도 있습니다. 게다가 천사처럼 마음이 착한 아이예요!"

부인의 말이 맞았다. 그런 만큼 올리브는 세상이 그들을 위해 아주 잘 정돈해준 행운을 타고난 사람들이 보이는 태도가 점점 더 신기하게 느껴졌다. 그러나 얼마 지나지 않아 인간의 마음은 천차 만별이며 진리가 미치는 힘은 위대해서 인생에는 똑같이 의외의 것이라 해도 꺼려지는 게 있는 만큼 기분 좋은 것도 있다는 데 생각 이 미쳤다. 확실히 이 가족이 '치료사'의 딸에게 애정을 갖게 된 것 은, 별다른 속셈이 있어서가 아닐 것이다. 또래 아가씨 중에서 특히 그녀를 고른 것을 그녀의 장래를 망치려는 목적만을 위해서라고 생각하는 것은 참으로 졸렬하다. 게다가 델모니코에서나 음악당의 넓은 칸막이석—그들끼리만 편하게 앉아, 그들이 소곤거리는 소 리에 주변 관객들이 무대에서 고개를 돌릴 일이 없는 곳—에서 이 집의 젊은 주인을 관찰하며 행동거지를 살핀 결과, 아무래도 1년 전에 헨리 버래지에게 내린 평가가 좀 박하지 않았나 하는 생각이 들었던 차였다. 이 청년은 미약해진 현대의 열정이 허용하는 범위 에서는(인류의 진보를 믿는 미스 챈설러이지만 오늘날 우리 모두 의 피에는 너무 많은 물이 섞여 있다고 생각했다) 보기 드물게 사 랑에 푹 빠져 있고, 또한 천부적인 재능이라고 할 수 있는 버리나의 희귀한 특질을 각별히 여기는 마음으로 보아 분명히 이 재능의 증 진에도 관심을 기울일 것이다. 또한 그처럼 부드럽고 섬세한 성격 의 남자라면, 아내가 될 사람도 하고 싶은 대로 하고 살 수 있을지도 모른다. 물론 시어머니에 대해서도 생각을 해봐야 한다. 버래지 부인이 한 말이 모두 뻔뻔한 거짓이 아니라면 그녀 역시 이 새로운 분위기에 녹아들거나, 혹은 적어도 관대하게 행동하고자 하는 것은 분명하다. 따라서 참으로 기묘한 일이지만, 올리브에게 지금 가장 신경 쓰이는 것은, 그 영리함이 약간 짜증 나긴 하지만 동시에 윤택한 생활로 인해 온화한 품성을 가지게 된 이 나이 지긋한 고상한 부인이 며느리를 괴롭히지 않을까 하는 것이 아니었다. 오히려 며느리를 너무 귀여워한 나머지 차지해버릴 수도 있다는 게 걱정이었다. 말하자면 이 걱정은 질투의 예감이라고도 설명할 수 있었다. 그리하여 미스 챈슬러의 민감한 양심은 재빨리 다음과 같이 추측했다. 이 청혼은 상황이 몹시 복잡하고 이례적이긴 하지만, 어쩌면 그녀가 버리나를 위해 꿈꾸던 가장 최선의 삶으로 나아갈 수 있는, 참으로 멋진 기회일지도 모른다. 두 총명한 부자와 손잡는다면 거액의 돈―그녀 자신의 재산은 발끝에도 미치지 못할―을 마음대로 쓸 수 있을 것이다. 그들이 진심인지는 모르지만 어쨌든 진심으로 믿는 척하고는 있고, 아주 도움이 될 세속적 파급력도 대단한 데다, 그들의 훌륭한 사회적 지위라는 받침대는 버리나의 위광을 멀리 떨치기에 안성맞춤일 것이다. 하지만 아까 말했던 그녀의 양심은 정작 이런 문제들을 진지하게 고려하는 단계에 이르자, 이 시련을 도저히 견뎌낼 수 없을 것 같아 꺼림직한 기분에 사로잡혔다. 이런 뜻밖의 사태에 직면하여 이 불쌍한 여인은 무력함을 느끼고 암담해졌다. 의무의 이름으로 내 영혼에 이런 고문을 가하도록 스스로 도와야 하는 것인가, 하는 마음만 하염없이

들 뿐이었다.

"그럼 그 사람이 아드님과 결혼한다고 치면, 제가 두 분이 — 이후에 — 우리의 생각, 저와 그 사람의 마음을 언제나 차지하고 있는 그 문제에 깊이 신경 쓸 거라는 보장을 어떻게 받을 수 있습니까?" 올리브는 재빨리 궁리를 한 끝에 이런 질문을 했는데, 말을 마치자마자 스스로도 약간 서툴렀음을 깨달았다.

버래지 부인의 응대는 감탄스러웠다. "당신은 우리가 오로지 그분을 우리 것으로 만들기 위해 관심을 갖는 척하고 있다고 생각하시는 거군요? 그건 좀 심한 말씀이 아닐까요, 미스 챈설러. 하지만 물론 당신으로서는 신중에 신중을 기해야 하겠죠. 이것만은 분명히 말씀드리겠습니다. 아들은 당신들의 운동이 가까운 장래에 분명히 대단히 중요한 문제가 될 것이라고, 지금 그것이 새로운 단계로 접어들고 있음을 굳게 믿는다고 저에게 말했습니다. 음, 뭐라고 했더라, 맞아요, 현실 정치학의 영역이라고 했어요. 저로 말씀드릴 것 같으면, 우리 불쌍한 여성들이 얻으려고 하는 모든 것을 나라고 원하지 않을 거라고 생각하시지는 않겠죠. 아니면 내가 나에게도 주어질 특권이나 혜택을 거절할 사람으로 보이세요? 하기야 나는 고함을 지르거나 악을 쓰지는 않아요. 하지만 — 좀 전에도 말씀드렸다시피 — 저는 제 나름대로 조용한 방식으로 열중하고 있어요. 저 정도의 지지자로도 당신은 무척 잘해내실 겁니다. 당신들의 이상에 대해서는, 아들로부터 많은 것을 배웠습니다. 설령 제가 함께하려는 이유가 오로지 아들이 함께하기 때문이라고 할지라도, 저는 잘할 겁니다. 아마 당신은 헨리가 연설하는 아내의 꽁무니를 따라다닐 것 같지 않다고 말씀하실지도 모르겠네요. 하지만 우리가 예측할 수 없는 많은 엄청난 일들이─그것도, 곧─일어날 것이 틀림없습니다. 헨리는 머리부터 발끝까지 타고난 신사인걸요. 어떤 상황이 돼도 분명히 빈틈없이 행동할 겁니다."

그들이 진심으로 버리나를 간절히 원하고 있다는 것은 올리브도 쉽게 알아차릴 수 있었다. 그녀를 얻고 나서 그들이 그녀를 잘 대하지 않을 거라고는 도저히 생각할 수 없었다. 오히려 그녀의 응석을 다 받아주고 아첨하면서 그녀를 망칠 수도 있다는 생각마저 들었다. 그 순간 올리브는 버리나에게는 타락의 위험이 다분하다고 생각하는 한편, 지금까지 자신이 버리나를 다루는 방식이 편파적일 정도로 가혹했음을 깨달았다. 그녀의 마음에는 무수한 항변과 반박과 응수의 말들이 소용돌이쳤다. 단지 당황스러운 것은, 그중 어느 것을 먼저 꺼내야 할지 모른다는 것이었다.

"아직 닥터 태런트 부부를 만나보지 않으신 것 같군요." 올리브는 스스로도 의미심장하게 느껴지는 침착한 태도로 말했다.

"즉, 그분의 부모님이 감당할 수 없을 정도로 끔찍한 사람들이라고 말하고 싶으신 거죠? 그 일이라면, 아들도 그분들은 정말 구제불능이라고 말했기 때문에 저도 확실히 각오가 되어 있습니다. 어떻게 그 사람들과 잘 타협할 생각이냐고 묻고 싶으시죠? 우리는 당신이 하고 계신 대로 할 것입니다!"

올리브의 응수에 버래지 부인도 지지 않았다. 게다가 방문객이, 버리나가 어떤 태도를 취하든 그 재량이 방문객 자신에게 달려 있

다는 부인의 가정을 지적하며 왜 자신에게 상담하는지 모르겠다
고, 미스 태런트는 공기처럼 자유롭고 그 장래는 스스로에게 달려
있으니 이런 문제에 자신은 결코 끼어들 수 없다고 단언했을 때조
차 부인의 대답은 궁하지 않았다. "미스 챈슬러, 우리는 끼어들어
달라고 부탁하는 게 아니에요. 우리가 부탁하는 것은, 단지 끼어들
지 말아달라는 것입니다."

"그럼 당신은 그 말을 하고 싶어서 저를 초대하신 겁니까?"

"네, 그것도 있습니다만, 서신으로 살짝 말씀드린 건에 대해서
부탁하기 위해서이기도 합니다. 부디 영향력을 행사하시어 미스
태런트가 앞으로 한두 주 정도 우리 곁에서 지내도록 주선해주셨
으면 합니다. 사실 제가 말씀드리고 싶은 주된 부탁은 결국 그 일이
에요. 제발 잠시 그분을 저희한테 맡겨주세요. 그러면 나머지는 저
희 쪽에서 잘할 거예요. 우쭐대는 것처럼 들리시겠지만 ─ 분명 그
분은 즐거운 시간을 보내실 겁니다."

"그런 건 그 사람의 본분이 아닙니다." 올리브가 말했다.

"제 말은 그분이 매일 밤 연설하시게 될 거라는 뜻이에요!" 버레
지 부인은 미소를 지으며 대답했다.

"증명해 보이시려고 너무 애쓰시는 것 같네요. 역시 당신은 ─
그렇지 않은 척하시지만 ─ 제가 그 사람의 행동은 물론 마음까지
도 가능한 한 억누르고 있고, 그 사람이 다른 분과 친해질까 봐 질
투하고 있다고 믿으시는 거예요. 아마도 우리가 그렇게 보일 수도
있다는 생각은 들어요. 하지만 그것은 오히려 우리 관계와 같은 결
합을 세상 사람들이 얼마나 이해하지 못하는지를 증명하는 것 외

에는 아무것도 아닙니다. 여성의 활동에 포함된 여러 요소에 대한 이해가 여전히 — 그녀는 이 '여전히'라는 말에 깊은 역사적 울림이 담긴 것처럼 느껴졌다 — 얼마나 피상적인지요. 그러한 요소를 이해시키려면 사람들의 의식에 얼마나 많은 교육이 필요한지요. 제 태도에 대한 당신의 확신이 제가 판단한 대로라면 —" 미스 챈설러는 말을 이었다. "나로서는 나의, 나의 희생물을 당신에게 양도하려는 마음이 내게 조금도 없다는 것을 당신이 간파하지 못하는 게 놀랍습니다."

지금 이 순간에 우리가 버래지 부인의 속내를 한눈에 들여다본다면(아직 감히 시도해보지 못한 자유를 누려서), 방문객의 아주 거만한 말투가 상당히 거슬리고, 이렇게 딱딱하고 소심하고 고집스러운 지방 출신의 젊은 여성이 자신을 피상적으로 판단한 데에 몹시 화가 난 부인의 모습을 보게 되었을 것이다. 버리나에 대해서는 미스 챈설러에게 납득시키려고 했던 바와 거의 같은 정도의 애착을 가지고 있지만, 미스 챈설러에 대해서는 버리나에게 도저히 털어놓을 수 없는 정도로 격한 혐오의 기분을 느꼈다. 아마도 이런 짜증스러움이 일부 목소리를 얻었는지, 너무 심하게 말하지 않도록 조심하라고 자신을 다독인 후에도 부인은 다음과 같이 대답했다. "물론이죠, 미스 태런트가 제 아들의 매력에 굴복할 수밖에 없을 거라고 가정하는 것은 터무니없는 생각이죠. 더구나 그분은 이미 한 번 거절하시기도 했으니까요. 하지만 그분이 이번에도 굽히지 않는다 하더라도, 다른 분들에 대해서도 절대 안전할 거라고 생각하실 건가요?"

이 말을 듣자 미스 챈슬러는 의자에서 벌떡 일어났다. 그걸 보고 집주인은 상대를 경악시켜 사소한 보복을 하려던 자신의 시도가 성공적이었음을 알았다. "다른 분들이라니 무슨 뜻이죠?" 올리브가 아주 꼿꼿하게 서서 아득히 높은 곳에서 내려다보듯 눈을 부릅뜨며 물었다.

버래지 부인은—우리는 이미 그녀의 마음속을 들여다보기 시작했으니 그 과정을 이어가볼 수 있을 것이다—특별히 누구라는 짐작이 있었던 것이 아니지만, 이 아가씨가 분노하는 것을 보고 갑자기 일련의 연상에 불이 붙기 시작했다. 미스 태런트의 강연이 끝나고 올리브와 음악실에서 이야기를 나누고 있을 때, 그녀에게 왔던 신사가 기억났다. 그에게 이 젊은 숙녀는 매우 냉랭하게 응대하지 않았던가. "특별히 누구를 의미한 것은 아닙니다만, 예를 들어 그 청년은 어떻습니까? 미스 태런트가 저에게 모임 초대장을 보내달라고 했던 그분 말입니다. 그분도 제가 보기에는 숭배자임이 틀림없습니다." 버래지 부인도 일어섰다. 그리고 잠시 방문객에게 바짝 다가와 말했다. "그렇게 젊고 귀엽고 매력적이고 총명하고 아름다운 분이신데, 항상 혼자 독차지하시고 다른 분들의 애정을 차단하시거나, 삶의 한쪽 면을 아예 잘라버리시면서 위험—그걸 위험이라고 하신다면—으로부터 지킬 수 있다고 생각하시는 건 기대가 너무 큰 게 아닐까요? 웬만큼 밉살스러운 게 아니라면 젊은 여성 누구나 그런 위험에 노출된답니다. 친애하는 미스 챈슬러, 제 충고 한마디 들어주시겠어요?" 버래지 부인은 올리브가 이 물음에 답하기를 기다리지 않고 바로 말을 계속했는데, 그 태도는 자신이 말하고 싶은 바를 정확히 알고 있으며, 동시에 그것을 말하는 말투는 다른 얘기를 할 때와 마찬가지로 나무랄 데 없을 뿐더러, 그 말투를 그다지 신경 쓸 것도 없다고 느끼는 듯했다. "불가능한 일을 하려고 하면 안 돼요. 당신은 이미 아주 훌륭한 것을 가지고 계십니다. 너무 멀리 뻗어나가려고 애쓰다 본전도 못 찾는 일은 없어야죠. 더 좋은 것을 얻지 못한다면 아마도 더 나쁜 것을 취하게 될 겁니다. 당신이 바라는 게 안전이라면, 그분은 제 아들과 결혼하시면—우리와 함께라면 최악이래봤자 어떨지 아실 테니—사기꾼이나 착취자의 먹잇감이 되는 것보다 훨씬 안전할 거예요. 그런 패거리들에게 한번 붙잡히면 그야말로 그분은 완전히 갇혀버립니다."

올리브는 시선을 떨구었다. 버레지 부인이 속세의 지혜를 발휘해 풍부한 경험에서 우러나오는 자신감에 찬 얼굴로 정곡을 가차없이 찌르는 그 엄청난 기세를 도저히 견디기 어려웠다. 그녀는 이제 물러날 데가 없다고, 갈 데까지 가는 수밖에 없다고, 이 시련과도 마주해야 한다고, 이 여주인의 충고에는 꺼림직한 진리가 담겨 있다고 느꼈다. 하지만 그렇다고 지금 이 자리에서 그것을 인정해줘야 할 의무는 없었다. 그녀는 버레지 부인의 현명한 말들을 고스란히 가지고 도망쳐 어딘가 혼자서 천천히 생각할 수 있는 곳으로 서둘러 가고 싶었다. "그런 말씀을 하시려고 저를 여기로 초대하시는 게 왜 옳다고 생각하셨는지 모르겠습니다. 자녀분의 인생은 어떻게 처신하시든 저로서는 전혀 관심이 없는 일입니다." 그렇게 말하고 그녀는 외투를 바짝 몸에 휘감더니 부인에게 등을 돌렸다.

"일부러 찾아주셔서 무척 감사합니다." 버래지 부인이 조금도 동요하는 기색 없이 말했다. "제가 말씀드렸던 것을 잘 생각해보세요. 분명 당신도 시간 낭비했다고는 느끼지 않으실 겁니다."

"저는 생각할 것이 아주 많습니다!"라고 올리브는 외쳤지만, 진심은 아니었다. 버래지 부인의 말이 머리를 떠나지 않을 것임을 그녀도 알았다.

"그리고 꼭 그분에게 전해주세요, 저희에게 오시면, 뉴욕 전체를 그분의 발밑에 무릎 꿇게 할 거라고요!"

올리브도 그것을 바라 마지않았지만, 버래지 부인이 그 말을 하니 마치 비웃는 것처럼 들렸다. 다시 집주인이 그녀의 방문에 대해 크게 감사를 표하는데도 미스 챈슬러는 한마디도 대꾸하지 않고 집을 나갔다. 바깥 거리로 나왔을 때 그녀는 자신이 격하게 흥분하고 있다는 것을 깨달았다. 하지만 기력은 꺾이지 않았다. 그녀는 흥분과 낭패감에 휩싸여 발걸음을 재촉했다. 그녀의 참을 수 없이 괴로운 양심은 마치 털을 곤두세우고 화가 난 짐승 같았다. 버리나에게 실로 훌륭한 제의가 왔는데, 그것에 대해 침묵한다는 것은 그녀 스스로 용납되지 않았다. 버래지가 사람들이 이토록 자신을 생각한다는 것에 버리나가 혹한다 하더라도, 그렇게 되면 베이질 랜섬에게 그녀를 빼앗길지도 모른다는 위험은 더는 두려워할 필요가 없을 것이다. 이런 생각을 하며 걷다 보니 올리브는 점점 더 초조해졌고, 이 밝은 햇빛을 갑자기 회색으로 바꾸어버린 그 문제에 완전히 정신을 빼앗긴 나머지 넓은 5번가의 보도에서 스쳐 지나가는 고상한 옷차림의 행인들도 전혀 신경 쓰지 않게 되었다. 그 문제가 마음에 걸리기 시작한 것은 어제 버래지 부인의 서신을 읽었을 때부터였다. 그 이후로 그녀는 버리나에게 만약 다시 한번 간청을 받으면 이 초대에 응할 것인지 물었으며, 막연하게나마 이 문제를 생각해왔었다. 그런데 생각했던 대로 그 간청을 받은 지금, 제안의 조건은 거의 잔인하게 여겨질 정도로 예리하기 짝이 없었다. 그녀가 마음속에 품고 있던 생각은, 만약 버리나가 버래지 가문에 몸을 의탁할 듯한 모습이 보인다면, 베이질 랜섬의 기가 꺾일지도 모른다는 것이었다―재산이나 신분에서 자신보다 나은 이들에 대항해봤자 초라한 무일푼인 본인은 승산이 없으니 체념할지도 모른다. 그가 그렇게 쉽게 태세를 늦출 것 같지 않았다. 그가 그렇게 근성이 약한 남자가 아니라는 것을 그녀는 잘 알고 있었다. 하지만 전혀 희망이 없는 것도 아니니 도움이 될 만한 기회라면 생각해볼 가치가 있을 터였다. 이제 그녀는 버리나가 그 집에 몸을 맡길지가 문제가 아니라, 후한 선물, 너무나도 자유로운 조건의 거래가 문제라는 것을 깨달았다. 버래지가 사람들을 무해한 인간이라고 가정하고 그들을 피난처로 이용하는 것은 불가능할 것이다. 그들은 동조자로서 버리나에게 오직 무한한 기회만을 제공하겠다고 제안한 순간부터 위험천만한 존재로 변했다. 그런 건 전혀 근거 없는 허위일 뿐이라고 올리브는 되뇌었다. 하지만 버리나는 그렇게 생각하지 않을지도 모르고 그들의 말을 전적으로 믿는 것도 충분히 있을 법한 일이다. 미스 챈설러는 이렇게 양자택일의 결정을 강요받고 의무의 문제를 고려해야 할 때 가히 열정을 보일 뿐만 아니라, 다른 것은 다 뒤로 미루더라도 당장 문제를 매듭지어야겠다고 생각하기 일쑤였다. 이때도 그녀는 버래지가 사람들을 믿어야 할지 말지 바로 결정하지 않고는 도저히 10번가 집의 문턱을 넘을 수 없을 것만 같았다. 여기서 '믿는다'는 것은 곧 그들이 버리나를 자기들 편으로 만드는 데 실패하는 동시에 베이질 랜섬을 따돌릴 것임을 믿는다는 뜻이었다. 올리브는 그 사람이 설마 그녀를 좇아 그 상류층 응접실까지 파고들 정도로 배짱이 있지는 않을 거라고 생각했다. 어쨌든 그 모자는 그가 뭘 원하는지 알게 되자마자 그를 들이지 않을 것이 틀림없다. 올리브는 버리나가 그들의 번잡스러운 환대에 파묻혀 있으면 뉴욕에 사는 이 남부 청년을 만날 일이 없어질 테니, 그 원수의 친척과 보스턴에서 사는 것보다 오히려 더 안전하지 않을까 하는 자문마저 하게 되었다. 그녀는 교차로를 건너가는 줄도 모르고 5번가를 계속 걷다가, 이윽고 워싱턴 광장 근처까지 와버린 것을 깨달았다. 그때쯤에는 그녀의 마음에 다음과 같은 생각도 명확히 정리되어 있었다. 베이질 랜섬과 헨리 버래지 두 사람이 똑같이 미스 태런트를 획득할 수 없으니, 두 가지 위험이 있을 수 없고 위험은 단 하나다. 이것만으로도 유리한 거래다. 어느 쪽의 위험이 더 현실성이 있는지 따져보고 그 한쪽을 처리하면 된다. 그녀는 광장 쪽으로 계속 걸었다. 이 광장은 주지하다시피 매우 넓어서 주위를 둘러싼 거리와 다 통했다. 광장의 가로수와 잔디밭은 이미 싹을 틔우기 시작했고, 분수는 햇빛 아래 물을 뿜었다. 이 구역의 아이들―포장 보도 위에 분필로 잔뜩 뭔가를 그리거나 행인들의 발치에서 기어 다니거나 웅크려야 하는 게임에 빠져 있는, 남부 지구에 사는 거무스레한 아이들이 있는가 하면, 프랑스인 유모들이 지켜보는 가운데 굴렁쇠를 굴리는, 나풀거리는 곱슬머리 아이들도 있었다—이 나뭇잎이나 가는 풀처럼 다듬어지지 않은 연약하고 작은 소리로 봄 공기를 가득 채우고 있었다. 올리브는 광장 안을 배회하다가 결국 늘어선 벤치 중 하나에 앉았다. 이렇게 정처 없이 시간을 헛되이 보내는 것은 그녀로서는 정말 오랜만이었다. 뉴욕에 머무는 동안 해야 할 일이 아직도 열 개 정도 남아 있었다. 하지만 지금은 그것도 다 잊었다. 설령 생각하고 있다 하더라도, 지금의 그녀에게는 전혀 중요하지 않았다. 한 시간쯤 그녀는 거기에 침울하게 앉아서 약간 떨리는 마음으로 언제 끝날지 모르는 생각을 되풀이했다. 그녀는 지금 자신이 운명의 위기에 맞닥뜨린 것 같은 느낌이 들었다. 그리고 이 위기의 진상을 있는 그대로 보는 것을 두려워해 뒷걸음질 쳐서는 안 된다고 생각했다. 10번가 집으로 돌아가려고 벤치에서 일어섰을 때, 그녀는 확고한 결심에 도달해 있었다. 베이질 랜섬이야말로 그녀에게는 가장 가공할 위협이다. 그렇다면 이 위협으로부터 그녀를 구해줄 합의라면 어떤 것이든 받아들이기로 하자. 버리나를 버래지가 사람들에게 빼앗긴다고 해도, 그 남자에게 빼앗기는 경우에 비하면 올리브로서는 훨씬 잃을 것이 적을 것이다. 버리나를 그들에게 빼앗기고 가장 큰 상처를 입는 것은 그 남자이다. 그 남자야말로 가장 많은 것을 잃게 되는 것이다. 그녀가 하숙집으로 걸어서 되돌아가, 맞아주는 하인에게 버리나가 집에 있냐고 물었더니, 미스 태런트는 오전 늦게 오신 신사분과 함께 외출하신 뒤 아직 돌아오지 않았다는 대답이 돌아왔다. 올리브는 그 자리에 물끄러미 서 있었다. 현관 앞의 시계는 3시를 가리키고 있었다.

33장

"함께 밖에 나가지 않겠습니까, 미스 태런트. 갑시다, 꼭 나와 함께 가주세요." 베이질 랜섬이 벽감 같은 창문가에 서 있는 것을 올리브가 보았을 때, 그는 이런 말을 버리나에게 하고 있었다. 물론 이런 말을 하기에 이른 것을 보면 두 사람 사이에 이미 이야기가 상당히 진전되었다고 봐야 할 것이다. 그가 한 말은 물론이고 그 이상으로 그의 어조가 두 사람이 크게 친밀해졌음을 상기시키기에 충분했기 때문이다. 그의 말을 듣고 버리나도 문득 그 사실을 깨닫고는 마음이 불편하고 조금 두려워졌다. 그녀가 의자에서 일어나 창가로 다가간 데에는 이런 이유도 있었는데, 그의 요구에 응할 수 없음을 분명히 밝히려는 뜻이었다면 엉뚱한 동작이라 할 것이다. 의자에 털썩 주저앉아 있었더라면 훨씬 더 확고히 자신의 의도를 전달할 수 있었을 것이다. 그의 존재가 그녀의 기분을 동요시키고 마

음을 설레게 했다. 그가 자신에게 어떤 기묘한 영향력을 발휘한다
는 것을 감지하기 시작했다. 확실히 보스턴에서 그가 처음 찾아왔
을 때에는 그녀도 부담 없이 함께 외출했었다. 그러나 모내드녹 광
장을 방문한 손님에게는 그렇게 하는 것이 가장 손쉬운 대접 방법
이라는 이유로 자신이 자진해서 산책을 제의한 깃이라, 지금의 경
우와는 중요한 차이가 있는 듯했다.

그때의 외출은 그녀 자신이 원해서 나갔던 것이지, 그가 원해서
가 아니었다. 게다가 구석구석 다 꿰뚫고 있는 케임브리지에서는
자신의 진지에 있는 듯한 안도감과 느긋한 기분에 젖을 수 있을 뿐
만 아니라 대학을 안내하고 싶다는 지극히 자연스러운 구실마저
있었다. 지금 이 매력적이고 즐거운 낯선 대도시의 거리를 함께 돌
아다니는 것은 전혀 사정이 다르다. 그에게 딱 맞는 진정한 의미의
집이라고 부를 만한 도시도 아니었다. 그는 자꾸만 그녀에게 이것
저것 보여주고 싶어 했지만, 한 시간 동안 이야기를 나눈 지금은 그
가 보여줄 만한 것을 꼭 보고 싶은 마음이 들지는 않았다. 그는 이
방에 앉아 있는 동안 여러 가지를 선보였지만, 결국 그가 말하고 싶
었던 것은 남녀평등이라는 사상은 그저 헛소리로밖에 생각되지
않는다는 것이었다. 어쩌면 그는 그 말을 하고 싶어서 이렇게 찾아
온 것은 아닐까, 그런 생각이 들 정도로 처음부터 끝까지 이 문제를
빙빙 돌기만 했다. 그녀가 무슨 말을 하든 그는 금세 이 새로운 진
리에 관한 문제로 연결했다. 물론 그가 대놓고 말한 것은 아니었다.
그는 의뭉스럽고 비꼬는 투로 말했고, 그녀가 모든 것을 훌륭히 증
명했다고, 아니 그녀 자신이 원하는 것보다 훨씬 더 많은 걸 증명했

다고 생각하는 척했다. 그러나 바로 이런 과장된 태도와 그녀가 버래지 부인 집에서 행한 연설의 두세 가지 요점을 아무렇지도 않게 바꾸어 말하는 그의 방식이야말로 바로 이 남자가 가장 오만한 조롱자임을 보여주는 증거였다. 그는 웃는 것 외에는 달리 할 일이 없다는 듯 굴었고, 이렇게 온종일 그녀를 놀려도 그녀 쪽에서 기분 나빠하지 않으리라고 생각하는 듯했다. 하긴 뭐 그렇게 놀리는 것이 재미있다면 그러라지, 하지만 함께 뉴욕을 돌아다니면서까지 그에게 비웃을 기회를 주어야 할 이유는 없었다.

과거에 그녀는 그를 조금이나마 개심시키려는 마음을 먹었음을 그에게도 올리브에게도 역설하곤 했다. 그러나 이제 갑자기 그런 기분이 사라져버렸다―그런 노력을 할지 말지 고민하기를 관뒀다. 그렇게 진지하게 그를 생각해줄 이유가 있는가? 그는 그녀에 대해 조금도 진지하게 생각하지 않는데. 즉, 그녀의 의견을 진지하게 받아들이지 않는데. 이전에도 그녀는 그가 그런 문제를 논의하는 것을 좋아하지 않는 것 같다고 생각한 적이 있었다. 그런 인상을 받았기에 케임브리지에서 그를 만났을 때 당신은 나에게 사적인 관심이 있을 뿐, 논쟁하려는 건 아니라고 말했었다. 그때는 그저 탐구심이 왕성한 남부 청년으로서 재기발랄한 뉴잉글랜드 처녀의 정체를 알고 싶어 하는 것이라는 의미였다. 그런데 그 이후 그녀도 좀 더 사정을 알게 되어 남부 청년의 개인적 관심사가 (본래 탐구심이 얼마나 있든) 어느 정도인지 알 수 있었다―버래지 부인의 집에서 랜섬과 잠깐 이야기를 나눈 것이 이 문제에 어느 정도 빛을 밝혀주었다. 역시 이 남자도 구애하고 싶어 하는 것일까? 그렇게 생각하자 버리나는 초조한 마음이 들면서 이미 지쳐버렸다. 올리브와 틀어지게 되는 일만은 하고 싶지 않았다. 자신에게는 그런 감정에서 비롯되는 매혹을 훨씬 넘어서는 관심사가 엄연히 있다는 것을 믿을 확실한 근거를 올리브가 마련해주었기 때문이었다(어젯밤 단지 평소의 반복에 지나지 않은 말다툼을 했을 때뿐만이 아니라, 그녀를 알게 된 처음부터 끊임없이). 랜섬 씨와 논쟁을 벌여서 설득해내고 싶다고 벼르던 것이 어제의 그녀였다면, 오늘 아침 그를 맞으러 응접실로 들어갔을 때의 그녀는 이야기를 나누기에 좋은 조용한 방에서 단둘이 있게 된다면, 그도 지금까지 몇몇 신사들이 그녀의 이야기를 들은 후에 그랬던 것처럼 연설의 여러 요점을 차례로 받아들일 것이라고 은근히 기대하고 있었다. 그것은 그녀로서는 더 바랄 나위 없는 일이었고 올리브도 이러한 그녀의 즐거움에는 불평 한마디 한 적 없었다. 그런데 막상 만나보니 아무것도 받아들일 태세가 아니었다. 그는 그저 그녀를 비웃거나 놀릴 뿐이었고, 그녀가 연설에서 말했듯이 여자들이 상자에서 나오면 일을 얼마나 환상적으로 바로잡겠느냐고 터무니없는 공상을 하염없이 늘어놓았다. 그는 계속 그 상자에 대해 말했다. 아무래도 이 은유를 놓치지 않을 셈인 듯했다. 그는 오늘 상자의 유리 면을 통해 그녀를 바라보러 왔는데, 그녀가 다칠 수 있다는 염려만 없다면 유리를 때려 부수고 들어갈 참이라고 말했다. 비록 온 세상을 찾아다녀야 하더라도, 기필코 상자 열쇠를 찾아낼 것이라고. 이런 열쇠 구멍으로밖에 이야기할 수 없다는 게 답답해서 견딜 수 없다고. 그는 주제를 제대로 마주할 생각은 없는 것 같았지만, 적어도 그녀와는 마주하고 싶은 모양이었다―될 수 있는 한 그녀를 오랫동안 붙잡아두고 싶은 듯했다. 이에 버리나는 올리브 챈설러를 방문한 첫날 마치 지상에서 끌려 하늘 높이 날아가는 기분을 맛본 이후 느껴본 적이 없는 감정을 느꼈다.

"아주 멋진 날씨입니다. 저는 당신이 아름다운 하버드를 안내해주셨던 것처럼 당신께 뉴욕을 안내하고 싶습니다." 베이질 랜섬은 그녀가 자신의 제안에 따르도록 압박하며 말을 이어갔다. "게다가 당신은 그때 그렇게 하는 것이 저를 위해 할 수 있는 유일한 대접이라고 말씀하셨죠. 저도 그렇습니다. 이곳에서 당신을 위해 해드릴 수 있는 것은 그것뿐입니다. 이런 하숙집의 응접실에서 뻣뻣한 이야기만 조금 나누다가 이대로 당신이 가는 걸 두고 보는 건 도저히 참을 수가 없어요."

"저런, 방금 하신 말씀을 뻣뻣한 이야기라고 하시다니!" 버리나는 웃으며 외쳤다. 바로 그때 올리브가 집에서 나와 문간 계단을 내려가는 것이 보였다.

"제 친척분은 정말 뻣뻣해 보이는군요. 저러면 털끝만큼도 우리를 돌아다볼 것 같지 않네요." 청년이 말했다. 하지만 버리나의 눈에는 걸어가는 올리브의 모습이 기이하게 애처로우며 비극적인 운치로 가득했고, 이미 그녀가 익히 아는 것도 생경한 것도 다 포함해 많은 것을 말해주는 듯했다. 남자들이란 얼마나 여자를 이해하지 못하는가, 진정으로 미묘한 일을 얼마나 헤아리지 못하는가, 그러니 그도 잔인한 의도 없이 저렇게 애수 어린 모습조차 우스팡스럽게 여기고 함부로 조롱의 말을 내뱉는 거겠지. 베이질 랜섬의 상대 여성은 그렇게 되뇌었다. 사실 이날 랜섬은 세심한 마음씨를 보여주려는 생각이 없었고, 이제는 그 모습만 봐도 역겹고 지긋지긋한 올리브 챈설러를 쫓아버리고 싶을 뿐이었다. 그녀가 집에서 나가는 것을 보고 그는 기뻐했다. 하지만 그것만으로는 충분하지 않았다. 곧 그녀는 다시 이곳으로 돌아올 것이다. 이 방 자체가 그녀의 존재를 담고 그녀를 표현하는 공간이었다. 오늘 하루는 버리나를 독차지해 어딘가 멀리 데려가, 그가 케임브리지를 찾은 날 둘이서 즐겼던 그 행복한 상황을 조금이라도 재현해보고 싶었다. 더구나 그럴 수 있는 날이 오늘 말고는 없다는 사실이 한층 그의 욕망에 불을 질러 꼭 해내야겠다는 결의를 다지게 했다. 이 문제에 대해 지난 48시간 동안 숙고한 끝에 그는 자신이 사태의 절대적 본질을 꿰뚫어 보기에 이르렀음을 확신했다. 그는 버리나에 대해 품은 것과 같은 깊은 관심을 다른 누구에게도 느껴본 적이 없었다. 하지만 오늘 이후, 이제 그런 것을 대수롭게 여기지 말자고 다짐했다. 그런 마음을 먹었기에, 현재의 한정된 기회가 정말 귀중하게 여겨졌다. 현재의 그는 수치스러울 정도로 몹시 추레하고 빈한한 삶을 살고 있으니, 버리나와 같은 매우 독특한 위상의 아가씨에게 결혼을 신청할 자격이 있으리라고는 생각되지 않았다. 세속적인 관점에서 그녀의 위상이 얼마나 높은 것인지는 그도 이제 알 만큼 알았다. 버래지 부인의 집에서 들은 그녀의 연설이 꽤 분명한 추정을 가능하게 해주었고, 그녀라면 어느 정도의 성과를 거둘 수 있을지 분명히 보여주었다. 이런 매력적인 행사라면 청중은 수천 명도 몰려들 것이다(모였다고 그들을 탓할 필요도 없다). 그녀는 금세 유명 배우나 가수처럼 대단한 이력을 갖게 될 것이고, 그런 유의 공연자에는 아주 조금 못 미칠지도 모르지만 막대한 돈을 벌어들이게 될 것은 확실하다. 그가 버래지 부인의 집에서 보낸 그 멋진 시간을 즐기는 데 단돈 50센트를 내기를 꺼리는 사람이 있겠는가? 그녀가 할 수 있는 종류의 일 ― 유창하게 재치 있는 말을 늘어놓는 삼류 장광설, 의식적이든 무의식적이든 그럴듯하게 꾸미는 협잡 같은 것 ― 에 대한 수요는 요즘 날로 높아지고 있으며, 귀가 얇고 군중심리에 휩쓸리기 좋아하는 우둔한 대중, 그의 조국의 계몽된 민주주의는 그러한 헛소리를 얼마든지 삼켜줄 것 같았다. 그는 이런 식으로 그녀가 앞으로도 몇 년 동안은 약국 진열창에는 그녀의 초상이, 담에는 그녀의 포스터가 붙은 채, 지금의 일을 계속해나갈 수 있을 거라 확신했다. 그러는 와중에 평생 풍족하게 살 만한 재산을 마련하게 될 터였다. 우리 젊은이에게는 이런 사정이 다 버리나에게 구애하기 어렵게 만드는 극복할 수 없는 장애물로 여겨졌다고 말씀드리면, 아마 고결한 정신을 가진 분들은 이 청년에게 경멸의 마음을 가질지도 모르겠다. 그의 망설임은 의심할 것 없이 잘못된 자부심에서 비롯되었다. 윤리적 허세가 깃든 이런 감상은 원래 남부의 기사도 정신 자체에 담겨 있기도 했다. 어쨌든 그는 버래지 부인의 총아를 감싸는 금빛 찬연한 후광을 생각하면, 그 자신의 가난과 평범하기 짝이 없는 처지를 부끄러워하지 않을 수 없었다. 남의 어리석음을 이용하는 것은 얼마나 비열한 짓인가, 차라리 세상에 알려지지 않고 자신에게 실망한 채로 초라한 삶에 만족하는 것이 더 낫다는 생각이 들었을 때에도 그는 이런 굴욕감을 떨쳐낼 수 없었다. 유복한 집안에서 태어난 그는 전쟁 이후 여러 해 동안 비참하게 살아왔음에도 신사라면 아름다운 아가씨와 결혼하기를 바라더라도, 자신의 비참한 조건에서 함께 살자는 청을 해서는 안 된다는 믿음을 잃지 않았다. 한편, 결혼하고 나서도 버리나가 그를 위해 돈이 되는 이 일을 계속해나간다는 것은 그로서는 도저히 받아들일 수 없었다. 그녀의 남편이 되다면 그때는 단호하게 그녀를 침묵시킬 생각이었다. 이런 생각을 하다 보니 그는 적어도 한 번이라도, 그가 잃도록 운명지어졌거나 어쨌든 손에 넣으려는 시도 자체가 금지된 것을 마음껏 즐기고 싶다는, 억누를 수 없는 열망에 사로잡혔다. 그녀와 하루를 함께 보내고, 그 후 다시는 그녀를 만나지 않기로 한다ㅡ그것이 그에게는 당장에 허락된 최소한이고, 또 동시에 그가 이룰 수 있는 최대한의 일이었다. 버래지 씨라는 청년이라면 그녀의 견해에 대한 가장 고분고분한 지지를 포함해 그가 줄 수 없는 모든 것을 그녀에게 줄 수 있음이 틀림없다는 것은 새삼 상기할 필요가 없었다.

"오늘은 공원도 아주 좋을 것입니다. 자, 저와 함께 산책하러 갑시다. 하버드에서도 작은 공원을 산책하지 않았습니까?" 그는 올리브의 모습이 보이지 않게 되자 물었다.

"어머, 저는 이미 봤어요, 아주 잘, 구석구석. 어제 제 친구가 친절하게도 마차로 데려다주셨어요." 버리나가 대답했다.

"친구?ㅡ버래지 씨 말인가요?" 그렇게 말하며 랜섬은 그 비범한 눈으로 그녀를 물끄러미 바라보았다. "물론 나는 당신을 태울 마차는 없습니다. 하지만 벤치에 앉아서 이야기할 수는 있어요."

그녀는 그 친구가 버래지 씨라고 인정하지 않았지만, 또 아니라고 대답할 수도 없었다. 그녀의 표정에서 그는 자신의 추측이 옳았다는 것을 알았다. 그래서 그는 계속해서 말했다. "그와 함께여야만 외출할 수 있습니까? 그가 좋아하지 않는다는 것이군요. 당신은 그의 마음에 드는 일만 할 수 있습니까? 루나 부인에게 들었는데, 그는 당신과 결혼하고 싶어 한다더군요. 하긴 그의 어머니 집에서 만났을 때도 당신에게 푹 빠져 있는 것 같았습니다. 그 사람과 결혼하신다면 그야말로 매일같이 마차로 외출하실 수 있겠군요. 그래서 당신은 나를 만날 수 없게 되기 전에 지금 이렇게 나를 한두 시간 만나주시는 거고요." 그는 자신이 무슨 말을 하는지 그다지 신경 쓰지 않았다 ─ 오늘은 그런 걸 개의치 않기로 처음부터 작정했다. 그녀를 그가 원하는 대로 하게 할 수만 있다면 수단을 가리지 않을 생각이었다. 그러나 자신의 말에 그녀가 갑자기 얼굴을 붉히는 것이 보였다. 그녀는 너무나 거침없이 격의 없게 구는 그의 태도에 놀라 그를 물끄러미 바라보았다. 그는 스스로 의식하며 쓰던 빈정거리고 냉정한 어조를 버리고 말을 이었다. "당신이 누구와 결혼하든, 혹은 누구와 마차를 타든 내가 상관할 일은 아닙니다. 제가 한 말이 경솔하고 퉁명스럽게 들렸다면, 부디 용서해주십시오. 하지만 이것만은 알아주셨으면 합니다. 저로서는 어떤 희생이라도 마다하지 않을 생각입니다. 만약 당신이 얽매여 있는 주위 사람들로부터 조금이라도 당신을 떼어놓을 수만 있다면. 만약 한 시간이나 두 시간이라도, 마치 ─ 마치 ─" 그러고는 그는 말을 끊었다.

"마치 뭐죠?" 그녀는 몹시 진지한 표정으로 물었다.

'마치 이 세상에 버래지 씨라든가 미스 챈설러라든가 하는 사람들이 전혀 존재하지 않는 것처럼요.' 물론 그는 이 말을 그대로 밖으로 꺼내지 않을 것이었고, 실제로는 다른 표현을 사용했다.

"나는 당신이 무슨 말을 하는지 잘 모르겠어요. 왜 다른 사람들에 대해 말씀하시는 거죠? 나는 뭐든지 내가 하고 싶은 대로 할 수 있어요, 완전히요. 그런데 왜 당신은 그 일이 이미 정해진 사실인 것처럼 말씀하시는지 저는 모르겠네요!" 버리나가 이렇게 말한 것은 특별히 상대가 듣기 좋은 말을 하려는 것도 아니었고, 상대에게 잘 보이려는 생각은 더더욱 아니었다. 단지 스스로 잘 생각해보려고, 시간을 잠깐 벌고 싶었기 때문이었다. 그가 헨리 버래지를 자꾸 끌어들이는 모양새가 마치 그녀가 그 사람과 공원에서 보낸 한때를 지금 제안된 산책보다 더 기분 좋게 여긴다고 생각하는 듯해서 그녀로서는 뜻밖이었다. 그렇지 않은데. 왠지 그가 그걸 알아줬으면 싶었다. 동행과 함께 공원을 거닐다 천천히 걸음을 멈추고 전날 본 사람들처럼 동물들을 바라보는 것, 어딘가 인적 드문 곳에 앉아 어제는 헨리 버래지와 나란히 높은 자리에서 바라보았던 ─ 그때는 아래를 내려다보는 위치에 있어 기분이 좋은 게 부당하게 느껴졌는데 ─ 먼 경치를 바라보는 것. 그 편이 훨씬 취향에 맞았고, 그녀가 진정한 기쁨이라고 생각하는 것에 훨씬 가까웠다. 게다가 랜섬 씨는 이런 이른 시각에 찾아오기 위해 자기 일을 포기해야 했음이 틀림없었다. 그와 같은 부류의 사람들은 오전에는 항상 생업을 해야 하니까. 시간에 구애받지 않아도 되는 것은 버래지 씨 같은 사람뿐이다. 원래 그 사람에게는 직업이랄 게 없으니까. 랜섬 씨는 오늘 하루를 이렇게 바칠 생각일까. 그렇게 생각하자 그녀는 부담을 느꼈다. 보기 드물게 온화한 품성을 가진 아가씨인 그녀는 다정함으로 가득 찬 그 마음씨로 자신을 위해 치러진 희생을 느끼지 않을 수 없었다. 지금까지 남의 간청을 받고 거절한 적이 한 번도 없었다. 게다가 만약 올리브가 그 기묘한 협의를 마치고 그녀를 버레지 부인의 집에 보내는 일이라도 생기면 아무리 그녀가 부정해보았자, 그는 분명히 그녀와 그 집 청년이 뭔가 진지한 관계라고 생각할 것이 틀림없다. 그뿐만이 아니다. 그녀가 부인의 집에 가면 랜섬 씨의 방문을 받는 게 어렵게 될 것이다. 그녀가 그런 짓을 할 리가 없다는 올리브의 신뢰를 받는 이상, 그녀로서도 과거에 어떤 배신을 했든 간에 앞으로는 절대 올리브를 실망시키거나 뭔가를 숨기는 일은 없어야 했다. 그녀 자신도 그런 짓을 하고 싶지 않았고, 또 하지 않는 편이 훨씬 좋다고 생각했다. 뉴욕에서 그녀를 위해 마련될 삶, 지금 눈앞의 상대는 완전히 제외된 삶에 생각이 미치자 그녀는 갑자기 결심이 바뀌어, 그에게 나중에는 해줄 수 없는 일을 미리 보상해주기 위해 그의 청을 들어주고 싶은 마음이 간절해졌다. 아니 무엇보다 그녀는 자신이 누군가와 결혼을 약속하고 있다고 그가 생각하는 것이 싫었다. 자신이 왜 그런 걸 신경 쓰는지 그녀도 알 수 없었다. 사실 이 순간 우리의 젊은 숙녀는 자신의 감정을 전혀 파악하지 못한 상태였다. 랜섬 씨와 더 가까워졌을 때 (그의 관심은 전적으로 개인적인 것에 지나지 않을 테니) 어떤 이득이 있으리라고는 생각되지 않았지만, 그럼에도 그녀는 결국 그에게 이렇게 물었다. "왜 저와 함께 산책하고 싶으세요? 특별히 저에게 말씀하고 싶으신 게 있나요?" (확실히 이렇게 애정을 재보는 듯한 말을 이렇게 진심을 담아 순수한 의도로 할 수 있는 사람은 이 세상에 버리나 말고 없을 것이다.) 마치 그것이 단호하게 그를 따돌릴 이유가 되지는 않을 거라는 듯이.

"물론 나는 당신에게 특별히 말씀드리고 싶은 게 있어요 — 말씀드려야 할 것이 산더미입니다!" 청년이 외쳤다. "이런 빽빽하고 비좁은 방에서는 도저히 말할 수 없는 일입니다. 게다가 여기는 사적인 장소가 아니니 언제라도 다른 사람이 들어올지도 모르고요. 게다가 —" 그는 궤변 같은 변명을 덧붙였다. "세 시간이나 방문하는 것은 실례가 되겠지요."

버리나는 그의 궤변을 받아들이지도 않고, 그럼 그 정도 시간 동안 함께 거리를 돌아다니는 것은 실례가 아니냐고 반문하지도 않고, 이렇게 말했을 뿐이었다. "말씀이라니, 제가 듣고 싶어 할 만한 이야기인가요? 아니면 저에게 뭔가 도움이 되는 이야기일까요?"

"네, 도움이 되기를 바랍니다. 하지만 당신이 듣고 싶을지는 모르겠네요." 베이질 랜섬은 그녀에게 미소를 지은 채 잠시 망설였다. 그러고는 말을 이었다. "드리고 싶었던 말씀은 말이죠, 제 생각이 당신의 생각과 정말로 얼마나 다른지 이번에 확실하게 말씀드리고자 했습니다!" 이는 그가 문득 생각나는 대로 한 말이긴 했지만 참으로 적절했다.

그만한 일이라면 그와 함께 나가도 괜찮겠다고 버리나는 생각했다. 이것이라면 사적인 이야기가 아니니까. "글쎄요, 당신이 그렇게 관심을 가져주셔서 기쁩니다." 그녀는 생각에 잠겨 대답했다. 그녀에게는 아직도 꺼려지는 것이 있었다. 그녀는 그것을 다음과 같은 말로 표현했다. 올리브가 돌아왔을 때 자신이 집에 있어줘야 하지 않겠느냐고.

"그런 거라면 괜찮을 겁니다." 랜섬이 답했다. "아니면 그분은 자신에게만 외출할 권리가 있다고 생각하나요? 본인이 외출 중에는 당신이 집을 지키는 것으로 되어 있는 겁니까? 그분이 밖에서 충분히 일을 보고 돌아오시면, 돌아올 때쯤 당신은 여기에 와 있을 거예요."

"그렇게 나가셨으니 ─ 저를 믿어주시는 게 틀림없어요." 버리나는 그렇게 말해놓고는 바로 자신의 솔직함에 깜짝 놀랐다.

그녀가 당황할 만도 한 것이, 베이질 랜섬이 얼른 그녀의 말꼬리를 잡아서 비웃듯이 크게 놀라는 표정을 지으며 이렇게 말했기 때문이었다. "당신을 믿어준다고요? 그녀가 당신을 믿지 못할 이유가 뭔가요? 당신은 아직 천지 분간 못 하는 열 살 소녀이고, 그 사람이 당신의 가정교사입니까? 당신에게는 자유란 게 전혀 없습니까? 항상 그녀에게 감시당하고 책임을 추궁당하나요? 당신에게는 무슨 방랑벽이라도 있어서, 사면에 벽을 두른 곳에라도 가둬두지 않으면 안심할 수 없다고 생각하는 것 같군요." 랜섬은 같은 어조로, 그녀가 그의 케임브리지 방문 건을 올리브에게 계속 알리지 않을 필요를 느꼈던 것 ─ 버래지 부인의 집에서 잠시 이야기를 나누던 중에 암묵적으로 서로 인식한 사실이었다 ─ 에 대하여 말하려고 했으나, 곧 지금까지 말한 것만으로도 충분한 효과가 있었음을 깨달았다. 버리나로서는 의도한 것보다 말을 더 해버렸으니, 말실수를 취소하는 가장 쉬운 방법은 당장 보닛과 상의를 챙겨 와서 어디든 그가 가고 싶다는 곳을 따라가는 것이라고 생각한 듯했다. 5분이 흐른 지금, 그는 응접실을 서성이며 그녀가 외출 준비를 마치기를 기다리고 있었다.

그들은 고가철도를 타고 센트럴파크로 나갔다. 버리나는 어쨌든 올리브가 버래지 부인과 만나 적당히 자신의 처신을 결정해줄 터이니 지금 이렇게 자신의 책임하에 작은 나들이를 즐겨본다고 해서 크게 나쁠 건 없다고 마음먹었다. 게다가 단 한 시간 정도의 외출이니까 올리브의 귀가 시간에 맞출 수 있을 것이다. 고가철도의 장점은 그걸 타면 몇 분 만에 공원에 오고 갈 수 있어서 남은 시간을 모두 산책이나 구경에 할애할 수 있다는 점이었다. 이날 공원은 너무나 아름다워 두 번째 보는 그녀도 반기지 않을 수 없었다. 인접한 거리를 따라 늘어선 집들이 반짝반짝 빛나는 창문을 서로 마주한 사이로 길고 좁게 뻗은 이 공원은 살갗을 살짝살짝 스치는 서늘한 4월의 공기로 가득 차 있고, 이곳에 조성된 인공 동굴과 터널, 파빌리온과 조각상, 번잡한 오솔길과 포장도로, 심지어 이 경치에는 어울리지 않게 큰 호수, 그런 호수에도 어울리지 않을 정도로 더 큰 다리 등이 비록 감흥을 방해할지라도 1년 중 가장 매력적인 이 계절에 걸맞게 향기롭고 상쾌한 기운이 주위를 감싸고 있었다. 버리나도 일단 여기까지 와버렸으니 이 멋진 날의 분위기에 몸과 마음을 내맡기지 않을 수 없었다. 역시 오길 잘했다는 생각이 들었다. 올리브도 잊은 채 어느새 그녀는 세상 그 누구에게도 자신이 어디 있는지 알리지 않고, 이렇게까지 상냥하게 돌봐주는 멋진 청년의 안내를 받아 이 대도시를 돌아다니는 재미에 푹 빠졌다. 어제 버래지 씨와 마차로 방문했을 때와는 전혀 달랐다. 이번이 더 자유롭고 인상도 강렬했으며 재미있는 일이나 기회도 훨씬 더 충만했다. 마음 내키는 대로 걸음을 멈추고 무엇이든 천천히 바라볼 수 있고, 가장 유치한 호기심도 만족시킬 수 있었다. 사실은 그렇지 않다는 것을 알면서도 온종일 나와 노는 기분이 들었다―부모님이 사교계 사람들을 본받아 마을을 벗어나 시골로 피서를 떠났을 때, 우연히 동행을 얻어 집에서 멀리 떨어져 있는 숲이나 들판에 가서 산딸기 열매를 찾고 집시 놀이를 하며 몇 시간을 보냈던 어린 시절 이후로 없었던 일이었다. 베이질 랜섬은 어딘가에 가서 점심을 먹자며 연신 그녀에게 권하기 시작했다. 웨스트 10번가의 하숙집에서 식사가 나오기 30분 전에 그녀를 데리고 나와버렸으니, 그 보상을 위해서라도 꼭 합당한 식사를 대접하는 것이 자신의 의무라고 주장했다. 5번가 가장 위쪽 가까이에 있는 매우 조용하고 호화로운 프랑스 식당을 그는 알고 있었다. 그녀에게는 말하지 않았지만, 그는 일찍이 루나 부인과 그곳에서 점심을 함께 한 적이 있기에 그곳을 기억하고 있었다. 버리나는 그의 초대에 바로 응하지 않았다―곧 집으로 돌아갈 것이니, 그런 걱정 하실 필요 없다고 말했다. 배고프지 않을 것 같고, 점심은 대수롭지 않게 여기며, 집에 돌아가 식사를 하면 된다고. 그가 계속 권하자 그녀는 무언가 먹고 싶어질지 나중에 생각해보겠다고 말했다. 그녀로서도 그와 어딘가 음식점에 무척 가고 싶었다. 하지만 그렇게 하는 것이 두려웠다. 사실 그와 산책을 나온 것 자체가 즐거움에 가슴이 두근거리는 와중에도 두렵게 느껴졌다. 즐거운 기분이 들긴 했지만, 왜 여기에 왔는지 스스로도 알 수 없었고 랜섬 씨가 하고 싶다고 했던 말도 꼭 들어야 할 만큼 그녀에게 중요한 것이라고는 생각되지 않았다. 그가 어떻게든 그녀를 점심 식사에 초대하려 한 데에는 물론 분명한 의도가 있었다. 작은 테이블에 그와 마주 앉게 그녀를 앉힌다. 그녀는 테이블에 비치된 특이한 모양의 냅킨꽂이에서 냅킨을 꺼낸다. 지금 그의 공상 속에서 음악처럼 웅웅대는 여러 가지 화제들을 그녀에게 들려주는 동안 미소로 답하는 그녀. 그렇게 기다리다 보면 이윽고 프랑스어 *메뉴판(carte)*에서 고른 훌륭하고 조금은 알기 어려운 요리들이 나온다. 이것이 그의 계획 중 일부였다. 30분 이내에 집에 돌아가겠다는 그녀의 예정에 반하는 계획이라는 건 확실히 부정할 수 없었다. 그들은 센트럴파크의 주요 볼거리 중 하나인 작은 동물원을 구경했다. 연못에서 노는 백조를 바라본 뒤, 30분간 보트를 탈지 말지 논의하기도 했다. 랜섬은 그들의 방문을 완벽하게 만들기 위해서라도 반드시 보트를 타야 한다고 주장했다. 그러자 버리나는 왜 완벽해질 필요가 있는지 모르겠다고 응수했다. 그렇게 산책로 구석구석을 누비다가 미로에서 길을 잃고는 주위에 놓인 위인의 전신상이나 흉상 하나하나에 감탄한 후, 마지막으로 남들 눈에 띄지 않는 나무 그늘 아래 벤치에서 쉬기로 했다. 그러나 이 깊숙한 곳에서도 먼 경치가 꽤 아름답게 보이고 이따금 유모차가 귀에 거슬리는 소리를 내며 아스팔트 산책로를 지나갔다.

그들은 그때까지 이미 충분히 이야기를 나눴지만, 그럼에도 버리나에게는 어느 것 하나 진지한 대화라고 할 만한 것은 없는 것 같았다. 랜섬 씨는 여전히 되는대로, 여성해방 문제를 포함하여 농담을 던졌다. 지금까지 지극히 진지한 태도로 세상을 대하는 사람들과 함께 살아온 버리나로서는 조국의 제도와 시대 풍조에 대해 이렇게 철저한 폄훼와 비웃음을 퍼붓는 인간을 만나는 게 생전 처음이었다. 처음에 그녀는 그의 말에 대해 반박하거나 격렬한 기백으로 응수하기도 하고, 그의 불손한 언행의 화살을 그 자신에게 돌리도록 시도했다. 언제나 기민하고 재기 넘치는 그녀로서는 그가 말한 거의 모든 것을 촌철살인의 기발한 말로 반박하는 것은 아주 쉬운 일이었다. 그러나 차츰 그런 논의에 진절머리가 나고, 약간 슬픈 기분에 사로잡히기 시작했다. 지금까지 자라온 환경에 의해 항상 새로운 이상을 좇고, 도처에 만연한 사회적 합의에 비판을 가하고, 대단히 많은 문제에 반대해왔지만, 그렇다고 해도 랜섬 씨가 보이는 철저한 규탄의 자세나, 과장하거나 사실을 와전하는 데서 드러나는 그토록 격렬한 적의는 꿈에도 생각해본 적 없었다. 그녀도 그가 대단한 보수주의자라는 것을 알고 있었지만, 보수적임이 사람을 이렇게 공격적이고 인정사정없게 만들 수 있다는 것은 몰랐다. 그녀가 생각했던 보수주의자들이란 단순히 독선적이고 완고한 자기만족적인 인간, 기존 제도에 안주하는 인간일 뿐이었다. 그런데 랜섬 씨는 아무리 봐도 그녀가 원하는 제도에 만족하지 않을뿐더러 기존 제도에 만족하는 것 같지도 않았다. 그리고 당연히 같은 편이어야 할 사람 중 몇몇에게조차 거의 어떤 인간에게도 해서는 안 된다고 생각되는 심한 말을 하기를 서슴지 않았다. 잠시 후 그녀는 그와 논쟁하고 싶은 마음이 사라졌고, 그는 어쩌다 이렇게 심술궂은 인간이 된 것일까 하고 의아해했다. 아마도 이 사람의 인생에 뭔가 좋지 않은 일이 생겼던 게 틀림없다 ─ 끔찍한 불행을 만났고, 그 때문에 그의 인생관 전체가 물들어버리고 말았을 것이다. 그는 냉소적이었다. 그런 심리 상태에 대해서는 그동안 자주 이야기를 들었는데 실제로 접한 것은 이번이 처음이었다. 지금까지 그녀가 만난 사람들은 모두 인생에 많은 기대를 걸 줄 아는 사람들뿐이었다. 베이질 랜섬의 개인사에 대해서는 올리브가 말해준 것밖에 몰랐다. 그것은 개략적인 이야기일 뿐이어서, 사적인 드라마로, 남모를 환멸이나 고뇌로 채워질 여지는 다분히 남아 있었다. 그와 나란히 벤치에 앉은 그녀는 그의 그런 비밀에 대해 생각하며, 예를 들면 그가 자유에 대한 모든 현대적 공염불에 신물이 난다, 자유의 확장을 원하는 사람들에게는 도저히 공감할 수 없다는 식으로 말할 때 그의 마음에 쓰라린 기억이 되살아나는 것일까, 자문했다. 세상을 위해서는 사람들이 현재 누리고 있는 자유를 더 잘 활용하기만 하면 된다. 이런 선언을 듣고 버리나는 숨이 턱 막혔다. 19세기 오늘날 아무리 뒤처져도 이런 말을 하는 인간이 아직 있으리라고는 꿈에도 생각하지 못했다. 교육의 보급에 대한 그의 비난도 이와 궤를 같이하는 것이었다. 그는 교육의 보급이 전혀 터무니없는 익살극이나 다름없다고 생각했다 ─ 그것은 묵묵히 성실하게 자기 일에 힘쓰는 것을 방해하는 공리공론을 자꾸만 사람들의 머릿속에 집어넣을 뿐이다, 지성을 가진 사람만이 비로소 교육받을 자격이 있다, 조금이라도 사물을 있는 그대로 바라보려는 열망을 갖고 보면 금방 알게 되겠지만 지성이란 극히 드문 사치품으로, 그것을 가진 사람은 아마 백 명 중 한 명 정도일 것이다 등등. 어쨌든 이 사람은 인간성이라는 것을 상당히 낮게 평가하고 있다고밖에 생각할 수 없었다. 뭔가 정말로 나쁜 일이 이 사람에게 일어났던 것이기를 버리나는 바랐다―그의 이야기를 듣고 그녀의 성정에 솟은 분한 마음을 만족시키기 위해서가 아니라, 무서운 모멸로 가득 차서 잔인하게 구는 그를 용서해주기 위한 구실로 삼고 싶었기 때문이다. 그녀는 그를 용서해주고 싶었다. 30분 정도 벤치에 앉아 있는 동안 신랄한 기분도 얼마간 누그러진 듯 좀 더 배려심 있는(혹은 그런 듯 보이는) 진지한 어조로 이야기하기 시작하는 것을 보고, 그녀는 이상한 감정에 사로잡혔던 것이다. 자신의 견해를 계속 주장하려는 마음도 완전히 사라져버려서, 이렇게 서로의 골이 깊어진 채로 그와 헤어지는 일을 도저히 참을 수 없게 되었다. 그녀의 마음속에 생겨난 이 감정을 내가 이상하다고 칭한 것은, 대도시의 웅성거림이 멀리서 들려오는 가운데 따뜻하고 고요한 이 나무 그늘에 앉아서 그의 낮고 달콤하고 명료한 목소리가 (그녀 쪽으로 몸을 기울일 때면 거의 그녀의 뺨과 귀를 간지럽힐 듯한) 온화하고 친밀한 웃음을 섞어가며 색다른 억양으로 황당한 의견을 쏟아내는 것을 듣고 있던 그녀의 마음속에 여러 감정이 살며시 서로 싸우고 있었기 때문이다. 반박하기 매우 쉬운 데다 그녀로서는 계속 관대한 마음으로 들여다보려고 애쓰긴 했지만, 그렇다 하더라도 이렇게 그녀를 괴롭힐 뿐인 말을 하고 싶어서 여기로 데리고 나왔다니 이상할 정도로 가혹하고 거의 잔인하기까지 한 처사 같았다. 그러나 그럼에도 그의 말을 듣다 보면 이상한 마력에 사로잡혔다. 원래 그녀에게는 쉽게 남의 의견에 굴복하거나 압도되는 면이 있었다. 다른 사람들이 주장을 펼칠 때 그녀는 잠자코 있을 수 있었는데, 그녀의 침묵에는 악감정이 조금도 섞여 있지 않았다. 애초에 올리브와의 관계도 강렬한 주장에 얌전히 말없이 따르는 동의 외에 다른 것이 아니었다. 그런 관계가 결국 그녀에게 편안하고 유쾌하게 다가오게 되었다면(달리 느낀 적은 확실히 한 번도 없었다), 지금 이렇게 올리브의 의지보다 더 강력해 보이는 의지 앞에 굴복함에 있어 그녀가 오래 갈등할 리 없다는 것은 쉽게 짐작할 수 있다. 랜섬의 의지에서 비롯된 힘에 압도된 그녀는 결국 오후도 점점 저물어 집으로 돌아온 올리브가 그녀가 아직 귀가하지 않았다는 것을 알고 또다시 극심한 걱정에 시달리고 있을 거란 걸 알면서도 그 자리를 뜨지 못했다. 사실 그녀에게는 올리브의 모습이 눈에 선했다. 분명 10번가의 방 창가에 서서 그녀가 돌아오는 기미가 보이지 않을까 살피며, 계단을 오르는 그녀의 발소리와 홀에서 들려올 그녀의 목소리를 기다리며 가만히 귀를 기울이고 있을 것이다. 버리나는 이런 광경을 마치 한 폭의 그림을 보듯 바라보았고, 아주 미세한 점까지도 놓치지 않았다. 그럼에도 이때 그녀가 마음을 바꿔 허둥지둥 일어나 베이질 랜섬으로부터 도망쳐 친구에게로 돌아가지 않은 것은, 바로 친구가 받는 고통을 인식하고 있는 지금, 이것이 친구에게 주는 진정 마지막 고통이 될 것이라고 마음먹었기 때문이었다. 랜섬 씨 옆에 앉아 자신의 인생을 훼방 놓는 그의 의견을 듣는 것은 이번이 마지막일 것이다. 이 시련이 너무 사적으로 철저히 그녀의 마음을 헤집어놓은 나머지 그녀는 이것이 처음 겪는 시련이기도 하다는 것을 당장은 깨닫지 못했다. 이런 시련이 몇 달이고 지속될지도 모른다. 이러고도 아무 득이 없으리라는 것은 불 보듯 뻔했다. 사람은 모두 자기 삶을 이끌어야 하며 다른 삶을 이끌어줄 수 없으니까. 하물며 그 타인이 그처럼 생각이 너무 다른 데다 독단적이고 염치없는 인간이라면 더욱 그렇다.

34장

"이 나라에서 당신처럼 느끼는 분이 또 있을 것 같지 않네요." 그녀가 마침내 말했다.

"그렇게 느끼는 사람은 저뿐만은 아니겠지만, 그런 생각을 갖고 있는 건 분명 저뿐이겠지요. 하지만 제가 가진 신념은 아마 말로 표현할 수 없는 막연한 형태로 동료 시민들 대다수의 마음에도 숨어 있지 않을까 생각합니다. 그래서 만약 내가 언젠가 나의 신념을 적합하게 표현하는 데 성공한다면, 그것은 곧 중요한 소수의 마음에 잠들어 있는 본능에 형태를 입히는 것에 불과할 것입니다."

"당신이 그 사람들을 소수로 인정해주시니 기쁘네요!" 버리나가 외쳤다. "우리 불쌍한 여자들에게는 다행인걸요. 지금 말씀하신 적합하게 표현한다는 것은 무슨 뜻입니까? 미국 대통령이라도 되고 싶으신 건가요?"

"그리고 감동의 도가니에 휩싸인 상원에서 내 소신을 열성적인 메시지로 피력하는 일? 그것이야말로 내가 바라는 바입니다. 당신은 참으로 탁월하게 내 야망을 알아맞혔군요."

"그럼, 당신은 이미 그것을 위한 준비를 충분히 했다고 생각하십니까?" 버리나가 물었다.

이 질문은 그 어조로 미루어 보아 그의 현재의 거지꼴 처지를 비꼬는 것처럼 여겨져서 청년은 한동안 아무 대답도 하지 않았다. 이때 만약 옆에 있는 그녀가 고개를 돌려 그의 얼굴을 바라보았다면 그의 얼굴이 희미한 붉은빛을 띠고 있음을 포착했을 것이다. 그녀가 한 말은 당연히 자신을 방어할 권리가 있는 젊은 여성 쪽에서는 지극히 정당한 조롱의 말이었지만 그에게 전혀 뜻밖의 영향을 끼쳤다. 그것은 그와 같이 입신출세의 뒷길에 초라하게 남겨진 신사에게는 비록 구혼을 포기하는 걸 감수할 목적이라 할지라도 눈부신 성공 가도에 있는 여자의 시간을 뺏을 자격이 없다는 생각을 그저 다른 형태로 반복한 것처럼 여겨졌다(적어도 그의 과도한 남부인의 자부심이나 격렬한 감성은 그런 해석을 내렸다). 그러나 그런 생각이 들자 그는 자신이 구혼을 포기한다면, 그것은 단지 이 끔찍한, 우연적이고 외부적인 뒤처짐 때문이라는 것을 그녀에게 일깨워주고 싶은 열망에 더 사로잡힐 뿐이었다. 만약 포기하지 않는다면, 그때는 꼭 그녀의 마음속에 담긴 편견의 축적—그녀의 악명을 높이는 망상 타령—을 모조리 물리쳐버리겠노라고 자기 좋을 대로 생각하기까지 했다. 랜섬이 가슴속 깊이 품고 있던 그녀에 대한 감정은 버래지 부인의 집에서 그녀의 연설을 듣던 중에도 문득 되뇌었듯, 이 여자는 바로 사랑하기 위해 태어난 여자라는 확신이었다. 그녀 자신은 그 사실을 전혀 깨닫지 못하고 그와는 전혀 다르게 거칠고 얄팍한 거짓 이상에 빠져 있다. 그러나 일단 그녀가 정말로 폭 빠질 남자가 나타난다면 이런 공허하고 조잡한 누각은 발밑에서 우르르 부서져 내릴 것이 틀림없다. 그리고 올리브 챈설러가 속한 성(性)(도대체 그게 무슨 성인가, 위대한 천국이라도 되나? 이런 불경스러운 자문을 종종 하는 그였다)의 해방도 탁상공론의 땅, 죽은 관용구의 세계로 강등될 것이다. 혹시 이런 인상은, 베이질 스스로 그녀에게 구애하려고 시도하는 것이 점잖지 않은 일이라고 믿는 게 마음 편하니 만들어낸 것 아닌가 하고 독자는 생각할지도 모른다. 하지만 그로서는 자신이 지금까지 구애 같은 행위를 한 적이 있다는 오명을 입는 것은 대단히 분개할 일이었다. "아니, 미스 태런트, 내가 출세하는 것과 나의 야심은 별개의 문제입니다!" 이윽고 그는 그녀의 질문에 답하며 외쳤다. "십중팔구 나는 죽을 때까지 가난하고 아무도 제 말에 귀 기울이지 않을 것입니다. 그렇게 되면 이 가슴에 숨겨둔 영광의 꿈을 아는 자는 나 말고는 없게 되겠지요."

"왜 당신이 가난하고 아무도 들어주지 않을 거라고 하는 거죠? 당신은 이 도시에서 아주 잘 지내고 있지 않습니까?"

버리나가 이렇게 물었을 때, 그에게는 자신이 지금까지 루나 부인이나 올리브에게 자기 일이 잘되고 있는 척했으니 이 여성은 단지 다른 여성들이 믿는 것을 그대로 받아들여 그의 형편이 좋다고 여길 뿐이라는 것을 상기할 만큼의 여유도, 혹은 적어도 그럴 만한 침착함도 없었다. 그의 귀에 그녀의 질문은 그저 미묘하게 비웃고 시비를 걸어 무심코 그의 마음을 상하게 하려는 의도가 있는 것처럼 들렸다. 그렇다면, 그가 할 수 있는 유일한 대답은 그 순간 그저 한 팔을 뻗어 그녀의 허리에 두르고 가까이 끌어당겨 천천히 키스함으로써 자신의 곤궁한 상황을 간결하게 설명하는 것 외에는 없을 것 같았다. 만약 방금 얘기한 순간이 몇 초만 더 길었다면, 이런 참으로 기괴한 행위의 과정을 묘사해야 하는 곤란한 의무가 나에게 주어졌을 것이다. 하지만 다행히도 그때 마침 아장아장 걷는 아이를 뒤따라 유모가 유모차를 밀면서 나타난 덕분에 그 꺼림직한 순간은 금세 중단됐다. 유모도 함께 온 아이도 벤치에 앉은 이 희귀한 한 쌍의 남녀를 뚫어지게 바라보았는데 랜섬에게는 이들의 시선이 뭔가 엄격하게 느껴졌다. 그사이에 버리나는 즐거운 듯이 눈을 반짝이고 아이를 바라보며(그녀는 아이를 특히 좋아했다) 말을 이었다.

"평생 아무도 들어주지 않을 거라는 말씀은 당신 같은 사람이 하기엔 너무 맥 빠진 소리 같아요. 당신은 물론 야심만만한 사람이에요. 당신을 보면 금방 알 수 있습니다. 그러니까 일단 뭔가 확실히 목표를 정하시면 분명 해내실 겁니다. 멀리 내다보는 게 좋아요. 당신의 의지를 갖고요!" 그녀는 묘하게 비웃는 듯한 솔직한 어조로 덧붙였다.

"내 의지를 어떻게 아시겠어요?" 그는 조금 어색하게 웃으면 물었는데, 마치 정말로 그녀에게 키스하려고 시도했다가—그녀와 단둘이 만나는 게 이번이 두 번째인데—퇴짜를 맞기라도 한 것 같은 어색한 웃음이었다.

"내 의지보다 강하단 걸 알아요. 나는 나가지 않는 것이 좋다고 생각했는데, 당신의 의지는 이렇게 나를 데리고 나왔습니다. 이제 집에 가야 할 시간이 왔는데 이렇게 아직 여기 앉아 있는 것도 당신의 의지 때문이죠."

"친애하는 미스 태런트, 오늘 하루만 저에게 주십시오. 하루만요." 베이질 랜섬이 나직이 말했다. 그 어조에 그녀가 고개를 돌리자, 그는 덧붙였다. "점심을 드시려고 하지 않았으니 저녁 식사를 저와 함께 하시죠. 당신은 정말로 피곤하지 않습니까?"

"당신의 끔찍한 이야기를 듣고 완전히 지쳐버렸습니다. 정말 싫은 점심 식사를 한 셈이죠. 그런데 여기다가 또 저녁 식사에 초대하시는 건가요? 괜찮습니다. 당신은 꽤 뻔뻔한 분이군요!" 버리나는 그렇게 외치며 웃음을 터뜨렸다. 이 웃음은 그녀가 얼마간 당혹감을 느끼고 있다는 표현임을 그녀에 대해 기록하는 자는 알고 있지만 베이질 랜섬은 아니었다.

"잊지 마세요, 제가 두 번이나 당신의 말을 한 시간 동안 아무 말도 하지 않고 고분고분 경청했다는 걸요. 앞으로도 아마 몇 번이고 그렇게 해드릴 거예요."

"당신은 내 생각을 혐오하시는데 왜 다시 듣고 싶으신가요?"

"나는 당신의 생각을 듣는 것이 아닙니다. 당신의 목소리를 듣는 것입니다."

"아, 역시 올리브에게 얘기한 대로군요!"라고 바로 버리나는 말했다. 전에 두려워했던 것이 지금 그의 말로 증명된 것 같았다. 그러나 이러한 두려움은 포괄적인 것으로, 특별히 그만을 대상으로 한 것은 아니었다.

랜섬은 여전히 자신이 그녀에게 구애하는 게 아니라고 생각했다. 게다가 남자의 우월성을 보란 듯이 드러내놓고 다음과 같이 말할 수 있는 것을 봐도 그랬다―"내가 한 말을 아주 조금이라도 이해하셨을까요?"

"당신은 충분히 분명하게 이야기해주신 것 같습니다―정말로 끈질기게 이야기해주셨습니다."

"그럼 어떤 것을 알게 되었습니까?"

"글쎄요, 당신이 우리 여자들을 어느 시대보다도 더 뒤로 밀어내고 싶어 한다는 것이죠."

"저는 농담한 거예요, 일부러 그런 말을 계속한 거죠." 갑자기 랜섬은 그녀에게 전혀 예상치 못한 양보를 했다. 가끔 그는 이렇게 긴장을 풀고 맥을 놓은 채 논의할 열의를 잃어버린 듯한 태도를 보였다.

그녀도 그걸 눈치채지 못할 리가 없으니, 곧바로 다음과 같이 물었다. "당신의 생각을 글로 써보시는 건 어때요?"

이 질문 역시 그의 실패 중 하나를 건드렸다. 그녀는 매번 어떻게 그걸 건드리면서 결정타를 날리는지 정말 신기할 노릇이었다. "세상에 공표하라는 뜻인가요? 저는 꽤 여러 가지 썼었어요. 하지만 아무것도 출판할 수 없었죠."

"그렇다는 것은 역시 당신의 생각에 찬성하시는 분들이―당신이 아까 말씀하신 것만큼 많이는―계시지 않는 것이 아닐까요?"

"글쎄요." 베이질 랜섬이 말했다. "편집자들이란 야비한 겁쟁이 무리인데, 항상 독창적인 것을 원한다면서도 막상 그런 게 오면 극도로 겁에 질린다니까요."

"신문이나 잡지에 실을 생각이세요?" 이 훌륭한 청년이 쓴 기고문들─아마도 그녀가 소중히 여기는 모든 것에 경멸을 퍼부어 벌집을 만들어놓는 기고문일 텐데─이 거절당했다는 사실이 더욱 깊이 버리나의 마음에 스며들자, 그녀는 이상한 연민과 서글픔을, 이 청년이 부당한 처사를 당했다는 기분을 느꼈다. "출판되지 못했다니 정말 유감이네요"라고 그녀가 너무 쉬이 말하는 것을 듣고 그는 지팡이로 발밑 아스팔트 땅에 그리던 형상에서 눈을 들어 그녀를 올려다보았다. 그런 사실을 그런 식으로 말하다니 '놀리는' 게 아닌지 확인하기 위해서였다. 그러나 그것은 진심으로 한 말임이 틀림없었다. 버리나는 집필한 글이 출판되는 건 어느 시대에나 매우 어려운 일이라고 생각한다고 덧붙였다. 그리고 입 밖에 내지 않았지만, 자신의 아버지도 그와 같은 일을 시도했지만 얼마나 시시한 결과로 끝났는지를 떠올렸다. 그녀는 꼭 랜섬 씨가 앞으로도 계속 시도했으면 좋겠다고 말했다. 결국에는 분명히 성공할 거라고. 그러고 나서 미소를 지으며 좀 더 빈정거리는 어조로 말을 이었다. "원하신다면 제 이름을 거론해 힐난하셔도 상관없어요. 하지만 제발 올리브 챈슬러에 대해서는 아무 말도 하지 말아주세요."

"당신은 제가 무엇을 이루고 싶은지 조금도 모르시네요!" 베이질 랜섬이 외쳤다. "정말 당신들은─당신네 여자들은 누구나 다 똑같네요, 언제나 자신들과 관련된 것만 생각하고, 다른 사람들까지 그렇게 생각한다고 단정 지으니까요!"

"네, 남자분들은 그렇게 말씀하시며 우리를 비난하시죠." 버리나가 명랑하게 말했다.

"나는 당신에 대해 쓸 생각이 없어요. 그리고 미스 챈설러나 퍼린더 여사에 관한 것도, 미스 버즈아이에 대한 것도, 혹은 엘리자 P. 모즐리의 망령에 관한 것도, 그 외 살아 있거나 저승에 가 있거나 상관없이 재능이 있고 이름이 알려진 여성들 모두 언급하지 않습니다."

"아, 그럼 당신은 그렇게 아무것도 쓰지 않고 무시함으로써 우리를 망하게 하고 싶은 거군요!" 버리나는 여전히 밝은 목소리로 외쳤다.

"아니, 망하게 할 생각은 없어요, 구할 생각도 안 하고 있습니다만. 당신들의 일은 지금까지 이미 충분히 논의됐으니, 당신들에게만 맡겨두고 싶습니다. 내 관심의 대상은 오로지 남성입니다. 여자분들은 알아서 잘해나가니까요. 내가 구하고 싶은 것은 바로 우리 남자들입니다."

버리나는 그가 처음보다 진지한 마음으로 이야기하고 있는 것을 알 수 있었다. 그는 단지 비꼬는 소리를 늘어놓는 것이 아니라 진심으로 이야기하는 것 같았고, 그 목소리에는, 이런 긴 이야기에 갑자기 싫증이 났다는 듯이 피곤한 기색이 배어 있었다. "구한다는데 대체 무엇으로부터 구하는 거죠?" 그녀가 물었다.

"그 빌어먹을 여성화 풍조로부터죠! 어젯밤 당신이 말씀하셨던, 오늘날 생활 전반에 여성들의 영역이 충분치 않다는 의견은 저로서는 전혀 생각하지 못한 바였습니다. 저는 지금까지 줄곧 여성적인 요소가 너무 많다고 믿어왔으니까요. 지금 세대 전체가 여성화되어버렸어요. 남성적인 기풍은 나날이 이 세상에서 사라져갑니다. 여성적인, 신경질적인, 히스테릭한, 수다스럽고 위선적인 시대, 공허한 구호와 겉치레일 뿐인 품위와 과장된 배려와 응석받이 감성인 판치는 시대입니다. 이것을 그대로 내버려둔다면 금세 범속함이 지배하는 세상, 일찍이 그 유례가 없었던 가장 무력하고 맥 빠지면서 가장 허세로 가득 찬 세상이 도래할 것입니다. 남성적인 성격, 모험을 감행하고 시련을 견뎌내고 현실을 직시하면서도 두려워하지 않는 능력, 이 세계를 정면으로 바라보고 있는 그대로의 모습—그것은 매우 기괴하고, 일면 추악하기 짝이 없는 요소들의 혼합이죠—을 받아들이는 능력, 바로 이 뛰어난 능력을 저는 보존하고 싶습니다. 아니, 보존이라기보다는 회복하고 싶다고 말씀드리는 편이 좋을까요. 그러니까 내가 이 일을 시도하는 한, 당신네 여성들이 어떻게 되든 그런 것은 나에게는 아무래도 좋은 일이라고 말씀드려야 할 것입니다!"

이런 편협한 견해(유력 간행물들이 이런 견해를 게재하기를 거절했다는 것도 확실히 놀랄 일은 아니다)를 이 불쌍한 남자는 나지막하고 부드러운 목소리로 진지하게 말하면서 자신의 소신을 남김없이 전하려는 듯 자꾸만 그녀 쪽으로 몸을 숙였다. 이제는 과장하기 위해서라고 보기 어려운 침착하고 엄격한 어조로 분명히 그 신념을 표명하는 것을 보면, 필시 상대방이 공격적이라고 받아들일 거라는 데는 그 순간 전혀 생각이 미치지 못한 듯했다. 버리나도 그렇게 느끼지 않았다. 그녀는 그의 진지한 태도와 그런 주장을 그렇게 경건한 어조로 말하는 남자를 처음 접한 놀라움에 깊은 인상을 받았다. 이런 인상을 주는 남자라면 절대로 의견을 바꾸는 일은 없으리라는 것을 그 순간 단번에 의심의 여지가 없을 정도로 분명하게 깨달았다. 그녀는 갑자기 낙심하여 가벼운 현기증을 느꼈지만, 그에게는 아무렇지 않게, 본인의 신념을 이렇게 간결 명쾌하게 요약해주셔서 훨씬 마음이 편해졌다고 대답했다―내가 뭘 상대하고 있는지 알았다고. 그러나 이 언명은 사실과 크게 어긋난 것이었다. 그녀는 이렇게나 기분이 나쁜 적이 없었다. 일행이 한 신념 고백의 추악함에 몸서리를 쳤다. 그녀로서는 이보다 더 끔찍한 모독은 상상하기도 어려웠을 것이다. 그러나 그녀는 나약함으로 비칠 수 있는 동요를 드러내지 않기로 결심했다. 그녀에게 감정을 감추는 가장 좋은 방법은, 특별히 그 목적을 겨냥한 건 아니더라도 랜섬에게는 언제나 무력한 분노를 불러일으키는 만큼(그에게 이런 분노를 일으키는 여성이 특별히 버리나뿐은 아니었지만) 사실 가장 효과적인 보복을 가할 수 있는 어조로 다음과 같이 말하는 것이었다. "랜섬 씨, 현대는 양심의 시대랍니다."

"그것도 당신들의 상투적인 문구 중 하나죠. 현대는 칼라일이 말했듯이 언어도단의 속임수의 시대입니다."

"어쨌든―" 버리나가 대답했다. "당신은 우리 여자들을 상대하지 않고 내버려두고 싶다고 말씀하시면서 아주 마음이 편안하시겠지만, 우리를 상대하지 않을 수는 없어요. 우리는 이렇게 여기에 있으니, 우리를 처리하셔야죠, 어딘가로는. 우리가 있을 곳이 없는 사회 체제라니 정말 대단하지 않나요?" 그녀는 매혹적이기 그지없는 웃음을 지으며 말을 이었다.

"공적인 일에는 당신들이 들어갈 여지가 없습니다. 당신들을 가정에 계속 둬서 함께 지금까지보다 더 행복하게 사는 것이 제 구상입니다."

"행복하게 사시겠다니 다행이네요. 그럴 수 있다마다요. 당신이 지금까지보다 더 행복하기 위한 가정생활 운동—뭐라고 부르셔도 상관없지만—을 시작하시면 미국의 모든 여성에게 화를 가져올지니!"

"저런, 이 무슨 비뚤어진 말씀이신가요!" 베이질 랜섬은 상대를 지극히 다정한 눈으로 바라보며 중얼거렸다.

그녀는 그의 말은 신경도 안 쓰고 말을 이었다. "가정이 없는 사람들도 있어요(몇백만 명이나 되는 거 당신도 알잖아요), 그 사람들을 당신은 어떻게 하실 겁니까? 그리고 여성도 요즘은 점점 결혼하는—결혼시킬 수 있는—사람이 적어졌다는 것을 잊어서는 안 됩니다. 이제 결혼은 여성에게 마땅히 이루어야 할 삶의 이력이 아니에요. 그러니까 돌볼 남편이나 아이가 없는 사람들에게 가서 남편이나 아이를 돌보라고 해도 소용없어요."

"아." 랜섬이 말했다. "그런 건 사소한 거죠! 그리고 고백하건대 저 자신은 사생활의 영역에서 당신들 성별에게 무한한 호의를 갖기 때문에 한 남자가 대여섯 명의 아내를 갖는 걸 기꺼이 옹호할 생각입니다."

"그럼 당신은 터키인의 문명이 최고의 문명이라고 생각하십니까?"

"터키인은 이류 종교를 받들고 있죠. 그들은 운명론자입니다. 그러니 그들에게는 진보라는 것이 없습니다. 게다가 터키 여성들은 도저히 우리나라 여성들의 아름다움에는 미치지 못합니다— 아니, 적어도 이러한 현대의 광기 어린 풍조가 완전히 박멸되었을 때 존재할 우리나라 여성들의 아름다움 말이죠. 당신은 지금 결혼하는 여성이 점점 적어지고 있다고 말씀하셨습니다만, 그야말로 스스로 인정하신 것이 아닙니까? 이 어리석은 소동이 여성들의 태도나 외모나 본성에 얼마나 해로운 영향을 미쳤는지를 증명해주는 것 외에 아무것도 아니죠."

"대단한 칭찬을 받았군요!" 버리나는 가벼운 어조로 끼어들었다.

그러나 랜섬은 자신의 주장에 열중한 나머지 그녀의 방해를 그냥 넘겼다. "어떤 여성이라도, 기혼이든 독신이든 모든 여성이 할 일을 찾으려고만 하면 방법은 얼마든지 있습니다. 이 사회를 살기 좋은 것으로 만드는 것이 여성들의 일이니까요."

"물론 남자들에게 살기 좋은 사회겠지요."

"그럼 여성들에게는 그렇지 않다는 건가요? 있잖아요, 미스 태런트, 여성에게 가장 기분 좋은 것이야말로 남자에게도 기분 좋은 것입니다. 이것은 인류와 함께 존재해온 유구한 진리입니다. 올리브 챈설러나 퍼린더 여사가 이 진리보다 더 심오하고 더 항구적인 진리를 창조해냈다는 주장에 설득되어서는 안 됩니다."

버리나는 논점을 고의로 포기하고는 그저 다음과 같이 말했다. "글쎄요, 당신이 이 세상이 노처녀들로 꽉 차는 걸 볼 준비가 되어 있는 것 같아 기쁘네요!"

　"옛날 노처녀들에게는 반감이 없습니다. 그분들은 유쾌한 사람들이었죠. 언제나 할 일을 충분히 가지고 있었고, 직업을 달라고 외치며 세상을 돌아다니지 않았어요. 내가 벗어나고 싶은 것은 당신들이 만들어낸 새로운 유형의 노처녀입니다." 그것이 올리브 챈설러를 지칭한 것이라고는 그가 대놓고 말하지 않았지만, 버리나는 마치 그랬다고 의심하는 듯한 눈으로 그를 바라보았다. 그녀의 주의를 돌리기 위해 그는 조금 전에 그녀가 한 말에 덧붙여 말했다. "아까 제가 이 유해한 대유행이 여성들 자신에게 미친 영향에 대해 한 말이 당신에겐 별로 칭찬으로 와닿지 않은 듯한데요. 하지만 친애하는 미스 태런트, 당신은 안심하셔도 돼요. 당신은 그들과 분명히 다릅니다. 당신은 그 누구와도 비교 불가하게 유일무이한 특별한 사람입니다. 당신에게는 당신만의 범주가 있어요. 당신이란 분은 참으로 보기 좋게 혼합된 요소들로 이루어져 있어서 타락하지 않을 존재라고 생각합니다. 나는 당신이 어떤 본성을 갖고 태어났는지도, 어떻게 오늘날의 당신이 되었는지도 모릅니다만, 어쨌든 당신은 해로운 온갖 영향 밖에, 그것을 초월해 있습니다. 그리고 한 가지 더, 이것은 당신이 꼭 알아주셨으면 하는 것인데요." 청년은 마치 수학적 해답을 증명하는 것처럼 담담하고 온화하고 신중한 어조로 말을 이었다. "당신도 꼭 알아주셨으면 합니다만, 이런 고함과 헛소리와 당신이 연관되어 있다는 것은 세상 무엇보다 비현실적이고 우연적이며 착각입니다. 당신은 스스로 그런 것에 신경 쓴다고 생각하겠지만, 사실 전혀 신경 쓰지 않아요. 그것은 환경이나 불운한 인맥에 의해 당신에게 강요된 것입니다. 당신은 매우 다정한 분이기에 어떤 부담이든 다 받아들이듯이 그것도 받아들인 것입니다. 당신은 항상 누군가의 마음에 들고 싶어 하고, 그래서 이렇게 각지를 강연하고 다니면서 시위를 선동하려 애쓰죠. 예전에 당신 부모님을 기쁘게 했던 것처럼 이번에는 미스 챈설러를 기쁘게 하기 위해서요. 그건 진짜 당신이 아니에요, 절대로 당신이 아니라, 귀여운 공기 인형일 뿐이에요(그것은 나름대로 매우 멋진 것임이 틀림없지만). 당신은 이 인형을 직접 만들어서 뒤에서 끈을 당겨 무대에 세워놓고 움직이거나 말하게 하고 있을 뿐, 당신 자신은 뒤에 숨어서 전혀 모습을 보이지 않으려고 하죠. 아, 미스 태런트, 남의 마음에 들고 싶은 문제라면, 그런 터무니없는 인형을 내팽개치고 당신 본래의 자유롭고 사랑스러운 모습 그대로 선다면, 사람의 마음을 얼마나 많이 사로잡겠습니까!"

베이질 랜섬이 말하는 동안—그가 이런 식으로 말하는 것은 이번이 처음이었다—버리나는 눈을 땅에 박은 채 가만히 그의 말에 귀를 기울이고 있었지만, 그의 말이 끝나자마자 갑자기 벤치에서 일어섰다. 그와 이미 너무 오래 머물렀다고 느끼게 하는 무언가가 있었다. 그녀는 마치 이대로 그를 남겨두고 도망치고 싶은 것처럼 그에게 등을 돌렸고, 사실 실행에 옮기려던 참이었다. 지금은 그의 얼굴을 보고 싶지 않았다. 아니, 그와 더 대화를 나누고 싶지도 않았다. 방금 내가 말했듯이 '무언가'가 그렇게 느끼게 했는데, 어느 정도는 그의 묘한 태도—마치 자신이 모든 것을 손에 잡힐 듯이 훤히 다 알고 있다는 듯한 차분하고 명쾌한 태도—때문이었다. 그것이 그녀를 두렵게 하고, 한편으론 화나게 했다. 그녀는 마치 지금 당장 이 자리를 떠나기로 두 사람이 합의한 것처럼 입구 중 하나로 통하는 오솔길을 걷기 시작했다. 그의 말은 너무도 낱낱이 펼쳐 보였다. 계시라도 받지 않고서야 그렇게 말할 수 없었을 것이다. 그녀의 본래 모습은 지금 그녀가 노력해 보이는 것과는 전혀 닮지 않았다며 현실성이 없다고 비난하는 그의 말을 듣고, 그녀는 고통에 가슴이 철렁 내려앉았다. 어쨌든 지금 이렇게 있어서는 안 될 곳에 그와 단둘이 있는 자신이야말로 본래의 자신임이 틀림없다는 생각이 들었다. 곧 그는 다시 그녀 곁으로 와서 나란히 걷기 시작했다. 함께 걸으면서 문득 그녀는 그가 말했던 몇 가지는 아마 올리브가 가장 최악의 일로 상상할 수 있는 한도를 훨씬 넘어선 것이라는 생각이 들었다. 만약 그런 말들이 바람을 타고 그녀의 귀에 닿게 된다면, 그야말로 홀로 남겨진 그 불쌍한 친구는 어떤 심정일까? 버리나는 동행의 이야기(그의 태도는 그때까지와는 완전히 달라졌고, 전혀 다른 어떤 마음의 상태를 나타내는 것 같았다)를 듣고 충격을 받은 나머지, 논쟁은 내팽개치고 공원을 나서자마자 그와 헤어져 혼자 돌아가기로 결심했을 정도였다. 그러나 여기서 당황한 기색을 보이거나 싸움에 패해 퇴각할 것을 자인하는 듯한 내색을 보여서는 안 된다고 다시 생각할 만한 분별은 아직 잃지 않았다. 그의 놀라운 말을 너무 심각하게 받아들이지 않고, 그 말을 알아듣고 대답하는 듯한 모습을 보였다. 그녀는 종종걸음으로 걸으며 어깨 너머로 랜섬을 향해 다음과 같은 말을 던졌다. "당신의 말씀으로 미루어 보면 당신은 나에게 별 능력이 없다고 생각하시는 것 같군요."

그는 대답하기 전에 잠시 망설였다. 그의 긴 다리로 그녀의 빠른 걸음을 따라가는 것은 매우 쉬운 일이었다—사랑스럽고 안쓰러울 정도로 다급한 그녀의 발걸음은 그녀가 애써 감추려는 마음의 동요를 여실히 나타낼 뿐이었다. "어마어마한 능력을 가지고 있습니다. 하지만 당신이 지금 가장 절실하게 노력하는 방면으로는 아닙니다. 그것과는 전혀 다른 노선의 능력이에요, 미스 태런트. 아니, 능력이라는 말은 적당하지 않아요, 천재라고 해야죠!"

그녀는 그가 자신의 물음에 이런 식으로 대답한 후에 가만히 자신을 응시하는—게다가 이렇게 가까이, 이렇게 뚫어지게—것을 느꼈다. 그녀의 얼굴이 붉어지기 시작했다. 만약 더 길게 바라보았다면, 그뿐만이 아니라 다른 누구였어도 참으로 무례한 시선이라고 비난했을 것이다. 예전에는 '수백 명의 시선을 받고도' 조금도 당황하지 않는 침착함을 올리브에게 칭찬받았던 버리나였다. 그런데 변화가 일어났다. 지금의 그녀는 단 한 사람의 응시도 견딜 수 없었다. 어떻게든 이 역겨운 남자를 떼어내 다시 일반 청중 속으로 끌어내고 싶었다. 그 목적으로 갑자기 그녀는 새로운 질문을 했다. "그럼 우리 여성들이 완전히 열등한 존재라는 것이 당신의 결론이라고 생각해도 될까요?"

"공적이고 사회적인 일에 관해서는 바로 그렇습니다—완전히 무력하고 무능한 이류죠. 남자들 중에도 여성들이 무능한 존재가 아니라고 여기는 것처럼 구는 사람들이 적지 않은 것 같은데, 이것이야말로 바로 현대의 혼란스러운 풍조를 가장 잘 보여준다고 생각합니다. 하지만 사적이고 개인적인 면이라면 사정이 달라집니다. 가정생활이나 가족 간의 애정 같은 영역에서는―"

그가 그렇게 말했을 때 버리나는 불안한 웃음을 터뜨리며 말을 가로막았다. "그렇게 말씀하지 마세요. 그런 건 상투적인 표현일 뿐이에요!"

"글쎄요, 하지만 당신들 것보다는 나아요." 베이질 랜섬이 대답했을 때, 그들은 더 작은 문―처음 들어왔을 때와 같은 문―에서 밖으로 나가려던 참이었다. 두 사람은 공원의 남쪽 끝과 면한 번호가 붙은 거리와 6번가 끝이 만나는 일종의 *광장(plaza)* 같은 곳으로 나왔다. 눈부신 오후의 빛이 모든 것 위에 쏟아져서, 랜섬에게는 해가 아직 그 절정을 지나가지 않은 듯이 여겨졌다. 그들 뒤로 나무 그늘과 관목 덤불, 상쾌한 공간감으로 사방을 환히 밝히는 인공 호수와 인조 구조물의 정경, 싱싱한 자연의 색채, 깊은 그늘을 만들기에는 왜소한 수목 등이 끝없이 펼쳐져 있었다. 거리를 따라 늘어선 초콜릿 빛깔의 키 큰 신축 건물들이 광장을 내려다보고 있었다. 앞길에서는 궤도차가 요란한 소리를 내며 나타나 열기를 내뿜는 말을 교체하는 동안 승객들을 삼키거나 토해내고 있었다. 뉴욕의 그림 같은 정경을 형상화하는 데 없어서는 안 될 '조각'으로 화가들이 즐겨 그리는 길모퉁이 호프집이 큰 글씨로 쓴 간판을 하늘을 향해 높이 내걸고 있었다. 바다를 건너온 불황의 아이들이라 할 실업자들이 삼삼오오 공원에서 햇볕이 잘 드는 낮은 담벼락에 기대어 쉬고 있었다. 그리고 한쪽으로는 6번가의 화려한 상업 구역이 놀라울 정도로 대기 원근법을 무색하게 하며 끝없이 뻗어나갔다.

"저는 이제 돌아가야 합니다. 그럼 안녕히 가세요." 느닷없이 버리나가 동행에게 말했다.

"돌아가시려고요? 그럼 저와 정찬을 같이 해주실 수는 없나요?"

정오에 정찬을 드는 사람도 있고, 저녁 시간에 정찬을 드는 사람도 있으며, 아예 정찬을 갖춰 식사하지 않는 사람도 있다는 것은 버리나도 알고 있었지만, 그녀가 아는 한 3시 반에 정찬을 드는 사람은 없었다. 따라서 랜섬이 그녀와 정찬을 드는 데 집착하는 게 참으로 기묘하고 부적절하게 보였는데, 아마도 미시시피식 습관을 드러낸 것이라고 생각했다. 하지만 자신이 10번가로 돌아가려는 것이 혼자 있고 싶기 때문이라는 것을 금방 알아차리지 못하는 그의 무신경함은, 그가 실망한 듯한 얼굴을 하고—눈에 은은한 광채를 띠고—있더라도 그녀로서는 결코 받아들이기 어려웠다.

"지금 바로 가야겠어요." 그녀가 말했다. "제발 더 머무르라고 하지 말아요. 여기 남아 있는 게 나에게 얼마나 싫은 일인지 알게 되면 당신도 있어달라고는 할 수 없을 겁니다!"

그녀의 태도는 이제 완전히 달라져 있었다. 표정마저 달랐다. 여전히 미소만은 짓고 있었지만, 지금까지와는 달리 사뭇 진지하다는 것을 그도 알아챘다.

"혼자 가시려고요? 천만에요, 그렇게 가게 둘 수는 없어요." 랜섬은 이런 끔찍한 희생을 요구받은 것에 몹시 놀라 대답했다. "이렇게 먼 곳까지 당신을 데려왔으니, 내게 책임이 있습니다. 처음 만났던 장소에 제가 당신을 되돌려놔야 합니다."

"랜섬 씨, 난 혼자 가야 해요, 갈 거예요!" 그녀는 그가 아직 그녀에게서 들어보지 못한 어조로 외쳤다. 그 말에 그는 몹시 놀라고 당황하고 마음에 상처를 입긴 했지만, 더 고집하면 실수를 저지르는 것임을 깨달았다. 두 사람의 외출이 결국은 즐겁지 않게 끝나리라는 것을 그도 알았지만, 그래도 절충안을 마련할 수 있지 않을까 하고 기대하고 있었다. 적어도 마차에 태워드리는 것만이라도 허락해주기를 바란다고 그가 말하자, 그녀는 마차에 타고 싶지 않다고, 걸어서 돌아가고 싶다고 말했다. 하지만 그녀가 혼자서 '쏜살같이 가버리는' 모습을 그려보니 역시 마음이 편치 않았다. 그러나 이렇게 그녀가 갑자기 과민하게 초조해하는 것을 보고는, 이것이 이른바 여성의 불가해한 수수께끼로, 마음대로 하게 하는 수밖에 없다고 느꼈다.

"당신이 생각하는 것 이상으로 나에게는 괴로운 일입니다. 하지만 당신 말을 따르겠습니다. 아무쪼록 무사히 귀가하시길 바랍니다, 미스 태런트!"

그녀는 한시라도 빨리 혼자 있고 싶다는 듯이 그에게서 고개를 돌렸다. 그러더니 전혀 뜻밖의 태도로 이렇게 답했다. "당신의 글이 출판되기를 고대합니다."

"제 논고가 출판되기를요?" 그는 그녀를 빤히 보다가 불쑥 소리쳤다. "아, 당신은 얼마나 멋진 분인지!"

"안녕히 계세요." 그녀는 다시 말했고, 이번에는 동시에 손도 내밀었다. 그 손을 잠시 움켜쥔 채 그는 정말 당신은 다시 뵐 겨를도 없을 정도로 바로 이 도시를 떠나실 생각이냐고 물었다. 그녀는 다

534

음과 같이 대답했다. "잠시 더 머물게 되더라도 그곳은 당신이 오실 수 없는 곳입니다. 그곳 사람들은 당신이 오셔도 만나게 해주지 않을 것입니다."

애초에 그는 그녀에게 그런 질문을 할 의도는 없었다. 자신에게 분명한 한계선을 두었었다. 그런데 그 한계선이 갑자기 위치를 옮겼다. "내가 당신의 연설을 들었던 그 집 말씀입니까?"

"거기서 며칠 있게 될지도 몰라요."

"그 집에서 당신을 만나는 것이 금지되어 있다면, 당신은 왜 나에게 초대장을 보낸 겁니까?"

"그때는 내가 당신의 생각을 바꾸고 싶었기 때문이죠."

"그럼 지금은 나를 단념하신 건가요?"

"아뇨, 그렇지 않습니다. 당신이 계속 지금 이대로 있어주셨으면 하는 거죠!"

전보다 더 감정이 수반되지 않는 기계적인 미소를 지으며 이렇게 대답하는 그녀의 표정은 묘해 보였다. 그는 상대가 무슨 생각을 하는지 전혀 짐작도 할 수 없었다. 그녀는 이미 그를 남겨두고 걸어가고 있었는데, 그가 뒤에서 외쳤다. "당신이 정말 남게 되면, 꼭 찾아뵐게요!" 그녀는 뒤돌아보지도, 대답하려 하지도 않아서 그는 그저 그녀의 모습이 보이지 않을 때까지 가만히 배웅하는 수밖에 없었다. 젊음이 넘치는 아름다운 그녀의 뒷모습이 마지막 수수께끼를 다시 그에게 던지는 것 같았다. 그것이 그에게는 거의 도전처럼 느껴졌다.

그러나 버리나 태런트로서는 그럴 의도가 조금도 없었다. 그녀는 귀가가 더 늦어져서 올리브에게 더욱 걱정을 끼친다 해도 걸어서 돌아가고 싶었다. 그러면 생각할 시간을 벌고, 랜섬 씨의 생각이 잘못되었음을 (이제는 정말로, 확실히) 기쁨에 잠겨 거듭 생각할 수 있기 때문이었다. 하지만 만약 그의 생각이 옳았다면―! 그녀는 이 문제를 끝까지 밝혀내려고 하지 않았다. 올리브는 정확히 그녀가 예상했던 대로 행동하며 그녀를 기다리고 있었다. 방으로 들어가자 올리브는 더없이 비참한 얼굴을 그녀에게 돌렸다. 버리나는 곧바로 설명하기 시작해 지금까지 한 일을 그대로 털어놓았다. 그러고는 친구에게 질문이나 의견을 제시할 여유조차 주지 않고 말을 이었다. "그래서 당신은 버래지 부인을 찾아뵀나요?"

"네, 끝내고 왔어요."

"그러면 부인은 제 방문 건을 또 권하시던가요?"

"참으로 강하게 권하셨죠."

"그래서 당신은 뭐라고 하셨습니까?"

"저는 거의 아무 말도 하지 않았습니다만, 부인이 확실히 장담하시길―"

"그래서 당신은 제가 가는 게 좋겠다고 생각하셨고요?"

올리브는 잠시 침묵했다가 입을 열었다. "부인께서 분명히 단언하셨어요, 두 분이 우리의 대의에 헌신하시겠다고. 그리고 뉴욕 사람들이 모두 당신에게 무릎을 꿇게 될 거라고."

버리나는 양손으로 미스 챈설러의 어깨를 움켜쥐고는 아까 친구가 그랬던 것처럼 잠시 아무 말 없이 물끄러미 상대를 바라보았다. 그러다가 갑자기 열정을 담아 소리쳤다. "부인이 무슨 장담을

하셨든 저는 관심 없어요—뉴욕에 관심 없어요! 그분들한테 가고
싶지 않아요. 안 갈 거예요. 아시겠어요?" 갑자기 목소리가 바뀌는
가 싶더니 그녀는 두 팔을 바짝 친구에게 두르고는 친구의 목덜미
에 얼굴을 파묻었다. "올리브 챈설러, 나를 데리고 가줘요, 데려가
요!" 그녀는 계속 말했다. 곧 올리브는 그녀가 흐느끼는 것을 느꼈
다. 문제가 이것으로 해결되었음을 깨달았다. 두 시간 전에 올리브
자신이 그토록 괴로워하면서 고민했던 문제가 해결된 것이다.

3부

35장

베이질 랜섬이 식사를 마치고 작은 호텔의 광장으로 나왔을 무렵에는 이미 8월 밤이 주변을 감싸고 있었다. 이 호텔은 아주 작은데다 몹시 얄팍하고 허술하게 건축된 건물이라, 키가 큰 미시시피 남자가 걸으면 계단이 신음하고 창문이 틀 안에서 덜컹거렸다. 도착했을 때 그는 매우 배가 고팠다. 보스턴에서는 여기까지 오는 동안 간단히 요기할 틈조차 없었기 때문이다. 그는 평소 커피 한잔으로 이루어진 아침과 차 한잔으로 이루어진 저녁 사이에 아주 가벼운 요기로 굶주림을 채우는 데 익숙했건만, 그마저도 못 했다. 이제야 겨우 차 한잔 할 수 있었는데 아주 맛없는 데다, 그것을 가져온 이는 장식이 많은 허리띠를 하고 검은 곱슬머리에 혈색이 좋지 않고 등이 굽은 젊은 여자로, 생선 튀김과 고기 튀김과 볶은 콩 중에 어느 것을 주문해야 할지 망설이고 있는 신사에게 그다지 관용

적이지 못한 표정을 지었다. 마미언*행 열차가 오후 4시에 보스턴을 떠나 가다 서다 하면서 천천히 남쪽의 케이프코드로 향하는 사이, 돌이 많은 목초지에 드리운 그림자가 점점 길어지더니 서쪽으로 기울어진 햇빛이 제멋대로 자란 초라한 숲에 금빛을 씌우며 연못과 늪지를 찬란한 노란색으로 물들였다. 여름이 한창 무르익은 시기였지만, 베이질 랜섬이 지나온 땅에서는 성숙의 기미를 보이는 것이 아무것도 없었다. 굳이 꼽자면, 빽빽하고 웃자란 작은 과수원 여기저기 열린 시큼해 보이는 사과와 석재 강둑의 바닥에 난 밝은색의 키 큰 미역취 정도였다. 노랗게 익은 곡물밭은 없었고, 다만 갈색 목초를 이곳저곳에서 볼 수 있을 뿐이었다. 그러나 이렇게 잡목이 무성한 초라한 풍경 속에서도 어떤 부드러운 기운이 감돌았고, 낮게 이어지는 지평선이나 여름의 석무(夕霧)가 낄 것 같은 온화한 공기, 분명 8월의 아침에는 맑고 푸른 빛을 띨 호젓한 작은 만이 그윽함을 풍겼다. 랜섬은 케이프코드가 말하자면 매사추세츠의 이탈리아 같은 곳이라고 들었었다. 그가 들은 설명에 의하면, 그것은 졸음을 부르는 곳으로 폭풍의 곳이 아니라 영원한 평화가 깃든 곳이었다. 두 보스턴 사람이 이 곳이 가진 진정제 같은 매력에 이끌려 단조로운 분위기 속에서 살면 완벽한 안식을 얻을 수 있으리라고 믿고는 여름 몇 주간 이곳에 와 있다는 것을 그는 알고 있었다. 그들처럼 극심한 신경 흥분을 경험하는 일을 하는 사람들은 일단 살

* 매사추세츠주 남동부에 있는 L자형 반도로, 간석지, 작은 호수 등이 많은 휴양지인 케이프코드의 남서쪽에 위치한 버저즈만에 있는 마을 매리언을 염두에 둔 가공의 도시명.

던 마을을 떠나면 어떤 자극도 원치 않는 모양이었다. 그들은 그들의 성별 전반이 경험하는 감각으로 인해 언제나 충분히 긴장해 있으니까. 그들의 소망은 한가롭게 시간을 보내다가 마음껏 손발을 뻗고 해먹에 눕는 것으로, 시끄러운 인파나 해수욕장의 혼잡에는 일절 다가가지 않았다. 랜섬은 마미언에 도착하자마자 근처에 전혀 인파가 없다는 것을 깨달았다. 오두막 같은 작고 호젓한 역 건물 밖에서 기다리고 있던 단 한 대의 마차를 향해 몰려드는 무리가 있긴 했지만, 이 역은 마을에서 한참 떨어져 있는 탓인지, 아마도 그 마을로 통한다고 생각되는 한 갈래의 빈약한 모래밭 길을 바라보아도 길 양쪽으로 탁 트인 땅 이외에는 아무것도 더 눈에 띄지 않았다. 곧 부서질 듯한 단 한 대의 경마차에는 여행용 먼지 방지 덧옷을 입고 수화물과 휴대용 가방을 든 남자 예닐곱 명이 올라타 있었다. 때문에 목이 길고 턱수염을 좁게 기른, 여위고 갸름한 차장이 고민 끝에 해 질 녘까지 호텔에 도착하고 싶다면 좀 힘들게 가야 할 거라고 말했을 때 랜섬은 자신을 기다리는 운명을 금세 깨달았다. 그의 여행 가방이 경마차 뒤쪽에 위태롭게 묶였다. 랜섬이 그 불안정한 위치에 대해 항의하자, 마부는 서글픈 표정으로 "뭐, 운에 맡겨보죠"라고 답했다. 이 고풍스러운 운명론에서 그는 뭔가 남부인의 기질을 감지했다―미스 챈설러나 버리나 태런트도 만약 이곳의 이런 기풍에 완전히 몸을 맡기기만 했다면 지금쯤 마음이 편안해졌을 것이라고 그는 판단했다. 그러기를 은근히 바라고 또 기대도 하면서 그는 방금 기차에서 내린 한 무리의 사람들 중 유일하게 도보로 가기로 결정하고는, 사람과 짐으로 가득 찬 경마차 뒤를 따라 걷기 시작했다. 이렇게 시골길을 걸어 여행하는 것은 그에게 몇 달, 아니 몇 달보다 더 된 몇 년 만이었지만, 마미언에 있는 동안 아마도 그에게 유일한 교제의 상대가 될 두 여성도 이런 고장에서 휴가다운 휴가를 즐기고 있을 거라고 생각하면서 걷다 보니(땅거미에 휩싸여 어두침침해지기 시작해 흐릿해 보이는 온화한 풍경이 한 걸음 내디딜 때마다 그렇다고 알려주는 듯했다), 이 도보 여행도 제법 즐거웠다. 세상의 온갖 불의를 바로잡으려는 그들의 의욕도 여기서는 보스턴에 있을 때만큼 절실하지는 않을 것이다. 설렘 가득한 청년은 그들이 그들의 견해를 도시에 두고 왔을지도 모른다는 천진난만한 기대를 잠시나마 품기도 했다. 슬렁슬렁 걸어가면서 맡는 흙 내음마저 마음에 들었다. 길모퉁이를 돌 때마다 시원한 저녁 산들바람이 그를 맞았지만 새로운 경치는 거의 보이지 않았다—기껏해야 서쪽 하늘에 남아 있는 저녁 햇살을 받아 희미하게 붉게 물든, 줄기가 곧게 뻗은 나무숲이 드러나거나, 아니면 (더 나아가다 보니) 지붕 전체를 널로 덮은, 잿빛의 약간 무너질 듯한 낡은 집이 가파른 둑에 만들어놓은 목재 계단 꼭대기에서 그를 굽어보는 정도였다. 이미 그는 완연히 기운을 되찾고 있었다. 자연의 숨결을 맛보며, 뉴욕에서 휴일 없이 우물 안 두레박이나 직조기의 북처럼, 곧은 길이 끝없이 이어지는 광기 어린 도시를 누비는 일상을 살았던 길고 고달픈 세월을 반추해보았다.

그는 호텔 사무실에서 시가를 피웠다. 입구 오른쪽에 있는 그 작은 방에는 조악한 글씨로 '숙박계'라고 적힌 장부가 아무것도 안 깔린 작은 탁자 위에 나뒹굴고 있었는데, 기입이 다 되기 전부터 이미 페이지 귀퉁이들이 접혀 있었다. 다음 날이 되어서야 랜섬도 알게 되었지만, 별로 유명하지 않은 지역 유지 몇 명이 이 방에 와서 한 시간씩 빈둥빈둥 지내곤 했다. 그들이 의자를 뒷벽에 기대고 앉은 채 거의 말도 하지 않고 시선을 한 점에 집중하는 것을 보면, 창문 너머로 뭔가를(이 마미언에서 뭔가 볼만한 것이 있으리라고는 생각할 수 없는 일이지만) 한마음으로 바라보고 있는 것 같았다. 때때로 그들 중 한 명이 의자에서 일어나 탁자 앞으로 가서 그 위에 양 팔꿈치를 올리고는 옷깃을 달지 않은 목 언저리에 닿을 성싶게 어깨를 말았다. 벌써 쉰 번째, 사내는 숙박계의 지저분한 페이지를 훑어보며 날짜를 따라 몹시 띄엄띄엄 늘어서 있는 이름을 탐독했다. 그사이 다른 자들은 그의 소행을 지켜보든지, '투숙객'이 이 업소의 무책임하기 짝이 없는 대접에 하소연하러 방에 들어와서는 이 마을의 철학자들 외에는 말을 건넬 상대가 없다는 걸 깨닫는 모습을 말없이 바라보곤 했다. 이 호텔은 정체를 파악하기 어려운, 보이지 않는 단체에 의해 운영되고 있었다. 그들 무리는 식당을 근거지로 삼았는데, 식당은 성스러운 식사 때 외에는 잠가두었다. 또한, 전통적으로 이 쭈글쭈글한 장부의 수호자 역할을 하는 한 '소년'이 있다고 하는데, 막상 그 소년이 있는 곳을 물어도 사무실에 머무는 이 불편부당한 무리들에게 들을 수 있는 답이라곤 주변 어딘가 있을 거라는 둥 낚시하러 간 것 같다는 둥 하는 말뿐이었다. 아까 랜섬에게 저녁을 갖다준 예의 그 거만한 여급사도 식사 시간에만 수수께끼의 은신처에서 나와 모습을 드러냈는데, 그녀를 제외하면 이 호텔에서 손님을 돌보는 일을 하는 이는, 이 실체가 없는 소년

단 한 사람뿐이었다. 숄을 두른 걱정스러운 표정의 여성 투숙객들이 작은 공동 객실에서 말갈기를 덧댄 흔들의자에 앉아, 마치 의사를 기다리듯이 이 소년이 나타나기를 고대하는 모습을 볼 수 있었다. 그동안 다른 이들은 만약 그가 어딘가 근처에 있다면 찾을 수 없는 것도 아니라고 생각하며 뒷문이나 창문 밖을 멍하니 엿보곤 했다. 때때로 누군가는 식당 입구에 가까이 가서 열리는지 확인하려고 소심하게 문을 살짝 흔들어보기도 했다. 그러다가 잠겨 있다는 것을 알고 제자리로 돌아오는데, 친구들이 이 모습을 보고 있을 경우에는 부끄러워하고 머쓱해했다. 그들 중 몇몇은 그다지 좋은 호텔은 아니라고 생각한다고 부러 말하기도 했다.

랜섬에게는 이 호텔이 좋든 나쁘든 별로 신경 쓸 일이 아니었다. 원래 호텔을 즐기려고 마미언에 온 것은 아니었다. 그러나 막상 이곳에 도착해보니 그는 정확히 무엇을 해야 할지 잘 몰랐다. 전날 밤 갑자기 도시의 공기에 지치고 싫증이 나서 휴식을 취하고 싶은 마음에 견딜 수가 없어서, 다음 날 아침 기차로 보스턴으로 간 뒤 거기서 다시 갈아타고 버저즈만으로 가기로 결심했을 때에 비하면 일은 그리 쉽게 진행될 것 같지 않았다. 호텔 자체에는 흥밋거리가 거의 없었다. 투숙객도 별로 없었다. 이들은 밖으로 나와 건물과 도로 사이에 끼어 있는 초라한 안마당이나 작은 광장을 좀 돌아다니다가 이윽고 칠흑 같은 어둠 속으로 자취를 감췄다. 아득히 먼 곳에 불과 두세 개의 은은한 불빛이 보일 뿐인 이 짙은 어둠이 랜섬에게는 유일한 즐길거리인 셈이었다. 여름이 되면 뉴잉글랜드의 밤 공기에 서리는 특유의 그 싱그러운 흙 내음이 사방에 풍겼지만, 랜섬은 이것만으로는, 자신처럼 버리나 태런트를 차지하려는 목적을 가지고 찾아온 사람이 아니라면 이곳이 좀 지루하게 느껴지지 않을까 생각했다. 섬뜩한 소리를 내며 이른 취침 시간을 알리는(그는 이 서비스가 너무 싫었다) 이 불친절한 호텔은 주변의 무엇과도 단절되어 있을 뿐만 아니라, 그 자체에 관해서도 무관심한 눈치였다. 그러나 다른 투숙객들에게 물어보니 이 주변에 마을이 점점이 흩어져 있다고 했다. 이내 랜섬은 그로서는 사치에 대한 유일한 경의의 표시인 고급 시가를 피우며 별빛에 의지해 그 마을을 찾으러 길을 따라 걸었다. 오늘 밤 바로 공격을 개시할 일은 거의 없을 거라고 그는 생각했다. 그가 무대에 등장했음을 두 보스턴 사람에게 어느 정도 예고는 해야 할 것이다. 분명히 그들은 지금 수탉과 암탉이 잘 때 그들도 잠자리에 드는 야비한 습관에 빠져 있을 것이라고 그는 생각했다. 이는 올리브 챈슬러가 그가 머무는 동안ㅡ그를 괴롭힐 목적으로ㅡ사용할 전략 중 하나임이 틀림없다. 그녀는 그에게서 밤의 즐거움을 빼앗으려고 버리나 태런트를 때아닌 시각에 잠자리에 들게 할 것이다. 이미 상당한 거리를 걸었지만, 아직 사람 하나 만나지 못했고 집다운 집도 보지 못했다. 그러나 찬란한 별빛과 주위의 고요함, 귀뚜라미의 우수에 찬 울음소리가 즐겁게 느껴졌고, 주변의 어렴풋한 사물들까지도 모조리 그 울음소리에 떨리는 것 같았다. 뉴욕에서 지난 2년간 고투하고 최근 몇 주간 찌는 듯한 도심 속 더위에 시달린 그에게 오늘 밤 산책은 상쾌한 목욕과도 같았다. 10분쯤 걸었더니(그의 걸음걸이는 느릿느릿했다) 한 사람의 그림자가 다가왔다. 처음에는 분명치 않았지만, 이윽고 윤곽이

뚜렷해지자 여성임을 알아보았다. 여성도 그와 마찬가지로 정처
없이, 즉 별을 바라보는 즐거움 외에는 별 목적 없이 걷고 있던 것
같았는데, 그의 모습이 가까워지자 별을 바라보느라 뒤로 젖혔던
머리를 순간 바로 했다. 다음 순간에는 그가 그녀의 눈앞에 와 있었
다. 두 사람이 스쳐 지나갔을 때, 그는 상대방이 맑은 어둠을 뚫고
자신을 쳐다보는 것을 보았다. 몸집이 자그마하고 호리호리한 여
자였다. 머리와 얼굴을 식별할 수 있었고 머리가 단발이라는 것도
알았다. 아무래도 언젠가 만난 적이 있는 여자인 것 같았다. 그녀도
그와 마찬가지로 돌아봤는데, 그 동작에는 그를 알아본 듯한 기색
이 역력했다. 확실히 어디선가 만난 적이 있다고 그는 확신했다. 그
래서 두 사람의 거리가 더 멀어지기 전에 그는 걸음을 멈추고 그녀
의 뒷모습을 눈으로 좇았다. 그녀도 그가 멈춰 선 것을 깨닫자 똑같
이 걸음을 멈추었다. 이렇게 두 사람은 잠시 어둠 속에서 일정한 거
리를 둔 채 서로 마주 보았다.

"실례지만―닥터 프랜스 아니십니까?"라는 질문이 자기도 모
르게 나왔다.

잠시 대답이 없었으나 이윽고 몸집이 작은 부인의 목소리가 들
려왔다.

"네, 그렇습니다, 저는 닥터 프랜스입니다. 호텔에서 환자라도
나왔나요?"

"아니, 그런 일은 없을 것 같아요, 잘 모르겠지만." 랜섬은 웃으
며 말했다.

그러고 나서 그는 두세 걸음 다가가서 자기 이름을 밝히고, 오

래전에(거의 2년이 지났다) 미스 버즈아이 집에서 만났을 때의 일을 언급하며, 그때를 잊지 않으셨기를 바란다고 말했다.

그녀는 잠시 생각해보는 것 같았다―마음에도 없는 말을 하거나 경솔하게 단언하는 것을 좋아하지 않는 성정임이 틀림없었다. "그렇다면 미스 태런트가 처음으로 연설했던 날 밤 말씀이군요."

"맞아요, 그날 밤에요. 우리는 매우 재밌는 대화를 나누었습니다."

"네, 기억합니다, 그때 저는 꽤 시간을 허비했었죠." 닥터 프랜스가 말했다.

"아, 그렇습니까? 전 선생님께서 다른 면에서 벌충하셨다고 생각하는데요?" 랜섬은 여전히 웃으며 대답했다.

그녀의 반짝이는 작은 눈이 가만히 그와 눈을 맞추는 걸 그도 알 수 있었다. 분명 그녀는 마을에 머물면서 밤 산책을 즐기려고 이렇게 모자도 쓰지 않고 나왔을 것이다. 닥터 프랜스 같은 사람이 지루해서 기분 전환하고 싶어지는 일이 있으리라고는 상상하기 어려웠지만, 그녀가 별반 서두르는 기색도 없이 예전처럼 그와 수다를 떨고 싶어 하는 듯한 모습을 보니 베이질 랜섬도 그녀가 그런 상태라고 생각할 수밖에 없었다. "음, 당신은 그 사람의 성공이 정말 놀랍다고 생각하지 않습니까?"

"물론 그렇게 생각하고말고요. 오늘날 모든 것이 놀랍죠. 우리는 기적의 시대에 살아요!"라고 청년은 대답했다. 어둡고 인적 없는 시골길에서 단발머리 여의사를 상대로 이렇게 아무렇지 않게 숭배 대상을 논하자니 몹시 재밌었다. 이렇게 빨리 닥터 프랜스와 그가 다시 친구가 된 것은 놀라운 일이었다. "그런데 미스 태런트와 미스 챈슬러가 여기 마을에 머물고 계신다는 것은 선생님도 아실 텐데요." 그가 말을 이었다.

"네, 뭐 안다고 해야겠죠. 저는 미스 챈슬러를 찾아왔으니까요." 메마르고 작은 여성이 말했다.

"아, 그러신가요? 그거 반갑군요!" 랜섬은 같은 편을 얻을 수 있을지도 모르겠다는 생각에 탄성을 질렀다. "그럼 그 숙녀분들이 어디에 묵으시는지 알려주실 수 있을까요?"

"네, 이렇게 어두워도 가르쳐드릴 수 있을 것 같아요. 괜찮으시다면 지금부터 바로 안내해드릴 수도 있고요."

"꼭 보고 싶습니다. 다만, 오늘 밤 제가 바로 그 집에 발을 들여도 되는지는 잘 모르겠습니다. 일단은 조금 살펴봐두고 싶어요. 선생님을 만나서 너무 다행이에요. 너무 멋진 일 같습니다 — 저를 알아보시다니요."

닥터 프랜스는 이런 찬사를 거부하지 않고, 이윽고 다음과 같이 말했다. "당신을 까맣게 잊고 있지는 않았어요. 그때부터 당신 얘기를 들어왔으니까요, 미스 버즈아이로부터요."

"아, 맞아요, 그분과는 봄에 만났습니다. 그분은 여전히 건강히 잘 지내시겠지요?"

"항상 잘 지내시죠. 하지만 건강하다고는 말할 수 없네요. 몸이 많이 약해지고 점점 나빠져가는걸요."

"그것참 안됐군요."

"그분도 미스 챈슬러를 찾아왔죠." 그녀는 어떤 말은 액면 그대로라는 것을 생각하고 있음을 보여주는 잠깐의 침묵 뒤에 말했다.

"저런, 제 친척분이 유명한 여성들을 다 초대한 것 같군요!" 베이질 랜섬이 외쳤다.

"미스 챈설러가 당신의 친척입니까? 그다지 닮은 점이 없는 것 같은데요. 미스 버즈아이는 시골 공기를 쐬려고 온 거예요. 나는 이번 요양이 그분에게 도움이 될 수 있도록 돌봐주려고 여기에 왔고요. 혼자 하게 놔두면 그분은 괜찮아질 수가 없어요. 미스 버즈아이는 유난히 훌륭한 인격자이지만 건강에 대해선 전혀 몰라요." 닥터 프랜스는 아무래도 점점 수다에 물이 오른 것 같았다. 랜섬은 이를 반기며, 선생님도 시골 공기를 마시면서 건강해지시길 바란다고 말했다―보스턴에 계실 때는 일만 하시는 것 같았다고. 그녀는 대답했다. "그래서 운동할 겸 이렇게 길을 좀 산책하고 있었습니다. 작은 판잣집 안에서 네 여자가 얼굴을 맞대고 있는 것이 어떤 느낌인지 당신은 모르실 겁니다."

랜섬은 전에도 그녀를 좋아했던 것을 기억하고 있었지만 말 그대로 다시 한번 그녀를 좋아하게 될 것 같았다. 그런 친근한 마음을 전하고 싶은 나머지, 그녀에게 시가를 권하는 것이 허락된다면 기꺼이 그렇게 하고 싶었다. 그로서는 길가의 울타리에라도 함께 걸터앉지 않겠느냐고 권유할 게 아닌 이상, 무엇을 여의사에게 권해야 할지, 뭘 어떻게 하면 좋을지 몰랐다. 그는 그녀가 말한 작은 판잣집 안의 상황이 손에 잡힐 듯 완벽하게 그려지면서, 닥터 프랜스가 그 사람들에게서 벗어나, 다 알 것이 틀림없는 별자리 아래를 돌아다닐 수밖에 없었을 그 심정도 곧바로 공감이 갔다. 선생님의 산책에 동행하게 해달라고 그가 부탁하자 그녀는 가던 방향으로 더

갈 생각이 없다고 대답했다. 되돌아가려고 한다고. 그는 의사와 함께 발길을 돌려 마을로 돌아갔다. 마을에 들어서자 비로소 사람 사는 기미가 느껴지는 어느 정도의 질서나 조잡하나마 계획에 따라 배열된 집들이 보이기 시작했다. 길은 그 집들 사이로 순응하듯 꼬불꼬불 이어졌다. 또한 이곳에는 교차로도 있고 모퉁이에는 석유 램프도 켜져 있고, 문을 닫은 상점의 어딘지 모르게 촌스러운 글자로 쓰인 작은 간판도 여기저기 보였다. 집 몇 채의 창문에 불이 켜져 있는 것이 보였는데, 닥터 프랜스는 이 작은 마을 주민 몇몇의 이름을 동행에게 언급했다. 그들은 모두 캡틴이라는 직함을 좋아하는 것 같았다. 모두 은퇴한 선장이었다. 이곳에는 그런 지역 유지들이 모여 사는 작은 마을이 있는데, 거기서는 마치 더 이상 깨어 있어야 할 의무가 없다는 걸 알면서도, 잠자리에 들 생각도 못 했던 먼바다에서 보낸 밤을 잊을 수 없다는 듯이, 어두침침한 문간에서 멍하니 서성이는 전직 선장들을 대개 두셋은 볼 수 있었다. 마미언은 자칭 소도시이지만, 조선업의 열기가 시들해진 이후로 쇠락해 버렸다. 전쟁 전 황금기에는 매년 엄청난 수의 배를 바다로 내보내곤 했다. 지금도 당시의 조선소가 남아 있어 오래된 대팻밥이나 크고 작은 녹슨 못을 주울 수도 있을 것 같았지만, 지금은 풀이 무성하게 자라고, 딱히 가로막는 것도 없어 파도가 밀려들고 있었다. 이곳에는 말하자면 바다의 팔이라고 할 만한 것이 육지로 밀고 들어와 상당히 위쪽까지 뻗어서, 바다라고 해도 진짜 바다답지 않고 강처럼 잔잔했는데, 거기에 매력을 느끼는 사람도 적지 않았다. 닥터 프랜스는 이곳을 일컬어 고풍스럽다거나 진기하다거나 기묘하다

는 식의 표현을 입 밖에 내지 않았지만, 그는 그곳이 점점 썩어가
고 있다는 그녀의 말이 그런 뜻임을 짐작했다. 그 자신도 밤의 막이
덮고 있는 와중에도 그곳이 훨씬 더 커서 번영을 자랑하던 시절도
있었다는 인상을 받았다. 닥터 프랜스는 그가 마미언에 온 동기를
설명하는 말을 끌어내려는 의도가 있는 말은 전혀 하지 않았다. 언
제 이곳에 도착했는지, 언제까지 머물 생각인지 일절 묻지 않았다.
그가 조금 전에 미스 챈설러와 친척 간이라고 말한 것이 그녀에게
는 충분한 이유가 되었을지도 모른다. 그렇다면 오히려 그가 찰스
가의 젊은 여성들을 만나러 왔다면서 왜 더 서둘러 그들 앞에 나서
려 하지 않을까 하는 의문이 떠오를 법도 했다. 닥터 프랜스처럼 단
순 명료한 사람은 그런 종류의 분석을 할 수 없는 것 같았다. 랜섬
이 그녀에게 인후통을 호소했다면 그녀는 정확하게 그의 증상에
대해 질문했을 것이다. 그러나 사교적 태도로 하는 질문은 전혀 할
수 없는 그녀였다. 어쨌든 그들은 허물없이 이 소도시의 주요 도로
를 계속 거닐었다. 이따금 머리 위로 검푸르게 잎을 드리우는 느릅
나무 거목이 길을 어둡게 그늘지게 했다. 바다에 가까워진 탓인지
공기에서 짠 내가 감돌기 시작했다. 올리브의 집은 이 길의 가장 끝
쪽이라고 닥터 프랜스가 말했다.

"선생님께서 우연히 저를 만나신 것을 오늘 밤에는 말씀하지 않
아주시면 대단히 감사하겠습니다만." 잠시 후 랜섬이 말했다. 갑자
기 마음이 바뀌어 그의 방문을 예고하고 싶지 않았다.

"네, 말하지 않겠어요." 그녀가 대답했다. 그런 쓸데없는 말 하지
말라는 주의를 줄 것까지는 없다고 말하는 듯한 어조였다.

"내가 온 걸 비밀로 해놓고 내일 그 사람들을 깜짝 놀라게 해주고 싶어요. 미스 버즈아이를 뵙게 되다니 정말 기대되네요." 그는 그 일이 사실은 그를 마미언으로 끌어들인 주된 동기라는 듯이 위선적으로 덧붙였다.

닥터 프랜스는 그가 넌지시 하는 말을 어떻게 받아들였든 개인적인 의견은 표명하지 않고 잠시 망설이다가 다음과 같이 말했을 뿐이다—"그러게요, 그 노여인도 분명히 당신이 여기 오신 것을 알게 되면 매우 흥미를 느끼실 것입니다."

"저도 그 정도의 박애주의는 분명 보여주실 거라고 생각합니다."

"그래요, 그분은 누구에게나 자비롭죠. 하지만 그분도—그분조차도—자기편을 더 좋아하죠. 그분은 당신을 뜻밖에 얻은 귀한 동지로 여겨요."

랜섬은 자신이 미스 챈설러의 집에 모인 작은 그룹에서—그녀의 지금 말로 미루어 볼 때—화제가 되고 있다는 것을 알고 우쭐하지 않을 수 없었지만, 그렇다고 지금까지 자신이 이 그룹의 연장자를 기쁘게 할 만한 어떤 일을 했던가 생각하면 좀 어리둥절했다. "제가 며칠 여기서 지낸 후에도 그분이 뜻밖에 귀한 동지를 얻었다고 생각해주시면 좋겠네요." 그는 웃으며 말했다.

"글쎄요, 그분은 당신을 가장 중요한 개심자 중 하나로 생각하거든요." 닥터 프랜스는 지극히 무미건조하게 대답했고, 그 이유를 설명하려는 척도 안 하겠다는 듯한 태도였다.

"개심자요—제가요? 제가 미스 태런트의 개심자라고요?" 그러고 보니 사실 미스 버즈아이는 보스턴에서 만난 뒤 헤어지면서 그가 이번 해후를 비밀로 해달라고 했을 때(처음에는 그녀가 그것을 불경스럽게 여겼지만) 분명히 버리나가 그를 같은 진영으로 끌어들일 것이라는 점을 염두에 두고 그 부탁을 들어주었던 것이라는 생각이 문득 들었다. 그렇다면 그 젊은 숙녀가 자신의 나이 든 친구에게 그를 끌어들이는 데 성공했다고 말한 것일까. 그는 그런 일은 도저히 있을 법하지 않다고 생각했다. 그러나 상관없었다. 그는 쾌활하게 말했다. "음, 그렇게 생각하시라죠!"

하지만 닥터 프랜스를 기만의 대열에 합류시키는 건 그녀의 덕망 높은 환자를 속이는 일보다 쉽지 않을 것이 분명했다. 그래도 그녀는 다음과 같이 대답해주었다. "글쎄요, 당신이 나와 이야기를 나누던 그 시절에서 조금도 앞으로 나아가지 않았다고 그분이 생각하게 하지 않기를 바랍니다. 그 무렵 당신이 어느 지점에 있었는지 저는 압니다만!"

"대체로 선생님과 오십보백보 아니었을까요?"

"글쎄요." 닥터 프랜스는 작게 한숨을 내쉬며 말했다. "오히려 전 뒤로 물러선 거 같네요." 그녀의 한숨은 그에게 많은 것을 전했다. 그것은 지금 그녀가 피할 수 없이 일원이 된 미스 챈설러의 집안 내부를 지배하는 분위기에 차분하고 은은하게 항의하는 것처럼 여겨졌다. 그리고 지금 이렇게 마치 제자리로 돌아가는 것을 꺼리듯이 어둠 속에서 정처 없이 배회하는 것을 보니, 이 자그마한 여의사에게는 자기만의 노선이 있다는 인상을 확실히 받았다.

"그렇다면 적어도 미스 버즈아이는 슬퍼하시겠죠." 그가 나무라듯 말했다.

"별로 그렇지 않아요, 저는 중요한 사람이 아니니까요. 저분들은 여자가 남자와 동등하다고 생각하면서도, 남자가 편이 되면 여자가 편이 되는 것보다 훨씬 더 기뻐하거든요."

랜섬은 닥터 프랜스의 명석함에 찬사를 보내고 나서 말을 이었다. "미스 버즈아이는 정말로 그렇게 상태가 안 좋은가요? 아주 위독하다고 할 정도입니까?"

"뭐, 연세도 많으시고, 게다가 아주―아주 연약해지셨어요." 닥터 프랜스는 잠시 형용사 선택을 주저하며 대답했다. "그런 상태라면 언제라도 생명의 불이 꺼져버릴 수 있습니다."

"그럼 램프의 심지를 잘 살펴야겠네요." 랜섬이 말했다. "기꺼이 당신과 교대해서 그 신성한 불꽃을 지켜보겠습니다."

"그분이 미스 태런트의 역작을 듣지 못하고 죽는다면 딱한 일이지요." 그녀가 말을 이었다.

"미스 태런트의 뭐요? 그게 뭐죠?"

"네, 그게 지금 저기서는 가장 큰 관심사거든요." 그렇게 말하고 나서 닥터 프랜스는 그들의 왼편으로, 길에서 조금 물러나 바다를 등지고 이웃집들로부터 한참 떨어져 있는 흰색 칠을 한 작은 집을 고갯짓으로 막연히 가리켰다. 그 집은 주위에 늘어선 여느 집들보다 더 확실한 활기의 징후를 내비치고 있었다. 창문 여러 개가, 그 중에서도 눈에 확 들어오는 1층 창문들이 따뜻한 밤공기를 향해 활짝 열려 있었고, 굵은 빛줄기가 집 앞 길가의 풀에 쏟아지고 있었다. 랜섬은 신중하기로 마음먹었기에 일행의 걸음을 만류했다. 그러자 그녀는 곧 억누른 듯한 짧은 웃음과 함께 덧붙였다―"저걸 들어보시면 아실 거예요!" 그녀의 말뜻을 확인하기 위해 그는 귀를 기울였다. 그리고 금세 그의 귀에도 하나의 울림이 들려왔다 —
이미 그가 익히 아는 목소리, 흐르는 듯한 풍부한 음색과 운율을 띤
버리나 태런트 특유의 억양이 8월 밤의 정적 속에 쏟아져 나왔다.

"맙소사, 이 얼마나 아름다운 목소리인가!" 그가 자기도 모르게
외쳤다.

닥터 프랜스가 그를 힐끗 쳐다보더니 익살스러운 어조로 (무척이
나 편안한 태도로) 말했다. "어쩌면 미스 버즈아이의 말이 맞을지도
모르겠네요!" 그가 그 집에서 흘러나오는 목소리의 가락을 듣느라 반
응이 없자 그녀는 이어서 말했다 —"연설 연습을 하는 중이에요."

"연설요? 여기서 연설하기로 되어 있나요?"

"아뇨, 도시로 돌아가자마자 하기로 되어 있습니다 —음악당에
서요."

이번에는 랜섬이 일행에게 주의를 기울였다. "아까 선생님이 역
작이라고 말씀하신 게 그겁니까?"

"뭐, 저분들은 그렇게 생각하고 있겠지요. 저렇게 매일 밤 연습
해요. 일정 분량을 미스 챈슬러와 미스 버즈아이에게 큰 소리로 읽
어주죠."

"선생님은 그 시간에 산책을 하시기로 했고요?" 랜섬은 미소 지
으며 물었다.

"뭐, 그 시간이 저의 노여인에게 제가 가장 덜 필요한 시간이니
까요, 그분은 완전히 빠져버리죠."

닥터 프랜스는 사실을 말하는 사람이었다. 랜섬도 이미 그것을

깨닫고 있었다. 그리고 그녀가 풀어주는 사실 중에는 매우 흥미로운 것도 있었다.

"음악당이라면 ─ 당신들 도시에 있는 그 큰 건물 말이죠?" 그가 물었다.

"네, 보스턴에서는 가장 큰 건물이죠. 상당히 크긴 하지만, 미스 챈설러의 이상만큼 크진 않습니다." 닥터 프랜스가 덧붙였다. "그분은 미스 태런트를 일반 청중 앞에 내놓으려고 그곳을 빌렸는데, 그녀가 이렇게 대규모로 보스턴에서 연설하는 것은 이번이 처음입니다. 분명 큰 반향을 일으킬 거라고 그분은 기대하고 있어요. 필시 성대한 밤이 되겠죠. 그래서 저분들은 그 준비에 여념이 없어요. 저분들은 이것이 그녀에게 진정한 첫걸음이 될 거라고 생각합니다."

"그러니까 이것이 그 준비군요?" 베이질 랜섬이 말했다.

"네, 제가 말했듯이 저분들의 주된 관심사고요."

랜섬은 들려오는 목소리에 가만히 귀를 기울였고, 들으면서 깊이 생각에 잠겼다. 뉴욕에서 그가 버리나에게 했던 신념 고백으로 그녀의 신조가 흔들렸을 가능성도 있다고 생각했었는데, 이런 상황을 보니 전혀 아닌 것 같았다. 한동안 닥터 프랜스와 그는 입을 다문 채 함께 그 자리에 서 있었다.

"당신은 저 말을 듣고 있는 게 아니군요." 의사가 말했을 때, 그 얼굴에 떠오른 미소는 어둠 속에서 보니 메피스토펠레스의 미소를 떠올리게 하는 면이 있었다.

"아, 말은 이제 듣지 않아도 다 압니다!" 청년은 작별의 표시로 그녀에게 손을 내밀면서 낮게 탄성을 지르듯 외쳤다.

36장

신중하자는 마음에 그는 다음 날 아침까지 방문을 미루기로 결심했다. 그 시각이라면 버지나와 단둘이 만나는 것도 불가능하지는 않을 것 같지만, 밤에는 두 젊은 여성이 틀림없이 함께 앉아 있을 테니까. 다음 날 아침이 밝아오자 베이질 랜섬은 일부러 방문을 미룬 사람으로서 당연히 느껴야 할 초조함을 조금도 느끼지 못했다. 어떻게 자신을 맞이할지 전혀 예상이 안 되었지만, 그럼에도 어젯밤 닥터 프랜스가 가르쳐준 작은 집을 향해 가는 그의 발걸음은, 있을 법한 방해물보다는 자신의 목적을 훨씬 더 의식하는 사람의 발걸음이었다. 길을 가면서 그는 어떤 장소를 밤에 처음 보는 것은 마치 외국어 작가의 작품을 번역으로 읽는 것과 같다고 생각했다. 지금—이제 11시가 다 되어가고 있었다—그곳을 다시 보니 원전을 읽는 것처럼 느껴졌다. 느슨하게 무리를 이룬 집들이 드문 드문 흩어져 있는 이 소도시는 푸른 작은 만을 따라 펼쳐져 있었다. 그 맞은편은 나무가 무성한 해변으로, 바다와 맞닿은 부근에 하얗게 빛나는 모래사장이 있었다. 이 좁은 만에서는 시선이 저 멀리 찬란한 동시에 흐릿한 한 폭의 그림에 끌렸다―그것은 반짝반짝 빛나면서도 나른하게 잠든 한여름의 바다와, 8월의 태양 아래에서 연무가 낀 듯 아련하게 보이는, 호를 그리며 아득하게 멀리 뻗어나가는 해안선이 이루는 그림이었다. 어젯밤 닥터 프랜스가 이곳을 소도시라고 불렀기에 랜섬도 이곳을 소도시로 여기고 있었다. 다만 거리 한가운데서 건초 향을 맡거나 중앙 광장에서 나무딸기 열매를 딸 수 있는 소도시였다. 집들은 풀밭을 사이에 두고 마주 보고 있었는데, 낮고 녹슬고 뒤틀리고 붉거진 그 집들은 마르고 금 간 정면에 빽빽하게 열리는 작은 미닫이 유리창이 흐릿한 눈처럼 달려 있었다. 그 집들에 딸린 작은 앞마당에는 대부분 노랗기만 하고 유행이 지난 꽃들이 무성했다. 바다에서 멀리 떨어져 있는 지역에서는 경사진 땅 위에 펼쳐진 숲이 집 지붕들을 내려다보고 있었다. 자물쇠나 빗장은 마미언에서는 가정용 집기가 아니었다. 문지방에서 방문객을 맞이하는 하인도 여기서는 실제로 존재한다기보다는 있기를 바라는 존재에 지나지 않았다. 그래서 베이질 랜섬은 미스 챈슬러의 집 문이 (전날 밤에 보았을 때와 마찬가지로) 활짝 열린 채로 있고, 쇠고리나 초인종 손잡이조차 찾을 수 없는 상황에 직면했다. 현관에 서 있는 그의 위치에서 현관 입구의 왼쪽에 있는 작은 응접실 전체가 보였다―이 방이 뒤편 창문까지 이르는 것과 외국의 예술 작품을 찍은 사진이 벽에 핀으로 꽂혀 장식된 것이 보였고, 피아노나 다른 소소한 장식물들, 즉 다재다능한 여자들이 겨우 두세 주 빌린 집에 아낌없이 퍼부을 만한 즉흥적인 장식물로 방을 한껏 꾸민 것이 한눈에 보였다. 나중에 버리나가 그에게 말해준 바에 따르면, 올리브가 이 집에 세간을 채웠는데, 막상 와보니 의자와 탁자나 침대가 몹시 부족해서 이 작은 모임의 일원들은 거의 항상 번갈아가며 의자에 앉거나 바닥에 눕거나 했단다. 반면에 조지 엘리엇*의 책은 전 작품이, 시스티나의 성모** 사진은 두 장이나 있었다. 랜섬은 문의 상인방을 지팡이로 톡톡 두드렸다. 하지만 아무도 그를 맞으러 나오지 않았다. 그래서 그는 응접실로 들어갔다. 그방에는 친척 올리브가 가져왔을 법한 독일어 책들이 잔뜩 놓여 있었다. 그는 늘 하던 버릇대로 바로 이 책들을 훑어보았지만, 곧 자신의 방문 목적이 이게 아니라는 것을 떠올렸고, 조금 전 입구에서 기다리고 있을 때 보니, 넓은 방 끝에 있는 다른 문 너머로 집 뒤편에 작은 베란다가 붙어 있는 것 같았다는 생각이 들었다. 어쩌면 여성들이 그 그늘진 베란다에 모여 있을지도 모른다고 생각한 그는 뒤쪽에 면한 창문을 가린 모슬린 커튼을 걷어보았고, 역시 이 뒤쪽이 미스 챈슬러의 여름 별장에서 가장 쾌적한 곳임을 알게 되었다. 사실 그곳에는 베란다도 있고, 베란다가 연장된 듯한 형태로 오래된 포도나무로 덮인 폭넓은 격자 구조물도 있었다. 격자 구조물 너머에는 호젓하고 자그마한 정원이 있었다. 이 정원 너머는 흐릿하

---

*   19세기 영국의 여성 소설가.

**   라파엘로가 그린 성모 그림.

게 펼쳐진 커다란 수림이었고, 그곳에 오래된 재목 더미가 몇 줄 남아 있었는데, 이 재목들이 닥터 프랜스가 이야기해준 조선소의 잔재라는 것을 그는 나중에 알게 되었다. 더욱이 이 수림 너머로 그가 이미 감탄하며 바라보았던 아름다운 호수 같은 물가도 보였다. 그러나 그의 눈은 그렇게 먼 경치에 머무르지 않았다. 포돗잎 틈으로 비치는 햇빛이 땅바닥에 깔린 화려한 빛깔의 양탄자에 체크무늬를 그리는 격자 구조물 아래 앉아 있는 사람 형상이 그의 주의를 끌었다. 대충 지은 베란다의 바닥 면은 상당히 낮아 사실상 땅 높이와 별 차이가 없었다. 사람 형상이 집에 등을 돌리고 있었음에도 랜섬은 미스 버즈아이임을 한눈에 알아보았다. 홀로 있는 그녀는 꼼짝도 하지 않고 앉아(무릎 위에 신문이 놓여 있었으나, 그녀의 자세로 미루어 보아 읽고 있는 것 같지는 않았다) 은은하게 빛나는 만을 바라보는 것 같았다. 어쩌면 선잠을 자고 있을지도 모른다. 그렇게 생각했기에 랜섬은 그의 긴 다리의 걸음걸이를 조절하며 집안을 지나 그녀에게 다가갔는데, 그러한 조심스러움에 일말의 주저함이 담겨 있었다. 베란다를 가로질러 바로 옆에 서도 그녀는 그를 알아챈 것 같지 않았다. 그녀는 선잠을 자고 있는 듯 보였다기보다는 그냥 그가 그렇게 추측한 것으로, 왜냐하면 낡고 빛바랜 밀짚모자가 그녀의 머리를 감싸 얼굴 위쪽 절반이 가려서 보이지 않았기 때문이다. 그녀 옆에는 탁자와 두세 개의 의자가 놓여 있었고, 탁자에는 대여섯 권의 책 및 정기간행물과 함께 위에 숟가락이 놓이고 무색 액체가 담긴 유리잔이 하나 있었다. 랜섬은 이대로 그녀를 쉬게 두고 싶었기에 슬그머니 의자 하나에 앉아 그녀가 그를 알아차릴 때까지 기다리기로 했다. 미스 챈설러의 집 뒷마당은 아늑하게 느껴졌다. 머리 위의 포돗잎을 살랑거리게 하는 미풍—종잡을 수 없이 빈둥대는 여름 바람—이 지친 그의 감각을 달래주었다. 만의 연무가 낀 맞은편 기슭은 (마치 한여름 햇빛처럼 반짝이는 은빛 가루를 뒤집어쓴 것처럼 보이는) 뉴욕 거리의 조망보다 더 섬세한 색조를 띠어서 랜섬에게는 왠지 그곳이 꿈속의 땅, 그림 속 나라처럼 느껴졌다. 베이질 랜섬은 지금까지 그림을 본 적이 거의 없었다. 고향 미시시피에서는 그림을 볼 기회가 전혀 없었다. 그러나 때때로 그는 현실 세계보다 더 고상한 뭔가를 마음속에 그리곤 했는데, 지금 바라보는 경치도 뛰어난 예술 작품 못지않은 기쁨을 안겨주었다. 아까 내가 말했다시피 그로서는 미스 버즈아이가 눈을 뜨고 실제 전망을 바라보고 있는지, 아니면 단지 상상력의 도움을 받아(그녀에게는 풍부한 상상력이 있으니) 눈부심에 지친 눈을 감은 채 그것을 마음속에 떠올리고 있을 뿐인지 가늠할 수 없었다. 이렇게 시간을 흘려보내며 그녀 곁에 앉아 있노라니, 그 모습이 마치 오랜 투쟁 끝에 겨우 얻은 휴식의 화신처럼, 참을성 있게 굴종적인 삶을 산 끝에 노퇴한 이의 현현처럼 보였다. 오랜 세월에 걸친 고투의 생애도 끝나가고 있는 지금, 박애적인 생활로 일관한 그녀라면 반드시 들어갈 자격이 있을, 그리고 분명 곧 그녀에게 열릴 그 평화로운 강, 빛이 찰랑이는 물가, 천국의 즐거움을 이렇게 미리 어렴풋하게나마 맛보려고 여기 앉아 있는 것 같았다. 잠시 후 그녀는 고개도 돌리지 않고 아주 잔잔한 목소리로 말했다.

"이제 다시 약 먹을 시간인 것 같아요. 그 사람이 이번엔 딱 맞는 약을 찾은 것 같아요, 그렇게 생각하지 않아요?"

"이 잔에 들어 있는 것 말인가요? 제가 마시게 해드리고 싶은데, 얼마나 드시는지 말씀해주시겠어요?" 이렇게 말하고 베이질 랜섬은 일어서서 테이블 위에 놓인 유리잔을 집어 들었다.

그의 목소리를 듣고 미스 버즈아이는 그녀 특유의 서투른 손놀림으로 밀짚모자를 뒤로 젖히고 옷을 두툼하게 껴입은(8월에도 그녀는 한기를 느껴서 밖에 앉아 있을 때면 충분히 두툼하게 입어야 했다) 몸을 살짝 비틀어 놀라지도 않고 뭔가를 가늠하려는 듯한 시선을 그에게 보냈다.

"한 숟가락 드릴까요? — 아니면 둘?" 랜섬은 잔 속의 약을 휘저으며 미소를 띤 채 물었다.

"글쎄요, 이번에는 두 숟가락인 것 같네요."

"닥터 프랜스라면 틀림없이 적절한 약을 주셨을 거예요." 랜섬은 그렇게 말하며 약을 내밀었다. 그러자 그녀가 그것을 마시려고 고개를 내밀었는데, 그 몸짓이 한층 더 어린애 같은 느낌을 주었다.

그가 잔을 내려놓자 그녀는 다시 원래 자세로 돌아갔지만, 뭔가 생각하는 눈치였다. "동종 요법 약입니다"라고 잠시 후 그녀는 말했다.

"아, 분명 그럴 거예요. 당신에게는 그게 가장 좋지 않을까 생각해요."

"네, 요즘에는 이게 진정한 치료 요법이라는 것이 일반적으로 인정받게 되었죠."

랜섬은 그녀 곁으로 다가가 더 그녀에게 잘 보일 만한 위치에 자리를 잡았다. "진정한 치료 요법을 받을 수 있다니 정말 좋은 일입니다." 그는 친근하게 그녀에게 몸을 굽히며 말했다. "확실히 당신은 어떤 일에나 항상 진정한 길을 선택하시는 분이죠." 그는 좀처럼 위선을 떠는 법이 없었지만, 한번 위선을 떨기 시작하면 멈출줄 몰랐다.

"글쎄요, 누구든 그런 말을 할 권리가 있는지 모르겠네요. 저는 버리나인 줄 알았습니다." 그녀는 즉시 덧붙이며 다시 한번 그 숙고하는 듯한 온화한 눈으로 그를 바라보았다.

"나는 당신이 나를 알아보기를 기다리고 있었습니다. 물론 당신은 내가 이곳에 온 것을 몰랐겠지요―어젯밤에 도착했으니까요."

"아, 올리브를 만나러 오시다니 기쁘네요."

"잊으셨습니까, 저번에 뵀을 때 저는 그 사람은 절대 만나지 않겠다고 말씀드렸는데요."

"제가 당신과 만난 것을 그분에게 말하지 않았으면 좋겠다고 말씀하셨죠, 대체로 그렇게 기억하고 있어요."

"그럼 그때 제가 뭘 하고 싶다고 당신에게 말씀드렸는지 기억하시나요? 저는 케임브리지에 가서 미스 태런트를 만나고 싶다고 말씀드렸습니다. 당신이 친절하게도 여러 정보를 주신 덕분에 그 사람을 만날 수 있었습니다."

"네, 당신의 방문 이야기는 그분에게서도 좀 들었어요." 미스 버즈아이는 미소와 함께 이렇게 대답하며 목구멍에 희미한 울림을 주었는데―스스로는 웃음소리로 생각했을 것 같은 어쩐지 수심 어린 울림이었다―랜섬으로서는 그 정확한 의미를 전혀 알 수 없었다. 하지만 그때 노여인의 친절한 태도를 그는 그 후로 오랫동안 기억 속에 간직했다.

"그 사람이 얼마나 즐거웠는지 모르겠지만 저에게는 꿈만 같았습니다. 그 기쁨이 너무 커서 나는 이렇게 다시 그 사람을 찾아왔네요."

"그럼 그분이 정말 당신을 흔들어놓았군요?"

"엄청나게 흔들어놓았죠!" 랜섬이 웃으며 말했다.

"당신은 우리에게 정말 큰 보탬이 될 거예요." 미스 버즈아이가 대답했다. "그럼 이번에 오신 것은 미스 챈설러를 뵙기 위해서이기도 한가요?"

"그건 그분 쪽에서 저를 받아주시느냐에 달렸습니다."

"글쎄요, 당신이 흔들렸다는 것을 그분이 알면, 큰 진전이 있을 게 분명합니다." 미스 버즈아이는 마치 그녀처럼 단순한 사람도 미스 챈설러와 사귀는 게 꽤 까다롭다는 걸 알고 있다는 듯이 조금 생각에 잠긴 표정으로 말했다. "하지만 그분이 지금 당신을 맞이할 수 없습니다—그렇죠?—부재중이거든요. 보스턴에서 온 편지를 가지러 우체국에 가셨는데, 매일 너무 많은 편지가 오기 때문에 버리나도 함께 가서 가지고 와야 합니다. 오늘은 닥터 프랜스가 낚시하러 가서 두 분 중에 한 분이 저를 위해 남으려고 했지만, 제가 7분 정도면 혼자 있을 수 있다고 말씀드렸지요. 두 분이 얼마나 같이 있고 싶어 하시는지 전 알죠. 두 분은 외출할 때 혼자서는 도저히 갈수가 없나 봐요. 그분들이 이곳에 오신 것도 그것 때문입니다. 여기는 매우 조용하고, 두 분이 마음을 많이 빼앗길 다른 사람도 아무도 없으니까요. 제가 따라오는 바람에 두 분의 즐거움을 망치게 생겼으니 유감스러운 일이죠!"

"제가 그분들의 즐거움을 망칠지도 모르겠네요, 미스 버즈아이."

"아, 글쎄요, 신사분이시니." 노여인이 중얼거리듯 말했다.

"그렇죠, 신사가 뭘 하겠습니까? 가능하다면, 그들의 즐거움을 꼭 망쳐놓을 텐데요."

"닥터 프랜스와 낚시하러 가셔도 좋겠네요." 미스 버즈아이가 아주 평온한 어조로 대답한 것을 보면, 아무래도 지금 그의 언명에 숨은 사악한 의미를 조금도 가늠하지 못한 듯했다.

"그것도 전혀 생각 못 할 건 아니네요. 여기서는 날도 너무 길고 시간이 남을 정도로 많을 테니까요. 의사 선생님도 함께 오신 겁니까?" 랜섬은 여의사에 대해서는 전혀 모른다는 듯이 물었다.

"네, 미스 챈설러가 우리 둘을 초대했어요. 굉장히 배려심이 많은 사람이에요. 그분은 그저 이론상으로만 박애주의자가 아닙니다―구체적인 사례로 그것을 실천하시는 분이에요." 미스 버즈아이는 자신이 그 사례 중 하나라고 말하듯 의자에 앉은 자신의 큰 몸을 가리켰다. "8월에는 우리도 보스턴에서 별로 할 일이 없는 것 같고요."

"그래서 당신은 지금 이렇게 여기 앉아 시원한 바람을 쐬며 경치를 감상하고 계신다는 거군요." 청년은 이런 말을 하는 한편, 약속한 7분은 이미 한참 전에 지났을 텐데 도대체 언제쯤 두 편지 배달원이 우체국에서 돌아오는 건지 의아해했다.

"네, 이 작고 고풍스러운 장소에 있는 모든 게 저에게는 즐겁습니다. 이렇게 만연히 시간을 보내면서 만족해할 거라고는 생각하지 못했어요. 저의 옛날 활동적인 생활을 생각하면 그야말로 천양지차죠. 웬지 이 근처에는 다툼이나 부정 같은 게 아무것도 없는 듯한 느낌입니다. 설령 있다 하더라도 알아서 잘 돌봐주실 미스 챈설러나 미스 태런트가 있으니까요. 저는 이제 손을 놓고 보고 있으면 된다고 그분들은 생각하시는 것 같아요. 당신들 편에서도 기꺼이 도움을 주는 고결한 분들이 우르르 몰려와주실 때에는 더더욱." 미스 버즈아이는 말을 이으면서 형태가 흐트러진 빛바랜 모자챙 밑에서 그를 바라보았는데, 그 부드러운 눈빛이 그녀가 말한 바에 대해 그가 어떤 식으로든 즐거운 해석을 내릴 수 있도록 해주었다.

이때 그는 자신이 마음에도 없는 부정한 편을 맡아야 할 처지에 몰렸다는 것을 느끼지 않을 수 없었다. 어떻게든 그녀의 낙관주의적 마음에 충격을 주는 일만은 삼가야 한다고 그는 다짐했다. 그러기 위해서 앞으로 여러 번 그녀를 속여야 할지도 모른다. 그런데 이때 어떤 경고의 소리가 그에게 더 절박한 목적을 위해 빈틈없이 처신해야 한다고 꾸짖은 덕분에 그녀를 상대로 그런 교활한 재간을 더 부리는 것을 면할 수 있었다. 현관 쪽에서 그에게도 귀에 익은 목소리들이 들려오더니, 빠르게 가까워졌다. 그래서 그가 의자에서 일어설 틈도 없이, 말하던 사람 중 한 명이 다음과 같이 외치며 모습을 드러냈다—"미스 버즈아이, 당신에게 편지가 일곱 통 왔어요!" 사실 이 말은 끝까지 나오기 전에 사라져버렸다. 랜섬이 일어나 뒤로 돌자 우체국에서 가져온 작은 꾸러미를 들고 서 있는 올리브 챈설러의 모습이 보였다. 갑작스러운 공포에 질린 그녀는 물끄러미 그를 바라보았다. 그 순간 그녀는 침착함을 완전히 잃은 듯했다. 얼굴에는 그저 당황한 표정이 있을 뿐 인사를 하려는 기색조차 거의 보이지 않았기에, 그도 자신이 여기 있다는 사실이 그녀에게 줄 혐오감을 덜어주는 데 도움이 될 만한 말을 할 필요가 없다고 느꼈다. 이번만은 그도 잠자코 물러서지 않을 생각이라는 것을 그녀에게 분명히 일깨워줄 뿐이었다. 곧바로―그 상황의 어색한 분위기를 누그러뜨리려고―그는 미스 버즈아이의 편지를 받으려고 손을 뻗었다. 그러자 올리브는 곧 그것을 그에게 넘겼는데, 그녀가 생기를 잃고 연약해졌다는 증거였다. 그가 그 꾸러미를 노여인에게 건네려 할 때 버리나가 집 입구에 모습을 드러냈다. 그를 보자마자 그녀는 바로 얼굴을 붉혔지만 그래도 올리브처럼 말을 잃지는 않았다.

"아니, 랜섬 씨." 그녀가 큰 소리로 외쳤다. "도대체 어떻게 여기까지 떠밀려 온 거죠?" 한편, 편지를 받아 든 미스 버즈아이는 올리브와 방문객의 조우가 이른바 격동의 순간임을 전혀 눈치채지 못한 듯했다.

일촉즉발의 상황을 풀어준 것은 바로 버리나였다. 마치 당황할 이유가 전혀 없다는 듯이, 금세 그녀의 입술에서 쾌활한 도전의 말이 쏟아져 나왔다. 그녀는 얼굴이 붉어질 때조차 흐트러지지 않았고, 그러한 민첩함은 평소 연설로 몸에 익은 습관이라 할 것이다. 랜섬은 앞으로 나서는 그녀에게 미소를 지었지만, 먼저 올리브에게 말을 걸기로 했다. 올리브는 이미 그에게서 시선을 돌려 마치 앞으로 어떤 일이 벌어질지 생각하는 듯 푸른 바다의 경치를 물끄러미 바라보고 있었다.

"물론, 내가 여기 있는 것을 보고 무척 놀라셨을 거예요. 하지만 저는 결코 무리하게 침입한 것은 아닙니다. 그것은 꼭 당신도 인정해주셨으면 합니다. 문이 열려 있었고, 그래서 들어왔어요. 미스 버즈아이는 제가 계속 있으려는 줄 아시는 것 같았고요. 미스 버즈아이, 저를 보호해주세요. 제발 부탁입니다. 호소드립니다." 청년은 말을 이었다. "제 편이 되어주세요, 저를 대신해서 말씀해주세요. 당신의 인정 많은 마음으로 저를 감싸주세요."

미스 버즈아이는 처음에는 그의 호소가 아주 희미하게 들리는 듯 멍하니 편지에서 눈을 들었다. 그리고 올리브와 버리나를 잠시 번갈아 본 뒤 말했다. "우리 모두가 함께 있을 정도의 방은 있지 않습니까? 저도 남부에서 본 바를 떠올려보면, 지금 랜섬 씨가 우리에게 와주셨다는 것은 대단한 승리를 뜻하는 것 같아요."

분명히 올리브는 그녀의 말을 이해하지 못한 듯했지만, 버리나는 열심히 이야기에 끼어들었다. "물론 제가 편지를 드려서 우리가 여기 있다는 걸 아신 거죠. 우리가 여기 오기 전에 제가 쓴 편지 말이에요, 올리브." 그녀는 말을 이었다. "기억 안 나요? 당신에게 보여줬잖아요."

친구가 갑자기 이런 굴종적인 행위를 털어놓자 올리브는 묘한 눈으로 상대방을 날카롭게 쳐다보았다. 그러고는 베이질을 향해 여기 온 것에 대해 왜 그렇게 변명하듯 설명을 늘어놓는지 모르겠다고 말했다. 누구라도 올 권리가 있고, 매우 아름다운 곳이라, 누구라도 오면 기분이 좋아질 곳이라고. "하지만 이곳에는 딱 한 가지 당신에게 결함이 될 게 있죠." 그녀가 덧붙였다. "여름 동안 여기 거주하는 사람들의 4분의 3이 여자랍니다!"

미스 챈설러가 핏기 없는 입술과 싸늘한 눈으로 이런 농담을 시도하리라고는 전혀 예상치 못했던 터라 랜섬은 그 기묘함에 놀란 나머지 저도 모르게 버리나와 의아해하는 눈빛을 교환하지 않을 수 없었다. 버리나는 아마 기회만 있었다면 이 기괴한 현상을 그에게 설명할 수도 있었을 것이다. 올리브는 이때 이미 진정하고 자신이 안전함을 분명하게 떠올렸다. 그녀의 친구는 뉴욕에서 단호하게 추적자를 따돌리고 규탄하지 않았나. 그렇다면 자신의 안전을 자각하고 있다는 것을 증명하기 위해서도, 또 버리나에게 그런 일이 있은 후에도 자신이 조금도 걱정하지 않는다는 것을 알리기 위해서라도 여기서 뭔가 가벼운 농담을 하는 편이 효과적일 것이라고 생각했던 것이다.

"아, 미스 올리브, 내가 당신 여자들을 별로 사랑하지 않는다고 생각하는 척하지 마세요. 당신이 나에게 가장 유감스럽게 생각하는 점은 내가 그들을 너무 사랑한다는 점이라는 걸 당신도 잘 알고 있지 않습니까?" 랜섬은 원래 뻔뻔하고 건방진 성격이 아니라 실제로는 극히 겸손한 사람이었는데, 이때만큼은 무슨 말을 하고 무슨 짓을 하건 거만해 보일 거라는 걸 알고 있었다. 뻔뻔스럽게 여겨지는 불명예에서 벗어날 수 없을 바에야 차라리 그걸 즐겨보는 게 낫지 않을까 하는 마음이 들었다. 사실 그는 상대방이 어떻게 생각하든 자신이 어떤 불쾌감을 주든 조금도 개의치 않았다. 그런 쓸데

없는 걱정을 다 물리쳐버리는 목적이 그에게 있었다. 이 목적에 집중했기에 그는 조금도 동요하지 않고 평정을 찾았고, 자칫 냉랭한 무관심으로 치부될 수 있는 의연한 태도를 취했다. "이곳은 저에게 좋은 것 같습니다." 그는 말을 이었다. "이래저래 2년 넘게 휴가를 낸 적이 없어서 이제는 하루라도 더 일을 계속할 수 없을 것 같았습니다. 완전히 지쳐버렸죠. 이곳에 온다는 것을 미리 편지로 알려드렸어야 했는데, 아무래도 떠나기까지 두세 시간의 여유밖에 없었으니까요. 이게 바로 내가 바라던 일이라는 생각이 갑자기 든 거죠. 미스 태런트가 편지에서, 여기서는 누구나 땅에 눕거나 낡은 옷 그대로 지낼 수 있다고 말씀하셨던 것이 생각났습니다. 저는 땅에 눕는 것을 좋아하고, 게다가 제 옷은 모두 낡은 것뿐이죠. 3주나 4주 정도는 여기에 있을 수 있으면 좋을 것 같습니다."

올리브는 그가 말을 마칠 때까지 가만히 듣고 있다가 말이 끝나자 잠깐 더 그 자리에 서 있었을 뿐, 이내 말없이 시선을 돌린 채 집 안으로 뛰어 들어갔다. 미스 버즈아이는 편지에 푹 빠져 있었다. 그래서 그는 버리나에게 곧바로 다가갔고, 그녀 앞에 서서 그녀의 눈을 깊이 들여다보았다. 그는 올리브에게 말을 걸던 때와는 달리 지금은 웃지 않았다. "어디 단둘이 이야기할 수 있는 조용한 곳으로 와주시지 않겠습니까?"

"왜 이러셨어요? 당신은 여기에 오시면 안 돼요!" 버리나가 아직 볼을 붉히고 있는 것처럼 보였지만, 그녀의 얼굴이 햇볕에 살짝 그을렸다는 사실을 고려할 필요가 있음을 랜섬도 깨달았다.

"내가 여기에 온 것은, 그럴 필요가 있었기 때문입니다―꼭 당신에게 이야기하고 싶은 중요한 것이 있기 때문입니다. 할 이야기가 너무 많아요."

"뉴욕에서 말씀하신 것과 같은 이야기 아닌가요? 그렇다면 더 이상 듣고 싶지 않아요―끔찍한 이야기였어요!"

"아니, 같은 얘기가 아니에요―다른 거예요. 저와 함께 가주셨으면 해요. 여기서 나가고 싶어요."

"당신은 항상 나가자고 하시네요! 우린 여기서 나갈 수 없어요. 우리는 지금 우리가 나갈 수 있는 가장 멀리 나와 있어요." 버리나는 웃으며 말했다. 그녀는 그걸로 이야기를 끝내려고 했다―무슨 일이 금방이라도 일어날 것 같다고 느끼면서.

"정원으로 내려갑시다. 그리고 저 만 쪽으로 가서 이야기합시다―물 쪽으로요, 거기서 얘기해요. 나는 그러려고 여기 온 것입니다. 아까 미스 올리브에게 말했던 목적 때문이 아니고요!"

그는 미스 올리브가 아직도 그들의 말을 듣고 있을지도 모른다는 듯이 목소리를 낮췄다. 그의 어조에는, 뭔가 이상하게 무거운―거의 엄숙하다고까지 할―울림이 있었다. 버리나는 주위를 둘러보며 찬란한 여름 햇살을 바라보다가, (편지를 모자 아래 들고 있는) 두툼한 옷에 싸여 두루뭉술해진 미스 버즈아이의 형상을 바라보았다. "랜섬 씨!" 그녀가 한 말은 이것뿐이었지만, 다시 그녀와 눈을 마주쳤을 때 그는 그 두 눈에 눈물이 맺힌 것을 보았다.

"결코 당신을 고통스럽게 만들려는 것은 아닙니다, 진심이에요. 나도 당신을 괴롭힐 만한 말은 조금도 하고 싶지 않아요. 내가 어떻게 당신을 괴롭힐 수 있겠어요, 이렇게 당신을 생각하는 나인데."

그는 격한 감정을 억누르며 말을 이었다.

그녀는 더는 아무 말도 하지 않았지만, 얼굴 전체의 표정에서는 제발 이대로 자신을 내버려둬달라고, 좀 봐달라고 간청하는 속내가 엿보였다. 이런 그녀의 표정이 깊어지면서 득의양양한 기쁨이 그의 가슴을 파고들기 시작했다. 이 표정이 곧 그가 알고 싶어 하는 바를 뜻했기 때문이다. 그녀가 그를 두려워한다는 것, 더 이상 자신을 믿을 수 없게 되었다는 것을 그 표정이 말해주고 있었다. 그리고 그녀의 성정에 대해 내린 그의 판단이 전적으로 옳았다는 것도 (그녀는 공격에 무방비하며, 사랑을 할, 그의 것이 될 운명이었다). 그가 도달하고 싶어 하는 지점까지 도달하는 것은 단지 시간문제일 뿐이다. 이런 행복한 인식이 그녀를 대하는 그의 태도를 극도로 부드럽게 만들었다. 그렇다고 해도 그는 아직 그 미소나 중얼거리는 듯한 낮은 어조에 충분한 확신을 담지 못한 채 말했다. "저에게 10분만 주세요. 모처럼 만났는데 저를 이대로 돌려보내지 마세요. 저의 휴가랍니다―대단할 것 없는 소소한 휴가입니다. 부디 이 모처럼의 휴가를 망치지 말아주십시오."

그로부터 3분 후 미스 버즈아이가 편지에서 눈을 들어 앞쪽을 바라보았을 때, 풀이 무성한 정원을 함께 가로질러 그 먼 가장자리를 둘러싼 낡은 울타리의 틈을 뚫고 나가는 두 사람이 보였다. 그들은 정원 저편에 있는 옛 조선소 자리로 들어갔다. 이제 완전히 풀로 덮이고 남은 재목이 흩어져 있는 그곳은 그저 물가로 내려가는 그럭저럭한 통로에 불과했다. 이어 그들은 만의 기슭까지 거닐다가 잔잔한 미풍을 얼굴에 받으며 가만히 섰다. 그런 그들의 모습을 그녀는 잠시 지켜봤다. 올바른 사상의 훈련을 받은 뉴잉글랜드의 딸이 고집 센 남부 청년을 사로잡고, 여성들의 진실된 견해를 받아들이게끔 하는 장면을 보고 있자니 마음이 따뜻해졌다. 그의 마음이 완고한 편견으로 굳어 있다는 것을 고려하면, 그의 태도는 확실히 기특했다. 이렇게 멀리서 봐도, 그 장소의 주된 시설이나 다름없는, 비바람을 맞아 검게 변한 판자 조각이 낮게 쌓여 있는 곳에 앉도록 버리나 태런트에게 권하는 그의 태도에는 뭔가 분명한 겸허함이 느껴졌다. 그리고 소녀가 그의 제안을 물리고 자못 당당하게 그를 등진 채 자신이 선호하는 위치에 서는 모습은 정의로운 승리감을 너무 과시하는 듯하다는 것을 미스 버즈아이도 어렴풋이 감지할 수 있었다. 미스 버즈아이는 이 정도로 정경을 볼 수는 있었지만 그들의 목소리를 듣지는 못했다. 따라서 버리나가 그에게서 무슨 말을 듣고 갑자기 휙 돌아선 것을 보고도 무슨 사정인지 알 길이 없었다. 그러나 알았다 하더라도, (지금 이 젊은 두 사람이 만나고 있는 상황에서) 그때 그가 한 말을 이 이야기를 읽고 있는 독자가 느끼는 정도로 기이하게 느끼지는 않았을 것이다.

"제 글 한 편이 실리게 됐어요. 제가 쓴 최고의 글이라고 생각합니다." 두 사람이 집에서 (이 방향을 향해) 나와 되도록 멀리 떨어진 곳까지 왔을 때, 베이질 랜섬의 입에서 맨 처음 나온 말이 그것이었다.

"아, 출판되는군요—언제 나오죠?" 버리나는 순간 그렇게 물었는데, 이 질문이 입에서 튀어나왔을 때의 태도는 바로 조금 전까지만 해도 그에게서 거리를 두던 분위기와는 완전히 모순되는 것이었다.

　뉴욕에서 함께 산책할 때 그녀가 거절당하는 기고가로서의 운명도 분명 언젠가 호전될 것이라는 다소 엉뚱한 기대감을 표명했을 때 대답으로 했던 말을 그는 이번에는 하지 않았다—당신은 얼마나 멋진 분인가 운운하는 말을 다시 꺼내지 않은 것이다. 대신에 그는 그저, 한시라도 빨리 그녀에게 자신을 잘 이해시키고, 얼마나 그가 그녀의 전폭적인 신뢰를 받을 만한 사람인가를 보여주고 싶은 나머지 얼른 (그녀가 극도로 불쾌해하는 게 당연한 일이라는 듯이) 할 수 있는 한 상세한 설명을 이어갔다. "제가 이곳에 온 이유는 사실 이것이었습니다. 이 에세이는 제가 그동안 시도했던 집필 활동에서 가장 중요한 성과입니다. 그래서 저는 그것이 빛을 보느냐 안 보느냐에 따라 이 게임을 깨끗이 포기할지, 아니면 앞으로도 계속해나갈지 확실히 결정할 작정이었죠. 그런데 얼마 전 〈래셔널 리뷰〉 편집자로부터 소식이 왔는데, 제 글을 꼭 싣고 싶고 매우 주목할 만한 글이라고 생각하니 답신을 주면 기쁘겠다고 했습니다. 물론 저는 그에게 답신을 보낼 것입니다—그 점은 걱정할 필요가 없죠! 그 글에는 이미 당신에게 표명했던 견해가 대부분 포함되어 있습니다만, 그 외의 의견도 많이 들어 있습니다. 꽤 주목을 끌 것은 틀림없습니다. 어쨌든 그것이 출판되게 되었다는 사실만으로도 내 인생에서는 그야말로 획기적인 사건입니다. 당신처럼 이미 세상에 나와서 몇 년 전부터 화려한 각광을 받고 온갖 승리의 기쁨을 만끽해오신 분이 보시기에 나의 성공은 분명 초라하게 여겨질 것입니다. 그러나 나에게는 일대 사건입니다. 나도 뭔가 할 수 있는 일이 있다는 믿음을 주었습니다. 나의 장래에 대한 시각도 그에 따라 완전히 달라졌습니다. 지금까지의 나는 단지 공중에 누각을 쌓고, 그중 가장 크고 아름다운 누각에 당신을 살게 했지요. 이건 큰 변화예요, 말했다시피 실은 이 일 때문에 여기 온 것입니다."

버리나는 부드럽게 달래는 듯한 어조로 진행된 이 솔직한 설명을 한마디도 놓치지 않았다. 그것은 그녀에게 하나부터 열까지 의외의 말이었다. 그래서 랜섬이 말을 마치자마자 그녀는 되물었다. "아니, 당신은 전에는 자신의 장래에 만족하지 못했다는 건가요?"

그녀의 어조는 그동안 그녀가 그에게 좌절이라는 약점이 있을 줄은 꿈에도 몰랐고, 그가 언젠가 그만의 색다른 노선으로 승리를 거두리라는 점을 전혀 의심하지 않았음을 느끼게 하기에 충분했다. 이것이야말로, 자신에게도 역량이 있을지 모른다고 생각해온 그로서는 지금까지 받아본 적 없는 가장 달콤한 선물이었다. 이에 비하면 《래셔널 리뷰》 편집자의 편지는 아무것도 아니었다. "네, 지금까지 나는 무척 우울했습니다. 이 세상에 나를 위한 장소가 있으리라고는 도저히 확신할 수 없었습니다."

"어머나!" 버리나 태런트가 말했다.

15분쯤 지났을 무렵, 다시 편지를 읽고 있던 미스 버즈아이(그녀에게는 열다섯 장이나 되는 긴 편지를 써 보내오는 상대가 프레이밍엄에 있었다)는 버리나가 이제 혼자서 집으로 다시 들어오는 것을 알아차렸다. 노여인은 지나가려는 그녀를 불러 세우더니 설마 랜섬 씨를 밀어내버린 것은 아니겠지요, 라고 말했다.

"아, 아니에요, 그분은 돌아가셨어요—저쪽 길을 돌아서."

"그래, 분명 그분도 조만간 우리를 위해 연단에 서주실 거예요."

버리나는 순간 멈칫했다. "그분은 펜으로 말하시는 분이에요. 아주 훌륭한 글을 쓰셨어요—〈래셔널 리뷰〉에."

미스 버즈아이는 만족스러운 듯이 젊은 친구를 빤히 바라보았다. 끝없이 긴 내용이 담긴 편지지가 미풍을 맞아 나부꼈다. "네, 그렇게 잘되다니 정말 멋진 일이네요."

버리나는 뭐라고 대답해야 할지 몰랐다. 하지만 이내 닥터 프랜스가 언제라도 이 사랑하는 늙은 친구를 잃게 될지도 모른다고 말했던 것이 기억난 그녀는 조금 전 베이질 랜섬이 했던 말로 대처했다—〈래셔널 리뷰〉는 1년에 네 번 발행되며 편집자의 말에 따르면 그의 글은 다다음 호에나 게재될 예정이라고. 아마도 수개월 후인 그때쯤에는 미스 버즈아이는 이 세상에 없을지도 모르니, 제 편이어야 할 이 남자가 도대체 어떤 것을 썼는지 보지 못할 거라고 버리나는 생각했다. 그러니까 이대로 그녀가 믿고 싶은 대로 믿게 돼도 심판의 날을 두려워하지 않아도 될 것이다. 그렇게 생각하면서도 버리나는 그 자리에서는 키스 외에 상대방의 확신을 부추기는 일은 아무것도 하지 않았다. 노여인의 모자가 뒤로 젖혀져 있어 이마에 입술을 댈 수 있었지만, 키스를 받은 미스 버즈아이는 놀라서 외쳤다. "아니, 버리나 태런트, 당신 입술이 왜 이렇게 차가워요!" 입술이 차갑다는 말을 들어도 버리나는 놀라지 않았다. 온몸이 죽음과 같은 오한에 사로잡혀 있었다. 왜냐하면 이번에는 올리브와의 사이에 한바탕 소동이 벌어질 것임을 알았기 때문이었다.

올리브는 아까 랜섬 씨 앞에서 벗어나 도망쳐서 자신의 방에 있었다. 보아하니 창가에 앉아 있다가 버리나가 방에 들어오는 순간 의자에 몸을 파묻은 것 같았다. 그 위치에서 분명 버리나가 침입자와 함께 정원을 지나 물가로 내려가는 것을 보았을 것이다. 몸을 가누지 못해 의자에 쓰러진 그대로 있었던 듯했다. 그런 태도는 얼마 전 뉴욕에서 버리나를 기다리던 때와 흡사했다. 올리브가 먼저 뭐라고 말하며 자신을 맞이할지 그녀로서는 거의 짐작도 할 수 없었지만, 어쨌든 그녀의 마음은 한 가지 의도로 가득했다. 그녀는 곧장 올리브에게 다가가 그 앞에 무릎을 꿇고는 격한 초조함을 드러내며, 움켜쥔 채 무릎에 놓인 미스 챈슬러의 손을 잡았다. 그 자세 그대로 버리나는 잠시 올리브를 물끄러미 올려다보다가 입을 열었다.

"지금 당장 질질 끌지 않고 당신에게 말씀드리고 싶은 것이 있습니다. 이것을 저는 그 일이 일어났을 때도, 그 후에도 당신에게 말하지 않았죠. 우리가 뉴욕으로 가기 얼마 전의 일이었는데, 랜섬 씨가 한 번 저를 보러 케임브리지에 오셨었어요. 두 시간 정도 함께 보냈습니다. 우리는 함께 산책을 나가서 대학을 구경했어요. 그분이 저에게 편지를 보낸 것은 그 뒤입니다―그래서 저도 뉴욕에서 말씀드렸듯이, 그분께 응답을 했습니다. 하지만 그때 저는 그분이 찾아왔던 것을 당신에게 말씀드리지 않았습니다. 우리는 그분 얘기를 많이 나눴지만, 그 일만은 말씀드리지 않았습니다. 일부러 말하지 않은 것입니다. 왜 그랬는지 명확하게 설명할 수 없지만, 아마 당신에게 이야기하고 싶지 않았던 것 같습니다. 이야기하지 않는 편이 좋겠다고 생각했을지도 모릅니다. 하지만 지금은 당신이 모든 것을 알아주셨으면 합니다. 그 사실을 알게 되면 이제 당신은 모든 걸 알게 되는 거예요. 그분이 찾아오신 건 딱 한 번뿐이에요— 그것도 겨우 두 시간 정도였어요. 저는 그때 무척 즐거웠습니다— 그분도 대단히 흥미로워하셨죠. 지금까지 당신에게 그 말을 하지 않은 이유 중 하나는 그분이 보스턴에 오셔서 케임브리지까지 저를 찾아오셨는데, 당신에게 들르지 않았다는 것을 알려드리고 싶지 않았기 때문입니다. 분명히 당신이 불쾌해하실 거라는 생각이 들었으니까요. 당신은 제가 속였다고 생각하겠죠. 확실히 저는 그렇게 생각하셔도 어쩔 수 없는 일을 저질렀어요. 하지만 지금은 모든 걸—남김없이 모든 걸—알아주셨으면 해요!"

버리나는 숨도 쉬지 않고 급하게 열심히 말했다. 이제까지 솔직하지 못했던 걸 속죄하려고 애쓰는 태도에서 일종의 열정마저 느껴졌다. 올리브는 가만히 응시한 채 듣고 있었다. 처음에 그녀는 거의 이해를 못 하는 것 같았다. 그러나 그녀가 다음과 같이 외친 것을 듣고 버리나는 그녀가 충분히 이해했음을 감지했다. "당신은 나를 속였군요—나를 속였어요! 글쎄요, 이런 무서운 사실을 알게 될 바에야 차라리 속은 채로 있는 편이 나았다고 말해야겠네요. 그리고 오늘 그가 당신의 뒤를 쫓아온 것은 도대체 무엇 때문이었죠? 뭐 하자는 거죠?"

"저에게 그 사람의 아내가 되어달라고 말하러 온 겁니다."

버리나는 아까와 같은 열의로 대답했지만, 이번에는 자신이 비난을 초래하지 않겠다는 듯이 단호했다. 그러나 그 말을 마치고 곧바로 올리브의 무릎에 머리를 파묻었다.

올리브는 굳이 그 머리를 들어 올리려 하지 않고, 꽉 움켜쥔 손을 다시 풀지도 않은 채 한동안 묵묵히 앉아 있었다. 버리나는 이렇게 수개월이 지난 후에야 겨우 털어놓은 케임브리지에서의 일에 올리브가 더 크게 놀라지 않아서 의아했다. 그러나 이내 그것은 그녀가 눈앞에 닥친 일에 대한 두려움에 정신이 팔렸기 때문임을 알게 되었다. 마침내 올리브가 물었다. "그는 저기 물가에서 그런 말을 당신에게 하고 있었군요?"

"네"라고 말하고 버리나는 눈을 들었다. "그분은 제가 그 사실을 지금 당장 분명히 알았으면 좋겠다고 말씀하셨습니다. 자신이 의도를 미리 알려두는 편이 당신에게도 공정한 것이라고요. 꼭 제가 그분을 좋아하게 만들어 보이겠다ㅡ그렇게 말씀하셨어요. 앞으로도 더 많이 저를 만나고 싶대요. 그리고 제가 그분을 더 잘 알아주면 좋겠다고 하셨어요."

올리브는 눈을 크게 뜨고 입을 벌린 채 의자에 깊숙이 기대었다. "버리나 태런트, 도대체 당신들 사이에 뭐가 있나요? 내가 뭐에 기댈 수 있나요? 뭘 믿을 수 있나요? 우리가 뉴욕으로 가기 전에 케임브리지에서 두 시간 동안이나 도대체 뭘 한 거죠?" 버리나가 배반했다ㅡ말을 하지 않음으로써ㅡ는 의식이 이제야 그녀의 마음을 덮치기 시작했다. "맙소사, 당신 도대체 무슨 일을 저지른 건가요!"

"올리브, 그저 당신에게 걱정을 끼치고 싶지 않아서였어요."

"걱정을 끼치고 싶지 않다고요? 당신이 정말로 나를 걱정시키고 싶지 않았다면 오늘 그가 여기에 오지 않았겠죠!"

미스 챈설러는 벌컥 화를 냈고, 그 느닷없는 역정에 버리나는 자기도 모르게 튕긴 듯 몸을 일으켰다. 한순간 두 젊은 여성은 가만히 마주한 채 서 있었다. 우연히 그 순간 이 광경을 보고 있던 사람이 있었다면 두 사람을 친구보다는 적으로 여겼을 것이다. 그러나 이런 반목이 몇 초 이상 지속될 리는 없었다. 이윽고 버리나가 대답했을 때, 목소리에 배어난 떨림은 격정이 아니라 상대에 대한 관용에서 비롯된 떨림이었다. "제가 그분이 오기를 기대했다는 뜻인가요? 내가 그를 초대한 것 같아요? 저도 아까 거기서 그분을 봤을 때 전에 없을 정도로 정말 깜짝 놀랐어요."

"그에게는 그네들 노예 감시자만큼의 세심함도 없나요? 그는 당신이 그를 싫어하는 것을 모르나요?"

버리나는 그녀로서는 드물 정도로 위엄 있게 친구를 바라보았다. "나는 그 사람을 싫어하진 않아요 — 단지 그 사람의 견해가 마음에 들지 않을 뿐이에요."

"마음에 들지 않는다라! 아, 맙소사!" 그렇게 외치며 올리브는 열린 창문 쪽으로 고개를 돌려 위로 올려진 창틀에 이마를 댔다.

버리나는 잠시 머뭇거리다가 그녀에게 다가가 팔을 둘러 살며시 그녀를 안았다. "날 꾸짖지 말아요! 날 도와줘요 — 도와줘!" 버리나가 중얼거리듯 말했다.

올리브는 곁눈질로 그녀를 힐끗 쳐다보았다. 그러다가 그녀를 붙들고 다시 마주 보았다 — "그럼 이제 곧 다음 기차로 함께 떠나겠어요?"

"또 그 사람에게서 도망치라고요, 뉴욕에서 그랬던 것처럼? 아니에요, 그러면 안 돼요, 올리브 챈설러, 그런 짓을 해도 아무 소용이 없어요." 버리나는 만고의 모든 지혜가 그 입술에 깃든 듯이 논리적으로 말을 이었다. "게다가 미스 버즈아이의 상태가 저런데 어떻게 저분을 두고 떠날 수 있어요? 우리는 여기 머물러야 해요―우리는 여기서 머물러 싸워내야 해요."

"지금까지 거짓말했다고 생각한다면서, 왜 정직하지 않은 거죠―반만 정직한 거 말고 진짜로 정직하면 안 되나요? 왜 그에게 당신도 그를 좋아한다고 분명히 말하지 않았죠?"

"그를 좋아한다고요? 아니, 난 아직 그 사람을 거의 모르는데요."

"기회는 있죠, 그가 한 달이나 이곳에 머물면요!"

"확실히 나는 당신처럼 그분을 싫어하지는 않아요. 하지만 그분이 나에게 모든 것을 포기하라고, 우리의 일도 신념도 미래도 모두 버리고 다시는 연설도 하지 말고 사람들 앞에서 말하지도 말라고 하는데, 어떻게 제가 그분을 사랑할 수 있겠어요? 그런 말에 어떻게 제가 동의할 수 있겠어요?" 버리나는 묘한 미소를 지으며 말을 이었다.

"그가 그런 걸 당신한테 요구하는 거예요? 그런 식으로?"

"아뇨, 그런 식으로 말한 건 아니에요. 아주 친절하게 말씀하셨어요."

"친절하게요? 맙소사, 비굴하게 굴지 말아요! 그 사람은 여기가 내 집이라는 것을 모르나요?" 올리브는 금세 그렇게 물었다.

"당신이 오면 안 된다고 하면, 물론 그 사람은 여기에 오지 않을 거예요."

"그럼 당신은 어딘가 다른 곳에서 그를 만나겠죠—시골의 해안 같은 데서?"

"확실히 저는 그 사람을 피하지 않아요. 그 사람에게서 도망치지 않을 거예요." 버리나가 당당히 말했다. "내가 우리의 포부를 정말 사랑한다는 것은 뉴욕에서 당신도 분명히 믿게 되었을 겁니다. 그러니 내가 취해야 할 길은 내 힘을 의식하며 그 사람을 만나는 것입니다. 내가 그 사람을 정말로 좋아하게 되면 어때요? 그게 무슨 상관이죠? 난 무엇보다 내 일을, 내가 믿는 것들을 더 좋아해요."

올리브는 이 말에 귀를 기울이다가, 과거 10번가의 집에서 버리나가 그녀의 의혹을 나무라며 다시 한번 자신의 신념을 피력했을 때의 기억이 떠올랐는데, 그 선명한 기억 덕분에 현재 상황의 끔찍함이 약간 경감되었다. 그럼에도 그녀는 버리나의 논리에 동의를 전혀 표하지 않고 다음과 같이 대답했을 뿐이다. "하지만 당신은 거기에서는 그를 만나려고 하지 않았잖아요. 당신만 남는 것에 내가 찬성한 뒤에 뉴욕에서 도망쳐버렸지. 거기서 그는 당신에게 대단한 영향을 미쳤어요. 그래서 공원에 산책 갔다가 나에게 돌아왔을 때 당신은 침착하지 못했죠, 지금 당신이 침착한 척하는 만큼도 말이죠. 그에게서 도망치기 위해 당신은 다른 모든 것을 포기했었어요."

"네, 그때 제가 침착하지 못했다는 거 알아요. 하지만 그때부터 오늘까지 석 달 동안이나 나는 여러 생각을 할 수 있었습니다—거기서 그 사람이 내게 그렇게 영향을 미친 건 어째서일까 생각했습니다. 그래서 이제 나는 아주 차분하게 이 일을 받아들일 수 있는 거예요."

"아니, 그럴 리가 없어요, 당신은 지금도 침착하지 않아요!"

버리나는 잠시 아무 말도 하지 않았다. 그사이에도 올리브의 눈은 끊임없이 그녀를 탐색하고 비난하고 규탄했다. "그렇게 생각하신다면 더더욱 그렇게 심한 말로 저를 찌르고 또 찔러서는 안 됩니다." 그녀는 상대방의 마음이 흔들리지 않을 수 없는 온화한 어조로 대답했다.

이 말은 올리브에게 즉각적인 효과를 발휘했다. 그녀는 울음을 터뜨리며 친구의 가슴에 몸을 던졌다. "아, 날 버리지 마—날 버리지 마. 당신에게 버림받으면 나는 괴로워서 죽고 말 거야." 그녀는 격렬하게 몸을 떨며 신음하듯 말했다.

"당신이야말로 나를 도와주셔야 해요—당신이 날 도와야 해요!" 버리나도 애원하듯이 소리쳤다.

37장

베이질 랜섬은 마미언에서 한 달 가까이 지냈다. 이 사실을 전하면서 나는 그것이 지극히 심상치 않은 일임을 잘 알고 있다. 그의 출현으로 불쌍한 올리브가 다시 이전의 불안 상태에 빠진 것도 지극히 당연하다. 뉴욕에서 돌아온 이래로 그녀는 이제 그와는 정말로 관계를 끊었다고 확신하고 있었다. 이는 버리나가 충동적인 반감에 사로잡혀 즉시 10번가 집을 떠나자고 조른 것이 이 젊은 친구가 랜섬 씨의 도덕적 질감을 손가락으로 더듬는 데 지쳐서 영원히 물러서버리려는 증거라고 짐작했기 때문만이 아니었다. 랜섬 본인이 보여준 여러 징후에 대해 친구에게 들은 것만으로도, 아무래도 그가 이 게임을 포기하려는 것 같다는 인상을 받아서 한층 안전한 느낌이 커졌었다. 그는 버리나에게 그들의 소소한 산책이 그에게 마지막 기회라고 말하지 않았는가, 게다가 그 기회를 좀 더 친밀한 교제의 실마리로서가 아니라 이미 그들 사이에 존재하는 관계의 종결로 여기고 있음을 은근히 그녀에게 알리지 않았던가. 즉, 그는 그만이 아는 모종의 이유로 그녀를 포기했던 것이다. 만약 그가 올리브를 위협하고 싶었다면, 아마 그는 이미 충분히 위협했다고 판단했을 것이다. 어쩌면 타고난 남부식 기사도 정신으로, 올리브가 걱정하다가 괴로워서 죽기 전에 그녀를 놓아줘야 한다고 생각했을지도 모를 일이다. 또한, 버리나에게 이토록 공고히 뿌리내린 신념을 포기하게 하는 것이 얼마나 헛된 소망인지 깨달았을 것임은 의심할 여지가 없었다. 그래서 그녀를 사모한 나머지 자기 방식대로 그녀를 자기 것으로 만들고 싶어 했음에도, 그는 미래가 그를 위해 준비하고 있는 듯한 굴욕―6개월에 걸쳐 구애를 계속한 끝에, 그녀가 그 풍부한 동정심과 사람들의 기대에 부응하고 싶어 하는 다정한 성정에도 불구하고, 그의 견해에 대해서는 처음 만났을 때와 조금도 다르지 않게 경멸하고 있다는 것을 깨닫게 되는 굴욕―이 두려워 뒷걸음질 쳤을 것이다. 올리브 챈설러는 자신이 믿고 싶어 하는 것을 어느 정도 그대로 믿을 수 있는 여자였다. 때문에 그녀는 버리나가 뉴욕에서 도망치자고 했을 때, 자신으로서는 이 일에 끝을 보고 싶다는 뜻을 친구에게 내비친 다음, 그것을 바보들의 낙원에서 함께 살아야 할 근거로 간주해버린 것이다. 만약 그녀가 그렇게 불안에 떨지 않았다면, 상황을 더 명료하게 읽을 수도 있었을 것이다. 도망치는 것은 상대를 두려워하기 때문이고, 또 상대를 두려워하는 것은 자신이 무장해제되었기 때문임을 파악했을 것이다. 버리나는 지금도 베이질 랜섬을 두려워하고 있었다(이번에는 도망치려 하지 않았지만). 하지만 지금의 버리나에게는 무기가 있었다. 올리브에게 자신이 무방비임을 털어놓으며 꼭 자신을 지켜달라고 간청한 것이다. 안타깝게도 올리브는 그 어느 때보다 상처를 받긴 했지만 이런 극단의 궁지에 몰린 것이 오히려 절박한 힘을 주었다. 이런 상황에 처한 그녀에게 단 하나의 위로는 버리나가 이번에는 자신의 위험을 털어놓으며 그녀의 손에 모든 것을 맡겼다는 것이었다. "저는 그 사람이 좋아요, 그건 어쩔 수 없는 일이에요—정말 좋아해요. 하지만 그 사람과 결혼하고 싶지는 않아요, 그 사람의 생각을 받아들이고 싶지 않아요. 말도 안 될 정도로 잘못되고 무서운 생각이니까요. 그런데도 저는 지금까지 만났던 어떤 남자보다도 그 사람을 좋아합니다." 아까 독자들에게 그 줄거리를 전한 대화는 여러분의 짐작대로 바로 재개되었고, 며칠에 걸쳐 꽤 자주 같은 화제를 논했는데, 그때마다 버리나가 친구에게 한 말은 이 정도의 표현이었다. 이런 말로 그녀는 자신이 지금 일생일대의 위기에 처해 있음을 드러냈다. 이 언명은 더 확대해석하지 않더라도 그녀가 남들이 갖는 보편적 열정에 굴복했음을 수줍게 고백한 것이나 다름없었다. 올리브도 그동안 자기 나름대로 의혹과 극심한 불안감에 휩싸인 적이 있었지만, 지금 와서 보니 그런 우려가 너무나도 한가하고 어리석게 느껴졌고, 지금 직면한 사태는 그녀가 불안에 떨며 그 전개를 지켜본 '단계들' 중 어느 것과도 완전히 다른 문제라는 것을 간파했다. 그래도 버리나가 이번에는 조금도 숨기지 않는 태도를 보여준 것이 그녀에게는 상당한 위안으로 느껴졌다. 그로부터 그나마 단단히 붙잡을 수 있는 무언가를 얻었기 때문이다. 앞으로 그녀는 개심시킬 기회를 얻는다는 명목으로 잘생기고 염치없는 청년들의 방문을 받아들여야 한다는 궤변에 휘둘리지 않을 것이다. 그런 이유로 그녀는 열정과 분노를 더해 마음을 다잡았다. 랜섬의 출현으로 인한 충격이 가라앉았을 때, 그녀는 그에게 이대로 얼어붙어 한심하게 굴복하는 모습을 보이지 않으리라고 다짐했다. 버리나도 자신을 확실히 잡아주길 바란다고, 이 곤경에서 구해달라고 말하지 않았던가. 그렇다면 한순간이라도 그녀가 자기 자리에서 잠자코 있는 일은 절대로 없을 것이다.

"나는 그 사람이 좋아요 — 그 사람이 좋아요. 하지만 저는 미워하고 싶 —"

"그를 미워하고 싶군요!" 올리브가 끼어들었다.

"아뇨, 그 사람을 좋아하는 제 마음을 미워하고 싶어요. 그래야 하는 모든 이유를 — 다른 무엇보다도 중요한 이유들을 저에게 보여주셨으면 합니다. 제발 내가 아무것도 잃어버리지 않게 해주세요! 그것을 상기시켜주신다고 해서 내가 원망할까 봐 걱정하지 마세요."

이것이 이 끔찍한 문제를 그들이 계속 논하는 과정에서 버리나가 한 특이한 말 중 하나인데, 그녀가 이런 말을 대단히 많이 했다는 것을 밝혀두어야겠다. 그중에서도 가장 기묘한 발언은 퇴각함으로써 안전을 도모하려는 올리브의 안에 거듭 이의를 제기했을 때 나왔다. 그녀는 퇴각하는 것은 품위가 없는 일이라고 말했다 — 뉴욕에서 황급히 도망쳤던 것이 나중에는 부끄러워 견딜 수 없었다고 했다. 이렇게 도덕적 체면을 신경 쓰는 것은 버리나로서는 지금까지 없었던 일이었다. 이전에도 몇 번인가 비슷한 말을 한 적은 있었지만―인생에서 여러 가지 사건 사고나 위급한 일에 맞서는 것이 자신의 의무라고 역설했었다―이렇게 임박한 재난을 앞에 두고 그러한 규범을 내세운 적은 한 번도 없었다. 애초에 자신의 품위를 입에 담거나 신경 쓰는 것 자체가 평소의 그녀와는 어울리지 않았다. 따라서 그렇게 말하는 그녀를 보며, 올리브는 이 사태의 가장 끔찍하고 불길하고 치명적인 국면은 바로 버리나가 그들의 신성한 우정의 역사를 통틀어 지금 처음으로 진실하지 않다는 것임을 뼈저리게 느끼지 않을 수 없었다. 랜섬 씨에게 맞서는 데 도움을 주었으면 한다고 말할 때―그러기 위해서라도, 그녀에게 도움이 되고 고무되는 모든 것을 눈앞에 보여달라고 간절히 부탁할 때―그녀는 진실하지 않았다. 올리브는 그녀가 마음에도 없는 연극을 하며 자신의 배신을 말로 그럴듯하게 얼버무림으로써 상황을 더 잔인하게 만들고 있다고 생각지는 않았다. 오히려 이 배신을 그녀 자신도 아직 자각하지 못하고 있으며, 따라서 자신이 진정으로 구원받기를 원한다고 생각함으로써 버리나는 누구보다도 먼저 자신을 속이고 있다고 보았다. 자신의 품위에 대한 말이 진심이 아니라면, 마찬가지로 미스 버즈아이의 간병을 위해 머물러야 한다는 변명도 진심이 아닐 것이다. 노여인의 간병이라면 닥터 프랜스 혼자서 충분히 해낼 것이 아닌가, 게다가 그들이 이 집에서 사라지면 의사는 기뻐서 펄쩍 뛸 텐데! 이때는 이미 올리브도 닥터 프랜스가 그들의 운동에도, 그 개념에도 전혀 공감하지 않고, 생리학이나 자신의 직업상 활동 같은 하찮은 문제에만 몰두하고 있음을 간파하

고 있었다. 그들이 토론이나 독서나 연습에 열중할 때마다 의사만
은 언제나 초연하게 떨어져 있거나, 맨날 낚시나 식물채집 한다며
나가는 것을 보고 나서야 그녀도 알게 되었지만, 만약 사전에 그런
사실을 알았다면 닥터 프랜스를 이곳에 초대하지 않았을 것이다.
의사는 매우 편협한 사람이었다. 하지만 미스 버즈아이의 특수한
건강 상태 — 그것도 매우 특수한 — 에 대해서는 다른 누구보다도
잘 알고 있는 것 같고, 그것만으로도 이 존경할 만한 노여인이 나날
이 쇠약해지는 현재로서는 든든한 일이었다.

"중요한 점은 언젠가는 그것에 맞서야 한다는 것이에요. 그리고
이 싸움을 끝내면 정말 마음이 가벼워질 것 같아요. 그 사람은 언제
가 됐든 저를 상대로 싸움을 걸 작정입니다. 오늘 안 싸우면 내일 싸
워야 할 거예요. 지금이 적기가 아닐 이유를 저는 모르겠어요. 음악
당에서 할 제 연설은 이제 거의 준비가 끝났고, 당장 저는 달리 할
일이 없습니다. 그래서 우리의 사적인 싸움에 전력으로 집중할 수
있습니다. 그 사람도 말을 무척 잘한다는 것을 알고 있다면 이 싸움
이 얼마나 힘들지 당신도 인정해주실 거라고 생각해요. 우리가 내
일 이곳을 떠난다면, 그 사람은 분명히 즉시 우리의 뒤를 따라 다음
장소로 올 거예요. 어디로 가든 쫓아올 게 뻔해요. 얼마 전이었다면
우리는 잘 도망칠 수 있었을지도 모릅니다, 그 당시에는 그에게 돈
이 없었다고 하니까요. 지금도 그렇게 돈이 많다고 할 정도는 아니
지만, 그래도 여행 비용을 충당할 정도의 돈은 가지고 있습니다. (래
셔널 리뷰)의 편집자가 그 사람이 쓴 글을 받아줘서 무척 고무되어,
장차 문필로 살아갈 수 있을 거라고 확신하고 있거든요."

버리나가 이런 말을 한 것은 베이질 랜섬이 마미언에 머무른 지 사흘이 되었을 무렵이었다. 여기까지 그녀가 말했을 때 친구는 말을 가로막고 다음과 같이 물었다. "그럼 그는 그것으로 당신을 부양하겠다고 했군요—문필로?"

"아, 네. 물론 우리가 끔찍하게 가난한 생활을 하게 될 거라는 점을 그분도 자인하고 계세요."

"그 문필 생활을 할 수 있을 거라는 포부는 아직 빛을 본 것도 아닌 단 한 편의 글에 근거한 거죠? 어느 고상한 남자가 그렇게 하찮은 생계 수단밖에 없으면서 여성에게 접근할 수 있을까요."

"그분도 석 달 전이었으면 감히 생각지도 못했을 거라고—그런 마음을 갖는 게 민망했을 거라고—말씀하십니다. 그래서 우리가 뉴욕에 있을 때, 그분은 당시에도 이미 지금과 똑같은 감정을 느꼈는데(그분이 하신 말입니다), 끝까지 밀어붙이지 않고 저를 놓아주자고 마음먹으셨답니다. 하지만 최근에 와서 모든 것이 바뀌었다고요. 그분의 마음가짐이, 편집자가 그분에게 기고를 의뢰하며 고료도 곧 지불하겠다는 편지를 쓰는 바람에 일주일 만에 완전히 바뀌어버린 것입니다. 그 편지는 그분을 대단히 칭찬하고 있었습니다. 이제 그분은 자신의 장래에 자신감을 갖게 되었다고 하더라고요. 명성이나 영향력, 그리고 아마도 그다지 대단하진 않겠지만 일단 삶을 견딜 만하게 만드는 데는 충분한 재산에 대한 꿈이 그분의 앞길에도 펼쳐진 것입니다. 인생이란 본질상 그렇게 즐거운 것은 아니라고 그분은 생각하고 있습니다. 하지만 그런 인생에서 할 수 있는 최선의 일은 가까이 다가가고 싶은 여자를 잡는 것이랍니다(물론 여자도 거기에 걸맞으려면 그분을 진심으로 기쁘게 해줘야 하고요).”

“아니 도대체 왜 그 사람은 당신 말고 다른 사람을 잡지 못하는 거죠―만날 수 있는 여성이 수백만 명은 더 있을 텐데요?” 불쌍한 올리브는 신음하듯 말했다. “왜 꼭 당신을 택해야 했죠? 그 사람 입장에서 보면 당신은 아무리 봐도 가장 적합하지 않은 사람인데?”

“나도 바로 그 점을 그분에게 물어봤어요. 그랬더니 그런 데는 이유가 없다고만 말하더라고요. 미스 버즈아이 댁에서 처음 만난 날 밤에 사랑에 빠져버렸대요. 그때 당신이 설명할 수 없는 불안감을 느낀 이유가 있었던 거죠. 아무래도 제가 다른 누구보다도 그 사람의 마음에 들어버린 것 같아요.”

올리브는 소파에 몸을 던져 쿠션에 얼굴을 묻고 절망한 나머지 쿠션을 쥐어뜯으며 신음하는 듯한 목소리로 그는 버리나를 절대로 사랑하지 않는다고 외쳤다. 그는 그녀를 사랑하는 게 아니라고. 그들의 대의를 증오한 나머지 그녀를 사랑하는 척하고 있을 뿐이라고. 그는 그들의 대의를 훼손하고, 그가 생각할 수 있는 최악의 위해를 가하고 싶은 것이다. 그는 그녀를 사랑하지 않는다, 그녀를 싫어한다. 그녀를 질식시키고, 억누르고, 죽여버리고 싶은 것뿐이다―그의 말에 귀를 기울인다면, 분명 그러리라는 것을 그녀도 틀림없이 알게 되리라. 이러는 이유는 그녀의 목소리에 마술적인 힘이 있다는 것을 그가 알고 있기 때문이다. 그 음조를 처음 듣는 순간부터 그는 그것을 파괴해버리기로 결심한 것이다. 그를 움직이는 것은 다정함이 아니다―악마 같은 앙심이다. 다정한 마음이 있다면, 그 사람이 뻔뻔스럽게 그녀에게 요구한 것과 같은 끔찍한 희생을 요구할 수 없다. 그녀에게 위증과 신성모독의 죄를 짓도록 요구하거나, 그녀의 마음속 깊은 곳과 뗄 수 없이 엮인 일과 관심사를 버리라고 하든가, 그녀의 과거 청춘 전체를, 가장 순수하고 신성한 포부를 일절 부인하라는 등의 요구를 할 리 없다. 올리브는 자신의 이해관계와 관련된 주장을 내세우지 않았다. 적어도 처음에는 그녀의 개인적인 손실이나 손상된 두 사람의 맹약을 명목으로 항의하는 말은 한마디도 하지 않았다. 그저 두 사람이 세운 기준에서 이탈하고 버리나가 해내려 했던 임무를 완수할 수 없게 되었다는 이루 말할 수 없는 비극을 강조하고, 그녀의 찬란한 경력이 어둠과 눈물로 얼룩지는 것을 보아야 하는 두려움을, 그리고 여성의 변덕스러움과 무익함과 숙명적 굴종을 여지없이 증명하는 이 실례를 접하고 모든 적들이 가슴 벅차게 기뻐하며 의기양양하리라는 것을 먼저 말했다. 남자가 휘파람을 불기만 했건만 가장 고매하다 자부하던 그녀가 기뻐하며 그의 발밑에 무릎을 꿇는다. 버리나가 그들을 저버리게 된다면 여성해방은 백 년이나 후퇴할 것이다. 이것이 올리브의 가장 통렬한 항의를 요약하는 말이었다. 물론 올리브는 끔찍한 며칠 동안 그런 말을 계속한 것이 아니라, 창백한 얼굴로 극심한 불안감에 휩싸여 주의 깊게 침묵에 한동안 잠겨 있다가 이따금 불쑥 생각난 듯이 통렬한 논의와 간청과 탄원의 말을 꺼냈다. 끊임없이 말한 쪽은 버리나로, 그녀는 전혀 그녀답지 않은 심리 상태였고, 그 태도는 한눈에 봐도 완전히 부자연스럽게 과장되어 있었다. 그녀가 올리브의 말처럼 자신을 속이고 있는 거라면, 그녀의 노력과 묘안에는 어딘지 모르게 애처로운 데가 있었다. 그녀가 베이질 랜섬에 대해 냉정하고 신중하고 공평무사한 태도를 가졌으며, 랜섬이 얼마나 연인으로서 적합한 자격을 갖췄고 그녀의 감수성을 건드리는 매력을 많이 지닌 인물인가를 열심히 살펴보려고 하는 것은 단지 자신의 도덕적 만족을 위해서임을 올리브에게 보이려고 노력했다면, 사실 그 이상으로 그녀는 이러한 기만으로 자신의 마음도 속이기 위해 안간힘을 쓰고 있었다. 만약 압도당한다면 그녀 자신이야말로 절망할 것이라는 증거를 그러모았고, 자신이 왜 오랜 신념을 고집해야 하며, 이런 일시적인 날카로운 고통을 감수하고라도 왜 저항해야 하는지 올리브의 논법을 능가할 만한 그럴 듯한 논리를 생각해냈다. 그녀는 유창하면서도 열정적으로 열변을 토했다. 친구를 고무하려는 듯 끊임없이 그 주제를 꺼냈고, 자신이 얼마나 냉정한 판단력을 유지하면서 어떤 것에도 얽매이지 않는 마음을 가지고 있는지 보여주려고 했다.

그 어떤 상황도 이 독특한 젊은 여성들이 빠진 상태보다 기묘할 수 없었다. 특히 버리나의 상태는 너무나 상궤를 벗어나 있어서 나는 이를 현실적인 분위기로 독자에게 제시할 희망을 버렸다. 그것을 이해하기 위해서는 우선 그녀가 선천적으로나 후천적으로나 특유의 솔직함을 가지고 있다는 것, 평소에 다양한 감정과 도덕의 문제를 논의하는 습관이 몸에 배어 있다는 것, 나아가 예의 *강령술* (*séances*) 모임 강의실의 이상한 분위기 속에서 교육받았다는 것, 따라서 정서를 표현하는 어휘에 정통하고 소위 '영적 교류'의 신비에 친숙하다는 점 등을 명심해야 한다. 그녀는 만약 중국어를 익히는

데 자신의 성공이 달려 있다면 중국어를 습득했을 것처럼, 동떨어진 세상의 공기를 호흡하거나 그 속에서 움직이는 법을 익혔다. 그러나 이 현란한 기술도, 무기교의 기교를 보여주는 그 모든 수완도 그녀를 이루는 본질의 일부, 가장 내밀한 취향이 아니었다. 그 본질의 일부는, 자신에게 무언가를 요구하는 상대를 만족시키려고 자신을 드러내고, 내주고, 심지어 뒤집어서 보여주기까지 서슴지 않는 남다른 관대함이었다. 주지하다시피 올리브는 버리나만큼 타고나기를 자신의 품위에 연연하지 않는 인간이 없다는 것을 일찍이 깨달았는데, 그렇다면 그녀 자신은 품위를 여기에 머무를 구실로 삼고 있지만, 실제로는 일관된 행동을 취하려는 마음이 거의 없다고 생각할 수밖에 없을 것이다. 올리브는 지금까지 버리나의 재능을 신장하는 데에 온 열정을 다 바쳐왔다. 그런데 풍부한 화술을 갈고닦은 결과를 눈앞에서 보면서 그녀가 마음속 깊이 남몰래 어떻게 생각했을지 나는 감히 추측할 수도 없다. 버리나가 그녀를 구슬리는 데 그녀가 가르친 어구들을 쓰고 있다고 생각했을까? 만사에 대답할 말을 가지게 했던 노력이 불러온 치명적인 결과를 당혹스럽게 바라보았을까? 어쨌든 통탄할 만한 몇 주간의 올리브의 심경에 대해서는, 우리가 못 본 체하는 것이 예의—불행에 대한 존중이 명하는 배려—일 것이다. 사실 그녀는 먹지도 자지도 못했다. 눈물이 터질까 봐 말도 거의 하지 못했다. 그녀는 걷잡을 수 없이 부지불식간에 좌절을 느끼지 않을 수 없었다. (재작년 겨울에) 자신이 자못 관대한 태도로 평생 독신을 지키겠다는 버리나의 서약을 받아들이기를 거절했을 때의 일이 기억났다. 처음에 그것을 요구해놓고 나중에는 너무 조잡한 시험으로 여겨져 철회했는데, 그때 버리나는 영원히 날아가버릴 귀한 순간의 충동에 사로잡혀 자진해서 맹세하려 하지 않았던가. 그녀는 씁쓸함과 분노로 그때를 후회했다. 그런 다음 더욱 절망에 빠져서, 만약 그 맹세를 받아들였더라면 과연 실제로 복잡한 상황이 되었을 때 서약의 이행을 강요할 만한 용기가 자신에게 있었을까 자문했다. 그녀는 "아뇨, 저는 당신을 놓아주지 않겠습니다!"라고 말할 용기가 자신에게 있다면, 버리나는 이 명령에 굴복하고 그녀 곁에 남을 게 틀림없다고 믿었다. 하나 그러면 버리나의 영혼에서는 마법이, 그녀들의 우정에서는 달콤한 기쁨이 사라지고, 두 사람의 일은 효율이 떨어질 것이다. 올리브는 버리나에게 뉴욕에서 랜섬 씨와 오전을 함께 보내고 와서 갑자기 당장 떠나자고 울면서 말한 그 시간부터 사람이 완전히 변해버렸다고 거듭 말했다. 그때 그녀는 마음에 상처를 입고 화가 나고 매우 불쾌했지만, 그 후로 계속 아무 일도 일어나지 않았고, 단지 한 번 편지를 주고받았을 뿐(이에 대해서는 그녀도 알고 있었다) 그 밖에 염치없는 관용을 요구받는 일은 없었다. 염치가 없다는 것은 버리나도 인정하는 바였다. 그런데 버리나는 이 문제에 대해 몇 번이나 수긍하면서 무슨 일이 일어난 건지, 무엇이 자신을 설득했는지를 매번, 그것도 마치 처음인 것처럼 열심히 설명했다. 올리브는 단순히 버리나가 그를 좋아하는 것이라는 생각이 들었는데, 이것이야말로 진실의 관점이며 **진정한 해결책 — 항구적인 낙착 —** 이라고 그녀가 부를 만한 것에 도달할 수 있게끔 사태를 고찰할 수 있는 유일한 관점이었다. 그러나 바로 이 지점에 관한 한 버리나는 앞서 내가 언급한 허심탄회한 어조로 답하지 않고, 자신의 가장 절실한 소원은 여자가 남자의 도움 없이 생기 넘치는 위대한 구제의 이상에 매달려 악착같이 살아갈 수 있다는 것(올리브가 이 생각을 처음부터 그녀에게 불어넣었다)을 증명하는 것임을 단언했다. 세상 남자들이 그들 자신의 공언대로 없어서는 안 될 존재라는 케케묵은 미신—이것이야말로 모든 고통의 모태이니—을 타파하는 것, 그것이 현재 그 어느 때보다도 통렬한 위기를 직면한 자신을 고무해주는 이상이라고 그녀는 열렬한 어조로 주장했다.

올리브가 그녀의 마음을 짓누르는 공포에서 아주 조금의 위안을 끌어낼 수 있었다면 다름 아닌, 이제 자신은 최악의 것을 알았다는 점이었다. 버리나는 그토록 길고 불길한 침묵을 지킨 후에야 케임브리지에서의 그 가증스러운 짓을 털어놓았다. 청천벽력 같은 소식이었기에 그녀에게는 최악의 일로 여겨졌다. 사건은 몇 달 전에는 온갖 위험의 징후가 사라져버린 것처럼 보였던 방향에서 갑자기 튀어나왔다. 이제 버리나는 할 수 있는 한 과거의 불성실한 침묵의 죄를 갚으려고 자꾸 랜섬 씨와 모내드녹 광장의 집에 앉아 있을 때나 대학 구내를 산책할 때 둘 사이에 있었던 온갖 일들을 반복해서 설명했지만, 그 말을 듣고 올리브는 이 만남이야말로 그 이후에 일어난 일들을 모두 푸는 열쇠로, 그때 그 사람이 그녀의 마음을 돌이킬 수 없을 정도로 사로잡아버렸다는 확신이 점점 굳어졌다. 그 당시 버리나가 털어놓았다면, 절대로 그녀를 뉴욕에 못 가게 했을 것이다. 그 끔찍한 실수의 유일한 보상이라면, 버리나도 충분히 그 점을 명심한 듯 이제는 아무리 솔직히 털어놓아도 부족하다고 여기는 듯하다는 것이었다. 길고 아름답고 엄혹한 8월의 어느 오후엔가는 여름도 이미 내리막길에 들어섰음을 알게 된다. 황금빛 사양(斜陽) 속에서 향긋하게 느껴지는 미풍에 우거진 나무들의 잎사귀가 흔들리는 소리는 다가오는 가을의 소리로도, 인생에 숨은 위험을 경고하는 소리로도 느껴진다─그런 불길하고 참기 힘든 오후의 시간에 올리브는 살짝살짝 흔들리는 포돗잎에 가려진 격자 구조물 밑에 미스 버즈아이와 함께 앉아 마음의 초조함을 가라앉히기 위해 그녀에게 무언가 소리 높여 읽어주었는데, 자신의 떨리는 목소리가 어찌나 케임브리지에서의 예의 그 사악한 날을 자꾸 떠올리게 하는지, 지금 이 순간 버리나가 랜섬 씨와 함께 '외출'하고 있다는 사실보다도 더 생각이 많이 났다─그들이 누릴 수 있는 최소한의 즐거움으로 하루에 한 번 이렇게 소소한 산책을 하기로 정해졌다. '정해졌다'라고 했지만, 사실 랜섬이 정말 한 달 동안 이곳에 머물 생각임을 버리나에게 선언하자 그녀도 비열한 회피를 시도하지 않고 단호하게 싸울 것이지만(그는 그녀가 그런 짓을 해도 전혀 소용없을 것이라고 통고했다) 어쨌든 기회만은 주는 의미에서 하루에 몇 분은 그의 말을 듣기로 약속해버린 뒤, 두 여성 사이에 말없이 눈물겨운 애원이 오가고 손과 손을 꼭 맞잡은 끝에 겨우 도달한 타협을 표현하는 말로, '정해졌다'가 정확한 어휘라고는 할 수 없을 것이다. 그는 몇 분을 한 시간으로 늘리자고 주장했는데, 이 시간을 어떻게 보낼지는 뻔했다. 그들은 물가를 따라 걸어서 관목이 무성하고 바위투성이인 맨 끝까지 갔는데, 산책하기에는 딱 적당한 거리였다. 이 지방 특유의 아늑한 나른함, 포근하고 향기로운 곳의 운치, 싱그러운 백사장, 잔잔한 해수면, 매자나무 수풀 사이에 난 오솔길, 석양빛에 반짝이는 갯벌―이런 모든 무르익은 여름 오후의 영기가 대기 속에 스며 있는 듯했다. 또한 이곳에는 숲길도 있어서 가끔 그들은 숲이 우거져 나무 그늘이 있는 고지대로 걸음을 옮기기도 했다. 그곳에서는 몇몇 수목들이 우연히 무리를 이뤄 어떤 양식을 떠올리게 하는 뜻밖의 효과를 자아냈는데, 나무숲 사이로 펼쳐진 풀밭과 향긋한 깊은 숲의 한구석을 빠져나가 보면 갑자기 아르카디아의 일부인 듯한 풍경이 눈앞에 펼쳐졌다. 그런 장소에서 버리나는 한 손에 시계를 들고 일행의 이야기에 귀를 기울였다. 그녀는 어떻게 이 사람은 구애의 분위기를 이렇게도 불쾌하게 만드는 여자를 좋아할 수 있는지 지극히 진지한 마음으로 의아해하지 않을 수 없었다. 물론 그는 애초에 다시는 미스 챈설러에게 폐를 끼칠 수 없다고 생각하고, 내가 앞에서 묘사했던 그 어색한 아침 방문을 마지막으로 마미언에 머무는 첫 3주 동안, 뒤창으로 황폐해진 조선소 부지가 내려다보이는 그 집에는 두 번 다시 발을 들여놓지 않으려 했다. 올리브도 굳이 숙녀에게 합당한 처우를 요구하거나 그가 그녀에게 실수하는 것을 막으려고 항의하지 않았을 것이라는 점은 쉽게 짐작할 수 있을 것이다. 그들의 상황은 너무 험악했다. 그것은 타협이 없는 혈투였고, 어느 쪽이 승리를 차지해 상대를 물리칠 것인가 하는 문제였다. 그래서 버리나와 베이질 랜섬의 밀회는 주인의 눈을 피해 만나는 하녀와 그 '정인'의 그것 같았다. 그들은 언제나 집에서 조금 떨어진 곳, 집에서는 보이지 않는 마을의 변두리에서 만났다.

38장

　이미 우리도 알다시피 올리브는 자신이 최악의 상황을 알았다고 생각했다. 그러나 진짜 최악의 상황을 그녀는 알지 못했다. 이때 버리나는 다른 모든 일에 대해서는 애써 상세히 설명했음에도, 한 가지에 대해서는 전혀 털어놓지 않는 걸 택했기 때문이다. 뉴욕에서의 그 사건 이후, 베이질 랜섬의 가차 없는 헌신의 대상에게 일어난 변화는 간단히 말하면 다음과 같았다. 즉, 그녀가 자란 가정이나 올리브 챈슬러와의 교제를 통해 그녀가 떠안게 된 공허하고 부자연스러운 이상과는 구별되는, 그녀 본연의 소명에 대해 그가 한 말—그것은 그가 한 말 중에서도 가장 위력적이고 통찰력 있는 말이었다—이 그녀의 마음 깊은 곳에 파고들어 거기서 작용하고 발효되며 그녀를 자극한 것이다. 마침내 그녀는 그의 말을 믿게 되었고, 그것이 그녀에게 심상치 않은 변화와 변신을 일으켰다. 말하자면 그의 말이 그녀에게 새로운 빛을 던져서, 그녀는 전연 새롭게 자신을 바라보게 되었을 뿐 아니라, 이상한 이야기이기는 하지만, 이새로운 자신이 예전에 강연장 램프의 화려한 빛으로 부풀려졌던 자신의 모습보다 더 좋게 느껴졌다. 그러나 이 일은 아직 올리브에게 말할 수 없었다. 이 변화가 지금까지의 모든 것을 뿌리째 흔들었기 때문이다. 그 무시무시하면서도 즐거운 감각은 이 변화가 의미하는 바와 예견하는 모든 것에 대한 일종의 경외감으로 이어졌다. 그녀는 진심으로 사랑하는 모든 것을 불태우는 여자였고, 또 자신이 불태운 모든 것을 진심으로 사랑하는 여자이기도 했다. 참으로 놀라운 것은, 보시다시피 그녀 자신도 이 사태가 극히 심각하다고 느꼈음에도, 자신이 꾀하고 있는 배신 행위—그렇다, 확실히 이것이 배신임을 이번에는 그녀도 자인해야 하리라—를 부끄러워하지 않는다는 사실이었다. 그녀에게는 단지 진리가 자리를 바꾼 것에 지나지 않았다. 진리의 찬란한 형상이 이제 베이질 랜섬의 의미심장한 눈동자 속에서 그녀를 바라보기 시작했다. 그녀는 그를 사랑했다. 그녀는 사랑에 빠져버렸다—그녀는 자신 안에서 두근거리는 고동으로 그것을 분명히 느꼈다. 그녀는 선천적으로 그러한 감정을 극히 미약한 정도로밖에 품을 수 없기는커녕(지금까지는 그렇다고 생각했기에 이 신성한 해방운동에 몸을 바쳐왔으며, 올리브에게 모든 것을 던지겠다고 제안했다), 그런 감정에 최대한의 활동 범위와 최고도의 열정을 할애하도록 만들어진 듯했다. 사실 언제나 격정이라고 부를 만한 것을 지니고 있었지만, 이제 그 대상이 달랐다. 지금까지 그녀는 자기 영혼의 불꽃은 이를테면 두 갈

래 불꽃으로, 하나는 최고로 뛰어난 인물에 대한 한결같은 우정이
고, 다른 하나는 여성 일반의 고통에 대한 연민의 정이라고 굳게 믿
었다. 그런데 그 신념이 (뉴욕에서의 그 사건부터 세어서) 단 3개월
사이에 산산이 부서져 빛바랜 먼지가 되어버리는 것을 보면서 버
리나는 망연자실했다. 이런 가공할 대변동을 일으킬 수 있는 것은
마법의 손길이라고밖에 달리 생각할 수 없었다. 왜 운명은 하필 베
이질 랜섬에게 위임하여 이런 마력을 행사한 것일까—얼마 전까
지 자신이야말로 마법 지팡이를 주머니에 숨겼다고 믿고 으쓱해
하던 불쌍한 버리나로서는 이 답을 알 리 없었다.

　그녀는 5시쯤에—대개 이 시각에 그를 만나러 집을 나섰다—
길모퉁이에서 자신을 기다리고 있는 그의 모습을 조금 떨어진 곳
에서 볼 때마다, 더운 낮 공기를 누비며 정처 없이 날아다니는 꿀벌
이 윙윙대는 소리가 희미하게 들리는 가운데 3, 4킬로미터 구불구
불 이어지다 들쭉날쭉한 곳 끝자락으로 사라지는 길에 서서 탁 트
인 지평선을 등지고 물끄러미 이쪽을 바라보고 있는 키 큰 그의 모
습에서 그녀 자신의 마음속에 차지하는 그의 중요성, 압도적인 탁
월성을 여실히 느꼈다—이제 그녀에게는 그가 이 세상에서 가장
확실하고 올바르고, 비교할 수 없이 훌륭한 존재로 느껴진다는 사
실을. 만약 그의 모습이 그녀가 예상했던 위치에서 보이지 않는다
면, 그녀는 낙담해서 걸음을 멈추고 무언가에 기대야 했을 것이다.
그의 모습을 발견하면 금세 초조함에 사로잡혀 가슴이 두근거리
지만, 그를 발견하지 못한다면 그녀의 전 존재는 지금보다 더 고통
스럽게 몸부림쳤을 것이다. 그가 누구이길래? 그가 대체 무엇이길

래? 그녀는 자문했다. 그가 그녀에게 준 것이라곤, 지금까지 그녀가 제공한 모든 희망이나 약속이 거짓이었음을 남들의 이목을 끄는 방식으로 입증할 기회(그렇다고 화려한 상류층의 생활이 보상으로 주어지는 것도 아니다) 말고 대체 무엇이 있단 말인가? 확실히 그는 그녀로 하여금 자신의 아내가 될 때 맞게 될 운명에 대해서 어떤 환상도 갖게 하지 않았고, 안온한 삶에 대한 장밋빛 약속을 남발하지도 않았다. 그는 그녀에게 그의 고투를 함께 나누고, 가혹할 정도로 힘든 독특한 금욕 생활을 함께할 반려자로서 남들의 이목을 벗어난 가난한 삶이 기다리고 있음을 알렸다. 그런 말을 하면서 그가 가만히 그녀를 바라보자, 그녀는 눈물을 참을 수 없었다. 그의 삶(현재로서는 적막하고 무미건조한 생활이었지만)에 기꺼이 자신을 던지는 것이야말로 자신이 행복할 수 있는 유일한 조건이라고 느끼면서도 방해물들이 너무나 가혹하고 잔인한 것 같았다. 그녀의 마음속에 일어나고 있는 이러한 혁명이 고통을 수반하지 않았다고 생각해서는 안 된다. 물론 그녀는 올리브만큼 괴로워하진 않았다. 친구와 달리 그녀는 그런 성향이 아니었다. 그러나 경험의 수레바퀴가 돌면서 그녀는 자신이 아주 잘게 갈리는 것 같았다. 타고난 가볍고 밝은 기질과 느긋함, 상냥하고 우아하고 화사한 태도, 이제껏 몰랐던 힘이 그녀 멋대로 하게끔 부추기는 때에도 주위 사람들을 기쁘게 해주고자 하는 욕망을 가진 그녀는 요즘 안타깝게도 정신적으로 긴장한 상태로—고통스러울 정도로 긴장감에 시달리면서—살고 있었다. 그런 괴로움을 겉으로 별로 드러내지 않았던 것은 단지, 절망적인 표정을 짓는 건 그녀의 능력 밖의 일이었기 때문이다. 올리브에게 마음속 깊이 연민을 느낀 나머지 버리나는 어디까지 자신을 희생해야 하는지 자문하지 않을 수 없었다. 그녀에게 더 잘못할 게 없을 정도로 이미 너무나 큰 잘못을 저질렀다. 속일 수 있는 만큼 이미 그녀를 다 속였다. 게다가 불과 3개월 전에 다시 한번 맹세하고, 넘쳐흐르는 신의와 열정을 담아 약속의 말을 하지 않았던가. 때로는 버리나도 이런 탐구를 더 밀고 나가서는 안 된다고 생각했다. 여자로서 할 수 있는 깊은 사랑을 해봤고 그렇다고 달라진 건 없다고 결론짓고 만족해야 한다고 말이다. 그녀는 자신을 꽉 붙잡는 올리브의 너무나 무서운 힘을 느끼지 않을 수 없었다. 도저히 자신에게는 용기가 없으니, 머지않아 단념할 수밖에 없을 것이라고 그녀는 혼잣말했다. 다 끝장난 뒤 펼쳐질 장면을 마주할 자신이 없었다. 게다가 이 불쌍한 친구의 미래 전부를 파멸시킬 권리가 자신에게 있을 리 없었다. 무서운 미래의 광경을 떠올린 버리나는 그것이 올리브에게 결코 극복할 수 없는 실망이 될 것임을 알았다. 그것은 그녀가 가장 예민하게 모든 것을 느끼는 마음 한구석을 건드릴 것이고, 그녀는 치유할 수 없는 고독과 영원한 굴욕에 빠질 것이다. 두 사람의 우정은 얼마나 특이한가. 아마 존재해온 어떠한 (여성끼리의) 우정보다 완전무결한 것이 되기 위한 요소가 있었다. 물론 그녀보다 올리브의 편에서 그랬고, 그녀는 이 점을 늘 알고 있었다. 그러나 그렇다 하더라도, 달라질 것은 없었다. 전적으로 올리브가 이 우정을 시작한 것이지, 그녀는 단지 처음에 굉장한 매혹에 이끌리는 대로 고분고분 응했을 뿐이라고 스스로에게 말해보았자 아무 소용 없었다. 그녀는 자기 자신을 전부 빌려주고 내

어주었는데, 언제까지나 그럴 생각이 없었다면 애초에 더 잘 생각
했어야 했다. 3주가 지났을 무렵에 그녀는 자신의 탐구가 완결된
것을 느꼈지만, 결국 베이질 랜섬의 견해에 한없이 깊은 관심을 갖
게 되었고, 끝없는 마음의 고통이 예상된다는 것 외에는 아무것도
얻지 못했다. 그는 그녀에게 그를 더 잘 알게 되기를 바란다고 말했
는데, 이제 그녀는 그를 꽤 자세히 알게 됐다. 그녀는 그를 알고 진
심으로 사랑했지만, 그렇다고 해서 달라진 것은 없었다. 그를 버려
야 할까, 아니면 올리브를 버려야 할까? ─올리브를 버리는 쪽이
한층 더 어려울 것이다.

　베이질 랜섬이 뉴욕에서 그녀와 만난 날, 지금도 그녀의 마음에
울려 퍼지는 어떤 음을 쳐서 우위에 선 이상 그 후속 조치를 취하는
데 실패할 리가 없다는 것은 쉽게 상상할 수 있다. 버리나의 마음속
에 새로운 빛을 비춰서 남자에게 자신을 바치는 것이 운동에 헌신
하는 것보다 더 즐거운 일이라는 생각을 심었다면, 더욱 이 빛을 강
하게 하고 지금까지 그녀가 받들어 온 규범을 끌어내릴 수단들도
그는 가지고 있었다. 확실히 그가 처한 입장은 참으로 기묘해서, 두
손이 묶인 채 포위 공격을 하는 셈이었다. 그는 하루 중 단 한 시간
동안 온갖 일을 다 해야 하니까 본질적인 것에 집중할 수밖에 없음
을 간파했다. 본질은 그가 얼마나 그녀를 사랑하는지를 보여주는
것이고, 나머지는 그저 밀어붙이고 밀어붙이고 또 밀어붙이기만
하면 됐다. 미스 챈설러의 거처 안에 들어가지 않고 주위를 서성거
려야 한다는 규칙은 참으로 묘한 면이 있었다. 오전이나 저녁에 혼
자 뭘 해야 할지 종종 난감하기도 하거니와, 그때 이후로 미스 버즈

아이를 더 보지 못하는 것도 아쉬웠다. 다행히 그는 꽤 많은 책(뉴욕의 서점 매대에서 골라 온 낡은 장정의 책들뿐이었지만)을 가지고 오기도 해서, 그로서는 더 많은 즐거움을 금지당한 상황에서 더 적은 즐거움에도 꽤 만족할 수 있었다. 오전에는 가끔 닥터 프랜스라는 훌륭한 상대와 함께 물로 놀러 가기도 했다. 그녀는 뱃놀이에 몰두했고 열성적인 낚시꾼이기도 해서 그들은 만으로 함께 나가서 낚싯줄을 늘어뜨린 채 하염없이 이단적 이야기를 나누곤 했다. 버리나와 마찬가지로 그녀도 그를 언제나 '집 주위'에서 만났지만, 다른 유형의 사람이었다. 그는 그녀의 태도를 대단히 재밌어했고, 아마 세상 어떤 것도, 그의 표현에 따르면, 그녀를 눈 한 번 깜빡하게 만들지 못할 거라고 생각하곤 했다. 이 여성은 결코 창백해지거나 경악한 표정을 짓는 일이 없을 것이다. 그녀는 어떤 이상한 일을 당해도 꿈쩍도 하지 않을 듯한 태세였다. 그녀는 랜섬이 처한 입장의 기묘함을 의식하는 내색을 보이지 않았고, 미스 챈설러가 광란 상태에 있는 것이나 버리나가 매일같이 밀회하러 나간다는 것을 눈치채고 있음을 드러내는 말도 전혀 하지 않았다. 그녀가 그런 태도로 대해주는 이상, 랜섬이 미스 챈설러의 집 뒤편 베란다에 놓인 이른바 '셰이커 양식'*이라고 할 법한 빨간 흔들의자 중 하나에 앉듯이 집에서 거의 1킬로미터 떨어진 어느 울타리에 걸터앉는 것도 지극히 당연한 일이었다. 이 청년이 닥터 프랜스에게서 단 한 가지

---

* 미국 퀘이커교의 일파로, 공동체 생활을 원칙으로 검소한 생활을 하며 의복, 가구, 생활용품 등을 만들어 자급자족 생활을 했던 셰이커교의 생활 방식에서 유래한 디자인 양식으로, 기능성을 중시한 미국 현대 디자인 경향에도 영향을 미쳤다.

마음에 들지 않았던 것은 그녀가 버리나를 얄팍한 여자로 생각한다는 인상을 주었다는 점이었다(그 과묵함의 틈으로 도대체 어떻게 이런 인상이 내비쳤는지 그 자신도 모를 일이었다). 그녀는 거의 모든 종류의 교제를 냉소적인 눈으로 바라봤고, 여자란 어떤 허무맹랑한 바보짓을 저지르더라도 남자를 꾀어 울타리 위에 앉게 할 수 있으니 머리가 텅 빈 게 이상하지 않다고 생각한다는 걸 그는 알 수 있었다. 그녀가 말하길 미스 버즈아이는 아무것도 눈치채지 못했다고 했다. 며칠 전부터 일종의 무기력 상태에 빠져 사람이 바뀌었다고. 랜섬 씨가 아직 이 근처에 있는지도 모르는 것 같다고 했다. 아마 그가 하루 예정으로 왔다가 다시 돌아갔을 거라고 생각하고 있을 것이며, 어쩌면 미스 태런트로부터 조금이나마 활기를 얻으려고 왔다고 생각하는지도 모른다고 말했다. 포구에서 배를 저어 나가서 물고기가 물기를 기다리면서(그녀는 입질을 즐겼다), 그녀는 막연하고 친근한 침묵을 유지한 채 이따금 물끄러미 그를 바라보았는데, 그럴 때면 악마를 생각나게 하는 기민한 표정이 그녀의 얼굴에 불현듯 스치곤 했다. 그녀와 나란히 보트 안에서 햇볕에 타고 있지 않을 때에는(매사추세츠의 태양쯤은 그에게 아무것도 아니었다) 랜섬은 물가 위로(아주 적당한 높이로) 솟아오른 목초지를 느긋하게 거닐었다. 그는 항상 주머니에 책을 넣고 다녔고, 바람에 잎사귀가 수런거리는 수목 아래 누워 무료하게 다음에는 버리나를 어느 방면으로 데려갈까 궁리했다. 2주가 끝날 무렵, 그는 자신의 기대를 훨씬 뛰어넘는 성공을 거두고 있었다(적어도 그 자신은 그렇게 믿었다). 버리나도 이제는 자신의 '재능'을 한결 대수롭지 않게 여기는 듯한 태도를 보이기 시작했다. 사실 그는 그녀가 손쉽게 자신의 재능을 내팽개치고 그것이 유익하고 귀중한 것이라는 생각을 버리는 것을 보고 적잖이 놀랐다. 그도 그녀가 그러기를 원했었고, 또한 이 희생이 (일단 그녀가 그것을 정면으로 들여다보면) 그녀에게 거의 아무런 고통이 되지 않았다는 사실은 그녀가 앞으로의 반생을 대중 상대로 소리를 지르는 일에 바치는 것이 (그 목소리가 얼마나 듣기 좋은가와 상관없이) 그녀의 행복에 필수적인 요소가 아니라는 그의 주장을 뒷받침하고 확인해주는 것이었다. 그래도 역시 그로서는 그게 무엇이든 감미로운 명성을 그녀가 잃게 되는 것을 보상하기 위해서 앞으로 평생 지극한 마음으로 그녀를 보살필 의무가 있다고 되새기지 않을 수 없었다. 그녀도 그가 마미언에 온 첫 주쯤 이 점에 대해 그에게 말한 적이 있었다.

"글쎄요, 그게 단지 착각일 뿐이었다면, 왜 이 능력이 저에게 주어졌던 걸까요? ―왜 저는 없어도 좋을 만한 이런 재능을 떠안게 된 걸까요? 물론 저에게 큰일은 아닙니다 ―이렇게 말씀드려도 저는 아무렇지 않아요. 하지만 고백하건대 알고 싶습니다. 만약 내가 가정생활에 틀어박혀 당신의 말씀처럼 오직 당신만을 기쁘게 하는 삶을 살게 된다면, 내 안에 있는 그러한 재능은 도대체 어떻게 되는 걸까요. 다시는 음정을 높여 부르지 말라는 판결을 받아들인 아름다운 목소리(제 목소리가 아름답다고 말씀하신 것은 당신이었습니다)를 가진 가수와 같을까요? 하지만 그것은 너무나도 큰 낭비, 자연을 거스르는 일 아닐까요? 우리의 재능은 사용하라고 주어지지 않았나요? 우리에게 그것을 억누르거나 다른 인간들로부터 그것이 주는 기쁨을 빼앗을 권리가 없지 않을까요? 당신이 제안하신 합의 속에(버려나는 그들의 결혼 문제를 이런 식으로 언급했다) 해고되어 불쌍해진 이 충실한 종*을 위해 어떤 대책이 마련되어 있는지 저는 모르겠습니다. 당신에게 기쁨이 되는 것은 아주 좋은 일입니다. 하지만 제가 연단에 서면 세상의 모든 이에게 기쁨이 될 거라고 저에게 말씀해주신 분들도 있습니다. 나쁜 뜻으로 하는 얘기는 아니에요, 당신 스스로 저에게 그렇게 말씀하셨으니까요. 아마도 당신은 우리 집 앞쪽 응접실에 연단을 세우고, 일로 고생하신 당신을 재워드리기 위해 매일 밤 저에게 거기서 연설을 시키려는 생각일지도 모르겠네요. 아, 제가 **앞쪽** 응접실이라고 말했네요, 마치 우리 집에 응접실이 두 개나 있을 거라는 듯이! 우리 형편으로는 도저히 그런 사치는 누릴 수 없을 것 같은데요—게다가 응접실에 연단을 만들거나 하면, 식사 공간을 따로 마련하지 않으면 안 될 텐데."

"친애하는 아가씨, 그런 문제를 해결하는 건 아무것도 아닙니다. 식탁 자체를 우리 연단으로 삼고 당신은 그 위에 서면 됩니다." 이 말은 상대가 지극히 순진하게 그가 빛을 비춰주기를 요구해서 베이질 랜섬이 농담조로 대답한 것인데, 이 대답을 듣고 더 캐묻기를 관뒀다면 그녀가 꽤 쉽게 납득하는 성격이라고 독자들은 생각할 것이다. 그러나 그 후에 그가 계속해서 한 말에는 이 상당한 수

---

*　마태복음 25장 4절부터 30절까지의 '달란트' 비유를 염두에 둔 표현으로, 여기서 '해고되어 불쌍해진 종'은 주인에게 받은 1달란트를 땅속에 묻어두고 활용하지 않아 내쫓긴 무익한 세 번째 종을 가리킨다.

수께끼에 대한 더 많은 설명과 판단이 담겨 있었다. "저를 기쁘게 할 것인가, 세상 모든 사람을 기쁘게 할 것인가? 당신의 멋진 매력 은 어떻게 되는 건가? ─ 그걸 알고 싶으신 거죠? 현재보다도 오천 배는 더 멋져지지요. 그것이 당신의 매력이 갖게 될 모습입니다. 당 신의 능력을 발휘할 여지도 충분히 있을 겁니다. 그로 인해 우리 의 생활 전반이 윤택해질 것입니다. 날 믿어줘요, 미스 태런트, 이 런 일은 자연스럽게 잘되는 법이에요. 당신은 음악당에서 노래를 못 부르는 대신에 나를 위해 노래해주시는 것입니다, 당신의 지인 들, 당신에게 가까이 다가오는 모든 이들을 위해 노래해주시는 것 입니다. 당신의 재능은 결코 파괴될 수 없습니다. 그러니 마치 제가 그것을 완전히 파괴하고 싶어 하는 것처럼 말씀하지 마십시오. 제 가 그 신성함을 아주 조금이라도 깎아내릴 수 있는 것처럼 말씀하 지 마세요. 확실히 저는 그것에 지금까지와는 다른 방향성을 제시 하고 싶습니다. 그러나 당신의 활동을 멈추게 하고 싶은 생각은 없 습니다. 당신의 재능은 표현의 재능이에요. 그 표현의 힘을 조금이 라도 당신에게서 빼앗는 일을 내가 할 수 있을 리 없어요. 물론 앞 으로는 그것이 정해진 시간이나 정해진 날짜에 콸콸 쏟아져 나오 는 일은 없을 겁니다. 그 대신 그것은 당신의 일상적 대화를 촉촉하 고 풍요롭게 만들고 화려하게 물들일 것입니다. 당신의 영향력이 진정한 의미의 사회적인 것이 될 때 얼마나 즐거울지 생각해보세 요. 당신이 표현한 대로 말하자면, 당신의 '능력'이 당신을 대화에 있어서 미국 전체에서 가장 매력 있는 여성으로 만들어줄 것입니 다."

우려대로 정말 버리나에게는 쉽게 납득해버리는 성향이 있었던 듯하다(이는 그녀가 그의 말을 따라야 한다는 확신에 이르렀다는 뜻은 아니며, 다만 그녀가 등한시하고 거의 짐작조차 못 했던 훌륭한 진리를 그가 가지고 있다는 확신을 얻었다는 뜻이다). 그리고 이를 뒷받침하는 다른 증거로, 그녀는 자신의 변절이 올리브에게 미칠 잔인한 결과에 대해 처음 한두 번 이야기했을 뿐, 그 이후에는 (마음속으로는 항상 말하고 있었음에도) 그에게는 전혀 말할 수 없게 되어버렸다는 사실을 들어야 할 것이다. 그녀가 제기한 이유를 듣고 그가 분노하여 거의 거칠 정도의 경멸을 담아 그런 얄팍한 구실 따위는 인정할 수 없다고 단언하는 걸 본 이후로 그녀는 그 이유를 주장하기를 삼갔다. 그는 도대체 언제부터 훌륭한 젊은 청년보다 병적인 노처녀와 어울리는 것이 더 적절한 일이 되었는지 알고 싶다고 했다. 이에 버리나가 우정이라는 신성한 이름을 꺼내자, 그는 어떤 광신적 궤변으로 자신을 그것과 유사한 특권에서 제외하려는 것이냐고 되물었다. 그녀는 문득 요설의 충동에 사로잡혀서 (버리나는 자신이 항상 경계를 게을리하지 않는다고 믿었지만, 이렇게 그 경계는 느슨해지기 매우 쉬웠다), 그의 마미언 방문이 그의 기사도 정신에 대한 올리브의 견해에 놀랄 만한 영향을 미쳐서, 이제 올리브는 그가 버리나를 집요하게 쫓아오는 것을 자신에 대한 은밀한 박해로 간주하기로 했다고 털어놓았다. 이 말을 하자마자 버리나는 이런 비아냥을 퍼트린 것을 후회했다. 하지만 다음 순간 그것이 아무런 위해를 끼치지 않았다는 것을 깨달았다. 왜냐하면 베이질 랜섬은 그의 사려 깊음에 대한 미스 챈슬러의 고찰을 몹시 기분 좋게 받아들여, 한바탕 크게 웃음을 터뜨리는 계기로 삼았기 때문이다. 청년은 이렇게 아주 재밌어할 뿐 침착하게 설명하려고 하지 않았기에 그녀는 알 수 없었지만, 사실 그는 이미 뉴욕을 떠나기 전에 이 문제에 대해 확실히 마음을 먹은 바가 있었다―그 결심을 한 것은 (그녀가 뉴욕을 떠난 직후) 그녀에게 편지를 보낸 무렵까지 거슬러 올라간다. 이 편지에 대해서는 이미 언급한 바 있는데, 요컨대 그것은 그가 케임브리지를 방문한 후 그녀에게 보낸 편지와 한 쌍을 이루는 것으로, 우정과 경의로 가득찬 편지였다. 아니 사실 재고의 결과, 멀어졌다고 해서 침묵할 의사가 결코 없음을 뜻하는 의미심장한 신호 그 자체였다. 그의 '재고'에 대해서는 우리도 조금 알고 있는바, 특히 그런 재고를 하게 된 결정적인 계기는 전혀 뜻밖에 받은 편집자의 격려 편지였다. 이 격려는 (아직 제대로 펼칠 기회를 갖기도 전에) 단념해버렸던 행동 노선을 다시 거론하는 구실로 삼고 싶은 욕망 때문에 그 중요성이 그의 상상 속에서는 의심의 여지 없이 대단히 커졌으나, 실제 중요성은 그에 훨씬 못미쳤다. 그러나 덕분에 자신을 바라보는 그의 시각은 현격한 변혁을 이뤘고, 그는 진지하게 버리나 태런트를 얻고자 노력하기로 결정하는 과정에서, 미스 챈설러에게 (가장 세련된 남부인의 관점에서 볼 때) 얼마큼의 배려를 하는 게 마땅한지 자문하게 되었다. 그녀를 배려할 필요가 없다는 결론에 도달하는 데에는 오래 걸리지 않았다. 기사도 정신은 미워하는 사람들과의 관계와 관련된 것으로, 사랑하는 사람들과는 관련 없는 것이다. 그는 가엾은 올리브를 미워하지 않았다. 그녀가 언제 미움을 품게 만들지는 모르지만. 설령 미워하고 있다 하더라도, 팔촌쯤 되는 상대에게 자신이 멋진 청년임을 보여주기 위해 진심으로 사랑하는 여인을 단념하라고 요구하는 기사도 정신의 규칙이 있다면, 그것은 순전히 헛소리에 불과할 것이다. 기사도 정신이란 약자에 대한 인내와 관용이다. 그런데 올리브에게는 나약함의 편린조차 없지 않은가. 그녀는 투쟁적인 여자로 죽기를 각오하고 그에게 싸움을 걸어올 것이고, 조금도 봐주지 않을 것이다. 지금도 그녀는 그 작은 별장을 보루로 삼아 하루 종일 그에게 싸움을 걸고 있다고 그는 느꼈다. 그 저항의 기개가 그가 숨 쉬는 공기 속에서도 느껴지는 듯했고, 이 난전에서 벗어나 그에게 찾아오는 버리나는 때때로 기운이 없고 창백한 안색을 띠기도 했다.

그는 미시시피인으로서 따라야 할 삶의 규범에 대한 올리브의 견해를 우스꽝스럽다는 식으로 대했는데, 버리나가 음악당 대강연회에서 할 예정인 연설에 대해서도 같은 익살스러운 어조로 말했다. 그녀는 퍼린더 여사를 본떠 겨울 유세를 위해 엄청난 거물과 함께 출정할 생각임을 그에게 알려줬다. 전투 준비는 다 되었고 진격의 길도 이미 정해져 있었다. 그녀는 각지를 돌며 50여 개의 회장에서 같은 강연을 하기로 되어 있었다. 강연의 주제는 '여성의 이치'*로, 올리브도 미스 버즈아이도 예상하건대 그녀의 가장 유망한 성과가 될 것이라고 생각했다. 이번에 그녀는 영감에 의지하지 않

---

* 제임스는 친구인 윌리엄 하우얼스(1837~1920)가 보스턴의 여성들에 대해 쓴 소설 제목을 차용하고 있다.

기로 했다. 자신이 어디에 서 있는지 알지 못한 채 많은 보스턴 청중 앞에 서고 싶지 않았기 때문이다. 게다가 영감 자체도 최근에는 다소 힘이 빠진 것 같았다. 올리브의 영향 덕분에 많은 독서와 연구에 힘쓴 결과 이제는 모든 것을 미리 명확히 파악하지 않으면 안 될 것 같았다. 올리브는 그가 그녀를 좋아하든 아니든 훌륭한 비평가로, 버리나에게 강연문 전체를 스무 번이나 외게 했다. 억양 하나하나에 이르기까지 연습시켰다. 그러한 방식은 과거 버리나가 아버지의 힘을 빌렸던 옛날 방식과는 큰 차이가 있었다. 베이질이 여자는 깊이가 없다고 여기고 있다면, 올리브가 강연 준비에 얼마나 엄격한 기준을 세웠는지 알지 못하고, 밤마다 그들의 작은 거실에서 벌어지는 사전 연습을 눈앞에서 볼 수 없는 게 안타까울 뿐이다. 음악당에서 열릴 행사를 대하는 랜섬의 심경은 다음과 같았다―그는 할 수 있다면 그것을 피하자고 결심했다. 그래서 그는 버리나에게 그것에 대해 말할 때 조롱으로 일관했는데, 가시 돋친 조롱의 수위가 너무 높아서 랜섬이 봤을 때 버리나는 그가 그 일에 대한 혐오감을 과장해서 말한다고 생각했다. 사실은 과장할 것도 없었다. 그로서는 곧 그녀가 지금보다 더 마음이 혹할 경력의 일선으로 나서려 한다는 점이 너무 꺼림직했던 것이다. 만약 성공한다면(성공할 것이 틀림없다―그녀에게 음악당에서 큰 반향을 일으킬 힘이 있다는 것을 그는 조금도 의심하지 않았다) 신문들의 환호에 그녀를 돌이킬 수 없이 넘기게 될 것이 예상되는 이 새로운 출발을 절대로 하게 해서는 안 된다고 그는 다짐했다. 그에게는 그녀의 강연 계약이, 유세가, 혹은 그녀의 친구들이 거는 기대가 모두 마음에 들지 않았다. 그것들 모두를 일축해버리는 것이야말로 그가 진심으로 바라는 것이었다. 그렇게 된다면 그 자신의 성공을 의미할 것이고, 그 자신의 승리를 상징하게 될 터였다. 이런 생각이 하나의 고정관념이 되어 그는 연신 그녀에게 경고를 보냈다. 그녀는 당신이 나를 납치라도 하지 않는 한 도저히 나를 멈추게 할 수 없을 거라고 웃으며 대답했지만, 그로서는 자신의 섬뜩한 농담 뒤에 확고한 결의가 숨어 있다는 것을 깨닫지 못하는 그녀가 진심으로 딱했다. 차라리 이대로 그녀를 납치해 갈까 하는 생각마저 들었다. 그녀가 곧 세상의 총아가 된다는 것이 이제 손에 잡힐 정도로 분명하게 느껴졌고, 그 생각만 해도 그는 가슴이 울렁거렸다. 그런 그의 감정은 마티어스 파든 씨의 감정과는 대략 정반대였다.

어느 날 오후 미리 정해진 조건의 범위를 조금도 벗어나지 않고 진행된 산책에서 버리나와 함께 돌아오던 그는 멀리서 닥터 프랜스의 모습을 보았다. 그녀는 모자도 쓰지 않고 집 밖에 나와 손으로 붉은 석양빛을 가린 채 길의 위아래를 살피는 중이었다. 집에 도착하기 전에 헤어져야 한다는 것이 두 사람 사이의 규약 중 하나라서 마지막 인사(그것은 언제나 다른 어떤 말보다 상황을 진전시키는 데 도움이 되었다)를 주고받으려고 걸음을 막 멈췄을 때, 닥터 프랜스가 유난히 흥분해서 그들을 손짓해 부르기 시작했다. 두 사람은 서둘러 다가갔고, 버리나는 올리브에게 뭔가 무서운 일이 생겼다는 생각이 순간적으로 떠올라 손으로 가슴을 눌렀다―너무나 긴장해 괴로운 나머지 그녀는 금방이라도 힘이 빠지고 정신이 아찔해져 그대로 푹 쓰러져버릴 것만 같았다. 다가오는 그들을 닥터 프랜스는 묘한 표정으로 지켜보고 있었다. 그것은 미소가 아니었고, 말하자면 아무것도 눈치채지 못했다는 암시를 과장하는 듯한 표정이었다. 곧 그녀는 그들에게 사정을 이야기해주었다. 버즈아이가 갑자기 쇠약해졌다는 것이었다. 느닷없이 자기가 죽어가고 있다고 말했다고. 확실히 맥박이 거의 잡히지 않았다. 그때 미스 버즈아이는 미스 챈설러와 그녀와 함께 베란다에 나가 있었다. 그들은 그분을 침대에 눕히려고 했다. 하지만 미스 버즈아이는 자신을 그냥 옮기지 말라고 했다. 어차피 죽을 거니까 이 기분 좋은 장소에서 늘 앉던 의자에 앉은 채로 노을을 바라보며 죽고 싶다고. 미스 태런트를 불러달라고 해서 미스 챈설러가 지금 외출했다고 대답해주었다—랜섬 씨와 산책하고 있다고. 그러자 미스 버즈아이는 그가 돌아간 줄 알았다면서 랜섬 씨가 아직 여기 있느냐고 물었다. (여의사의 말과는 별개로, 베이질은 노여인을 만난 그날 아침 이후 그의 이름이 한 번도 그녀 앞에서 언급된 적 없다는 것을 버리나에게 들어 알고 있었다.) 곧 미스 버즈아이는 랜섬 씨를 만나고 싶다고 말했다—뭔가 할 말이 있다고. 이에 미스 챈설러는 그가 곧 버리나와 함께 돌아올 테니 여기로 데리고 오겠다고 말했다. 미스 버즈아이는 자신이 점점 약해지고 있으니 둘이 빨리 돌아오면 좋겠다고 말했다. 여기서 닥터 프랜스는 자신이 무슨 얘기를 하고 있는지 확실히 아는 사람의 어조로, 사실 끝이 다가오고 있다고 덧붙였다. 그들을 찾으려고 벌써 두세 번 집에서 나와봤으며, 당장 들어가보라고 말했다. 버리나는 그녀의 말을 끝까지 듣지도 않고 이미 집 안으로 뛰어 들어갔다. 랜섬은 닥터 프랜스와 함께 뒤따라 들어가면서, 자신에게 이 사태가 이중으로 엄숙한 의미를 띤다는 걸 느꼈다. 미스 버즈아이가 그 박애의 정신이 넘친 생애를 마감하는 일을 보게 되는 한편, 미스 챈슬러로부터 게임을 그만둘 의사가 없다는 암시를 받게 될 것이 틀림없었기 때문이다.

마음속으로 이런 생각을 하고 있는 사이에 그는 친척과 그 덕망 높은 손님 앞에 서게 됐다. 노여인은 그가 지난번 만났을 때와 마찬가지로 보닛을 쓰고 두꺼운 옷으로 몸을 감싼 채 별장 뒤편 베란다에 앉아 있었다. 올리브가 한쪽에서 그녀의 한 손을 잡고 있었고, 반대편에는 버리나가 무릎을 꿇고 바짝 다가가 미스 버즈아이의 무릎에 몸을 굽히고 있었다. "저를 찾으셨다고요―제가 보고 싶으셨어요?" 그녀는 다정함이 넘치는 목소리로 말했다. "다시는 당신 곁을 떠나지 않을게요."

"아, 나는 당신을 오래 붙잡아둘 생각은 없어요. 단지 다시 한번 당신을 보고 싶었어요." 미스 버즈아이의 목소리는 가쁜 숨결로 말하는 사람처럼 아주 낮았지만, 고통도 불평도 배어 있지 않은 음조였다―다만, 그녀 삶의 마지막 시기를 특징짓는 예의 기분 좋은 권태만이 느껴졌고, 때문에 그녀가 지금 떠나는 것이 알맞고, 또 지극히 행복한 일인 것처럼 여겨졌다. 그녀의 머리는 뒤로 젖혀져 의자 상단에 기대고 있었고, 낡은 모자를 머리에 묶어두었던 리본은 풀려 있었다. 늦은 오후의 빛이 여든 살이 넘은 그녀의 얼굴을 제대로 비추며, 일종의 아름다움마저 부여해 평온한 표정을 한층 고조했다. 그런 그녀의 믿음에 찬 체념의 얼굴에서 랜섬은 거의 위엄에 가까운 무언가를 느꼈다. 그 얼굴의 무언가가, 그녀 자신은 오래전에 마음의 준비가 되어 있었지만, 아직 때가 무르익지 않아서 모든 것이 하늘의 뜻이라는 평소의 믿음대로 이날이 오기를 기다렸던 거라고 말해주는 듯했다. 이제야 조건이 갖추어졌으니, 그녀로서는 이대로 죽는 것이 일찍이 누려본 적 없는 호사이자 가장 좋은 일로 느끼지 않을 수 없었다. 랜섬은 버리나가 왜 이 인내심 많은 고령의 벗을 올려다보며 눈물을 글썽이는지 알았다. 최근 3주간 그녀는 미스 버즈아이가 들려준 필생의 대사업이었던, 수년간 반복한 남부 흑인 전도 일에 대해 그에게 자주 이야기하곤 했다. 그녀가 얼마나 노심초사하면서 흑인들을 찾아다니고 읽고 쓰는 법을 가르치고, 그들에게 성경을 갖다주고, 북부에도 그들의 해방을 위해 기도하는 동지가 있음을 가르쳐주었는지에 대한 눈물겨운 이야기였다. 버리나가 이 전설적 이야기를 들려준 데에는, 그가 남부 태생이라는 점이나 아직 그리 먼 옛날이라고는 할 수 없는 과거에 그런 전도의 사명이 필요하게 만든 사람들과 연루돼 있음을 부끄러워하게 만들려는 의도가 없다는 것은 랜섬도 알고 있었다. 이 역사의 한 장에 대한 그 자신의 견해를 그녀도 이전에 그에게서 들어 알고 있었기 때문이다. 노예 문제에 대해서 그는 역사적 요약이라고 할 수 있는 것을 그녀에게 들려주었고, 그가 인간의 우둔함을 보여주는 사례들 중에 이 특정 실례를 더 너그럽게 대한다고 말할 여지를 그녀에게 남기지 않았다. 그때 그녀는, 바로 그런 일을 하고 싶었다고 말했다―그녀도 자비의 사명을 띠고, 단신으로, 목숨을 걸고, 집단 전체가 그녀에게 반대하는 지역들을 편력해보고 싶었다. 그것이 다만 이렇게 뉴잉글랜드에 있으면서 가스등 불빛에 비춰진 연단 위에서 여성의 권리를 말하는 것보다 훨씬 해보고 싶은 일이었다. 그런 그녀의 말에 랜섬은 그저 "허튼소리!"라고 대답했을 뿐이다. 우리가 이미 보았듯이 그의 지론에 의하면, 그는 버리나의 태생적 성향에 대해서 이 젊은 숙녀 자신보다 훨씬 더 잘 알고 있었다. 그렇다고 해도 그녀가 뉴잉글랜드 생활의 영웅시대에 태어나지 못한 것을 안타까워하거나 미스 버즈아이를 그 시대의 낡은 불멸의 기념비로 여기는 것을 단념할 리 없다는 것은 그도 잘 알고 있었다. 랜섬도 지금 이 순간에는 그런 존경심을 공유할 수 있었다. 지금까지 몇 번이고 버리나에게 한 말이지만, 그는 전쟁이 일어나기 전에 캐롤라이나나 조지아에서 이 노여인을 만났다면 좋았을 거라고 생각했다—그녀를 안내해 흑인들 사이를 돌며 뉴잉글랜드의 이상에 대해 그녀와 논쟁을 벌였다면 좋았을 터였다. 지금으로서는 그도 그런 문제 대부분에 흥미를 잃었지만, 그 당시라면 필시 대단히 활기 넘치는 논의가 이루어졌을 것이다. 미스 버즈아이처럼 전 생애를 아낌없이 자신의 사명에 바친 사람이 여전히 죽음이라는 궁극의 항복에 내줄 것이 남아 있다는 것은 다소 묘하게 여겨졌다. 그는 올리브를 힐끗 쳐다봤고, 그녀가 자신을 무시할 생각임을 알아보았다. 그가 그 자리에 서 있던 몇 분 동안 그의 친척은 단한 번도 그와 눈을 맞추려 하지 않았다. 실제로 닥터 프랜스가 미스 버즈아이에게 몸을 숙이고는 "랜섬 씨를 데리고 왔어요. 당신이 아까 보고 싶다고 하셨잖아요"라고 말하자마자 그녀는 고개를 돌려 버렸다.

"다시 뵙게 되어 너무 기쁩니다." 랜섬이 말했다. "저를 떠올려주셨다니 감사합니다." 그의 목소리를 듣자 올리브는 일어나 자리를 떴다. 그러고는 베란다의 반대쪽 끝에 놓인 의자에 주저앉더니 몸을 돌려 의자 등받이에 팔을 기대고 그 팔에 얼굴을 파묻었다.

미스 버즈아이는 그 어느 때보다 흐릿한 눈으로 청년을 바라보았다. "당신은 이미 돌아가버린 줄로만 알았어요. 다시 찾아오시지 않았잖아요."

"이분은 항상 긴 산책을 하며 시간을 보냈어요. 여기 경치가 아주 마음에 드신다고요." 버리나가 말했다.

"네, 정말 아름다운 경치죠, 여기서 보기만 해도. 저는 아무래도 몸이 좋지 않아서 여기 온 이후로 아직 한 번도 주변을 산책한 적이 없어요. 하지만 이제는 좀 돌아다녀보려고요." 랜섬이 그녀에게 도움을 주려는 듯한 몸짓을 하는 것을 보고 그녀는 미소 지으며 덧붙였다. "아, 이 의자에서 일어나서 돌아다니겠다는 뜻은 아니에요."

"랜섬 씨는 저와 몇 번 보트를 타고 바다에 나간 적이 있어요. 요즘 난 이분께 낚싯줄 늘어뜨리는 법을 가르쳐주는 중입니다." 닥터 프랜스가 감상적인 분위기에 휩쓸리지 않으려는 듯 이렇게 말했다.

"음, 그래요, 그럼 당신은 우리 모임의 일원이었군요. 당신이 우리의 일원인 것처럼 느낀다 해도 이상한 일은 아닐 거예요." 미스 버즈아이는 좀 더 잘 소통하고 싶은 듯 몽롱한 눈에 진지함을 담아 방문자를 바라보았다. 이윽고 그 시선이 살짝 옆으로 비켜나 올리브가 어쩌고 있는지 보려고 했다. 미스 챈설러가 혼자 떨어져 있다는 것을 깨닫자, 그녀는 눈을 감고, 아직도 그녀가 이해할 수 없는 수수께끼인 베이질 랜섬과 이 집 여주인의 기묘한 관계에 대해 헛되이, 곰곰이 생각했다. 눈에 띄게 쇠약해진 그녀로서는 그 일에 머리를 아주 많이 쓸 수는 없었다. 단지 드디어 자신의 수명이 다한 듯한 지금, 어떻게든 둘 사이를 화해시켜 합의를 이루게 해주고 싶은 마음이 컸을 뿐이다. 그러나 이윽고 그녀는 낮고 잔잔한 한숨을 내쉬었다—그것은 말하자면, 이 문제는 너무 복잡해서 그녀는 손을 놓을 수밖에 없음을 고백하는 것 같았다. 랜섬은 순간 그녀가 올리브에게 어떤 호소의 말을 하거나, 자신이 가장 만족스럽게 죽을 수 있도록 그와 이 젊은 숙녀에게 억지로 화해의 악수라도 시키려고 할까 봐 두려웠다. 그러나 그녀는 그럴 만한 기력이 없는 듯했고, 게다가 사물도 점점 분명하게 보이지 않는 듯했다. 이에 그는 적지 않은 안도감을 느꼈다. 그 자신은 화해의 악수를 하는 것을 거부할 생각은 없었지만, 얼굴을 돌리고 자포자기한 채 쓰러져 있는 미스 챈설러의 모습으로 보아 도저히 그녀는 그런 제안을 받아들일 것 같지 않았기 때문이었다. 미스 버즈아이가 그 인자한 마음에서 비롯된 집요함으로 아직까지 고수하고 있던 생각은, 그가 이 집에서 쫓겨난 것은 아마도 올리브 쪽에서 친구가 자신이 아닌 타인과 사적인 유대를 맺는 것을 격렬하게 질투한 결과일 뿐이며, 버리나가 바로 그 사적인 유대를 통해 그를 위대한 개혁 운동에 공감케 하고 그 운동에 봉사하려는 의욕으로 불타게 하는 데 성공했음이 틀림없다는 것이었다. 그런 환상이 대체 왜 미스 버즈아이에게 소중했는지 랜섬은 전혀 알 수 없었다. 지금까지 그녀와 찰나의 접점만 있었을 뿐인 그로서는 왜 그녀가 이토록 그의 견해에 관심을 가지고 그가 올바른 쪽에 투신하는 것에 기대를 걸고 있는지 이해할 리 없었다. 그것은 그녀 안에서 들끓는 정의에 대한 보편적 열망, 진보를 희구하는 열정의 일부였다. 또 어느 정도는 버리나에 대한 관심의 표출이었다—미스 버즈아이가 품는 의혹이 항상 그렇듯이 두 사람 사이에 뭔가가 있고, 그 어떤 유대보다 더 긴밀한 유대(적어도 미스 버즈아이는 그렇게 생각했다)가 만들어지고 있는 것이 아닌가 하는 아주 순진하고 목가적 의혹이 있었던 것이다. 거기에 더해 그가 남부인이라는 사실이 이 모든 것을 더욱 의미 있게 만들었다. 남부인을 포섭한다면, 이미 노경에 이른 후에도 여러 목화 주에서 여전히 어떤 풍조가 지배하고 있는가를 목격해온 사람에게는 진정한 격려가 될 터였다. 랜섬으로서도 그런 그녀를 낙담하게 하고 싶지 않았다. 그녀의 마지막 지론을 깨지 말라고 했던 닥터 프랜스의 주의도 명심하고 있었다. 노여인으로부터 그런 두터운 신뢰를 받을 만한 일을 뭘 했는지 알 수 없는 그로서는 그저 겸허하게 고개를 숙일 수밖에 없었다. 바로 그때 미스 버즈아이의 발치에 무릎을 꿇은 자리에서 그를 올려다보는 버리나와 시선이 마주쳤다. 그 눈빛에서 그는 그녀가 그의 생각을 좇으며 그 속에 자신을 던져 어떤 소원을 그에게 전하려 한다는 것을 알 수 있었다. 그 소원에 그의 마음은 크게 감동했다. 그녀는 그가 미스 버즈아이에게 그녀에 대해 고백할까 봐—그녀가 완전히 열의를 잃어버렸다는 것을 털어놓을까 봐—죽을 만큼 두려워하고 있었다. 이제 버리나는 그런 자신의 마음을 부끄러워하면서 그것을 들킬까 봐 두려워서 안절부절못하며 눈짓으로 그에게 제발 경솔한 말을 삼가달라고 간청하고 있었다. 그녀의 이런 떨림에 대한 응답으로 그는 약간 얼굴을 붉혔다. 그가 지금까지 미친 영향력을 그녀가 남김없이 고백한 것과 같았기 때문이다.

"우리는 모두 매우 즐겁게 지냈지요." 그녀가 노여인을 향해 말했다. "당신이 이렇게 몇 주를 우리와 함께 있어주셔서 정말 기뻤어요."

"아주 훌륭한 휴양을 했습니다. 저는 이제 너무 지쳤어요. 이제 별로 말씀도 못 드릴 것 같아요. 그래도 너무 즐겁게 보냈습니다. 나는 꽤 많은 일을 했어요—아주 여러 가지를 말이죠."

"난 당신에게 많은 이야기를 하진 않았던 것 같지만요, 미스 버즈아이—" 닥터 프랜스가 그녀의 다른 쪽 옆으로 무릎을 꿇으며 말했다. "당신이 얼마나 많은 일을 하셨는지 우리는 알고 있습니다. 모든 사람이 당신의 생애를 알고 있다고 생각하시지 않나요?"

"그렇게 대수롭지 않아요—저는 그저 제 일을 해내려고 했을 뿐이에요. 지금 우리가 앉아 있는 여기서 되돌아보니 지금까지의 진보를 가늠해볼 수 있네요. 그 점을 당신과 랜섬 씨에게 이야기해 두고 싶었습니다—이제 저는 얼마 남지 않았으니까요. 저를 붙잡아주세요, 예, 그렇게요. 하지만 나를 계속 붙잡아둘 수는 없어요. 저도 이제 더 머물고 싶지 않아요. 저는 오래전에 돌아가신 그리운 분들 곁으로 갈 수 있겠지요. 그 사람들의 얼굴이 지금 저에게 보이는 것 같아요, 아주 생생하게. 마치 기다려주셨던 것 같아요. 모두가 모여 가만히 귀를 기울이고 있는 것 같아요. 진보의 흔적이 바로 보이지 않는다고 해서 진보가 없다고 생각해서는 안 됩니다. 그 점을 저는 꼭 말씀드리고 싶었습니다. 훨씬 앞으로 더 나아가야 비로소 자신이 무엇을 해냈는지 알 수 있는 것입니다. 지금 이렇게 되돌아보고야 저도 알 수 있네요. 내가 젊었을 때는, 사회는 아직 절반도 눈을 뜨지 않았었다는 것을요."

"그 누구보다 바로 당신께서 그 사회의 눈을 뜨게 하셨습니다. 그래서 우리는 당신을 진심으로 존경하고 있습니다, 미스 버즈아이!" 버리나는 갑자기 격렬한 감동을 담아 외쳤다. "당신은 천년을 사셔도 분명 다른 사람들 생각만 하시겠죠—언제까지나 인류를 도우려고만 고심하실 게 틀림없어요. 당신은 우리의 영웅이에요, 성자예요, 지금까지 어떤 이도 당신 같은 분은 없었어요!" 버리나는 이제 랜섬을 흘낏 보지도 않았고, 그 얼굴에서는 비난의 빛도 간청하는 표정도 찾아볼 수 없었다. 회한과 수치심의 물결이 밀려와 그녀의 마음을 덮쳤다—미스 버즈아이의 생애의 숭고함을 새삼 인정함으로써 자신의 은밀한 일탈에 대해 속죄하고 싶은 급박한 마음에 사로잡혔다.

"아, 제가 그렇게 많은 영향력을 발휘한 것은 아닙니다. 그저 관심을 가지고 희망을 품었을 뿐입니다. 여러분들이라면 분명히 나보다 더 많은 일을 할 거예요—당신과 올리브 챈슬러, 두 분은 아직 젊으시고 총명하시니. 예전의 저보다 훨씬 총명하십니다. 게다가 지금은 모든 것이 궤도에 오르고 있으니까요."

"하지만 그걸 당신이 시작했죠, 미스 버즈아이." 닥터 프랜스는 눈살을 찌푸리며 자못 시큰둥하지만 다정한 말투로, 이제 젊은 사람들에게 물려준 권위를 당연하다는 듯이 노여인을 위해 다시 내

세웠다. 이 몸집이 작은 유능한 여성이 자신의 환자에게 취하는 이런 태도는, 이 선량한 노여인이 빠르게 침몰하고 있음을 보여주는 명백한 증거였다.

"우리는 언제까지나 당신을 생각할 것입니다. 언제까지나 당신의 이름은 우리에게 신성할 것입니다. 그리고 우리에게 일편단심과 헌신을 가르쳐주실 것입니다." 버리나는 아까와 같은 어조로 계속 말하면서 여전히 랜섬과 다시 눈을 맞추려 하지 않았다. 그 격렬한 목소리에는 이제 자신을 멈추겠노라는, 다짐으로 자신을 묶겠노라는 그녀의 결의가 엿보였다.

"글쎄요, 최근 몇 년간 제가 가장 빠져 있던 것은 바로 당신과 올리브가 삶을 바치던 일입니다. 저도 정의가—우리 여성을 위해—이뤄지는 날을 이 눈으로 보고 싶었어요. 저는 그것을 볼 수 없었습니다. 하지만 당신은 볼 수 있을 거예요. 그리고 올리브도요. 올리브는 어딨죠—왜 제 옆에 있어주지 않는 거죠, 작별 인사 해야 하는데? 그리고 랜섬 씨도 보실 수 있어요—우리에게 도움을 주신 것을 자랑스럽게 생각하실 때가 올 거예요."

"아, 저런, 제발!"이라고 버리나는 외치며 미스 버즈아이의 무릎에 얼굴을 파묻었다.

"당신의 가엾고 너그러운 마음이 지켜지길 제가 진심으로 바라고 있음을 꼭 믿어주시기를 바랍니다." 랜섬의 말은 막연했지만 깊은 존경심이 담겨 있었다. "당신이야말로 여성이 무엇을 할 수 있는지 여실히 보여주신 사례로 기억할 것입니다"라고 그는 덧붙였는데, 이런 말을 해놓고도 그다지 가책을 느끼지 않았다. 그가 보기에는 불쌍한 미스 버즈아이가 비록 여성스러운 외모가 부족하긴 했지만, 본질적으로 여성적인 기질을 갖추고 있었기 때문이다.

그의 말에 올리브 챈설러가 극도로 흥분한 듯이 신음했는데, 아무래도 그의 말이 건방진 비아냥으로 들린 듯했다. 바로 그 순간 닥터 프랜스가 랜섬에게 눈짓으로 이 자리를 떠나라고 명했다.

"잘 있어요, 올리브 챈설러." 미스 버즈아이가 중얼거리듯 말했다. "당신이 보게 될 것을 나도 보고 싶긴 하지만, 더 머물고 싶지 않습니다."

"제가 보게 될 것은 굴욕과 파멸밖에 없어요!" 올리브는 날카로운 목소리로 외치며 고령의 벗에게 달려갔고, 그사이 랜섬은 조심스럽게 그 자리를 떠났다.

39장

다음 날 아침 그는 마을 안에서 닥터 프랜스를 만났고 그녀의 얼굴을 보자마자 미스 챈슬러의 집에서 그 일이 결국 일어나고 말았음을 알았다. 그녀의 모습이 딱히 장례식에 어울렸던 것은 아니었지만, 그 얼굴에서 어쩐지 낚싯줄을 드리우는 즐거움을 생각할 여유가 없음을 알리는 듯한 표정이 읽혔다. 미스 버즈아이는 그날 밤 랜섬이 돌아간 지 한두 시간이 지났을 무렵 조용히 숨을 거뒀다. 그들은 그녀를 의자에 앉힌 채 집 안으로 들였고, 그녀가 완전히 숨을 멈출 때까지 기다리는 수밖에 별도리가 없었다. 미스 챈슬러와 미스 태런트는 그 곁에 앉아 양쪽에서 손을 잡은 채 꼼짝도 하지 않고 지켜봤다. 그러다 8시쯤 되어 그녀는 서서히 사라졌다. 너무 아름다운 임종이었다. 그렇게 시의적절한 최후는 지금까지 본 적이 없었다고 닥터 프랜스는 말했다. 그녀는 미스 버즈아이가 좋은 사

람—이른바 옛날식의 좋은 사람이었노라고 덧붙였는데, 결국 이
것이 베이질 랜섬이 들을 수 있었던 미스 버즈아이에 대한 유일한
조사(弔詞)였다. 죽음을 앞둔 노여인의 소박하고 겸허한 모습이 아
직도 그의 뇌리에 깊이 박혀 있었다. 그래서 그때부터 한동안 그는
그녀의 생애를 특징짓는 '허례허식의 부재'가 이제는 그녀에 대한
신성한 추억을 특징짓게 되었음을 여러 번 곱씹었다. 과거에는 거
의 유명인이었고, 다른 누구보다도 활동적이고 열성적으로 어디
에나 모습을 나타냈으며, 자선과 신조와 대의를 위해 생애를 온전
히 바친 사람이었는데도 지금 그 사람의 죽음으로 실질적인 변화
를 겪은 이들은 케이프코드의 목조 가옥에 사는 세 젊은 여성들뿐
이었다. 랜섬이 닥터 프랜스에게 들은 바로는, 노여인의 유해는 생
전에 그녀가 사랑했던 아름다운 바다 경치가 보이는 마미언의 작
은 공동묘지에, 뱃사람이나 어부들의 오래되어 이끼가 낀 묘비 사
이에 묻힐 예정이었다. 그녀는 이곳에 처음 와서 아직 조금은 마차
로 외출할 수 있었을 무렵에 이 공동묘지를 보고 이런 곳에 묻힌다
면 정말 기쁠 것 같다는 생각을 밝혔다. 그것은 명령도 확실한 요청
도 아니었다. 생을 마감하면서 분명한 방침을 내놓거나, 80년의 생
애에서 처음으로 개인적 주장을 내세우자는 생각이 미스 버즈아
이에게 떠오를 리 없었다. 그러나 올리브 챈설러와 버리나가, 이 지
친 인류애의 순례자가 고투와 고난으로 가득 찬 세계 한구석에서
처음 발견한 가장 조용한 휴식처에 마음이 끌렸다는 것을 알고 그
에 맞는 조처를 한 것이었다.

　　그날 랜섬은 버리나로부터 다섯 줄로 쓰인 전갈을 받았다. 당분

간은 만날 수 없다는 뜻을 전하기 위한 서한이었다. 그녀는 혼자 조용히 생각해보고 싶다고 했다. 거기에는 당신도 사나흘 여기를 떠나 있는 게 좋을 거라는 권고도 곁들여져 있었다. 이 근방에는 희귀한 고적도 많이 있다고. 랜섬은 이 서한에 대해 숙고했고, 당장 떠나지 않는 것은 자신이 생각해도 너무 악취미임을 인정하지 않을수 없었다. 올리브 챈슬러의 눈에는 이미 오래전부터 그의 행동이 그런 오명을 입어왔다는 것을 그도 잘 알았다. 따라서 그녀를 더 불쾌하게 만들까 봐 걱정하는 것은 의미 없었다. 그러나 버리나에게는 그녀를 단념하는 것만 빼면 그녀를 기쁘게 하기 위해서 이 세상어떤 일이라도 할 것이라는 인상을 주고 싶었다. 그는 여행 가방을 싸면서 자신이 나무랄 데 없이 행동하고 있는 동시에 섬세하기 그지없는 외교적 감각을 발휘하고 있다고 생각했다. 지금 이곳을 떠나더라도 그것은 얼마나 자신이 안심하고 있는지를, 아무리 그녀가 그의 손아귀에서 옴죽거려도 도망칠 수 없다는 확신을 증명할뿐이었다. 불쌍한 미스 버즈아이 앞에 그가 서 있을 때 그녀가 보여준 격한 감정도 결국 본능적인 몸부림일 뿐이다. 그는 그때 그녀의 모습을 적절히 검토한 끝에, 아마도 그녀가 완전히 잠잠해지기까지는 이런 일이 몇 번이고 반복되리라고 생각했다. '귀담아들어주는 여자는 길을 잃은 여자뿐'이라는 옛 속담이 있는데, 그러고 보니 버리나가 지난 3주간 언제나 그의 말에 귀를 기울이지 않았던가?—물론 하루 중에 그렇게 긴 시간은 아니었지만, 그녀가 마미언에서 철수하지 않는 것을 보아도 그 관심의 정도는 가늠할 수 있었다. 올리브가 당장 그녀를 데리고 떠나고 싶어 한다는 사실을 그

너는 털어놓지 않았다. 그러나 그런 말을 들을 필요도 없이 그는 그녀가 스스로 원해서 머무르고 있음을 알고 있었다. 아마도 그녀는 스스로 저항하고 있다고 생각할지도 모른다. 그러나 그녀의 저항이 지금까지 해온 저항보다 심하지 않다면 그의 승리를 계속해서 낙관해도 무방했다. 그에게 며칠 동안 어디론가 떠나달라고 요청한 그녀의 의도는 그에게 싸움을 거는 것이었겠지만, 그로서는 전혀 타격을 느끼지 않았다. 자신에게 여성들을 다루는 뛰어난 요령이 있다고 자부하는 그는, 분명히 버리나도 그가 답장으로 보내는 짧은 편지에서 잠시 프로빈스타운*에 다녀오기로 했다는 결심을 밝힌 것을 읽고 그의 이런 자질에 놀랄 거라고 확신했다. 그가 묵고 있는 미덥지 않은 호텔에는 안심하고 편지를 맡길 사람이 없었기에—마미언의 호텔에 묵은 손님들은 스스로 심부름꾼 노릇을 해야 했다—그는 마을 우체국까지 걸어가서 미스 챈설러의 우편함에 그의 편지를 넣어달라고 부탁해야 했다. 우체국에서 그는 닥터 프랜스와 만났는데, 그날 아침에 이어 두 번째 만남이었다. 그녀는 올리브가 미스 버즈아이의 장례식 날짜와 장소를 알려주기 위해 고인의 지인 몇 명에게 보내는 편지를 맡기러 온 참이었다. 그 젊은 숙녀는 버리나와 함께 방에 틀어박힌 탓에 닥터 프랜스가 그들을 대신해 그들의 일 일체를 처리하고 있었다. 랜섬은 그녀가 자신에게 위임된 이런 의무를 떠맡아 대단히 신속하고 정확하게 완수할

---

* 매사추세츠 케이프코드 북쪽 끝의 항구도시로 낚시와 포경업으로 유명했던 휴양지이다.

것이라고 생각하면서도, 그녀도 어느 정도 속해 있는 성별에 대한 그의 평가를 뒤집는 양보만은 하지 않겠다고 생각했다. 그는 그녀에게 자신이 며칠간 떠나 있을 거라고 말한 뒤, 친근감을 보이며 마미언으로 돌아오면 다시 뵙기를 기대한다고 덧붙였다.

그녀는 그가 농담하는 건지 의심하듯 날카로운 눈으로 그를 훑어보았다. 그런 다음 다음과 같이 말했다. "당신은 제가 원하는 대로 다 할 수 있다고 생각하시는 것 같네요. 하지만 그렇지 않아요."

"일하러 돌아가셔야 한다는 뜻인가요?"

"뭐, 그렇죠. 보스턴에 자리를 오래 비웠으니까요."

"다른 사람들도 다 그렇죠. 여름이 끝날 때까지만 여기 머무시면 좋을 텐데요."

"저에게는 어느 계절이나 마찬가지예요. 진료실의 환자 명단을 빨리 보고 싶습니다. 그분이 아니었다면, 이렇게 오랫동안 머물지 않았을 거예요."

"그렇군요, 그럼 안녕히." 랜섬이 말했다. "우리의 그 멋진 나들이를 언제까지나 잊지 않을 거예요. 그리고 하시는 일에서 훌륭한 성과를 거두기를 바랍니다."

"네, 그래서 저는 당장 돌아가고 싶습니다." 닥터 프랜스는 특유의 심드렁하고 절제된 투로 답했다. 그는 잠시 그녀를 더 붙잡았다. 버리나에 관해 묻고 싶었기 때문이다. 그러나 뭐라고 물어야 할지 망설이는 사이에 그녀가 아마도 조금 동정을 표하려 했는지 다음과 같이 말했다. "뭐, 당신 생각대로 진행할 수 있기를 바랍니다."

"제 생각이라뇨, 미스 프랜스? 당신에게는 아직 제 생각을 말씀드린 적이 없을 텐데요!" 랜섬은 계속해서 말했다. "미스 태런트는 오늘 어떠신가요? 좀 진정되셨습니까?"

"아, 천만에요, 전혀 진정하지 못하고 있죠." 닥터 프랜스는 아주 단호한 어조로 대답했다.

"흥분하고 감정적인 상태라는 건가요?"

"뭐, 대화도 하지 않고 그냥 가만히 있어요. 미스 챈설러도 그래요. 둘 다 파수꾼처럼 가만히 있어요―말을 하지 않아요. 하지만 그 침묵 속에서 떨리는 소리가 들리죠."

"떨리는 소리요?"

"네, 매우 신경질적인 소리죠."

이미 말한 대로 랜섬은 확신을 가지고 있었지만, 그럼에도 작은 별장에 있는 두 숙녀에 관한 묘사에서 좋은 징조를 끌어내려는 그의 노력은 전혀 신통치 않았다. 결국 버리나를 믿어도 좋을지 닥터 프랜스의 의견을 묻고 싶었지만, 두 사람 사이에 그와 미스 태런트의 관계를 화제에 올려본 적이 한 번도 없었던 이상, 도저히 물어볼 용기가 나지 않았다. 게다가 그는 다소 의뭉스러운 구석이 있는 질문을 하는 것이 내키지 않았다. 그래서 차선의 방법을 취하기로 하고, 올리브에 대해 에둘러 일반적인 질문을 했다. 이것만으로도 뭔가 얻는 바가 있을지 모르니. "미스 챈설러는 보시기에 어떤가요―어떤 인상을 받으셨습니까?"

닥터 프랜스는 그의 질문에 이면의 의미가 담겨 있음을 간파한 듯 잠시 생각에 잠겼다. "글쎄요, 그분은 살이 많이 빠졌어요"라고 잠시 후 그녀는 대답했다. 그 말을 듣고 랜섬은 고무된 바 없이 물러서면서, 아마도 이 몸집 작은 여의사는 그녀의 진료실 환자 명단으로 되돌아가는 편이 낫겠다고 느꼈다.

그는 약속한 것을 멋지게 해냈다. 프로빈스타운에서 일주일간 머물며 달콤한 공기를 가슴 가득 들이마시고 시가를 수없이 피워 대면서 풀이 무성하게 자라서 마미언보다 더 선명하게 조락의 인상을 풍기는 옛 부두 근처를 서성였다. 두 친구 못지않게 너무 초조해져서 당장 파도가 잔잔한 작은 만의 가장자리로 급히 돌아가야 한다고 느끼는 날도 있었다. 그런 날이면 공기 중의 목소리가 그가 없는 사이에 그들이 선수 칠 거라고 속삭였다. 그럼에도 그는 자신이 정한 체류 기간 동안 그곳을 떠나지 않았다. 그들이 그를 피할 길은 전혀 없다는 것을 곱씹으며 마음을 가라앉혔다. 다만 두 사람이 다시 유럽으로 떠나기라도 하면 이야기가 다르겠지만, 그럴 것 같지 않았다. 미스 올리브가 버리나를 미국 내 어딘가에 숨기려 한다면 그는 이 잡듯 뒤져서 찾아낼 작정이었다—그들이 유럽으로 도망친다면 추적할 자금이 없는 그로서는 난처해지리라고 인정해야 했지만. 그러나 버리나가 음악당에서 데뷔하는 날을 앞두고 이들이 대서양을 건너는 것은 거의 있을 수 없는 일이었다. 그는 마미언으로 돌아가기 전에 이 젊은 숙녀에게 편지를 써서 그가 다시 돌아갈 것임을 알리고, 다음 날 아침에 그녀가 만나러 나와주기를 기대한다는 뜻을 전했다. 이 전언에는 그가 그날은 가능한 한 오랜 시간을 함께 보낼 생각이라는 뜻이 확실히 담겨 있었다. 그는 밤이 오기 전 하루의 아주 짧은 시간만 남을 때까지 온종일 시간을 보낼 자기만의 방식을 충분히 갖추고 있었고, 어쨌든 돌아간 다음 날 오랜 시간을 기다리고 싶지도 않았다. 오후 기차로 그는 프로빈스타운에서 돌아와, 보스턴 사람들이 아직 그곳을 떠나지 않았다는 것을 그날 밤 확인했다. 느릅나무 그늘에 자리 잡은 그들의 집 창문에는 불이 켜져 있었다. 그는 닥터 프랜스와 나란히 서서 버리나가 오르내리는 목소리로 연설 연습하는 것을 들었던 밤과 같은 위치에 멈춰 섰다. 그러나 이번에는 목소리가 오르내리는 것은 고사하고 소리 하나 나지 않았을 뿐 아니라, 램프 불빛 외에는 인기척도 없었다. 아무래도 집 안은 여전히, 닥터 프랜스가 이야기해준 것처럼 숨막힐 정도로 팽팽한 침묵이 지배하는 것 같았다. 그 자리에서 당장 버리나에게 만나달라고 요청하지 않은 것은 기사도 정신을 보여주는 참으로 대단한 증거라고 랜섬은 생각했다. 그녀는 그가 보낸 편지에 답장하지 않았지만, 다음 날이 되자 약속대로 그가 제안한 시각에 왔다. 흰 드레스를 입고 커다란 양산을 쓴 그녀가 길을 걸어 다가오는 것을 보면서 또다시 그는 그 모습에서 대단히 매력을 느꼈다. 그러나 그녀의 얼굴을 보고는, 그 심상치 않은 전조에 깜짝 놀랐다. 핏기 없는 볼, 새빨갛게 충혈된 눈, 이제껏 그녀의 얼굴에 드러난 적 없는 침통한 표정, 그것들은 분명히 그의 부재 동안 그녀가 격렬히 통곡해왔음을 말해주었다. 하지만 그녀가 운 것이 그를 위해서가 아니었다는 것이, 그녀가 건넨 말의 첫마디로 밝혀졌다.

"내가 여기에 온 것은 그건 불가능하다는 걸 분명히 말씀드리기 위해서입니다. 저는 모든 것을 다 생각해보았습니다. 충분히 시간을 들여 생각하고 또 생각했습니다. 그리고 지금 말씀드린 것과 같은 답에 도달했습니다. 다시 뒤집을 수 없는 최종적인 대답입니다.

그러니 받아들이셔야 합니다―다른 대답은 드릴 게 없습니다.”

베이질 랜섬은 무섭게 얼굴을 찌푸리며 상대를 응시했다. “그런데 도대체 왜 안 되는 거죠?”

“나는 할 수 없으니까요, 할 수 없어요, 못 해요!” 그녀는 완전히 달라진 얼굴을 일그러뜨리며 격렬한 어조로 되뇌었다.

“젠장!” 청년은 중얼거리듯 말했다. 그러고는 그녀의 손을 잡고 자기 팔 안으로 끌어당겨 다짜고짜 그녀를 끌고 길을 걷기 시작했다.

그날 오후 올리브 챈설러는 집에서 나와 오랫동안 해변을 정처 없이 거닐었다. 만을 바라보던 그녀는 푸른 수면 위에서 미풍과 햇빛 속을 움직이며 반짝반짝 빛나는 돛들을 눈으로 좇았다. 그 돛들은 지금까지 한 번도 그녀의 관심을 끌지 못했다. 이날은 그녀에게 평생 잊지 못할 날이 될 것이었다. 그녀는 이날이야말로 자신의 생애를 통틀어 가장 슬프고 뼈아픈 날이 될 거라고 느꼈다. 과거에 뉴욕에서 베이질 랜섬이 버리나를 자기 것으로 만들려고 공원에 데려갔을 때 느꼈던 불안함과 마음을 어지럽히는 두려움은 이제 그녀를 위협하지 않았다. 그 대신 헤아릴 수 없는 비참함이 영혼을 짓누르는 것 같았다. 그녀는 우울의 쓰라림으로 고통스러웠고 절망으로 마음이 차갑게 얼어붙었다. 공포가 낳는 격렬함도 슬픔이 낳는 열망도 다 소진된 지금, 그녀에게는 더 이상 운명과 싸울 기운이 남아 있지 않았다. 버리나가 이날 아침 랜섬 씨를 위해 쓰겠다고 말한 그 ‘10분’이 갑자기 하루 종일의 뱃놀이가 되어버렸다는 것을 알고 아름다운 오후에 밖에서 배회하면서 그녀는 운명을 거의 받아들이는 자신을 느꼈다. 그들은 보트 한 대를 함께 타고 나갔다. 그들에게 작은 배를 빌려준 마을 유지 중 하나가 버리나의 부탁을 받고 어린 아들을 미스 챈설러의 별장으로 보내 소식을 전했다. 두 사람이 사공을 데려갔는지 아닌지 아이의 보고로는 알 수 없었다. 그러나 이 소식이 당도했을 때조차도(그것은 그녀가 자신감을 많이 회복하고 있던 순간에 도착했다), 그녀는 예를 들어 과거 뉴욕에서 그들이 이번처럼 외출을 했다는 것을 알았을 때처럼 심하게 평정을 잃지는 않았다. 그리고 그녀는 그때 이후 자신이 얼마나 멀리 나아갔는지 가늠할 수 있었다. 확실히 이때의 그녀는 소식을 듣고 미쳐서 곧바로 해안으로 뛰어가 눈앞을 지나가는 보트를 닥치는 대로 불러들여, 장발의 까무잡잡한 신사와 함께 만의 어딘가를 향해 하는 젊은 숙녀를 보면 즉시 집에 돌아가라고 말해달라고 간청하지 않았다. 이와 반대로 그녀는 이 소식이 일으킨 첫 고통의 떨림이 잦아들자, 자기 일에 몰두하여 집안일을 하거나 오전에 보내야 할 편지를 쓰고 심지어 한동안 마음에 계속 걸리던 가계부 정리에 착수했다. 그녀는 되도록 생각을 제쳐두고 싶었다. 생각하기 시작하면 어떤 끔찍한 현실을 다시 인식하게 될지 잘 알고 있었기 때문이다. 그 현실이란 한마디로 버리나는 이제 한 시간도 신뢰할 수 없다는 것이었다. 분명히 그녀는 어젯밤 고뇌하는 천사 같은 얼굴을 하고 이제 선택은 끝났다고 그녀에게 맹세했지 않나. 그들의 맹약과 일이 그녀에게 다른 어떤 생활보다도 훨씬 중요하다고, 이 신성한 것을 포기해야 한다면, 분명히 그녀는 결국 회한과 부끄러움으로 말라 죽을 거라 굳게 믿는다고, 한 번만 더, 딱 10분 정도 랜섬 씨를 보고 싶은 것은 단지 그분께 최상의 진리를 한두 개 말씀드리고 싶기 때문이라고. 그 뒤 그들은 다시 예전처럼 행복하고 활기차고 보람찬 생활로 돌아가서 그 어느 때보다 더 우리의 훌륭한 일에 몰두할 수 있다고. 올리브는 버리나가 미스 버즈아이의 죽음으로 인해 얼마나 마음이 움직였는지 알고 있었다. 이 보기 드문 노여인이 온갖 비속한 야심이나 온갖 세속적인 기준이나 유혹을 견뎌왔던 이 세상에서 얼마나 장엄하게 떠났는지를 보면서, 버리나는 과거 확신에 넘쳤던 시절의 기백을 되찾고, 편협한 사적 기쁨 따위는 언제나 괴로움에 신음하며 여전히 구원받기를 고대하고 있는 사람들을 위해 뭔가를 하는 기쁨에 비할 수 없다는 믿음을 언어 분발한 것 같았다. 이런 버리나를 보면서 올리브는 다시 한번 그녀에게 기대를 걸 수 있을지도 모른다고 믿게 되었다. 동시에 그녀는 버리나가 끔찍한 시련을 겪느라 이상할 정도로 의기소침하고 지쳐 있다는 사실도 간과할 수 없었다. 그렇다, 올리브는 버리나가 그를 사랑한다는 것을 알고 있었다―이 가련한 소녀가 싸워야 하는 정념이 어떤 것인지도 알았다. 그녀는 버리나에게 공정하기 위해서라도 소녀의 고백이 진심에서 우러나온 것이며, 그 노력도 진짜라고 믿으려 했다. 올리브 챈설러는 괴롭고 원통한 마음에 사로잡혔음에도 여전히 엄정하게 굴자고 다짐했다. 그리고 그런 결정에 힘입어 지금 같은 사태 앞에서도 여전히 버리나에게 말로 표현할 수 없는 깊은 연민을 느끼며 그녀를 극악무도한 마력의 희생양으로 간주함으로써, 온갖 저주와 경멸을 그들 두 사람을 함께 비참하게 만든 당사자에게 모조리 돌렸다. 버리나가 스무 개의 단어만으로 그 남자를 쫓아버리겠다고 선언한 지 30분이 채 지나지 않아, 그 남자와 한배에 올라타는 놀라운 사태가 벌어졌다면, 바로 그 남자가, 그와 같은 부류의 남자들이 잘 아는 방법을 써서 그녀가 심한 혐오감을 느끼면서도 더 심한 고통을 받을까 봐 어쩔 수 없이 따라야 할 상황을 만들어냈기 때문이리라. 하지만 역시, 올리브는 미스 버즈아이가 죽은 직후 버리나가 며칠간 열정적으로 노력해서 마음을 다잡았다 하더라도 그녀를 신뢰할 수 없다는 명백한 사실을 떨쳐버릴 수 없었다. 올리브는 버리나의 입장에 서서 얼마나 무서운 회한의 고통에 사로잡혔을지, 알고 싶었다. 도저히 자신은 열 수 없는 꼭 닫힌 그 마음의 문을 제 눈으로 보고 싶었다!

말로 표현할 수 없는 비통한 마음, 버리나가 그 예민할 정도의 섬세함과 아량 때문에, 이기적이고 탐욕적인 남자들의 위안거리가 되는 것이 태곳적부터 여성의 운명임을 몸소 증명하게 될 것이라는 이 암울한 확신은, 올리브가 그날 오후 내내 걸어 다니는 동안 그녀의 마음을 한시도 떠나지 않았다. 그 안에서 그녀는 절망이 가져다주는 고요를 느꼈다. 그녀는 꽤 멀리 갔고, 계속 인적 없는 곳을 골라 걸으며 눈부신 햇살에 얼굴을 드러냈지만, 자신의 비통한 영혼의 어둠을 그 빛이 비웃는 것 같았다. 걷다가 깨끗한 바위가 있는 작은 모래 후미를 발견한 그녀는 다시는 일어나기 싫다는 듯 오랫동안 그곳에 주저앉아 있었다. 미스 버즈아이가 죽은 후 딱 한 번, 보스턴에서 온 열 명 남짓의 애도자들과 함께 그 지친 노여인이 잠든 무덤가에 한 시간가량 서 있던 걸 빼면 밖으로 나온 것이 처음이었다. 그때부터 오늘까지 사흘 동안 그녀는 장례식에 참석하지 않은 사람들에게 상세한 설명 편지를 보내는 일에 매달렸다. 그들

중 몇몇은 몇 페이지에 걸친 장황한 추모 편지를 보내면서 그 보답으로 상황을 세세하게 알려줄 것을 청하는 대신에 직접 오려면 올 수도 있지 않았을까, 그녀는 생각했다. 셀라 태런트와 그 부인은 참석했지만 그녀에게는 그것이 주제넘게 여겨졌는데, 그들이 미스 버즈아이와 그렇게 친한 사이도 아니었고, 딸 버리나를 위해서라는 구실을 대봤자 버리나는 여기에서 혼자서 충분히 사자를 위해 헌신할 터였다. 태런트 부인은 미스 챈설러가 마미언에 머물도록 권유해주기를 고대했던 게 분명하다. 하지만 올리브로서는 도저히 그런 환대의 용단을 내릴 엄두가 나지 않았다. 정확히 그런 일을 하지 않아도 되도록 그녀는 1년의 간격을 두고 두 번에 걸쳐 상당한 금액의 돈을 셀라에게 주지 않았던가. 태런트 부부가 휴양을 원한다면 스스로들 알아서 사방으로 찾아다니면 된다—지금의 그들은 그럴 만한 자력이 있으니. 가고 싶으면 새러토가든 뉴포트든 갈 수 있다. 그들의 옷차림으로 미루어 보아 분명히 여행 비용을 자신들의 주머니에서(혹은 그녀의 주머니에서 나온 것인지도 모르지만) 낼 수 있을 것 같았다. 적어도 태런트 부인의 옷차림을 봐서는 그랬다. 셀라는 변함없이 (8월의 더운 날이었는데) 예의 그 불멸의 방수복을 자랑스럽게 입고 있었지만, 그의 아내는 꽤 비싼 것임을 올리브도(이런 문제에는 그다지 조예가 깊지 않은 그녀였지만) 한 눈에 알 수 있는 의상을 입고는 바스락거리는 소리를 내며 마미언 공동묘지에 늘어선 키 작은 묘석 사이를 돌아다녔다. 게다가 닥터 프랜스가 (모든 절차가 끝나고 나서) 보스턴으로 돌아가버린 지금, 버리나와 단둘이 있음에 안심이 되던 차였다—설령 두 사람 사이에 무시무시하게 큰 문제가 끼어 있다고 해도, 그 생각에는 변함이 없었다. 함께 있는 것만으로도 충분했다, 정말로! 태런트 부인이 대신 그 자리를 차지하게 하려고 닥터 프랜스와 같은 동거인을 떠나게 한 것이 아니지 않은가.

이날 버리나가 저지른 비정상적인 일탈 행동에 올리브는 싸워 봐야 소용없다고 느꼈을까? 전부 거대한 함정이나 속임수에 불과한 이 세상에서 여성들은 언제나 그것에 정확히 걸려들게 마련이니, 자신들이 주창하는 이상을 진심으로 신봉하는 이들에게 가장 큰 굴욕감을 줄 것이 틀림없는 일을 저지르게 되는 저주에 사로잡히는 게 여성들의 숙명이라고 한탄했을까? 여성들의 나약함은 단지 개탄스러울 뿐만 아니라 소름 끼친다고—남성의 더 집요하고 비대한 고집에 굴복하도록 운명 지어진 그 나약함이 소름 끼친다고—혼잣말했을까? 결국 구원받기를 바라지 않는 여성들, 찬란하게 빛나는 진리의 빛을 받아 힘과 용기를 얻은 척해놓고 다시 진리를 거부해버리는 그런 여성들을 구하기 위해 내 삶을 바칠 이유가 있냐고 자문했을까? 추측하는 건 내 소관이 아니므로 이런 마음속 수수께끼를 여기서 더 파고들지는 않을 것이다. 우리는 단지 다음 사실을 아는 것만으로 충분하다. 그녀는 그 운명적인 오후만큼 인간의 모든 노력이 공허하고 보람 없게 느껴진 적이 없었다. 그녀는 먼 곳에 떠 있는 배들에 눈길을 두고, 저 중 어느 한 척을 타고 버리나가 자신의 운명을 향해 떠가고 있는 것일까, 생각했다. 그녀를 다시 집으로 불러들이려 애쓰기는커녕 차라리 이대로 그녀가 영원히 사라졌으면 좋겠다고 바라기까지 했다. 다시는 그녀를 보고 싶지 않았다. 더 자발적인 이별에 따른 끔찍한 과정 하나하나를 겪고 싶지 않았다. 올리브는 지난 2년간의 생활을 참담한 마음으로 돌아보았다. 그리고 자신이 세운 계획이 숭고하고 아름다웠던 건 맞지만, 모두 자신을 아찔하게 하는 환영 위에 세워진 계획이었음을 새삼 깨달았다. 지금 화창하고 무심한 하늘에서 쏟아지는 득의양양한 빛을 받는 현실이 그녀 앞에 펼쳐져 있었다. 그 현실은 다름 아니라, 그녀에게 버리나가 가지는 의미는 버리나에게 그녀가 가지는 의미보다 훨씬 크다는 사실이었다. 지금까지 버리나가 타고난 절묘한 재능으로 그들의 대의에 몰두했던 것은 그저 그녀에게 더 흥미나 매력을 불러일으키는 큰 즐거움이 없었기 때문이었다. 그녀의 재능, 많은 놀라운 기적을 이루어낼 그 멋진 재능도 그녀에게는 아무것도 아니었기에, 그녀는 마치 피아노 뚜껑을 닫아놓듯이 몇 달 동안이나 이 재능을 그냥 놔둬도 전혀 아무렇지 않을 터였다. 그것을 전부라고 느끼는 이는 올리브뿐일지도 모른다. 버리나는 올리브가 이끌고 격려하는 대로 따르고 응답하고 가담했지만, 그것은 그녀가 공감을 잘하는 젊은 마음을 가졌고 풍부한 상상력을 타고났기 때문이었다. 그러나 그것은 말하자면 온실에서 자라난 충성으로, 단지 본보기를 따르고 있었을 뿐, 마음속에서 솟아나는 감정의 숨결 한 번에 쉽게 식어버릴 수 있었다. 올리브는 친구가 지난 긴 세월 동안 아무 자의식 없이 그저 훌륭하게 눈속임했던 건 아닌지 자문했을까? 여기서 또 나는 이 의문에 확실한 답을 하는 건 불가능하다고 말씀드릴 수밖에 없다. 하지만 단 한 가지 단언할 수 있는 것은, 그녀가 인생을 가린 안개와도 같은 애매함을 걷어

내는 듯한 어떤 상념으로부터든 몸을 사리는 사람이 아니었다는
것이다. 이렇게 맑게 갠 회상의 순간은 모든 남녀가 적어도 한 번은
경험하는 것으로, 과거를 현재의 빛으로 읽게 되는 이 순간, 사물의
이치가 마치 못 보고 지나쳤던 이정표처럼, 이전에는 전혀 보지 못
하던 곳에서 뚜렷이 떠오를 수 있다. 지금까지의 여정이 잘못된 진
로와 엉뚱한 관찰과 현혹되어 착각했던 그 모든 지형과 함께 눈앞
에 생생히 그려지는 것이다. 그런 순간 모든 이들은 올리브와 마찬
가지로 자신의 미망을 깨닫게 되지만, 아마도 그녀가 겪는 것과 같
은 고통을 겪지는 않을 것이다. 그녀의 마음속에서 자신의 계산이
틀렸다는 한탄이 불처럼 타올랐다. 자신이 그리던 미래에 대한 찬
란한 전망에 이제 애도의 막이 내려지는가 싶더니, 우는 소리도 없
이 천천히 눈물이 흘러나왔다. 한 방울 한 방울 뚝뚝 떨어지는 그
눈물은 그녀의 마음을 진정하지도, 고통의 짐을 덜어주지도 못했
다. 버리나와 나눴던 셀 수 없이 많은 대화, 두 사람이 주고받은 다
짐, 둘이 열심히 했던 연구, 두 사람의 충실한 활동, 그로 인해 얻은
어떤 보상, 일찍이 그 어떤 한 쌍의 마음에도 깃들지 않았던 올바른
통찰과 고매한 열정으로 가슴 설레며 램프 불빛 아래 앉아 보냈던
겨울밤이 떠올랐다. 이 가엾은 여자가 아무도 주목하지 않는 산책
을 계속 애매하게 멈춘 채 있는 지금, 그렇게 높이 비상한 뒤에 그
렇게 추락하는 비참함과 애석함은 그저 분명치 않은 비통한 중얼
거림으로만 표현되었다.

　오후 해도 기울었고, 여름이 끝나갈 무렵에 날이 짧아졌음을 느
끼게 하는 희미한 한기가 감돌았다. 그녀는 집으로 발길을 돌렸는

데, 만약 버리나의 동행이 아직 그녀를 집으로 데리고 오지 않았다면 그들에게 무슨 일이 생겼다고 생각하는 것이 당연함을 깨달았다. 그녀가 생각하기에 마을로 돌아가는 모든 범선이 그녀의 눈앞을 지나고 배에 탄 사람의 모습을 그녀에게 보일 수밖에 없었다. 이미 십여 척의 배를 봤는데, 타고 있는 이들은 다 남자들뿐이었다. 불의의 사고가 났다고 해도 충분히 있을 법한 일이다(농장의 삶밖에 모르는 랜섬이 돛을 조종하는 법을 알 리가 없지 않은가?). 일단 이러한 위험이 눈앞에 어른거리자—더 빨리 이를 떠올리지 못한 것은 오로지 아름다움 그 자체였던 화창한 날씨 때문이다—올리브의 상상은 한달음에 최악의 사태를 떠올렸다. 배가 전복되어 바다로 떠내려가는 광경, 그리고 (형언할 수 없는 공포에 휩싸인 일주일이 지나서) 흰 드레스를 입고 머리카락이 적갈색인, 알아볼 수 없을 정도로 부패한 신원 불명의 젊은 여자의 시체가 어딘가 먼 곳의 만 기슭에 밀려 올라온 광경이 그녀의 눈앞에 스쳤다. 한 시간 전까지만 해도 버리나가 영원히 수평선 아래로 가라앉아버리면 둘 사이의 어마어마한 갈등도 일어나지 않을 것이라는 생각에 일종의 위안과도 같은 기분에 잠겼던 그녀였지만, 이제 이렇게 시간이 늦어지자 통렬하고 즉각적인 불안이 좀 전의 작정했던 체념의 자리를 대신했다. 그녀가 걸음을 재촉하자, 그에 맞춘 듯 가슴의 고동도 한층 빨라졌다. 그녀가 지금까지 자신에게 우정이 어떤 의미였는지 이해하게 됐다고 느낀 것은 바로 그때였다. 그때 비로소 그녀는 진심으로 사랑하는 친구의 얼굴을 다시 볼 수 없다는 것은 불시에 실명하는 것과 다름없음을 깨달았다. 그녀가 마미언에 돌아와 자기 집 앞에서 잠시 걸음을 멈추었을 무렵에는 이미 땅거미도 완연히 짙어져 있었다. 풀이 무성한 길가에 서 있는 느릅나무도 그녀의 눈에는 여느 때보다 더 검은 휘장을 집에 드리우는 것처럼 보였다.

집의 어느 창문에도 촛불 빛이 비치지 않았다. 그녀는 문을 밀고 안으로 들어가 현관에 서서 잠시 귀를 기울였지만, 그녀의 발소리에 응답하는 소리는 아무것도 들리지 않았다. 심장이 덜컥했다. 버리나가 아침 10시부터 해 질 녘까지 보트를 탄 채 먼바다에 나가 있다는 것은 아무리 생각해도 예삿일이 아니었다. 그녀는 비명을 지르며 천장이 낮은 어두침침한 거실(이 방은 그 시간이면 한쪽은 잎이 무성한 가지를 활짝 펼친 나무에 의해 어두워지고, 다른 쪽은 베란다와 격자 구조물에 의해 어두워졌다)로 달려갔다. 그 비명은 오직 사적인 격정, 어떤 조건이라도, 그녀 자신에게 가장 잔혹한 조건이라도 좋으니 다시 한번 친구를 팔에 안고 싶다는 간절한 열망을 드러낸 외침이었다. 그러나 다음 순간 그녀는 다시 비명을 지르며 물러섰는데, 이번 외침은 처음과는 의미가 달랐다. 버리나가 방구석에 가만히 꼼짝도 하지 않고 앉아서—아마도 버리나는 집에 돌아와서부터 줄곧 그 자리에 앉아 있었을 것이다—어스름 속에서 이상하고 부자연스러운 표정으로 말없이 그녀를 바라보고 있었기 때문이다. 올리브는 그 자리에 우뚝 섰고, 그렇게 두 여성은 1, 2분가량 어둠 속에서 서로를 응시한 채 움직이지 않았다. 그 대치가 끝나고도 올리브는 여전히 아무 말도 하지 않았다. 다만 버리나에게 다가가 옆에 앉았다. 그녀는 버리나의 기묘한 태도를 어떻게 생각해야 할지 몰랐다. 버리나가 이런 태도를 보인 것은 지금까지 한 번도 없었던 일이었다. 아무래도 이야기하고 싶지 않은 듯했고, 완전히 꺾인 채 의기소침해 보였다. 이것은 거의 최악의 상황—지금까지 일어난 일보다 더 나쁜 상황이 있을 수 있다면—이나 마찬가지였다. 올리브는 가엽게 여기고 안심시켜주고 싶은 충동에 사로잡혀 그녀의 손을 잡았다. 이렇게 잡은 손에서 상대방의 감정을 남김없이 읽을 수 있었다—그것은 일종의 수치심이었다. 자신의 의지박약에 대한, 오전에 별 저항 없이 재빨리 굴복하여 제정신이 아닌 일탈을 저지르고 온 것에 대한 수치심이었다. 버리나는 항변 한마디 없이 그 감정을 드러냈다. 자신의 목소리를 듣는 것을 원하지 않는 것 같았다. 그녀의 침묵 그 자체가 애원이었다—그것은 (올리브가 비난하는 말을 퍼붓지는 않을 거라고 믿어왔던 마음 그대로) 지금은 아무것도 묻지 말아달라고, 다시 고개를 들 수 있을 때까지 그냥 가만히 있어달라고 올리브에게 애원했다. 올리브는 그런 그녀의 마음을 이해했다. 아니, 이해한다고 생각하면서 그만큼 참담함이 더 깊어졌다. 지금은 그냥 여기 앉아서 그녀의 손을 잡고 있어주기로 하자, 그것만이 그녀가 할 수 있는 일이었다. 그 밖의 어떤 방법으로도 서로를 도울 수 없었다. 버리나는 머리를 뒤로 기댄 채 가만히 눈을 감았다. 이렇게 한 시간쯤 어둠이 짙어지는 방에 앉은 채 두 젊은 여성 중 누구도 입을 열지 않았다. 틀림없이 그것은 일종의 수치심이었다. 잠시 후 식사 시중을 드는 하녀가 마미언 하녀 특유의 심드렁한 태도로 램프를 들고 문턱에 모습을 드러냈다. 하지만 올리브는 격렬한 몸짓으로 그녀를 돌려보냈다. 이대로 어둠 속에 계속 앉아 있고 싶었다. 그것은 일종의 수치심이었다.

다음 날 아침, 베이질 랜섬은 지팡이로 미스 챈설러의 집 문고리를 쾅쾅 두드렸다. 날씨가 좋은 날에는 언제나 그렇듯이 문이 열려 있었다. 그는 그의 부름에 하인이 나오길 기다릴 필요가 없었는데, 그의 방문을 예상했던 올리브가 의도를 품고 미리 기다리고 있던 거실을 나와 작은 현관으로 걸어왔기 때문이다.

"방해해서 죄송합니다, 미스 태런트를 ─ 아주 잠깐 ─ 뵙고 싶어서요." 응대하러 나온 친척을 보고 그는 이런 말을 (적절한 인사말도 섞어가며) 했다. 그녀는 순간 그를 똑바로 쳐다보았다. 그 이상한 녹색 눈동자가 번득였다.

"만나실 수 없습니다. 제 말 그대로 믿으시지요."

"왜 안 됩니까?" 그는 속으로 불쾌했지만 미소를 띤 채 물었다. 하지만 올리브는 거기에 아무 대답도 없이, 그저 지금까지 한 번도 그녀에게서 본 적 없는 차갑고 오만한 눈빛으로 그를 물끄러미 바라보기만 하니, 그로서는 짧은 변명을 덧붙이지 않을 수 없었다. "실은 떠나기 전에 그저 그분을 잠깐 뵙고, 몇 마디만 더 하고 싶었습니다. 저는 ─ 어제 이후로 ─ 이곳을 떠나기로 결심했다는 걸 그분께 알려드리고 싶었습니다. 정오 기차로 돌아갈 예정입니다."

그가 떠나기로 결심한 것은 올리브 챈설러를 기쁘게 하기 위해서가 아니었음은 물론이고, 그 결심을 그녀에게 전한 것도 마찬가지였다. 그런데 그의 말을 듣고도 그녀가 전혀 기쁜 표정을 짓지 않는 것은 그로서는 의외였다. "당신이 떠나든 말든 별 차이가 없는 것 같네요. 미스 태런트도 가버렸어요."

"미스 태런트가 가버리다니요?" 그녀의 말은 어젯밤 버리나가 명백히 비쳤던 의사와는 너무 달랐기 때문에 무심코 지른 그의 외침에는 놀라움뿐이 아니라 분한 마음이 담겨 있었다. 그가 그렇게 외침으로써 올리브는 일시적이라도 우위를 점할 수 있었다. 그것은 지금까지 그와의 싸움에서 처음으로 얻은 우위였으니, 그 불쌍한 여자가 이 다시없는 기회를 즐겼다고 해도—그녀가 그런 걸 즐길 줄 아는 한도 내에서지만—이해가 될 법하다. 겉보기에도 확실한 베이질 랜섬의 낭패를 지켜보는 것은 그녀로서는 오랫동안 맛본 적이 없는 통쾌한 즐거움이었다.

"제가 직접 그 사람이 아침 기차를 타는 걸 바래다주었습니다. 기차가 역을 떠나는 것을 이 눈으로 지켜보았죠." 올리브는 그가 이 사실을 어떻게 받아들이는지 보며 만족감을 느끼려고 그에게서 눈을 떼지 않았다.

그녀의 말을 듣고 그가 상당히 실망한 것은 부인하기 어려운 사실이었다. 그 자신이 물러나는 게 최선이라고 결심했었지만, 버리나가 없어지는 것은 다른 문제였다. "그래서 그분은 어디로 가셨습니까?" 그는 얼굴을 찌푸리며 물었다.

"그것을 당신에게 알려줄 의무는 없다고 생각합니다."

"물론 그렇겠지요! 여쭤봐서 죄송합니다. 내가 스스로 알아내는 게 훨씬 낫겠네요. 당신이 가르쳐주신다면 그 은혜를 입은 일로 앞으로 아마도 여러모로 당신을 배려해야 할 테니까요."

"말도 안 돼!" 미스 챈설러는 랜섬에게 배려받는 장면을 상상하며 외쳤다. 그러고는 좀 더 신중한 어조로 덧붙였다. "스스로는 도저히 알아낼 수 없을 거예요."

"그렇게 생각하세요?"

"확실해요!" 그렇게 내뱉는 동시에 이 우위로 인한 만족감이 절
정에 달했는지 그녀의 입술에서 낯설고 괴팍한 새된 목소리가 터
져 나왔다. 그것은 그녀에게는 웃음, 승리의 웃음 역할을 하는 것이
었지만, 조금 떨어져서 들으면 거의 절망의 울부짖음으로도 받아
들여질 만했다. 재빨리 자리를 뜨던 랜섬의 귀에 그 목소리가 울려
퍼졌다.

40장

일찍이 그가 찰스가의 집을 처음 방문했을 때와 마찬가지로 이번에도 그를 맞이해준 것은 루나 부인이었다. 그렇다고 해도 루나 부인의 태도가 예전과 똑같았다는 것은 아니다. 예전 그녀는 아직 그에 대해 아는 것이 거의 없었지만, 지금은 마냥 기뻐하기에는 그를 너무나 잘 알았다. 그래서 지금의 그녀는 마치 그가 하는 말이나 행동마다 꺼림직한 이중성과 편협함이 드러난다는 듯이, 약간은 괘씸해하고 경멸하는 듯한 태도를 취했다. 그가 자신을 치졸하게 대했다고 그녀는 믿고 있었다. 그것을 그도 모르지 않았다―자신이 그렇게 행동을 했다고 인정한다는 의미가 아니라, 그녀가 그렇게 믿고 있다는 것을 안다는 의미에서. 그는 그러한 원망이 그녀의 견해처럼 얄팍하다고 생각했다. 만약 그녀가 진심으로 자신의 불만을 믿거나 거기에 무게를 두었다면 그와의 만남에 응하지 않앉을 것이기 때문이다. 그도 나름의 이유가 없었다면 미스 챈설러의 집을 찾지 않았을 것이다. 일단 찾아왔고 이 집에 누구든 그와 이야기할 수 있는 상대가 있는 한, 그로서도 이대로 물러설 수는 없었다. 그는 루나 부인이 머물고 있다는 말을 듣자마자 자신의 명함을 내놓으면서, 과연 그녀가 만나줄까 궁금해했다. 그녀가 지금까지 4, 5개월에 걸쳐 그에게 보낸 편지의 상태로 미루어 볼 때 거절하는 것도 지극히 가능하다고 생각했기 때문이다. 그 편지라는 것은, 그는 거의 읽지도 않았지만, 그로서는 어쨌든 까맣게 잊어버린 과거 그의 처사를 지극히 매서운 어조로 넌지시 드러내는 말로 가득했다. 전혀 다른 문제에 정신이 팔려 있는 그는 정말 지긋지긋하다고 느꼈다.

"정말 고약하고 치졸하시단 걸 알겠네요." 그가 방으로 들어가자마자, 루나 부인은 도저히 그녀가 띨 수 없을 거라고 그가 생각했던 엄격한 눈초리로 그를 노려보며 말했다.

이 말을 그는 그녀의 여동생이 뉴욕을 방문했던 시기 이후로 그가 그녀를 만나러 가지 않은 것을 암시한다고 보았다. 버래지 부인의 집에서 회합이 있던 날 밤, 그는 다시는 그녀를 신경 쓰고 싶지 않을 정도로 혐오의 감정을 품었었다. 다른 걱정거리에 완전히 사로잡힌 그는 웃지도 않고 다음과 같이 대답했을 뿐인데, 그 어조는 망측한 웃음소리 못지않게 그녀를 당혹스럽게 만든 것이 분명했다. "나를 만나주지 않을 게 틀림없다고 생각했어요."

"저는 제가 만나고자 하면 언제든지 만나요. 당신을 만날까 말까 고민할 거라고 생각하세요?"

"편지를 봐서는 만나주실 줄 알았어요."

"그러면 왜 제가 거절할 거라고 생각하셨죠?"

"그러는 게 여성들이 잘하는 행동이니까요."

"여성 ─ 여성이라! 여성들에 대해 아주 많이 아시나 보네요!"

"매일 조금씩 배우고 있죠."

"아무래도 당신은 여성들에게서 온 편지에 답장을 쓰는 것은 아직 배우지 않은 것 같네요. 당신이 제 편지를 받지 못한 척하지 않는 것이 놀랍습니다."

이제야 랜섬도 웃을 수 있었다. 마음에 들끓었던 울분을 토해낼 기회가 생기면서 기운이 되살아난 것이다. "그런 척할 수가 없죠. 난 당신 손바닥 안에 있는걸요. 게다가 보내주신 편지 중 하나에는 답장도 드렸으니까요."

"그중의 하나라고요? 마치 제가 당신에게 열 통이나 편지를 드린 것처럼 말씀하시네요!" 루나 부인이 외쳤다.

"당신의 뜻이 그것이라고 생각했습니다 ─ 그 많은 편지를 보내주시는 영광을 저에게 베푸셨다고 말이죠. 정말이지 그 편지들은 저를 짓눌러버렸습니다. 남자가 짓눌리면 다 끝이죠."

"네, 그리고 보니 당신은 정말 산산조각이 난 것 같군요! 이제 당신을 다시 보지도 않아도 된다고 생각하니 기쁘네요."

"당신이 나를 만나주신 이유를 이제 알겠네요 ─ 그 말을 하시기 위해서였군요." 랜섬이 말했다.

"뭐, 약간의 즐거움이죠. 나는 곧 유럽으로 돌아갈 생각입니다."

"정말입니까? 뉴턴 군의 교육을 위해서요?"

"아, 당신이 뻔뻔하게도 그런 말을 할 수 있다니 놀랍네요—그렇게 그 아이를 내버려두셨으면서!"

"이 이야기는 그만둡시다. 그러면 이제 제가 바라는 바를 말씀드리기로 하겠습니다."

"당신이 뭘 바라는지는 전혀 관심 없습니다." 루나 부인이 말했다. "그건 그렇고, 당신은 내가—저쪽—어디로 가는지 체면치레로도 묻지 않으시네요."

"당신이 어디로 가시든 저에게 무슨 차이가 있을까요—당신이 일단 이 땅을 떠나신다는데?"

루나 부인은 의자에서 일어섰다. "아, 기사도 정신, 기사도 정신이란!" 그녀는 외쳤다. 그러고는 창가로 걸어갔다—일찍이 랜섬이 올리브의 간청으로 백베이의 풍경을 처음 바라보았던 창문 중 하나였다. 루나 부인은 창밖의 경치를 바라보고 있었지만, 이 경치를 볼 수 없게 된 것을 슬퍼하는 사람의 분위기는 아니었다. "저는 제가 어디로 가는지 당신이 알게끔 하자고 결정했어요." 이윽고 그녀는 말했다. "저는 피렌체에 갈 거예요."

"걱정 마세요!" 그는 답했다. "저는 로마로 갈 거니까요."

"그렇게 되면 로마에도 옛날 황제 때부터 보아왔던 그 어떤 인물보다 뻔뻔한 인물이 등장하게 되겠네요."

"로마 황제들은 그 모든 악덕에 더해 뻔뻔하기도 했나 보죠? 그런데 저 역시 제가 여기에 온 목적을 당신이 알도록 하자고 결정했습니다." 랜섬이 말했다. "누군가 부탁할 수 있는 사람이 있었다면 당신에게 부탁하지 않았을 겁니다. 하지만 저는 지금 몹시 곤란합니다. 누구의 도움을 받아야 할지 모르겠습니다."

루나 부인은 얼굴에 조롱의 빛을 역력히 띠고 그를 돌아보았다. "당신을 도와달라고요? 기억하시죠, 지난번에 제가 당신에게 도와 달라고 부탁했을 때를?"

"버래지 부인 댁에서 만났던 그날 밤 말이죠? 확실히 그때 저는 도움이 필요 없었습니다. 당신에게 의자에 올라가시라고 권했던 게 기억이 납니다. 의자 위에 서서 더 잘 보고 들으시라고."

"보고 듣다니 대체 뭘요? 아, 당신이 빠져 있던 그 역겨운 여자 말이죠!"

"바로 그 사람에 대해 당신에게 상담하고 싶습니다." 랜섬이 말을 이었다. "당신은 이미 다 알고 계실 테니, 이제 와서 놀라지 않으실 겁니다. 그래서 이렇게 과감히 부탁드리고자 합니다―"

"어디로 가면, 오늘 밤 그녀의 연설을 들을 표를 구할 수 있는지 저에게 알려달라는 건가요? 설마 그 사람이 안 보내줬어요?"

"천만에요, 저는 그걸 들으러 보스턴에 온 게 아니에요." 랜섬은 침통한 어조로 말했지만, 아무래도 루나 부인은 그걸 절제된 분노로 받아들인 것 같았다. "제가 확인하고 싶은 것은 현재 어디로 가면 미스 태런트를 만날 수 있을까 하는 것입니다."

"그래서 당신은 나에게 그런 질문을 하는 것이 무례한 일이라고 생각하지 않습니까?"

"그렇게 무례한 일이라고는 저는 생각하지 않습니다만, 분명히 당신이 그렇게 생각하실 거라고는 생각했습니다. 말씀드렸듯이 당신 외에는 나를 도와줄 수 있는 위치에 있는 사람이 하나도 없기에

이 사실을 당신에게 이야기한 것입니다. 저는 조금 전 케임브리지에 있는 미스 태런트의 부모님 댁에 다녀왔습니다. 그런데 문이 닫혀 있고 집이 비어 있는 듯한 게 아무도 오실 기미가 없었어요. 오늘 아침 보스턴에 도착해서 제일 먼저 그쪽으로 가서, 모내드녹 광장 방문이 헛걸음이었다는 것을 알고 나서야 이 댁을 방문한 것입니다. 당신 여동생의 하인분이 말씀하시기를, 미스 태런트는 이 집에 오지 않지만 루나 부인이라면 계신다고 했습니다. 분명히 당신은 미스 태런트와 동급으로 언급된 것이 마음에 안 드시겠지요. 나도 당신이라도 상관없다고 스스로에게도 혹은 하인에게도 말하지 않았어요. 단지 적어도 당신에게라면 얘기해볼 수 있겠다고 생각했습니다. 미스 챈설러였다면 부탁조차 하지 않았지요, 그 사람은 저에게 어쨌든 아무것도 알려주지 않을 게 확실하니까요."

루나 부인은 청년이 이렇게 솔직하게 일의 경위를 설명하는 것을 들으며 어깨 너머로 그를 향해 고개를 약간 돌린 상태에서 가능한 한 가장 매정한 눈빛으로 그를 주시했다. "그러니까 당신이 부탁하는 것은"이라고 그녀는 바로 뒤따라 말했다. "당신을 위해 제 여동생을 배신하라는 것으로 해석되는군요."

"아니, 그보다 더한 것입니다. 미스 태런트 그 사람을 배신해달라고 부탁하는 겁니다."

"미스 태런트가 저와 무슨 상관이 있어요? 당신의 말뜻을 전혀 모르겠어요."

"그 사람이 어디 살고 있는지 정말 전혀 모르시나요? 이 댁에서 그녀를 못 보셨나요? 올리브와 그 사람은 계속 함께 있지 않습니까?"

이 질문에 루나 부인은 그를 향해 완전히 몸을 돌리더니, 팔짱을 끼고 고개를 뒤로 젖히며 외쳤다. "저기, 베이질 랜섬, 당신이 바보라고 생각한 적은 한 번도 없었어요, 하지만 지난번 만났을 때 이후로 완전히 정신이 나간 것 같군요!"

"그건 확실해요." 랜섬이 웃으며 대답했다.

"당신은 정말 미스 태런트에 대해 누구나 다 알 수 있는 것을 모른다는 뜻입니까?"

"지난 10주 동안 그 사람을 보기는커녕 소문 하나 듣지 못했습니다. 미스 챈설러가 그녀를 숨겨버린 거예요."

"숨겼다고요? 보스턴의 벽이라는 벽, 담이라는 담에는 다 그 사람의 이름이 큼지막하게 걸려 있는 요즘인데?"

"아, 네, 물론 그것은 저도 봤지요. 그래서 오늘 밤까지 기다리면 분명 그 사람을 볼 수 있다는 것도 확실히 알고 있습니다. 하지만 저녁까지 기다리고 싶지 않아요. 지금 당장 만나고 싶어요, 게다가 사람들 앞에서가 아니라―단둘이서요."

"정말로요?―정말 재밌네요!" 루나 부인은 깔깔 웃으며 외쳤다. "그래서 도대체 당신은 그 사람과 무엇을 하고 싶은 건가요?"

랜섬은 잠시 멈칫했다. "그건 말씀드리지 않는 편이 좋을 것 같습니다."

"당신의 멋진 솔직함에도 역시 한계는 있군요! 불쌍한 나의 친척분, 정말 당신이란 사람은 너무 천진무구하군요. 당신이 뭘 하려는 것이든 내가 조금이라도 신경 쓸 줄 알아요?"

랜섬은 부인의 질문에 아무 대답도 하지 않다가, 잠시 후 불쑥 말했다. "솔직히 말씀해주세요, 루나 부인, 정말 당신은 아무 단서도 줄 수 없는 겁니까?"

"이런, 무슨 그런 무서운 눈초리로, 그런 무서운 말씀을 하시는 거예요! '솔직히' 말해달라니! 당신은 내가 그 사람을 너무 좋아하는 나머지 아무에게도 넘겨주지 않으려고 한다고 생각하세요?"

"몰라요, 나는 모르겠어요." 랜섬이 느리고 온화한 어조로 말했지만, 무서운 눈빛만은 변하지 않았다.

"그러면 나는 더 잘 알 거라고 생각하세요? 그다지 교양 있는 청년답지 않군요." 루나 부인이 말을 이었다. "하지만 그런 천한 신분의 계집애에게 함부로 대해지다가 버림받는 것보다는 나은 운명에 처할 자격은 된다고 진심으로 생각해요."

"함부로 대해지다니 말도 안 돼요. 제가 그 사람을 너무 좋아하지만, 그쪽에선 한 번도 저를 부추긴 적 없어요."

이 말에 루나 부인은 다시 노골적인 조롱이 섞인 웃음을 터뜨렸다. "당신 나이에 그렇게 세상 물정을 모르다니 정말 신기하네요!"

랜섬은 그녀의 말에 뭐라고 대답해야 할지 몰라서 생각 끝에 다소 김빠진 답을 했다. "당신 여동생은 정말 아주 현명한 분이죠."

"그 말씀으로 미루어 보아 아무래도 저는 현명하지 못하다고 말씀하시고 싶은 것 같군요!" 루나 부인은 갑자기 어조를 바꿔 아주 부드럽고 겸손한 어조로 말했다. "누가 알겠어요, 저는 한 번도 현명한 척한 적이 없으니!"

랜섬은 순간 그녀를 쳐다보며 그 어조 변화의 의미를 짐작해보앉다. 상점 한 곳 걸러 한 곳의 빈도로 자신의 초상이 걸려 있고 담벼락이란 담벼락에는 다 제 연설 광고가 붙고, 드디어 온 나라 사람들 앞에서 자신을 드러낼 엄청난 기회가 다가오자, 버리나가 자신의 숭고한 운명을 의식한 나머지 절친한 친구의 먼 친척인 이 남부 청년은 조금 즐기는 상대 정도로만 느껴져서 그를 떨쳐버렸다고 봐도 무방하다는 생각이 루나 부인에게 갑자기 든 것이다. 만약 그렇다면 자신도 여전히 희망을 버리지 않는 편이 좋을지도 모른다고 부인은 판단했을 것이다. 베이질의 이러한 추측은 한순간에 이뤄졌지만, 그래도 대화 상대에게 다음과 같은 말을 하는 것이 최선이라고 판단할 시간은 있었다. "언제 유럽으로 떠나십니까?"

"어쩌면 아예 안 떠날지도 몰라요." 루나 부인은 창밖을 내다보며 대답했다.

"그렇게 되면—불쌍한 뉴턴 군의 교육은요?"

"당신이 받으신 것과 같은 이 나라의 교육에 만족하도록 해야겠죠."

"그럼 이제 자녀를 상류층 신사로 키우시기를 원하지 않으시는 건가요?"

"아, 상류층, 상류층 말이죠!" 어둠이 더해가는 황혼을 뚫고 백베이에 반사되기 시작한 도시의 불빛을 바라보며 그녀는 중얼거리듯 말했다. "그런 세계의 일원이라는 것이 나에게 그토록 행복한 일이었을까요?"

"아마 언젠가는 저도 피렌체에 갈 수 있게 될지도 모릅니다!" 랜섬은 웃으며 말했다.

그 말을 듣자 그녀는 다시 한번, 이번에는 천천히 그에게로 돌아섰다. 그러고는 당신의 마음만큼 영문을 모르겠는 게 또 없다고 분명히 말했다. 좀 더 자세히 설명해주면 한다고 했다. 그와 같은 견해를 가진 사람이(그녀가 그를 좋아하는 것은 그 견해가 마음에 들기 때문이었다―그의 성격 자체는 좋아하지 않았다) 도대체 왜 그렇게 하찮고 수준 낮은 *잘난 체하는*(poseuse) 여자를 쫓아다니며 기를 쓰고 잡으려고 하는지 말이다. 그는 그녀와는 상관없는 일이라고 대답할지도 모른다. 그러면 물론 그녀로서는 할 말이 없다. 그래서 그녀는 이런 질문을 한 것은 단지 지적인 흥미 때문이라고 인정하면서, 사람은 누군가 고통스럽게 자가당착에 빠진 것을 보면 항상 마음이 괴로워지기 마련이라고 덧붙였다. 지금까지 그가 자신의 신념이나 이론이나 인생관이나 대국적인 장래의 문제에 대해서 그녀에게 해준 이런저런 이야기들로 미루어 보아 그녀는 당연히 그가 미스 태런트의 젠체하는 태도를 역겹게 느껴 마땅하다고 생각했다. 그 사람의 견해는 올리브의 견해와 같지 않은가? 올리브와 그는 처음부터 전혀 안 맞지 않았나? 이런 말을 하는 것은 정말 자신은 전혀 영문을 모를 일이기 때문이라고 루나 부인은 변명했다. "당신도 알잖아요, 한번 어려운 수수께끼를 만나면 그것을 풀기 전까지는 마음이 편치 않은 인간이 있다는 걸."

"영문을 모르겠는 건 당신이 아니라 오히려 저입니다." 랜섬이 말했다. "아무래도 이 수수께끼를 푸는 열쇠는 지금 당신이 친절하게도 저에게 적용해주신 공식을 뒤집어보는 데 있지 않을까요? 즉, 당신은 나의 견해는 마음에 들지만, 내 성격에 대해서는 다른 마음을 가지고 있다고 하셨죠. 저는 미스 태런트의 견해에는 개탄을 금할 수 없습니다만, 그분의 성격은—그렇습니다, 그분의 성격은 저를 즐겁게 합니다."

루나 부인은 이만한 설명으로는 완전히 납득이 가지 않아서 뒷말을 기다리기라도 하듯이 그를 뚫어지게 바라보았다. "하지만 그만큼이나요?"라고 그녀는 꼬집었다.

"얼마만큼요?" 랜섬은 웃으며 말하고는 덧붙였다. "당신 여동생이 날 이겼어요."

"저도 틀림없이 그 애가 최근 누군가를 이겼을 거라고 생각했어요, 왜냐하면 그 애는 요즘 아주 쾌활하고 즐거운 것 같았거든요. 내가 곧 없어진다는 것만으로 그렇게 기뻐할 리는 없다고 생각했어요."

"그렇게 즐거워 보이던가요?" 랜섬은 심장이 내려앉는 걸 느끼며 물었다. 이 질문을 했을 때 그의 얼굴이 너무 침울해서 루나 부인은 또다시 우스운 나머지 목청껏 웃고 나서 다음과 같이 설명했다.

"물론 그 애치고는 쾌활해 보인다는 뜻이에요. 모든 것은 상대적이죠. 오늘 밤 열리는 그 애 친구의 강연회에 조바심이 나서 말할 수 없이 흥분 상태예요! 3분 동안도 한곳에 가만히 앉아 있을 수 없을 정도입니다. 하루에 열다섯 번은 나가서 모임 준비니 인터뷰니 회의니 전보니 광고니 하는 막후의 일들을 처리하면서 전투 태세를 갖추려고 정신없이 뛰어다니고 있습니다. 유럽 군대가 항상 뭐가 된다고 했죠?—동원인가요? 그렇죠, 버리나는 바로 동원된 군대입니다. 그리고 이 집이 사령부인 셈이죠."

"그래서 당신은 오늘 밤 음악당에 가시렵니까?"

"무엇 때문에 나를 끌고 가야 합니까? 한 시간 동안이나 새된 소리를 듣고 싶은 마음은 없어요."

"당연히 미스 올리브가 그런 상태인 것은 무리가 아니죠." 랜섬은 약간 멍한 어조로 말을 이었다. 그러고는 느닷없이 어조를 바꾸어 말했다. "당신의 말씀처럼 이 집이 사령부라면 당신이 그녀를 못 볼 리 없잖습니까?"

"올리브를 봤냐고요? 그 애는 싫을 정도로 보고 있죠."

"제가 말하는 것은 미스 태런트입니다. 그 사람은—오늘 밤 연설하는 이상—여기 어딘가에 틀림없이 있을 겁니다."

"저한테 나가서 찾아오라고 하고 싶은 건가요? *그런 것까지 하라니 정말 가관이네요!*(Il ne manquait plus que cela)" 루나 부인은 외쳤다. "당신 도대체 무슨 문제죠, 베이질 랜섬, 무엇을 하려는 거죠?"라고 묻는 어조는 예사롭지 않게 날카로웠다. 그녀로서는 이미 거만하게도 굴어보고 겸손하게도 굴어봤지만, 어느 태도를 취해봐도, 진지하게 대할 만하지 않은 데도 어쩐지 불쾌한 연적이 자신의 앞길을 가로막는 것은 마찬가지였다.

만약 이때 훼방꾼이 나타나지 않았다면 랜섬이 그녀의 질문에 대답하려 했을지는 모호하다. 어쨌든 그녀의 입에서 질문이 튀어나오는 순간에 방 입구 쪽 커튼이 젖혀지더니 한 손님이 문지방을 넘어 들어왔다. "저런! 짜증이 나네!" 루나 부인은 다 들릴 정도의 목소리로 외치더니, 그 자리에 선 채 침입자에게 싸늘한 시선을 보냈는데, 그 신사를 랜섬은 전에 어디선가 본 적이 있는 것 같았다. 발랄한 얼굴에 나이에 어울리지 않게 하얗게 센 머리가 풍성한 청넌이었다. 청년은 자신을 반갑게 맞아주지 않는 루나 부인의 태도에도 전혀 아랑곳하지 않고 미소 지으며 서 있었다. 그녀는 전혀 그를 모른다는 듯한 표정을 짓고 있었다. 그동안 랜섬은 그들이 둘의 문제를 매듭짓도록 자리를 뜰 채비를 했다.

"전에 뵌 적이 있는데 아마 저를 기억하지 못하실 거예요." 청년은 아주 사근사근하게 말했다. "일주일 전에 이곳에 방문했는데, 그때 미스 챈설러가 부인에게 소개해주셨는데요."

"아, 그랬군요, 하지만 그 애는 지금 부재중이에요." 루나 부인은 멍하니 답했다.

"그건 조금 전에 들었습니다—하지만 그렇다고 물러설 수는 없었습니다." 청년은 그 자리에 있던 베이질 랜섬에게도 미소를 지음으로써 루나 부인이 보여준 것보다 더 환영받는 것처럼 굴면서 자신의 우월성을 상대방에게 각인하려 했다. "꼭 자세한 정보를 얻고 싶은 문제가 있습니다. 당신이라면 분명 알려주시리라 확신합니다."

"생각났어요—당신은 신문 일에 관계된 분이죠." 루나 부인이 말했다. 랜섬도 이때는 이미 이 청년에 대한 기억이 확실히 났다. 그는 미스 버즈아이 집에서의 그 유명한 회합에 있었던 남자로, 그때 닥터 프랜스가 재기발랄한 신문 기자라고 표현한 이가 바로 그였다.

저명인사답게 그는 루나 부인이 내린 정의를 받아들이고, 랜섬을 향해 계속 미소를 환히 지으며(아무래도 이 남자도 그의 얼굴이 생각난 듯했다) 자신감 있게 모든 것을 다 표현하는 단어를 말했다. "(베스퍼) 모르시나요?" 그리고 이어서 말했다. "자, 루나 부인,

좋아요, 이대로 당신을 놓아드리지는 않을 테니까요! 우리는 미스 버리나에 관한 최신 뉴스를 알고 싶습니다. 그것을 알아낼 수 있는 것은 이 집밖에 없으니까요."

"빌어먹을!" 랜섬은 모자를 집어 들며 낮게 중얼거렸다.

"미스 챈설러가 그분을 숨겨버린 게 틀림없어요. 저는 그분을 찾아 온 도시를 누볐는데 그분 아버님조차 벌써 일주일째 그분을 못 봤대요. 아버님의 생각은 잘 들었습니다. 끌어내는 데 그다지 힘들지도 않았어요, 하지만 우리가 원하는 정보는 아니었습니다."

"뭘 알고 싶으십니까?" 파든 씨(라는 이름까지 이제 그의 머릿속에 되살아났다)의 방문 목적도 이로써 충분히 보였기에 랜섬은 이렇게 묻지 않을 수 없었다.

"그분이 오늘 밤 어떤 기분으로 계실지 알고 싶습니다. 얼마나 떨리고 기대를 하고 있는지, 6시까지 어떤 표정인지, 어떤 일을 하고 계시는지 그게 궁금해요. 아아! 만약 그분을 볼 수 있다면 알 수 있을 텐데, 그분도 그러길 원하실 테고요!" 파든 씨는 목소리를 높여 말했다. "당신은 분명히 뭔가 알고 있을 것입니다, 루나 부인. 모른다는 게 이상하죠. 그분이 계신 곳에 대해서는 더 이상 묻지 않기로 하겠습니다. 그분이 정말 숨어 있고 싶어 하신다면, 너무 귀찮게 캐물으면 그야말로 실례가 될 테니까요 ─ 하지만 그건 실수하시는 거라고 생각한다고 말하지 않을 수 없네요. 모처럼 그분을 위해 마지막 몇 시간을 크게 띄워드리려고 했는데! 그건 그렇고, 그분에 대한 약간의 사적인 정보를 말씀해주실 수 없을까요? ─ 모두가 알고 싶어 하는 그런 거요. 예를 들어 그분은 저녁으로 무엇을 드시나요, 아니면 연설하시기 전에는—그—식사를 드시지 않나요?"

"정말로요, 선생님, 저는 아무것도 모릅니다. 조금도 제 알 바 아닙니다. 그런 게 저와 무슨 상관이 있겠어요!" 루나 부인은 화가 난 듯 소리쳤다.

신문 기자는 그녀를 응시하더니 이내 열성적인 어조로 말했다. "아무 상관이 없다고 말씀하시는 겁니까?—즉, 당신은 이 건을 달갑잖게 생각해오셨다는 거군요, 반대하시는 건가요?" 그러면서 이미 옆 주머니에 손을 넣고 수첩을 더듬고 있었다.

"어머나! 그런 것까지 신문에 쓸 생각인가요?" 루나 부인은 소리를 질렀다. 그 말을 듣자 랜섬은 자신이 진심으로 회피하고 싶은 사태가 그 아가씨를 뒤덮고 있음을 느끼고, 암담한 심정이었음에도 빈정거리는 웃음을 터뜨리지 않을 수 없었다.

"아, 그래도 반대하시죠? 부인, 적어도 그 정도는 알게 해주시죠!" 파든 씨가 이어 말했다. "이 집 안에서 반대 의견이 나온다면, 이것은 확실히 매력적이 이야깁니다. 꼭 이것만은 써야 합니다—다른 건 쓸 게 없으니까요! 세상 사람들은 당신 여동생에게도 미스 태런트에게 갖는 것과 거의 같은 깊은 관심을 갖고 있습니다. 당신 여동생이 그분을 얼마나 뒷받침하고 있는지 누구나 알고 있습니다. 그래서 저는 '미스 챈설러 가족의 반응을 살피다'라는 제목으로 (이 매혹적인 표제가 지금 눈앞에 보이지 않습니까?) 기사를 쓸 수 있다면 정말 기쁘겠습니다!"

루나 부인은 신음하며 가까운 의자에 주저앉더니 두 손으로 얼굴을 가렸다. "맙소사, 유럽으로 가기로 하길 잘했지!"

"그것 또한 꽤 솔깃한 기삿거리군요 — 어떤 것도 간과해서는 안 되니까요"라고 말하면서 마티어스 파든은 손에 든 수첩에 재빨리 뭔가 쓰기 시작했다. "한 가지 여쭤봐도 될까요, 당신이 유럽에 가시는 것은 여동생의 견해가 마음에 들지 않은 결과인가요?"

루나 부인은 다시 의자에서 벌떡 일어나 그의 손에서 수첩을 낚아챘다. "만약 당신이 감히 무례하게도 나에 대해 한마디라도 신문에 쓰거나 내 이름을 언급한다면, 당신 사무실로 달려가서 한바탕 할 거예요!"

"친애하는 부인, 그래주시면 뜻밖의 선물이 될 겁니다!" 파든 씨는 지지 않고 격렬하게 응수했다. 하지만 그렇게 말하면서도 수첩을 주머니에 집어넣었다.

"당신은 미스 태런트를 철저히 찾아보셨나요?" 베이질 랜섬이 그에게 물었다. 그 질문을 듣자 파든 씨는 갑자기 경쟁의식을 드러낸 예의 교활한 표정이 되어 그를 뚫어지게 쳐다보았다. 그래서 랜섬은 곧바로 다음과 같이 덧붙였다. "걱정 마세요, 저는 신문 기자가 아니니까요."

"잘은 모르지만, 당신은 뉴욕에서 오신 것이 아닌가요?"

"맞아요 — 하지만 신문 대표로 온 건 아닙니다."

"저 사람한테 데리고 가달라고 해보든지 —" 루나 부인은 분한 듯 중얼거렸다.

"글쎄요, 생각나는 곳은 모두 가봤죠." 파든 씨가 말했다. "나는 지금까지 계속 당신 여동생의 대리인을 찾아다녔어요. 하지만 도저히 그를 붙잡을 수가 없어요. 어쩌면 그 사람 쪽에서도 찾고 있을

지도 모르겠네요. 지난번 미스 챈슬러는 저에게 이렇게 말씀하시더군요—아마 루나 부인도 기억하고 계시겠지만—이번 주중에는 이 집에 전혀 들어오지 않을 생각이라고, 그동안 오늘 밤 행사까지 어디서 어떻게 지낼 건지는 저에게 말하지 않는 게 좋을 것 같다고 했습니다. 물론 저는 할 수 있으면 찾아보겠다고 그분께 대답했습니다. 당신도 아마 기억하시겠지만—" 그는 루나 부인을 향해 말했다. "이 문제에 대해서 우리는 여러 논의를 했습니다. 그때 저는 정도껏 하지 않으면, 잠잠한 것도 도를 넘게 된다고 솔직하게 말씀드렸어요. 이 일로 닥터 태런트도 많이 걱정하시는 것 같았습니다. 하지만 어쨌든 저로서는 제가 쓸 수 있는 기삿감은 다 쓴 덕분에 〈베스퍼〉는 그분의 소재야말로 이 시즌의 가장 큰 수수께끼임을 세상에 두루 알릴 수 있었습니다. 〈베스퍼〉를 따돌리기는 어려우니까요."

"당신 앞에서는 무서워서 입도 못 떼겠네요." 루나 부인이 불쑥 말했다. "근데 제 여동생도 당신한테는 이상하게 입이 가벼운 것 같아요. 나라면 도저히 말할 수 없는 걸 꽤 여러 가지 당신에게 털어놓았군요."

"당신도 알고 있는 것을 좀 이야기해주시면 좋겠는데요." 마티어스 파든은 조금도 동요하는 기색 없이 대답했다. "아무것도 모르신다면 이러는 게 공정하지 않을지도 모르겠네요. 아무튼 미스 챈슬러는 요즘 달라지셨어요—상당히요. 이것만은 의심의 여지가 없어요. 2년 전만 해도 말도 못 붙일 정도로 범접할 수 없는 인물이었으니까요. 그렇게 그분을 구슬릴 수 있는 저인데, 마담, 당신을 구슬리지 못할 리가 없지 않습니까? 지금은 그분도 제가 도움이 되는 사람이라는 것을 깨달으셨고, 저 역시 원한을 언제까지나 잊지 않는 사람은 아니니 그분의 제의만 있으면 언제든지 도와드릴 생각입니다. 다만 곤란하게도 그분은 아직 제가 충분히 돕도록 두지 않으십니다. 아무래도 저를 믿지 못하시는 것 같아요." 이번에는 특히 랜섬을 향해서 그는 말을 이었다. "30분 전까지 음악당에서는 미스 태런트에 대해 전혀 아무런 소식도 모르더라고요. 알고 있는 것이라고는 기껏해야 한 달 전에 그분이 미스 챈슬러와 함께 오셔서 발성 연습을 하셨는데, 은방울을 흔드는 것처럼 아름다운 목소리가 회장 가득 울려 퍼졌다는 것, 그리고 미스 챈슬러가 오늘 밤 틀림없이 정해진 시각까지 오겠다고 확약하셨다는 것 정도입니다."

"뭐, 그것만 알면 충분합니다." 랜섬은 입에서 나오는 대로 말하고는 작별의 표시로 루나 부인에게 손을 내밀었다.

"벌써 저를 버리고 가시는 거예요?" 그녀는 따지듯이 말하면서 〈베스퍼〉 기자가 아닌 사람이 그 자리에서 목격했다면 당황하지 않을 수 없는 시선으로 그를 보았다.

"할 일이 수십 가지라서요, 부디 용서해주십시오." 그는 초조해서 한시도 가만히 있을 수 없었다. 심장이 그 어느 때보다 빠르게 뛰었다. 이제 더는 그 자리에 머물러 있을 수 없을 것 같았다. 이대로 그녀를 내버려두고 혼자 파든 씨를 상대하게 하는 것에 가책을 조금도 느끼지 못했다.

한편, 그 신사는 여전히 대화에 끼어들었는데, 아마도 여기서 버티고 있으면 미스 태런트나 미스 챈설러가 나타날지도 모른다는 기대가 있었기 때문일 것이다. "음악당의 좌석은 매진되었습니다. 청중이 어마어마하게 많을 것으로 기대됩니다. 우리 보스턴 대중이 드디어 이상을 품게 된 거죠!" 파든 씨가 열띤 어조로 말했다.

랜섬은 탈출하고 싶을 뿐이었고, 그런 성회에서 뵙길 바란다는 뜻을 넌지시 전함으로써 쉽게 퇴각하기 위해 문턱에 선 채 루나 부인을 향해 마음에도 없이, "정말 당신도 오늘 밤 오시면 좋겠네요."라고 말했다.

"저는 보스턴 대중과는 달라요. 이상을 품지 않아요!" 그녀는 대답했다.

"그럼 당신은 안 가실 거라는 말씀인가요?"라고 파든 씨가 눈을 크게 뜨고 손을 다시 호주머니에 대면서 소리쳤다. "그분이 놀라운 천재라고 생각하지 않으십니까?"

루나 부인은 곤혹스러움이 극에 달했다. 버리나만을 생각하는 랜섬이, 격렬한 항의를 무산시킨 역겨운 신문 기자와 그녀가 얼굴을 맞대게 두고 슬쩍 도망가려는 걸 보고 부아가 치민 데다, 모든 것과 모든 사람이 그녀를 조롱하고 조금의 보상조차 주지 않는 것에 짜증이 난 나머지, 그녀는 갑자기 분별을 잃고 경솔하게도 다음과 같은 대답을 쏘아붙이듯 내뱉었다. "천만에, 그 사람은 저속하기 짝이 없는 바보예요!"

"아, 마담, 그런 말씀을 저는 절대로 신문에 실을 수 없는데요!" 랜섬은 응접실의 *문간 커튼*(portière)을 젖히면서, 파든 씨가 비난 섞인 어조로 이렇게 응수하는 것을 들었다.

41장

.

　그 뒤 두 시간 정도 그는 보스턴 시내를 샅샅이 돌아다녔다. 특별히 어디로 가겠다는 의도는 없었고, 어쨌든 호텔에 가고 싶지 않은 데다 저녁 식사를 할 수도 없고 피곤한 다리를 쉴 수도 없을 것 같다는 것을 의식했을 뿐이었다. 뉴욕을 떠나 이곳으로 오기 전에도 며칠 동안 이와 똑같이 절망적인 발걸음으로, 정처 없지만 간절한 마음으로 헤매고 다닌 적이 있었는데, 그때 그 경험을 통해 그는 마음에 끓어오르는 흥분과 긴장감도 이렇게 돌아다니다 보면 결국 잦아들 것을 알았다. 그러나 이번만은 그런 감정이 그 어느 때보다 무겁게 그의 마음을 짓눌렀고 무척 뼈아프게 느껴졌다. 11월 말의 때 이른 황혼이 벌써 주위를 감싸기 시작했지만, 저녁 하늘은 맑았고, 불빛이 비치는 거리에는 찬연하게 시작되는 겨울에 걸맞은 활기와 다채로움이 가득했다. 늘어선 점포의 진열대는 하얗게 서리가 낀 창문 유리 안쪽에서 반짝반짝 빛났고, 보도를 오가는 사람들의 발걸음도 활기가 넘쳤다. 궤도차의 방울 소리가 찬 공기 속에서 딸랑딸랑 울렸고, 석간을 파는 신문팔이 소년의 고함 소리도 들려왔다. 밝은 조명이 비추는 극장 입구에는 색인쇄 포스터와 여배우의 사진이 벽 한 면에 붙어 있고, 작은 놋쇠 못이 점점이 박힌 붉은 가죽과 모직 천으로 된 여닫이문이 행인들을 유혹하며 과시하고 있었다. 커다란 유리문 뒤로 보이는 호텔 내부에는 전등불에 하얗게 빛나는 대리석 로비와 거대한 기둥과 소파에 다리를 뻗고 편안히 앉아 있는 서부인들의 모습이 보이는가 하면, 한쪽에 따로 떨어져 잡지나 종이 표지 소설 등이 배열되어 있는 카운터 뒤에서는 노인의 얼굴을 한 어린 소년들이 손님들에게 극장 안내도를 보여주거나 가극 대본을 주면서 좌석표를 웃돈을 붙여 팔려고 했다. 랜섬은 이따금 거리 모퉁이에 멈춰 서서 어느 쪽으로 발길을 돌릴까 망설였는데, 그러던 중 문득 눈을 들어보니 도시 위로 선명하고 가깝게 뜬 별들이 반짝반짝 빛나는 게 보였다. 그의 눈에 비치는 보스턴 시내는 한없이 크고 밤의 생활로 가득 차 있었다. 그것은 생생하게 깨어 있어 환락의 밤을 즐기려고 벼르는 것처럼 보였다.

그는 음악당 앞을 몇 번이나 오가며 그곳에 큼지막하게 걸린 버리나의 광고를 보고, 스쿨가에서 행사장으로 이어지는 보도의 모습을 내려다보면서 기대감과 불길함을 동시에 느꼈다. 사람들은 아직 입장을 시작하지 않았지만 행사장은 준비를 마친 듯, 불빛이 켜지고 문이 활짝 열려 있는 것을 보면 입장까지 얼마 남지 않았을 것이다. 랜섬에게는 그렇게 보였는데, 그와 동시에 그는 이 끔찍한 위기가 빨리 끝나길 진심으로 바라 마지않았다. 그를 둘러싼 모든 것이 지금 그의 마음을 심하게 괴롭히는 고민거리에, 즉 버리나가 나락으로 뛰어내리려는 것을 지금 이 시점에서 그가 개입해 막을 수 있을지에 의문을 표하는 듯했다. 보스턴의 모든 시민이 그녀의 연설을 들으러 올 것이라고 그는 생각했다. 아니, 적어도 거리에서 본 사람들은 모두 올 것이다. 그렇게 생각하니 갑자기 마음이 새로운 힘을 얻어 분발하는 것 같았다. 강력한 군중에게서 그녀를 빼앗아 가는 광경을 떠올리는 것만으로도 다시 용기가 솟구쳐, 그녀를 넘기지 않으려고 싸움을 벌일 군중을 헤치고 성큼성큼 걸어갈 수 있을 것 같았다. 아직 너무 늦지는 않았겠지, 이렇게 자신에게는 힘이 넘치니까. 비록 이미 그녀가 수천 개의 눈을 그 한 몸에 모아 단상에 섰다고 해도 너무 늦지는 않았을 것이다. 표는 이미 아침 일찍 샀지만 운명의 시간은 이제야 다가오고 있었다. 그는 호텔로 10분 정도 걸려서 돌아가 몸단장을 조금 하고 포도주를 한 잔 마시며 기운을 차렸다. 그러고는 다시 음악당으로 갔는데, 그때는 벌써 사람들이 입장하기 시작했다―그것은 거대한 물결의 첫 방울로, 그중에는 여성이 많았다. 7시가 넘어가자 시간은―그때까지는 지지부진했는데―점점 걸음을 재촉해서, 이제 30분밖에 안 남았다. 랜섬은 다른 사람들과 섞여 회장에 들어갔다. 좌석의 위치는 알고 있었다. 보스턴에 도착하자마자 그는 얼마 안 남은 표 중 한 장을 골라 샀는데, 신중하게 골랐다고 스스로 생각했다. 그러나 지금 이렇게 벽면과의 경계를 나타내는 작은 화염 모양의 줄 위로 훨씬 멀리까지 펼쳐진 커다란 패널 천장 아래 서 보니, 그런 선택도 별 의미가 없어 보였다. 처음부터 그는 좌석에 주저앉을 생각이 전혀 없었기 때문이다. 그는 청중의 한 사람이 아니었다. 그는 동떨어진 특이한 존재였고 이곳에 온 것도 전적으로 독자적인 목적이 있기 때문이었다. 따라서 비록 미리 좌석을 구하지 못해 결국 입석표를 사야만 했다 하더라도 그에게는 큰 차이가 없었을 것이다. 사람들은 점점 쏟아져 들어왔다. 이쯤 되면 입석 이외에는 빈 좌석이 바로 없어질 것 같았다. 랜섬이 확실한 계획을 세우고 있던 것은 아니었다. 다만 일단 전쟁터를 둘러보면 결정을 내릴 수 있을 것 같았다. 그러기 위해서라도 건물 안으로 들어가고 싶었을 뿐이다. 그는 음악당에 처음 와봤는데, 높이 솟은 천장과 머리 위에 돌출된 여러 열의 발코니석이 그의 눈에는 이루 말할 수 없이 크고 장엄하게 느껴졌다. 이렇게 서 있는 동안 그는 나름의 이유로 국왕이나 대통령에게 권총을 발사하기로 마음먹고 공개적인 장소에서 기다리는 청년들이 느낄 법한 것을 상상할 수 있을 듯한 순간을 두어 번 맞았다.*

그에게는 이 건물이 로마 시대의 광대한 건축물처럼 여겨졌다. 위쪽 발코니로 통하는 문들이 관객이나 안내인의 출입에 따라 끊임없이 열렸다 닫혔다 했는데, 그에게는 그것이 예전에 로마의 콜로세움에 관한 책에서 읽은 적이 있는 보미토리아**와 비슷하다는 생각이 들었다. 무대에는 합창단과 시의 유지들을 위한 의자가 여

---

* 1865년 4월 14일 워싱턴의 포드 극장에서 연극을 보고 있던 에이브러햄 링컨 대통령을 암살한 존 윌크스 부스를 떠올리게 하는 대목이다.
** 라틴어로 '통풍구'를 뜻하는 이 단어는 고대 로마 콜로세움에서 전사들이 입퇴장하는 아치형 출입구를 뜻하는 말로 사용됐다.

러 줄로 늘어서 있었고, 무대 배경에는 거대한 오르간이 있어 그 빛나는 파이프와 조각이 새겨진 작은 첨탑들이 구형의 천장을 향해 솟구쳐 있고, 그 맨 밑부분에는 음악이나 웅변의 천재를 기념하는 청동상이 놓여 있었다. 회장의 넓이와 엄숙한 분위기는 놀라울 정도라, 청중이 계속 그토록 빠르게 늘고 있어도 만원이 될 것 같지 않아서 랜섬은 여기가 완전히 꽉 차면 얼마나 많은 인간을 수용할 수 있을지 궁금해졌다. 이렇게 대단한 시련에 용감하게 맞서는 두 젊은 여성이 정말 숭고한 모습으로 그의 눈앞에 맴돌았다. 특히 불쌍한 올리브의 자의식적 긴장이 떠올랐는데, 아마도 그녀는 일어날 수 있는 사고를 미리 마음에 그리고, 실패할 가능성을 예측하면서 온갖 불안과 떨림에 시달리고 있을 터였다. 무대 전면에는 악보대처럼 생긴 좁고 높은 탁자가 붉은 벨벳으로 덮여 놓여 있었고, 그 옆에는 장식이 달린 작은 의자가 있었다. 분명 버리나는 가끔 그 의자의 등받이에 기댈지도 모르지만, 거기에 앉지는 않을 거라고 그는 생각했다. 그 의자 뒤에는 반원형을 이루며 십여 개의 팔걸이 의자가 놓여 있었는데, 보아하니 연사의 친구나 후원자나 찬조 연설자를 위한 것이었다. 연설 시작을 앞두고 장내의 웅성거림은 점점 커졌다. 자리에 앉으려는 사람들이 접이의자를 펼 때마다 경첩 삐걱거리는 소리가 들려왔고, 객석 사이를 누비는 소년들이 "미스 태런트의 사진 있습니다—그녀의 인생 스케치도 있습니다!"라든가 "오늘 밤 연사의 초상화 있습니다—그녀의 경력에 대한 이야기도 있습니다!"라고 외치는 호객 소리도 행사장을 채운 웅성거림 속에서 가늘고 날카롭게 들려왔다. 랜섬이 문득 정신을 차려보니 연사 탁자 뒤에 늘어선 팔걸이의자에 군데군데 빈자리가 남은 채로 몇 사람이 착석해 있었다. 그는 한참 떨어진 곳에 있었음에도 자리에 앉은 인물 중 세 명을 곧바로 알아보았다. 윤기 나는 머리를 묶고 멀리서도 선명하게 보이는 짙은 눈썹을 가진 정돈된 이목구비의 여인은 퍼린더 여사임이 틀림없었다. 또 그 옆에서 흰 외투를 입고 손에 우산을 든 희미한 표정의 신사는 아마 그녀 남편인 아머라이어일 것이다. 그 줄의 다른 끝에 앉은 또 한 쌍의 인물은 버리나의 삶의 특정 시기를 잘 모르는 랜섬으로서는 놀라지 않을 수 없게도 버래지 부인과 그 알랑거리는 아들이었다. 아무래도 미스 태런트에 대한 그들의 관심도 일시적인 기분 이상이었던 게 분명했다. 그들도—그 자신과 마찬가지로—그녀의 연설을 듣기 위해 뉴욕에서 여기까지 왔기 때문이다. 이 밖에도 반원형으로 늘어선 의자 여기저기에는 우리 청년에게는 생소한 인물들이 앉아 있었다. 하지만 빈자리도 아직 몇 개 남아 있었다(그중 하나는 물론 올리브를 위해 마련된 자리일 것이다). 그것을 본 랜섬은 다른 일에 완전히 마음을 빼앗기고 있었음에도, 문득 의자 하나는 끝까지 공석으로 남겨두기로 되어 있는 것이 아닌가—미스 버즈아이의 영혼이 배석하고 있음을 상징하기 위해 비워두는 것은 아닌가—하는 생각이 문득 들었다.

　그는 버리나의 사진을 한 장 샀지만 한눈에 보기에도 질이 나빠서 어이가 없었다. 그녀의 인생 스케치도 샀는데, 많은 사람이 그것을 읽는 것 같았지만 그는 나중에 천천히 검토하기로 하고 곧바로 아무렇게나 말아 주머니에 넣어버렸다. 그가 마음에 담고 있는 버리나는 이런 기획이나 과잉 선전물로는 조금도 알 수 없는 존재였다. 이는 사상 초유의 대청중을 끌어모으겠다는 일념으로 체면을 깎아가며 통속적 시스템에 순응하느라 올리브가 얼마나 애쓰고 굴복했는지 보여주는 것 외에는 아무것도 아니었다. 그녀가 고심했든 아니든 간에 이런 방식은 너무 돈만 노린 협잡이어서 그는 자신도 모르게 볼이 달아올라, 가능하다면 큰 소리로 팔고 다니는 소년들이 갖고 있는 물건을 몽땅 사버리고 싶다는 생각마저 들 정도였다. 그때 갑자기 오르간 소리가 홀에 울려 퍼졌고, 그는 전주곡 내지 서곡이 시작되었다는 것을 알았다. 이 방식도 그에게는 쓸데없는 호객 행위처럼 여겨졌지만, 천천히 그것을 생각하고 있을 틈이 없었다. 금세 그는 지금까지 있던 줄 끝을 떠나 무수히 많은 문 중 하나에 이르렀다. 이렇다 할 결정적인 계획을 갖고 있지 않았더라도 지금의 그는 적어도 저항할 수 없는 본능만은 가지고 있었다. 그리고 지금까지 한순간이나마 주저했던 것에 통렬한 부끄러움을 느꼈다. 버리나는 여전히 그녀의 친구에 의해 신비의 벽 너머에 모셔진 채로, 아마도 등장 예정 시각의 2, 3분 전까지는 무대에 모습을 드러내지는 않을 것이라는 게 그의 암묵적 계산이었다. 따라서 지금까지 연단 앞에서 멍하니 손을 놓고 있었다고 해서 결코 돌이킬 수 없는 실수를 한 것은 아닐 것이다. 그러나 지금은 그동안 뒤처진 것을 만회해야 한다. 행사장을 나와 로비로 가기 전에 그는 걸음을 멈추고 무대를 등진 채 행사장을 가득 메운 청중을 한 번 쳐다보았다. 이미 장내는 입추의 여지가 없을 정도로 사람들로 가득했고, 까마득히 높은 곳에서 회장 구석구석에 고르게 쏟아지는 가스등 불빛과 이런 곳에 깃들기 마련인 묵직한 분위기에 휩싸여, 겹겹이 쌓여 올라간 듯 보이는 청중들이 막연한 기대와 놀라움으로 벅차오른 게 느껴졌다. 이들에게서 모처럼의 유흥을, 먹잇감을 가로채려는 자신의 은밀한 목적을 생각하면 불안한 나머지 가슴이 두근거렸다─실망한 군중 속에 도사린 광포한 분노가 눈앞에 어른거렸다. 하지만 그런 위험을 떠올린 것이 오히려 그의 발걸음을 재촉해 어수선한 복도로 돌진시키는 결과를 낳았을 뿐이다. 자신의 계획이 무엇인지 이제는 분명하게 알 것 같았다. 이쯤 되니 밀어서 열어야 할 문(수많은 문 중 어느 하나 또는 그 이상일지 모르지만)이 어디 있는지 남에게 물어볼 필요조차 없었다. 아침에 좌석표를 샀을 때, 그는 이 건물의 어느 쪽에 가수나 연사를 위한 (무대와 연결되는) 대기실이 마련되어 있는지 확인한 후, 그 대기실과 가까운 구역의 자리를 선택했다. 그러니 많이 걷지 않아도 대기실에 도달할 수 있을 터였다. 누구 하나 그에게 주의를 기울이거나 불러 세우는 사람은 없었다. 미스 태런트의 연설을 들으려는 사람들이 아직도 쏟아져 들어오고 있었기에(오늘 밤 행사는 사람들의 호기심을 불러일으키는 점에서 미증유의 성공을 거둔 것 같았다) 안내인들의 주의는 완전히 그쪽에 쏠려 있었다. 랜섬은 복도 끝에 있는 문을 열었다. 들어가보니 연결 통로 같은 곳으로, 맞은편의 두 번째 문 앞에 한 사람이 서 있는 것 말고는 텅 비어 있었다. 그는 그 사람을 보는 순간 그 자리에 멈춰 섰다.

그 사람은 헬멧을 쓰고 놋쇠 단추를 단 제복을 입은 단단한 몸집의 경관이었다. 자신이 올 것을 예상하고 있었음이 틀림없다고 랜섬은 순간적으로 알아차렸다. 그가 보스턴에 왔다는 사실을 알게 된 올리브 챈슬러가 경관의 보호를 요청했으리라는 것도 그는 금세 간파할 수 있었다. 그렇다면 이 경관은 대기실 입구를 지키며 안으로 들어가려는 자들을 모조리 쫓아낼 작정일 것이다. 이런 조치가 취해진 것을 보고 그는 조금 놀라지 않을 수 없었다. 초조해진 그의 친척이 오늘 하루 집을 비우고, 소재를 정확히 알 수 없는 버리나의 은신처에서 온종일 보냈을 것이라고 생각했기 때문이다. 그러나 놀랐다고는 해도, 언제까지나 전진을 꺼릴 그가 아니었다. 이내 그는 그곳을 가로질러 벨트를 조인 보초 앞에 섰다. 두 사람은 잠시 말없이 서로의 눈을 노려보았다. 그때 칸막이벽을 통해 행사장에 울려 퍼지는 오르간 소리가 랜섬의 귀에 들려왔다. 두 사람이 있는 곳은 회장 바로 근처인 듯, 공간 전체가 울렸다. 경관은 마른 얼굴에 혈색이 좋지 않은 장신의 남자로, 구부정한 어깨와 침착해 보이는 작은 눈을 가졌고 입속에 뭔가 있는지 볼 언저리가 툭 불거져 있었다. 확실히 벅찬 상대라는 것은 랜섬도 알았지만, 그렇다고 체력 면에서 자신이 뒤질 것 같지 않았다. 그러나 체력의 우열을 겨루기 위해 여기에 온 것이 아니었다─버리나를 놓고 공개적으로 몸싸움을 벌이는 건 매력적인 생각이 아니었다. 그가 올리브의 새로운 선전 방식의 관점에서 최악의 일을 해낼 수 있는 게 아닌 이상은 말이다. 게다가 그럴 필요가 있을 것 같지도 않았다. 아직도 그는 한마디도 말을 하지 않고, 경관도 계속 꿀 먹은 벙어리였다. 이러는 동안에도 시간이 흘렀는데, 그와 버리나 사이를 가로막는 게 몇 장뿐인 얇은 칸막이 판에 지나지 않는다고 생각하니, 우리 젊은 주인공은 그녀 또한 그가 올 것을 예상하고 있었다고, 다만 다른 의미로 예상하고 있었을 거라고 느끼게 되었다. 그녀 자신은 이런 거창한 방해 공작과는 아무런 관계가 없고, 틀림없이 그가 여기 와 있다는 것을 그 날카로운 직감으로 재빨리 감지하여 한시라도 빨리 구해내주기를 간절히 기도하고 있을 것이다. 올리브와 얼굴을 맞대고 있을 때는 도저히 도망칠 용기가 없어도 그와 손을 잡으면 반드시 용기를 낼 것이 틀림없다. 지금 이 순간의 올리브 챈설러만큼 자신이 하고 있는 일에 확신이 없는 인간은 이 세상에 없을 거라는 생각이 그의 머리에 떠올랐다. 그러자 그녀가 손에 시계를 쥐고는, 고개를 돌리고 있는 버리나를 불편한 심기로 바라보는 광경이 문을 통해 보이는 것 같았다. 올리브로서는 확실히 정각 전에 시작했다면 얼마나 고마웠을까, 하지만 물론 그런 소원이 이루어질 리 없었다. 랜섬은 경관에게 아무것도 묻지 않았다—그런 짓을 해봤자 시간 낭비 같았다. 다만 조금 있다가 경관에게 이렇게 말했을 뿐이었다.

"미스 태런트를 꼭 만나 뵙고 싶은데 제 명함을 받아주실 수 있겠습니까?"

질서의 파수꾼은 랜섬과 문고리 사이에 굳건히 자리 잡은 채 그가 내민 작은 종잇조각을 받아 들더니, 거기에 적힌 이름을 천천히 읽고 뒤집어 뒷면을 보고는 그걸 상대에게 되돌려주었다. "아니, 이걸로는 별 소용이 없겠습니다." 그가 말했다.

"그걸 당신이 어떻게 알지요? 당신은 내 부탁을 거절할 자격이 없습니다."

"뭐, 당신에게 부탁할 자격이 있듯이 나도 그것을 거절할 자격이 있을 것 같소만." 그러고는 그가 덧붙였다. "그분이 안으로 들어오지 못하게 하라고 했던 이가 바로 당신이니까요."

"미스 태런트가 나를 안으로 들여보내지 말라고 했을 리가 없어요." 랜섬이 대답했다.

"그 사람은 잘 몰라요. 이 회장을 빌린 건 그 사람이 아니라서요. 다른 분입니다. 미스 챈설러라고 했던가? 오늘 밤 강연회의 주재자는 그분입니다."

"그분이 저를 안으로 들여보내지 말라고 부탁했다고요? 말도 안 돼요!" 랜섬은 교묘하게도 의심스럽다는 듯이 외쳤다.

"당신은 혼자 돌아다니게 둬서는 절대 안 될 사람이라고 그분이 말했습니다. 머리에 온통 이런 짓을 할 생각만 있다면서요. 얌전히 있는 편이 좋을 겁니다." 경관이 말했다.

"얌전히요? 제가 이보다 더 얌전할 수 있습니까?"

"글쎄요, 당신과 많이 닮은 광신적인 무리를 봐왔죠. 연사를 보고 싶으면 왜 다른 사람들처럼 행사장에 가서 얌전히 기다리지 않습니까?" 이렇게 물어놓고 경관은 요지부동으로 자못 심사숙고하듯 분별 있는 태도로 이 질문에 대한 대답을 기다렸다.

랜섬은 곧바로 그의 질문에 답했다. "그건 그분을 그냥 쳐다보고만 있고 싶지 않아서죠. 저는 그분과 이야기도 하고 싶습니다—사적으로요."

"그렇군요—당신들은 항상 아주 사적이기를 원하죠." 경관이 말했다. "지금 내가 당신이라면 강연을 놓치지 않겠습니다. 그게 당신에게도 좋을 것 같습니다만."

"강연요?" 랜섬은 앵무새처럼 따라 하며 웃었다. "강연은 진행되지 않을 겁니다."

"아니, 시작될 겁니다―오르간 연주가 끝나면 바로." 그렇게 말하고 나서 경관은 마치 혼잣말처럼 덧붙였다. "대체 왜 안 할 거라는 거야?"

"미스 태런트가 오르간 연주자에게 사람을 보내 연주를 이대로 계속해달라는 말을 전했으니까요."

"누구를 보냈다는 거죠?" 랜섬의 새 지인은 그의 농담에 말려드는 듯했다. "설마 미스 챈설러가 심부름을 하지는 않았을 것 같은데요."

"그분의 아버지를 보냈죠. 아니 어쩌면 어머니일지도 몰라요. 두 분 다 저기 계시니까요."

"당신이 그걸 어떻게 알죠?" 경관이 심사숙고하는 어조로 물었다.

"아, 저는 뭐든지 알고 있으니까요." 랜섬은 미소를 지으며 대답했다.

"뭐, 어쨌든 오늘 밤 저렇게 모인 것이 저 오르간을 듣기 위해서가 아닐 텐데요. 설령 연주를 그만두지 않더라도 조만간 뭔가 더 재미있는 것을 듣게 되겠죠."

"충분히 들으시게 될 겁니다, 곧 말이죠." 랜섬이 말했다.

그의 자신감 넘치는 침착한 태도에 마침내 그의 적대자도 동요를 일으킨 듯, 뿔로 들이받는 짐승처럼 머리를 약간 숙이면서 무성한 눈썹을 찌푸리고 청년을 쳐다봤다. "뭐, 나도 보스턴에 온 이후로 질릴 정도로 들었소만."

"아, 보스턴은 정말 멋진 곳이죠." 랜섬은 건성으로 대답했다. 이제 그는 경관의 목소리에도 오르간 소리에도 귀를 기울이지 않고 있었다. 문 건너편에서 사람들의 말소리가 들려왔기 때문이다. 경관은 그것을 알아차리지 못했는지 팔짱을 끼고 문짝에 등을 기댔다. 다시 두 사람 사이에 잠시 침묵이 흘렀는데, 그러는 동안 오르간 연주가 멈췄다.

"허락하신다면 여기서 기다리도록 하겠습니다." 랜섬이 말했다. "곧 저를 부를 것 같아서요."

"누가 당신을 부른다는 거죠?"

"음, 미스 태런트가 부르길 바라죠."

"그분에게는 그보다 먼저 처리해야 할 일이 있을 거요."

랜섬은 회중시계를 꺼냈다. 목적한 바가 있어 몇 시간 전에 그것을 보스턴 시간*에 맞춰두었는데, 이렇게 이야기를 나누는 동안 시간은 점점 빨리 흘러 이미 시곗바늘은 8시 5분을 가리키고 있었다. "미스 챈설러는 회장 사람들에게 해명해야 할 거예요." 그는 순간적으로 말했다. 그 말은 단지 공허하게 자신감을 표명한 것과는 사뭇 달랐다. 이미 한 가지 확신이 그의 마음을 차지하고 있었기 때문이다. 퇴짜를 맞기는 했지만, 그도 한 역할을 맡고 있는 드라마가 그가 들어가는 게 금지된 방 안에서 진행되고 있으며, 이제 사태는

---

* 미합중국의 시간대는 1884년에 표준화되었다.

비정상적으로 긴박해져 그의 도움을 받지 않고는 수습할 수 없는 지경이 되었을 것이다—이 선험적인 추정은 버리나가 아직도 청중을 기다리게 하고 있다는 것을 인지하는 순간 무한할 정도로 큰 힘을 얻었다. 왜 그녀는 연설을 시작하지 않는 것일까? 그 대답은 단 한 가지, 그가 여기 있는 것을 알고 시간을 벌려고 한다는 것 외에는 생각할 수 없지 않은가?

"아니, 이제 무대에 모습을 보인 게 아닐까요?" 문지기가 말했다. 그 어조로 미루어 보아 이미 그는 집요하게 물고 늘어지는 랜섬을 전혀 개의치 않고 가벼운 잡담이라도 할 생각인 것 같았다.

"모습을 보였다면, 환영의 갈채가 들렸겠죠."

"이봐요, 들어봐요, 갈채를 퍼붓고 있잖아요." 경관은 선언하듯 말했다.

분하게도 그의 말이 맞는 것 같았다. 정말로 들려왔기 때문이다—청중이 그녀에게 퍼붓고 있는 것 같은 갈채의 울림이. 웅성거리는 소리가 회장의 바닥이나 통로에서 올라와 울려 퍼졌다—수천 명의 사람들이 발을 구르고 우산과 지팡이로 바닥을 두드리는 소리임이 틀림없었다. 랜섬은 하늘이 노래져 잠시 경관과 시선을 마주한 채 그 자리에 가만히 서 있었다. 그러다가 갑자기 냉정한 분별의 물결이 마음에 밀려들었다. 그는 소리쳤다. "친구, 저건 갈채가 아니에요—짜증을 내는 소리예요. 환영하는 게 아니라 재촉하는 거죠."

경관은 그의 주장을 인정하지도 부인하지도 않았다. 단지 이번에는 다른 쪽 볼을 불거지게 하더니 다음과 같이 말했을 뿐이었다.

"어쩌면 그분이 아픈지도 모르겠군요."

"설마, 그렇지 않겠죠." 랜섬은 매우 온화한 어조로 말했다. 발을 구르는 소리와 바닥을 두드리는 울림은 한순간 크게 울렸다가 다시 꺼졌는데, 그러기를 기다릴 필요도 없이 랜섬이 내린 판정이 옳다는 것은 이미 분명했다. 그 의사표시의 분위기는 쾌활하기는 했지만, 축하의 분위기는 아니었다. 그는 다시 한번 시계를 쳐다보았다. 5분이 더 지나 있었다. 올리브가 버리나는 시간을 엄수할 거라고 보장했다고, 찰스가에서 만난 신문 기자가 말했던 것을 그는 떠올렸다. 그런데 참으로 묘하게도, 그 신사를 떠올린 그 순간에 바로 그 신사 본인이 눈에 띄게 흥분하며 반대편 문에서 튀어나왔다.

"도대체 왜 저 사람은 나오지 않는 겁니까? 불러주기를 바란 거라면, 이미 충분히 불렀는데요!" 파든 씨는 다급한 표정으로 랜섬에게서 경관 쪽으로 시선을 돌렸다가 다시 랜섬을 바라봤는데, 정신이 팔려서인지 아까 이 미시시피인을 만난 내색을 하지 않았다.

"어디가 안 좋은가 봐요." 경관이 말했다.

"안 좋을 사람은 청중이죠!" 괴로운 듯 기자가 외쳤다. "아프면 왜 의사를 부르러 보내지 않죠? 보스턴 전역의 사람들이 이 회장에 몰려들고 있어요, 연설해야 합니다. 안으로 들어가서 만나야겠습니다."

"들어갈 수는 없습니다." 경관은 퉁명스럽게 말했다.

"왜 못 들어가죠, 그 이유를 알고 싶은데요? 나는 〈베스퍼〉를 대표해서 들어가려는 거예요!"

"뭘 대표해도 들어갈 수는 없습니다. 이분도 제가 막고 있었으니까요." 경관은 파든 씨의 심기를 건드리고 싶지 않은지 상냥한 얼굴로 덧붙였다.

"아니, 당신은 들여보내야죠." 마티어스는 순간 랜섬을 응시하며 말했다.

"그럴지도 모르지만 어쨌든 들여보내지 말라는 것이니까요." 경관이 말했다.

"세상에!" 파든 씨는 헐떡이며 말했다. "미스 챈슬러가 이렇게 망칠 줄 나는 처음부터 알았어! 파일러 씨는 어디 있죠?" 그는 열렬히 말을 계속했는데, 둘 중 한쪽에게 하는 말인지, 아니면 양쪽에게 다 하는 말인지 자기도 모르는 것 같았다.

"그 사람이라면 입구 쪽에서 돈을 세고 있을 겁니다." 경관이 말했다.

"흥, 조심하지 않으면 그 돈을 환불해줘야 할 거예요!"

"아마 그럴 겁니다. 그 사람이 오면 저는 들여보낼 거지만, 그 사람뿐입니다. 지금 무대에 올랐나 본데요." 경관이 심드렁하게 덧붙였다.

다시 터져 나오는 소리의 첫 번째 희미한 속삭임이 그의 귀에도 들렸다. 이번에야말로 틀림없이 갈채였다―그것은 수천 개의 손이 치는 박수 소리와 많은 사람의 목구멍에서 터져 나오는 함성이 뒤섞인 것이었다. 그러나 이 환호성은 비록 상당하기는 했지만, 그렇다고 예상했던 정도도 아니었고 그나마 금세 그치고 말았다. 파든 씨는 그 소리에 가만히 귀를 기울이고 있다가 경악의 표정을 감추지 못했다. "맙소사! 저분을 맞이하는 데 겨우 이 정도의 갈채라니!"라고 그는 외쳤다. "얼른 가서 봐야겠어요!"

그가 허겁지겁 떠난 후에 랜섬은 경관에게 말했다. "파일러 씨라는 분이 누구죠?"

"아, 제 오랜 친구입니다. 미스 챈설러를 돌보는 역할을 하고 있죠."

"그녀를 돌본다고요?"

"그분이 미스 태런트를 돌보는 사람인 것처럼 말이죠. 말하자면, 그는 두 여성분을 돌보고 있는 셈이죠. 이런 강연을 알선하는 것이 그의 일이니까요."

"그럼 그 사람이 직접 청중에게 말하면 되잖아요."

"아, 그 사람은 스스로 말할 수 없어요, 주관만 할 뿐이죠."

그때, 반대편 문이 다시 밀려서 열리는가 싶더니 턱 끝에 뻣뻣한 작은 수염을 기른 큰 사내가 흥분한 표정으로 외투 자락을 휘날리고 욕설을 내뱉으며 성큼성큼 다가왔다. "젠장, 도대체 대기실에서 뭐 하는 거야? 이제 더는 우물쭈물하면 안 돼!"

"저기 지금 나온 게 그분이 아니야?" 경관이 물었다.

"저건 미스 태런트가 아닙니다." 랜섬은 모든 것을 알고 있다는 투로 말했다. 이 남자가 미스 챈설러의 대리인인 파일러 씨임이 틀림없다고 그는 바로 알아차렸다. 그런 위치에 있는 인물이라면 당연히 랜섬의 일을 올리브로부터 경고받았을 테니, 버리나가 등장하지 않는 예기치 않은 사태가 벌어진 건 분명히 문 앞에 서 있는 자신의 영향력 때문이라고 생각하리라고 그는 바로 추론했다. 하지만 파일러 씨는 힐끗 한 번 그를 보았을 뿐, 그의 정체를 전혀 짐작조차 못 하는 것 같아 랜섬은 놀랐다. 이 사실로 미루어 보아, 미스 챈슬러가 아마도 그에 관해서는 (경관 외에는) 아무에게도 입을 떼지 않는 게 더 현명하다고 생각했을지도 모를 일이었다.

"무대에 나왔냐고? 저기 나온 사람은, 그녀의 멍청이 아버지야!" 파일러 씨는 경관이 그에게 접근하도록 허락한 문 걸쇠에 손을 얹으며 외쳤다.

"그 아버지가 의사를 찾는 거야?" 경관이 태연하게 물었다.

"그에게 필요한 의사는 네가 될 거야, 어서 딸을 내보내지 않으면! 이런, 설마 안에서 잠근 건 아니지? 도대체 뭘 하는 거지?"

"열쇠는 안에 있는 사람이 갖고 있지." 경관이 대답하는 동안 파일러 씨는 연달아 거칠게 문을 두드리는 동시에 격렬히 손잡이를 흔들었다.

"문이 잠겨 있다면 당신은 무엇을 위해 그 앞에 서 계시는 겁니까?" 랜섬이 물었다.

"당신이 이런 짓을 못 하게 하기 위해서죠." 이 말을 하고는 경관은 고갯짓으로 파일러 씨를 가리켰다.

"방해해봤자 별로 소용없단 걸 아셨을 텐데요."

"글쎄요, 그분이 아직 나오지 않았으니까요."

그 사이에도 파일러 씨는 여전히 문을 두드리거나 흔들면서 즉시 안으로 들여보내달라고 요구하거나 당신들은 청중이 이 건물을 무너뜨리게 할 생각이냐고 물었다. 그때 다시 한바탕 갈채가 터져 나왔다. 아무래도 그것은 셸라 태런트가 뭔가 침통하게 에둘러 말하면서 사과 비슷한 말을 해서 나온 것 같았다. 이 갈채 소리는 대리인의 목소리도, 대기실 안에서 새어 나오는 혼란스럽고 끊어지는 응답 소리도 덮어버렸다. 잠시 동안 확실히 알아들을 수 있는 것은 아무것도 없었다. 문은 여전히 닫힌 채로 있었다. 그때 마티어스 파든이 다시 통로에 모습을 드러냈다.

"부친이 말하길 그녀가 좀 어지럽다고 하네요—긴장했나 봐요. 3분만 있으면 다 준비될 겁니다." 이 마지막 단언은 파든 씨가 위기를 모면하기를 바라며 스스로 덧붙인 것이었다. 그리고 그는 말을 이어 오늘 밤 모인 청중은 훌륭한 사람들이라고, 이것이야말로 진정한 보스턴의 군중으로, 대단히 유쾌한 군중이라고 했다.

"훌륭한 군중이 모였어요. 오늘 이곳에 진정한 보스턴 사람들이 오신 것 같아요!" 파일러 씨는 외치며 또다시 무시무시한 기세로 문을 두드리기 시작했다. "나는 프리마돈나도 다뤄본 적 있고, 타고나길 까다로운 사람들을 다 다뤄왔지만, 이번처럼 골치 아픈 일을 맞닥뜨린 건 처음입니다. 자, 내 말은 신경 쓰지 마시고, 숙녀분들, 나를 들여보내주지 않으면 이 문을 부숴버릴 겁니다!"

"이렇게 된 마당에 당신이 들어간다고 일이 더 나빠질 것 같지 않군요." 경관은 랜섬에게 말하고는 자기 역할은 끝났다는 듯한 태도로 한 발짝 옆으로 물러섰다.

42장

랜섬은 아무 대답도 하지 않았다. 그는 그 순간 방의 안쪽에서 열려고 하는 문을 물끄러미 바라보고 있었다. 버리나가 거기 서 있었고—문을 연 것은 분명 그녀가 틀림없었다—그녀의 눈이 그의 눈을 똑바로 바라보았다. 그녀는 흰색 의상을 입고 있었는데, 얼굴은 그 의상보다 더 하얗고 얼굴 위로 머리카락은 타오르는 불꽃처럼 반짝였다. 그녀는 한 걸음 앞으로 나왔다. 하지만 다음 걸음을 내딛기 전에 그가 그녀 곁으로 다가가 문턱에 섰다. 그녀의 얼굴은 깊은 고뇌에 싸여 있었다. 그는—이렇게 남들이 다 보는 앞에서는—그녀의 손을 잡을 수는 없었다. 그래서 단지 낮은 목소리로 다음과 같이 말했다. "당신을 계속 기다리고 있었습니다—한참 전부터!"

"알고 있습니다—당신이 자리에 계신 것을 보았습니다—저도 당신에게 말씀드릴 것이 있습니다."

"저기, 미스 태런트, 바로 지금 연단에 서는 게 낫지 않을까요?" 파일러 씨가 외치며 마치 그녀를 채 가서 대기실을 지나 청중이 기다리는 장소로 급히 끌어 올리려는 듯 두 팔을 흔들었다.

"곧 준비됩니다. 지금 아버지가 상황을 정리하는 중입니다"라고 말하면서 그녀는 랜섬에게는 정말 예상 밖의 일이지만, 안달 난 대리인을 향해 상냥하게 미소를 지었다. 그 남자를 안심시키고 싶은 듯한 미소였다.

세 사람은 나란히 대기실로 들어갔다. 들어가서 보니 방 저쪽 끝에, 겉치레로 있는 조악한 의자와 탁자 너머에, 너울거리는 가스등 불빛 아래에 태런트 부인이 몸을 꼿꼿이 세우고 대단히 딱딱한 표정으로 감정을 억누르는 듯 큰 얼굴을 붉히고 앉아 있었다. 그 옆에는 고꾸라져 엎드린 채로 버리나의 어머니의 무릎에 얼굴을 묻고 있는 미스 챈슬러의 비극적인 모습이 있었다. 랜섬으로서는 어느 정도인지는 거의 알 수 없었지만, 이렇게 태런트 부인의 가슴에 몸을 던진 올리브의 모습이야말로 자물쇠가 잠긴 문 안쪽에서 방금까지 펼쳐졌던 파란의 한 막을 증명하고도 남았다. 방에 들어서자 그는 신문 기자와 경관의 면전에서 문을 다시 쾅 닫아버렸다. 그 순간, 셀라 태런트가 청중과의 짧은 소통을 마치고 연단으로 통하는 좁은 통로를 내려와 방으로 돌아왔다. 랜섬을 보자 그는 우뚝 멈춰 서서 방수복을 여미며 청년을 머리부터 발끝까지 찬찬히 뜯어보았다.

"자, 선생, 이제 당신이 가서서 우리가 애먹고 있는 이유를 설명해주시겠소?" 그는 이렇게 말하며 거의 양쪽 입꼬리가 머리 뒤에서 만나는 게 아닌가 싶게 큰 미소를 지었다. "당신이라면 다른 누구보다도, 우리가 겪고 있는 어려움의 진상을 모두에게 알려줄 수 있을 테니까!"

"아버지, 가만히 좀 계세요, 곧 다 해결될 거예요!" 버리나는 수면에 얼굴을 내민 잠수부처럼 헐떡이며 낮은 목소리로 외쳤다.

"한 가지만 말씀해주십시오, 우리 이렇게 집안 문제를 의논하며 30분을 또 보낼 겁니까?" 파일러 씨는 격노한 얼굴을 닦으며 강력히 물었다. "미스 태런트는 강연을 하실 건가요, 안 하실 건가요? 안 하신다고 하면 꼭 그 이유를 알려주셔야겠습니다. 현재 시각에서는 4분의 1초가 500달러 가치가 있다는 것을 알고 계십니까?"

"알고 있습니다―잘 알고 있어요, 파일러 씨, 곧 시작하겠습니다!" 버리나는 계속해서 말했다. "다만 그 전에 잠깐 랜섬 씨와 이야기를 나누고 싶습니다―겨우 두세 마디면 됩니다. 회장은 아주 조용하니―저렇게 얌전히 기다려주시잖아요? 저를 믿어주시는 거죠, 저를요, 아버지, 그렇지 않나요? 랜섬 씨와 아주 잠깐 이야기를 나누고 싶습니다."

"랜섬 씨라는 게 도대체 누구야?" 파일러는 격분한 나머지 어처구니없다는 듯이 외쳤다.

버리나는 다른 사람들에게 말하고는 있었지만, 눈만은 말로 다 표현할 수 없이 애처롭게 간청하는 듯한 눈빛으로 연인을 바라본 채였다. 그녀는 긴장을 동반한 격정으로 몸을 떨었고, 목소리에는 흐느낌과 애원이 뒤섞여 있었다. 그리고 랜섬은 그녀의 고통―불가피한 고뇌 — 에 마음속 깊은 곳에서 순수한 연민이 솟는 것을 느꼈다. 그러나 동시에 또 다른 통찰도 있어서 그것이 양심의 가책을 밀어냈다. 모든 것을 자기가 원하는 대로 할 수 있다는 것을 알아차린 것이다. 그녀는 지금 자신의 전 존재로 자신을 좀 봐달라고 그에게 간청하고 있지만, 그가 저항하는 한 그의 뜻에 무력하게 따를 수밖에 없음을 그는 알았다. 이런 상황을 알게 되자 그의 눈앞에 자신이 원하는 바가 활활 타오르면서 남성다운 혈기를 북돋웠고, 그 결의가 하늘을 찌를 듯이 높아졌다. 그런 상태에서 바라보니 닥터 태런트와 파일러 씨, 저기서 굴욕감에 앞이 안 보이는 듯 소리 없이 엎드려 있는 올리브뿐 아니라, 기대에 찬 거대한 회장도, 애태우면서도 1분 1초 정적을 유지하며 화를 억누르고 있는 저 강력한 군중까지도, 그에게는 모든 것이 극복할 수 있는 일시적인 작은 장애물처럼 보였다. 그렇다고 그가 완전한 확신에 도달한 것은 아직 아니었다. 버리나는 연설을 거부하지도 않았고 단지 미뤘을 뿐으로, 지금까지 그녀가 이 방에 묶여 있었던 것은 — 그 덕분에 그에게도 아직 그녀를 구해낼 희망이 있었지만 — 그가 가까이 있다는 것을 알았기 때문임을 그는 알았다.

"자, 갑시다. 여기서 나갑시다." 그는 재빨리 속삭이며 양손을 그녀에게 내밀었다.

그녀는 한쪽 손을 잡았지만, 그것은 동의의 표시가 아니라 애원의 마음을 드러내는 듯했다. '아, 제발 나를 좀 봐줘요, 봐줘 — 저분을 위해, 그리고 다른 많은 이들을 위해! 너무 끔찍해, 도저히 못 하겠어요!'

"왜 랜섬 씨를 경관 손에 넘기지 않는지 모르겠네요!" 태런트 부인이 앉은 소파에서 울부짖었다.

"마담, 저는 아까까지 15분 동안이나 붙잡혀 있었습니다." 랜섬은 자신이 냉정함만 잃지 않는다면 분명히 잘해낼 수 있으리라는 것을 점점 더 확실히 느꼈다. 그는 사람들이 쳐다보고 있는 것도 신경 쓰지 않고 다정하게 버리나에게 몸을 굽혀 말했다. "그대여, 내가 말했죠, 경고했잖아요. 10주 동안이나 당신을 가만히 내버려두었어요. 그사이에 이렇게 될 거라고 생각 안 했어요? 세상을 위해서도, 수백만의 사람들을 위해서도 아닌, 저렇게 아우성치는 군중에게 자신을 내줄 건가요? 저런 무리를 신경 쓰라고 나에게 요구하지 마세요. 그 누구인들 나랑 무슨 상관입니까! 저들은 그냥 당신이 입을 벌리고 이를 드러내고 헛소리하는 걸 듣고 싶어 할 뿐이잖아요? 당신은 내 것입니다. 저들 것이 아니라고요."

"도대체 이 남자는 무슨 소리를 하는 겁니까? 이런 훌륭한 청중이 모인 것은 전례가 없는 일인데! 보스턴 시 전체가 이 지붕 밑에 모여 있는 거라고!" 파일러 씨가 어이없다는 듯이 끼어들었다.

"빌어먹을 보스턴 시 따위!" 랜섬이 말했다.

"랜섬 씨는 제 딸에게 매우 집착하고 있어요. 게다가 이 사람은 우리의 견해를 인정하지 않고 있죠." 셀라 태런트가 설명했다.

"이런 끔찍하고 심술궂고 부도덕한 이기심은 이제껏 들어본 적이 없어!" 태런트 부인이 울부짖듯 말했다.

"이기심이라! 태런트 부인, 제가 이기적이지 않은 척하고 있다고 생각하세요?"

"그럼 우리가 모두 저 군중에게 죽임을 당하길 바라는 거예요?"

"저 사람들에게는 돈을 돌려주면 되죠―설마 돈을 못 돌려주는 건 아니죠?" 버리나는 미친 듯이 일동을 둘러보며 외쳤다.

"버리나 태런트, 설마 너 이대로 물러설 생각은 아니겠지?" 그녀의 어머니가 꽥 소리를 질렀다.

'세상에! 내가 이 사람에게 이런 혹독한 고통을 주다니!' 랜섬은 혼잣말했다. 그리고 이런 추악한 소동에 종지부를 찍기 위해서라도 버리나를 팔에 안고 바깥 세계로 무작정 뛰쳐나가고 싶었는데, 태런트 부인의 마지막 도전의 외침을 듣자마자 벌떡 일어선 올리브가 거센 기세로 두 사람 사이에 몸을 던졌고, 버리나는 그 기세에 눌려 랜섬의 잡은 손을 놓았다. 겁에 질려서 초췌해진 올리브의 얼굴이 그를 쳐다보았을 때, 그 눈에 담긴 것은 놀랍게도 버리나의 눈에서 본 그 절박한 애원의 감정이었다. 그녀가 강연 속행을 바라는 나머지, 금방이라도 그의 앞에 무릎을 꿇을 것 같은 순간도 있었다.

"그렇게 당신이 이분의 견해에 반대한다면, 우선 이분을 연단에 세워주고 거기서 논쟁을 벌이면 되잖아요. 그러면 청중도 분명히 대단히 좋아할 거예요." 파일러 씨는 자신이 지극히 실제적인 제안을 한다고 여기며 랜섬에게 말했다.

"이 아이는 모처럼 훌륭한 연설을 준비했는데!" 셀라는 애석해하는 어조로, 일동 모두에게 말을 걸듯이 말했다.

누구 하나 그 말에 주의를 기울이는 기색이 없었는데, 그의 아내가 다시 소리쳤다. "버리나 태런트, 정말 난 널 혼내주고 싶어! 이런 남자를 넌 신사라고 부를 거야? 이 남자를 당장 쫓아낼 수 없다니, 도대체 너는 아버지로부터 받은 정신을 어디 내버린 거야!"

　한편 올리브는 그녀의 친척에게 말 그대로 기도하듯이 간청하고 있었다. "한 번만 저 사람을 연단에 서게 하면 됩니다. 이번 한 번만요. 날 파멸시키지 마, 망신시키지 마! 당신에겐 연민이란 게 없나요? 내가 모두에게 비웃음당하기를 바라는 건가요? 한 시간이면 되는데. 당신에게도 영혼이란 게 있잖아요?"

　그녀의 얼굴도 목소리도 랜섬은 끔찍할 정도로 무서웠다. 그녀는 버리나에게 몸을 던진 채 꼭 껴안고 있었다. 그런 그녀의 고통에 그녀 친구의 고통은 전혀 비할 바가 못 된다는 걸 알 수 있었다. "어째서 한 시간이나 걸려야 합니까, 그런 지긋지긋한 허위 때문에? 한 시간이든 십 년이든 나쁜 건 마찬가지입니다! 그녀는 내 것이 되든지 말든지 둘 중 하나입니다. 내 것이 되는 이상은 그녀의 모든 것이 내 것입니다!"

　"당신 것, 당신 것이라니! 버리나, 당신이 무슨 짓을 하고 있는지 생각을 좀 해봐요, 생각을!" 올리브는 그녀 위로 깊이 몸을 숙이며 신음하듯 말했다.

　그사이 파일러 씨는 본성을 드러내 비난과 저주를 퍼붓고 극단적인 법의 대가를 들먹이며 두 죄인—버리나와 랜섬—을 위협했다. 태런트 부인은 격렬한 히스테리 발작을 일으키고 있었다. 한편, 셀라는 멍하니 방 안을 빙빙 돌며, 좋은 시대의 도래는 아직 먼 이야기가 될 거라고 단언하고 있었다. "보세요, 저 청중이 얼마나 선량하고 얌전한 사람들인지—우리에게 이렇게 길게 시간을 주잖아요? 이렇게—5분 동안이나 아무 소리 없이—기다려주는데, 뭔가 보상을 해주는 게 당연하다고 생각하지 않으세요?" 버리나는 거룩할 정도로 상냥한 미소를 지으며 랜섬에게 물었다. 이렇게 대단하고 사람 좋고 천진난만한 청중을 위해 그저 자비로운 배려와 친절을 보여줄 것을 호소하는 그녀의 마음보다 더 상냥하고 아름다운 것은 있을 수 없었다.

"분명히 미스 챈설러가 어쨌든 적당히 보상해주실 겁니다. 돈을 환불하고 각자에게 소정의 선물을 주면 되죠."

"돈과 선물이라고? 당신은 정말 쏴 죽여도 시원치 않을 양반이군!" 파일러 씨가 소리를 꽥 질렀다. 정말로 참을성이 많은 청중이었으니, 지금까지는 버리나의 상찬을 받기에 부족함이 없었다. 그러나 이미 8시가 한참 지난 지금 또다시 초조함의 징조─외침과 신음과 쉭쉭 휘파람을 부는 야유─가 행사장에서 새어 나오기 시작했다. 그러자 파일러 씨는 무대로 통하는 복도로 뛰어나갔고, 그 뒤를 따라 셀라도 허둥지둥 나갔다. 태런트 부인은 흐느끼면서 소파에 몸을 던졌다. 올리브는 폭풍 속처럼 덜덜 떨면서 랜섬을 향해 도대체 내가 어떻게 하길 원하는 거냐고, 내게 어떤 굴욕을, 타락을, 희생을 치르게 할 거냐고 물었다.

"무슨 일이든 하겠습니다─아무리 비굴한 일이라도─아무리 꺼림직한 일이라도 할 것입니다─흙바닥에 무릎 꿇는 것도 마다하지 않을게요!"

"아무것도 안 해주셔도 돼요. 당신에게 부탁할 것은 하나도 없습니다." 랜섬이 말했다. "즉, 제 부탁이라는 것은, 기껏해야 제가 버리나를 아내로 만들고 싶은 나머지, '아, 네, 한 시간이나 두 시간 정도 기다려줄게요!'라고 그녀에게 말할 거라고 기대하지 마시라는 것입니다. 버리나—" 그가 말을 이었다. "지금까지 기다린 것만 해도 이미 충분해요—끔찍할 정도로 불쾌했어요—난 이제 더는 참을 수 없어요! 자, 와요, 가능한 한 여기서 멀리 떨어진 곳으로 갑시다. 남은 이야기는 나중에 합시다!"

파일러 씨와 셀라 태런트가 합세해 청중을 달래려고 시도했지만, 보아하니 소기의 성과를 거두지 못한 것 같았다. 회장의 소란은 전혀 가라앉을 기미도 없이, 오히려 소리만 더 커졌을 뿐이다. "우리 둘만 얘기하게 해주세요, 아주 잠시만 우리 둘만 있게 해주세요!" 버리나가 외쳤다. "랜섬 씨와 아주 잠깐 얘기 나누게 해주세요, 그러면 모든 것이 잘될 거예요!" 버리나는 어머니에게 달려가 그녀를 소파에서 일으켜 세워 질질 끌면서 방문 쪽으로 데려갔다. 태런트 부인은 떠밀리면서 또다시 올리브에게 매달렸다(이런 끔찍한 상황에서도 그녀에게는 적어도 이런 위로는 있었다). 비탄에 찬 두 여성은 서로 부둥켜안고 비틀거리며 버리나에게 떠밀리는 대로 복도로 나갔다. 랜섬이 보니 복도에는 이미 경관의 모습도, 신문 기자의 모습도 보이지 않았다. 아마 그들도 실랑이가 격해지고 있는 행사장으로 서둘러 갔을 것이다.

"아, 왜 오셨어요—왜, 왜?" 그렇게 외치며 버리나는 뒤돌아보고는 항의의 뜻을 비치며 그에게 달려들었는데, 그런 태도야말로 바로 굴복, 철저한 굴복만을 보여줄 뿐이었다. 비난의 몸짓이었지만, 그에게 이렇게까지 몸을 맡기는 것도 이제껏 없던 일이었다.

"내가 올 것을 예상하지 못했나요, 당연히 올 거라고 여기지 않았나요?" 그는 그녀에게 미소를 지은 채 그녀가 다가올 때까지 그 자리에서 움직이지 않았다.

"몰랐어요—무서운 일이에요—끔찍해요! 당신이 회장에 와서 자리에 계신 것을 본 거예요. 여기 도착하자마자 저는 무대로 올라가는 저 계단으로 나가서 아버지와 함께—아버지 뒤에서—몰래 무대로 올라가 회장을 둘러보았는데, 바로 당신이 계신 것이 보였어요. 그러자 저는 불안해져서 도저히 연설을 할 수 없겠다는 생각이 들었어요! 당신이 자리에 계신 한, 저는 절대, 절대로 할 수 없었어요! 아버지는 당신을 알지 못했고, 저도 아무 말도 하지 않았습니다. 하지만 올리브는 제가 돌아오자마자 알아보았어요. 달려와서 물끄러미 나를 쳐다보더라고요—아아, 그 눈빛은 정말! 그것만으로 그분은 모든 것을 짐작해버린 것입니다. 일부러 직접 나가서 확인해볼 필요도 없었던 거예요. 제가 떨고 있는 것을 보고 그분도 떨기 시작했고, 이제 끝장이라고 저나 그분이나 생각했지요. 들어보세요, 회장의 저 소리를 들어보세요! 자, 이제 제발 돌아가주세요—내일 뵐게요, 당신이 원하시는 만큼 오래. 지금 제가 원하는 건 그것뿐입니다. 당신이 돌아가기만 하면 아직 늦지 않았어요, 분명히 모든 일이 잘될 거예요!"

랜섬은 그녀의 몸을 이 행사장에서 벗어나게 하려는 단순한 목적에 사로잡혀 있었음에도 그녀의 목소리에 깃든 심상치 않은 애절한 울림과 정말 그를 설득할 수 있으리라고 믿는 듯한 그녀의 태도를 놓치지 않았다. 확실히 그녀는 이제 모든 것을 포기했다—그와 의견을 달리하는 온갖 신념의 투지도, 대의에 대한 충성도 모조리. 그를 가까이에서 느낀 그 순간에 이 모든 것이 그녀의 마음에서 떨어져 나가버렸다. 그런데도 여전히 이렇게 그에게 돌아가달라고 부탁하는 것은, 가령 이미 마음을 준 처녀가 그 애인에게 뭔가 부탁하는 것과 같았다. 이 불쌍한 소녀로서는 참으로 불운하게도 그녀가 무슨 말을 하든, 무엇을 하든, 혹은 아무 말을 하지 않든 결국 그가 그녀를 더 사랑스럽게 느끼게 만들고, 그녀의 등장을 애타게 기다리는 사람들을 점점 더 발광하는 폭도로 변하게 할 뿐이었다.

그는 그녀의 요청을 들어주는 듯한 내색은 조금도 보이지 않고, 그저 다음과 같이 말했을 뿐이었다. "올리브는 확신하고 있었겠지요, 내가 올 것을 분명히 알고 있었을 거예요."

"내가 마미언을 떠난 후에 당신이 그렇게 예상외로 잠잠해지지 않았다면, 그분도 당신이 올 거라고 확신하셨겠죠. 하지만 당신은 완전히 포기하고 얌전히 기다리고 계신 것 같았어요."

"그랬죠, 지난 몇 주 동안은 말이죠. 하지만 그것도 어제로 끝났습니다. 그날 아침, 당신이 도망쳤다는 것을 알고 나는 크게 화가 났습니다. 그 뒤 일주일 동안 당신을 찾으려고 여러 가지 노력을 기울였습니다. 하지만 곧 나는 찾기를 그만두었습니다 — 그런 일을 해도 소용없다고 생각했기 때문입니다. 당신은 정말 교묘하게 숨어 있었으니까요. 편지도 보내지 않기로 저는 마음먹었습니다. 나는 충분히 기다릴 수 있다고 느꼈습니다 — 마미언에서의 그 마지막 날을 생각하면요. 게다가 마지막으로 당신이 그녀와 한동안 함께 시간을 보낼 수 있도록 놔두는 것이 더 품위 있는 처사 같았습니다. 아마도 지금이라면 당신이 어디에 숨어 있었는지 말해주겠지요."

"저는 아버지 어머니와 함께 있었습니다. 그날 아침, 그 사람이 저를 편지와 함께 부모님께 보냈습니다. 편지에 무슨 말이 있었는 지는 모르겠어요. 아마 돈이 들어 있지 않았나 싶어요." 버리나가 말했다. 아무래도 그녀도 이제 비로소 모든 것을 털어놓고 싶은 마음이 든 모양이었다.

"그래서 부모님은 당신을 어디로 데려갔나요?"

"모르겠어요—어쨌든 여러 곳에 갔어요. 보스턴에는 단 하루 있었을 뿐이에요. 그것도 계속 마차로 다녔고요. 부모님도 올리브만큼 겁에 질려 있었어요, 어떻게든 저를 구해야 했으니까요!"

"그렇다면 오늘 밤 여기에 당신을 데려오지 말았어야 했어요. 설마 당신도 내가 여기 찾아오지 않을 거라고 생각한 건 아니죠?"

"내가 어떻게 생각했는지 잘 모르겠어요. 게다가 당신을 보기 전까지 저는 제가 갖고 있기를 바랐던 힘이 이렇게 순식간에 완전히 꺾일 것이라고는 생각지도 못했습니다. 당신이 자리에서 듣고 계신 앞에서 연설하려고 시도한다면, 그야말로 수치스럽기 짝이 없는 최악의 실패를 할 거라는 사실도요. 우리는 여기서 아주 역겨운 장면을 연출했습니다—시작을 조금 늦춰달라고 저는 간청했지요, 용기를 다시 얻을 때까지 기다려달라고요. 우리는 기다리고 또 기다렸어요, 그러다가 당신이 문 앞에서 경관에게 무슨 말씀을 하시는 것이 들렸어요, 그때 저는 이제 이것으로 모든 게 끝장이라는 생각이 들었어요. 하지만 지금 당장 당신이 여기를 떠나주신다면 아직 희망은 있어요. 저 사람들 다시 조용해졌네요—분명히 아버지가 뭔가 재미있는 말을 해서 사람들의 흥미를 끈 걸 거예요."

"그랬으면 좋겠네요!" 랜섬이 외쳤다. "미스 챈설러가 경관을 불렀다면 그녀는 내가 올 것을 예상했다는 뜻이죠."

"경관을 부르신 것은 당신이 이 회장에 계신 것을 알고 나서입니다. 아버지와 함께 서둘러 로비로 나가셔서 경관을 붙잡고, 이 문 앞에 서 있으라고 부탁하셨습니다. 그리고 그분은 문을 잠그셨어요, 그들이 문을 부수고 들어올 수도 있다고 생각하시는 것 같았어요. 그걸 기다렸던 건 아닙니다. 하지만 당신이 문밖에 계신다는 것을 알게 된 순간부터 저는 무대에 나갈 수 없게 되어버렸습니다 ― 몸이 마비되어버렸어요. 하지만 이렇게 당신과 이야기를 나누다 보니 조금 기분이 나아졌어요 ― 이제 무대에 설 수 있을 것 같아요." 버리나가 덧붙였다.

"친애하는 버리나, 솔이나 망토 없나요?" 대답 대신에 랜섬은 주위를 둘러보며 그렇게 물었다. 그리고 의자 위에 긴 모피 외투가 아무렇게나 놓여 있는 것을 알아차리고는 재빨리 그것을 집어 들어서는 그녀에게 저항할 겨를도 주지 않고 어깨에 둘러주었다. 그가 그것을 제대로 입히려고 하는 동안에도 그녀는 그를 가만히 내버려두었고, 그 자리에 선 채 머리부터 발끝까지 온통 외투에 싸여서는 이내 이렇게 묻는 것이 고작이었다.

"모르겠네요 ― 어디로 가려고요? 어디로 절 데려가실 건가요?"

"뉴욕행 야간열차를 탈 거예요. 그리고 아침이 되면, 우리는 우선 결혼부터 할 것입니다."

버리나는 눈물이 글썽글썽한 눈으로 잠시 물끄러미 그를 바라보았다. "그러면 저 사람들이 어떻게 나올까요? 들려요? 들어봐요!"

"아무래도 당신 아버지도 모두의 흥미를 끌 수는 없게 된 것 같네요. 저들은 각자의 기질에 따라 울부짖거나 쾅쾅 내리치겠죠."

"아, 저 사람들의 기질은 훌륭해요!" 버리나가 항변했다.

"그대여, 바로 그런 터무니없는 생각에서 나는 꼭 당신을 떼어내야겠어요. 들어보세요, 얼마나 분별없는 짐승 같은 자들인지!" 폭풍은 이미 회장을 가득 휘몰아치며 점점 격해졌다. 상황이 걷잡을 수 없어지자, 버리나는 간절히 호소하는 표정으로 그를 돌아보았다.

"저라면 단 한마디로 저 사람들을 달래줄 수 있어요!"

"달래는 말씀이라면 저를 위해 간직해두세요 ─ 앞으로 우리 생활에서는 분명 그런 말들이 다 필요해질 테니까요." 랜섬은 웃음을 머금고 말했다. 그는 다시 로비로 통하는 문을 당겨 열었다. 그러자 갑자기 태런트 부인이 엄청난 기세로 뛰어 들어와서, 그도 버리나와 함께 뒤로 물러서고 말았다. 떠날 채비를 완전히 마친 딸의 모습을 보고 부아가 치민 부인은 붙잡으려는 맹목적 충동으로 딸에게 달려들었다. 그러고는 하염없이 눈물을 쏟으며 비난과 탄원과 지리멸렬한 논리를 늘어놓고 이별의 말을 되풀이하며 딸을 꼭 끌어안았는데, 그 몸짓은 지극한 애정의 발로인 동시에, 3분쯤 전에 그녀가 스스로 집행하고 싶다는 뜻을 밝힌 예의 유익한 견책을 의미했다. 이 때문에 딸의 도망은 그 순간 완전히 저지됐다.

"엄마, 이렇게 될 수밖에 없어요. 저는 어쩔 수 없는 일인걸요,

하지만 여전히 전 엄마를 똑같이 사랑해요. 제발 놔줘요, 날 보내줘요!" 버리나는 더듬더듬 그렇게 말하면서 다시 엄마에게 입맞춤하는 한편, 엄마를 뿌리치려고 애쓰며 랜섬 쪽으로 손을 내밀었다. 그녀가 모든 것을 버리고 여기서 도망치고 싶어 한다는 것을 이제야 그는 분명히 알아차렸다. 올리브도 바로 옆에 와서 문턱에 서 있었는데, 그 모습을 보자마자 랜섬은 방금까지 그녀에게 엿보였던 나약함이 이미 흔적도 없이 사라졌다는 것을 알았다. 그녀는 다시 의기양양하게 몸을 뒤로 젖히며 이 헛헛함을 의연한 태도로 받아들이고 있었다. 그 얼굴에 새겨진 표정을 그는 죽을 때까지 잊을 수 없을 것 같았다. 꺾인 희망과 상처받은 자부심을 이토록 생생하게 드러내는 얼굴은 상상할 수조차 없었다. 자포자기해서 건조하고 뻣뻣해진 표정이었지만, 여전히 흔들리고 확신이 없어 보였다. 마치 죽음을 기다리고 있는 듯 그 흐릿하게 빛나는 눈은 물끄러미 전방을 응시한 채였다. 랜섬은 이 정신 없는 순간에도 그 모습을 보며, 만약 이때 그녀가 죽음과 맞닥뜨려 그 매서운 칼날과 끔찍한 불길에 휩싸였다면 아마 비극의 주인공답게 떨지 않고 감연히 죽음으로 돌진했을 거라고 상상했다. 이 와중에도 회장에서는 엄청난 소란이 휘몰아치는 파도처럼 끝없이 고조되었다가 잦아드는 과정을 반복하고 있었다. 아마 셀라 태런트와 대리인은 청중을 진정하려고 열심히 뭔가를 호소해 아주 잠시 그들을 억제하는 데 성공했지만, 또다시 억제할 수 없게 되어 손을 놓아버린 것 같았다. 이 발작적인 폭풍에 휩쓸려 그때 한 부인과 한 신사가 통로에 나타났다. 그들을 힐끗 보고 랜섬은 퍼린더 여사와 그 남편이라는 것을 알아보았다.

"음, 미스 챈슬러 —" 이 저명인사가 자못 준엄한 어조로 말했다. "이것이 우리 여성의 권리를 회복하려는 당신의 방식입니까!" 그렇게 말하고 그녀는 재빨리 방을 빠져나갔고, 남편 아머라이어는 그 뒤를 따라 지나가면서 조직력이 좀 부족한 것 같다고 말했다. 그렇게 부부는 황급히 떠났는데, 여사는 어머니와 실랑이를 계속하고 있는 버리나에게는 눈길 한 번 주지 않았다. 랜섬은 태런트 부인에게 예를 잃지 않도록 조심하면서 두 사람을 갈라놓으려고 애쓰는 동안에도 올리브에게는 한마디도 말을 걸지 않았다. 그녀와 마주치는 것도 이것이 마지막이었으나 그녀가 퍼린더 여사의 말에 채찍을 맞은 듯 핏기 없는 그 얼굴에 번쩍 홍조를 띠었다는 것도, 느닷없이 영감이 번뜩인 듯 연단으로 통하는 통로로 돌진했다는 사실도 전혀 눈치채지 못했다. 만약 그가 그녀를 주시했더라면, 그녀가 실망시키고 기대를 저버린 수천 명의 군중 앞에 자신을 내주어 그들의 발에 짓밟혀 죽어서 갈기갈기 찢기는 방식으로, 자신이 하고자 했던 처절한 속죄를 완수하기를 바랐다는 것을 알 수 있었을지도 모른다. 아마도 그러한 그녀의 모습에서 파리 혁명을 이끌고 바리케이드 위에 우뚝 선 여성 선동가나, 알렉산드리아의 광포한 군중 사이를 구르는, 제물로 바쳐진 히파티아*의 모습을 떠올릴 수 있었을 것이다. 마침 그때 버래지 부인과 그 아들이 방으로 들어오면서 그녀는 순간 걸음을 멈췄다. 모자는 퍼린더 부부가 퇴

---

* 고대 알렉산드리아의 철학자로 그리스도교 폭도들에게 죽임을 당했다.

석하는 것을 보고 곧바로 무대를 벗어나 뇌우에서 몸을 피하려는 사람처럼 허둥지둥 이 방으로 달려온 것이다. 모친의 얼굴에는 마치 만찬에 초대받은 사람이 식탁보가 식탁에서 벗겨진 것을 봤을 때처럼 점잖게 놀란 표정이 떠올랐다. 한편 그녀가 몸을 지탱하기 위해 팔을 잡고 있는 청년은 버리나가 태런트 부인에게서 떨어져 나왔다가 다시 제압당하는 광경과 예상치 못한 미시시피 남자의 모습을 보고 금세 망연자실해졌다. 그의 아름다운 푸른 눈이 두 사람을 번갈아 쳐다보는 동안 극심한 짜증과 당혹감의 빛이 얼굴에 드러났다. 아마도 자신이라면 이 상황을 잘 중재할 수 있을지도 모른다고 생각한 것일까. 필시 그는 특별히 뽐내는 건 아니지만 자기가 있었다면 적어도 이런 추잡한 싸움만은 일어나지 않게 막았을 것이라고 말하고 싶은 듯했다. 그러나 버리나는 외투 속에 깊숙이 몸을 파묻고 도망치려고 발버둥 칠 뿐 그의 말에는 귀를 기울여줄 것 같지 않았고, 또 랜섬도 그런 말을 하기에 적당한 대상으로 보이지 않았다. 올리브가 분주한 걸음으로 버래지 부인 앞을 지나갔을 때 두 사람은 순간 시선을 주고받았는데, 한쪽이 날카로운 비아냥을 담아 쳐다보자 상대는 거리낌 없이 반항하는 눈빛으로 이에 보답했다.

"어머, 당신이 연설하시려고요?" 뉴욕에서 온 귀부인은 픽 웃으며 물었다.

올리브는 이미 사라졌지만, 대기실을 향해 되받아치는 그녀의 목소리가 랜섬의 귀에도 들렸다. "나는 야유받고 비웃음당하고 모욕당하러 가는 겁니다!"

"올리브, 올리브!" 느닷없이 버리나가 새된 소리를 질렀다. 거의 회장의 맨 앞줄에까지 닿을 것 같은, 귀청이 찢어질 듯한 절규였다. 그러나 그때 이미 랜섬은 건장한 남자의 힘으로 그녀를 비틀어 떼어내, 태런트 부인이 버래지 부인의 팔 안에 몸을 던지게 놔두고는, 황급히 그녀를 밖으로 데리고 나가려던 참이었다. 분명 1분도 지나지 않아 태런트 부인은 눈물 고인 눈으로 이 귀부인의 매력 넘치는 모습을 어렴풋이 보고는, 소중한 추억이 될 것임이 틀림없는 고귀한 격려와 총명한 위무를 부인에게서 받아낼 것이라고 그는 생각했다. 미로처럼 뒤엉킨 중심 복도에는 이미 오늘 밤의 즐거움을 포기하고 분주한 발걸음으로 행사장을 빠져나오는 성급한 사람들로 인산인해였다. 랜섬은 걸어가면서 버리나의 얼굴과 정체를 감추려고 긴 외투에 달린 두건을 그녀의 머리에 덮어주었다. 이로써 남에게 들킬 염려도 완전히 없어졌다. 그러다 공연장에서 쏟아져 나오는 군중의 흐름에 섞였을 때 문득 그는 무대 정면으로 뛰쳐나온 올리브 챈설러를 맞아 행사장 전체가 금세 물을 끼얹은 듯 완전히 조용해졌음을 깨달았다. 온갖 소리가 바로 그치고, 경의로 가득 찬 정적 속에서 온 청중이 기다리는 눈치였다. 이 정도라면, 그녀가 어떤 변명을 해도(사실 그녀라면 당황한 나머지 아무 말도 하지 못할 것이라고 그는 생각했다) 저들이 그녀에게 의자를 던지는 등의 무서운 사태는 일어날 것 같지 않았다. 자신의 승리에 가슴이 뛰던 그도 이때만큼은 그녀에게 약간의 안쓰러움을 느꼈다. 그리고 어쨌든 아무리 격노할 때라도 보스턴 청중은 너그러운 마음만은 잊지 않는다는 것을 알게 되어 다행이었다. "아, 이제 저도 안심이 되네요!" 거리로 나왔을 때 버리나가 말했다. 그녀는 안심했다지만, 금세 그는 그녀가 두건 아래에서 울고 있다는 것을 깨달았다. 지금부터 그녀가 들어가려고 하는, 화려함과는 너무나 거리가 먼 두 사람의 생활을 생각하면, 지금 흘리고 있는 눈물이 그녀가 흘려야 할 마지막 눈물은 아닐 우려가 있다.

◁ 끝 ▷

"과거를 현재의 빛으로 읽는 순간"
: 페미니즘과 그 적들, 그리고 퀴어 사랑의 가능성

조선정 (서울대학교 영어영문학과 교수)

헨리 제임스의 문학적 상상력의 원형질을 이루는 것 두 가지를 꼽자면 유럽 여행과 남북전쟁일 것이다. 1843년 미국 뉴욕에서 태어난 제임스는 부모의 남다른 재력과 교육열 덕분에 10대의 대부분을 유럽 문화와 접속하고 외국어를 배우면서 보냈다. 스무 살의 하버드 대학교 법학도 제임스가 문학에 뜻을 품고 습작을 시작했을 때 미국은 남북전쟁(1861~1865)을 통과하고 있었다.

1916년 73세의 나이로 생을 마감할 때까지 그는 프랑스, 이탈리아, 영국의 작가들과 교류하고 런던을 창작 활동의 터전으로 삼으면서 유럽의 이방인으로, 가끔 뉴욕과 보스턴을 방문하는 자발적인 망명자로 살았다. 말년에 영국으로 귀화했으나, 유언에 따라 마지막으로 한 번 더 대서양을 건너 보스턴에 묻힌다. 묘비에는 "두 나라의 시민, 바다를 사이에 둔 두 나라의 동시대를 해석한 소설가, 여기에 잠들다"라는 문구가 새겨져 있다. 이보다 더 적절하게 그의 삶을 기릴 수 있을까. 남북전쟁 이후 미국의 재건 시대와 세기말 유럽의 여명을 오가면서 동시대인들이 느끼는 삶의 질감과 시대의 열망을 포착하고 해석하는 데 바쳐진 그의 삶은 "두 나라의 시민"이기에 가능했을 것이다.

제임스는 50여 년에 걸쳐서 장편소설 20편, 중단편 130편, 연극 12편을 비롯해 수백 편의 서평, 비평, 에세이, 여행기, 번역을 발표했다. 압도적인 양의 편지들까지 포함한다면, 실로 뭔가를 쓰지 않는 시간이 남아 있기나 했을까 싶다. 그는 생전에 24권짜리 전집을 가질 만큼 확고한 명성을 누린 운 좋은 작가이다. 흔히 '뉴욕 에디션'으로 불리는 이 전집을 위해 그는 초판을 일일이 수정하고 새로운 서문을 붙이면서 작가로서 스스로를 내놓고 설명하고 갱신하기를 멈추지 않았다.

1886년에 나온 《보스턴 사람들》은 그에게 약간 쓰라린 작품으로 남았다. 평단과 대중의 반응은 전반적으로 부정적이었다. 전집에 포함되지 않았으며, 나중에 수정본을 전집에 추가하려던 계획도 불발되었다. 1881년에 나온 《여인의 초상》이 성공을 거둔 후 《보스턴 사람들》을 집필하기 전 몇 년 동안 그에게 일어난 가장 중요한 일은 아버지와 남동생의 장례에 참석하기 위해 유럽에서 돌아와 보스턴에 체류한 것이다. 다시 밟은 땅 미국을 그는 어떻게 바라봤을까? 그렇게 탄생한 《보스턴 사람들》은 왜 (유독 보스턴 사람들에게) 공감과 지지를 끌어내지 못했을까?

영문학계에서 헨리 제임스의 명성이 퇴색한 적이 없는 만큼,

《보스턴 사람들》은 그의 대표작 반열에 오르지 못했을지언정 쉬이 잊히진 않았다. 특히 그의 작품 중 두드러지게 사실적인 필치로 당대의 정치적 이념 갈등을 여성 참정권 운동에 투영하여 본격 다루었다는 점은 《보스턴 사람들》을 꾸준히 비평의 장으로 소환하는 중요한 이유다. 최근 세계적으로 진보적 사회운동이 퇴조하는 국면에서 '아직 끝나지 않은' 페미니즘의 투쟁에 공명하는 독자와 비평가에게는 놓칠 수 없는 문제작이다. '보스턴 사람들'이 단지 불특정 다수의 보스턴 사람들을 가리키는 말에 그치지 않고 '보스턴 결혼'을 실천하는 신여성을 함의한다는 점도 각별하다. 어쩌면 제임스는 '레즈비어니즘'의 뉘앙스를 복잡 미묘하게 증폭시키는 퀴어한 글쓰기로 '보스턴 사람들'에게 외면당한 것일까?

진보의 미망

물론, 레즈비어니즘이 《보스턴 사람들》의 전부는 아니다. 제임스는 미국 독립의 심장부 뉴잉글랜드에서 진보와 개혁의 성지로 꼽히는 보스턴을 배경으로, 남북전쟁의 상흔과 영광을 나눠 가진 전후 세대의 욕망, 갈등, 분투를 숨 가쁘게 담아낸다. 혁명은 어떻게 (불)가능한가? 세상을 바꾸려는 이들은 무엇을, 왜, 어떻게 열망하고 성취하고 또 좌절하는가? 세상은 어떻게 변화하고 또 변화하지 않는가? 서사의 고비마다 요동치는 이런 심오한 질문들이 로맨스 플롯과 교차함에 따라 《보스턴 사람들》은 때로는 전환기 미국사의 아카이브가 되고 때로는 흥미진진한 구애의 멜로드라마로 읽히고 또 때로는 불꽃 튀는 페미니즘 공론장으로 변모한다. 문제는 인물들이 종종 타협적이고 모순적이고 세속적으로 그려져서 연민과 애착이 쉽지 않다는 데에 있는지도 모르겠다.

올리브 챈설러는 진보, 평등, 민주주의, 여성해방의 소명을 추구하는 신여성으로 등장한다. 반면, 미시시피 출신으로 영락한 지주 가문의 후손인 베이질 랜섬은 남북전쟁의 멍에를 진 채 생계에 허덕이는 무기력하고 냉소적인 신사로 등장한다. 정반대의 이유로 시대와 불화하는 두 사람은 시대의 경박함을 한탄한다는 점에서 극적으로 통하기도 한다. 뜻을 같이하는 동료들의 구시대적 발상, 몰취향, 깊이 없음에 매번 실망하는 올리브와 시류에 휩쓸리는 기회주의 풍토를 성토하는 베이질은 공히 편협한 도덕적 강박 내지는 선민의식을 고수한다. 이것이 두 사람의 자존을 지켜주는 만큼 그들의 오만과 위선을 가려주기도 한다.

뉴잉글랜드에 흘러들어 온 태런트 가족은 진보와 사이비 종교의 기묘한 조합을 보여준다. 영매, 공산주의자, 채식주의자, 최면술 치료사 등 비주류의 신념 체계와 라이프스타일을 표방하는 이들은 지배 문화에 대한 저항을 지렛대 삼아 사리사욕을 추구하고 지배 권력에 기생한다. 올리브와 베이질은 태런트의 얄팍한 상술을 단박에 간파하는 동시에 버리나의 아름다움에 매혹된다. 올리브는 떠돌이 장사치의 딸이 불우한 환경에서 그토록 아름다운 존재로 빛날 수 있다는 사실 자체가 바로 민주주의의 승리라는 논리를 설파한다. 그리고 버리나를 독점하려고 태런트를 돈으로 매수하면서 이를 운동의 대의를 위해 필요한 조치라고 정당화한다. 베이질은 대중의 출현을 증오하고 민주주의를 혐오하는 독재자의 본색을 드러내며, 버리나가 대중의 구경거리로 소모되기 전에 올리브로부터 구출하여 여성의 자리로 돌려보내겠다며 철 지난 기사/영웅을 자임한다.

진보와 보수를 나누고 구분할 수 있어도 그 경계는 절대적이지 않으며 얼마든지 혼탁해질 수 있다. 제임스가 정교하게 구축한 전지적 화자는 올리브의 진보적 이상이 처한 자기모순, 그리고 베이질의 지독한 권력 의지를 서늘하게 짚어낸다. 두 주인공뿐만 아니라 거의 모든 인물이 버리나를 자원 삼고 매력을 채굴하기 위한 주목 경제에 뛰어들어 각자의 이해관계에 복무한다. 제임스는 이렇게 부박하고 천박한 세태를 당대 저널리즘의 생리로 집약하여 통렬하게 비판한다. 신문에 나는 것, 단 한 번 나는 것이 아니라 신문에 나는 사람으로 사는 것, 유명세가 곧 정체성이 되는 것, 통탄스럽게도 여기서 시대정신을 읽을 수밖에 없다면, 여기까지 오느라 (앞으로 나아가는 것이라고 믿으면서) 치른 모든 피땀은 얼마나 허망한 것인가.

페미니즘은 무엇으로 사는가?

그렇다고 《보스턴 사람들》이 비관적인 세태 비판으로 끝나는 건 아니다. 진보와 보수의 선명한 대립의 이면을 관통하는 인간의 한계, 그리고 그것을 대의와 명분으로 포장하는 자기애와 미망이 판치는 시대에 대한 날카로운 비판을 전제하되, 제임스는 지적이고 섬세한 화법으로 의미의 종결을 거부하는 풍부한 아이러니를 창출하면서 비판의 수위를 조율한다. 예컨대, 올리브의 한계와 베이질의 한계는 그 무게가 같지 않도록 말이다. 그러니 버리나가 올리브를 버리고 베이질의 품에 안기는 결말을 곧이곧대로 읽을 이유도, 페미니즘을 비웃는 소설로 성급하게 단정할 필요도 없다.

무엇보다, 《보스턴 사람들》이 그리는 페미니즘은 복잡한 역사적 맥락과 정교한 이론적 탐색을 바탕으로 한다. 그리고 페미니즘과 그 적들을, 페미니즘과 그 불만들을, 페미니즘의 곤경과 미래를 환상 없이 펼쳐 보인다. 올리브의 여성해방론은 남성을 배제한 여성 공동체를 지향한다. 남성을 계급으로 보는 올리브의 일관된 관점은 성차별과 남성 특권을 구조적 문제로 파악한 당대의 지적 합의를 반영한다. 베이질이 여성해방론을 노예해방론의 연장선상에서 이해하는 것도 일맥상통한다. 다만 그는 계급적이고 구조적인 방식으로 문제를 해결할 의지 없이 오로지 온정주의적 가부장제로 돌아가려 할 뿐이고, 올리브는 이성애와 남성 특권을 동일시하면서 그것의 철폐를 계급적이고 구조적인 해결이라고 믿는다.

소설 초반, 올리브는 상류사회의 인맥을 활용해 부유한 사람들을 운동에 끌어들이라는 부탁을 받고 속으로 반발한다. 귀부인들을 여성해방의 대의로 끌어들이는 것보다 대다수 평범한 여성이 여전히 남성에게 끌리고 남성 권력에 봉사하기를 자처하는 현실을 파헤치는 것이 먼저라고 믿기 때문이다. 또 그녀는 여성해방에 동참하겠다고 나선 남성과 연대하는 것보다 애초에 자유를 남성에게 빚지지 않는 것이 더 중요하다는 소신을 피력한다. 역사적으로 누적된 고통을 바로잡으려면, 남성과 여성에게 동등한 기준을 적용할 것이 아니라 아예 여성에게 유리하도록 기준을 바꿔야 한다고도 암시한다. 이런 사유의 흐름은 19세기 페미니즘에서 얼마든지 찾아볼 수 있고 20세기 초반 참정권 획득 이후에도 가령 버지니아 울프의 《자기만의 방》에서도 그 울림이 남아 있다.

뼛속까지 남성성의 화신인 베이질은 기사도의 원리를 신봉하는 동시에 피해자 정체성에 의존한다. 그는 여성이 고통받아온 존재가 아니라 아예 남성이 여성에게 끌려다녔다고 말하는데, 이는 여성이 우월하다는 논리와 무관하다. 본질적으로 여성은 열등한 존재라는 자연의 섭리를 인정하는 한 여성은 존중받을 권리를 요구할 수 있다는 것이 기사도에 내재한 유구한 여성 혐오의 논리다. 그의 남성적 우월감은 너무나 비타협적이라서 가령 야심 차게 투고한 에세이가 300년이나 지난 이야기라는 편집자의 신랄한 코멘트를 달고 되돌아와도 그는 당당하게 억울할 따름이다. 몰락한 집안 식구들 건사하기 바쁜 팍팍한 현실을 사는 그를 압도하는 정서는 바로 이 억울함, 상실감, 박탈감이다.

뺏어도 된다고 믿는 올리브와 이미 억울하게 뺏겼다고 믿는 베이질, 미래를 앞당겨 사느라 현실을 건너뛰는 올리브와 과거를 끌어와 현실을 왜곡하는 베이질, 서로 다른 시간을 사는 두 사람 사이에 합리적인 논쟁과 설득은 불가능하다. 이들의 대립은 얼핏 단순한 성 대결처럼 보이지만 기실 역사 해석의 싸움이고 시간성의 투쟁이고 또한 공간의 경계를 흔드는 몸의 싸움이기도 하다. 근대사회의 성별화 구도에 따른 '가정'과 '광장'의 분리는 신여성의 출현으로 위기에 봉착한다. 베이질은 여성의 사회 진출, 민주주의, 대중 문화 등 일련의 사회 변화를 "지금 세대 전체가 여성화되어버렸어요"(523쪽)라는 말로 비난한다. 그에게 기사도란 결국 부적절한 공간을 차지한 여성을 구출하여 여성의 공간 체험을 통제하는 일이다. 그가 구하려는 것은 위험한 여성이 아니라 '잃어버린 것'이다. 가정과 광장을 다 잃었다고 믿으며 둘 다 한꺼번에 탈환하겠다고 나선 기사 베이질, 그러나 그가 꿈꾸는 삶은 신기루와 같다. 그런 것은 없(었)다. 마지막에 베이질과 버리나가 이루는 가정은 납치에 육박하는 유사 폭력을 동원하고서야 가능한 것이고, 불길하게도 버리나의 눈물로 적셔질 그런 공간이다.

반면, 올리브는 소설 내내 '정상 가정'과 다른 의미의 안락한 가정 공간을 꾸미고 지켜냄으로써 여성 공동체 가능성을 현실화한다. 나아가 올리브는 광장을 탐내고 기획한다. 제임스는 올리브가 그토록 싫어했던, 남성에게 여성을 빼앗겨온 고통을 올리브에게 물려주며 소설을 마무리한다. 그녀에게 이제 다시 가정을 일구고, 광장을 노리고 거기에 설 수 있는 날이 올까? 여성화의 시대를 그녀는 어떻게 타고 넘어갈까? 올리브는 남성을 증오한다고 말하지만 정작 가장 견디지 못하는 것은 남성에게 굴복하는 여성, 남성 없이 못 사는 여성, 나약한 여성성이다. 베이질은 여성을 적대시하지만 정작 가장 견디지 못하는 것은 힘없는 남성, 나약한 남성성이다. 여성화의 빛과 그림자 아래에서, 올리브와 베이질은 지지 않으려 한다. 이기고 살았기 때문에, 지는 것이 어떤지 너무 잘 알기 때문에, 질 수 없다. 아무도 지지 않(으려)는 세계, 나약함이 기피되고 경멸받는 세계, 이기고 또 이겨야 하는 세계, 페미니즘은 이 세계를 닮았고 이 세계와 함께 도래한 것이다. 이 세계의 바깥이 있을까?

사랑하라, 원한 없이, 퀴어하게

《보스턴 사람들》의 페미니즘이 단순한 성 대결의 틀 너머 역사적이고 구조적인 사회변동에 뿌리내린 것이라고 해서 개인적 감정과 정동의 간섭으로부터 자유로운 것은 아니다. 올리브는 베이질이 더 이상 원하는 것을 가지지 못하고 지는 법을 배우기를 바란다. 베이질은 올리브가 버리나를 잃고 아파하기를 바란다. 각자 '정의'를 대변하지만 '복수'를 원한다는 사실을 숨기지 않는다. 원한에 사로잡힌 것은 두 사람만이 아니다. 초기 노예해방 진영에서 자란 태런트 부인은 그렇게 누렸던 모종의 '사교계'를 다시 회복하려 노심초사한다. 셀라 태런트는 신문사의 작동 원리를 파악하여 언젠가 인고의 기다림을 앙갚음하겠다고 벼른다. 루나 부인은 그때그때 올리브와 베이질을 향한 사소한 복수심으로 움직인다. 진보든 보수든, 페미니스트이든 미소지니스트이든, 이들은 가진 적 없는 그 무엇을 잃었다고 생각하고 그것을 회복하면 다시 존엄해질 수 있다는 허위의식에 휘둘리고, 원한과 복수심으로 더디고 복잡하게 작동하는 현실을 뛰어넘으려는 근시안적인 시도에 갇힌다. 세상이 조금이라도 움찔하기 전에 그들이 먼저 부러지고 말 것인데도 말이다.

원한에 소진되지 않는 삶은 어떻게 가능한가? 《보스턴 사람들》은 젊고 아름다운 버리나의 부상과 함께 여성해방운동의 원로 미스 버즈아이의 쇠퇴를 공들여 기록한다. "진보의 흔적이 바로 보이지 않는다고 해서 진보가 없다고 생각해서는 안 됩니다. … 훨씬 앞으로 더 나아가야 비로소 자신이 무엇을 해냈는지 알 수 있는 것입니다"(622~623쪽)라는 그녀의 마지막 전언은 즉물적인 성과와 결과에 얽매이지 않을 때 비로소 삶의 영속적 의미가 드러난다는 것을 환기한다. 버즈아이의 죽음에 비추어 볼 때 버리나가 선택하는 사랑도 새로운 의미를 띨 수 있다. 버리나는 무수한 선택의 기로에 내몰리면서도 매번 본능적 끌림을 수용하는 모험을 감행함으로써 올리브와 베이질의 대립의 희생자로 박제되지 않는다. 그녀는 베이질에게 끌리고, 끝내 그를 사랑한다. 올리브를 사랑한다는 진실이 베이질을 사랑한다는 진실로 자리바꿈하는 것을 인정하고, 보스턴 결혼에서 이성애로, 대중 연설에서 사랑의 속삭임으로, 광장에서 가정으로, 올리브가 금지했던 그 모든 것을 향해서 자신의 호기심과 열망을 재배치한다. 이런 변화를 "마음속에 일어나고 있는 혁명"(602쪽)으로 표현한 것은 허황된 수사가 아니라 그녀의 주체성을 시사한다.

죽음과 사랑, 이 두 가지 가능성은 올리브에게서 극적으로 포개진다. 그녀가 돌아오지 않는 버리나를 기다리며 버리나가 베이질을 사랑한다는 사실을 비통하게 인정하고, 어두운 방에서 "수치심"에 침잠하는 순간은 이 소설에서 가장 참담하고 애틋하고 명징하고 아름다운 대목일 것이다. 잃어버린 것을 되찾겠다는 복수의 미망으로 들끓는 세계에서 실제로 버리나를 눈앞에서 잃고 이 모든 투쟁에서 지는 순간, 올리브는 비유컨대 죽음을 경험한다. 그리고 죽음 속에서 비로소 "과거를 현재의 빛으로 읽게 되는 순간"(641쪽)에 선연하게 떠오르는 세상의 이치를 깨닫는다. 그것은 구체적인 지식이나 앎이라기보다 도저한 "수치심"으로 압축된다. 돌아온 버리나가 어둠 속에 말없이 앉아서 죽음 같은 수치를 함께 (그러나 함께할 수 없음을 깨닫는 방식으로) 견뎌준 것은 파탄하는 순간에 완성되는, 이루어질 수 없는 퀴어한 사랑의 증거다. 버리나는 올리브를 배신하고 떠남으로써 그들의 사랑을 이 세계 바깥을 향한 열린 가능성으로 남겨둔다. 이성애 로맨스, 그 예측 가능하고 진부한 미래와 다른, 어떤 현재진행형의 잠재태로서의 퀴어한 사랑.

제임스의 뜻대로 《보스턴 사람들》의 수정본이 나왔더라면 어땠을까? 보스턴 결혼에 훨씬 더 호의적이었던 20세기 초 분위기를 감안하면, 케케묵은 여성 혐오의 논리와 발화의 강도가 조금은 순치되고 또 어쩌면 베이질의 '매력'이 덜 부각되었을까? 이런 상상이 주는 위안 못지않게, 이대로 베이질은 베이질이고, 올리브와 버리나는 사랑했고, 그리고 실패했고, 그럼으로써 역설적으로 퀴어 서사의 가능성이 소진되지 않았음을 이해하는 것에도 말로 다할 수 없는 위안이 있다. 《보스턴 사람들》이라는 과거를 현재의 빛으로 다시 읽는 이유가 여기에 있다.

재독자를 위한
서술되지 않은 것들에 관한 서술

이렇게 맑게 갠 회상의 순간은 모든 남녀가 적어도 한 번은 경험하는 것으로, 과거를 현재의 빛으로 읽게 되는 이 순간, 사물의 이치가 마치 못 보고 지나쳤던 이정표처럼, 이전에는 전혀 보지 못하던 곳에서 뚜렷이 떠오를 수 있다. 지금까지의 여정이 잘못된 진로와 엉뚱한 관찰과 현혹되어 착각했던 그 모든 지형과 함께 눈앞에 생생히 그려지는 것이다. (641쪽)

번역은 부단한 '다시 읽기'의 과정이다. 번역 과정에서 작품을 처음부터 끝까지 여러 번 꼼꼼히 다시 읽을 수밖에 없는 '재독자'로서 다시 읽을 때마다 새롭게 흥미로운 작품을 만나는 것은 흔치 않은 행운이다. 다시 읽을수록 일독의 사각지대를 좁힐 수 있는 《보스턴 사람들》이 바로 그런 작품이었다. 일독 후 처음부터 다시 읽는 재독자만이 볼 수 있는 시야까지 염두에 두고 정교하게 구축된 다층적 서술 구조를 가진 작품은 처음 읽으면 오히려 울퉁불퉁하고 엉성하게 조립된 듯한 인상을 받기 쉽다. 《보스턴 사람들》도 당대의 독자는 물론 비평가에게도 그런 오해를 받았던 작품이다. 중심이 되는 뚜렷한 한 명의 주인공이 없이, 자기모순에 가득찬 인물들이 난립하고, 전통적인 플롯들(성장소설의 플롯과 로맨스(결혼) 플롯)이 충돌하면서 소설 속 시간의 흐름에도 균열이 일어나고, 무엇보다 1부와 2부의 서술자가 다른 사람 같다는 비판을 받을 정도로 서술자의 어조와 태도가 오락가락한다는 점은, 헨리 제임스 중기 작품의 설익은 면으로 비판받기도 했다. 그러나 개인의 가치관과 공동체의 가치가 다 의문시되는 혼란스러운 사회상을 그려내는 소설에서 형식상의 이런 비균질성과 비일관성은 작자가 치밀하게 기획한 형식적 전략일 가능성이 있다.

이 소설은 소설 전체를 보는 시야를 얼마나 확보하는가에 따라 전혀 다른 독서 경험을 할 수 있는 작품이다. 작품의 전체 지형은 여러 번 다시 읽을수록 더 선명하게 포착되는바, 한국어 번역판 독자들보다 조금 먼저 이 과정을 시작한 역자가 발견한 '이정표'들을 몇 대목만 공유하고자 한다. 작품의 진짜 지형을 가리던 '안개와도 같은 애매함'이 걷히는 순간을 포착하는 재독자의 기쁨은 '잘못된 진로와 엉뚱한 관찰과 착각'의 경험이 축적된 후에 더 크게 느껴지는 법이니, 작품을 먼저 일독한 후에 읽어보실 것을 권한다.

그 매력적인 사투리를 여기서 여러 철자를 조합해 재현하는 것은 내 역량 밖의 일이지만, 그 지방의 사정에 밝은 독자라면 그 어조를 수월히 떠올려주시리라. 다만, 사투리라고 상스럽거나 조야한 말투를 연상하지는 마시기를. (중략) 그는 남성의 대표자로서 나의 이야기에서 가장 중요한 인물이며, 지금부터 내가 어느 정도 제시하게 될 사건들에서 대단히 활약하게 된다. 만약 독자 중에 이미지를 완벽히 파악하고 싶거나, 이성뿐 아니라 감각으로도 책을 읽고자 하는 분이 있다면, 다음 사항을 잊지 마실 것을 간곡히 부탁드린다.

(11~12쪽)

《보스턴 사람들》의 서술자는 일인칭 대명사로 처음 등장하는 동시에 독자에게 직접 말을 걸어 자기 역량의 한계를 먼저 밝힌다. 게다가 독자가 앞으로 읽게 될 자신의 서술을 '지금부터 내가 어느 정도 제시하게 될 사건들'이라고 표현한다. 아니 '어느 정도'라니? 다가 아니란 말인가? 이 표현을 의아하게 느끼는 독자라면 이후 이야기에서 서술자가 제시하지 않고 남겨두는 부분은 과연 '어느 정도'인지 의문을 품을 수밖에 없다.

사실 미시시피 사투리가 글로 재현되지 못하는 정도는 이야기를 읽는 데 큰 결핍이 되지 않는다. 그러나 이 소설의 플롯에서 말과 글이 가진 마력에 가까운 힘이 중대한 모티프로 작동하는 점을 떠올리면, 서술자가 자기 글의 한계를 독자에게 먼저 밝히는 이 대목이 갖는 의미는 가볍지 않다. 서술자가 글로 재현하는 데 실패하는 것은 미시시피 사투리만이 아니기 때문이다. 독자가 소설의 주요 갈등에 불씨를 던지는 요소인 버리나의 연설이 가진 대단한 힘

을 온전히 실감하지 못한 채, 작중인물들의 반응을 통해서 간접적
으로나 짐작할 수 있다는 점은 훨씬 더 치명적인 공백이다. 그 연설
이 가진 힘이 연설 내용 그 자체보다 비언어적인 부분(외모, 목소
리, 억양, 제스처)에서 비롯된다는 점을 고려하면, 사실 이 공백은
미시시피 사투리를 활자로 재현할 수 없다는 서술자의 말에 이미
예견되어 있다. 이 공백을 상상으로 채우는 것 역시 '이성뿐 아니라
감각으로도 책을 읽는' 독자의 몫이 된다. 그렇다면 서술자는 '이성
뿐 아니라 감각으로도 책을 읽고자 하는 분'으로 독자를 호명하면
서 이 소설의 독서 방식 자체를 제시한 것인지도 모른다.

> 그녀가 병적이라는 것은 명명백백했다. 딱하게도 랜섬은 자신이 일
> 대 발견이라도 한 것처럼 이 사실을 자신에게 공표했지만, (중략)
> 미스 챈설러가 병적이라고 말하는 것은, 이 여성에 관해서는 전혀
> 중요한 발견이 아니었다. 이 여성에 대해 충분히 설명하기 위해서
> 는 그러한 사실 배후에 있는 훨씬 더 많은 것까지 파고들어야 한다.
> 그녀가 병적인 이유는 무엇일까, 그녀의 병적인 면이 유독 눈에 띄
> 는 건 왜일까? 만약 이 수수께끼를 풀 수 있을 정도로 충분히 파고
> 들었다면 랜섬도 뛸 듯이 기뻐했을지도 모른다.   (21쪽)

이 소설에서 더 눈에 띄는 서술의 공백은 올리브와 버리나의 내
면이 충분히 서술되지 않는다는 점이다. 서술자가 올리브나 버리
나보다는 베이질의 시각에서 사건과 인물을 서술할 때가 훨씬 많
기 때문이다. 특히 버리나는 다른 두 주인공에 비해 그 내면의 심리

나 의식이 피상적으로만 묘사되는 편이다. 올리브의 내면은 버리나보다는 깊이 다뤄지는데, 서술자의 해석이나 추측이 주를 이루기 때문에 그녀 자신보다는 서술자의 목소리가 더 강하게 들린다.

올리브는 정상 가정과는 다른 새로운 여성 공동체를 꿈꾸는 여성으로, 당시 사회의 정상성 범주 밖에 있는 존재이다. 현대의 독자라면 그녀에게서 레즈비언이라는 뚜렷한 아이덴티티를 느낄 수도 있겠으나, 그렇다면 서술자는 굉장히 우회하고 있는 셈이다. 사회가 인정하는 정상성에 대한 보수적 관념을 가진 이성애자 남성 베이질은 생전 처음 보는 이 '희한한' 여성의 '병적인 면'을 포착하고, 그 '비정상성'을 '진짜 노처녀', '뼛속 깊이 독신주의자'라는 상투적 통념으로 이해한다. 서술자는 베이질이 올리브의 병적인 면 배후에 무엇이 있는지 그 수수께끼를 충분히 파고들지 않았다고 지적하지만, 정작 자신도 그 배후에 무엇이 있는지 확실히 말하지 않는다. 어쩌면 그의 서술 전체가 올리브의 '병적인 면', 즉 '비정상성'의 미스터리를 풀어보려는 시도이자, 전례 없이 독특한 이 현상을 전통적인 내러티브(성장소설 플롯과 로맨스 플롯)의 틀 안에 포섭하려는 과정일 수도 있다. 그 서술 과정에서 무엇을 어떻게 재현하고, 혹은 재현하지 않는지 자체가 19세기 말 헨리 제임스가 선구적으로 개척한 퀴어 서사의 자리일 것이다(《보스턴 사람들》이 프루스트의 《잃어버린 시간을 찾아서》나 E. M. 포스터의 《모리스》보다 2~30년은 앞서 출판된 작품임을 기억하자).

그래도 두 사람이 유럽으로 떠날 날이 가까워지자(그녀가 어떤 식으로 이 계획에 몸을 던졌는지는 이야기할 것도 없다) 그녀도 마침 내 친구의 의견을 전적으로 수용해, 그토록 오랫동안 부당한 세월 이 흐른 후에(아마도 또한 그들이 유럽 여행을 다녀온 후에) 이제 남자들 차례라고, 남자들이 반드시 보상해야 할 차례라고 생각하게 되었다!

(284쪽)

"하지만 내가 유럽에서 무엇을 봤고 들었는지 이야기해달라고 하 시면 안 돼요. 사실 지금 준비 중인 연설 제목이 바로 그거랍니다."

(353쪽)

버리나를 사이에 둔 올리브와 베이질의 대결이 성장소설의 플 롯과 로맨스(결혼) 플롯 간의 대결 양상으로 진행되면서 소설의 서 술 시간도 두 가지 템포가 뒤섞인다. 올리브와 버리나가 처음 만나 서로를 알아가고 친분을 쌓아가는 과정이 그려지는 시기에는 서 술 시간이 거의 하루 단위로 느리게 흘러가다가, 버리나에게 구애 하는 남자들의 등장으로 결혼 플롯이 끼어들면서 시간의 흐름이 월이나 계절 단위로 빨라진다. 완만히 흐르는 듯했던 성장소설 플 롯의 시간에 결혼 플롯의 서스펜스 템포가 섞인다. 그 시점은 아이 러니하게도 '미스 챈설러의 생애에서 가장 중요한 시기'로, 서술자 는 그 기간을 약 1년으로 한정한다.

올리브와 버리나의 결합이 가장 완전했던 그 시기의 시작을 '187-년 크리스마스 무렵'으로 특정한 서술자는 이 1년의 초반은 마치 타이머가 작동이라도 한 듯이 구체적인 시간 지표를 언급하며 시간의 흐름을 서술한다. 그런데 올리브와 버리나가 유럽으로 떠나기 직전의 시점에 1부가 끝나면서, 버리나의 성장에 가장 큰 영향을 미쳤을 유럽 체류 기간은 1부와 2부 사이에, 즉 서술되지 않는 시간으로 남는다. 그들이 유럽에 가서 적지 않은 성과를 올렸음을 독자가 알게 되는 것은 2부 첫 장, 즉 그들이 유럽에서 이미 돌아온 이후의 시점으로, 그것도 그들이 추구하는 '대의'에 적대적인 루나 부인의 말을 통해서다. 성장소설 플롯 측면에서 보면 가장 중요한 서술적 국면이 되었을 결정적인 시간이 삭제된 셈이다. 2부에서는 서술자의 서술 시점이 베이질 랜섬의 시점과 더 긴밀히 연동하면서 구애―결혼 플롯이 본격적으로 작동한다.

서술자의 전지성은 미국 밖까지 미치지 않는지, 두 사람이 유럽에서 보낸 시간에 대한 정보는 베이질이 인물들의 말로 추측하는 것 외에는 제시되지 않는다. 이 공백은 1부와 2부의 물리적 구분으로 독자에게 선명히 인지된다. 독자는 이후 버리나가 올리브와 함께 유럽에서 무엇을 봤고 들었는가에 대해 연설을 준비하고 있음을 알게 되지만, 이 연설은 작중에서 펼쳐지지 않는다. 따라서 올리브와 버리나 단둘이 다른 인물들의 방해를 전혀 받지 않고 당시 가장 진보적이었던 퀴어적 공간이었을 유럽에서 보낸 그 시간은 오직 독자의 상상으로만 재구성해야 하는 공백으로 남는다.

그녀와 마주치는 것도 이것이 마지막이었으나 그녀가 퍼린더 여사의 말에 채찍을 맞은 듯 핏기 없는 그 얼굴에 번쩍 홍조를 띠었다는 것도, 느닷없이 영감이 번뜩인 듯 연단으로 통하는 통로로 돌진했다는 사실도 전혀 눈치채지 못했다. 만약 그가 주시했더라면, 그녀가 실망시키고 기대를 저버린 수천 명의 군중 앞에 자신을 내주어 그들의 발에 짓밟혀 죽어서 갈기갈기 찢기는 방식으로, 자신이 하고자 했던 처절한 속죄를 완수하기를 바랐다는 것을 알 수 있었을지도 모른다. 아마도 그러한 그녀의 모습에서 파리 혁명을 이끌고 바리케이드 위에 우뚝 선 여성 선동가나, 알렉산드리아의 광포한 군중 사이를 구르는, 제물에 바쳐진 히파티아의 모습을 떠올릴 수 있었을 것이다.   (701쪽)

예정된 해피엔딩을 완수하고자 버리나를 데리고 밖으로 나가는 베이질과 자신이 감수해야 할 시련에 당당히 맞서고자 연단으로 나가는 올리브. 로맨스(결혼) 플롯과 성장소설 플롯은 여기서 완전히 엇갈리며 각각의 결말을 향해 나아간다. 소설의 대단원을 이루는 이 마지막 날의 사건 대부분이 베이질의 시각에서 서술되는 것을 생각하면, 독자가 보는 올리브의 영웅적인 마지막 모습을 베이질이 보지 못하는 설정은 의미심장하다. 베이질의 시각에서 올리브를 바라보던 독자는 이 대단원의 순간에 이르러 베이질이 보지 못한 맹점을 발견하면서 그전까지 올리브를 바라보던 자신의 시선을 돌아보게 된다.

이 소설의 서술은 사건의 전말을 이미 아는 서술자가 회고의 관점에서 그 전개 과정을 '기록'하는 것으로 설정돼 있다. 서술자는 베이질이 올리브에 대해 연민을 느끼는 첫인상을 서술하다가 그 인상이 후에 달라지는 것을 암시하는 등, 회고적 관점에서 수시로 개입해 인물의 생각을 교정하기도 서슴지 않는다. 그런데 이런 회고적 개입의 근거가 되었을 사건의 결말에 다다르자 베이질과 올리브에 대한 서술 태도가 역전되면서 로맨스 플롯과 성장소설 플롯의 대결도 이전과 다른 양상을 띤다. 버리나를 악당들의 손아귀에서 구출하는 '기사' 역할의 베이질은 타인의 처절한 고통에 전혀 공감하지 않고 오로지 목적을 향해 돌진하는 폭력성을 보인다. 반면에 사랑하는 사람을 잃고 괴로워하던 실패한 '연적' 올리브는 관중이 어떤 반응을 보일지 모른 채 연단으로 홀로 감연히 나가며 각성한 영웅의 아우라를 띤다.

소설의 맨 마지막 장면에서는 올리브의 파멸이 아닌, 버리나의 눈물이 묘사되고, 올리브가 무대로 나간 뒤에 일어난 일은 서술되지 않고 소설 밖 시공간에, 영원히 완료되지 않은 근미래로 존재한다. 올리브가 결국 자신의 가장 취약한 점(수줍음)을 극복하지 못해 관중의 야유를 받았을지, 아니면 훌륭한 연설을 해내고 진정한 여성 영웅으로 변모했을지, 영원히 유예된 이 미래를 결정하는 것은 이 책을 끝까지 읽은, 혹은 여러 번 다시 읽을 독자이다.

"당신은 저 말을 듣고 있는 게 아니군요." 의사가 말했을 때, 그 얼굴에 떠오른 미소는 어둠 속에서 보니 메피스토펠레스의 미소를 떠올리게 하는 면이 있었다. (556쪽)

포구에서 배를 저어 나가서 물고기가 물기를 기다리면서(그녀는 입질을 즐겼다), 그녀는 막연하고 친근한 침묵을 유지한 채 이따금

물끄러미 그를 바라보았는데, 그럴 때면 악마를 생각나게 하는 기
민한 표정이 그녀의 얼굴에 불현듯 스치곤 했다.   (606쪽)

서술 행위와 독서 행위의 차원을 독자가 계속 의식하게 만드는
소설에는 작자나 독자의 분신 역할을 하는 인물이 숨어 있는 경우
가 많다. 이 소설에도 그런 인물로 볼 수 있는 캐릭터가 하나 있으
니, 소설의 앞부분에 잠깐 등장했다가 끝부분에서야 다시 등장하
는 '닥터 프랜스'이다. 비중은 작지만, 미스 버즈아이의 주치의이자
일종의 동성 파트너로서 올리브-버리나와 가까이 지내면서 베이
질과도 나름 우호적 관계에 있어 사실상 올리브-버리나-베이질
삼각관계의 발단과 전개의 과정을 가장 잘 알 수 있는 인물이다. 버
리나와 올리브의 '대의'를 위한 활동에 대해서도, 베이질의 버리나
에 대한 구애에 대해서도 일관되게 냉소적인 시각을 견지하는 객
관적 관찰자로 볼 수 있다.

닥터 프랜스는 눈앞에서 벌어지는 모든 상황을 심드렁한 태도
로 관망하는 듯하다가 꽤 날카로운 통찰이 엿보이는 말을 던지곤
한다. 여러 작중인물이 소설 속에 처음으로 등장하는 미스 버즈아
이 집의 모임 장면에서 그녀가 몇몇 인물들에 대해 내린 단평은 가
차 없으나 꽤 정확했음이 나중에 드러난다. 그 논평을 듣고 있던 베
이질은 자신은 그런 논평의 대상이 될 거라고는 생각하지 않는 듯,
닥터 프랜스가 자신을 바라보는 '수상쩍어하는 듯한 매서운 눈길'
을 대수롭지 않게 넘긴다. 의사를 올리브와 버리나의 대의에 대해
비판적 입장을 자신과 공유하는 '같은 편'으로 생각하고는 의사가

속으로 자신을 어떻게 생각하는지 별로 신경 쓰지 않는 것이다. 마미언에서 그는 의사가 자신을 도와서 전통적인 로맨스(결혼) 플롯에 꼭 등장하는 일종의 '사랑의 메신저' 역할을 해주기를 은근히 기대하지만, 그녀는 그의 속뜻을 전혀 알지 못하는 듯한 엉뚱한 대답으로 그 기대를 외면한다.

닥터 프랜스의 마음속 생각이나 심리는 한 번도 직접적으로 서술되지 않는다. 베이질도 서술자도 그 속내를 그저 추측할 뿐이다. 베이질은 의사가 결코 창백해지거나 경악한 표정을 짓는 일이 없으며 어떤 이상한 일을 당해도 꿈쩍도 하지 않을 태세라면서 세상 어떤 것도 그녀를 눈 한 번 깜빡하게 만들지 못하리라고 생각한다. 서술자는 닥터 프랜스가 '단순 명료한 사람'이라서 베이질을 의심하거나 캐묻지 않는 것으로 추측한다. 닥터 프랜스는 과연 서술자의 말대로 '단순 명료한 사람'일까? 주요 인물들과 긴밀한 관계를 맺으며 그들 사이에 일어난 일을 다 알고 있는데 그 진짜 속내를 아무도(서술자마저도) 모른다는 점에서 닥터 프랜스는 사실 이 소설에서 가장 의뭉스럽고 미스터리한 인물이다.

닥터 프랜스가 아무것도 묻지 않고 어떤 상황에도 놀라지 않는 것은 모든 것을 이미 다 알고 있어서가 아닐까. 그녀는 자신의 '침실'에서 생리학 실험과 해부를 즐기듯이 작중인물들을 일종의 실험 대상으로 보고 분석하기를 은밀히 즐기는 인물일 수도 있다. 마미언에서 삼각관계의 갈등이 극에 달아 있는 시점에, 임종을 맞는 미스 버즈아이 앞에 베이질을 데려와서 올리브, 버리나와 삼자대면시킨 뒤 펼쳐지는 한 편의 멜로드라마 같은 장면들을 지켜보고 있다가, 베이질에게 눈짓으로 퇴장을 명하는 닥터 프랜스는 무대의 연출자와도 같다. 닥터 프랜스가 마미언을 떠나면서(그리고 소설에서도 퇴장하면서) 베이질에게 한 말 '당신 생각대로 진행할 수 있기를 바랍니다'는 곧 일어날 버리나를 데리고 도망가는 선택과 그 결과까지 다 알고 하는 말일 수 있다(소설 속 인물 사이에서 홀로 '인생 2회차'를 사는 듯한 이 심드렁한 인물이 베이질을 물끄러미 바라보며 짓던 '메피스토펠레스의 미소'나 '악마를 생각나게 하는 기민한 표정'을 떠올려보라). 소설에서 결정적인 사건이 벌어지기 직전에 떠나버리는 닥터 프랜스의 이 마지막 퇴장은 미스 버즈아이 집의 모임에서도 결정적 사건(버리나의 연설) 직전에 일찍 퇴장했던 장면을 떠올리게 한다. 문을 나가기 전에 문턱에 잠시 멈춰서서 방 안에 모인 무리 전체를 '야경꾼이 든 랜턴 렌즈가 번쩍이듯이' 휙 훑어보던 닥터 프랜스. 자신이 만든 세계를 조망하는 작자, 혹은 재독을 통해 작품의 지형 전체를 보는 시야를 얻게 된 독자였던 건 아닐까.

2024년 2월
김윤하

보스턴 사람들

1판 1쇄 발행 2024년 2월 29일
1판 3쇄 발행 2024년 4월 2일

지은이 · 헨리 제임스
옮긴이 · 김윤하
펴낸이 · 주연선

(주)은행나무
04035 서울특별시 마포구 양화로11길 54
전화 · 02)3143-0651~3 | 팩스 · 02)3143-0654
신고번호 · 제 1997—000168호(1997. 12. 12)
www.ehbook.co.kr
ehbook@ehbook.co.kr

ISBN 979-11-6737-391-5 (03840)